汉魏六朝

别集研究

刘明 著

国家图书馆出版社

图书在版编目（CIP）数据

汉魏六朝别集研究 / 刘明著 . — 北京：国家图书馆出版社，2021.1
ISBN 978-7-5013-6832-7

Ⅰ．①汉… Ⅱ．①刘… Ⅲ．①中国文学—古典文学研究—魏晋南北朝时代 Ⅳ．① I206.3

中国版本图书馆 CIP 数据核字（2021）第 180126 号

书　　名	汉魏六朝别集研究
著　　者	刘　明 著
责任编辑	南江涛
封面设计	北京尚橙创意广告有限公司

出版发行　国家图书馆出版社（北京市西城区文津街 7 号　100034）
　　　　　（原书目文献出版社　北京图书馆出版社）
　　　　　010-66114536　63802249　nlcpress@nlc.cn（邮购）

网　　址	http://www.nlcpress.com
排　　版	九章文化
印　　装	河北三河弘翰印务有限公司
版次印次	2021 年 1 月第 1 版　2021 年 1 月第 1 次印刷

开　　本	710×1000（毫米）　1/16
印　　张	33
字　　数	502 千字

| 书　　号 | ISBN 978-7-5013-6832-7 |
| 定　　价 | 98.00 元 |

目　录

第一章 引 言

汉魏六朝别集研究,以汉魏六朝人的作家作品集为研究对象,而此类作品集在编撰成书的时段上不尽相同,主要呈现为六朝旧集、宋人重编之集和明人重编之集三种成书层次。同时对汉魏六朝时期别集的形成发展作基于"史"的描绘,目的是揭示别集如何由作为个别作品编之称,演化为目录学体系中的集部类目之称。学术界对成书层次和别集的诸如源起、形成发展的过程均有所涉及,有必要从学术史的角度进行一番梳理。既可把握已有的研究成果及现状,也有助于进一步深化此时段的别集研究。

第一节 汉魏六朝别集研究的学术史梳理

整体而言,汉魏六朝别集研究,尽管相较于其他时段的别集研究略显"沉寂",但也取得了一些成果,主要体现在下述四个方面:

其一,汉魏六朝别集的校注整理取得了一定的成果,成为进一步开展研究的基础性文本。一些重要的作家如蔡邕、曹植、阮籍、嵇康、陆机、陆云、陶渊明、支遁、鲍照、江淹、沈约、徐陵等有了整理本,如戴明扬的《嵇康集校注》、杨明先生的《陆机集校笺》等,都为别集的研究提供了比较权威的文本。当然也还有相当一批作家至今没有校注整理本,比如傅玄、任昉等,在基础文本的校注整理方面尚有继续拓展的空间。别集的校注并非单纯的自身整理活动,而是在整理的同时涉及一系列的问题,比如诗文来源是辑录重编还是传承自六朝旧集,这又牵扯到目录学和版本学反映的流传情况。因此进入整理之前的基础性工作，诸如版本调查等就显得尤为重要。同时也并非为整理而整理，它的目的还应该升华到学理性的建设，在整理的过程中摸清汉魏六朝别集成书的层次性及集子编撰的特征、通例等。这都需要基于整理而不拘泥于整理，也是既有的整理工作所忽略的方面，开展汉魏六朝别集研究需重拾这些遗落的细节。

其二，关于汉魏六朝时期一流的或比较重要的作家的作品集，其版本情况的研究有所积累，也取得了重要的成果，表现在版本系统的梳理、编撰及刊刻的研究等。尤具代表性的是郭绍虞先生的《陶集考辨》，结合记载和现存实物版本，对陶集的版本情况作了总括性的梳理，是研究陶集版本的力作。但限于客观条件，版本做的还不够，一些重要的版本还有待于介绍、发掘、研究等。版本的研究呈现为两种"样态"，学院派的比较注重版本史料的挖掘和研究，有古籍典藏的单位即图博派则注重版本的实物面貌的揭示。这造成学院派掌握有材料，可能并没有全盘把握现存实物版本的情况；图博派清楚实物版本的存藏，可能文献方面做得不够，也没有与学术界的工作"接轨"。两者的充分结合，无疑可以规避遗憾。比如陆机集的清影宋抄本、鲍照集的清初毛氏汲古阁影宋抄本，都还没有得到充分的利用，遂留有缺憾。丁福林、丛玲玲两位老师的《鲍照集校注》，即未采用影宋抄本《鲍氏集》作为底本和校本，图博派知道此版本的存在但并没有了解它在学术界中的地位。流传至今日的文献，只是代表着普遍接受之后的经典化形态，回归或溯源它的流传过程会发现存在不同的版本，相互之间有着或多或少的差异。显然，版本提供了看待文本面貌及形态多样性的实物依据。有的版本更符合原本之貌，有的版本不见得符合原本之貌但已经普遍接受为定型化的文本，文献的复杂性和歧异性是汉魏六朝别集研究的一项重要内容，而版本调查在此研究中正起着基础性的作用。

其三，"别集"自身的研究取得了一定的成果，主要是结合六朝时期的史料，着眼于目录学的角度，并综合文学史的宏观背景。比如六朝别集的编撰体例，以傅刚先生的《汉魏六朝著书编集体例考论》为代表。别集的起源，是学界集中讨论的重点问题。比较有影响的成果如钱志熙先生的《早期诗文集形成问题新探》、李大明先生的《别集缘起与文人专集编辑新探》等，都很具有启发性，讨论也很深入，为进一步讨论别集的起源打下了很好的基础。考察别集的起源，首先是要有明确的界定，从作品集的"实体"来看，四部成立之前便具有作品集之实。从名与实兼备来看，真正意义上的别集与四部之丁部的成立比较接近，而且也正是别集的出现促动了四部的成立。别集自身的研究，还要考察它的形成发展史，史的建构既要本着就材料打根柢的微观层面，也要结合文学史乃至学术史的宏观层面。牵扯到以下诸多问题：在有集子编撰之前的文学作品是如何保存的，集子形成的路径及原因，集子是如何策动四部之集部类目成立的，集子的叙录与集序，集子编撰的方式和特殊现象，集子与文体及文笔之辨的关系等。这些问题都还需要继续讨论，无疑会深化既有的文学史理解。

其四，以汉魏六朝别集为主要内容的文学文献赋予了理论体系的意识，提出中古文学文献学的概念，比如刘跃进先生的《中古文学文献学》。还应该沿着此理念继续进行理论层面的建设，尝试以六朝别集作为基本材料摸索构建六朝"集部之学"的可能性。这里的"集部之学"还不完全等同于"集部学"之称，即无意于去构建一门所谓的新的学科。而是力求在文献基础上更多地赋予理论色彩，不局限于文献层面，希望能够有些思辨性的色彩，注重规律性问题的总结和提升。因为长期以来文献研究总是更习惯于个案的研究，更习惯于以技术的手段处理文献，理论建设确实不够。

应该说既往的汉魏六朝别集研究，在个案和综合两个层面均有值得肯定的奠基之功；当然涉及的深层次问题也还需要补充、深化，有期待继续发力之处。比如汉魏六朝别集的形成发展过程如何体系化处理，通过"史"的方式揭示出来。通过个案层面的别集成书层次的厘定，能否将别集文本面貌的层累性现象加以规律化的总结，构建一套别集从生成（编撰、重编）到改写乃至最后定型的完整过程。另外，既往的研究也略显宏观和笼统，这个可以理解，有关汉魏六朝别集的原始资料的确比较零散，分布在史传、子书、作品集、典籍的注释等中，需要细心地勾稽、排比和整合。比如习惯认为汉代即已出现文人集，但查现存汉代的史料根本就找不到一部称"集"的作品编。《后汉书·文苑传》繁琐罗列文士的各体篇目撰述，正是汉代尚不具备作品集的显证。否则集兼备众体，直接称有集多少卷便可，何必如此繁琐。总之，汉魏六朝别集的研究还是留有空间，别集的形成发展史和成书层次也正是着力解决的两大问题。

第二节　汉魏六朝别集研究的内容、思路与方法

本研究以"汉魏六朝别集研究"为题目，主要包括汉魏六朝别集的形成发展史和现存汉魏六朝别集成书层次（主要针对存在单行版本且重要的作家，丛编本及一般作家暂不属于本研究的对象）两部分内容。第二至四章属形成发展史的研究，包括别集研究的范畴及界定、汉魏晋时期别集的孕育、形成及确立和南北朝时期别集的发展与繁荣，结合材料，重在"史"的构建。第五至七章属成书层次的研究，包括六朝旧集即陆云集等五家集，宋人重编之集即蔡邕集等六家集，明人重编之集即阮籍集等十一家集，同时附带讨论了四种丛编本作品集，而有单行版本且比较重要的汉魏六朝作家总计二十二家，逐一就其成书（编撰）和版本流传、系统及存藏进行研究。第八章是结论，简要交代了本研究过程中产生的一些心得想法，属于总结性的介绍。目的是利用这样一个机会向学界前辈和师友自述个人研究感悟，期待回应、批评和赐教。同时也交代了未来可继续展开研究的几个方向，体现学术的志业性。

结合学术史的梳理，从整体角度进行汉魏六朝别集的综合研究，及从现存版本调查入手以细化别集自身的研究，应该成为新的着力点、出发点和向心点。汉魏六朝别集研究，相较而言是具有开拓空间的，主要有下述三方面原因：第一，六朝别集的研究相对沉寂和平静，研究的热度和深度不及其他的文学时段比如唐宋、明清等，以汉魏六朝别集为对象的研究呈现出边缘化的状态；第二，六朝别集的文本形态主要是重编本，一定程度上影响了集子本身的学术价值，缺乏重视度和关注度，而致研究趋于冷寂；第三，长期以来，汉魏六朝文学研究的范式是作家作品的解读和思想内容的分析，是以作品为轴的平面系研究，而对于以集子为对象的立体化研究则关注不多。基于此，从整体的角度看待和观照汉魏六朝别集的研究，有其学术意义。既能够弥补当前研究的不足，也能够带动并挖掘出一批新的学术命题，从而深化、策动汉魏六朝文学文献的研究。

具体而言，以汉魏六朝别集的形成发展史、别集编撰和版本系统梳理（意

在厘定其成书的层次）为抓手，三点一线，相互呼应，契入汉魏六朝别集的研究。
这是在综合考虑既有的研究面貌和研究成果基础上，提出的三个着眼点，也充
分照顾到整体与个案研究相结合，考据与综论相结合。既要体现结合材料和实
证的扎实性，又要有开放性的眼光和思辨性的色彩。别集形成发展史和编撰方
面，充分集成六朝别集编撰相关的材料，集合分析，尽量全面展示六朝时期别
集的整体面貌。诸如形成发展的具体过程及其阶段性特征，划分阶段性的依据
等，将别集形成发展史作为描述六朝别集的主要方面。考察别集的编撰，诸如
体例、生成机制以及与文学批评的互动关系等方面，目的是纳入到六朝宏观的
文学背景中加以考察。这既能清楚别集自身的问题，还能拓展和加深对六朝文
学的理解，开阔六朝文学研究的边界和视角。而在别集的个案研究上，详细探
讨其编撰成书的过程，同时结合目录学考察散佚及重编的时段，以及如何重编
成书、成书之后流传中篇目内容变化等细节性问题。提出汉魏六朝别集的编撰，
存在三个成书层次即六朝旧集、宋人重编之集和明人重编之集，从而廓清了六
朝别集的文本地位，应该说是很有学术价值的讨论。在界定每种别集成书层次
的过程中，着重版本的梳理，即通过校勘确定版本之间的关系、版本的优劣、
版本系统的建立等，目的是为整理六朝别集在甄选底本和校本方面提供有益的
参考。

概括起来，研究方法是材料实证与析理思辨、微观考索与宏观观照相结合。
汉魏六朝别集的形成发展史侧重结合材料的思辨性研究；成书层次则综合使用目
录学、版本学和校勘学的基本手段，注重微观的实证研究。两者相互统摄，既
体现出基础性研究的特点，又展示建立在基础研究层面的提升性和前瞻性。同
时努力赋予汉魏六朝别集更多的学理性色彩，即在集部的学术架构中摸索和尝
试进行一些理论体系的构建。

第二章　汉魏六朝别集研究的范畴及界定

中国可以说是诗文的国度，诗文流传至今主要以集子作为载体，著录在四部分类法中的集部。就古代作家的集子而言，一般按照中国文学史中的分段而划分为汉魏六朝别集、唐五代别集、宋别集、金元别集和明清别集；而各段研究的"程度"有所差别，汉魏六朝别集的研究相对处于边缘的位置。其中最为直接的原因可能是，存世的汉魏六朝人集子至少在量上无法与之后各段媲美，明张溥也不过辑得一百三家。即便是有集，又基本出自明人重编，远非旧貌，更是降低了研究的关注度。但该时期的别集又具有重要的学术史意义，原因很简单，唐以来的集子在编撰体例、部类归属及文本面貌诸方面无不继承自唐前别集（就现存及史料中记载的六朝旧集而言）。换言之，如无唐前别集的"筚路蓝缕"之功，何谈之后集子的发展？尽管汉魏六朝人的集子大多无存且出自重编，但六朝史料中却留下了不少的记载，《隋志》以来的公私书目也留有较为丰富的信息，硕果仅存的数种六朝旧集也在展现它的面貌，仍可据以勾稽、拼接乃至复原汉魏六朝别集"创立"阶段的某些细节。这些细节包括别集此种著述形态的形成、发展的过程及与集部创立的互动关系，还包括别集存佚的阶段性特征所昭示的别集成书面貌的区分等。庶几可描述出六朝别集形成发展史的宏观图景，从更大的范围也有可能意味着以别集为基础的六朝"集部之学"构建的开始。如果做到这一点，它的意义就不仅仅停留在研究问题的层面，还尝试去勾勒一种理论体系，而呈现出基于个体的研究属性和前瞻色彩浓厚的理论体系属性两者之间的努力融合。

第一节　别集起源琐议

别集是古籍四部分类法中集部的一个类目,与总集相对,指作为个人的文章著述(文学作品)的汇编结集。而作品编一般冠以"集"名,如集、文集、诗文集、诗集等;也有不称"集"者,如"稿""钞""编"等,在著录上均置于别集类(也存在称"集"而不属于别集的著述)。魏晋时期出现称"集"名的文人别集,降至南朝以别集涵盖作家个人的作品编,已基本为定例。但"别集"之称援据何处,作品编明确称"集"又源自何时,均值得详加探讨。魏晋南北朝是集部形成和确立的时期,而别集与之密切相关,集部的成立很大程度上以别集的形成为标志。故考察和分析别集的源起,无疑有助于充分理解早期集部确立的内在过程,颇具学术价值。

一、"别集"之称的源起

"别集"一词最早见于《七录》,其《文集录内篇》四有"别集部"[1]。但《隋志》小序云:"别集之名,盖汉东京之所创也"[2],今检现存东汉之史料,并没有使用"别集"一词的记载。详按《隋志》本意在言"集"之名出现在东汉,而称以"别集"乃将类目之"别集"与文人作品编称"集"混为一谈(下文有详述)。又《文献通考·经籍考》引吴氏(即吴兢)语云:"盖东京别集之名,实本于刘歆之《辑略》,而辑略又本于《商颂》之辑云。"[3]以为东汉时期"别集"之称本于《辑略》和《商颂》。按"辑"同"集",《辑略》言集诸书而总略叙之;春秋宋国大夫正考父《商颂》之"辑"是作为"汇集""集成"的动词义使用。但就《辑略》和

---

① 阮孝绪:《七录序》,严可均辑《全梁文》卷66,北京:中华书局,1958年,第3348页。
② 魏徵等:《隋书》,北京:中华书局,1973年,第1081页。
③ 马端临:《文献通考·经籍考》,《宋元明清书目题跋丛刊》元代卷,北京:中华书局,2006年,第333页。

辑十二篇诗为《商颂》的文献形态而言，却又具备"集"的特征，文人作品汇编称"集"或受此启发。故"别集"之称尽管首见于《七录》，但其自身有渊源发展的过程，学界对此鲜有探讨者，兹据六朝文献略加探析。

"别集"之称，当脱胎于《三国志·蜀书·诸葛亮传》"亮言教书奏多可观，别为一集"句。陈寿撰《诸葛亮传》，录其《出师表》。但史传容量毕竟有限，无法全录或节录诸葛亮更多的"言教书奏"。陈寿别出心裁，在史传之外编诸葛亮的集子，将其文章悉数收入，解决了史传容量有限而无法承载传主文章著述之间的矛盾。所编的集子名为《诸葛氏集》，还详列篇目，体例已经相当完善。陈寿称之为"别为一集"，"别集"之称或即滥觞于此。钱志熙先生认为："早期别集的编纂，是编撰正史时进行的。所以从文献目录的角度来讲，集部其实是从史部派生出来的。"又称："史书之外专录的个人文集则称'别集'，都是相对于正史而言的。"①钱先生此论颇为精当，这就涉及早期文集形成之前文章（作品）的保存问题。魏晋时期开始出现文集，两汉总体而言是不存在文集编纂观念的，《汉志》"诗赋略"著录的文人赋作还是篇目的概念，不是严格意义上的成书形态。换言之，发生在西汉的创立书籍以定本的阶段，主要指的是经史和子书著述，文人集子绝对是"缺席"的。诗赋等作品恰恰保存在史传中，如《史记》《汉书》的《司马相如传》《扬雄传》等便选录了他们重要的赋作，史传是主要的载体。至陈寿，采取把作品从史传里独立出来编集子以流传的方式。这的确是创举，意味着史传可以不具有保存文学作品的功能（严格而言，《诸葛氏集》属子书性质，故其作品还不宜视为"文章"的范畴，兹笼统归入杂文学类作品），文学和史学得到分离，从更大的方面讲意味着集部开始趋向独立和形成（《诸葛氏集》在荀勖创建的四部分类中当归入乙部即今之子部，而非丁部即今之集部。陈寿将诸葛亮作品别为一编而以"集"称之，应该说是受到魏晋时期文人作品编称"集"影响的结果。这可以视为作品集作为独立部类典籍的间接佐证）。

---

① 钱志熙：《早期诗文集形成问题新探——兼论其与公讌集、清谈集之关系》，《齐鲁学刊》2008年第1期，第108页。

可以说，"别为一集"之称属最直接也最具可能性的依据，当然"别集"的源起也具有多元性指向，探索此类诸多的可能性仍不失其意义。它能开阔此问题讨论的视野和思路，因为"别集"作为中国目录学中"安置"作品集的专门术语，其发生路径愈发可能的多层面考察，则会愈加深刻地认识并理解文人集产生的细节，而这正是"复原"魏晋集部体制创建原因的不可或缺的环节。总而言之，"别集"之称的源起或许还与下述三者存在关系：

其一，"别集"之称可能援据西晋挚虞编撰的《文章流别集》。《晋书》本传云挚虞"又撰古文章，类聚区分为三十卷，名曰《流别集》，辞理惬当，为世所重"①。根据《文章流别论》的记载，《流别集》的编纂以文体为标准，选择各体文章汇编而成。故"类聚区分"指以文体为系，而"流别"也即"类聚区分"之义。其中每类文体的文章汇在一起实际上就相当于"集"的形态，属于分体集，所以"流别集"就是分别文体为集，可概括为四个字"别体为集"。清人章学诚敏锐地注意到了《流别集》和别集之间的密切关系，他说："自挚虞创为《文章流别》，学者便之，于是别聚古人之作，标为别集，则文集之名，实仿于晋代。而后世应酬牵率之作，决科俳优之文，亦泛滥横裂而争附别集之名。"②也就是将"别体为集"置换为"别人为集"。

其二，"别集"之称可能与魏晋南北朝存在的个人别传有关系。别传多记载一人或一氏逸闻，补正传之阙略（家传中也有涉及个人之传记）。其中可能述及传主本人的篇目著述情况，如《三国志·魏书·荀攸传》裴松之注引《荀氏家传》云："衢子祈，字伯旗，与族父憺俱著名。祈与孔融论肉刑，憺与孔融论圣人优劣，并在《融集》。"东汉以来特别是魏晋时期恰是别传撰写的高潮期，从裴松之注《三国志》和刘孝标注《世说新语》所引可以看出。余嘉锡认为："自汉魏以后，知名之士皆有别传家传。"③饶宗颐先生也说："魏晋以来写别传的风气很流行，虽然别传带有小说的色彩，但又可在正史传记外提供另外的资料，在文献学上的

---

① 房玄龄等：《晋书》，北京：中华书局，1974年，第1427页。
② 章学诚：《文史通义》，叶瑛校注、靳斯点校，北京：中华书局，1985年，第296页。
③ 余嘉锡：《目录学发微》，北京：中华书局，2009年，第56页。

价值是重要的。"①"别传"从体量而言虽仅是一篇文章,但其题名格式一般为"某某别传"或"某别传",而同样作为一人之作品汇编的集子,形式与此相类故而诱导而产生"别集"之称。此两者之间的关联,似稍显勉强;但"别传"的文献形态正是在正史传记之外"别为一传",与"别为一集"不但方式相同,且均派生自史学著述。因此,宜将之视为别集源起的一种可能性指向,着眼点即在于同具"别"之称的关联性。

其三,"别集"之称可能直接袭自"别有集录"的说法。"集录"是北朝史书中叙述文人集的固定称谓,与"别有"连称。此与习称"有集""有文集"等的南朝史书叙述有明显的不同,而且南朝也基本不用此称(仅见任昉《王文宪集序》中使用"集录")。北朝史书用例,如《魏书·李顺传》称李骞"所著诗赋碑诔,别有集录",《魏书·卢玄传》称其"性好玄理,作史子新论数十篇,文笔别有集录",《魏书·李平传》称其"所制诗赋箴谏咏颂,别有集录",《魏书·裴延儁传》称裴景融"所作文章,别有集录",《北史·高谦之传》称其"所著文章百余篇,别有集录"。"集录"前即均冠以"别有"两字,意指上述诸人各体文章已在个人文集中,无须在本传中再加以节录或全录所撰文章。所以,"别有集录"即另有个人文集和目录之义,"别集"一词或径直袭自此处。

相较而言,"别集"出自"别为一集"更为可靠,这也反映了早期集子产生的一种路径,即在人物史传之外另行编集子,"别"的含义即"另"。张可礼先生认为:"别集的别是个别的意思。"②集子的产生也包含其他的路径,如援据《流别集》的集子可能以诸体文章为主,近于今之文学作品集;而援据《诸葛氏集》的集子可能扩展至收录个人各种性质(部类范畴)的文章,从部类而言横跨四部,而总以"集"称之。《四库全书总目》集部总叙称"四部之书,别集最杂",就与"别集"来源路径的不同相关,也与"别集"称名的不严谨、含混有关。如《诸葛氏集》即实以子书称"集"。再者,附属于某一作家的有些谈论经史、诸子的文章,无法成为单行的书籍形态,也只好笼统归入个人集内,而实际上此类作

① 饶宗颐:《从对立角度谈魏晋南北朝文学发展的路向》,香港中文大学中国语言文学系主编《魏晋南北朝文学论集》,台北:文史哲出版社,1994年,第3页。
② 张可礼:《中国古代文学史料学》,南京:凤凰出版社,2011年,第134页。

品与集部范畴内的文学作品没有关系，遂造成章炳麟所称的"集品不纯"现象
（《国故论衡·文学总略》）。照此理解，"别集"的涵义，就是对于不宜收入经史子三部的文章著述，另行汇编为个人集，形成新的著述（典籍）形态，客观上催生集部（最初称"丁部"）的产生。此种所谓的"另行"，似乎在形式上与经史子三部相区别了，实则是本不属于集的内容也混迹其中。要做到完全的泾渭分明是比较困难的，因为集子本身作为晚于经史子三部典籍的著述，无论是形式还是内容都与其他三部存在联系。故集子很容易呈现出的"杂"的倾向，而此倾向能站得住脚也恰在于"集"之称的兼容并包性。

二、"别集"之称的具体使用

"别集"之称，首先是目录学意义上着眼于分类功能的概念，著录或描述某人集时一般不使用此称。比如现存六朝文献称作家集时从不称某某别集，而是以"集""文集"来指称。南朝梁阮孝绪《七录》其四曰"文集录"，在类目上设"别集部""总集部"等，据《隋志》推知在著录作家集上均称某某集。也就是说，作为个人的作品集只称"（文）集"，而将此类作品集统筹在目录体系中需要一个类目之称即"别集"，这是两者在语用层面的区别。总体而言，六朝时期具体的某一作家集存在下述诸称：

（一）文集、集和杂文集

"文集"一词始见于《晋书》，称"文集"者凡八处，分别见于《晋书》之《王鉴传》《卢谌传》《傅玄传》《束皙传》，《文苑》之《应贞传》《顾恺之传》《郭澄之传》以及《隐逸》之《陶潜传》，属于集部内文、笔二体文章兼收。称"杂文集"者一处，见于《干宝传》，指集部内笔体文章的汇集。而称"集"者亦为一处，见于《蔡谟传》，云"文笔论议，有集行于世"。"集"与"文集""杂文集"虽均属文人别集的范围，但三者却存在着细微的差异。从辑录文章的范围而言，"集"的涵盖性最为宽泛，既包括属于集部范畴的文、笔二体文章，也包括经史和子类性质的"笔"体文章。陈寿编诸葛亮"言教书奏"为"诸葛氏集"即属此例。

"杂文集"范围最窄，专收杂文类文章，近似于分体集。出现上述差异的原因在于魏晋时期开始出现的文笔之别，从而使得文章在结集中出现三种形态：近似今之纯文学的集子、杂文学的集子和不分文笔四部兼收的集子。

《晋书》所标举的上述集之三称的差异，现存南北朝文人史传中称集子主要以"文集"为名。如《宋书·沈怀文传》称"（沈怀远）撰《南越志》及怀文文集，并传于世"，《梁书·萧子范传》称"前、后文集三十卷"，《梁书·刘之遴传》称"前、后文集五十卷"，《魏书·文苑·袁跃传》称"所制文集行于世"，《北齐书·卢文伟传》称"子询祖，袭祖爵大夏男，有术学，文章华靡，为后生之俊……有文集十卷，皆致遗逸"等。这里的"文集"大多为集部之内文、笔二体文章的汇编。少数也属集部之外广义的"笔"体文章的汇编，如《南齐书·刘瓛传》称"所著文集，皆是《礼》义，行于世"。刘瓛之集虽也名为文集，但却都是经部礼学方面文章的汇集，显然与以诗赋等文体为主的文集不同。《晋书》中的"杂文集"，南北朝则未见再使用此称（至于《隋志》别集类著录梁武帝《杂文集》，很可能是唐初典籍整理的结果，很难证明梁时即存在此集）。按《七录》"文集录"设置"杂文部"，所著录者或即为杂文集，并不属于文人别集的范畴。

南北朝史传中也存在称"集"者，如《宋书·自序》称"（沈）林子简泰廉靖，不交接世务……所著诗、赋、赞、三言、箴、祭文、乐府、表、笺、书记、白事、启事、论、老子一百二十首。太祖后读《林子集》，叹息曰：'此人作公，应继王太保'"，《梁书·萧洽传》称"集二十卷，行于世"，《陈书·陆琼传》称"（琼）第三子从典，字由仪，幼而聪敏，八岁读《沈约集》，见回文研铭，从典授笔拟之，便有佳致"。称名虽稍异，但与"文集"相同。证以下述两例，《梁书·武帝纪》称"诏铭赞诔，箴颂笺奏，爰初在田，洎登宝历，凡诸文集，又百二十卷"，《周书·萧大圜传》称有《梁武帝集》四十卷。《南史·梁本纪》称"（梁简文帝）弘纳文学之士，赏接无倦……所著《昭明太子传》五卷……文集一百卷，并行于世"，《周书·萧大圜传》称《简文集》九十卷。知南北朝虽有"集""文集"二称，但本身无别。相较于晋代的"集"与"文集"自身包含的文笔之别在编集子中出现的差异，南北朝时期的两者等同并不意味此时的文集编撰不存在文笔之辨。而是由于南北朝四部体制的进一步确立并成熟，一般而言不需要收入集子的便以单行本的文献形态在其他部类中呈现。而两晋还处于四部的形成期，有些明显是集之外的文章著述缺乏明确的归类，只好统归入集内，造成集有"纯"和"不纯"之别，故在集子的名称上有所区别。当然，南北朝的集子也存在"纯"与"不纯"的现象，原因则是与文笔两者各有侧重及界定范围的变化有关。

需要指出的是，并非所有的六朝人集均以"集"名，似乎自编文集者多不称"集"。如《艺文类聚》卷五十五《杂文部》引曹植《文章序》云："余少而好赋，其所尚也，雅好慷慨，所著繁多。虽触类而作，然芜秽者众，故删定别撰，为《前录》七十八篇。"程千帆云："自定其文，又不以集名，盖体式初兴，尚无定称耳。"① 又《三国志·吴书·薛综传》称"凡所著诗赋难论数万言，名曰《私载》"，《晋书·卢钦传》称"所著诗赋论难数十篇，名曰《小道》"，《南齐书·张融传》称："融自名集为《玉海》，司徒褚渊问《玉海》名，融答：'玉以比德，海崇上善。'"但也有称"集"者，《北史·李概传》称"自简诗赋二十四首，谓之《达生丈人集》"。普遍称"集"主要出现在他编之集和官编之集两种结集方式中。他编者，如《梁书·萧机传》称："机美姿容，善吐纳。家既多书，博学强记……所著诗赋数千言，世祖集而序之"。《金楼子·著书》有"《安成炀王集》一秩四卷"，即此部。官编者主要是秘阁编撰，如《周书·萧大圜传》称："（保定间）开麟趾殿，招集学士，大圜预焉。《梁武帝集》四十卷、《简文集》九十卷（此两集皆出于南朝梁秘阁编撰），各止一本，江陵平后，并藏秘阁。大圜既入麟趾，方得见之，乃手写二集，十年并毕。"

清人章学诚指出："经学不专家，而文集有经义；史学不专家，而文集有传记；立言不专家，而文集有论辨。后世之文集，舍经义与传记论辨之三体，其余莫非辞章之属也。"② 其意即六朝所编文人集在体例上不纯正（章炳麟也有相同的看法），不及"后世之文集"（隋唐以降所编的文人集）纯正。其实隋唐以来的集子也存在同样的问题，四库馆臣总称以"别集最杂"即于此立论。但章学诚

---

① 程千帆：《文论十笺》，《程千帆全集》第 6 卷，石家庄：河北教育出版社，2000 年，第 195 页。
② 章学诚：《文史通义》，第 61 页。

较为细致地阐述六朝时期集子编纂存在的此类特点，与此时期属集子的确立和发展期也相吻合，他的标举和发凡起例还是值得肯定的。

（二）史志目录等使用的"集"

六朝文人史传中的"集""杂文集"和"文集"诸称，反映在史志目录如阮孝绪《七录》《隋志》的著录中均称"集"。再者子类著述及南朝裴松之、刘孝标等注所引文人集也都称"集"，如《颜氏家训》称"陆机集"。萧绎《金楼子·立言》云："诸子兴于战国，文集盛于二汉。至家家有制，人人有集。"① 又阮孝绪《七录序》云："窃以顷世文词，总谓之集，变翰为集，于名尤显，故序《文集录》为《内篇》第四。"② 便是将两者等同的事例，推知文人集在著录或引用时基本一律称"集"。可以说从《七录》到《隋志》创立的"别集"类目，涵盖六朝存在的"集""文集"和"杂文集"（不含《七录》杂文部著录的集子）三类名称的文人集子，而在"别集"类目内具体著录时也基本一律以"集"统之。它们的逻辑关系可以表述为：类目"别集"←具体指称层面（"集""文集"和"杂文集"）→著录层面（"集"）→类目"别集"

今之四部分类中之所以有称为"集"一部，主要即在于此部内所收文人著述大都以"集"为名。"集"具备文人集此类文献的统称义使用，肇始于东晋（张湛《列子注序》)，而成熟在南朝宋，如《宋书·氐胡传》称元嘉三年（426）"（蒙逊）世子兴国遣使奉表，请《周易》及子集诸书，太祖并赐之，合四百七十五卷"。此后均循此例，如《梁书·王筠传》称"幼年读五经……子史诸集皆一遍"，《南史·庾仲容传》称"仲容抄子书三十卷，诸集三十卷，众家地理书二十卷，《列女传》三卷"。庾仲容为南朝梁时人。又《陈书·文学·陆瑜传》称"时皇太子好学，欲博览群书，以子集繁多，命瑜抄撰，未就而卒"。但也存在以"文集"代指一类文献之"集"者，如《北史·儒林·刘炫传》称"隋开皇中，奉敕与著作郎王邵同修国史……尚书韦世康问其所能，炫自为状曰：'《周易》《礼

---

① 许逸民：《金楼子校笺》，北京：中华书局，2011年，第852页。
② 阮孝绪：《七录序》，严可均辑《全梁文》卷66，第3345页。

记》……孔、郑、王、服、杜等注，凡十三家，虽义有精粗，并堪讲授……史
子文集，嘉言故事，咸诵于心'"。故四部之集部的定名，从荀勖称为"丁部"，
至《隋志》明确称为"集部"（《隋志》及两《唐志》均沿用甲乙丙丁，但为分
部次第，而"列经史子集"四库以分别藏书。另外"集部"之称可能肇始于北
朝特别是北周前后，下文有详述），沿用至今。

　　总之，集部以"集"为名，从形式上与经史子作了区分，它所著录书目的
称名特点也与前三部有显著的区别。但不可否认的是，由于集部是最晚形成和
确立的，而且有脱胎于史子两部的痕迹，使得它有"不纯粹"的地方。这也是
典籍目录从六分法（南朝是七分法）到四分法的过程中，不可避免地带来类目
不清晰、边界不严谨的结果。

（三）分体集

　　关于魏晋南北朝的分体集，存在别集的分体集和总集的分体集两种。而刘
师培称"西汉之时，总集、专集之名未立；隋、唐以上，诗集、文集之体未分"[①]，
此说并不尽准确，因为西晋便已经产生以"杂文集""赋集""诗集"等为名的
分体集。如陆云《与兄平原书》云："视仲宣《赋集》，初《述征》《登楼》前耶
甚佳，其余平平，不得言情处。"似当时存在王粲《赋集》之编，或编在曹魏，
疑即曹丕编《邺中集》中的王粲赋之编（魏晋时期所编总集一般按文体系诗文）。
又《晋书·干宝传》云："宝又为《春秋左氏义外传》，注《周易》《周官》凡数
十篇，及杂文集皆行于世。"[②] 这是文人别集的分体集事例。至于《隋志》著录萧
衍《诗赋集》《杂文集》两集，有可能是唐初典籍整理的结果，不能据此而断定
南朝即将萧衍作品分别按文体编辑。

　　总集的分体集，如《三国志·魏书·苏则传》裴松之注云："（苏）愉子绍，
字世嗣，为吴王师。石崇妻，绍之女兄也，绍有诗在《金谷集》。"又按《水经
注》卷十六"谷水"注引石崇《金谷诗集叙》云："余以元康七年（297），从

---

① 刘师培：《论文杂记》（附《中国中古文学史》内），北京：商务印书馆，2010 年，第 172 页。
② 房玄龄等：《晋书》，第 2151 页。

太仆出为征虏将军，有别庐在河南界金谷涧中，有清泉茂树，众果、竹、柏、药草备具。"①《世说新语·品藻》刘孝标注引作"《金谷诗叙》"，云："余以元康六年，从太仆卿出为使持节，监青、徐诸军事、征虏将军。有别庐在河南县界金谷涧中……时征西大将军祭酒王诩当还长安，余与众贤共送往涧中……及住，令与鼓吹递奏。遂各赋诗，以叙中怀……故具列时人官号、姓名、年纪，又写诗箸后。后之好事者，其览之哉！凡三十人，吴王师、议郎、关中侯、始平武功苏绍字世嗣，年五十，为首。"② 推知石崇之时便已将金谷文人群体游宴赋诗结集，恰如王瑶所称："如金谷、兰亭的诗集，也都成于晋时。"③ 又《北堂书钞》卷一百三十二引程咸《华林园诗序》云："平原后三月三日从华林园作坛，宣宫张朱幕，有诏乃延群臣。"④《华林园诗》虽不题"集"字，实亦属以诗为体的总集。

其实分体集恰主要出现在总集中，挚虞《文章流别集》以文体为集，也属分体集。钟嵘《诗品》云："至于谢客集诗，逢诗辄取，张骘文士，逢文即书，诸英志录，并义在文，曾无品第。""谢客集诗"当即《隋志》著录的谢灵运撰（撰为编之义）《诗集》五十卷，小注援据《七录》云梁本为五十一卷本，又云除此书外尚有"宋侍中张敷、袁淑补《谢灵运诗集》一百卷。又《诗集》百卷，并例、录二卷，颜峻撰；《诗集》四十卷，宋明帝撰"。除诗集外，还有以诗体为选择标准的专集，如杂诗集、五言诗集等，《隋志》"谢灵运撰《诗集》五十卷"条小注称"梁有《杂诗》七十九卷，江邃撰；《杂诗》二十卷，宋太子洗马刘和注；《二晋杂诗》二十卷；《古今五言诗美文》五卷，荀绰撰"。也存在其他文体的集子，如《隋志》著录有谢庄撰《赞集》五卷、《诔集》十五卷（小注）、《吊文集》六卷（小注）和谢庄撰《碑集》十卷等。

（四）汉魏六朝别集研究中的"集"

汉魏六朝别集研究中称"集""文集"等，一般均就文人别集而言。着眼于

---

① 陈桥驿：《水经注校证》，北京：中华书局，2007年，第393页。
② 虞世南：《北堂书钞》，《续修四库全书》第1212册，第614页。
③ 王瑶：《文体辨析与总集的成立》，载《中古文学史论》，北京：北京大学出版社，1986年，第92页。
④ 余嘉锡：《世说新语笺疏》，北京：中华书局，2007年，第628页。

具体的行文语境及连贯性，还会出现如"文人别集""文人集""作品编""诗文编"及"诗文集"诸称，亦均指别集。此外，称"汉魏六朝别集"或"汉魏六朝人别集"指汉魏六朝时期内的作家的集子，称"六朝别集"指魏晋南北朝时期内所编的集子，包括所编的汉人集（含周、秦人）在内。概括起来，本文使用"别集"有两层指向：作为类目概念的别集和作为作家集的别集。在具体的别集研究对象上，由于现存汉魏六朝文人别集多经明人重辑，以丛编本某人集的形式存在，如明张燮编《七十二家集》本、汪士贤编《汉魏六朝二十一名家集》本、《汉魏诸名家集》本、《汉魏六朝诸家文集》本、张溥编《汉魏六朝百三名家集》本和《六朝诗集》本等，此类丛编本一般不作为文人集版本考察的主要对象。研究以现存的单行单刻的文人别集版本为重点，版本的选择以宋至明本善本层面的版本为主。作家的选择，共计撷取汉魏六朝时期的重要作家二十二家（附有丛编本的汉代作家四人）。研究的技术路线，是以存世版本的调查为基础，通过校勘学、目录学等手段，叙其版本系统、考其流传脉络、还原文本面貌、论其编纂底本等，以全方位呈现汉魏六朝文人别集的"谱系图景"，为整理、研究集子在文本的选择上提供参考性依据。

三、从"实"与"名"两层面看别集的起源

探讨别集的起源，存在"名"和"实"两个层面，前者指作品集明确称"集"之名源自何时；而后者则指有作品集之实（或体）的起源，包括从形式而言即集子（如诸子著述）和从体式而言近集之实（如《诗赋略》）两层含义。形式层面着眼于内容的编纂与作品集类同，呈现出相近的实体性，只是在题名及四部体制确立后类目的归置上产生差异，而分属不同的典籍形态。如《荀子》将荀卿名下所撰诸篇汇为一编，与作品编相同，但既未称"荀子集"，四部分类也不在集部别集类而是子部儒家类。体式层面着眼于涵括篇目内容上与作品集类同，只是并非实际的作品编。如《诗赋略》著录的诸家赋作、《别录》以叙录的方式条陈某一作家（如东方朔的诗文）的篇目，在汉代尚不具备作品集的背景下，具有集子的体式特征，但在实际流传中诗赋均为单篇形态，而非编本形态。"名"

与"实"两者孰为依据，张可礼先生认为："应当着眼于实，从实际出发。"①道理是不错，但问题在于汉代之前不存在四部观念，如果仅据内容实体的类同性而前溯作品集产生的时段，既与典籍在四部确立后实际的类目归属不相合，也与史料记载相龃龉。因此，相较而言"集"名的出现更为重要，意味着集的名和实兼具，而且与四部产生的大致时段相合，不致于产生歧异和混淆。但梳理集"名"出现之前所具备的集之"实"的特征，也为考察作品集缘何称"集"以及作品集可能自何派生的路径提供启发，仍不失其学术意义。

"实"的层面关于别集的起源，主要有下述诸说：

其一，起源于先秦诸子。明胡应麟称："周、秦之际，子即集也。"②又章学诚认为魏晋文章诸体，皆滥觞于战国，意即诸子著述已蕴含后世诗赋书论等体，而别集亦属此类文体文章的汇编。故从形式而言，诸子之作即类于六朝别集，六朝别集中的某人之集则亦等同先秦诸子某家的著述。章氏在《文史通义》之《诗教》上云："后世之文，其体皆备于战国，何谓也？曰：子史衰而文集之体盛，著作衰而辞章之学兴。"③章氏从汉魏时期子学的衰落来论述魏晋文集的出现，《诗教》下云："后世专门子术之书绝，而文集繁。"④《文集篇》云："著作衰而有文集。"⑤又《和州志艺文书序例》云："魏晋之间，专门之学渐亡，文章之士以著作为荣华。诗赋章表铭箴颂诔，因事结构，命意各殊。其旨非儒非墨，其言时离时合，衰而次之，谓之文集。"⑥按照章氏的理解，魏晋之世原本从事子书著述的文士，转而着意于辞章创作，裒其篇翰而成文集，实自一家之学转变为一家之集。也就是说，集之产生至少在形式上脱胎于子书，两者之间存在密切关系。

受章氏之说的影响，今人钱穆称："中国之集部，本源先秦之子部。"⑦程千帆

① 张可礼：《中国古代文学史料学》，第136页。
② 胡应麟：《少室山房笔丛》，北京：中华书局，1958年，第20页。
③ 章学诚：《文史通义》，第61页。
④ 同上，第78页。
⑤ 同上，第297页。
⑥ 章学诚：《文史通义》，第650页。
⑦ 钱穆：《现代中国学术论衡》，北京：三联书店，2001年，第249页。

先生亦认为："四部之书，经与史为近，子与集为近，盖官学、私学之分耳"①，"《三国志·诸葛亮传》载陈寿所定《诸葛氏集目录》，其名虽集，而实是子书。"② 余嘉锡《古书通例》云："西汉以前无文集，而诸子即其文集。"③ 概而言之，由于儒家学说处于"独尊"的地位，相对抑制了其他诸家学说的发展，汉魏的专家之学呈现衰退之态，文士转而以写作文章篇翰为主，恰如程千帆先生所称："考古人著书，重在学术流别，究其面目，多属一家之言，故纯而不驳。逮后学术日进，则成家者不多；文明日启，则操觚者日众。"④ 而文士的各体文章，以类似子书的形态结集。

因诸文不主一体，内容难免旁涉六艺子史，稍显博杂。而"集"之名恰可笼统加以涵纳统系，因为"集"本身正有集合、缀集之义。故称"集"之初并不严谨，也非作品编的专属之称，同样存在其他部类文献称"集"的事例。如《韵集》（《魏书·术艺·江氏传》）、《交集》（《后汉书·儒林传》）等（再如《抱朴子内篇·论仙》所称的《神仙集》，又《遐览》所列道经有《角里先生长生集》）。"集"之名虽有"不纯"的缺憾，但却为各体文章的汇编找到一个合适的名字，避免了繁琐地罗列各体篇目，而且至少在形式上还使得自身与经史子书类著述区分开来。

其二，起源于西汉。班固本自刘歆《七略》，在《汉书·艺文志》中设"诗赋略"类目，《隋志》云："班固有《诗赋略》，凡五种，今引而伸之，合为三种，谓之集部。"自荀勖的"丁部"至《隋志》的"集部"，均源自"诗赋略"，确有后世"集部"之体。胡应麟即称："诗赋一略，则集之名所由昉。"（《少室山房笔丛》甲部《经籍会通》二），姚振宗也称："《诗赋略》五篇则汉时一大总集，合之为总集，分之即为别集。"⑤ 刘师培本于姚说，在《论文杂记》中进一步称："自吾观之，客主赋以下十二家，皆汉代之总集类也，余则皆为分集。"⑥ 姚、刘二人

① 程千帆：《文论十笺》，第 200 页。
② 同上，第 195 页。
③ 余嘉锡：《古书通例》，北京：中华书局，2009 年，第 230 页。
④ 程千帆：《文论十笺》，第 48 页。
⑤ 姚振宗：《隋书经籍志考证》，二十五史补编本，北京：中华书局，1955 年，第 5674 页。
⑥ 刘师培：《论文杂记》，第 174 页。

所指，为《诗赋略》含后世"总集""别集"两体，着眼点是其体式的意义，并非说西汉已有总集和别集。

姚振宗又根据《汉书·东方朔传》"凡向所录朔书具是矣"的记载，认为："然则《七略》《别录》载有《朔集》审矣，其文诸体皆有明，是后世别集之类，由是知别集之体亦始于向也。"① 即西汉存在别集。今人余嘉锡也认为："疑西京之末，已有别集，班固录扬、刘之文，即就本集采掇之耳。"② 王重民也称："西汉时代的文学作品已经有了按撰人或按文体编辑的汇编本，但还没有'集'这个名称。"③ 张可礼先生指出："别集的起源至晚应定在刘歆时，也可能在刘向、甚至在西汉初期就出现了，到了东汉又有了进一步发展。"④ 两汉总体而言不存在编纂文集的观念，不仅不存在文人各体文章的汇编本，更不存在"集"的名称。刘师培《搜集文章志材料方法》称"自《汉志》本刘氏《七略》，列诗赋为四类，诸家所作，均以篇计，《后汉书》各传亦云凡著文若干篇，是两汉并无集名也。集名始于魏晋。"《后汉书》文士传之所以繁琐列举各体篇目，恰在于当时并不存在文人集。刘师培称两汉无"集"之名，是符合历史事实的判断。

其三，起源于东汉。《四库全书总目》卷一四八《别集类》小序云："集始于东汉，荀况诸集，后人追题也。"⑤ 按《总目》称"集始于东汉"当本自《隋书·经籍志》，云："别集之名，盖汉东京之所创也。"⑥ 明焦竑在《经籍志论》中云："汉初著作，未以集名"，"古者人别为集，盖起于东汉。"⑦ 四库馆臣结合《隋志》等的说法，认为荀况诸集出于后人追题，至东汉方出现文人集，但并未明确表示东汉也出现"集"名。

按《金楼子·立言》云："诸子兴于战国，文集盛于二汉，至家家有制，人

① 姚振宗：《隋书经籍志考证》，第5671页。
② 余嘉锡：《古书通例》，第245页。
③ 王重民：《中国目录学史论丛》，北京：中华书局，1984年，第69页。
④ 张可礼：《中国古代文学史料学》，第137页。
⑤ 永瑢等：《四库全书总目》，北京：中华书局，1965年，第1271页。
⑥ 魏徵等：《隋书》，第1081页。
⑦ 焦竑撰，李剑雄点校：《澹园集》，北京：中华书局，1995年，第320页。

人有集"①，可能根据此条材料会认为两汉已大量存在文人集。其实，根据现存有关汉代的文献史料，至东汉始产生编文人集的初步意识，而汇编称以"集"则尚不具备，至少在汉代史料中找不到一条作品编明确称"集"的记载。正如四库馆臣所言"荀况诸集，后人追题也"，汉人集是魏晋以降编撰的结果，而非编在汉代，这是需要明确的。钱志熙先生便指出，《金楼子》的说法是从齐梁时期整理两汉文集的成果来立论的，"容易让人误解别集之名在汉代已经流行。事实上，两汉时期，还没有真正与后世类似的诗文集出现"②。《文献通考·经籍考》引吴兢语云："汉时未以集名书。故汉《艺文志》载赋颂歌诗一百家，皆不曰集……至梁阮孝绪为《七录》，始有文集录。"③清赵翼则云："《汉书·艺文志》有辑略，师古曰：辑与集同。然当是时，犹未有以集命书者，故《志》所载诗赋等皆不曰集……梁阮孝绪为《七录》，始有文集录，故《隋书·经籍志》以荀况、宋玉等所著书及诗赋等皆谓之集。然《经籍志序》云别集之名，汉东京之所创也……则集之名又似起于东汉。然据此则古所谓集，乃后人聚前人所作而名之，非作者之自称为集也。"（《陔余丛考》卷二十二"诗文以集名"条）④赵翼之说颇为准确，不但汉人集非出于自编而称"集"，称"集"也是出于魏晋以来编者的追题。因此，探讨早期诗文编称"集"的问题，恐怕也必须要在魏晋南北朝的文学发展中加以解决。在四部体制尚未形成的汉代，可以讨论集子孕育之初的个别事例或观念，但若要执意将集子产生定在汉代，并非通达笃实之见。诚如饶宗颐先生所称："魏晋南北朝文学的最大发展，是集部的形成和推进。"⑤尽管先具备了作品集之实，方具备目录学体系创立集部的可能性，但"实"的讨论不宜过于宽泛，否则便会与四部体制产生矛盾。如若视子书为有集之"实"，而缘何归入子部呢？故集之"实"的考察，着眼点在名实兼具的集子产生之前是否已具备编集子的早期观念，或已具备形式及体式层面的集子，与作为真正作品集的"实"

---

① 许逸民：《金楼子校笺》，第 852 页。
② 钱志熙：《早期诗文集形成问题新探——兼论其与公讌集、清谈集之关系》，第 107 页。
③ 马端临：《文献通考·经籍考》，第 333 页。
④ 赵翼，栾保群、吕宗力校点：《陔余丛考》，石家庄：河北人民出版社，1990 年，第 398 页。
⑤ 饶宗颐：《从对立角度谈魏晋南北朝文学发展的路向》，第 1 页。

还是有着本质区别的。

　　总之，周汉时期的子书，以及以《诗赋略》为代表的目录学著述（它如《别录》《七略》），具备形式或体式上的集子之"实"。而且根据史料，东汉也确实已经产生编集子的观念，而且可能也已经有集子存在。如《后汉书·班昭传》云："所著赋、颂、铭、诔、问、注、哀辞、书、论、上书、遗令，凡十六篇，子妇丁氏为撰集之。"① 又《东平宪王苍传》载刘苍薨后，"诏告中傅，封上苍自建武以来章奏及所作书、记、赋、颂、七言、别字、歌诗，并集览焉"②。但无法判断集子的名称是否称"集"，在当时也只是个案，并不具备较为普遍性的意义。总体而言两汉不存在文人集，是符合实际且稳妥的判断，并没有材料可以反驳或不支撑此判断（另外这里也着重从是否有"集"之名界定汉代别集的存在与否）。恰如《四库全书总目》集部总叙云："洎乎汉代，始有词人。迹其著作，率由追录。"③

　　从"名"的层面，文人诗赋诸体作品编称"集"，《隋书·经籍志》云："自灵均已降，属文之士众矣，然其志尚不同，风流殊别。后之君子，欲观其体势，而见其心灵，故别聚焉，名之为集。"④ 又晁公武《郡斋读书志》云："昔屈原作《离骚》，虽诡谲不可为训，而英辨藻思，闳丽演迤，发于忠正，蔚然为百代词章之祖。众士慕向，波属云委。自时厥后，缀文者接踵于斯矣。然轨辙不同，机杼亦异，各名一家之言。学者欲矜式焉，故别而序之，命之为集。盖其原起于东京，而极于有唐，至七百余家。"⑤ 两说均认为称"集"名，缘于为别诸家之文而各集一家撰述，遂称之为"集"。根据《后汉书》中《文苑传》及其他文士传罗列文章篇目的繁琐，似可推知早期称"集"的本意在于集合某一人诸体文章于一书，遂笼统冠以"集"名（动词"集"的名词化）。既避免了繁琐，又能起到简明之效。

　　关于"集"之称的出现，有下述诸说：

<hr />

① 范晔：《后汉书》，北京：中华书局，1965 年，第 2792 页。
② 同上，第 1441 页。
③ 永瑢等：《四库全书总目》，第 1267 页。
④ 魏徵等：《隋书》，第 1081 页。
⑤ 晁公武：《郡斋读书志》，孙猛点校本，上海：上海古籍出版社，1990 年，第 801 页。

其一，出现在东汉。此说最早见于《隋志》，称"别集之名，盖汉东京之所创也"，又《文献通考·经籍考》引吴兢语称"盖东京别集之名，实本于刘歆之《辑略》，而辑略又本于《商颂》之辑云"。按《国语·鲁语下》载鲁大夫闵马父语云"昔正考父校商之名《颂》十二篇于周太师，以《那》为首，其辑之乱曰"，韦昭注"辑"为"成也"。吴兢据《商颂》十二篇的集合形态而将"辑"视为"集"，刘歆《辑略》之"辑"也取"集合"之义，"辑"与"集"两字本相通。而早期文集的确是集合诸体篇目的文章汇在一起，也属一种"集合"。所以认为文人集称"集"受到上述两者的诱发，是有道理的。

《隋志》说东汉已有"集"名也是可信的，按曹丕《与吴质书》云："昔年疾疫，亲故多离其灾，徐陈应刘，一时俱逝，痛可言邪……顷撰其遗文，都为一集。"此书撰写在东汉建安二十三年（218），"都为一集"当即《邺中集》，现存资料中文人集称"集"始自此。只不过建安时期为曹氏主政，政治乃至学术思想均有所不同于东汉，宜归入曹魏一并论述（本文为叙述文人集源起的方便，将此纳入曹魏时期）。故近人刘师培认为："至于东汉，文人撰作，以篇计，不以集名"[1]，又称："六朝以前，文集之名未立。"[2] 实际就是将建安先入为主的置入曹魏段的叙述中，因为他不会不清楚此条"都为一集"的材料。而徐有富先生认为："别集起源甚早，东汉以集命名别集是可信的"[3]，这也不错，就得看如何界定和表述了。总体而言，两汉不存在文人集。东汉虽然开始萌生编集子的初步意识，但很难说已经称"集"。为了避免混淆，一般认为"集"名出现在曹氏主政的建安时期，开启了魏晋编纂文人"集"的先河，划入魏晋文人别集形成史的描述中。

其二，出现在魏晋。朱自清根据《与吴质书》"撰其遗文，都为一集"的记载，认为："文集之起源，应该在三国时……文集之名虽始见于此时，而'文集'一词乃泛称，而非如后日之为专称……恐怕自晋以后始有文集。"[4] 同样也是把建安与东汉切割。朱氏又称："挚虞《文章流别集》，是'集'之始。这是总集而以

---

① 刘师培:《论文杂记》，第 173 页。

② 同上，第 180 页。

③ 徐有富:《先唐别集考述》，《文学遗产》2003 年第 4 期，第 32 页。

④ 刘晶雯整理:《朱自清中国文学批评研究讲义》，天津：天津古籍出版社,2004 年，第 131 页。

集名者。至于别集（一家一家的集子），还要后起。"① 根据曹丕《文帝集序》此时的"集"已为专称，而且是别集以"集"名者（根据现存资料，曹魏时可能还存在《孔融集》《孔臧集》、文帝集和曹植集等）。刘师培《搜集文章志材料方法》云："自《汉志》本刘氏《七略》，列诗赋为四类，诸家所作，均以篇计，《后汉书》各传亦云凡著文若干篇，是两汉并无集名也。集名始于魏晋。"所以，认为魏晋时期出现"集"名是符合历史实际的。

需要说明的是，文人集称"集"是出于国家藏书机构秘阁整理或他人编辑的结果，文人自编集且称"集"出现在南朝梁（北朝北齐）时。但《四库全书总目》卷一四八《别集类》小序称"其自制名者，则始张融《玉海集》"，又清佚名撰《唐书艺文志注》（清藕香簃抄本）云："《四库提要》集始于东汉，荀况诸集后人追题也。后人集其文故谓之集至融始，自名曰《玉海集》《金波集》。"实则有误，按《南齐书·张融传》云："融自名集为《玉海》，司徒褚渊问《玉海》名，融答：'玉以比德，海崇上善。'文集数十卷行于世。"② 知张融自名其集曰"《玉海》"，而非"《玉海集》"。《隋书·经籍志》"《张融集》"条小注据自阮孝绪《七录》称"又有张融《玉海集》十卷、《大泽集》十卷、《金波集》六十卷"，知阮孝绪在著录时称《玉海集》，而非张融自称，这也是自编集称名和史志著录称名的区别。作品编自称"集"当始自北齐李概，《北史》本传称"自简诗赋二十四首，谓之《达生丈人集》。"南朝梁萧绎在《金楼子·著书》中自称有"《集》三帙三十卷"，当也属自称集之例。

总之，"别集"之称主要源自《诸葛亮传》"别为一集"的说法，与挚虞的《文章流别集》及南北朝时期的别传、"集录"也可能存在渊源关系。其指向多元性的探讨，丰富了"别集"源起的内涵。"别集"是作为文献分类的类目名称，魏晋南北朝时期在具体使用上主要是"集""文集""杂文集"诸称，均即文人别集（作品编）而言。讨论"别集"的起源宜区别为"实"和"名"两个层面，真正意义上的"别集"即文人集起源于魏晋。考察别集起源和形成的过程，有

① 刘晶雯整理：《朱自清中国文学批评研究讲义》，天津：天津古籍出版社，2004年，第131页。
② 萧子显：《南齐书》，北京：中华书局，1972年，第730页。

助于了解魏晋南北朝集部确立的内在动因。

第二节　从别集看魏晋南北朝集部的形成与定型

集部是中国典籍四部分类之一，用于著录、指称或描述经史和子书之外的有关诸体文章的撰述。其中最为重要的一类即别集，集部之所以称为"集"，与著录的大量文人集称"集"直接相关。因此考察集部的形成及演变过程，需要梳理它与别集的形成乃至发展繁荣诸阶段的互动关系。事实上，集部在目录学层面得以确立主要表现为别集的推动，滞后于文人集的出现。但一旦目录学体系中确立"集"之称的部类名目，既标志着别集从实际编撰典藏到目录中独立文献地位的确立，也意味着影响至今的四部分类体制的最终定型。因为荀勖至《隋志》之前的四部之集部主要称"丁部"，尚未称以"集"，表明"集"作为此部著录作品集的涵括性统称尚未被接受。称"集"者如阮孝绪《七录》之"文集录"，但属于七分目录法。又颜之推《观我生赋》自注曾明确提及"集部"，丁部最终替换为"集部"之称，为《隋志》所采用而沿袭至今。而其整个演变及孕育的过程，是在魏晋南北朝时期发生并完成的。

一、别集的出现与集部的初创

诗文作品编著录在目录学分类体系中，作为一种独立的"部类"，史料的明确记载是始于西晋荀勖，当时称为丁部（即相当于今之集部）。尽管尚存在东汉建安间曹操已创立四部，以及荀勖四部援据魏郑默的说法，但总体而言集部形成在魏晋时期是无可争议的事实。集部之所以并未在汉代形成，与魏晋出现的学术变化有密切关系。直接表现就是东汉特别是建安以来，"文章"的地位得到强调（如《典论·论文》），出现了专门从事操弧文辞、文翰的文人群体。文章各体兼备，讨论文章创作、文体批评的专门撰述（如《文赋》《文章流别论》等）也相应出现，与六经、诸子类的学术之文（著述）已有明确的分际。在此背景下，诗文作品编撰成书成为反映个人撰述的重要手段，官方藏书机构的秘阁也着力于此类作品编的整理和保存（如孔融集、曹植集和《诸葛氏集》等）。此类著述是不同于经史和子书的典籍，必然客观要求目录学体制作出调整以形成能够涵括新著述的部类，集部（当时称丁部）遂应运而生。但有两个问题需要解决：其一，丁部是产生在四分的目录学体制中，而非以《汉书·艺文志》为圭臬的六分中，需要探讨这种变化的缘由；其二，魏晋时期丁部的面貌也值得探究，目的是揭示不直接称以"集部"的原因。

先来说第一个问题。丁部著录了一部分文人作品编，根据史料（如《与吴质书》和《晋书》等）已明确称以"集"，因此可以说魏晋时期的文人集是著录在丁部之内的（也包括一部分不称以"集"的作品编）。而两汉时期不存在文集编纂的观念，尽管在东汉已萌生编集子的初步意识，但远未成为自觉的行为，编的集子也屈指可数。再者从典籍整理而言，构成集部主要内容的诗文编整理基本是"缺席"的，仅《汉书·艺文志》明确称"成帝时，诏刘向校经传、诸子、诗赋"。而东汉时期如《后汉书·安帝纪》称永初四年（110）"诏谒者刘珍及五经博士校定东观《五经》、诸子传记、百家艺术，整齐脱误，是正文字"，此事在《后汉书·儒林列传》中称邓太后诏刘珍"与校书刘騊䮝、马融及五经博士，校定东观《五经》、诸子传论、百家艺术"，又《后汉书·伏湛传》称永和元年（136）"诏无忌与议郎黄景校定中书《五经》、诸子百家艺术"，李贤注"艺术"云："艺谓书、数、射、御，术谓医、方、卜、筮。"并不包括诗赋等各体文章的整理。故《隋书·经籍志》云："光武中兴，笃好文雅，明、章继轨，尤重经术……石室、兰台，弥以充积，又于东观及仁寿阁集新书，校书郎班固、傅毅等典掌焉，并依《七略》而为书部。"[1]典籍整理主要还是"经术"类，印证两汉不存在结集层面的文人作品编。

既然如此，如何看待《汉书·艺文志》之《诗赋略》呢？东汉班固本自刘歆《七略》而撰《诗赋略》，实蕴含后世"集部"之体，《隋书·经籍志》即称："班固有《诗赋略》，凡五种，今引而伸之，合为三种，谓之集部。"明胡应麟《少

---

① 魏徵等：《隋书》，第906页。

室山房笔丛》称"诗赋一略，则集之名所由昉"，又刘师培称："自吾观之，客主赋以下十二家，皆汉代之总集类也，余则皆为分集。"但这还不宜直接视为"集部"，因为作为部类著录的是成书形态的典籍，而《诗赋略》著录者并非严格意义上的书籍形态，主要属篇目的概念（缺乏统系全篇的总题名，即便视为"成书"也只是刘向的秘阁整理行为，而流通中的诗赋实际是单篇形态，而非如《六艺略》和《诸子略》等属汇纂成书的形态）。《后汉书》诸文士传繁琐罗列各体文章篇目，而非以"集"总之，恰缘于当时并不存在文人集，作品以各自相对独立的单篇流传。章学诚云："范、陈二史所次文士诸传，识其文笔，皆云所著诗、赋、碑、箴、颂、诔若干篇，而不云文集若干卷，则文集之实已具，而文集之名犹未立也。"①实则文集名与实皆未具。有意识地进行诗文作品的编撰，出现在东汉末建安间之后，意味着文集开始成为有别于经史和子书著述的新形态。

曹丕《与吴质书》称"徐陈应刘，一时俱逝，痛可言邪……顷撰其遗文，都为一集"，所编之集当即《邺中集》，属于总集。按此书撰写于建安二十三年（218），文人集称"集"始于此。又《文选》卷四十繁休伯《与魏文帝笺》李善注引《文帝集序》云："上西征，余守谯，繁钦从。时薛访车子能喉啭，与笳同音。钦笺还，与余而盛叹之，虽过其实而其文甚丽。""余"即曹丕，推知此序为曹丕亲自为其集子所写，这是今所见最早的集序（曹丕逝后集子改题"文帝集"，序亦相应改题"文帝集序"）。按曹丕《与王朗书》称"论撰所著《典论》、诗赋，盖百余篇"，又《三国志·魏书·文帝纪》云："帝好文学，以著述为务，自所勒成垂百篇。"②则"论撰"及"自所勒成"者即改题之后的《文帝集》，或编在魏黄初间。不但有意识的编集子，还为之撰序，这在两汉时期是不存在的。当时应当还编有孔臧集（据《孔丛子·连丛子》）、孔融集（据《后汉书·孔融传》）和曹植集等集子。曹植也自编有集，只不过未称以"集"名，《艺文类聚》引曹植《文章序》云："余少而好赋，其所尚也，雅好慷慨，所著繁多。虽触类而作，然芜秽者众，故删定别撰，为《前录》七十八篇。"③总之，编文人集子在曹魏时期已经是著述的新手段，

---

① 章学诚：《文史通义》，第 286 页。
② 陈寿：《三国志》，北京：中华书局，1982 年，第 88 页。
③ 欧阳询：《艺文类聚》，汪绍楹校，上海：上海古籍出版社，1999 年，第 996 页。

相较于汉代文人作品但记篇目的方式显然是一大进步，这也是魏晋时期出现四部之丁部的基础背景（《晋书》还记载了当时存在的一部分文人集）。

文人集这类不同于经史、诸子著述的典籍，反映在国家藏书中应该如何分类？再者集子所收的作品也不仅是诗赋二体，汉代《诗赋略》的体例已经不适应新的典籍分类要求。对于这些诉求，传统的分类体系出现丁部，以之取代"诗赋略"的体例。可以说，"四部"的形成与魏晋大量出现的文学典籍存在着直接的关系，王重民先生认为："文学和史学书籍的数量有显著的增多，兵书和阴阳数术书籍相对的减少。这就使《七略》的分类体系不再适用，所以《晋中经簿》在分类体系上根据发展的实际做了新的变革，把六略改为四部，以适应并包容新的文化典籍，从此开创了四分法。"①按诸史料，《隋志》明确称四部之创立始自西晋荀勖，云："魏氏代汉，采掇遗亡，藏在秘书中、外三阁。魏秘书郎郑默，始制《中经》，秘书监荀勖，又因《中经》，更著《新簿》，分为四部，总括群书……四曰丁部，有诗赋、图赞、汲冢书。"②阮孝绪《七录序》亦云："晋领秘书监荀勖因魏《中经》更著《新簿》，虽分为十有余卷，而总以四部别之。"荀勖称集部为"丁部"。但四部是否始自荀勖存在异议，兹略述如下：

其一，"四部"之称产生在东汉末。"四部"之称，见诸如下史料：《太平御览》卷六百八引孔融《与诸卿书》称："郑康成多臆说，人见其名学为有所出也。证案大较，要在五经四部书，如非此文，近为妄矣。"《华阳国志·先贤士女总赞》"李撰"条称："少受父业，又讲问尹默，自五经四部、百家诸子、伎艺、算计、卜数、医术、弓弩机械之巧，皆致思焉。"又《三国志》裴注引《典论》曹丕自叙称："余是以少诵《诗》《论》，及长而备历五经四部，《史》《汉》、诸子百家之言，靡不毕览。"

然何谓"四部"？难以推知。钱大昕《潜研堂文集·答问》云："所谓四部者，似在五经诸子之外，亦不知其何所指。"③今人多注《自叙》"四部"为荀勖

---

①　王重民：《中国目录学史论丛》，第41—42页。

②　魏徵等：《隋书》，第906页。

③　钱大昕：《潜研堂文集》卷13，《续修四库全书》影印清嘉庆十一年（1806）刻本，上海：上海古籍出版社，2002年，第1438册，第553页。

之甲乙丙丁四部，似亦不确。余嘉锡称："汉魏之间，实已先有四部之名"，"以四部置之经子史之外，则非荀勖之四部矣。所指为何部书，无可考证。以意度之，七略中六艺凡九种，而《刘向传》但言'诏向领校中五经秘书。'盖举《易》《书》《诗》《礼》《春秋》立博士者言之，则曰五经；并举乐言之，则曰六艺；更兼《论语》《孝经》小学言之，则为九种。汉末人以为于九种之中独举五经，嫌于不备，故括之曰五经四部。四部者即指《六艺略》中之乐、《论语》《孝经》小学也。此虽未有明证，而推测情事，或当如此。"①或称余氏此说"虽为推论之语，然于情理皆合，确是高见"②。总之，此"四部"即便与荀勖之四部并无关联，甚至与图书分类不存在任何关系，但对荀勖创立四部至少在称谓的形式层面或有所启发及影响。

其二，"四部"始创于曹操、郑默。《事物纪原》卷四"四部"条引《续事始》云："魏武置四库图书，分甲、乙、丙、丁为部目藏之。"③此为后出材料，未必可信。但曹操确实做过设置秘书令以"掌文籍"的举措，《初学记》卷十二《秘书监》第九云："按秘书监，后汉桓帝置也，掌图书秘记，故曰秘书，后省之。至献帝建安中，魏武为魏王，置秘书令，典尚书奏事，而秘书改令为监，别掌文籍焉。"④《晋书·职官志》也有类似记载。

此外，《隋志》既称荀勖因郑默《中经》而著《新簿》（即《晋中经簿》），分为四部，似乎郑默已有四部分类。按《晋书·郑默传》云其"起家秘书郎，考覈旧文，删省浮秽。中书令虞松谓曰：'而今而后，朱紫别矣。'"《北史·牛弘传》云："魏文代汉，更集经典，皆藏在秘省，内外三阁，遣秘书郎郑默删定旧文，论者美其朱紫有别。"又《北堂书钞》卷五十七"秘书郎"条引王隐《晋书》云："默为秘书郎，删省旧文，除其浮秽，著魏《中经簿》。"推知郑默的《中经簿》是有明确的典籍分类的。姚振宗即称："四部之体发端于郑，而论定于荀，荀、

---

① 余嘉锡：《目录学发微》，第 153 页。
② 葛志伟：《四部释义：对古籍整理中一个常见错误的辨正》，《新世纪图书馆》2014 年第 4 期，第 66 页。
③ 高承撰，李果订：《事物纪原》，金圆、许沛藻点校，北京：中华书局，1989 年，第 182 页。
④ 徐坚等：《初学记》，北京：中华书局，2004 年，第 294 页。

郑同时人，二人所撰先后相去十余年，其时唯以甲乙丙丁为部，尚未有经史子集之名。"① 又称："按四部体制，始于曹魏之郑默，成于东晋之李充。"② 高路明也认为："荀勖的《新簿》既是因《中经》而成，《中经》的分类也应当是四部。"③ 张可礼先生则认为郑默《中经》是否四部分法，还"有待考证"④。他又据《南齐书·竟陵文宣王子良传》称萧子良"移居鸡笼山邸，集学士抄《五经》、百家，依《皇览》例为《四部要略》"，认为："四部分法，可能滥觞于魏文帝曹丕时编纂的《皇览》。"⑤ 按《三国志·魏书·杨俊传》裴注引《魏略》云《皇览》"合四十余部，部有数十篇，通合八百余万字"，故《皇览》不可能是四部分类。

　　总之，东汉建安、曹魏黄初年间似已肇创四部分法，荀勖只不过是继承者，或者只是做了一番使之更加完善的工作。史料既然明确记载曹丕、曹植兄弟皆有集子，曹丕征集孔融遗文也会编有集子，这些集子势必典藏曹魏秘阁，登载簿录。郑默所撰《中经》作为曹魏秘阁的典籍总目，亦必著录上述集子，这就涉及到集子的分类问题。照此情理推知郑默既参与整理集子一类的典籍（尽管当时数量恐怕还不多，主要针对汉代文士和曹魏当代），也会在《中经》里考虑设置著录文人集的类目。故不妨将荀勖之"四部"适当上溯，可能是更符合历史场景的拟测。

　　再来谈第二个问题，四部之丁部的面貌。《隋志》称荀勖的丁部著录"诗赋、图赞和汲冢书"，又《文选》卷四十六《王文宪集序》李善注引王隐《晋书》云："荀勖字公曾，领秘书监，与中书令张华依刘向《别录》整理错乱，又得《汲冢竹书》，身自撰次以为《中经》。"推断荀勖尽管确立四部分法，不同于《汉书·艺文志》的六分法，但也并非未受到汉代目录学的影响，依刘向《别录》整理典籍便是明证。因此，丁部著录的典籍仍以"诗赋"称之，可谓仍不脱《诗赋略》窠臼之影响。至东晋李充依然如此，李善注引臧荣绪《晋书》称：《五经》为甲

① 姚振宗：《隋书经籍志考证》，第 5041 页。
② 姚振宗：《汉书艺文志条理》叙录，《二十五史补编》本，北京：中华书局，1955 年，第 1527 页。
③ 高路明：《古籍目录与中国古代学术研究》，南京：江苏古籍出版社，1997 年，第 23 页。
④ 张可礼：《中国古代文学史料学》，第 177 页。
⑤ 同上，第 177 页。

部，史记为乙部，诸子为丙部，诗赋为丁部。"（李充将乙丙之书互换，与今之四部相应）《玉海·艺文》也称荀勖之四部实则"合《兵书》《术数》《方技》于《诸子》，自《春秋》类摘出《史记》，别为一，《六艺》《诸子》《诗赋》皆仍歆旧"。以致于有学者称："晋人荀勖所编《中经新簿》，虽按四部分类，但其中的丁部仍相当于《七略》的《诗赋略》。"①但丁部中的"诗赋"只是说著录的作品集主要文体是诗赋，而非著录的是诗赋作品，这是需要明确的。荀勖设立四部针对的是成书形态的典籍而言，荀勖《让乐事表》即云："臣掌著作，又知秘书，今覆校错误十万余卷书，不可仓卒。复兼他职，必有废顿。"故将丁部里的"诗赋"理解为单纯的文体作品是不准确的。

实际上，丁部著录了相当一部分文人集，张政烺先生称："荀勖丁部上承刘歆《诗赋略》，故撰次文章家集，赋诔诗赞居首，而以书论杂文为末。"②荀勖所撰《文章叙录》（晋秘阁所藏文人集的叙录类著述）也可为证。魏晋时期出现的文人集，的确影响到了典籍的分类体系，改变了汉代以六艺、诸子类典籍为盛的局面，着眼于目录学体系的平衡性必须调整部类。再者，东汉以来各体文章兼备，创作亦趋于繁夥，作品集也并非诗赋两体所能涵纳，《汉志》之《诗赋略》的目录学体制已经不适合新的分类现实。章学诚即称："文集炽盛，不能定百家九流之名目，四部之不能返《七略》者三。"③但以西晋秘阁所储存的诗文编从量而言（所编集子以汉代、曹魏西晋当代为主，作家数量毕竟有限）尚不足以独立为一个部，于是将图赞和汲冢书这两类属史部的东西也附入其中。可见，荀勖敏锐地注意到魏晋别集的出现对典籍分类的影响，赋予其独立的目录学地位；但又援据《诗赋略》之名义以确立该目录学地位的依据，还要充分考虑四部之间的平衡性。因此，荀勖的四部体制最具创新色彩的便是丁部，没有魏晋别集便不会出现丁部；当然也正缘于属初创而体现较多的调和因素。王瑶先生即称荀

---

①　李大明：《别集缘起与文人专集编辑新探》，《重庆师院学报》（哲社版）1996年第1期，第79页。

②　张政烺：《王逸集牙签考证》，载《文史丛考》，北京：中华书局，2012年，第182页。

③　章学诚：《校雠通义》（附《文史通义》后），叶瑛校注、靳斯点校，北京：中华书局，1985年，第956页。

勖"以甲乙丙丁次之，而不名为经史子集，就是因为条件比较地含混"①，确得其实。正是此含混性，丁部的"诗赋"只是指"收录范围或体裁，并非确定的书名"②，确定以"集"作为类目之称则出现在南北朝。

二、南朝宋齐别集的兴起与集部的稳定

魏晋时期是别集的形成和确立阶段，南朝宋、齐则是别集的兴起阶段（此阶段的界定，详参后文论述），表现在文人集的编撰不断成熟，规模趋于壮大，更为重要的是"集"开始作为此类诗文编的统称。按诸史料，东晋即已出现"集"之统称，张湛《列子注序》云："颖根于是唯赉其祖玄、父咸子集。"又释僧肇《答刘遗民诗》云："得君念佛三昧咏，并得远法师三昧咏及序。此作兴寄既高，辞致清婉，能文之士，率称其美。可谓游涉圣门，扣玄关之唱也。君与法师，当数有文集。"两条材料皆将不同人的诗文编合称以"集"，这种变化是值得注意的。它表明个人的诗文编为一书可以直接称"集"，也可以将不同人的集子再以"集"统称之，这样"集"便具有个别和类目的双重属性。

而此变化在东晋之前的曹魏、西晋乃至汉代不曾出现过，也不具备出现的条件。以经史子集四者出现的次第而言，经、子最早，史次之，集最晚。《汉书·艺文志》云："成帝时，诏刘向校经传、诸子、诗赋。"史类书籍含在经之春秋类（如司马迁《太史公书》），尚未独立出来，而集范畴的作品则以诗赋称之。东汉以来至魏晋史渐次获得独立，出现"子史""经史"诸称，如《晋平西将军周处碑》称"便好学而寻子史"，《三国志·蜀书·尹默传》称"通诸经史"，又《晋书·郑冲传》称"耽玩经史"。魏晋尽管出现文人别集，但集类典籍还未找到一个统称，仍笼统以诗赋、文章等称之（着眼于文体和作品属性），如《抱朴子内篇·遐览》云："或曰：鄙人面墙，拘系儒教，独知有五经三史百氏之言，及浮华之诗赋，无益之短文，尽思守此，既有年矣。"③又《抱朴子外篇·自叙》云："但

① 王瑶：《文体辨析与总集的成立》，第99页。
② 李伯勋：《陈寿编诸葛亮集二三考》，《成都大学学报》（社科版）1995年第3期，第44页。
③ 王明：《抱朴子内篇校释》，北京：中华书局，1980年，第303页。

贪广览，于众书乃无不暗诵精持，曾所披涉，自正经诸史百家之言，下至短杂文章，近万卷。"①"浮华之诗赋"及"短杂文章"未必仅指单篇的作品，编本的集子也是含在里面的。随着东晋"集"统称观念的出现，南朝宋齐两朝便沿而袭之，且趋于固定。如《宋书·氏胡传》云元嘉三年（426），"（蒙逊）世子兴国遣使奉表，请《周易》及子集诸书，太祖并赐之，合四百七十五卷"②。又《文心雕龙·通变》云："今才颖之士，刻意学文，多略汉篇，师范宋集，虽古今备阅，然近附而远疏矣。"③以"集"相统称从出现到渐趋固定，结合宋齐阶段是别集编撰的兴起期，必然对目录学的分类体系产生影响。

　　谈及南朝的目录学体系，先略述东晋时期典籍整理和目录学的整体状况。因为东晋属播迁过江的王朝，典籍存亡的状况，特别是李充四部目录的调整，都显示出与西晋时期的不同性。《晋书·王导传》云："时中兴草创，未置史官，导始启立，于是典籍颇具。"至明帝司马绍等帝王相继重视典籍整理，《晋书·儒林传》云："明皇聪睿，雅爱流略；简文玄嘿，敦悦丘坟，乃招集学徒，弘奖风烈，并时艰祚促，未能详备。"又《建康实录》卷九云："（东晋孝武帝司马曜太元）十六年（391）春正月，诏徐广校秘阁四部，见书凡三万六千卷。"其中影响最巨者当属李充，《晋书·文苑传》云："服阕，为大著作郎。于时典籍混乱，充删除烦重，以类相从，分作四部，甚有条贯，秘阁以为永制。"④又《隋书·经籍志》云："东晋之初，渐更鸠聚。著作郎李充，以勘旧簿校之，其见存者，但有三千一十四卷。充遂总没众篇之名，但以甲乙为次。自尔因循，无所变革。其后中朝遗书，稍流江左。"⑤两条材料将李充在目录学层面的整理分别称以"以为永制""自尔因循"，但并未作具体交代。按《七录序》云："及著作佐郎李充始加删正，因荀勖旧簿四部之法，而换其乙、丙之书。没略众篇之名，总以甲乙为次。自时厥后，世相祖述。"知李充将乙、丙两部互换，即史类书居子类书之

---

① 杨明照：《抱朴子外篇校笺》，北京：中华书局，1997年，第655页。

② 沈约：《宋书》，北京：中华书局，1974年，第2415页。

③ 范文澜：《文心雕龙注》，北京：人民文学出版社，1958年，第520页。

④ 房玄龄等：《晋书》，第2391页。

⑤ 魏徵等：《隋书》，第906页。

前，亦即臧荣绪《晋书》所称的"五经为甲部，史记为乙部，诸子为丙部，诗赋为丁部"（李善注引）。此种调整遂为后世因循至今。调整并未涉及丁部，集类书在部类上处于稳定的位置，反映出编集子这种著述手段和典籍形态在东晋时期继续得到确立和巩固。据《七录序》所附"古今书最"，东晋官修目录书有《晋元帝书目四部》《晋义熙四年（408）秘阁四部目录》，采用的当即李充之四部。此亦间接推知官修目录之丁部当著录了相当规模的文人别集，即经秘阁整理过的自汉（也可能包括周秦时期的集子，但量可能不会很大）至东晋当代的集子。

晋宋鼎革，宋接管东晋秘阁藏书，《宋书·臧质传》云："进至京邑，桓玄奔走，高祖使熹入宫收图书器物，封闭府库。"[①]宋、齐两朝的典籍整理和目录纂修总体比前朝为盛，《七录序》云："宋秘书监谢灵运、丞王俭，齐秘书丞王亮、监谢朓等并有新进，更撰目录。宋秘书殷淳撰《大四部目》，俭又依《别录》之体撰为《七志》。"又《隋书·经籍志》云："宋元嘉八年（431），秘书监谢灵运造《四部目录》，大凡六万四千五百八十二卷。元徽元年（473），秘书丞王俭又造目录，大凡一万五千七百四卷。俭又别撰《七志》：一曰经典志，纪六艺、小学、史记、杂传；二曰诸子志，纪今古诸子；三曰文翰志，纪诗赋；四曰军书志，纪兵书；五曰阴阳志，纪阴阳图纬；六曰术艺志，纪方技；七曰图谱志，纪地域及图书。其道、佛附见，合九条。然亦不述作者之意，但于书名之下，每立一传，而又作九篇条例，编乎首卷之中。文义浅近，未为典则。"[②]可谓综括性的介绍，兹据纂修书目的目录学体制分而述之：

其一，四部分法。南朝宋时，采用四部分法相继有殷淳、谢灵运和王俭。《宋书·殷淳传》云："在秘书阁撰《四部书目》凡四十卷，行于世。"[③]按本传称淳"少帝景平初，为秘书郎，衡阳王文学，秘书丞，中书黄门侍郎"，推断《四部书目》纂修在少帝景平（423—424）年间。《南史·殷淳传》《四部书目》作《四部书大目》。其次是元嘉八年谢灵运所纂《四部目录》，《宋书·谢灵运传》称"徵为秘书监……使整理秘阁书，补足遗阙"，即"古今书最"所载之宋元帝元嘉八

---

① 沈约：《宋书》，第 1909 页。
② 魏徵等：《隋书》，第 906—907 页。
③ 沈约：《宋书》，第 1597 页。

年《秘阁四部目录》。最后是元徽元年王俭的四部目录，即《南齐书·王俭传》所称之"又撰定《元徽四部书目》"，亦即"古今书最"所载的宋元徽元年《秘阁四部书目录》。齐时王亮、谢朏所撰目录亦属四部分法，《隋志》云："齐永明中，秘书丞王亮、监谢朏又造《四部书目》，大凡一万八千一十卷。"此即"古今书最"所载的永明元年《秘阁四部目录》。由此可见，四部的目录学体制基本取得稳定性的地位，作为著录文人别集的丁部亦如此，这与东晋以来宋、齐时期别集编撰的发展（自量而言）密不可分。

在四部书中丁部之书最为晚出，如果不是大量别集（也包括总集等）的涌现，不会使得四部体制得以稳定。证以目录所著录书（典籍）的卷数，谢灵运的《四部目录》是六万四千五百八十二卷，至王俭增益一万五千七百四卷。自元嘉八年至元徽元年仅四十余年，增益如此之多的藏书量。而自元徽元年至齐永明间的十余年，竟然又增益达一万八千一十卷，完全可以推断所增之藏量中别集占相当比例。章炳麟称："《七略》惟有诗赋，及东汉铭诔、论辩始繁，荀勖以四部变古，李充、谢灵运继之，则集部自此著。"[1] 实际也可以说是四部藉别集而著。

此外，典籍的叙录类著述也采用四部分法，《南齐书·竟陵文宣王子良传》云永明五年（487），"移居鸡笼山邸，集学士抄《五经》、百家，依《皇览》例为《四部要略》千卷"。其中即含有文人别集的提要性或节录性资料。

其二，《七略》分法。《汉书·艺文志》援据刘歆《七略》，实际是六分法，宋王俭则调整为名副其实的七分法，即所撰《七志》。《宋书·后废帝纪》云元徽元年，"秘书丞王俭表上所撰《七志》三十卷。"[2] 又《南齐书·王俭传》云："上表求校坟籍，依《七略》撰《七志》四十卷，上表献之，表辞甚典。"[3]《七录序》称"俭又依《别录》之体撰为《七志》"。据《隋志》所云，《七志》的前六类基本依傍《汉书·艺文志》（即《七略》之次），增益第七类即图谱志而成部类的七分。值得注意的是，王俭将"诗赋略"改称"文翰志"，阮孝绪在《七录序》

---

①　章炳麟：《国故论衡》，北京：商务印书馆，2010年，第81-82页。

②　沈约：《宋书》，第180页。

③　萧子显：《南齐书》，第433页。

中有所阐述，云："王以诗赋之名，不兼余制，故改为文翰。"意思是说"诗赋"之称不含其他文体而过于局限，遂扩称"文翰"。王俭注意到"诗赋略"的目录体系已经无法涵盖新的诗文编典籍。以魏晋以来的别集而言，集子收录的文章可谓众体兼备，远逾诗赋二体。"文翰"之称的出现，其最大动力仍与别集在内的集类文献密不可分。同丁部一样，"文翰志"著录的典籍也是"纪诗赋"，这是泛称，著录以诗赋为主要文体的诗文编（集子：别集、总集等）。证以《文选》卷二十一应璩《百一诗》李善注引《今书七志》云："《应璩集》谓之新诗，以百言为一篇。"《七志》的"文翰志"著录有《应璩集》。王俭同时使用四分和七分两种分类法纂修目录，印证四部分法尽管趋于稳定，但相较而言七分法更为精细。理由是丁部中的图赞析出列在"图谱志"中（《汲冢书》在《七志》疑归属"经典志"中的"史记杂传"），这样就突出了"文翰志"，别集的独立地位愈加彰显。

　　总之，文人别集编撰的影响主要体现为两端：其一，使得四分法的四部体制得以稳定，直接表现是丁部的藏书量规模扩大；其二，别集这种著述手段下的典籍地位的提高，又客观要求在目录学体系中更加突出和独立，遂又催生出七分法体系中的"文翰志"。

三、南朝梁别集的繁荣与集部的定型

　　齐、梁之际由于兵燹灾火，秘阁藏典籍遭到焚毁，《文馆词林》卷六九五载梁武帝《集坟籍令》云："近灾起柏梁，遂延渠阁，青编素简，一同煨烬；缃囊缇袠，荡然无余……便宜选陈农之才，采河间之阙，怀铅握素，汉简杀青，依秘阁旧录，速加缮写。便施行。"[①]《七录序》和《隋志》也提及由秘书监任昉加以蒐辑整理。《隋志》称整理后秘阁所藏"大凡二万三千一百六卷"，尽管总量不及宋、齐两朝（谢灵运目录合王俭、谢朓之目，总为九万八千二百九十六卷），但有梁一朝典籍之盛尤为史料所措意。如《七录序》云："齐末兵火，延及秘阁。有梁之初，缺之甚众。爰命秘书监任昉躬加部集。又于文德殿内别藏众书，使

---

　　① 罗国威：《日藏弘仁本文馆词林校证》，北京：中华书局，2001年，第444页。

学士刘孝标等重加校进……江左篇章之盛，未有踰于当今者也。"① 又《隋书·经籍志》云："梁武敦悦诗书，下化其上，四境之内，家有文史。"② 又云："元帝（萧绎）克平侯景，收文德之书及公私经籍归于江陵，大凡七万余卷。"确已相当可观。就别集而言，不管是编撰整理的集子数量，还是编集子的体制（如以一官为一集，前、后集等），梁代均显得规模更大（据《梁书》《南史》和《隋志》等记载）和编撰更成熟完备，可谓六朝别集的繁荣阶段。故萧绎《金楼子·立言》云："诸子兴于战国，文集盛于二汉。至家家有制，人人有集。"③ 这里是说梁代当时整理编撰了大量的汉人集，来说明汉人创作之盛；但梁代更盛以致出现"人人有集"的局面。将梁代界定为别集发展的繁荣阶段，此可为佐证。

梁代秘阁典籍之目仍然采用四部分法，《隋志》称"梁有秘书监任昉、殷钧《四部目录》"。按《金楼子·立言》云："任彦升甲部阙如，才长笔翰，善缉流略，遂有龙门之名。"④ 又《梁书·殷钧传》云："钧在职，启校定秘阁四部书，更为目录。"⑤ 所指即《四部目录》。又在四分法的基础上将术数之书"更为一部"而成五分法，即《隋志》所称的"《五部目录》"，亦即"古今书最"所称之梁天监四年（505）《文德正御四部及术数书目录》。也出现了采用四分法的私人纂修书目，《梁书·文学·刘杳传》云："杳自少至长，多所著述，撰《要雅》五卷、《楚辞草木疏》一卷、《高士传》二卷、《东宫新旧记》三十卷、《古今四部书目》五卷，并行于世。"⑥ 四部之称仍沿用荀勖创立的甲乙丙丁，证以《梁书·文学·臧严传》云："（湘东王萧绎）尝自执四部书目以试之，严自甲至丁卷中，各对一事，并作者姓名，遂无遗失。"⑦ 又《南史·何宪传》云："任昉、刘沨共执秘阁四部书，试问其所知，自甲至丁，书说一事，并叙述作之体，连日累夜，莫见所遗。"⑧ 四部

---

① 阮孝绪：《七录序》，第 112 页。

② 魏徵等：《隋书》，第 907 页。

③ 许逸民：《金楼子校笺》，第 852 页。

④ 许逸民：《金楼子校笺》，第 966 页。

⑤ 姚思廉：《梁书》，北京：中华书局 1973 年版，第 407 页。

⑥ 同上，第 717 页。

⑦ 同上，第 719 页。

⑧ 李延寿：《南史》，北京：中华书局，1975 年，第 1213-1214 页。

的体制基本定型，丁部作为著录集类书的部类固定下来，与别集编撰繁盛足以支撑一个独立的部类也直接相关。甚至还出现重视丁部书的现象，《梁书·张率传》云天监七年（508），"敕直寿光省，治丙、丁部书抄"（《南史》"治"作"修"）。又《南史·徐羡之传》云："（徐绲）子君蒨字怀简，幼聪朗好学，尤长丁部书，问无不对。"①按徐君蒨为梁湘东王萧绎镇西咨议参军，当与萧绎重文有关。此两条材料印证集子在文人生活中处于重要的地位，萧绎所称"人人有集"（从阶层而言当然主要限于中上层士族）并非虚语，也是梁代文学昌盛的一个注脚。

史料也表明梁元帝时可能已经出现经史子集之称，与甲乙丙丁逐一对应且两种称呼并存。《北齐书·文苑·颜之推传》载其所撰《观我生赋》，其中"或校石渠之文"句自注云："王司徒（即王僧辩）表送秘阁旧事八万卷，乃诏比校，部分为正御、副御、重杂三本。左民尚书周弘正、黄门郎彭僧朗、直省学士王珪、戴陵校经部，左仆射王褒、吏部尚书宋怀正、员外郎颜之推、直学士刘仁英校史部，廷尉卿殷不害、御史中丞王孝纪、中书郎邓荩、金部郎中徐报校子部，右卫将军庾信、中书郎王固、晋安王文学宗善业、直省学士周确校集部也。"②按此指萧绎在江陵时的典籍整理活动，而此赋作于北齐亡后入北周之时。即便在江陵时尚未出现经史子集之称，那么也至迟在北周时已经出现，颜之推使用北周当时之称加以追记在江陵时参与的整理活动（参下文所述）。

在实际应用领域，"集"不仅具有统称之义，还与史子并列带有"类目"的属性。如《文心雕龙·通变》云："今才颖之士，刻意学文，多略汉篇，师范宋集，虽古今备阅，然近附而远疏矣。"又《隐秀》云："凡文集胜篇，不盈十一。"《北史·儒林·刘炫传》云："隋开皇中，奉敕与著作郎王邵同修国史……尚书韦世康问其所能，炫自为状曰：'《周易》《礼记》……孔、郑、王、何、服、杜等注，凡十三家，虽义有精粗，并堪讲授……史子文集，嘉言故事，咸诵于心。'"③但"集"尚未明确沿用于丁部之称中，不能不说仍有缺憾。颜之推使用"集部"之称无疑是创举，也印证丁部替换为集部虽仅是一字之易，却是一段相当漫长的

①　李延寿：《南史》，北京：中华书局，1975年，第441页。
②　李百药：《北齐书》，北京：中华书局，1972年，第622页。
③　李延寿：《北史》，北京：中华书局，1974年，第2764页。

过程。

　　除颜之推在四分法层面使用"集部"之称，"集"作为部类之称还出现在了阮孝绪的七分法中。《隋书·经籍志》云："普通中，有处士阮孝绪，沉静寡欲，笃好坟史，博采宋、齐已来，王公之家凡有书记，参校官簿，更为七录：一曰经典录，纪六艺；二曰记传录，纪史传；三曰子兵录，纪子书、兵书；四曰<u>文集录</u>，纪诗赋；五曰技术录，纪数术；六曰佛录；七曰道录。其分部题目，颇有次序，割析辞义，浅薄不经。"①《梁书·阮孝绪传》亦称"所著《七录》等书二百五十卷，行于世"。就现存资料而言，部类称以"集"始于阮孝绪的《七录》。以之与同属七分法的王俭《七志》相较：其一，阮孝绪将"文翰志"改称"文集录"，《七录序》云："窃以顷世文词，总谓之集，变翰为集，于名尤显，故序《文集录》为《内篇》第四。"著录范围称以"纪诗赋"，仍不脱《汉书·艺文志》（《七略》）窠臼。其二，分类更多受到四部体制的影响，前四类基本对应四部，只是将第五类的"技术录"单列，第六"佛录"和第七"道录"只是凑入其中以合于七分。故阮孝绪的《七录》基本等同于四部，而将"集"之称直接沿用于部类，直接开《隋志》部类称"集"的先河。恰如章学诚所称："荀勖《中经》有四部，诗赋图赞与汲冢之书归丁部，王俭《七志》以诗赋为文翰志，而介于诸子、军书之间，则集部之渐日开，而尚未居然列专目也。至阮孝绪撰《七录》惟技术、佛道分三类，而经典、记传、子兵、文集之四录，已全为唐人经史子集之权舆。是集部著录实仿于萧梁，而古学源流，至此为一变，亦其时势为之也。"②郭绍虞也说："自南朝以后而集部始别为著录。"③可以说，"文集录"的出现既充分照顾到著录之文人集多称"集"的事实，又相应地在目录学体系中做出名实相副的部类之称，允为尽善尽美之举。

　　总之，自荀勖创立四部分类，至南朝或为四分，或沿袭《汉书·艺文志》即《七略》采用七分法。《旧唐书·经籍志》即云："荀勖、李充、王俭、任昉、祖暅，皆达学多闻、历世整比，群分类聚，递相祖述。或为七录，或为四部。

① 魏徵等：《隋书》，第907页。
② 章学诚：《文史通义》，第297页。
③ 郭绍虞：《中国文学批评史》，北京：商务印书馆，2010年，第160页。

言其部类，多有所遗。"①总体而言四部分法更趋稳定，背后反映的是包括别集在内的集类典籍编撰足以支撑目录学层面一个独立部类的存在。可以说，四部分法之所以得到成立，与魏晋以来的著述新形态别集存在着密切的关系，也是此目录学体系在南朝不断巩固和定型的内在动力。但就名实相合而言，七分法更能体现集类典籍，从王俭的"文翰"到阮孝绪的"文集"，虽仅一字之差，却将本部类著录文人集的总体特征概括出来。且其实质仍是四分法，明确称之为"集"等同于将丁部视为"集"，可谓将丁部著录书的范围和性质作出了开宗明义的界定。

顺带略谈北朝的别集编撰与部类情况。《隋志》描述北方的典籍收藏与整理，云："其中原则战争相寻，干戈是务。文教之盛，符、姚而已"，"后魏始都燕代，南略中原，粗收经史，未能全具。孝文徙都洛邑，借书于齐。秘府之中，稍以充实"，"后齐迁邺，颇更搜聚。迄于天统、武平，校写不辍"，"周武平齐，先封书府。所加旧本，才至五千。"史料表明典籍整理同样采用四部分类，《魏书·裴延儁传》云："（裴景融）笃学好属文……永安中，秘书监李凯以景融才学，启除著作佐郎，稍迁辅国将军、谏议大夫，仍领著作……时诏撰《四部要略》，令景融专典，竟无所成。"②《周书·寇儁传》亦云："时军国草创，坟典散逸，儁始选置令史，抄集经籍，四部群书，稍得周备。"③而且当时的四部之称似乎已称是经史子集，按《魏书·阳尼传》称"以尼学艺文雅，乃表荐之，征拜祕书著作郎，奏佛道宜在史录。"又《北齐书·杜弼传》称"乃引（杜弼）入经书库，赐《地持经》一部，帛一百疋"。"集"也存在统称之用，如北魏建义元年（528）刻《魏故侍中太尉公墓志铭》云："优游书圃，敖翔子集。"④北魏建义元年刻《魏故使持节相州刺史元端墓志铭》云："及五典六经之籍，国策子集之书，一览则执其归，再闻则悟其致。"⑤又北周保定五年（565）刻《周大将军广昌公故夫人

---

① 刘昫：《旧唐书》，北京：中华书局，1975 年，第 1961 页。

② 魏收：《魏书》，北京：中华书局，1974 年，第 1534 页。

③ 令狐德棻等：《周书》，北京：中华书局，1971 年，第 659 页。

④ 赵超：《汉魏南北朝墓志汇编》，天津：天津古籍出版社，1992 年，第 220 页。

⑤ 同上，第 233 页。

董氏之墓志铭》云:"夫人幼而聪敏,早该文艺……流略子集,皆所涉练。"① 照此理解,颜之推称经史子集更有可能是借用了北方之称。而此四称似肇始于北魏,至北周时已经成为固定称谓。

北朝别集编撰亦较盛,核之史书记载,如《魏书·崔挺传》云:"(高祖拓跋宏)问挺治边之略,因及文章,高祖甚悦,谓挺曰:'别卿已来,倏焉二载,吾所缀文已成一集,今当给卿副本,时可观之。'"② 又《魏书·刘昶传》云:"及发,高祖亲饯之,命百僚赋诗赠昶,又以其文集一部赠昶。"③ 此一部文集当即《崔挺传》所称"已成一集"者。《北史·李概传》称:"自简诗赋二十四首,谓之《达生丈人集》。"又《周书·薛善传》称:"(薛)慎字佛护,好学,能属文……有文集,颇为世所传。"北方人视别集之体似更为纯粹,证以《颜氏家训·勉学篇》云:"俗间儒士,不涉群书,经纬之外,义疏而已。吾初入邺,与博陵崔文彦交游,尝说《王粲集》中难郑玄《尚书》事,崔转为诸儒道之。始将发口,悬见排蹙,云:'文集只有诗赋铭诔,岂当论经书事乎?且先儒之中,未闻有王粲也。'崔笑而退,竟不以《粲集》示之。"④ 且史料所载之别集编撰大致集中在北魏中后期至北齐、北周,与南朝齐梁陈三朝在时段上相当(特别是梁代),故南北朝时期南方和北方均呈现出别集编撰的繁盛面貌,尤以萧梁时为甚。

总之,魏晋以至南北朝时期别集的形成、确立和发展繁荣,与目录学体系的形成和演变存在着互动关系。即别集自身所具备的著述新手段和典籍新形态的双重属性,势必辐射影响典籍分类和目录学体系,而新的目录体系又确认别集作为独立文献类别的地位。别集诸体兼备,以《七略》为代表的目录体系已不适合新的典籍分类需要,故荀勖创立"丁部",也是对别集目录学地位的肯定,尽管也存在调和性和模糊性。东晋至南朝宋"集"开始作为作品集这一类书的统称,具有个别和类目的双重属性,惜尚未在目录学层面移用于部类之称。王俭《七志》中的"文翰志"则进一步策应别集的实际文本面貌及其地位。至

---

① 罗新、叶炜:《新出魏晋南北朝墓志疏证》,北京:中华书局,2005 年,第 255 页。

② 魏收:《魏书》,第 1264 页。

③ 同上,第 1310 页。

④ 王利器:《颜氏家训集解》,新编诸子集成本,北京:中华书局,1993 年,第 183–184 页。

阮孝绪《七录》始径称"文集录"，使得部类之称与著录之书名实相合，肇开丁部称"集部"之先河。南北朝时期的南方和北方均呈现出别集编撰的繁盛面貌，四部分类中的丁部即缘此而设，而七分中的"文翰"和"文集"两类则更彰显别集的目录学地位。

第三节　汉魏六朝别集的存佚及分期

汉魏六朝文学研究离不开作品集，由于长期以来侧重点在作家作品的研究，较少关注集子本身的问题，诸如集子的编撰、存世的版本以及文本地位等。尽管现有汉魏六朝人集的校注整理本，会涉及此类问题，但也只是停留在就某家集而谈的"个案"，尚缺乏整体的统观和把握。比如习惯将此时段的集子统称为汉魏六朝别集，但大部分集子属明人重编本，并不反映唐前所编之集的文本面貌，因此它的文本地位也随之不同。绝大数六朝时成书的旧集在明代即散佚无多，明张溥《汉魏六朝百三家集叙》云："李唐以上……千余年间，文士辈出，彬彬极盛，而卷帙所存，不满三十余家。"① 姚士粦《见只编》亦称，汉魏六朝文集，今所见者惟十余集。② 今人逯钦立认为："六朝时期流传的一些别集、总集，到了明朝就有百分之九十九以上都散失了。"③ 至于六朝旧集的存世之目，清严可均称："见存今世者，仅阮籍、嵇康、陆云、陶潜、鲍照、江淹六家。"④ 逯钦立称："能确定流传到今天的旧集，至多只有嵇、陆、陶、鲍、谢、江六家而已，较之梁代文集，只剩下千分之一二了。"⑤ 实际只有五家（除去嵇康集）。因此研读作品、整理集子既需要清楚其成书的文本地位，也要通过调查版本尽可能选择更早面貌的文本。据文献记载和公私书目著录，通过清理汉魏六朝别集在唐前及

---

① 殷孟伦:《汉魏六朝百三家集题辞注》，北京：中华书局，2007 年，第 1 页。
② 姚士粦:《见只编》，《丛书集成初编》本，第 67 页。
③ 逯钦立:《先秦汉魏晋南北朝诗》后记，北京：中华书局，1983 年，第 2787 页。
④ 严可均:《全上古三代秦汉三国六朝文》凡例，第 2 页。
⑤ 逯钦立:《先秦汉魏晋南北朝诗》后记，第 2788 页。

隋唐以来的散佚情况，得出六朝旧集的存佚具有个三阶段。大致以唐末为分水岭，北宋以来特别是南宋开始大规模进行重编，而以明代为甚。由存佚阶段之划分，也相应地将汉魏六朝别集界定为古本（即六朝旧集）和重编本两种文本面貌。而分期则重在梳理别集在唐前的形成发展史过程，包括孕育、形成和确立、兴起及繁荣四个发展阶段，同时对于别集编撰与集部形成两者之互动关系也有所揭橥。

一、汉魏六朝别集在唐前散佚的原因

汉魏六朝别集就整体而言，存在六朝旧集和重编之集两种文本面貌。前者指六朝时期即已成书之集，是今之传本的内容的祖本。当然，六朝时期成书亦未必即符合集子原貌（如《陆机集》，据陆云《与平原书》陆机生前即由其弟着手整理集子，而集子的内容自东晋至南朝均有所散佚。所以梁本的陆机集显然不完全是陆云编本之貌），但相较于北宋以来重编之集显然更为接近原貌，故称之为六朝旧集。而后者则指北宋以来据总集、类书等辑出诗文的重编本，尽管已远非原貌之旧，却是今人研读六朝文学作品的第一手、依据性文本。其中不太容易界定的是唐代所传六朝别集的文本面貌，问题出在《旧唐志》著录了一部分《隋志》未著录的汉魏六朝别集，而此类别集却著录在《七录》中。一般认为此属唐开元间访书而致六朝旧集重现于世的结果，是否也存在唐人重编的可能性则无法遽然断定。但据记载又似乎不具备这种可能性（既找不到明确的材料支撑，也因唐本六朝人集未见有传世者而无从考察）。再者，唐初去六朝未远，民间完全有可能流传有六朝旧集，故应仍将唐本归入符合六朝旧集面貌为宜。即唐本是六朝旧集在唐代流传的版本，基本不存在内容重编的问题。

从版本角度而言，六朝旧集可称之为古本，包括六朝本和唐本，只是目前无一种此类版本存世（存有宋以来版本的六朝旧集数种）。但基本保留其内容原貌的宋本（或翻刻自宋本的明本）却存世，虽然古本不存，但借助此类版本仍可知悉其作为六朝旧集的文本面貌。北宋以来的重编本称为旧本（尽管是重编本，但或部分遗留有唐本之貌，如《曹植集》，而明以来重编之集绝大多数即今所见汉魏六朝别集之貌，不妨称之为今本。汉魏六朝别集的古本、旧本和今本是针对成书内容层面的版本表现而言，也直接反映别集在各历史阶段的存佚情况。

据公私史志目录，自《七录》始至《崇文总目》古本面貌汉魏六朝别集的存佚主要有三阶段（参下文第二部分论述），可见流传之不易，今仅存五种（即陆云集、陶渊明集、鲍照集、江淹集和谢朓集）。此属纵向历时性地考察存佚，也可进行横向考察，即梳理唐前六朝别集编撰成书时期的散佚及其缘由。亦即别集尚未随朝代更替（因为六朝是别集的古本旧集阶段，故将六朝以整体视之）而进入纵向流传之前的存佚状况，比如南朝整理和编撰了大量别集，但这些别集可能在当朝即致散佚，根本不曾纵向流传过。依据是南北朝史书等文献记载的一些六朝人集子，本传即明确交代散佚不传，印证本朝或作者生前就散失了。证以《北齐书·卢文伟传》称子询祖，"有术学，文章华靡，为后生之俊……有文集十卷，皆致遗逸"，即属此类情况。或本可著录在《七录》中，反而未见著录，也是集子在当时即散佚的佐证。如《南齐书》萧子隆本传称"文集行于世"，而《七录》及《隋志》均未著录该集。曹道衡先生称："疑是萧子隆被明帝萧鸾杀害时所毁。"①也只是一种推断。按《七录序》云："齐末兵火，延及秘阁。有梁之初，缺之甚众。"又《文馆词林》卷六九五载梁武帝《集坟籍令》云："近灾起柏梁，遂延渠阁，青编素简，一同煨烬；缃囊缇袠，荡然无余。"或即毁于此宫火而致梁时无传。因此，看待汉魏六朝别集的散佚不宜想当然地全归结为隋以来的朝代更替（随之带来的战乱、火厄等）所致，而是集子本身也存在"随编随佚"的现象。

别集在唐前的散佚（由于南朝梁是别集发展中的繁荣阶段，文献记载也多集中在该时期，故考察散佚以此为主），归纳起来主要有下述两种原因：

其一，政治动乱。政治动乱导致别集散佚不传，最具代表性的是侯景建康之乱和西魏攻灭江陵元帝政权，两者使本处于繁荣阶段的大量别集难脱损毁的

---

① 曹道衡：《兰陵萧氏与南朝文学》，北京：中华书局，2004 年，第 23 页。

厄运。前者如《梁书·萧子显传》称子显之子恺值"侯景寇乱"，而"于城内迁侍中，寻卒官，时年四十四，文集并亡佚"①。《谢举传》云："侯景寇京师，举卒于闱内……文集乱中并亡逸。"②《朱异传》云："所撰《礼》《易》讲疏及仪注、文集百余篇，乱中多亡佚。"③又《陈书·孝行·谢贞传》云："所有文集，值兵乱多不存。"④按其本传称"太清之乱，亲属散亡，贞于江陵陷没，喟逃难番禺，贞母出家于宣明寺"，知"兵乱"既有侯景之乱，也有西魏攻灭江梁政权的战乱。后者直接导致梁元帝萧绎焚毁秘阁所藏典籍，《隋书·经籍志》称："元帝克平侯景，收文德之书及公私经籍归于江陵，大凡七万余卷。周师入郢，咸自焚之。"⑤据《金楼子·聚书》云："又聚得元嘉《后汉》，并《史记》《续汉春秋》《周官》《尚书》及诸子集等，可一千余卷。"⑥推知大量别集即在焚毁之列。具体实例如《梁书·武帝纪》称萧衍"凡诸文集，又百二十卷"，而《周书·萧大圜传》则称江陵平后萧大圜在北周秘阁所检《梁武帝集》乃四十卷本，知集子遭江陵之乱而致篇卷缺失。又《梁书·刘孝先传》称"文集值乱，今不具存"。按其本传云承圣中，孝先"至江陵，世祖以为黄门侍郎，迁侍中"，则所值之乱也正是典籍痛史的江陵之乱。

其二，保存不善。保存不善主要有三种表现形式，一种是不注意整理保存自己的作品而致集子不传，如《梁书·萧子恪传》云："子恪尝谓所亲曰：'文史之事，诸弟备之矣，不烦吾复牵率，但退食自公，无过足矣。'子恪少亦涉学，颇属文，随弃其本，故不传文集。"⑦又《萧藻传》云："藻性谦退，不求闻达，善属文辞，尤好古体，自非公宴，未尝妄有所为，纵有小文，成辄弃本。"⑧在此情况下，即便有集子也是拾编遗逸的结果。如《陈书·文学·陆琰传》云："所制

---

① 姚思廉：《梁书》，第 513 页。
② 同上，第 530 页。
③ 同上，第 540 页。
④ 姚思廉：《陈书》，北京：中华书局 1972 年版，第 428 页。
⑤ 魏徵等：《隋书》，第 907 页。
⑥ 许逸民：《金楼子校笺》，第 516 页。
⑦ 姚思廉：《梁书》，第 509 页。
⑧ 同上，第 362 页。

文笔多不存本，后主求其遗文，撰成二卷。"① 其次是未留存副本，以致遇火患等而不传，如《南史·颜协传》称"文集二十卷，遇火湮灭"，《颜氏家训·文章》也说："诗赋铭诔书表启疏二十卷……未得编次，便遭火荡尽，竟不传于世。"② 再者就是个人遭际，如隋大业八年（612）刻《大都督韩府君之墓志》云："碑颂表章，集卷殊多，流移边服，遗丧略尽。"③ 按韩暨生于东魏孝静帝元象元年（538），至开皇十年（590）而卒，疑集子编在隋前。此外缺乏子嗣整理也是重要原因，如《北史·卢观传》云："观弟仲宣，小名金，才学优洽，乃踰于观……及兄观并无子，文集莫为撰次，罕有存者。"④ 又《裴庄伯传》云："兄弟（裴敬宪、裴庄伯）并无子，所著词藻，莫为集录。"⑤

还存在一种特殊情况即部分南朝著名作家的集子并不见诸本传记载，按常理在当时是应有集子之编且有所流传。如谢灵运，《宋书》本传称"每有一诗至都邑，贵贱莫不竞写"；加之谢灵运的上层士族地位，是必然有集子的。但本传仅称"所著文章传于世"，而不称有集。按《七录》著录《谢灵运集》二十卷、录一卷，印证至少在南朝梁时已流传有谢灵运集。谢朓，《南齐书》本传也不言有集之编。但据萧纲《与湘东王书》称"至如近世谢朓、沈约之诗，任昉、陆倕之笔，斯实文章之冠冕，述作之楷模"，似乎又有文集的编定本，否则如何对他的文学成就作出总体性概括。而至《隋志》，始见著录有谢朓集（《七录》是否著录该集不明确）。推测原因或在于谢灵运和谢朓均曾被指参与"谋逆"，自然影响其集子的编撰和流传，即便有集也不会经史家之手而署在本传。钱志熙先生则认为："以其著名，故不特别予以著录"，"晋宋史家著录当代作家文集行世是有一定的体例的，一流影响重大的作家，不须特别强调其文集行于世。"⑥ 这也只是一种说法，应该充分考虑到政治遭遇是影响甚至导致个人集子存佚的一

---

① 姚思廉：《陈书》，第 463 页。
② 王利器：《颜氏家训集解》，第 269 页。
③ 罗新、叶炜：《新出魏晋南北朝墓志疏证》，第 601 页。
④ 李延寿：《北史》，第 1091 页。
⑤ 同上，第 1376 页。
⑥ 钱志熙：《早期诗文集形成问题新探——兼论其与公谍集、清谈集之关系》，第 109 页。

层原因。只不过出自名家的集子即便不传，由于其诗文影响巨，社会阅读需求大，也会以重编的方式再行辑编。此外还有萧詧建立的后梁政权集团，也涌现出相当多的文人集。据《周书》之萧詧传的记载，有萧詧集、萧岿集、蔡大宝集、甄玄成集、岑善方集、傅准集、萧欣集、范迪集和沈君游集共九家，对于此偏居一隅的小朝廷而言算是可圈可点的。其中仅有萧欣集见于《七录》著录，萧岿、甄玄成和沈君游三家集见于《隋志》著录，其余诸家集未见著录。推测隋灭后梁之后，本人集子是否能够得以保留与政治态度密切相关，此亦属文人别集的存佚受政治遭遇影响的佐证。

二、从史志目录看古本面貌汉魏六朝别集的存佚

所谓古本面貌汉魏六朝别集的存佚，从成书内容来讲就是六朝旧集的存佚。前面的论述已基本清楚如下事实，即集兼具著述新手段和典籍新形态的双重属性，始自东汉建安间（曹丕编"都为一集"的《邺中集》，就整体可视为总集，而就某一人又可视为别集）。别集在魏晋时期取得形成和确立的地位，反映在目录学中是荀勖四部之丁部的创立。至少自荀勖《晋中经簿》始，四部分类固定体制之丁部便开始著录文人别集（周秦以至汉人集则由秘阁整理，采用追题的方式称以"集"）。当然，采用七分法分类的《七志》和《七录》等相应部类也著录有别集。自目录学中（公私书目）考察别集的存佚，只能追溯至南朝梁阮孝绪所撰《七录》，而且还是还原自《隋志》小注所称之"梁有"（凡称"梁有"者也可能据自其他公私书目，但难于稽考其实，兹姑据四库馆臣之说统系于《七录》）。《七录》中相当一部分文人集未见《隋志》著录，印证唐初是六朝别集散佚的第一阶段。《旧唐志》除著录《隋志》大部分固有别集外，尚著录一部分《七录》尚存而《隋志》不著录的六朝别集，属开元间访书而旧集重现的结果，这是第二阶段。第三阶段是以北宋官修《崇文总目》与《旧唐志》相较（《新唐志》抄自《旧唐志》，并不反映北宋实际传本面貌），著录之六朝别集大为减少，甚至基本不存，主要散佚在唐末五代至北宋初此时段内。胡应麟即称："古今别集当自《离骚》为首，荀卿、宋玉，以及汉世董、贾、马、杨诸集，存于宋世者，

仅仅数卷。"①此即古本面貌汉魏六朝别集存佚之三阶段。

《梁书·阮孝绪传》称阮孝绪"所著《七录》等书二百五十卷，行于世"，又《隋书·经籍志》云："普通中，有处士阮孝绪沉静寡欲，笃好坟史，博采宋、齐已来王公之家凡有书记，参校官簿，更为《七录》。"②推知《七录》之编乃据当时所见公私书目纂修而成。目录之四曰"文集录"，第一次明确在目录学之部类层面称为"集"，张溥《汉魏六朝百三家集叙》云："文集之名，始于阮孝绪《七录》，后代因之，遂列史志。"③《七录》之"文集录"即著录南朝梁时流传之诗文集（据《隋志》别集类小注，《七录》似未著录北朝人文集），当时流传的别集似也有所漏收。核之史传记载，如《宋书·荀伯子传》称"文集传于世"，《蔡廓传》称子兴宗"文集传于世"。《南齐书·文学·丘灵鞠传》称"文集行于世"，《南史·袁昂传》称"有集二十卷"，《七录》即均未著。尤以《梁书》所载文人别集未著录者为多，如周兴嗣、王籍、王规、到溉、庾仲容、江蒨、江行敏、刘孺、萧子显、陆才子、刘昭、刘霁、臧严、庾于陵等人之集。原因或缘于阮孝绪在世时，上述诸家集尚未结撰成编，也有可能是诸集编在《七录》成书之后。即便如此，《七录》是考察唐前别集编撰和流传情况的第一手资料，也是唐初纂修《隋书·经籍志》的主要依据。

以《七录》与《隋志》相较，存在《七录》著录而未见《隋志》再著录之别集。按《隋志》称："元帝克平侯景，收文德之书及公私经籍归于江陵，大凡七万余卷。周师入郢，咸自焚之。"又称："大唐武德五年（622）克平伪郑，尽收其图书（隋秘阁藏书）及古迹焉。命司农少卿宋遵贵载之以船，泝河西上，将致京师，行经底柱，多被漂没。其所存者，十不一二。"④此当即《隋志》著录别集有阙佚的缘由。结合隋代统一南北，秘阁曾出现典籍之盛的局面。《隋志》云开皇三年（583），"隋秘书监牛弘表请分遣使人，搜访异本……于是民间异书往往间出。

① 胡应麟：《诗薮》，上海：上海古籍出版社，1979年，第260页。
② 魏徵等：《隋书》，第907页。
③ 殷孟伦：《汉魏六朝百三家集题辞注》，第1页。
④ 魏徵等：《隋书》，第908页。

及平陈已后，经籍渐备。"① 民间传本是补充秘阁藏书的重要途径，《旧唐书·文苑·孔绍安传》云："陈亡入隋，徙居京兆鄠县，闭门读书，诵古文集数十万言。"②印证民间所藏文集不在少数，从而推知隋末兵燹战乱是致典籍沦没的主要因素。经唐初秘阁典籍整理，又具盛貌，《旧唐书·魏徵传》称贞观二年（628），"迁秘书监，参预朝政。征以丧乱之后，典章纷杂，奏引学者校定四部书。数年之间，秘府图籍，粲然毕备"③。故唐初是考察汉魏六朝别集存佚的第一个阶段，依据正是《隋志》在纂修上附旧目著录以明典籍存佚。兹将两目著录汉魏六朝别集情况详述如下（同时附以《旧唐志》和《崇文总目》著录情况，以省去下文第二和第三阶段中有关别集著录情况的介绍）：

其一，两汉人集。

见于《七录》著录西汉人集 17 家 17 种，其中有 13 家未见《隋志》著录，即《贾谊集》《晁错集》《枚乘集》《吾丘寿王集》《孔臧集》《魏相集》《张敞集》《陈汤集》《韦玄成集》《杜邺集》《李寻集》《崔篆集》和《唐林集》。《隋志》著录 15 家 15 种，《旧唐志》著录 22 家 22 种，重新著录了《隋志》未著录 13 家中的 8 家集。至《崇文总目》仅著录 2 家 2 种，即《贾谊集》和《董仲舒集》。著录东汉人集 60 家 62 种，其中有 35 家未见《隋志》著录（细目略，下同）。《隋志》著录 32 家 32 种，《旧唐志》著录 57 家 57 种，重新著录了《隋志》未著录 35 家中的大部分集子。至《崇文总目》仅著录 3 家 3 种，即《郦玄集》《蔡邕文集》和《陈琳文集》。

其二，三国人集。

见于《七录》著录者魏人集 46 家 47 种，其中 6 种仅存目录，实际为 40 家 41 种。其中有 29 家未见《隋志》著录。《隋志》著录 22 家 23 种，《旧

---

① 魏徵等：《隋书》，第 908 页。
② 刘昫：《旧唐书》，第 4983 页。
③ 刘昫：《旧唐书》，第 2548 页。

唐志》著录 48 家 49 种，重新著录了《隋志》未著录 29 家中的 26 家。《崇文总目》仅著录 2 家 2 种，即《阮步兵集》和《嵇康集》。蜀人集 3 家 3 种，其中有 2 家未见《隋志》著录，《旧唐志》著录同《七录》的 3 家。至《崇文总目》著录 1 家，即《诸葛亮集》。吴人集 14 家 14 种，其中 5 家仅存目录，实际为 9 家 9 种。其中 7 家未见《隋志》著录。《隋志》著录 8 家 8 种，《旧唐志》著录 13 家 13 种，重新著录了《隋志》未著录 7 家中的 6 家。至《崇文总目》，未著录吴人集，则北宋初均佚而不传。

其三，两晋人集。

见于《七录》著录西晋人集约 110 家 111 种，其中 10 家仅存目录，实际为 100 家 101 种。其中有约 72 家未见《隋志》著录。《隋志》著录 55 家 56 种，《旧唐志》著录 123 家 123 种，重新著录了《隋志》未著录的 72 家中的 67 家。至《崇文总目》著录 2 家 3 种，即《陆云集》《刘琨集》和《刘琨诗集》。著录东晋人集约 219 家 220 种，其中 9 家仅存目录，实际 210 家 211 种。其中有 140 余家未见《隋志》著录。《隋志》著录 100 家 100 种，《旧唐志》著录 151 家 151 种，重新著录了《隋志》未著录的 140 余家中的 60 余家。至《崇文总目》未著录一家，东晋人集（《隋志》将陶渊明集著录南朝宋人集中）至北宋初悉数佚而不传。

其四，南朝人集。

见于《七录》著录宋人集约 151 家 153 种，其中 2 家 2 种仅存目录，实际为 149 家 151 种。其中 109 家 109 种未见《隋志》著录。《隋志》著录 57 家 57 种，《旧唐志》著录 68 家 69 种，重新著录了《隋志》未著录的 109 家中的 18 家。至《崇文总目》著录 2 家 2 种，即《陶潜集》和《鲍照诗集》。著录南齐人集 43 家 46 种，其中 37 家 39 种未见《隋志》著录。《隋志》著录 16 家 17 种，《旧唐志》著录 13 家 13 种，重新著录了《隋志》未著录

37 家中的 1 家。至《崇文总目》著录 3 家 3 种，即《王融文集》《谢玄晖文集》和《孔稚圭集》。著录梁人集 22 家 22 种，其中 19 家均未见《隋志》和《旧唐志》著录。《隋志》著录 66 家 79 种，《旧唐志》著录 59 家 70 种。至《崇文总目》著录 4 家 4 种，即《江淹集》《沈约集》《吴均集》和《刘孝威诗》。《隋志》著录陈人集 24 家 26 种，《旧唐志》著录 15 家 16 种。至《崇文总目》著录 1 家 1 种，即《徐陵文集》。

其五，北朝人集。

《隋志》著录北魏人集 7 家 7 种，《旧唐志》著录 12 家 12 种，至《崇文总目》未著录一家。著录北齐人集 3 家 3 种，《旧唐志》著录 4 家 4 种，至《崇文总目》未著录一家。著录北周人集 8 家 8 种，《旧唐志》著录 9 家 9 种，至《崇文总目》未著录一家。

综上，将汉魏六朝别集之存佚分为三阶段是可靠的。《隋志》是第一道分水岭，大量的古本别集在唐初亡佚，此后（特别是开元间）通过秘阁典籍整理、民间访书等途径又陆续补充了一部分曾无传本的别集，从而出现《旧唐志》重新著录《隋志》未著录别集之目（有些见于《七录》著录）的现象。《旧唐志》集中反映了开元间秘阁所藏汉魏六朝别集的盛貌，也是唐人重建汉魏六朝别集文本努力的体现。《大唐新语》载开元二十三年（735）侍中裴耀卿，"因入书库观书，既而谓人曰：圣上好文，书籍之盛事，自古未有"[①]。但随之而来的战乱又再次导致典籍毁灭，旧题唐柳宗元撰《龙城录》"开元藏书七万卷"条云："有唐惟开元最备文籍，集贤院所藏至七万卷……西贼遽兴，兵火交紊，两都灰烬无存，惜哉！"下述两条材料则历述典籍厄运，战乱是共同的原因。《容斋随笔》续笔卷十五"书籍之厄"条云："梁元帝在江陵，蓄古今图书十四万卷，将亡之夕尽焚之。隋嘉则殿有书三十七万卷，唐平王世充，得其旧书于东都，浮舟泝

———
① 刘肃：《大唐新语》，许德楠、李鼎霞点校，北京：中华书局，1984 年，第 11 页。

河,尽覆于砥柱。贞观、开元募借缮写,两都各聚书四部。禄山之乱,尺简不藏。代宗、文宗时,复行搜采,分藏于十二库。黄巢之乱,存者盖甚少。昭宗又于诸道求访,及徙洛阳,荡然无存。今人观汉、隋、唐《经籍》《艺文志》,未尝不茫然太息也。"①又《文献通考·经籍考·总叙》云:"唐分书为四类……藏书之盛,莫盛于开元……贞观中,魏徵、虞世南、颜师古继为秘书监,请购天下书……玄宗命左散骑常侍昭文馆学士马怀素为修图书使……以宰相宋璟、苏颋同署,如贞观故事,又借民间异本传录。"又云:"安禄山之乱,尺简不藏。元载为相,奏以千钱购书一卷。又命拾遗苗发等使江淮括访,至文宗时,郑覃侍讲进言经籍未备,因诏祕阁搜采,于是祕阁之书复完,分藏于十二库,黄巢之乱,存者盖尠。昭宗播迁京城……及徙洛阳,荡然无遗矣。"②可见唐末五代至北宋初是第二道分水岭,几尽全部之古本(含唐本)汉魏六朝别集退出历史舞台,章樵《古文苑序》即称:"隋唐《艺文》目录所载诸家文集亦沦落十九,莫可寻访。"以《崇文总目》著录为例,不及二十余家,足见亡佚之巨!

《崇文总目》仅从目录学层面呈现北宋某一历史阶段(《崇文总目》编在庆历元年)秘阁所藏古本汉魏六朝别集的状况,仍存其他相当多的细节性材料述及之。如《太平御览》所附《经史图书纲目》著录汉魏六朝人别集十六种,即陶潜集、扬雄集、诸葛亮集、张敞集、诸葛恢集、嵇康集、荀勖集、冯衍集、庾翼集、陈思王集、殷康集、刘毅集、高堂隆集、皇甫谧集、桓范要集和左贵嫔集,多不见于之后的《崇文总目》著录。按宋李廷允《太平御览跋》云:"《御览》一书皆纂辑百氏要言……多人间未见之书。"又《容斋随笔》五笔卷七"国初文籍"条云:"国初承五季乱离之后,所在书籍印板至少,宜其焚炀荡析,了无孑遗。然《太平兴国》中编次《御览》,引用一千六百九十种,其《纲目》并载于卷首,而杂书、古诗赋又不及具录。"③印证北宋初(太平兴国间)秘阁所藏汉魏六朝别集似较《崇文总目》著录为多,同样与当时的典籍整理、访求有关。政府采取了一系列鼓励献书的举措,如《挥麈前录》云:"国朝承五代抢攘之后,

---

① 洪迈:《容斋随笔》,孔凡礼点校,北京:中华书局,2005年,第406页。
② 马端临:《文献通考·经籍考》,第37页。
③ 洪迈:《容斋随笔》,第908页。

三馆有书仅万二千卷。乾德以后，平诸国所得浸广。太宗乡儒学，下诏搜访民间，以开元四部为目，馆中所阙及三百已上卷者，与一子出身。"①又《猗觉寮杂记》也称"本朝求书有赏"②。这些措施极大促进了民间献书的热情，秘阁所藏也随之大为补充。

此后由于秘阁藏书管理不善等原因，典籍出现损佚。《麟台故事》称："景祐中，以三馆、秘阁所藏书，其间亦有谬滥及不完之书。"③加之靖康之乱，典籍仍难脱覆灭之厄运。《挥麈前录》称"国家多故，靖康之变，诸书悉不存"。《郡斋读书志》（袁州本）称《崇文总目》著录"崇文书比之唐十得二三而已，自经丙午（1126）之乱，存者无几矣。"④又《文献通考·经籍考·总叙》云："至靖康之变，散失莫考。今见于著录，往往多非曩时所访求者。"⑤基本可以判断，南宋初具有古本面貌的汉魏六朝人别集不过数家，陈振孙即云："盖古本多已不存，好事者于史传、类书中钞录，以备一家之作，充藏书之数而已。"⑥《容斋随笔》续笔卷十五"书籍之厄"条也称："今人观汉、隋、唐《经籍》《艺文志》，未尝不茫然太息也。"⑦故自南宋开始，汉魏六朝人的别集就传本而言进入新阶段，即辑自它书重编集子以构建新的文本。如《郡斋读书志》著录扬雄、蔡邕、王粲、曹植、阮籍、嵇康、张华、陆机、陆云、陶潜、谢惠连、鲍照、谢朓、江淹、吴均、何逊、阴铿和庾信共十八家别集，其中多数是南宋初重编的集子。可以说两宋之际是古本汉魏六朝别集存佚的第三道分水岭，也是最后一道，此后进入了重编的时代。当然北宋已开始重编工作（如蔡邕集、曹植集等），但大规模的进行则是南宋初以来。因此，除《郡斋读书志》外，其他公私书目如《遂初堂书目》《中兴馆阁书目》《直斋书录解题》《宋史·艺文志》所著录的汉

---

① 王明清：《挥麈录》，田松青校点，上海：上海古籍出版社，2012年，第6页。

② 朱翌：《猗觉寮杂记》，载《全宋笔记》第3编第10册，郑州：大象出版社，2008年，第70页。

③ 程俱：《麟台故事》，张富祥校证，北京：中华书局，2000年，第75页。

④ 晁公武：《郡斋读书志》，第403页。

⑤ 马端临：《文献通考·经籍考》，第40页。

⑥ 陈振孙：《直斋书录解题》，徐小蛮、顾美华点校本，上海：上海古籍出版社，1987年，第461页。

⑦ 洪迈：《容斋随笔》，第406页。

魏六朝人别集，都要意识到大部分属南宋人重编本，以清楚其文本面貌。

据记载，当时民间藏书中也尚存有六朝旧集，公私书目是考察书籍存佚的主要依据，但它并不能反映实际藏书的全貌。如王楙云："仆因观《文选》及晋宋间集，如刘孝标、王仲宝、陆士衡、任彦升、沈休文、江文通之流，往往多有此语。"① 又称"观《蔡邕集》"，又云："考唐《艺文志》刘琨集十卷，仆家藏正本十卷。"②《容斋随笔》五笔卷四"晋代遗文"条也云："故篋中得旧书一帙，题为《晋代名臣文集》，凡十四家，所载多不能全，真太山一毫芒耳。"③ 此当即《玉海·艺文》著录者，云："《书目》：十五卷，晋王济、枣据、刘宝、闾丘冲、栾肇、王赞、郄正、张敏、伏纬、应亨、索靖、阎缵、嵇绍、卞粹、虞溥十五家文，各为一卷，著爵里于卷首。乾道中，汪应辰云：'盖国初馆阁之士得晋人残缺之文，聚为此编。'"④ 遗憾的是，无论这些旧集还是宋人重编本，至明代多数不传。故明代出现重编汉魏六朝人集的高潮，处于整理的高峰阶段，是客观原因造成的历史必然结果。此即《四库全书总目》所称："隋、唐《志》所著录，宋《志》十不存一。宋《志》所著录，今又十不存一。新刻日增，旧编日减。"⑤"旧编日减"指早期版本面貌的汉魏六朝别集日渐湮没，以致今之所见汉魏六朝别集绝大部分属明人重编本，可谓厥功甚伟！而寻找早期的版本则无异于沙中拣金，清人黄丕烈即称："六朝人集，存者寥寥，苟非善本虽有如无。"又傅增湘也说："魏晋人集难得古本。"⑥

总之，基于汉魏六朝别集存佚之三阶段的考察，得出汉魏六朝别集存在古本（即六朝旧集，今存者为旧集宋代以来版本）和重编本两种文本面貌。既符合汉魏六朝别集成书的实际情况，也有助于看待和把握汉魏六朝别集的文献地位。

---

① 王楙:《野客丛书》，王文锦点校，北京：中华书局，1987 年，第 148 页。

② 同上，第 351 页。

③ 洪迈:《容斋随笔》，第 874 页。

④ 武秀成、赵庶洋:《玉海艺文校证》，南京：凤凰出版社，2013 年，第 1019 页。

⑤ 永瑢等:《四库全书总目》，第 1271 页。

⑥ 傅增湘:《藏园群书题记》，上海：上海古籍出版社，1989 年，第 551 页。

三、唐前汉魏六朝别集的分期

通过汉魏六朝别集在唐前特别是萧梁时的记载，以及公私史志目录著录之存佚情况的考察，初步理出存佚既存在当朝（或作者生前）的"随编随佚"现象，也有隋之后流传过程中呈现出的三阶段特征。接下来要讨论的问题是古本面貌的汉魏六朝别集，就其作为一种著述手段和著述形态而言，它本身所经历的发展阶段，也就是分期问题。整体而言，东汉是别集的孕育阶段，魏晋是形成和确立阶段，南朝宋齐是兴起阶段，至梁则进入繁荣阶段（阶段特征的具体界定详参后文第 3 章和第 4 章的叙述）。学界对此也有所总结，如有学者概括称："从西汉至齐梁，文集的演变历经孕育、诞生、成长和成熟四个阶段。"①张可礼先生也根据两晋南北朝时期别集的统计，称其发展虽未呈直线形态，"但总的趋势是发展很快，其中梁朝是一个高峰"②。

通过唐前别集发展四个阶段的梳理，会发现目录学层面集部（四分和七分）的形成之过程与别集的阶段发展基本相合，两者互为递进，相辅相成，可见构建唐前别集发展史实际又是在同时考察集部形成史。如果以此为脉络或框架重理汉魏六朝时期的文学史，会发现文学史不止限于平面的作家作品，还可以呈现出作品存在形态的立体层面，即以集子为载体的文学面貌。这会推进或启发既有文学史中对某些问题描述的深层认识，如《诗品》的有关作家诗风的评论，可能就是在通盘把握作品集的基础上做出的；而且评论也不完全出自钟嵘之手，也有可能是采用集子叙录或集序的结果。照此理解，《文心雕龙》可能也没有那么伟大，只不过是刘勰通读当时已经编撰流传的作品集之叙录（如"文章志""文章传"等或目录学层面四部叙录之类的著述）及集序，辅以己意而综括涵纳的结果。同样《文选》的编撰也不会花太多气力，萧统凭借自己的特殊身份尽情检阅梁秘阁所藏文人别集，以此为基础按照一定的选文标准再行辑编即可。总

① 朱迎平：《汉魏六朝文集的演进和流传》，载《古典文学与文献论集》，上海：上海财经大学出版社，1998 年，第 10 页。
② 张可礼：《中国古代文学史料学》，第 171 页。

之，汉魏六朝别集的研究会提供更多的参考点和透视面，有助于摆脱单一的作家作品模式研究，向纵深推动及拓展这一时段文学史的发掘，从而赋予更多值得重新审视的学术命题。

第三章　汉魏晋时期别集的孕育、形成及确立

　　"集"既是指称作品编的固定称谓，也是知识结构层面四部目录之一的部类之称。后者一般认为明确定型在《隋书·经籍志》（即由甲乙丙丁改称经史子集），而编集子则萌芽自东汉，明确称以"集"也肇自建安时期。自有作品编之实，到作品编称"集"，最后至"集"作为四部之一的集部类目之称，呈现出明显的过程性。而揭示此过程的具体发展阶段，则无疑极具学术意义。因为它至少可以描述并解决如下问题：其一，别集的形成和确立乃至不断发展繁盛，自身经历的发展阶段及每一阶段的特征；其二，界定具体阶段的依据和材料支撑；其三，"集"之称本身使用外延的变化，及与"集"最终确定为类目之称的演进关系。经考察，将别集的发展界定为孕育、形成和确立、兴起及繁荣四个阶段，基本勾勒出六朝别集形成史的框架。本章即着力解决孕育（东汉）和形成及确立（魏晋）阶段的别集编撰特征，界定阶段性的依据，以及揭示"集"之称使用的外延变化（开始从个别走向类别），结合相关材料绘制出"创始"期的别集图景。

第一节　汉魏晋是别集的孕育和形成及确立阶段

　　具体来说，汉代主要指东汉，是汉魏六朝别集形成发展史中的孕育阶段，但需要交代并厘清下述两个基本看法之间的关联，以免引起歧义。即两汉总体而言不存在作品集（即别集）与东汉是别集的孕育阶段（还有由此衍生的东汉时期确已出现文人作品集的判断），两者之间是否存在矛盾。考察别集的源起，首要的标准应该是"集"之名与作品编之实的兼备（具体事由参本章第 2 节的

论述），显然这是汉代所不具备的。因为东汉以来确实出现了编集子的个案，仅就史料记载而言是极为少数的，至于是否当时已明确称之为"集"更是难于确知。基于此，将东汉界定为别集形成发展史中的孕育阶段，甚至说东汉确实存在作品集之编，着眼点是强调东汉存在作品集的事实。但既然不能确定是否作品编称以"集"，且又仅属个别编集子之例，与严格意义上的别集起源的界定标准尚有距离，故又将汉代总体界定为尚不存在作品集。

魏晋是别集的形成及确立阶段，主要表现在别集开始同时具备"集"之名与作品编之实，编集子也逐渐成为作家保存作品的基本著述手段，而且还促动知识结构产生变化并最终形成四部之丁部。

一、别集在东汉的孕育

前文已明确总体上而言两汉时期并不存在文人集的编撰（着眼于东汉尚不具备作品集称"集"之名和作品集之编尚不具备自觉意识且规模极其有限的角度）。《汉书·艺文志》之《诗赋略》也非成书形态，而主要是篇目的概念，主要理由是基于文学作品在实际中的流传还是单篇的面貌。但具体到东汉特别是中后期，情形与西汉又有所不同而呈现出新气象，即开始有意识地整理某一人的文学作品以汇为一书。最值得注意的是，整理行为均称以"集"字，尽管还是在动词义层面使用，但诱导向名词义层面转化。如分别见于《论衡·自纪篇》《后汉书·东平宪王苍传》及《班昭传》的"未集""集览"和"撰集"，以之结合曹丕所称的"都为一集"（《与吴质书》），可以看出"集"之义转化所带来的"革命性"变化。意味着"集"作为作品编之称一旦固定下来，便昭示新的典籍形态的出现，进而改变典籍构成以及知识结构。习称的魏晋文学自觉及四部体制的形成都与这种变化密切关联。所以，尽管东汉尚未出现作品编明确称"集"的现象（将曹丕在建安间提出的"都为一集"归入曹魏时期），仍可视为别集的"孕育"阶段而加以强调。之所以不宜称之为形成阶段（参下文详述），既与当时的文学发展实际相吻合（基本都是单篇形态）；也有着文献史料的支撑，如《后汉书》文士传繁琐罗列诸体文章篇目而均不称以"集"。

二、别集在魏晋的形成及确立

汉代到底是否有文人集，学界存在争议。一种观点据《汉书·艺文志》"诗赋略"而认为汉代存在文人集，至少是有"集"之体；一种观点则认为汉代不存在文人集，《隋志》等所著录的汉人集属于追题，即后世整理的汉人集，而非汉代当时所编之集。汉代是基本不存在文人集的，只有在东汉中后期开始萌发编集子的初步意识，出现"撰集""集览"等专称，但所编是否称"集"不得而知。为何要把作品编称"集"作为文人集形成的标志，原因有三：其一，"集"之称的出现意味着作品编找到了自身固定的称谓，并在形式上与其他部类典籍区分开来，最终导致在目录学层面称"集"之部类设立（如"文集录""集部""别集类"）。其二，汉代尚不具备四部分类，《诗赋略》著录者即便是成书形态也只是诗赋二体，与集涵纳诸体文章有别。若不将"集"之称作为判断文人集出现的标志，将无法界定汉代流传典籍的文本属性。如《史记》《汉书》和《后汉书》的某些文士传记有篇章撰述的记载，如不以是否称"集"加以严格限定，很容易想当然地将此类记载视为作家本人的作品编。实则皆属单篇流传，并不存在"成书"的作品编，也尚不具备有意识地将此类作品编为一集。其三，有助于避免混淆。集子何时产生习惯上溯，存在源头越早越好的倾向。由于集在形式上是将诸篇目汇为一编而统系于某一人之下，呈现出某某集的格式。这就不可避免地将一些子书诸如《韩非子》等视为有集之体，因为在形式上和某某集近似，只不过是未称"韩非子集"而已，称之亦无不妥。基于此三点原因，宜将考察文人集的产生重点放在"集"之称的出现时间上。当然据材料可以适当上溯，但与形成文人集的具体时段区分开来，这是考察文人集形成在何时问题需要考虑到的。

正是着眼于作品编"集"之称的出现，才将魏晋时期视为别集的形成和确立阶段。自曹丕《与吴质书》首倡"都为一集"，作品编称"集"逐渐被接受。《三国志·蜀书·诸葛亮传》将诸葛亮的篇章撰述汇为一书称为"诸葛氏集"，首次明确将个人作品编称为"集"（根据材料可推知曹魏时期也存在个人作品编称

"集"之例,如曹丕的《文帝集序》《孔臧集》等)。尽管《诸葛氏集》可能在荀勖的四部分类中不属于丁部,即还不能视为集部层面的文人集,但在体例上却具开创之功。自《晋书》始,开始在文士传中称"有集",一定程度上摒弃了《后汉书》文士传繁琐罗列诸体文章篇目的现象。既然有集子了,文章尽可包揽其中,何必再逐一繁琐列举。印证将"集"指称集部层面的文章汇编成书基本得以确立,从而出现不同于经史子类的著述新形态。至于《诸葛氏集》,自《隋志》始即著录在别集类,而《隋志》依据《七录》,似可推断南朝梁时已视为文人别集。为何会出现从其他部类到集类的变化,显然也是与它称以"集"密切相关。总之,作品编称"集"是最明显的形式特征,编集子也成为一种著述新手段,这在魏晋之前是不存在的。置于整个汉魏六朝别集发展的框架中看待魏晋时期的别集,将其界定为别集的形成和确立阶段是基本符合事实的。

第二节 两汉"文人集"与《诗赋略》的关系

《隋书·经籍志》别集类著录自《荀况集》至东汉《阮瑀集》达四十余家,似乎汉代已有文人集(即别集)的编撰。尽管四库馆臣明言"洎乎汉代,始有词人。迹其著作,率由追录","至于六朝,始自编次",就是说《隋志》中的汉人集乃后人所编追题。但仍存在汉代已编有文人集的见解,主要依据即《诗赋略》(著录的以某一作家为系的赋作或诗作,下同)。因此,讨论的主要问题即落脚在汉代是否有文人集,通过辨析《诗赋略》而认为汉代尚不具备形成文人集的条件,故将文人集标以引号("文人集")正说明《诗赋略》不能作为汉代存有文人集的依据。两者之间不存在证成关系,这是首先需要交代清楚的,也是展开问题讨论的前提和基础。

某一作家的作品汇编成集是司空见惯的现象,也正缘于此而掩盖了"集"自身产生的诸多细节的探讨,如文人集源自何时便是聚讼不清的问题。《隋书·经籍志》认为东汉已经存在文人集,论者多承袭此说,甚至以《别录》《诗赋略》为依据又将产生的时段上溯至西汉。如何看待《诗赋略》与文人集的关系，不仅牵涉两汉文学作品的保存和传播形态，还关系着文学史中文集形成过程的客观叙述。因为魏晋是文学趋向独立的阶段，主要表现便是文人集的出现和成熟，进而形成与经史、诸子著述并列的集部，文学成为独立的门类，诚如饶宗颐先生所称："魏晋南北朝文学的最大发展，是集部的形成和推进。"在此语境中反观汉代文学所处的地位和角色，不能不辨析当时是否存在文人集的编纂。基于此，以两汉文人集与《诗赋略》的关系为主线，结合文集的编纂观念和存在体式，初步揭示汉代整体上尚不具备结集作品编为文人集的观念，但在文人集形成过程中却起着"先导式"的作用。这种作用主要包括三方面：使用动词"集"指称篇章著述的汇编、东汉以来产生编集子的初步意识和体式上的"前文集"形态。

一、汉代不存在文集编纂的观念

文人集即目录学中的"别集"，指汇编作家个人诸体文章而为一集（特别是四部确立之后），主要属文学（集部）范畴内的作品结集，是有别于经史和子类文献的著述形态。而界定文人集的产生，需具备作品已汇编结集（实）和作品集明确称"集"（名）两个条件。之所以如此界定，首先是考虑到文人集的出现需要有一个清晰的标准，即作品编已明确称"集"。因为学界存在先秦诸子即集部本源、诸子即文集的说法，如汉代的子书将作品系于个人之下确与"某人集"在形式上无异，但它却不属于文学（集部）的范畴。从不称"集"的直接特征便将文人集与近似集子的著述区别开来，这样探讨汉代是否有集子便会不至于陷入笼统混淆。

另外《汉书》《后汉书》文人传中有关个人作品篇目的记载，这些作品也符合文学（集部）的范畴，或据以认为当时已编有集子。实则只是根据原始传记资料条列篇目，而并不意味着有集之编。因为其一，汉代文人传中的篇目不是来自集子（因为当时并不存在集子），如张政烺先生指出，《后汉书》的文人各体文章篇目乃范晔援据《文章叙录》。按《后汉书·桓荣传》称"（桓麟）所撰碑、诔、赞、说、书凡二十一篇"，李贤注云："案挚虞《文章志》，麟文见在者十八篇，有碑九首，诔七首，《七说》一首，《沛相郭府君书》一首。"也留下了参据《文章流别志》的证据。其二，文人传明确称有"（文）集"者始自《晋书》，自此之后的《宋书》《南齐书》《梁书》《陈书》和《魏书》《北齐书》《周书》的文人传都明确说有"集"，缘由即在于当时已明确有集子的编本，与魏晋之后开始出现编集子的行为相契合。其三是史料中存在东汉时期编集子的记载，但未明确称以"集"之名，若不加以严格限定会认为东汉已经存在各家集，进而等同于《隋志》著录的东汉三十余家集。实际《隋志》著录的两汉文人集基本属于追题，并不意味着汉代已经存在上述诸家集，集子的编撰是魏晋之后的事情。综上，文人集产生时段的考察，必须同时具备称"集"之名和有集之实两个条件。

具体到两汉时期，尚不具备明确的文人集编纂观念，也基本不存在实际编本形态的文人集。但就西汉和东汉两阶段而言，又有所差异。东汉开始出现编集子的初步意识，但还属于个别行为，而且规模也较小，故不宜将文人集的出现定在东汉。东汉确已具个别之实，但作品编是否称"集"并不明确，汉代的史料中也找不到称"集"的记载。《隋书·经籍志》和《四库全书总目》均称集子始自东汉，且《隋志》称"集"名亦源自东汉。此当即东汉建安时期而言，曹丕开始编"都为一集"的《邺中集》，也为自己的集子写序，名实兼具的文人别集和总集均始于建安。但将此归入魏晋一并论述，不含在两汉时段内。之所以称汉代基本不存在区别于经史、子类文献的"结集形态"的文人集，表现在下述两方面：

其一，《汉书·艺文志》代表着中国早期的书籍观和书籍形态，而"成型"的书籍主要指经史著述和子书，而不包含"结集形态"的作品编，故《诗赋略》著录者属于文献整理中"条篇目"的层面。按《汉书·司马相如传》云："相如既病免，家居茂陵。天子曰：'司马相如病甚，可往从悉取其书，若后之矣。'使所忠往，而相如已死，家无遗书。问其妻，对曰：'长卿未尝有书也，时时著书，人又取走。长卿未死时，为一卷书，曰有使来求书，奏之。'其遗札书言封禅事，所忠奏焉，天子异之。"[①]所谓的"一卷书"，只是司马相如的一篇文

---

① 班固：《汉书》，北京：中华书局，1962年，第2600页。

章即《封禅文》。司马相如不存在将所撰赋类等文章编纂成集的意识，当时整体的社会环境亦未形成此种观念。余嘉锡称此为"古人著书不自编次之证也。盖因事作文，不自收拾，后人取而编辑之，因以人题其书"①，史志著录的司马相如集即出自后人编撰追题。即便是刘向、歆父子的秘阁整理，也只是将奏进的司马相如赋作诸篇加以整次，记其篇目，撮其旨要，但并未纂辑为严格意义上的"书"的形态。因为与其他各略相比，《诗赋略》著录的文人赋缺乏涵纳个体赋作的总题名；再者文人赋在两汉的传播以赋作单行的形态，究其实质便是与尚未结集成编相关。

　　其二，两汉著述的编纂乃至典籍整理，主要针对经史和子类文献而言。从四部形成过程而言，经和子至少作为类目的名称在西汉已基本确立。如《汉书·艺文志》称成帝时，"诏刘向校经传、诸子、诗赋"，前两者均属定型的"书籍"形态，而且还以"经"（史书尚附于《春秋》下）、"子"两称涵盖此类文献，四部之经、子两部的名称实即渊源于此。史虽大致在三国之时方取得独立地位，《三国志·蜀书·尹默传》称"皆通诸经史"，但两汉时期它在形态上已与经、子无异（《六艺略》春秋类所附诸史书可证）。而集部产生最晚，西晋荀勖之时方明确成立，这就决定了《诗赋略》著录文人赋尚不具备"书"的形制。考虑到其文体异于经史诸子而别为一类，在著录上则仅列其篇目。至东汉秘阁校书，《后汉书·安帝纪》云永初四年（110），"诏谒者刘珍及五经博士校定东观《五经》、诸子传记、百家艺术，整齐脱误，是正文字"，《后汉书·儒林列传》亦述此事。又《后汉书·伏湛传》云永和元年（136），"诏无忌与议郎黄景校定中书《五经》、诸子百家艺术"，李贤注"艺术"称"艺谓书、数、射、御，术谓医、方、卜、筮"。推知自西汉末刘向校诗赋之后，未再明确提及此类文学作品的整理。据四部确立之先后，可佐断两汉基本不存在有别于经史诸子的"结集形态"的文人作品集；而在实际操作编撰的文士个体和官方整理两层面，都可以看出两汉时期文集的编撰处于"缺席"的状态。

　　但是经传和子史的编纂，客观上却成为促发文集编纂的诱因。《论衡·超奇

①　余嘉锡：《古书通例》，第215页。

篇》云："杼其义旨，损益其文句，而以上书奏记，或兴论立说、结连篇章者，文人、鸿儒也。"①又云："采掇传书以上书奏记者为文人，能精思著文连结篇章者为鸿儒。"②"连结篇章"，含有辑录篇章为著述的意识。东汉时期著述编纂出现"集为"之称，比"连结篇章"更为明确，如《后汉书·贾逵传》称"逵数为帝言《古文尚书》与经传《尔雅》诂训相应，诏令撰欧阳、大小夏侯《尚书古文》同异，逵集为三卷"，又《循吏传》称王景"以为《六经》所载，皆有卜筮，作事举止，质于著龟，而众书错糅，吉凶相反，乃参纪众家数术文书，冢宅禁忌，堪舆日相之属，适于事用者，集为《大衍玄基》"，上述诸例均属汇集诸篇为一完整著述。值得注意的是，六朝文集编撰多袭用此称，如《华阳国志·后贤志》"陈寿"条称张华"表令次定诸葛亮故事，集为二十四篇。时寿良亦集，故颇不同"，陆云《与兄平原书》云："前集兄文为二十卷，适讫一十，当黄之。书不工，纸又恶，恨不精"，又《魏书·高闾传》称"闾好为文章，军国书檄诏令碑颂铭赞百有余篇，集为三十卷。"推断早期文集形成的过程中，在编撰方式、著述体例乃至卷帙特征上均深受经史子三类著述的影响，这是产生最晚的"集"类典籍必然具备的现象。

正是受此诱发，东汉开始萌生汇集各体文章的意识，甚至使用了"集"一词，只不过是作为编纂、纂辑之义的动词使用。如《论衡·自纪篇》云："犹吾文未集于简札之上，藏于胸臆之中。"③王充的"文"应笼统指各类学术文章，但却产生集合、聚集之以完编的意识，更重要的是首次使用"集"。再证以《后汉书·东平宪王苍传》载刘苍薨后，"诏告中傅，封上苍自建武以来章奏及所作书、记、赋、颂、七言、别字、歌诗，并集览焉"④。此又见于《后汉纪·孝章皇帝纪》，称："初，苍疾病，上忧念苍，使道上置驿马，以知疾之增损。薨问至，上悲不自胜，诏东平传录王建武以来所上章奏及作词赋悉封上，不得妄有阙。"⑤又《后

---

①　黄晖：《论衡校释》，北京：中华书局，1990 年，第 606 页。

②　同上，第 607 页。

③　王充：《论衡》，第 1195 页。

④　范晔：《后汉书》，第 1441 页。

⑤　袁宏：《后汉纪》，张烈点校，北京：中华书局，2002 年，第 228 页。

汉书·班昭传》云："所著赋、颂、铭、诔、问、注、哀辞、书、论、上书、遗令，凡十六篇，子妇丁氏为撰集之。"①均用"集"之词，特别是"集览"，当是汇编刘苍诸体文章集为一书以观览，属于文集编纂殆无疑问。清人章学诚特别看重"集览"在文集形成中的先导式作用，称"此集字之始也"②。而"撰集"，有学者认为其结果导致了"命名为集（文集）的尝试与观念"③。汉代的"集览""集为"和"撰集"诸词，对于魏晋时期出现以"集"为名的文人集，既是诱导，也做了充分的准备。据上述三例透露出编集子的早期动机主要是为逝者保存作品，或意在集中作品以更便于查检，尚属个别行为，故属编集子的初步意识。虽仅三例，却概括了文人集编纂存在官编、他人代编和自编三种方式，魏晋以来文人集的编撰主要就是这些方式。从文人集形成史的语境中看待东汉，它是文人集从无到有的中间过渡阶段，是魏晋文集形成和确立的准备期。

综上，西汉不具备文集编纂的观念，降至东汉初步产生文人集编纂的意识，也有明确的编撰文集的事例。但属个别行为，且不能确定结集的作品是否以"集"为名，恰如刘师培《搜集文章志材料方法》云："自《汉志》本刘氏《七略》，列'诗赋'为四类，诸家所作，均以篇计，《后汉书》各传亦云凡著文若干篇，是两汉并无集名也。集名始于魏晋。"④两汉不仅无作品编称"集"名，也基本不存在成形的文人集。《后汉书》诸文士传列举所撰各体文章篇目，可谓繁琐之至，原因就在于当时不存在集子。否则仅称有集某某卷，即可省去如此繁琐的表述。至于余嘉锡所称"疑西京之末，已有别集，班固录扬、刘之文，即就本集采掇之耳"⑤，似于实不合。但两汉时期尤其是东汉，在早期文人集的形成过程中起着"先导式"的作用，主要就表现在使用"集"一词以描述文学作品的编纂汇集，建立了两者之间的"亲缘"关系。在此关系中，一旦"集"由动词变成名词，就意味着文人集名实兼具而真正形成了，这是值得特别揭橥的。

---

① 范晔：《后汉书》，第 2792 页。
② 章学诚：《乙卯札记》，冯惠民点校，北京：中华书局，1986 年，第 10 页。
③ 吴光兴：《以集名书与汉晋时期文集体例之建构》，《文学遗产》2016 年第 1 期，第 48 页。
④ 刘师培：《左盦外集》，1934 年宁武南氏校印《刘申叔遗书》本卷十三，第 1 页。
⑤ 余嘉锡：《古书通例》，第 245 页。

二、《诗赋略》与两汉"文人集"的关系

《诗赋略》被视为汉代存在"文人集"的依据，主要有下述两种意见：其一，强调《诗赋略》蕴含着文集之"体"，将之视为集部的滥觞。此说始自《隋书·经籍志》，云："班固有《诗赋略》，凡五种，今引而伸之，合为三种，谓之集部。"①胡应麟亦云："诗赋一略，则集之名所由昉。"②又清章学诚云："（前）三种之赋，人自为篇，后世别集之体也；杂赋一种，不列专名，而类叙为篇，后世总集之体也。"③从汉人尚不具备文集编纂的观念，以及《诗赋略》著录的诗赋主要是篇目的概念这两者而言，《诗赋略》对于东汉以来文集编纂的影响主要是提供了文集之"体"，即以作家为系集合个人篇目（但它并非严格意义上的成书形态）。此在今为司空见惯之现象，而置于西汉的文化背景中则不啻一大进步，意味着从事诗赋创作的文人或文士开始被视为独立的群体，而与从事儒家经典注疏讲授的经师区别开来。

其二，认为《诗赋略》著录者即为别集和总集。清姚振宗《隋书经籍志考证》称："《诗赋略》五篇则汉时一大总集，合之为总集，分之即为别集。"④又称："按《诗赋略》，旧目凡五，一二三皆曰赋，盖以体分，四曰杂赋，五曰歌诗。其中颇有类乎总集，亦有似乎别集。"⑤姚氏之说稍显"首鼠两端"，但他又比较明确地说："别集始于何人？以余考之，亦始于刘中垒也。《诗赋略》五篇，皆诸家赋集、诗歌集，固别集之权舆。"⑥甚至认为当时已经称"集"，云："至刘中垒典校经籍，录屈宋等所作为《楚辞》，是总集之伊始；录东方朔所作杂诗文，是别集之滥觞。是时已有集之名，论者谓集始于东汉，盖约略言之。"⑦今人余嘉锡也认为："疑西

① 魏徵等：《隋书》第 1091 页。
② 胡应麟：《少室山房笔丛》，第 21 页。
③ 章学诚：《校雠通义》，第 1531 页。
④ 姚振宗：《隋书经籍志考证》，第 5674 页。
⑤ 姚振宗：《汉书艺文志拾补》，《二十五史补编》本，北京：中华书局，1955 年，第 1436 页。
⑥ 姚振宗：《隋书经籍志考证》，第 5667 页。
⑦ 姚振宗：《汉书艺文志拾补》，第 1497 页。

京之末，已有别集"，郭绍虞也认为《诗赋略》在文学批评上的影响之一，便是
"文集的编定，后世目录家有集部一类，盖即本此"①。王重民也称："西汉时代的
文学作品已经有了按撰人或按文体编辑的汇编本，但还没有'集'这个名称。"②
皆将《诗赋略》著录的比如某家赋，视为实际的编本形态的作品集即别集。

笔者认为上述两种意见有其合理性，但若依据《诗赋略》而断定西汉已存
在结集形态的汇编本文人集，甚至当时已称"集"，显然于史不符。恰如吴光兴
先生所称："《诗赋略》与文集、别集直接相关，但名目、体制方面都有区别。"③
《诗赋略》的著录主要为篇目的概念，而非定本形态的结集著述，兹从下述两个
方面加以阐述：

（一）《诗赋略》著录文人赋的形态

《诗赋略》赋之目著录的前三类赋，自形式而言确近于后世文人别集。即以
作赋者为系，形成某某赋某某篇的格式，如"《司马相如赋》二十九篇"，张政
烺先生认为此"必连篇数举之，始成一完全书名"④。至于诗赋之外的杂体，姚振
宗认为"则谓之杂赋、杂歌诗，或总谓之书"⑤。两人似均以《诗赋略》著录的诗
赋某某篇为成书的形态，当代学者徐有富先生也认为："我国别集起源甚早。如
《汉书·艺文志·诗赋略》著录的《屈原赋二十五篇》《陆贾赋三篇》《孙卿赋十
篇》，何尝不是别集……应当说这些别集虽经刘向等人加工而成为定本，但是它
们早就编辑成书则是不成问题的。"⑥实则《诗赋略》仅是条列篇目，形式上类于
别集，但并非严格意义上的结集成书形态。

其一，西汉不存在将汉赋编集子的观念，《诗赋略》著录的某一作家赋作
与经史、诸子著述判然有别。如《史记·太史公自序》称所撰"凡百三十篇，
五十二万六千五百字"而纂为《太史公书》，《汉纪·高祖皇帝纪》称陆贾"凡

---

① 郭绍虞：《中国文学批评史》，第 60 页。
② 王重民：《中国目录学史论丛》，第 69 页。
③ 吴光兴：《以集名书与汉晋时期文集体例之建构》，第 45 页。
④ 张政烺：《王逸集牙签考证》，第 178 页。
⑤ 姚振宗：《汉书艺文志拾补》，第 1497 页。
⑥ 徐有富、徐昕：《文献学研究》，南京：江苏古籍出版社，2002 年，第 36—37 页。

著书十二篇，每奏一篇，上读之，未尝不称善，号其书曰《新语》。凡纂为著述者，便以"成书"的形式传播，而非单篇文章，故司马迁称"余读陆生《新语书》十二篇"（《史记·陆贾列传》）。再如《汉书·刘向传》称"淮南有《枕中鸿宝苑祕书》，书言神仙使鬼物为金之术，及邹衍重道延命方，世人莫见，而更生父德武帝时治淮南狱得其书"，又《汉书·扬雄传》称"自雄之没至今四十余年，其《法言》大行，而《玄》终不显，然篇籍具存"。现存两汉史料中，未见阅读、接受或引用可以涵括某文士赋集或作品集总题名的记载，而是均称以单篇形态的某某赋等，这与经史、诸子著述明显不同。

此恰印证西汉文人赋的传播以"单篇单行"的方式，并不存在赋作的汇编本。按扬雄《答桓谭书》云："长卿赋不似从人间来，其神化所至邪，大谛能读千赋，则能为之"，所读即为单篇赋作，而非司马相如赋集、集等称的汇编本。恰如章学诚所称："两汉文章渐富，为著作之始衰。然贾生奏议，编入《新书》；相如辞赋，但记篇目，皆成一家之言，与诸子未甚相远。初未尝有汇次诸体，裒焉而为文集者也。"① 再者，汉代诗赋等文学作品的保存方式，也决定了不需要或不存在"成书"的方式。史传是保存西汉文士诗赋等各体文章的主要载体，包括作品的全录或节录，如《史记》《汉书》载录王褒、扬雄等人的赋作；在本传中附录各类文体作品的篇目，比如《汉书》的《东方朔传》等。文学附著于史传中，而史传起着相当于"文人集"的功能，文人集在西汉尚未取得独立的地位（东汉也是如此）。直至魏晋，方以"别为一集"（《三国志·蜀书·诸葛亮传》）的形式在史传之外编集子，史传不再承担保存文学作品的载体功能。

其二，根据汉赋的传播方式，推断《诗赋略》著录的文人赋属于条列篇目，而非结集定本的形态。按《诗赋略》著录"上所自造赋二篇"，颜师古注"上"云"武帝也"。清何焯云："上所自造赋不以冠赵幽王之上，而介于寿王、儿宽之中，此汉人所以近古也。"② 又章学诚云："窃意上所自造字，必武帝时人标目，刘向从而著之。"③ 而"《高祖歌诗》二篇"未称"上"，佐证此确为武帝时人标目，

---

① 章学诚:《文史通义》，第 296 页。
② 何焯:《义门读书记》，崔高维点校，北京：中华书局，1987 年，第 273 页。
③ 章学诚:《校雠通义》，第 1066 页。

刘向至班固均援引旧题而未作改易。推断西汉著录赋作即为列篇目的方式，而事实上并不存在名为"上所自造赋"的汇编本。故班固《两都赋序》云："故言语侍从之臣，若司马相如、虞丘寿王、东方朔、枚皋、王褒、刘向之属，朝夕论思，日月献纳……故孝成之世，论而录之，盖奏御者千有余篇，而后大汉之文章炳焉，与三代同风。"又王逸《楚辞章句》云："《九怀》者，谏议大夫王褒之所作也……史官（即刘向、歆父子）录第，遂列于篇。"姚振宗认为，"盖奏御者千有余篇"即"《汉志》'诗赋略'所载是也（其中无东方朔），皆论定奏御之文"①。"论"的涵义，或指《别录》之叙录，或指刘歆《七略》之《辑略》及各略小序；而"录"则指编录篇目。再证以《文心雕龙·诠赋》称"繁积于宣时，校阅于成世，进御之赋千有余首，讨其源流，信兴楚而盛汉矣"，《章表篇》称"按《七略》《艺文》，谣咏必录"，又《谐隐篇》称"汉世隐书十有八篇，歆、固编文，录之歌末"，皆透露出刘向、歆父子以条列、编录篇目的方式编次诗赋文献（刘勰必定见过《别录》和《七略》），故《诗赋略》的著录也是篇目的范畴，而非结集形态的作品编。

汉赋的单篇传播遂形成一赋众本的现象，刘向整理"诗赋"也属定本的工作，《汉纪·孝成皇帝纪》云："刘向典校经传，考集异同，云：'……及赋诵、兵书、术数、方伎，皆典籍苑囿，有采于异同者也。'"②只不过是单篇赋的定本，而非如经史、诸子等结撰为著述的定本。

（二）文人赋与非诗赋作品的分置

西汉司马迁已经意识到文辞或文章与文学（学术）的区别，如《史记》为辞赋家屈原、贾谊和司马相如等立专传或合传，而不归之于《儒林列传》，便是将辞赋视为相对独立的文学内容。郭绍虞便认为："使文学类的创作和关于学术的书籍划清鸿沟，这确是一个可以值得注意之点。"③而余嘉锡从目录学功能的角度认为《诗赋略》，"所以自为一略者，以其篇卷过多，嫌于末大于本，故不得

① 姚振宗：《汉书艺文志拾补》，第1435页。
② 荀悦：《汉纪》，张烈点校，北京：中华书局，2002年，第435-437页。
③ 郭绍虞：《中国文学批评史》，第59页。

已而析出。"①不管是《诗赋略》初步表明了文学的独立，还是反映了周秦以至西汉诗赋创作的繁盛需要在目录学体系中单置为一个类目，若从文人集的角度看待《诗赋略》却是有缺陷的，表现为下述两方面：

其一，如果将《诗赋略》视为别集，则是片面强调诗赋之体，而将一人作品割裂在各略中，从而造成文人赋与非诗赋作品的分置现象。例如：

《诗赋略》著录《贾谊赋》七篇，《诸子略》又著录《贾谊》五十八篇。

《诗赋略》著录《司马相如赋》二十九篇，《六艺略》著录《凡将篇》，《诸子略》著录《荆轲论》。

《诗赋略》著录《吾丘寿王赋》十五篇，《诸子略》著录《吾丘寿王》六篇。

贾谊所撰《过秦论》及奏议当含在"五十八篇"中，至少是《过秦论》此篇与贾谊赋作当同属文章的范畴，事实上也同收录在后世所编的贾谊集中。但在《汉志》中，《过秦论》此篇却收在了《贾谊》五十八篇，属"诸子略"。司马相如的《荆轲论》也与诗赋同属文章之体，却割裂在两略中。王应麟《汉艺文志考证》称《艺文类聚》有吾丘寿王所撰《骠骑论》《功论》，此即"六篇"中的两篇，也属文章，故梁阮孝绪《七录》著录"《吾丘寿王集》二卷"，此集当即将赋作和"六篇"合编。对于此种现象，或认为："在《七略》中，文学作品只有《诗赋略》一类，而个人的文集是作为一家之言收入《诸子略》的。"②又称："西汉以前没有文集，诸子就是后世的文集。"③在文集乃至四部尚不存在的汉代，诸子确类乎文人集之体，而且在四部确立后的一些西汉人集的文本构成也确实是将诗赋与其他"略"中的作品合编。也正是如此，恰可说明《诗赋略》不宜完全等同于别集。同时也不能据此将"诸子略"视为有别集之体，甚至是别集。因为四部体制确立后，"诸子略"很大程度上直接演化为子部而非集部，也存在转变为集者，主要缘于文章之文体和文学观念的变迁。如贾谊的著述即存在贾谊集（集）和《新书》（子）两个部类，而吾丘寿王的著述梁代似已悉数整合到本集中而仅属"集"部。由此推论，魏晋之后所编的两汉人集，主要取资于《诸

---

① 余嘉锡：《古书通例》，第241页。
② 高路明：《古籍目录与中国古代学术研究》，第21页。
③ 同上，第22页。

《子略》和《诗赋略》，完成了由"分"到"合"的转化。此分合关系印证《诗赋略》与真正意义上的文人集在体制上是不同的。

其二，缘于诗赋体例的局限性，而将某些非诗赋作品排除于《汉志》之外。姚振宗称："汉之辞人，大都师范屈宋，依则贾马，诗赋多而杂体寡，故《七略》以诗赋为目"[①]，从而并未反映西汉文学的实际面貌。如《汉书·司马相如传》称所撰有《遗平陵侯书》《与五公子相难》等篇，《艺文志》即未著录。即便是诗赋作品，《艺文志》也存在失收之处。按《汉书·东方朔传》云："朔上书陈农战强国之计，因自讼独不得大官，欲求试用。其言专商鞅、韩非之语也，指意放荡，颇复诙谐，辞数万言，终不见用。朔因著论，设客难己，用位卑以自慰谕……朔之文辞，此二篇最善。其余有《封泰山》《责和氏璧》及《皇太子生禖》《屏风》《殿上柏柱》《平乐观赋猎》，八言、七言上下，《从公孙弘借车》，凡向所录朔书具是矣。"[②]"上书陈农战强国之计"诸篇当著录在《诸子略》之"东方朔二十篇"中，其余诸篇为"刘向《别录》所载"（据颜师古注）。

据颜师古注引晋灼语称"八言、七言诗，各有上下篇"，则为诗体。据《汉书·枚皋传》称"武帝春秋二十九乃得皇子，群臣喜，故皋与东方朔作《皇太子生赋》及《立皇子禖祝》，受诏所为，皆不从故事，重皇子也"，则《皇太子生禖》篇即《皇太子生赋》和《立皇子禖祝》，前者属于赋作。而均未体现在《诗赋略》中，正如姚振宗所云："其私家撰述诸篇皆未之及，如枚皋辞赋已录百二十篇矣，其外又有数十篇。《七略》录扬雄四赋，班氏续入八篇为十二篇矣，其外又有《解嘲》《解难》《剧秦美新》等诸杂文，以是知《汉志》所录多非其全。"[③]南朝梁阮孝绪《七录序》已揭橥此缺陷，云："王（指王俭）以诗赋之名，不兼余制，故改为文翰。"南齐王俭已充分认识到以"诗赋"为类目所造成"不兼余制"的缺陷，即有研究者所称的《诗赋略》作为篇名，过于狭义，没有考虑到诗赋以外其他的体裁"[④]。而刘师培则认为："班《志》之叙艺文

---

①　姚振宗：《汉书艺文志拾补》，第 1497 页。

②　班固：《汉书》，第 2863—2873 页。

③　姚振宗：《汉书艺文志拾补》例言，第 1435 页。

④　任莉莉：《七录序目笺注》，载《七录辑证》，上海：上海古籍出版社，2011 年，第 32 页。

也，仅序诗赋为五种，而未及杂文，诚以古人不立文名，偶有撰著，皆出入《六
经》、诸子之中，非《六经》、诸子而外，别有古文一体也。"①又称："若诗赋诸体，
则为古人有韵之文，源于古代之文言，故别于六艺九流之外，亦足证古人有韵
之文，另为一体，不与他体相杂矣。"②照此理解，即《诗赋略》未著录的诗赋
外各体文章，属无韵之文，已纳入《六艺略》《诸子略》等中，以免与作为有
韵之文的"诗赋"相混淆。此说有其合理之处，但问题是确也存在失收同样是
有韵之文的某些诗赋，如前举东方朔的作品。再者，西汉时尚未有明晰的文笔
之别的观念，刘师培不免有些先入为主。即便是文笔有别，集子是容纳有韵与
无韵两种文体的，如果只是有韵文怎么可以称为集子呢？此反证《诗赋略》设
立的本身，即表明汉代不具备编撰文人集的观念。张震泽先生即认为："刘向
《别录》、刘歆《七略》皆不立《集录》《集略》，可知西汉还没有编辑个人专集
的风气。"③

综上，《诗赋略》著录的文人赋属篇目的概念，自身体例的局限性又造成诗
赋与非诗赋作品的分置、割裂，使得《汉志》并未著录其他各体文章。此目录
体制上的缺陷，使得《诗赋略》与作为作品编的"别集"没有关系，不宜视之
为文人集。

三、两汉"文人集"存在的三种"体式"

唐刘知幾称《汉书》"志《天文》《艺文》也，盖欲广列篇名，示存书体而
已"④。《艺文志》之《诗赋略》正属"示存书体"（其他各略应属既存书体，亦为
结撰著述之实），言有"集"之"体式"而无其实，即著录文人赋作不是结集意
义上的作品集。而与之紧密联系的《诸子略》乃至《别录》等，均透露出文集

---

① 刘师培：《论文杂记》，第 172 页。

② 同上，第 173 页。

③ 张震泽：《扬雄集校注》前言，上海：上海古籍出版社，1993 年，第 7 页。

④ 刘知幾：《史通》，浦起龙通释，吕思勉评，李永圻、张耕华导读整理，上海：上海古籍出
版社，2008 年，第 46 页。

正式出现前的所谓两汉"文人集"的"懵懂"生态。而东汉以来各体文章创作突破《诗赋略》的框架，又客观上又催化并引导"集"的产生。章学诚称"史家存其部目于《艺文》，载其行事于列传"（《校雠通义》)，而文章（主要是汉赋）篇目之外的内容则载于史传中，史传又是考察两汉"文人集"的又一维度。结合西汉时期诗赋的传播、保存方式，以及刘向典籍整理"叙录"体的特点，两汉文人集存在三种"体式"：其一为史传，有选择性的载录部分作品，不载录者则举其篇目；其二为刘向《别录》，既胪列篇目，还撮举著述旨意，可概见一人文章创作的全貌；其三为东汉萌发编纂文集的初步意识，也产生了具体的编纂行为，但尚无法确定集子的实际面貌和是否已称"集"名。李大明先生即认为："东汉时仍未创别集之名。"① 姑将此称为"前文集"。此三种"体式"类于"集"体，起着"集子"的功能，兹分而叙之：

（一）史传

史传是保存汉代文人所撰文学作品的主要载体，有两种载录方式：其一，全录或节录作家作品，如《史记》《汉书》贾谊本传录其《吊屈原赋》《鹏鸟赋》，司马相如本传录其《子虚赋》《哀二世赋》《大人赋》，《汉书》扬雄本传录其《甘泉赋》《河东赋》《羽猎赋》和《长杨赋》等。刘知幾认为汉人修史存在逞溢文辞的倾向，而简省叙述史事，称《史记》《汉书》以"文辞入记，繁富为多。是以《贾谊》《晁错》《董仲舒》《东方朔》等传，唯上录言，罕逢载事"②。其实，这也涉及汉人修史的史料观，以辞赋即为史料而多采录以入史传。如《汉书·贾谊传赞》即称"凡所著述五十八篇，掇其切于世事者著于传云"，这在客观上起到了保存文章的功能。

其二，条列文章篇目，史传除选录作品全文外，还通过胪列传主著述篇目的方式以存其撰述全貌。原因在于史传受史书体例的制约，容量毕竟有限，不可能将传主作品悉数全录或节录。而采用条列篇目的方式，恰可解决此矛盾。

---

① 李大明：《别集缘起与文人专集编辑新探》，第78页。
② 刘知幾：《史通》，第26页。

如《汉书·司马相如传》称"相如它所著，若《遗平陵侯书》《与五公子相难》《屮木书篇》，不采，采其尤著公卿者云"，又《汉书·董仲舒传》称"仲舒所著，皆明经术之意，及上疏条教，凡百二十三篇。而说《春秋》事得失，《闻举》……复数十篇，十余万言，皆传于世。掇其切当世施朝廷者著于篇"，即属存其篇目而不载录作品内容的方式。史传的此种"体式"，将作品包容其中，而在某种程度上起到了"文集"的功能，且还诱导了文集的编纂。西晋陈寿修《三国志》之《诸葛亮传》，即考虑到"亮言教书奏多可观"遂"别为一集"，在史传外另行辑编《诸葛氏集》。陈寿不满足于汉代史家的上述两种处理方式，开创史传之外以"别为一集"的方式保存传主的"全部"作品。既避免了史传容量有限的形式局限，又将史传回归作为史学体裁的文本功能，不再兼具保存作品的文学功能。钱志熙先生认为："早期别集的编纂，是编撰正史时进行的。所以从文献目录的角度来讲，集部其实是从史部派生出来的"，"史书之外专录的个人文集则称'别集'，都是相对于正史而言的"①。当然，此种方式只能至魏晋时方出现，因为此时期出现了文人作品编，而且还是作为独立的典籍形态而出现，客观上要求史传没必要再载录作品。同时也可佐证汉代不存在为诗赋等诸体文章编集子的观念，更不存在独立于史传之外的作品集。

（二）《别录》

刘向《别录》以叙录的方式，也起到了"文集"之体的功能。按《汉书·东方朔传》称"凡向所录朔书具是矣"，推知《别录》著录东方朔所撰诗体、赋体及其他文体作品，而此未著录于《诗赋略》。故姚振宗云："然则《七略》《别录》载有《朔集》审矣，其文诸体皆有明，是后世别集之类，由是知别集之体亦始于向也。"② 又云："按《传》言刘向所录，此又引其言，必是叙录中语，知是集为刘中垒所编辑，在《七略》之外者也。"③ 但就《别录》中的文人篇章著述而言，只是列举篇目、撮其旨要，呈现的是作为目录学著作的功能。既不能据此而认

---

① 钱志熙：《早期诗文集形成问题新探——兼论其与公讌集、清谈集之关系》，第108页。
② 姚振宗：《隋书经籍志考证》，第5671页。
③ 姚振宗：《汉书艺文志拾补》，第1491页。

为西汉时已有作品集，也不宜忽略《别录》所具备的"文集"体式的色彩。换言之，在不具备作品集编撰的汉代，了解西汉人（甚至周秦时人）的作品篇目情况，《别录》是不可或缺的路径之一。职是之故，《别录》中有关文士（有文学作品的作家）的叙录本身就是一部基于目录学功能的"作品集"。

（三）"前文集"

相较于西汉，东汉时期各体文章创作均呈现出繁盛的局面，文体多样化促成文章创作繁复化，诚如章学诚所称："自东京以降，讫乎建安、黄初之间，文章繁矣。"① 刘师培称："文章各体，至东汉而大备。汉魏之际，文家承其体式，故辨别文体，其说不淆。"② 刘永济也说："汉世群才，造作日富。余力未渫，体制遂繁。"③ 而且诗赋之外的文体作品也同样受到社会上层的重视，如《后汉书·冯衍传》称"所著赋、诔、铭、说、《问交》《德诰》《慎情》书记说、自序、官录说、策五十篇，肃宗甚重其文"，又《孔融传》称"魏文帝深好融文辞，每叹曰：杨、班俦也。募天下有上融文章者，辄赏以金帛"。故《后汉书》文人史传特注重各体文学作品的胪列，例如：

> 《后汉书·桓荣传》（以下诸条均出自《后汉书》）称桓麟"所著碑、诔、赞、说、书凡二十一篇"。
> 《桓谭传》称桓谭"所著赋、诔、书、奏，凡二十六篇"。
> 《朱穆传》称"所著论、策、奏、教、书、诗、记、嘲，凡二十篇"。
> 《李固传》称固"所著章、表、奏、议、教令、对策、记、铭凡十一篇"。
> 《皇甫规传》称"所著赋、铭、碑、赞、祷文、吊、章表、教令、书、檄、笺记，凡二十七篇"。

这导致了两个问题的产生：其一，由于作家创作不再局限于诗赋，而是各体

① 章学诚：《文史通义》，第 296 页。
② 刘师培：《中国中古文学史》，北京：商务印书馆，2010 年，第 22 页。
③ 刘永济：《十四朝文学要略》，北京：中华书局，2010 年，第 145 页

文章兼擅，使得文体突破了西汉时期以诗赋为主的格局，《诗赋略》的目录体例无法涵纳新的文学创作面貌。正是在此背景下，东汉时期开始出现编撰文人各体文学作品为一书的现象，如《后汉书·班昭传》称所著各体作品由"子妇丁氏为撰集"。张可礼先生认为："虽然没有使用别集这一名称，但实际上编的是别集。"①最显著的例子，为《后汉书·东平宪王苍传》称"集览"刘苍各体作品，当已编成集子。印证东汉时期确已出现文人作品集，只不过"就总的态势来看，当时编的别集的数量不多"②。其二，史传叙述文士各体作品篇目出现繁琐倾向。如《后汉书·蔡邕传》称"所著诗、赋、碑、诔、铭、赞、连珠、箴、吊、论议、《独断》《劝学》《释诲》《叙乐》《女训》《篆势》、祝文、章表、书记，凡百四篇，传于世"，颇为繁琐，其他文士传也大致类同。恰如刘知幾所称："具有雕虫末伎，短才小说，或为集不过数卷，或著书才至一篇，莫不一一列名，编诸传末。事同《七略》，巨细必书，斯亦烦之甚者。"③章炳麟也认为：《七略》惟有诗赋，及东汉，铭、诔、论辩始繁。"④朱自清将此类繁琐的表述方式称为"分体记篇"，逯钦立则称为"类列式"著录法。

为了避免繁琐，客观上需要简要的名称涵盖各体文章篇目的罗列。如同司马迁撰《史记》凡一百三十篇，不用列举篇目仅以"太史公书"之称便可涵盖。恰如朱自清所云："文章多，多到一个地位，就非把它集成一集不可……文章多，乃专收集之成一独立之书，在文化上有独立之地位。"⑤郭绍虞也称："备举诸目，其繁琐为何如！后世于此种杂著，举以纳诸文集之中。"⑥在后人乃至今人眼里可能觉得这是再简单不过的问题，但历史的发展却表现出缓慢演进的过程。即就此完全可称以"集"便可避免如此的累赘，具体到东汉时期却不具备出现此"集"称的条件，也还想不到把如此众多的作品汇为一编即作品集。章学诚云："范、陈二史所次文士诸传，识其文笔，皆云所著诗、赋、碑、箴、颂、诔若干篇，

① 张可礼：《中国古代文学史料学》，第 137 页。
② 同上，第 137 页。
③ 刘知幾：《史通》，第 389 页。
④ 章炳麟：《国故论衡》，第 82 页。
⑤ 刘晶雯整理：《朱自清中国文学批评研究讲义》，第 131-132 页。
⑥ 郭绍虞：《中国文学批评史》，第 147 页。

而不云文集若干卷，则文集之实已具，而文集之名犹未立也。"① 又刘师培云："至于东汉，文人撰作，以篇计，不以集名"②，"六朝以前，文集之名未立"③。实际上，作品编之实及称"集"之名均不具备，此可见范晔修《后汉书》是相当严谨的，是尊重历史的客观实际的。不然的话，以他所生活的南朝宋而言，作品集作为一种文学作品汇编本的体制已确立且在发展中，完全可以改称"有集"云云。但并没有这么做，旧史的史料可靠性还是基本可以完全凭据的。"集"名的出现，一直到东汉末期的建安年间（归入魏晋论述）方出现，即曹丕有意识地编集子如《邺中集》，还为自己的集子撰序（即经改称的《文帝集序》）。有作品集之实，而且还称以"集"名，意味着名、实兼具、真正意义上的文人别集的出现。以"集"之称涵盖诸体文章，不但繁琐的倾向得以解决，还标志着出现了新的文学典籍门类，进而在魏晋时期形成四部，具有重要的学术史意义。

综上，尽管东汉以来产生了编撰文人集的初步意识，但尚属个别行为，编集子的数量及规模均有限，两汉总体而言不存在文集编纂的观念。故《诗赋略》著录的文人赋只是篇目的概念，而非结集形态的作品编。东汉是文人集形成和确立之前的孕育阶段，文人集的编撰使用"集"一词，尽管还是动词层面上的使用，但却建立了作品编和"集"之间的密切关系。"集"一旦由动词变为名词，便意味着真正的文人集的出现。

第三节　魏晋文人集的形成路径及文体辨析的关系

文集的编撰且赋予作品编以明确的"集"之名，始自东汉建安时期，主要表现便是曹丕编《邺中集》和自编个人集。曹丕的文集编撰实践是在文学走向独立的背景下进行的，文章与学术已产生明晰的区分，因此所编集从所收文章的内容层面到有别于经史诸子著述的形式层面均属于集部范畴，代表了早期文

---

① 章学诚：《文史通义》，第296页。
② 刘师培：《论文杂记》，第173页。
③ 同上，第180页。

人集形成的"文章结集"路径。但"集"称名本身具有不严谨性，存在与其他部类"经略不定，更相阑入"（章炳麟《国故论衡》）的现象。加之子书与文人集的近缘关系，以及魏晋子书不专学、受到辞章浸染的影响，出现诸如子书称"集"的案例。而随着文学观念特别分类体系的调整，这些本非别集类的子书也归入集部文人集的范畴，从而形成"子书入集"的路径。中国早期文人集的形成主要是这样两条途径，南朝文集编撰中的文笔之辨以及"集品不纯"（章炳麟《国故论衡》）现象均与此有关。曹丕的文论植根于集子的编撰，尤以文体辨析为其显著特点，而辨析的本身又服务于编文集。文体辨析的精细化和文体观念的延伸，造成集子的范围亦随之变化，两者的互动、相承关系是管窥魏晋文学发展的重要线索。

一、魏晋文人集形成之"文章结集"路径

东汉以降，"文章"与学术相分离，专指文人群体操翰辞藻之文，从部类而言是集部范畴内的作品而非经、史、诸子性质的著述。随着文章、文人群体的渐趋独立，建安、魏晋时期出现明确以编集子保存作品的手段，而结集本身又促进文学更加独立，进而促动集部的形成和确立。

为了充分揭橥魏晋别集形成和确立的学术史意义，有必要交代与之相关的既有的学术认识。其中最具争议性、也最具研究价值的，当属汇编文人作品为集子始自何时的问题，这牵扯到魏晋为别集形成和确立阶段的界定是否成立。《四库全书总目》集部总叙称："洎乎汉代，始有词人，迹其著作，率由追录，故武帝命所忠求相如遗书，魏文帝亦诏天下上孔融文章。至于六朝，始自编次。"① 又别集类小序称："集始于东汉，荀况诸集，后人追题也。"② 馆臣将文人集区分为追题之集（反映在编撰上即秘阁所编和他人代编两种方式）和文人自编集两个层次，非追题而编集子始于东汉，自编集则始自六朝。特别强调编集

---

① 永瑢等：《四库全书总目》，第 1267 页。
② 同上，第 1271 页。

子始自东汉，但此说应是继承前人的结果，如《隋志》（"别集之名，盖汉东京之所创也"）和《郡斋读书志》（"学者欲矜式焉，故别而序之，命之为集。盖其原起于东京，而极于有唐，至七百余家"）。但馆臣所言最为恰当和到位，称编集子始于东汉，未明确说"集"之名也始自此，留下了余地。这样下述诸说便值得推敲，如萧绎称："诸子兴于战国，文集盛于二汉，至家家有制，人人有集。"（《金楼子·立言》）依据实为当时所编的追题汉人集，而非出自两汉当时所编。又宋王应麟称"别集始于荀况、宋玉"（《玉海·艺文》），亦将追题集混淆为集子之始。至于明张溥《汉魏六朝百三家集叙》称："文集之名，始于阮孝绪《七录》，后代因之，遂列史志"①，则是将目录学中作为部类之称的"文集"与实际所编之集混为一谈。又章学诚认为："自挚虞创为《文章流别》，学者便之，于是别聚古人之作，标为别集；则文集之名，实仿于晋代。"②《晋书》确始见"文集"之称，但并不意味着编集子亦自晋代始。最为通达的还是刘师培，他称"集名始于魏晋"（《搜集文章志材料方法》），"六朝以降，集名始兴，分总集、专集为二类"③。以之与馆臣之说两相糅合，可以得出编集子始自东汉，而作品编称以"集"则至曹魏始产生的判断，与别集发展的实际面貌基本吻合。按诸《后汉书》等史料，东汉以来的确出现编集子以编录或保存文学作品的现象（或倾向）。吴光兴先生称："集（文集），最早也只能是两汉之交以下时代的新观念与新方式"④，而"载录文章、汇编为集之文人习俗，主要奠基于东汉时期，特别是班固、班昭之后的时代"⑤。但规模有限且尚处于萌芽阶段，所辑作品编是否称"集"亦遽难确定。故汉代总体而言不存在文集编撰的观念，是别集发展中的孕育阶段。

至于馆臣提到的自编集，则涉及界定别集形成和确立的另一层维度，即集子不仅是保存他人作品的著述手段，同样也是自觉地保存自己作品的手段。惟

---

① 殷孟伦：《汉魏六朝百三家集题辞注》，第1页。
② 章学诚：《文史通义》，第296页。
③ 刘师培：《论文杂记》，第173页。
④ 吴光兴：《以集名书与汉晋时期文集体例之建构》，第48页。
⑤ 同上，第52页。

有如此，才真正意味着别集作为一种基本著述手段得以确立；否则就有失片面，也影响界定的可靠性和学理性。馆臣称自编集始自六朝太过笼统，而且它也未提及自编集与称"集"与否之间的关系问题。尽管《隋志》以商榷的口吻较为明晰地提出"别集之名，盖汉东京之所创"，意味着自编集称"集"也存在肇自东汉的可能性。但核之现有汉代史料却并不能证成此说，再者自编集起初多不称"集"的事实也与此说以强有力的反驳，不免令人感到疑惑。章学诚即称："《隋志》'别集之名，东京所创'，盖未深考。"但有一条材料即曹丕《与吴质书》所称之"都为一集"，似乎能够弥合此说的"缝隙"。结合东汉献帝建安年间曹丕编集子的实践（编《邺中集》和为自己的作品编集子，参下文所述），可以说具备了判定文人集形成的两个基本条件：其一，所编文人作品是以诗赋为主的各体文章，属于集部的范畴，而不同于经史和子书著述。且合则为总集，分则为别集，同时兼具两者之实。其二，文人作品编明确称以"集"名（尽管是作为总集的"都为一集"明确称以"集"名，但此种著述方式对别集亦称"集"是有直接影响的），从而摒弃了《后汉书·文苑传》繁琐罗列文人名下各体文章篇目而缺乏总题名以统系的弊端。在文集形成史中带有"革命性"的此事件发生在建安时期，尚属东汉年号，照此《隋志》之说便是站得住脚的。只不过建安毕竟已处于东汉末期，且与曹魏相接，一般归入魏晋加以叙述，如章学诚、刘师培便是如此立论（他们是肯定注意到此条材料的）。此条材料，既解决了"集"之称起自何时的问题，也界定了自编集始自建安黄初时期（根据曹丕所撰的"文帝集序"）。可以说，作品集之实与称"集"之名兼具出现是文学"突跃"式的发展，它标志着文学作品不再"寄存"于史传和子书，而是在"集"的名目下获得独立的地位，直接关系着集部的形成问题。文学史中"魏晋文学自觉"的学术命题，也可以之作为注脚。也就是说，曹丕的编集实践即编邺下之游诸文人的《邺中集》（总集，分则为每人的别集）和自编个人集（别集），在文学史乃至目录学史中均极具意义。

（一）曹丕编《邺中集》

曹丕编《邺中集》，据《文选》卷四十二载曹丕《与吴质书》云：

昔年疾疫，亲故多离其灾，徐陈应刘，一时俱逝，痛可言邪……顷撰其遗文，都为一集。

"都为一集"，《文选》卷三十载谢灵运《拟魏太子邺中集诗八首》李善注引《与吴质书》作"却为一集"。"都"为"凡""总"之义，"却"有"止"之义，指将徐幹、陈琳、应玚和刘桢等人的文章汇总整理，纂为一集。"都为一集"四字颇受文学史研究者的重视，认为有明确记载且将所撰作品编称以"集"名始见于此。章学诚称："魏文撰徐、陈、应、刘文为一集，此文集之始"，进而认为"集文始于建安"①章学诚视之为有作品集之实，称为"集文"，尚未视为兼有集之名（章学诚的意见是据《文章流别集》而作为"集"名之始）。相较于汉人编集子在动词义层面使用"集"，此处的"集"已经名词化，将之视为作品集之名"集"是可以成立的。朱自清便认为："文集之起源，应该在三国时。魏文帝《与吴质书》'撰其遗文，都为一集'。不过，文集之名虽始见于此时，而'文集'一词乃泛称，而非如后日之为专称。"②吴光兴也将此例作为汉魏时期文人集编撰的显例。《与吴质书》撰写于东汉建安二十三年（218），正如前文所言，此当即《隋志》《郡斋读书志》和《四库全书总目》集在东汉说的依据（除曹丕此条记载外，现存文献中并未检得东汉有称"集"名的作品编）。

问题的焦点在于所编的"都为一集"为何集？按《拟魏太子邺中集诗》，诗首有小序，云："建安末，余时在邺宫，朝游夕宴，究欢愉之极。天下良辰美景，赏心乐事，四者难并。今昆弟友朋，二三诸彦，共尽之矣。古来此娱，书籍未见……岁月如流，零落将尽。撰文怀人，感往增怆。"并不清楚序文是直接过录曹丕原文，还是也属谢灵运拟写。不管哪种情况，既然篇题标明是"拟"，那么其情感及内容应当是符合曹丕序原貌的。照此理解，曹丕撰此序恰在邺下之游六子逝后而作，与"都为一集"在时段上是相吻合的。再者，谢灵运所拟诗人按顺序为曹丕（篇中题"魏太子"）、王粲、陈琳、徐幹、刘桢、应玚、阮瑀和

---

① 章学诚：《文史通义》，第80页。
② 刘晶雯整理：《朱自清中国文学批评研究讲义》，第131页。

曹植（篇中题"平原侯"）共计八人。其中曹丕和曹植均题以封爵，按曹丕立为魏王太子时在建安二十二年（217），而曹植封平原侯在建安十六年（211），十九年（214）徙封临淄侯。至二十二年，曹植由于擅闯司马门事件而致失宠，也正是在此年曹丕立为太子。题"魏太子"正印证所拟据"底本"的时段是建安二十二年之后，与编"都为一集"的时间也存在重合之处（另曹植题"平原侯"参下文所述）。当然也有不一致的地方，《与吴质书》只明确提到了"徐陈应刘"四人，而未提及王粲和阮瑀。故"顷撰其遗文"很容易让人理解成是编此四子之文，而不包括其他人，与谢灵运拟诗所据"底本"不止有此四子不合。其实不然！按阮瑀卒于建安十七年（212），而"徐陈应刘"则并在二十二年因疾疫病逝，据《三国志·魏书·王粲传》粲亦在此年征吴"道病卒"。也就是说在建安二十三年，邺下之游诸子中的上述六子已不在世。故诗序称："岁月如流，零落将尽。撰文怀人，感往增怆"，显然这是针对已逝去的六子而言的。又细读《与吴质书》，在"顷撰其遗文"前有这样一段话很关键，称："何图数年之间，零落略尽，言之伤心"，断定所撰"遗文"并不局限于"徐陈应刘"四人，而是也包括王粲和阮瑀在内。而且此段话与诗序中的话是何其近似！再结合"拟邺中集诗"所据底本与所编"都为一集"时段的高度"重合性"，不能不让人推测"邺中集诗"与曹丕所编的"都为一集"存在着密切的关系。

实际上，学界围绕此问题展开了富有建设性的讨论。一种意见是认为《拟魏太子邺中集诗》诗题中的"邺中集"即为曹丕所编的"都为一集"。唐李善引《与吴质书》"都为一集"为此诗作注可为佐证。如黄节根据《初学记》引《魏文帝集》"为太子时，北园及东阁讲堂并赋诗，命王粲、刘桢、阮瑀、应场等同作"的记载，称："此即《邺中集》诗也"①。《初学记》所引与《拟魏太子邺中集诗序》也颇为相近。邓仕梁认为："根据谢拟诗和皎然《诗式》的资料，我们知道魏文当时确曾撰《邺中集》"，"盖以时在邺宫朝游夕谦之作辑为一集"②。孙师明君先生也认为："这部集子是徐幹、陈琳、应场、刘桢等文士的'遗文'，不包

---

① 黄节：《谢康乐诗注》，北京：人民文学出版社，2008年，第682页。
② 邓仕梁：《论谢灵运〈拟魏太子邺中集诗〉》，载香港中文大学中国语言文学系主编《魏晋南北朝文学论集》，台北：文史哲出版社，1994年，第96页。

括曹丕、曹植兄弟的作品；这部集子应该是包括诗赋在内的所有作品的文集；这部集子是诸子一生作品的总集。"① 尽管拟诗在六子之外还有曹丕和曹植两人，但《邺中集》应不包括两人的诗文。理由是曹丕明言是撰"遗文"，自然不包括此两人。再者曹植题以"平原侯"，与编《邺中集》的时段也相去甚远。推断谢灵运意在复原邺下之游的完整情境，故在拟《邺中集》所收六子诗基础上，增拟曹丕、曹植兄弟。一种意见主要是据《隋志》未著录《邺中集》而认为此集并不存在，进而将"邺中集"理解为邺下文人宴集。如朱晓海认为："邺中集乃邺中集诗、邺中宴集时所作之诗的省称，犹同金谷集诗可省称为金谷诗。"② 颜庆余也称："所谓曹丕编纂的《邺中集》并不曾存在，谢灵运《拟魏太子邺中集诗八首并序》是虚拟邺下诗人的宴集，而非模拟所谓的《邺中集》。"③ 关于"邺中集"的理解，于是形成了作为总集的"邺中集"和邺中宴集赋诗两种意见。即便是"邺中集"可以理解为宴集赋诗，那么是否就意味着不会围绕宴集赋诗集呢？

史料表明，即便是宴集赋诗也存在集子。《三国志·魏书·苏则传》裴松之注云："（苏）愉子绍，字世嗣，为吴王师。石崇妻，绍之女兄也，绍有诗在《金谷集》。"推知《文选》所录潘岳《金谷集作诗》（"集作诗"即"集诗"，《世说新语·仇隙》刘孝标注引作《金谷集诗》）当为《金谷集》中的一首。《金谷集》还有石崇所撰的序，《水经注》卷十六"榖水"注引有石崇《金谷诗集叙》，《世说新语·品藻》刘孝标注引作《金谷诗叙》，云："余以元康六年，从太仆卿出为使持节，监青、徐诸军事、征虏将军。有别庐在河南县界金谷涧中……时征西大将军祭酒王诩当还长安，余与众贤共送往涧中……及住，令与鼓吹递奏。遂各赋诗，以叙中怀……故具列时人官号、姓名、年纪，又写诗箸后。后之好事者，其览之哉！凡三十人，吴王师议郎关中侯始平武功苏绍字世嗣，年五十，为首。"知《金谷集》《金谷诗》和《金谷诗集》属同一部典籍，推断至迟在南

① 孙明君：《谢灵运〈拟魏太子邺中集诗八首〉中的邺下之游》，《陕西师范大学学报》（哲学社会科学版）2006 年第 1 期，第 24 页。

② 朱晓海：《读文选之与朝歌令吴质书等三篇书后》，《广西师范大学学报》（哲学社会科学版）2004 年第 1 期，第 74 页。

③ 颜庆余：《邺中集小考》，《古典文学知识》2009 年第 5 期，第 123 页。

朝宋时已经流传有石崇撰序的《金谷集》。考虑到石崇是金谷集会的主持者，完全有理由推测石崇就是集子的编者。同样，东晋王羲之等人的兰亭集会，也应编有相应的《兰亭集》，恰如王瑶所称："如金谷、兰亭的诗集，也都成于晋时。"①

当然，《金谷集》和《兰亭集》均未见《隋志》等著录，但《金谷集》的材料却又表明确实存在金谷文人集会赋诗的总集。复原《金谷集》，其面貌当为石崇所编并撰有总序（集序），收录参与金谷集会诸文人的宴集赋诗。引用此《集》中某位参与者的作诗，均可称为"金谷集诗"或"金谷集作诗"。同样照此逻辑，《拟魏太子邺中集诗》亦可还原为曹丕主持邺下宴集，后来辑录参与邺下之游的诸子诗文编了集子，也撰写有集序（集序中的部分文字见于《与吴质书》中），与《金谷集》的文本体制如出一辙。《金谷集作诗》诗题指《金谷集》潘岳作诗，则《邺中集诗》应指《邺中集》所作诗。推断谢灵运确实见到了南朝宋时流传的曹丕编的"都为一集"，而集子之名就是"邺中集"。至迟在唐初修《隋志》时，此集已亡佚。原因可能是邺下诸子既然另均有个人文集的单行本流传（著录在《隋志》及它的小注，小注是南朝梁阮孝绪的《七录》），便不需要再翻阅《邺中集》，遂致《邺中集》渐趋湮没而不传。

综上，"都为一集"到底是不是《邺中集》，并没有办法得以完全落实，只是基于有限材料而做出的近乎合理性的一种推测。从某种程度上说，将之视为《邺中集》似乎是可以成立的，而且《与吴质书》和诗序中的部分曹丕所言，很可能即源自曹丕为《邺中集》撰写的序。《邺中集》是六子诗文俱收的总集，谢灵运只是拟写了其中的六子诗作。那么，总集之始就有必要修正了。如《隋志》将总集之始系于挚虞《文章流别集》，云："总集者，以建安之后，辞赋转繁，众家之集，日以滋广。晋代挚虞，苦览者之劳倦，于是采摘孔翠，芟剪繁芜，自诗赋下，各为条贯，合而编之，谓为《流别》。是后文集总钞，作者继轨；属辞之士，以为覃奥而取则焉。"②当以曹丕所编《邺中集》为始，退一步讲，即便所编不是《邺中集》，也是总集性质的著述。称以"集"尽管是出现在总集中，但

---

① 王瑶：《文体辨析与总集的成立》，第 92 页。
② 魏徵等：《隋书》，第 1089-1090 页。

对别集即文人作品编也称"集"当有直接的影响，事实上魏晋时期出现个人作品编称"集"的事例，不能不将其源头追溯到"都为一集"这里。故曹丕"都为一集"的学术意义需要充分的揭橥，它在文集形成史中起着"开山祖师"（借用朱自清语）的作用。

（二）曹丕自编集

考察曹丕的自编个人集，首先讨论它与《文帝集序》有关系。《文选》卷四十繁钦《与魏文帝笺》和卷四十一陈琳《为曹洪与魏文帝书》李善注有两处引及《文帝集序》：

> 上西征，余守谯，繁钦从。时薛访车子能喉啭，与笳同音。钦笺还，与余而盛叹之，虽过其实而其文甚丽。
>
> 上平定汉中，族父都护还书与余，盛称彼方土地形势，观其词知陈琳所叙为也。

李善注引虽题以"文帝集序"，但严可均《全三国文》分别拟题为《叙繁钦》《叙陈琳》，未使用"文帝集序"之称。其拟题虽未出现"繁钦集""陈琳集"字样，实际上视为曹丕为《繁钦集》和《陈琳集》所作的序。今人易健贤《曹丕年谱》即径直视为《繁钦集序》。又魏宏灿《曹丕集校注》亦分别题为《繁钦集序》和《陈琳集序》，且云："曹丕编订建安诸子文集，繁钦文亦当收入，此篇可能是曹丕写在繁钦集前的评语。"[1]且不论当时是否存在曹丕所编结集形态的繁钦和陈琳两人集，单就李善注明确称引"文帝集序"却视而不见似于史料不符。也有意见接受"文帝集序"之称，但认为出自后人追题，如温志拔称："李善注引的实为《文帝集·序》，为后人追题的《文帝集》中的一篇序（叙）。"[2]其意不太明了，尽管标点为"文帝集·序"，但仍可有《文帝集》的序即集序和《文帝集》里的一篇

---

[1]　魏宏灿：《曹丕集校注》，合肥：安徽大学出版社，2009年，第308页。

[2]　温志拔：《论魏晋南北朝的文集编纂及其与文论的关系》，《龙岩学院学报》2005年第4期，第63页。

序（未必是集序）两种理解。推测忽略"文帝集序"的原因，其症结或在于曹丕尚在世不应撰有"文帝集序"，故既题以"文帝"肯定是非曹丕所撰而是后人所撰追题。乍看颇有道理，其实不然。"文帝集序"仍可视为曹丕本人所撰，只不过曹丕卒后其序完全可以改题。就如曹操的作品集自《七录》始便题"魏武帝集"，但他并没有做过武帝，只是根据谥号而追题。即便是做过武帝，也不是说集子里收的作品都是曹操登基武帝之后才创作的。同样道理，曹丕卒谥文帝，其集子包括撰写的序完全能够以追题的方式加以改题。到底该序是否曹丕亲撰，兹据序文内容略加辨析。

按"序文"称"上西征"，"上"即为曹操；"余守谯"毫无疑问指曹丕。易健贤根据《魏书·后妃·文昭甄皇后传》裴注引《魏书》"（建安）十六年七月太祖征关中，武宣皇后从留孟津，帝居守邺"的记载，认为"谯"为"邺"之误，是年曹丕在邺[①]。按曹植《离思赋序》称"建安十六年，大军西讨马超，太子留监国，植时从焉"，又《三国志·魏书·武帝纪》亦称是年"秋七月，公西征"。知建安十六年，曹操西征，曹植随军，而曹丕留邺"监国"。谯的政治地位虽不及邺，但也应是曹氏集团的重要据点，一者曹操出生地即为谯，再者谯可能还是军事上的中心。按《武帝纪》云建安十四年（209）"春三月，军至谯。作轻舟治水军。秋七月，自涡入淮，出肥水，军合肥。十二月军还谯"。曹丕作有《浮淮赋》，知此年曹丕随军征讨，年末军还驻守谯。建安十五年，曹丕自谯返邺，直至曹操西讨马超行"监国"之任。序文既称"余守谯"是在曹操西征的情况下，故其时不会在建安十四年。再者也不宜轻易下谯为邺之误的推断，只能说"上西征"不是指建安十六年曹操西征马超事。

《武帝纪》又载建安二十一年（216）曹操征孙权，十一月至谯，曹丕随征。高华平称《集序》所言即为次年三月曹操"引军还"后曹丕与繁钦等守谯之事[②]。自谯还军应与准备西征有关，据《三国志·蜀书·先主传》，建安二十至二十二年间刘备用兵与张郃战，张郃败退还南郑。故《武帝纪》称建安二十三

　　① 易健贤：《曹丕年谱》，《贵州教育学院学报》1998 年第 2 期，第 42 页。
　　② 高华平：《繁钦〈与魏文帝笺〉的写作时间及相关问题》，《古典文献研究》第 12 辑，南京：凤凰出版社，2009 年，第 575 页。

年（218）秋七月，"治兵，遂西征刘备"，《集序》所言"上西征"当即此年事。高华平推断："曹操此次的引军还的目的，是为了西征刘备亦未可知"，"曹操自谯引军还许昌，不管出于什么动机，称之为西征都是不为错的"①。笔者倾向于"上西征"即指建安二十二年曹操自谯引军准备西征刘备，而此时曹丕和繁钦等驻守谯。至十月，曹丕立为魏太子，应已自谯返邺，而繁钦卒于建安二十三年。至于第二条序文"上平定汉中"，则指建安二十年（215）曹操西征张鲁事。

　　"序文"的撰写既为曹丕第一人称的语气，出自他本人亲撰当无疑问。事件的叙述自建安二十年至二十二年，且称曹操为"上"，推断序文内容乃出于追述。《初学记》卷十引《魏文帝集》云："为太子时，北园及东阁讲堂并赋诗，命王粲、刘桢、阮瑀、应场等同作。"同样属追述，且亦应为《文帝集序》中的内容。推断集序是曹丕称帝之后所撰，这就涉及曹丕集的编撰。现存史料有三处提及他编集子的线索，《典论·自叙》云："所著书论诗赋凡六十篇。"作于建安二十四年（219）的曹丕《与王朗书》云："生有七尺之形，死惟一棺之土。惟立德扬名，可以不朽；其次莫如著篇籍。疾疠数起，士人彫落；余独何人，能全其寿？故论撰所著《典论》、诗赋盖百余篇"。又《三国志·魏书·文帝纪》云："帝好文学，以著述为务，自所勒成垂百篇。"相较而言，《与王朗书》所记载的集子篇数与《三国志》本传相近，而与《自叙》所言不合。推断前者"百余篇"或"垂百篇"是曹丕结集定本之后的文章篇目，而《自叙》似乎只是其中的一部分（隐含《自叙》撰写的时间或在建安二十四年之前），这次编的集子可能与"都为一集"的心境有关（参下文所述），开始有意识整理自己的作品，还处于初步阶段。《与王朗书》表明曹丕开始系统整理平生所撰文章，准备为自己编集子，而集子编完恐怕要到黄初年间。建安二十五年（220）同时存在三个年号，即东汉献帝建安、延康和曹魏的黄初，是年政权交替而致诸事纷葛，恐怕曹丕不可能在建安二十四、二十五两年间即刊定文集。

---

① 高华平：《繁钦〈与魏文帝笺〉的写作时间及相关问题》，《古典文献研究》第12辑，南京：凤凰出版社，2009年，第575-576页。

　　曹丕在建安二十四年开始着手编集子，并非偶然，而与建安二十三年（218）《与吴质书》提到的编《邺中集》有密切的关系。撰写于此年或稍后的《典论·论文》有"年寿有时而尽，荣乐止乎其身，二者必至之常期，未若文章之无穷"之句，表达了同样的感慨，即编集子可以弥补"年寿有时而尽，荣乐止乎其身"的缺憾。他在为徐幹、陈琳、应玚和刘桢等编集子的同时，也意识到同样需要为自己的作品编集子。故建安二十三年之后仅一年，他就在《与王朗书》中提及此事。黄初年间，身为魏皇的曹丕完成了集子的编撰，同时也为自己的集子写了序（即集序，详细考述参第三章"集序"一节）。在序中，他追述了与邺下诸子交游唱和的往事，繁钦等文士跟随自己从征的往事等，故序中以"余"为口吻，也可以称曹操为"上"。限于史料，无法确定曹丕给自己集子的取名，以及是否称以"集"名。但可以肯定此部集子登录秘阁藏书簿录，而作为皇室藏书的一部。黄初七年（226）曹丕殁后，他的集子经秘阁人员点检整理，相应地将集子改题为"文帝集"。此即《三国志》本传所称的"自所勒成垂百篇"，也就是秘阁藏本曹丕手撰《文帝集》。他的序也相应地成了李善注所引的"文帝集序"。总之，《文帝集序》出自曹丕之手没有疑义，而且是改题之后的集序。如同亦经过改题的陈琳所撰《为曹洪与魏文帝书》。因为此时的曹丕还未称帝，是不宜称之为"魏文帝"的，显然篇题是后人改题的结果。张可礼先生认为："别集有序，最早当是曹植的《前录自序》"，"别集有序，为后来编纂别集所遵循，成为一种范式"① 曹植《前录自序》的撰写时间难以确定，详味序云"余少而好赋，其所尚也，雅好慷慨，所著繁多。虽触类而作，然芜秽者众，故删定别撰，为《前录》七十八篇"，似乎为曹植晚年所为，而且也未称自己的作品编为"集"。故曹丕此篇撰写在黄初年间，且经改题为"文帝集序"的集序，也就成了现所见最早的名实相副的文人集序。

　　综上，曹丕编集子的文学史意义，表现在建安以讫魏晋时期既是文学自觉的时代，也是文集编撰的开始，文学（集部）典籍第一次获得了与经史和诸子文献并列的地位。而且还出现了为集子写序的方式，尽管缘自经史著述的体例，

---

① 张可礼：《中国古代文学史料学》，第 171 页。

体现的却是文学地位的提高。它的目录学史意义是文人别集产生在总集之后，《四库全书总目》集部总叙称"集部之目，《楚辞》最古，别集次之，总集次之"①，将总集置于别集之后是不准确的。尽管"都为一集"的《邺中集》合则为总集，分则为六子每人的别集，但首先是作为总集之编的。曾枣庄先生即称："集部的编纂，应以总集为最古，别集略后。"②更重要的是，作品集作为不同于其他部类典籍的著述新形态，意味着建安、黄初时期开始孕育四部的产生。恰如饶宗颐先生所云："魏晋南北朝文学的最大发展，是集部的形成和推进。"于此也可以理解，西晋荀勖明确创立四部体制并不是偶然的。

二、魏晋文人集形成之"子书入集"路径

所谓"子书入集"，指本身为子部范畴内的子类典籍却视为别集，部类的游移造成文献属性的变化。主要表现为三种情况：其一，本身即为子书，在一段历史时期内亦当作子书处理，但题名却称"集"，与作品集在"名"和"实"两方面均存在类同性；其二，荀勖创立四部时，一些本属诸子范畴的作品编纳入集部的别集类范畴；其三，由于文学观念变迁特别是分类体系的调整，产生子书归入别集的现象，遂赋予文人集的性质，而沿用至今。由于资料的阙佚，第二种情况很难找到具体的事例，但可以寻获一些藉以印证的"蛛丝马迹"。如《汉志》"诸子略"著录有《东方朔二十篇》，魏晋即有可能将此二十篇编为集子而归入别集类，即至迟《隋志》已经著录的《东方朔集》两卷。其他西汉作家著录在《汉志》"诸子略"里的作品，也完全有可能编入集子里，附著在集子中流传。符合第一和三两种情况的显著之例是西晋陈寿编诸葛亮集。

《三国志·蜀书·诸葛亮传》云："亮言教书奏多可观，别为一集。"③"别为一集"即编诸葛亮集，题"诸葛氏集"。陈寿进书表云："臣前在著作郎，侍中领中书监济北侯臣荀勖、中书令关内侯臣和峤奏，使臣定故蜀丞相诸葛亮故事。亮

---

① 永瑢等：《四库全书总目》，第 1267 页。
② 曾枣庄：《集部要籍概述》序，南京：江苏教育出版社，2007 年，第 1 页。
③ 陈寿：《三国志》，第 927 页。

毗佐危国，负阻不宾。然犹存录其言，耻善有遗，诚是大晋光明至德，泽被无疆，自古以来，未之有伦也。辄删除复重，随类相从，凡为二十四篇，篇名如右……臣寿诚惶诚恐，顿首顿首，死罪死罪，泰始十年（274）二月一日癸巳平阳侯相臣陈寿上。"① 陈寿在编定《诸葛亮故事的》过程中，发现"亮言教书奏多可观"，但史传容量有限无法承载，遂在史传外编集子名《诸葛氏集》以解决此矛盾。《诸葛亮集》脱胎于既已存在的《诸葛亮故事》（《艺文类聚》军器部引《诸葛故事》，当即同书），而该书实即撰写《诸葛亮传》的基本素材。姚振宗称："陈寿、寿良未集之前，已有《诸葛故事》，故寿表亦称定诸葛亮故事。"② 缪钺亦称陈寿"在撰《三国志》之前，曾奉命定《诸葛亮故事》，后来编成《诸葛亮集》二十四篇"③。推断由《诸葛亮故事》到诸葛亮史传，陈寿执行的是附属于史学功能的任务。而在执行过程中发现《故事》中有相当多的内容无法悉数进入本传，本传只能择要而入，诱发陈寿在史传之外编集子。由于现存三国、西晋时期材料不足，无从知晓此类情况的多寡。但似可以推测荀勖四部目录所收的集子，主要来源于集部范畴的"文章结集"，而像这种派生自史书的编集子（暂不论此类集子的部类属性和归类情况）还比较少见。接下来的问题是界定《诸葛亮集》的部类属性，即它著录在四部体系中的哪一部，便首先需要了解《故事》的性质。

《隋志》史部有"旧事"类，云："古者朝廷之政，发号施令，百司奉之……晋初，甲令已下，至九百余卷，晋武帝命车骑将军贾充，博引群儒，删采其要，增律十篇。其余不足经远者为法令，施行制度者为令，品式章程者为故事，各还其官府。搢绅之士，撰而录之，遂成篇卷。"④《玉海·艺文》称为"典故"。朱自清认为："故事，历史上之材料也。"⑤ "故事"大致指涉及军政法令的典实掌故，内容属史部；但与诸葛亮文章合编系于诸葛亮名下又具有明显的子书性质。章学诚便认为："陈寿定《诸葛亮集》二十四篇，本云《诸葛亮故事》（此说误，两者

---

① 陈寿：《三国志》，第 929—931 页。

② 姚振宗：《三国艺文志》，《二十五史补编》本，北京：中华书局，1955 年，第 3227 页。

③ 缪钺：《三国志注》前言，北京：中华书局，1984 年，第 3 页。

④ 魏徵等：《隋书》，第 967 页。

⑤ 刘晶雯整理：《朱自清中国文学批评研究讲义》，第 131 页。

不能等同），其篇目载《三国志》，亦子书之体。"① 章炳麟亦云："然其目录，有《权制》《计算》《训厉》《综覈》《杂言》《贵和》《兵要》《传运》《法检》《科令》《军令》诸篇……若在往古，则《商君书》之流。"② 清人张澍《编辑诸葛忠武侯文集自序》称"非独哀其文，并其言与事而亦载之"，也是着眼于其浓厚的子书性质。程千帆先生言简意赅地说："其名虽集，而实是子书。"③ 从部类属性看《诸葛氏集》的文本构成，有政令法制方面的"史"的属性，有博稽群言成一家之说的"子"的属性，也有属文章的"集"的属性，确实比较复杂。但总体上呈现出系于一人之下的"立说"之书，如果按照《四库全书总目》确立的四部分法，归入子部杂家类是比较合适的。但问题是至迟自《隋志》始便将此集著录在集部别集类（由于《隋志》多沿袭《七录》，完全有理由相信南朝梁的《七录》即已将之置于"别集类"），而沿袭至今，已完全视为文人集。章学诚试图弥合本属子书而著录在别集类的轩轾，称："《晋书·陈寿传》云定《诸葛集》，寿于目录标题，亦称《诸葛氏集》，盖俗误云。"④ 章氏之意盖指《三国志》《晋书》原本并不称"集"，称"集"者乃俗本之误，实际此说并没有解决问题。章炳麟将此类现象称之为"集品不纯"，他说："《隋志》亦在别集，故知集品不纯，选者亦无以自理。"⑤ 这说明文人集形成的一种途径即"子书入集"，随着文学观念特别是分类体系的调整而进入集部，有其自身变化的过程。

这就涉及《隋志》之前特别是荀勖时《诸葛亮集》的部类问题。前文已言曹丕编的"都为一集"已称作品编为"集"名，即《邺中集》，而且曹魏时期还存在《孔臧集》等。本身既属集部的文人集，又称以"集"名，可谓名实相符。而陈寿编的《诸葛亮集》不具备文人集的属性，而陈寿仍冠以"集"名，且似非孤例。按《华阳国志·陈寿传》云："时寿良亦集，故颇不同。"⑥ 推断寿良所编亮集似亦名"集"。其他非文人集而称"集"者，如《后汉书·儒林传》云景鸾"能

① 章学诚：《文史通义》，第 296 页。
② 章炳麟：《国故论衡》，第 88 页。
③ 程千帆：《文论十笺》，第 195 页。
④ 章学诚：《文史通义》，第 296 页。
⑤ 章炳麟：《国故论衡》，第 88 页。
⑥ 常璩：《华阳国志》，刘琳校注，成都：巴蜀书社，1984 年，第 849 页。

理《齐诗》《施氏易》，兼受《河洛》图纬，作《易说》及《诗解》。文句兼取《河洛》，以类相从，名为《交集》"。《华阳国志·先贤士女总赞》"景鸾"条《交集》"作《河洛交集》。晋吕静也撰有《韵集》(《魏书·术艺·江氏传》)，《抱朴子内篇》有《神仙集》和《甪里先生长生集》等。这说明称"集"在魏晋时期也并不专属于作品集，大概是只要各篇目的作品拢在一起即可选择"集"之称，印证"集"自身的含混、不严谨性。陈寿选择称"集"可能也是此类情况，也不排除受到魏晋作品编称"集"的影响。但《诸葛氏集》的特殊性在于自《隋志》起著录在别集类。考虑到陈寿之时已存在荀勖的四部分类法，而陈寿恰在荀勖奏使下编撰此集。此集进呈西晋秘阁，在典籍簿录上肯定按照四部分类。有学者称："荀勖入晋，荐陈寿'定诸葛亮故事'，就是依自己所为四部言之，显然是把陈寿将撰之书归入丙部"，"后来《隋志》将《诸葛亮集》著录于集部而不入史部故事类，那是图书分类几经变化的结果，与魏晋间书部著录不同。"[1] 而吴光兴则认为《诸葛亮集》属丁部[2]。按《隋志》称荀勖"乙部"(即今之子部)有"古诸子家、近世子家、兵书、兵家、术数"，而"丁部"(即今之集部)有"诗赋、图赞、《汲冢书》"，显然亮集不会著录在"丁部"，而应是"乙部"之"近世子家"类。亮集与《诸葛亮故事》的区别在于以"言教书奏"为主，而《故事》为"品式章程"的军政律令，属"丙部"(即今之史部)的"旧事"类。

也就是说，《诸葛亮集》产生部类由子部到集部的游移，其缘由为：其一，子书在形式上与文人集类同，基本均属"××子(集)"的格式。《华阳国志·陈寿传》称"华又表令次定《诸葛亮故事集》为二十四篇"(虽仍称以"故事"，但并非《诸葛亮故事》)，即《晋书·陈寿传》所称的"撰《蜀相诸葛亮集》"。按照子书的称名体例，可替换为"诸葛子"。子与集两者之间存在"亲缘"关系，胡应麟即称："周秦之际，子即集也，孟轲、荀况是已。至汉而人不专子矣，于是乎有集继之。唐宋其体愈备，而其制愈繁，子遂析而入于集。"[3] 其二，汉魏之

①　李伯勋：《陈寿编诸葛亮集二三考》，第 44 页。

②　吴光兴：《以集名书与汉晋时期文集体例之建构》，页 49。

③　胡应麟：《少室山房笔丛》，上海：上海书店出版社，2001 年（引该版本者仅此一处），第 16 页。

际某些子类著述受辞赋、文章之学的影响和浸染，不专于子学而呈现出四部兼涉的情况，恰如程千帆先生所云："编缀之际，每就一人之所著述，荟萃为书，凡此之类，文翰最多……惟以其中经涉既广，多与他书更相阑入。"①"兼涉""阑入"等现象使有些子书不称"子"而选择了"集"名，与"集"有集合、汇辑的含义直接相关。以亮集而言，陈寿所编"二十四篇"中的"权制""法检""杂言"和"军令"属史、子类，而"书"则属文章的范畴，若称以"诸葛子"稍显不类，遂笼统称以"集"名。其三，诸葛亮著述编称"集"是部类调整的直接原因，清张澍称："二十四篇乃是总目，其诏、表、疏、议、书、教、戒、令、论、记、碑、笺，各以事类相附，不以文体次比也"②，这是子书的编辑体例。而从子类调整到集类疑肇自阮孝绪《七录》，《七录序》即云："窃以顷世文词，总谓之集，变翰为集，于名尤显，故序《文集录》为《内篇》第四。"同时以事类相附的诏、表、疏、议、论、记等各体均已纳入"文章"的范畴，"名"的符合和"实"部分的符合，促使《诸葛亮集》产生部类属性的变化。

此路径揭示称"集"之名本身的不严谨性，《四库全书总目》集部总叙即称"四部之书，别集最杂"，曾枣庄先生也认为："四部分类不严密，各部之书易于混杂，文体分类庞杂，文集编者即可各随所欲，这是造成四部之书别集最杂的主要原因。"③尽管《诸葛亮集》在当时著录在乙部视为子书；但是陈寿编撰方式具有开创性的意义，意味着史传不再具有保存文章（或文学作品）的载体功能。从大的背景而言，魏晋时期已开始通过编集子的手段保存作品，不再如汉人作品（比如赋作）以史书（如《史记》《汉书》）作为保存的载体。通过编集子代替史传，亦即文学从史学中分离出来，恰如钱志熙先生所云："早期别集的编纂，是编撰正史时进行的。所以从文献目录的角度来讲，集部其实是从史部派生出来的"，又称："史书之外专录的个人文集则称'别集'，都是相对于正史而言

---

① 程千帆:《文论十笺》，第82页。

② 参见张澍:《进诸葛亮集表》案语，载段熙仲、闻旭初编校《诸葛亮集》，北京:中华书局，2014年，第11页。

③ 曾枣庄:《集部要籍概述》，第88页。

的。"① 尽管不能涵括早期文人集形成路径的全部，但陈寿史传之外选择编集子的手段，揭示出早期别集形成的一种来源。再从宏观视角看待之，这既是魏晋时期文人集编撰影响的结果，也是四部体制确立的反映。

三、魏晋文集编撰与文体辨析的关系

魏晋时期以文体辨析为核心的文论与文人集编撰存在着密切的关系，主要表现在编集子需要确定文章（包括学术文章在内的泛指）是否入集，而其标准正是文章本身的文体属性，客观要求文体的辨析；反过来文体辨析的结果使得文章有清晰的归属和界定，由于集子很大程度上是按文体系篇目，从而又有助于集子的编撰。两者呈现出相辅相成的互动关系，是把握魏晋文论的勃兴及发展的重要视角。

编集子是产生文体辨析的基础，原因在于集子有别于经史和子学，使得集子收录选择文章也需要有所辨别。这就涉及魏晋时期作为四部之一的集部（当时称"丁部"）的形成和确立问题。文人集与经史、诸子著述是不同的新门类，反映在国家藏书层面整理典籍需要考虑新的类目以涵盖之。《隋志》称四部分类始于西晋荀勖，甲乙丙丁四部之丁部即今之集部。但清姚振宗认为："四部之体发端于郑，而论定于荀，荀、郑同时人，二人所撰先后相去十余年。"② 又称："按四部体制，始于曹魏之郑默，成于东晋之李充。"③ 追溯四部之始至曹魏郑默。甚至也有材料说曹操时便采用四部，《北堂书钞》卷五十七"秘书丞"条云："魏武建国，置左右丞，职在三台上，启定四部。"④ 又《事物纪原》卷四"四部"条引《续事始》云："魏武置四库图书，分甲、乙、丙、丁为部目藏之。"⑤ 或许建安至曹魏已产生初步的四部分法。按《隋志》云："建安之后，辞赋转繁，众家之集，日以滋广。"⑥

① 钱志熙：《早期诗文集形成问题新探—兼论其与公谳集、清谈集之关系》，第108页。
② 姚振宗：《隋书经籍志考证》，第5041页。
③ 姚振宗：《汉书艺文志条理》，第1527页。
④ 虞世南：《北堂书钞》，北京：清华大学出版社，2003年，第223页。
⑤ 高承撰、李果订：《事物纪原》，第182页。
⑥ 魏徵等：《隋书》，第1089页。

又章学诚称："自东京以降，讫乎建安、黄初之间，文章繁矣。"①不排除《隋志》只是根据后世所编魏晋人集而发的追述性说法，并不一定意味着建安、黄初即已涌现出大量文人集的编撰。但可以肯定的事实是，随着曹丕编"都为一集"，建安（甚至东汉以来）之后的确出现不同于经史子类典籍的新著述。这些新的典籍形态，必然会促使官方目录学体系发生变化，因为要解决如何著录的现实问题。

而正是此文人集的编撰直接推动了集部的形成，反过来又赋予集部不同于经史、诸子的文本属性。这就使得编集子需要充分考虑哪些文章（或著述）可以进入集子，在此阶段就要将文章和非文章加以区分，而区分便需要文体的辨析。正如王瑶所称："文论发展的时代恰好和集部成立的时代相吻合，实在是因为适应集部在分类编目上的需要。"②郭绍虞也认为："文体分类的开始，由于结集人的需要。"③以曹丕编《邺中集》为例，对象是曾参与邺下之游的王、徐、陈、刘、应、阮六子，诸子除诗赋创作外尚有其他部类性质的著述，比如徐幹《中论》等。曹丕选择以诗文为对象，如《与吴质书》中提及的"章表""诗""书记"和"辞赋"等体，且总称以"诸子之文"，并未涉及经史和诸子之类的撰述。这说明曹丕自觉地认识到集子的独立性，应该选择哪些文章进入集子，曹丕作了一番甄选辨别工作。从甄选到编集的过程，又孕育出文体辨析的观念，《与吴质书》和《典论·论文》有关文体的论述即源自《邺中集》的编撰实践。

根据谢灵运《拟邺中集诗》的体例，《邺中集》前应撰有出自曹丕之手的集序，而其内容不外乎叙编集事由、条列集子篇目和撮取集子旨要三者。前两者通过《拟诗》可窥其面貌，而"旨要"大抵叙所收诗文的文体、特征和优长等，并未反映在《拟诗》中。其实，"旨要"的部分内容可通过《与吴质书》进行还原。理由是该《书》不仅提及编《邺中集》的事由，还辨析了邺下诸子诗文创作特点及各自擅长的文体。显然，这是在《邺中集》编完之后才能获得的认识，如云：

---

① 章学诚：《文史通义》，第 296 页。

② 王瑶：《文体辨析与总集的成立》，第 94 页。

③ 郭绍虞：《中国文学批评史》，上海：上海古籍出版社，1979 年（引该版本者仅此一处），第 63 页。

闲者历览诸子之文，对之拔泪。既痛逝者，行自念也，孔璋章表殊健，微为繁富。公干有逸气，但未遒耳。其五言诗之善者，妙绝时人。元瑜书记，翩翩致足乐也。仲宣续自善于辞赋，惜其体弱，不足起其文。

《典论·论文》也表达了相近的意思，云：

王粲长于辞赋，徐幹时有齐气，然粲之匹也。如粲之《初征》《登楼》《槐赋》《征思》，干之《玄猿》《漏卮》《圆扇》《桔赋》，虽张、蔡不过也。然于他文，未能称是。陈琳、阮瑀之章表书记，今之隽也。应玚和而不壮，刘桢壮而不密，孔融体气高妙，有过人者。然不能持论，理不胜词。

推断两者有关创作及文体的评论，当即袭自《邺中集》的集序。换言之，曹丕通过编《邺中集》形成其创作观和文体观，张作耀先生即认为："曹丕在编纂七子文集的过程中，详细阅读并研究了七子的文词书赋，并加以对比，从而做出了恰当的评价，进而在此基础上形成了自己的文学理论。因此可以这样说，七子之文得曹丕之力而流传不失，曹丕因七子之文形成其文学理论。"① 曹丕认为诸子创作各有其自身的特点，根源缘于文体各有所长，故文体是判断创作高下最为适合的标准。如不宜以王粲的赋作相较于徐幹的五言诗，应该在同一种文体中进行横向比较。正是基于此种观念，《邺中集》的编排采用按文体选诗文的方式。以诗为例，建安诸子诗作均系于"诗"体内，其下按人排序，每人之诗即相当于其"诗集"，属于总集中的"分体集"。同一种文体作品内很容易比较出长短高小，从而避免诸子各以己之所长而轻视别人之所短的弊病，而代之以"审己以度人"客观而全面的态度。《典论·论文》的文章八体论，表明曹丕之时集子收录文章文体的范围。可见编集子诱发了文体的辨析，而辨析的目的是确定编集子收录文章的标准，且集子的编排又体现文体的观念，两者是相互推动的关系。

---

① 张作耀：《曹操评传》，南京：南京大学出版社，2001 年，第 470 页。

降至陆机《文赋》，文体在曹丕八体基础上扩大至十体，然刘师培《文章源始》称仍"不及传志碑版之文，盖以此为史体，非可入于文也。"①推断陆机之时文集编撰入选文章的文体有所延伸，但与史体文章撰述仍有所区别。而挚虞编《文章流别集》，据所存残文似文体又有增加，反映文集编撰的选取范围随着文体观念的变化而相应扩大，《流别集》本身即是明证。魏晋时期形成编集子须依据文体的观念，明张燮称："集中所载，皆诗赋文章，若经翼、史裁、子书、稗说，其别为单行，不敢混收。盖四部元自分途，不宜以经史而入集也……录其似集中体者。"②又张溥称："别集之外，诸家著书，非文体者，概不编入。"③都是对这种观念的继承和阐发。

魏晋文论勃兴，以及文论专门著述的形成，编集子乃其基础。曹丕编《邺中集》的果实之一便是形成《典论·论文》，朱迎平先生即认为《典论·论文》作于《邺中集》"此后不久"④，故"文集的繁盛还是文学理论兴起的前提"⑤。同样，《文章流别集》的编撰也形成了相应的文论著作《文章流别论》，此《论》于"诗、赋、箴、铭……颂、七、杂文之属，溯其起源，考其正变，以明古今各体之异同，于诸家撰作之得失，亦多评品，集古今论文之大成"⑥。文论的成熟发展反过来又影响或促进集子的编撰，某些文论的著述比如《流别论》本身即属集子的构成部分，《文章流别集》这一部规模宏大的总集附有《志》和《论》，是没有疑问的。"⑦再如《翰林论》，郭绍虞先生认为它与《文章流别论》"二书有一极相似之处，即是并为附丽于总集而别行辑出者"⑧，"大抵其为总集者原名《翰林》，其评论者则称

① 陈引驰编校：《刘师培中古文学论集》，北京：中国社会科学出版社，1997年，第215页。
② 张燮：《七十二家集凡例》，参见王京州《七十二家集题笺注》，上海：上海古籍出版社，2016年，第410页。
③ 张溥：《汉魏六朝百三家集叙》，参见殷孟伦《汉魏六朝百三家集题辞注》，第2页。
④ 朱迎平：《汉魏六朝文集的演进和流传》，第12页。
⑤ 同上，第11页。
⑥ 刘师培：《中国中古文学史》，第73页。
⑦ 王运熙、杨明：《中国文学批评通史》，上海：上海古籍出版社，1996年，第120页。
⑧ 郭绍虞：《文章流别论与翰林论》，载《照隅室古典文学论集》，上海：上海古籍出版社，1983年，第146页。

《翰林论》，亦犹《文章流别论》之于《文章流别集》，而后人混而称之耳①。《翰林》以作者编排，仍附有专论，也可以看出文论与集子两者的密切关系。从《邺中集》《流别集》均按文体编排，推断此为魏晋文集（总集）编撰的通例，即《四库全书总目》总集类小序所称的"分体编录"，也是文体辨析影响的结果。从此角度看陈寿编《诸葛亮集》而称以"集"名，可能也是受此影响。因为亮集之书、论、议、表、记诸体，均见于曹丕《与吴质书》或《典论·论文》中，属当时"文章"的范畴，也是编集子收录的文体。尽管这是讨论的总集编撰与文体辨析的关系，想必别集亦大致如此。以《邺中集》所收诸子诗文推想，如若编其中某一子之别集，当势必以文体为系，各统以相应文章，而绝不应是各体文章混杂其中。

综上，魏晋文人集的形成主要有"文章结集"和"子书入集"两种主要的路径，前者属集部范畴，后者则属基于分类体系调整或文学观念变迁而产生的部类游移。东汉建安时期曹丕编《邺中集》为总集之始，也是作品编称"集"名之始。而自编个人集且撰集序，也开创了自编集的编撰体例。编集子既是文学独立的表现，也推动了集部的形成和确立。"子书入集"反映文人集与子书的近缘关系，但造成"集品不纯"，即"集"名本身的不严谨性造成别集来源的"杂"。魏晋时期编集子是文体辨析的基础，而文体辨析的精细化和文体观念的延伸又影响集子的编撰，两者存在互动关系。魏晋文人集形成的路径及与文体辨析关系的考察，是管窥魏晋文学发展的重要视角，也是把握魏晋文论、文学和文人集编撰互动的线索之一。

第四节　魏晋文人集形成确立之原因及影响

汉代文章从学术中的分离，文人群体的渐趋独立；目录学中《七略》《汉志》"诗赋略"类目的创设和沿袭；特别是东汉以来局限于一定范围内的文人集的编撰，均为魏晋文人集的形成和确立作了充分的准备，是文人集发展中的孕育阶

---

① 郭绍虞：《文章流别论与翰林论》，第 148 页。

段。曹丕编集子，从宏观背景而言即缘自上述学术演化和文学实践两方面的基础。但他又富有创造性，表现在更有汇编文人作品为集的自觉意识；且别出心裁地将"集"名词化为作品编的专称，开创了经史、子类著述之外的新名目和新范式，也标志着文人集的形成。魏晋时期文人集的确立，直至南北朝继续发展走向成熟，进而形成文集的繁荣，不能不说肇自曹丕。《隋书·经籍志》即称"建安之后，辞赋转繁，众家之集，日以滋广"。文人集在魏晋时期得以形成和确立，其原因大致包括三方面：东汉以来文士各体文章创作繁盛，客观需要总括性的名目以涵盖；受独尊儒术和文章浸染的影响，子学总体呈现衰微之势，文士转趋辞章创作；国家藏书层面设置专司典籍整理的职官，官编的方式也推动了文人集的编撰。而其影响不外乎促动了四部特别是集部的形成，以及集子基本体例的初步成形。

一、文人集在魏晋时期的形成和确立

东汉建安至曹魏黄初年间，曹丕编"都为一集"的《邺中集》及自编个人集，特别是前者明确称以"集"名，标志着名实兼具的文人集开始形成。或受魏晋时期编集子的影响，西晋初年陈寿编《诸葛亮集》亦以"集"名之。尽管当时视为子书，但至少自《隋书·经籍志》始便著录在集部别集类，在目录学层面与文人集无异，属早期文人集形成中存在的"子书入集"路径。两晋时期，以编撰文人集作为保存作品的基本手段得到更多的接受，如四部中的"丁部"及荀勖所撰《文章叙录》即著录了相当一部分文人集，作家也更加自觉的为自己编集子。这意味着两汉时期通过史传或子书"寄存"作品不再是主流方式，标志着文人集由形成步入了确立阶段。故学者多从"确立"的角度看待此时期文人集的编撰，如朱自清称："恐怕自晋以后始有文集"①，又郭绍虞称："自晋以后始有荟萃选辑之集"。其意并不是说晋以后才产生文人集，而是指文人集真正较为普遍地作为一种著述手段是西晋之后才实现的。如出现"集"（《晋

---

① 刘晶雯整理：《朱自清中国文学批评研究讲义》，第131页。

书·蔡谟传》)、"文集"(《晋书·傅玄传》《晋书·束皙传》)和"杂文集"(《晋书·干宝传》)等名目,印证集子的编撰及其认识均有所深入,已经跨越了形成期称名的单一性。

而所谓"确立"包括两个层面:其一,作品"编"为集子且称之为"集",成为一种可依循的基本方式固定下来,凡秘阁编本一般均称以"集"名;其二,认可并接受作品编为集子的方式,但尚不称以"集"名,主要是自编集。换言之,魏晋时期编集子已属较为普遍接受的手段,但是否称"集"还带有某些随意性,主要表现在自编集如曹植《前录》等。程千帆先生认为:"自定其文,又不以集名,盖体式初兴,尚无定称耳"[①],此说得乎其实,自编集称"集"大致始于北齐、萧梁时。结合魏晋时期的文献,作品编明确称"集"者凡十余条,列举如下:

> 《晋书·蔡谟传》云:"文笔论议,有集行于世。"
>
> 《晋书·傅玄传》云:"文集百余卷行于世。"
>
> 《晋书·束皙传》云:"文集数十篇,行于世云。"
>
> 《晋书·干宝传》云:"宝又为《春秋左氏义外传》,注《周易》《周官》凡数十篇,及杂文集皆行于世。"
>
> 《晋书·文苑·应贞传》云:"后迁散骑常侍,以儒学与太尉荀顗撰定新礼,未施行。泰始五年(269)卒,文集行于世。"
>
> 《晋书·文苑·顾恺之传》云:"所著文集及《启蒙记》行于世。"
>
> 《晋书·文苑·郭澄之传》云:"所著文集行于世。"
>
> 《晋书·隐逸·陶潜传》云:"所有文集并行于世。"
>
> 《晋书·王鉴传》云其"文集传于世"。
>
> 《晋书·卢谌传》云:"撰《祭法》,注《庄子》,及文集,皆行于世。"

其他如《三国志·魏书·嵇康传》裴松之注引荀绰《冀州记》云:"钜鹿张

---

① 程千帆:《文论十笺》,第195页。

貔，字邵虎。祖父泰，字伯阳，有名于魏。父邈，字叔辽，辽东太守。著名《自然好学论》，在《嵇康集》。"按荀绰为荀勖之孙，西晋末为石勒所拘任从事中郎，《冀州记》当撰于十六国时期，则嵇康集至迟在西晋时当已编成。《孔丛子》所附《连丛子》上"叙书"云："（孔臧）在官数年，著书十篇而卒。先时尝为赋二十四篇，四篇别不在集，似其幼时之作也。"①"别不在集"之"集"即魏晋秘阁所编《孔臧集》（按罗根泽《孔丛子探源》认为《连丛子》作于曹魏时期，陈梦家认为《孔丛子》的最后成书当在东晋义熙四年前后，推知《连丛子》成书在魏晋当基本属实，故《孔臧集》可视为魏晋时所编），所谓"叙书"即附在该书中的《叙录》（出自秘阁人员之手）。陆云《与兄平原书》云："视仲宣《赋集》，初《述征》《登楼》前耶甚佳，其余平平，不得言情处"，又云："前集兄文为二十卷，适讫一十，当黄之。书不工，纸又恶，恨不精。"《赋集》当为《邺中集》中王粲赋作之编，"前集兄文"言为陆机编集子，均将作品编以"集"称之，印证编集子已成为较为普遍的手段。又《史记·苏秦列传》集解引车胤撰《桓温集》，"撰"为编撰和整理之义。按《晋书·车胤传》云："桓温在荆州，辟为从事，以辩识义理深重之。引为主簿，稍迁别驾、征西长史，遂显于朝廷。"又《世说新语·识鉴》刘孝标注引《续晋阳秋》云："胤字武子，南平人……就业恭勤，博览不倦……桓温在荆州取为从事，一岁至治中。胤既博学多闻，又善于激赏，当时每有盛坐，胤必同之。"车胤编《桓温集》当即为任桓温从事时。又释僧肇《答刘遗民诗》云："得君《念佛三昧咏》，并得远法师《三昧咏》及序。此作兴寄既高，辞致清婉，能文之士，率称其美。可谓游涉圣门，扣玄关之唱也。君与法师，当数有文集。"以上皆为别集称"集"之例。总集称"集"者，如挚虞《文章流别集》（《晋书·挚虞传》）、石崇《金谷集》（《三国志·魏书·苏则传》裴松之注引称"绍有诗在《金谷集》"）。可证魏晋时期文人作品"编"为集子，同时选择以"集"名之，成为整理文章著述、保存文学作品的一种基本范式。值得注意的是，"集"还隐约具有概称的涵义，即作为集子这类文章著述的统称。如张湛《列子注序》云："（傅）颖根于是唯赍其祖玄、父咸子集。"这里

---

① 傅亚庶:《孔丛子校释》，北京：中华书局，2011 年，第 447 页。

的"子集",显然是傅玄和傅咸此两类著述的统称。反映在目录学部类层面,意味着"集"开始具有类目属性的意义,阮孝绪《七录》首创"文集类",其萌芽似可追溯至此。

至于结集形态的个体文人作品编而未称"集"者,如《艺文类聚》卷五十五《杂文部》引曹植《文章序》云:"余少而好赋,其所尚也,雅好慷慨,所著繁多。虽触类而作,然芜秽者众,故删定别撰,为《前录》七十八篇。"《前录》为曹植赋作的结集,"录"有采纳、采取之义,曹植选取赋作汇成一编名为"录",属动词名词化的显例,与"集"相类。陆云《与兄平原书》云:"云少作书,至今不能令成,日见其不易。前数卷为时有佳语……犹当一定之,恐不全。此七卷无意复望增,欲作文章六七纸,卷十分,可令皆如今所作辈,为复差徒尔。文章诚不用多,苟卷必佳,便谓此为足。今见已向四卷,比五十可得成。"提及为自己编集子,但不好确定是否称"集"名。又如《三国志·吴书·薛综传》称"凡所著诗赋难论数万言,名曰《私载》",《晋书·卢钦传》称"所著诗赋论难数十篇,名曰《小道》",《晋书·索靖传》称"又撰《索子》《晋诗》各二十卷",均属别集类著述不称"集"的案例。

从编撰方式而言,文人别集称"集"基本出自官编,主要是秘阁或他人代编。证据是荀勖撰有《文章叙录》,即是著录在《晋中经簿》丁部中的作品集的叙录(《三国志·魏书·嵇康传》裴松之注引《康集目录》可为具体例证)。曹丕自编集称《文帝集》即属其殁后秘阁整理改题的结果,限于史料并不能确证曹丕是否自题为"集"。而不称"集"的《前录》《私载》和《小道》等,均出于自编(自编总集则称"集",如《流别集》和《金谷集》)。清赵翼云:"古所谓集,乃后人聚前人所作而名之,非作者之自称为集也。"①颇得其实!更详准而言,文人集称"集"多出于追题,是官方秘阁(官编)和他人整理(他人代编)的结果。而自编集称"集"在魏晋之时似未被接受,还带有明显的"个体化"色彩。这反映作家尚轻视集部范畴内的个人文章类著述。而作为官方藏书的秘阁机构,在典籍已分四部的背景下便基本不存在何者为重的问题,即凡登录秘阁簿录者

---

① 赵翼:《陔余丛考》,第398页。

均需编目整理。文人集当然也不例外，称以"集"也是秘阁编作品集的惯例。

　　总之，魏晋时期无论专司藏书、整理典籍的秘阁机构，还是作为个体的作家，均采用编集子以保存文章的基本方式。但此时作品编称"集"之名尚未普遍接受，别集的编纂还不统一，如或称"篇"或称"卷"；"集"的概念也尚未在目录学层面确定为别集类文献的统称等，表明文人集这种有别于经史、诸子著述的新体式，还有待于继续发展。南朝宋齐两朝正是别集的兴起阶段，而至梁则进入繁荣期，"别集"也正式作为类目之称。而魏晋在整个文集形成发展史中恰处于承上启下的阶段，又与传统的魏晋文学自觉命题相呼应，不管从哪个角度看都是不容忽视的。

二、魏晋文人集形成及确立的原因

　　饶宗颐认为："魏晋南北朝文学的最大发展，是集部的形成和推进。集是收集的意思，除了汇集个人的作品，还要把别人的作品收集累积。过去是没有这样的集的名目，汉人是把思想性、政治性或各种的文章组织成集，是属于子部的。"[1] 缘何两汉时期总体不存在文集编撰的观念，而至魏晋不但出现作品编称"集"的名目，而且编集子作为基本的著述手段也得以形成和确立。除外在的背景因素，比如魏晋是文学走向独立的时期，集部层面的文学类典籍与经史子类著述已有清晰的分际；也存在多重内在的动因，如文章文体创作繁复对《诗赋略》目录体系的突破，文士由传统的构筑一家之说到染指文翰的转变，典籍整理在制度层面的建设等。可以说是各方面因素综合影响、作用的结果，概而言之主要有下述三方面的原因：

　　（一）东汉以来诸体文章篇目的大量创作

　　西汉人文章以诗、赋为主要文体，反映在目录学中即刘歆设立《诗赋略》。当然也存在其他文体如论、书、箴等，但远不及诗赋为文章之主流。降至东汉，

---

　　① 饶宗颐：《从对立角度谈魏晋南北朝文学发展的路向》，第 1 页。

各体文章创作均呈现繁盛面貌。如《后汉书》文人传中录所撰各体文章篇数者计五十四人，其中有二十三人皆在《文苑传》。故章学诚云："自东京以降，迄乎建安、黄初之间，文章繁矣。"又章炳麟称："《七略》惟有诗赋，及东汉，铭、诔、论辩始繁。"[1]此种现象诱导并促使集子的出现，直接原因就在于系于一人之下的各体文章创作，不管是反映在目录学中，还是史传的叙述，都会造成"繁琐"性的倾向。作家的各体文章要通过目录学体系中的著录来反映，自然需要有总的题名概括，再如《诗赋略》中的"某某赋某某篇"显然不符合需要了。编修史传如果罗列个人如此之多的各体篇目，总嫌繁杂，假如有萃为一书的总题名直接称之岂不更为简洁。史传中称某有经史或子类著述即相当简括，而此类著述实际也是由很多篇目构成的，正因为它们有汇为一编的著述的总题名而省去繁琐。所以说，集部层面的各体文章创作需要一个总的名目加以涵盖，是很直接的现实客观需求。

具体以《后汉书·蔡邕传》为例，可窥记述诸体文章之繁琐，称"所著诗、赋、碑、诔、铭、赞、连珠、箴、吊、论议、《独断》《劝学》《释诲》《叙乐》《女训》《篆执》、祝文、章表、书记，凡百四篇，传于世"。此种现象，唐刘知幾称《后汉书》"莫不一一列名，编诸传末。事同《七略》，巨细必书，斯亦烦之甚者。"[2]可以避免的方法是以"集"之名包容诸体文章。胡应麟即云："西汉前无集名，文人或为史，或为子，或为经，或诗赋，各专所业终身。至东汉而铭、颂、疏、记之类，文章流派渐广，四者不足概之，故集之名始著。"[3]章学诚也称："诗赋章表铭箴颂诔，因事结构，命意各殊。其旨非儒非墨，其言时离时合，衷而次之，谓之文集。"[4]而选择称"集"而不是其他的词，大致有下述两方面的缘由：

其一，"集"自身具备动词和名词的双重词性，极易于名词化。汉代著述的编撰多使用动词的"集"，形成"采集""缀集""撰集""论集""约集"等名目。虽著述本身不称"集"，但建立了著述与"集"两者之间的关系。东汉已产生名

① 章炳麟:《国故论衡》，第81-82页。
② 刘知幾:《史通》，第389页。
③ 胡应麟:《诗薮》，第261页。
④ 章学诚:《文史通义》，第650页。

词化为书名之"集"的案例,《后汉书·儒林传》称景鸾"文句兼取《河洛》,以类相从,名为《交集》",故曹丕《与吴质书》"都为一集"的称呼也应是基于前人的实践,只不过是将名词化的"集"移用到作品编而已。但它的意义相当了不起,朱自清称:"文章多,多到一个地位,就非把它集成一集不可……文章多,乃专收集之成一独立之书,在文化上有独立之地位。"①以"集"名作家的作品编,从而赋予文人集独立存在的"名目",则更具有"革命性"的意义。四部之"集"部的产生及命名即溯源于此。

其二,"集"的涵义与作品编成集的过程及手段相契合。《后汉书·孔融传》称"募天下有上融文章者",《后汉纪·孝章皇帝纪》称"诏东平传录王建武以来所上章奏及作词赋悉封上",《与吴质书》称"顷撰其遗文,都为一集",《文章序》称"删定别撰为《前录》",印证编集子的过程就是蒐辑、辑录或集合作品的过程,而"集"之义恰同"辑",《汉书·儒林传》颜师古注云:"辑,合也……辑与集同。"基于编集子的具体实践行为,很容易将与之暗合的动词义的"集"移用于行为的结果即作品编自身。

总之,曹丕创造性地以"集"称邺下诸子(六子)的作品编,从而固化了"集"使用的具体对象和语境,看似不经意的偶然性其实蕴含着内在的必然性。曹丕所编"都为一集"的《邺中集》虽属总集,但与作为作家个体的作品编,其文献的性质、创作的主体均相同,因此再以"集"名指称别集层面的文人集便是顺理成章的事情。

(二)两汉以来子类著述的衰落

文人集与子书存在着密切的关系:其一,形式上均属将著述系于个人,随着魏晋以来文学观念特别是文体辨析的形成,原本"寄存"于子书的文章析出与本身已有的集部层面的文章合编而成集,如《隋志》著录的《荀况集》《贾谊集》和《晁错集》(后两例见于小注)。其二,两汉以来子书(儒家类除外)受政治环境和文章浸染的影响而出现衰落,编集子成为新的著述门类。文人集的

---

① 刘晶雯整理:《朱自清中国文学批评研究讲义》,第131—132页。

形成、确立乃至发展兴盛，与子类著述的衰落有一定的因果性。章学诚概括并总结了两者之间的关系，称："子史衰而文集之体盛，著作衰而辞章之学兴"①，又称："后世专门子术之书绝，而文集繁"②，进而提炼为"著作衰而有文集"③的论断。

《隋志》称"自灵均已降，属文之士众矣"，汉代以来（主要是东汉）各体文章创作均臻于繁夥，遂滋生轻视子书的倾向。葛洪《抱朴子外篇·尚博》即云："或贵爱诗赋浅近之细文，忽薄深美富博之子书，以磋切之至言为骇拙，以虚华之小辩为妍巧。"④章学诚也称："魏晋之间，专门之学渐亡，文章之士以著作为荣华。"⑤子学衰退的根源在于汉代独尊儒术，而压抑了其他诸子学说的发展。范文澜解释称："汉自董仲舒罢黜百家，学归一尊，朝廷用人，贵乎平正，由是诸家撰述，惟有依傍儒学，采掇陈言，为世主备鉴戒，不复敢奇行高论，自投文网。"⑥结果造成魏晋子书乏善可陈，陋儒之论，腐谈相袭。颜之推《颜氏家训·序致》云："魏晋已来，所著诸子，理重事复，递相模效，犹屋下架屋，床上施床耳。"⑦章炳麟亦相当尖锐地指出："后汉诸子渐兴，迄魏初几百种。然其深达理要者，辨事不过《论衡》，议政不过《昌言》，方人不过《人物志》。此三家差可以攀晚周，其余虽娴雅，悉腐谈也。"⑧印证文士更多地投向辞章创作，即便有子类著述也受到文章之学的影响，而出现"近辞赋者无实，论事理者寡要，或辞丽而义少，或意新而文漫"（刘永济《十四朝文学要略》之语）的现象。

总之，学尊儒术压缩了思想发挥的空间，使得汉魏时期子学的辩事论理均不及先秦诸子，著述也多枝蔓而创论者少。文士遂转趋辞章创作，子学呈现式微，间接推动了作为著述新门类的魏晋时期文集的编撰。当然，这也并不意味

---

① 章学诚：《文史通义》，第61页。
② 同上，第78页。
③ 同上，第297页。
④ 杨明照：《抱朴子外篇校笺》，第105页。
⑤ 章学诚：《文史通义》，第650页。
⑥ 范文澜：《文心雕龙注》，第325页。
⑦ 王利器：《颜氏家训集解》，第1页。
⑧ 章炳麟：《国故论衡》，第117页。

着子类著述不再受到重视，如曹丕《典论·论文》称"唯干著《论》，成一家言"，又《太平御览》卷六百二引《抱朴子》云："陆平原作子书未成，吾门生有在陆君军中，常在左右。说陆君临亡曰：穷通时也，遭遇命也。古人贵立言以为不朽，吾所作子书未成，以此为恨耳。"子类著述渐衰和文集勃兴之间的因果关系，是就整体而言的，也具有相对性。

（三）专门整理典籍的职官设置

《东观汉记》记载东汉延熹二年（159）始置秘书监，职责是"掌典图书古今文字，考合异同"①。按西汉武帝时"建藏书之策，置写书之官"，似已设专职官员整理典籍。但据成帝时"使谒者陈农求遗书于天下。诏光禄大夫刘向校经传诸子诗赋，步兵校尉任宏校兵书，太史令尹咸校数术，侍医李柱国校方技"，哀帝时"使向子侍中奉车都尉歆卒父业"（《汉书·艺文志》）的记载，应属以它官充任。东汉设有校书郎，《隋书·经籍志》云："光武中兴，笃好文雅，明、章继轨，尤重经术……石室、兰台，弥以充积，又于东观及仁寿阁集新书，校书郎班固、傅毅等典掌焉，并依《七略》而为书部。"②据《晋书·职官志》，"校书郎"属"有其名，尚未有官"，尽管仍属以它官充任，但赋予了形式上的专门的衔名。故"秘书监"的设置，标志着官方开始具备专门整理典籍的职官。

桓帝时所设"秘书监"，后又省罢，《初学记》卷十二"秘书监"条云："按秘书监，后汉桓帝置也，掌图书秘记，故曰秘书，后省之。至献帝建安中，魏武为魏王，置秘书令，典尚书奏事。"③又《北堂书钞》卷五十七"秘书丞"条云："魏武建国，置左、右丞，职在三台上，启定四部。"④建安中，曹操设立秘书令、秘书丞。而至魏文帝黄初初，乃"置中书令，典尚书奏事，而秘书改令为监，掌艺文图籍之事"⑤。此后"秘书监"为整理典籍的常设官职，成为定例。自桓帝

① 刘珍等：《东观汉记》，吴树平校注，郑州：中州古籍出版社，1987年，第126页。
② 魏徵等：《隋书》，第906页。
③ 徐坚等：《初学记》，第294页。
④ 虞世南：《北堂书钞》，第223页。
⑤ 杜佑：《通典》，影印商务印书馆万有文库《十通》本，北京：中华书局，1984年，第155页。

设"秘书监"至曹操析分为秘书令、丞，专司典籍职官的设置及精细化，背后反映的是典籍藏量的增加和典籍类目的趋于细化。故《北堂书钞》称曹操设立的秘书左、右丞"启定四部"，又《事物纪原》卷四"四部"条引《续事始》云："魏武置四库图书，分甲、乙、丙、丁为部目藏之。"① 尽管此类叙述不一定可靠，但职官设置的背后却也反映典籍知识结构变化所带来的分类结构的相应调整，而其变化的直接原因恰在于东汉中期以来特别是建安、魏黄初间，出现了不同于经史、子类著述的新门类——文人集。此类典籍入藏国家藏书，势必要求进行类目的调整，从而相应要求职官设置趋于明细化和专门化。

考察文人集的形成确立不能忽视职官问题，缘由是文集的主要编撰方式属官编，即大都出自秘阁（秘书监）之手。

三、魏晋文人集形成和确立的影响

魏晋文人集形成及确立的影响，主要体现在促使四部特别是集部的形成和初步定型文人集的体例两个方面。

其一，文人集的编撰推动了集部的形成。文人集是著述的新品种和新门类，反映到国家藏书层面必然会影响类目的调整。

自刘歆《七略》至班固《汉志》，汉代的典籍分类采用六分法，诗赋类的文献著录在《诗赋略》。东汉以来各体文章创作繁盛，使得《诗赋略》类目无法涵纳诗赋之外的文学作品，章炳麟即称："《七略》惟有诗赋，及东汉，铭、诔、论辩始繁，荀勖以四部变古。李充、谢灵运继之，则集部自此著。"② 特别是建安以来包含诸体文章的文人集的出现，不再适宜采用《汉志》的分类法处理，遂产生四部分类法。章学诚称以"文集炽盛，不能定百家九流之名目"而使"四部之不能返《七略》"③，又王重民称："文学和史学书籍的数量有显著的增多，兵书和阴阳数术书籍相对的减少。这就使《七略》的分类体系不再适用，所以《晋

---

① 高承撰，李果订：《事物纪原》，第 182 页。
② 章炳麟：《国故论衡》，第 81—82 页。
③ 章学诚：《文史通义》，第 956 页。

中经簿》在分类体系上根据发展的实际做了新的变革，把六略改为四部，以适应并包容新的文化典籍，从此开创了四分法。"①《隋志》明确称四部形成于荀勖之手，即甲乙丙丁四部，其中"丁部"著录当时的文学类典籍。由于晋代文人集尚处于确立阶段，作品编称"集"并未普遍接受；从四部而言，经史子集各作为一类文献的统称尚未完全固定，各部著录的典籍也还并不条分缕析，故四部并未使用经史子集之称。恰如王瑶所称："以甲乙丙丁次之，而不名为经史子集，就是因为条件比较地含混（如附《皇览簿》入丙部，《汲冢书》入丁部）。"②

但有学者认为荀勖之前或已产生四部分类法，如清姚振宗称："四部之体发端于郑，而论定于荀，荀、郑同时人，二人所撰先后相去十余年，其时唯以甲乙丙丁为部，尚未有经史子集之名。"③又称："按四部体制，始于曹魏之郑默，成于东晋之李充。"④即将四部之始追溯到曹魏的郑默。甚至有材料称曹操建安时期便已有四部，如《北堂书钞》有"启定四部"之语，《事物纪原》也称"魏武置四库图书，分甲、乙、丙、丁为部目藏之"。结合东汉开始小范围内的文人集编撰，建安年间文人集明确得以形成，至《隋志》称建安、黄初之后出现"众家之集，日以滋广"的局面（或属据后时所编此时期的文人集追述）。不管怎么讲，建安以来出现的著述新品种，必然促使考虑典籍类目的调整问题，这是西晋初荀勖明确创立四部体制的背景（当然也存在隐栝之前目录体制的可能性）。从《七略》为代表的典籍六分调整到四部，其演变的主要动力源自作为新的著述门类的文人集编撰。

其二，文集体例的基本定型。文人集在魏晋得以形成及确立的同时，也意味着文集的体例得以初步定型，主要包括文人集的称名、计量单位、目录、进书表、集序、叙录、编撰方式、集子的类型等。

关于集子的称名。陈寿所编题"诸葛氏集"，虽属子书，但以"姓氏集"题名的格式正是文人集称"某某集"的固定体例。恰如《文献通考·经籍考》引宋

①　王重民：《中国目录学史论丛》，第41—42页。
②　王瑶：《文体辨析与总集的成立》，第99页。
③　姚振宗：《隋书经籍志考证》，第5041页。
④　姚振宗：《汉书艺文志条理》，第1527页。

两朝《艺文志》云："别集者，人别为集，古人但以名氏命篇"①，又《宾退录》称："汉魏以来诸文人，但标姓名曰某人某人集"，为"明白洞达也"②。至于集子的计量单位有篇和卷，晋代尚不统一。如集子称以"篇"者，《诸葛氏集》称"删除复重，随类相从，凡为二十四篇"，曹植称"删定别撰，为《前录》七十八篇"，《晋书·束皙传》称"文集数十篇"。称以"卷"者，如《晋书·傅玄传》称"文集百余卷行于世"，《与兄平原书》称"前集兄文为二十卷"，《晋书·挚虞传》称"撰古文章，类聚区分为三十卷"。"篇"与"卷"并称始见《汉志》，章学诚认为："向、歆著录多以篇、卷为计。大约篇从竹简，卷从缣素。"③曾朴《补后汉书艺文志·叙录》亦称"古书著之简册者为篇，写之绢素者为卷"。魏晋时期，纸应取代简册成为典籍的主要载体，而仍称"篇"者或缘于典籍处于从简册向纸张的过渡阶段，故而沿袭旧称。按《隋志》小注称梁本诸葛亮集为二十四卷，正是以一篇对应一卷，故陈寿称以"篇"而其实仍为"卷"。文人集称"卷"始于晋代，《晋书》之《傅玄传》《挚虞传》为证。张可礼先生称："著录别集注明卷数，表明编纂别集由粗疏而趋细致，注意整合归纳。"④称"篇"者主要基于集子构成的篇目概念，而称"卷"则表明集子按照某一体例进行了编次和整理，因为一卷的容量可以是一篇，也可是数篇。故"卷"的使用与内容的整理编排、"类聚区分"相关，也是文人集形成之后在编撰形式上趋向规范的表现。

目录、"进书表"和集序属于集子的构成体制。目录一般在文人集编撰完成之时便已具备，是附在集子里的固定组成部分。《晋书·曹志传》称"帝尝阅《六代论》，问志曰：'是卿先生所作邪？'志对曰：'先王有手所作目录，请归寻按。'还奏曰：'按录无此。'帝曰：'谁作？'志曰：'以臣所闻，是臣族父冏所作，以先王文高名著，欲令书传于后，是以假托。'"⑤知曹植的自编集是编有目录的。陈寿编诸葛亮集也附有目录，并撰有类似"进书表"的呈进所编诸葛亮集上表文。

① 马端临：《文献通考·经籍考》，第333页。
② 赵与时：《宾退录》，齐治平校点，上海：上海古籍出版社1983年版，第60页。
③ 章学诚：《文史通义》，第305页。
④ 张可礼：《中国古代文学史科学》，第171页。
⑤ 房玄龄等：《晋书》，第1390页。

不一定秘阁所藏每种书皆有"进书表"，但敕撰的典籍（《诸葛氏集》之编，称"奏使臣定"云云即属敕撰）都会附有此表，并进而形成惯例。至于集序，曹丕黄初年间为自己的集子撰写集序（即改题之后的《文帝集序》），曹植的《文章序》实际也是集序。进入南北朝时期，随着集子编撰走向繁荣，开始比较多的为集子写序，集序之体即源自曹丕。同时，集子的叙录也大量涌现，即秘阁整理文人集，仿刘向《别录》之体为集子撰写叙录，如荀勖的《文章叙录》。也存在私人纂修的文人集叙录，如挚虞的《文章志》等。集子的流传也会附上秘阁人员纂修的叙录，使叙录也转变为集子的组成部分。如《三国志·魏书·嵇康传》裴松之注引《康集目录》，即为《嵇康集》的叙录。文人集叙录之体同样肇自晋代，可以说集子的主要构成部分均始于魏晋，初步奠定了集子的体例。故将此时期界定为形成和确立阶段是站得住脚的。

此时期的文人集编撰，形成官编（如《诸葛亮集》《晋书》著录的文人别集）、他人代编（如《陆机集》）和自编（如曹植《前录》，以及《三国志》提及的《小道》和《私载》等）三种方式，后世文人集编撰不外乎此三者。在编集子的类型上还出现全集和选集的区别，如《晋书·曹志传》所称的曹植撰有目录的集子即为其全集，而《三国志·魏书·陈思王植传》称曹植卒后，"景初中诏曰：'陈思王昔虽有过失，既克己慎行，以补前阙，且自少至终，篇籍不离于手，诚难能也……撰录植前后所著赋颂诗铭杂论凡百余篇，副藏内外。'"此集为秘阁编曹植的选集（即将一些不利于朝政或有所避讳的诗文删除）。此外，"子书入集"导致章炳麟所言的"集品不纯"现象，从大方面讲是部类游移的结果。实际南朝编的集子同样有不纯的现象，间接开启南朝以来编集子中存在的文笔之辨（集部内分文笔和以经史子为笔而集为文），也是魏晋文人集（陈寿所编《诸葛氏集》在南朝当已视为集子，不合集之体必然产生集子收文标准方面的甄辨）产生影响的重要方面。总之，就四部体制而言，由于文人集最后形成使得它能够借鉴和模仿其他三部典籍的体例，比如目录、集序和叙录等，这也是处于形成和确立阶段的早期文人集必然产生的现象。而集子自身及其编撰方式和编集类型的初步建构，却又为后世编集子创立了可资遵循的规范和基础，而这正是处于形成和确立阶段的魏晋文人集编撰的学术史意义。

　　综上，魏晋时期是文人集形成和确立的阶段，主要表现在编集子成为保存文章的主要手段，基本取代"寄存"在史传、子书的方式。魏晋文人集的形成和确立是诸多因素相互影响的结果，如东汉以来各体文章篇目大量创作出现作品繁琐罗列的倾向，客观需要总的名目加以涵盖；汉代独尊儒术和文章之学的浸染，子学出现衰微，促使文士更多地投向辞章创作；国家藏书层面专门设置整理典籍的职官，促进了文人集的编撰。魏晋文人集创立了后世编集子可资遵循的规范和基础，如集子本身的称名、计量、目录和序，及围绕文集而产生的叙录、编撰方式、编集类型等。魏晋文人集的体式还需继续发展，如"集"名尚未普遍接受及衍化为一类文献的统称，称"篇"或"卷"尚不一致等，预示着南朝必然出现文人集的发展和繁荣。

第四章　南北朝时期别集的发展与繁荣

　　处于魏晋时期形成和确立阶段的别集，构建了一种不同于经史子类著述的新的典籍形态，并以此为基础促成了目录学中四部体系的建立，也是别集独立性地位的确立。但该阶段的别集面貌还略显"粗疏"，表现在"集"之称尚未普遍接受为作品编的固定称谓，比如自编集之称便具随意性。编集子的体例略显单一，集子在收录内容出现的部类"阑入"现象也缺乏相应的理论总结。著录别集的集部还称以"丁部"，并没有体现名实相符性，印证此阶段作品集编撰尚在发展前阶段。当然也有值得注意的变化，即"集"之称开始由个别走向一般，向兼具类目的属性迈进。这些都决定了南北朝时期是别集的继续发展阶段，包括宋、齐两朝的兴起乃至梁代进入繁荣阶段。界定兴起和繁荣阶段均有相应的材料支撑，但最为重要的是目录学体系中类目也称"集"的出现，标志着集子从实践到目录两层面的相互统摄和"兼容"，最终实现了名实相合的别集"独立"。不管是围绕别集而展开的叙录、集序和集录，还是编撰方式及体例的多样性，也还包括解决编集子实践中出现矛盾性问题而进行文笔之辨的理论探索，无一不表明南北朝时期呈现出的是别集发展与繁荣的面貌。勾勒六朝别集形成发展史至此有了"完美"的轮廓，也意味着集子最终定型并成熟了，隋唐之后无论如何编撰集子和在目录体系中加以著录都是顺理成章的事情了。

第一节　南北朝是别集的兴起及繁荣阶段

　　别集进入南北朝（主要就南朝而言）的发展，应该说出现了新的面貌，表现在：其一，"集"之称逐渐过渡到并基本固化为作品集这一类典籍的统称，在使用上与子并称"子集"，意味着实际应用层面已相当于"部类"。其二，别集的编撰呈现出繁荣局面，在个体作家自编集层面，作品编开始使用"集"之称；在秘阁编撰层面，别集编撰的数量出现了很大的增长，印证文学创作繁荣直接导致作品集的大量涌现。其三，目录学体系中开始出现以"集"为称的类目，即阮孝绪的《七录》，表明别集作为一种新的知识结构和典籍形态的最终确立。因为类目之称与著录的作品集也基本称"集"首次实现了一致化，这在以前的目录学体系中是不存在的。这些都表明南北朝是汉魏六朝别集形成发展史中的新阶段，即兴起和繁荣的阶段。

一、别集在南朝宋齐的兴起

为何将别集的兴起阶段定在南朝的宋、齐两朝，同样也是着眼于"集"自身的发展，详而言之即"集"的内涵是否存在外延。材料表明，自东晋以来"集"指称的范围出现扩大，由指称一家之作品编逐渐过渡到数家之作品编，开始具备作品集这一类书的统称的意义。依据《列子序》和《宋书·氏胡传》的记载，"集"始具个别和类目的双重属性。尽管此时的四部分类还是甲乙丙丁，尚未将"丁部"称为"集部"，目录学体系的变化总是要滞后于实际典籍形态的变化。因为目录学体系一旦做出反应，确定某一部类，即意味着典籍形态变化结果的确立和完成。"集"逐渐具备类目的属性，还不足以彻底影响荀勖以来的四部体系之称。再者，《宋书》和《南齐书》中有关文士或作家"有集"之类的记载多了起来，文人传记一般也不再将所撰文章附录其中。因为有集子了，不需要再将本传视为个人作品的载体。即便是载录作品，基本上也是具备史实性或与之相关的作品。印证集子越来越被视为整理、保存作家作品的基本手段，集子编撰的规模相较于魏晋时期也有所扩大，从《隋志》提到的宋、齐两朝书目著录的典籍情况可见其端倪。此外，集子基本清一色的称以"卷"，不再像《晋书》那样既称"篇"又称"卷"，表明集子编撰在体例上更加精细化，渡过了略显草创的阶段而趋于规范化。因此，将宋、齐两朝界定为别集的兴起阶段，既强调了集子编撰规模扩大的一面，也从实质上把握了"集"之称从个别走向类目属性的关键点。

二、别集在南朝梁的发展繁荣

梁代繁荣阶段的界定，首先是基于宋、齐兴起阶段的界定。因为有了上述两朝的积累和别集编撰逐渐成熟，别集迈入繁荣阶段是必然的现象。《能改斋漫录》引齐任昉集之《小桂郡刺史邓阿鲁记》称："时京师台阁文帙，遭火无遗，诏郡国悉上民间所藏。阿鲁为郡小吏，差送图籍至京。"[①] 说明尽管遭遇典籍损毁，但梁初随之进行了补充建设，梁武帝萧衍的《集坟籍令》也是明证。梁代前期的政治稳定和重文举措，也为别集进入繁荣阶段创造了外部条件。《梁书》中有关作家"有集"的记载也相当多，超过了《晋书》《宋书》和《南齐书》的总和，说明作品集编撰的繁盛，编集体例在规范的基础上也更多样。如《隋志》称萧衍时"四境之内，家有文史"，萧绎也说"家家有制，人人有集"，正是此种繁盛局面的印证。又《梁书·王筠传》称其家族"七叶之中"而"人人有集"，集子还成为彰显士族门第的标志。实际上这也并不意味着编集子人可为之，而是仅限于中上层士族，下层士族和寒门庶族是没有能力编集子的，也不具备此条件（或许与纸张尚非易得之物有关）。如鲍照，也只是在身后数年由文惠太子萧长懋命臣属虞炎编撰，还是在文惠喜读鲍照诗文的前提下，可想而知。身份地位高的士族阶层，不仅有能力编集子，集子还很快就入藏秘阁而成为国家藏书的一部分。当然无力编集子的下层文士，其作品也会由秘阁人员进行整理，这是作为官方藏书机构的职责。至于体例的多样性，如以所历官爵前后而相应地称所编之集，还有前、后之集等。这些都预示萧梁时的别集面貌不同于以往，足可以繁荣称之。

界定为繁荣阶段最重要的一点，还在于"集"之称在梁时成为类目的名称。如阮孝绪的《七录》，其中一个类目即"文集录"。这是首次以"集"作为类目

---

① 吴曾:《能改斋漫录》,《丛书集成初编》本，北京：中华书局，1985 年，第 160 页。

之称，与该类目著录的文人集多称"集"相统一，做到了真正的名副其实。"集"从东晋至南朝宋逐渐具备类目的属性，到阮孝绪则正式作为目录学体系中类目之称。材料也表明，梁代的四部可能已经使用经史子集之称，只是尚未在目录学体系中正式替换甲乙丙丁。依据是颜之推《观我生赋》的自注中提到在江陵时，校四部典籍便使用的是经史子集之称。因为此赋属于追忆性的，也有可能是借用了北周当时的称呼。不管是哪种情况，《隋志》的经史子集并非首创，而是有所沿用。总之，"集"作为类目之称，不管是在七分还是四分的目录学体系中都已经存在，别集彻底取得了独立性的地位。

第二节　南北朝时期文人集发展的面貌

别集经历了东汉时的孕育，至魏晋则获得独立地位而形成有别于经史子三部典籍的著述形态，确立为一种基本的著述手段。进入南北朝时期则是别集的全面发展，又可细分为宋齐两朝的兴起和梁代（陈代别集编撰亦较盛，附属在梁代）的繁荣两个阶段。所谓"全面发展"表现在诸多方面，诸如集子的编撰规模、"集"之称适用范围的演变、编集子与社会政治及学术背景的关系及集子的流传等，均呈现出魏晋时期不曾有的面貌。北朝别集发展虽不及南方，它的阶段性也大抵从属于南朝；但也存在不同于南朝、甚至南朝不具备的因素，如四部及自编集之称、集录等，值得充分肯定。梳理南北朝时期别集的整体发展面貌，有助于构建完整的汉魏六朝别集形成及发展史过程。

一、南朝别集的编撰

南朝历宋齐梁陈四朝，就别集发展阶段而言，宋齐两朝是兴起阶段，而梁则是繁荣阶段。宋时除别集编撰继续成熟，"集"开始成为文人集子这一类书的统称之外，还有一个值得注意的现象就是"文学"作为四学之一科的建立。按《宋书·隐逸·雷次宗传》云："元嘉十五年（438），征次宗至京师，开馆于鸡笼山……会稽朱膺之、颍川庾蔚之并以儒学，总监诸生。时国子学未立，上留心艺术，使丹阳尹何尚之立玄学，太子率更令何承天立史学，司徒参军谢玄立文学，凡四学并建。"① 而据《南史·宋本纪》，元嘉十五年先立儒学馆，命雷次宗居之。次年"又命丹阳尹何尚之立玄素学，著作佐郎何承天立史学，司徒参军谢玄立文学，各聚门徒，多就业者。江左风俗，于斯为美，后言政化，称元嘉焉。"② 至元嘉二十七年（450）罢国子学，而在泰始六年（470）立总明观，四学扩充为五学，即"儒、道、文、史、阴阳五部学"（《南史·宋本纪》）。四学虽未必完全等同于目录学分类中的四部体制（大致相合，儒玄史文分别对应甲丙乙丁四部），但却是典籍按照四部分类进而影响学术和知识结构的结果。证以《南史·王俭传》云："于俭宅开学士馆，以总明四部书充之。"③ 推断"文学"之科对应的恰是丁部书，而丁部书主要的构成即诗文集，印证"文学"科建立与别集编撰之间存在密切关系。

　　理由是"文学"在官方层面确立为独立的一科（此时的"文学"等同于魏晋时期的文章，其内涵已脱离广义学术文的范畴），《建康实录》云："庠序建于国都，四学分于家巷。"④ 四学下移、普及于士族阶层，无疑会促进诗文创作。学贯四学还成为荐举士人的重要标准，孔稚圭《荐杜京产表》称"学遍玄儒，博通史子，流连文艺"。这都会间接推动文人别集的编撰，故将宋齐两朝界定为别集的兴起阶段，便充分考虑到了"文学"科设置对于别集编撰的影响。再者，宋、齐时本朝文人别集的编撰规模逾于前朝。据《宋书》《南史》和《建康实录》记载约有十余家宋人集，如《宋书》之《蔡廓传》《范泰传》《王韶之传》《荀伯子传》《王微传》《郑鲜之传》《袁淑传》《颜竣传》《沈怀文传》和《自序》，及《南史》之《何承天传》及《建康实录》所称的"又请其（孔熙先）祖察、父默集"。此外王俭《七志》之《文翰志》及沈约《宋世文章志》也会著录一部分宋当朝人的集子。据《南齐书》和《南史》的记载约有近十家南齐人集，如《南齐书》

①　沈约：《宋书》，第 2293-2294 页。

②　李延寿：《南史》，第 45-46 页。

③　同上，第 595 页。

④　许嵩：《建康实录》，张忱石点校，北京：中华书局，1986 年，第 556 页。

之《王俭传》《刘瓛传》《随郡王子隆传》《张融传》《王融传》《袁彖传》《丘灵鞠传》和《陆厥传》，及《南史》之《齐本纪》。两晋历一百五十余年，《晋书》记载的晋人集不过十余家；而宋齐两朝不过八十余年，就达二十余家，还只是见于记载的。当然秘阁也会大规模的编撰前朝人的文集，如《宋书·氐胡传》云元嘉三年（426），"（蒙逊）世子兴国遣使奉表，请《周易》及子集诸书，太祖并赐之，合四百七十五卷。"①断定秘阁是藏有不少文人集的，《隋志》也提及宋齐两朝官修书目著录有相当规模的藏书量（包括别集在内）。民间也有流传，如鲍照《松柏篇》序云："余患脚上气四十余日，知旧先借《傅玄集》，以余病剧，遂见还。"其三，宋齐两朝更加注重文集整理。按《南齐书·文学·檀超传》称建元二年（480），"初置史官，以超与骠骑记室江淹掌史职。上表立条例……立十志：《律历》《礼乐》《天文》《五行》《郊祀》《刑法》《艺文》依班固……超史功未就，卒官。江淹撰成之，犹不备也。"②"十志"即《梁书·江淹传》所称的"《齐史》十志"，其中"艺文"必著录当时流传之文人别集。又《梁书·沈约传》称："（文惠）太子入居东宫，为步兵校尉，管书记，直永寿省，校四部图书。"③皆属包括别集在内的秘阁藏书整理活动。

　　降至梁陈两朝，别集进入发展的繁荣阶段，尤以梁代为盛。其中统治者的重视是不可忽视的政治因素，梁武帝萧衍重文，也注重典籍的搜存保藏。《梁书·柳恽传》云："时东昏未平，士犹苦战，恽上笺陈便宜，请城平之日，先收图籍，及遵汉祖宽大爱民之义，高祖从之。"④《集坟籍令》也有所印证，故出现《隋书·经籍志》所称"梁武敦悦诗书，下化其上，四境之内，家有文史"的局面。其次，包括别集在内的典籍整理也较前朝为甚，如《梁书·殷钧传》云："钧在职，启校定秘阁四部书，更为目录。"⑤《文学·刘峻传》云："天监初，召入西省，与学士贺踪典校秘书。"⑥又《陈书·周弘正传》云："及侯景平，僧辩启送秘书图

①　沈约：《宋书》，第2415页。
②　萧子显：《南齐书》，第891—892页。
③　姚思廉：《梁书》，第233页。
④　同上，第331页。
⑤　同上，第407页。
⑥　同上，第702页。

籍，敕弘正雠校。"①《隋志》也记载有此两朝的书目纂修情况。更为重要的是"集"
作为文人集这类典籍的统称，进一步得以强化和巩固。材料表明，东晋以来至
南朝宋"集"开始具备统称之义，如《宋书·氏胡传》称"子集"。至梁陈除"子
集"又出现"诸集"和"诸子集"之称，俨然是相当于部类之称。如《梁书·王
筠传》称"幼年读五经……子史诸集皆一遍"，《诸夷·高昌国传》称"国人言
语与中国略同，有《五经》、历代史、诸子集"。《南史·庾仲容传》称"仲容抄
子书三十卷，诸集三十卷"，《金楼子·聚书》云："又聚得元嘉《后汉》，并《史记》
《续汉春秋》《周官》《尚书》及诸子集等。"②《陈书·文学·陆瑜传》称"时皇太
子好学，欲博览群书，以子集繁多，命瑜抄撰，未就而卒"。至《隋书·文学·潘
徽传》载徽《韵纂》序云："详之训诂，证以经史，备包《骚》《雅》，博牵子集。"③
尽管《隋志》之四部首次明确使用"经史子集"之称，但不能忽视南朝以来实
已存之只是尚未应用于目录学体系中的事实。总之，南朝之前有"经史""子史"
等称，从未出现过"集"与"子"并称者，这是值得注意的现象。它表明尽管"集"
尚未用于目录学层面的部类之称（当时称丁部），而集子的实际地位却大为提升。
当然在七分法的目录学体系中则已使用"集"之称，即阮孝绪《七录》中的"文
集录"，有"别集部""总集部"等类目。

　　据《梁书》《陈书》《南史》和《建康实录》的记载，所编梁本朝人集子有
五十余家（未计入萧詧建立的后梁政权中诸家集），如《梁书》之《武帝纪》《元
帝纪》《昭明太子传》《沈约传》《江淹传》《江蒨传》《萧机传》《长沙嗣王业传》
《徐勉传》《范岫传》《陆倕传》《到洽传》《裴子野传》《王僧孺传》《张率传》《刘
孝绰传》《王筠传》《张缅传》《张缵传》《萧子显传》《江革传》《到溉传》《许懋传》
《王规传》《萧洽传》《萧琛传》《刘孺传》《刘潜传》《刘孝先传》《刘霁传》《范缜传》
《庾于陵传》《庾肩吾传》《刘昭传》《何逊传》《钟嵘传》《周兴嗣传》《谢几卿传》
《刘勰传》《王籍传》《何思澄传》《谢徵传》《臧严传》《伏挺传》《庾仲容传》《陆
云公传》《任孝恭传》和《诸葛璩传》，及《南史》之《张盾传》《周捨传》《谢举传》

---

① 姚思廉：《陈书》，第 308—309 页。
② 许逸民：《金楼子校笺》，第 516 页。
③ 魏徵等：《隋书》，第 1745 页。

《谢侨传》《颜协传》《袁昂传》。陈承梁余绪，本朝人集子有二十余家，如《陈书》
之《蔡景历传》《袁枢传》《沈炯传》《谢龀传》《张种传》《孔奂传》《周弘正传》《江
总传》《姚察传》《毛喜传》《陆琼传》《顾野王传》《傅綷传》《司马暠传》《沈不
害传》《颜晃传》《庾持传》《岑之敬传》《陆琰传》《陆瑜传》《陆玠传》《张正见传》
和《阴铿传》，及《建康实录》称许亨"博通群书……所撰《齐史》五十卷、文
集六卷"。可见，就史料记载的梁陈本朝人集子而言，比两晋和宋齐四朝的总和
还要多（这还不包括秘阁所编及整理的前朝人集子），所以将梁视为繁荣阶段（陈
附属在梁中）是符合实际情况的。

二、北朝别集的编撰

北方十六国时期，政治混乱，兵燹频仍，但也存在典籍整理活动。如《晋
书·石季龙传》云："季龙虽昏虐无道，而颇慕经学，遣国子博士诣洛阳写石经，
校《中经》于秘书。"①所谓"校《中经》于秘书"，即依据《晋中经簿》的著录
整理当时秘阁藏书。材料也有此时集子在北方流传的记载，如嵇康集，《三国
志·魏书·嵇康传》裴松之注引荀绰《冀州记》云："钜鹿张貔，字邵虎。祖父泰，
字伯阳，有名于魏。父邈，字叔辽，辽东太守。著名《自然好学论》，在《嵇康
集》。"随着北魏初以来政治上趋于稳定，统治者也采取了重视典籍整理的举措，
如《北史·李先传》云："帝（道武帝拓跋珪）于是班制天下，经籍稍集。"②《隋
书·经籍志》称"南略中原，粗收经史"，而渐呈现出《建康实录》所称"自佛
狸已来，稍渐华典"的局面。

北魏神龟二年（519）魏李璧墓志铭云："昔晋人失驭，群书南徙。魏因沙乡，
文风北缺。高祖孝文皇帝追悦淹中，游心稷下，观书亡落，恨阅不周，与为连和，
规借完典。而齐主昏迷，孤违天意，为中书郎王融思遄渊云……启称在朝，宜
借副书。"③提及孝文帝向南朝齐请借典籍事，此即《南齐书·王融传》所记载者：

---

①　房玄龄等：《晋书》，第 2774 页。

②　李延寿：《北史》，第 978 页。

③　赵超：《汉魏南北朝墓志汇编》，第 118 页。

"虏使遣求书，朝议欲不与，融上书曰：赐之以副书……今经典远被，诗史北流，冯李之徒，必欲遵尚……臣请收籍伊瀍，兹书复掌，犹取之内府，藏之外籥，于理有惬，即事何损……事竟不行。"① 孝文帝是特别重视文治的帝王，《北史·魏本纪》称太和十九年（495），"求天下遗书，秘阁所无，有裨时用者，加以厚赏"。至武帝和庄帝时，北魏秘阁藏书已颇具规模，也出现了典籍整理的高潮。如《北史·儒林·孙惠蔚传》云："宣武即位之后，仍在左右，敷训经典……既入东观，见典籍未周，及阅旧典……卷目虽多，全定者少。请依前丞卢昶所撰《甲乙新录》，欲裨残补阙，损并有无，校练句读，以为定本，次第均写，永为常式。"② 《魏书·高崇传》云："（庄帝）诏曰：'祕书图籍所在，内典口书，又加缮写，缃素委积，盖有年载。出内繁芜，多致零落。可令御史中尉、兼给事黄门侍郎道穆（高恭之字）总集账目，并牒儒学之士，编比次第。'"③ 又北魏太昌元年（532）魏故侍中雍州刺史元延明墓志铭云："监校御书，时明皇（指孝明帝元诩）则天，留心古学，以台阁文字讹伪尚繁，民间遗逸，第录未谨。公以向歆之博物，固雠校之所归，杀青自理，简漆斯正。"④

北魏的典籍分类袭用西晋以来的四部体制，证以《魏书·裴延儁传》云："（裴景融）笃学好属文……永安中，秘书监李凯以景融才学，启除著作佐郎，稍迁辅国将军、谏议大夫，仍领著作……时诏撰《四部要略》，令景融专典，竟无所成。"⑤ 而且也存在以经史子集指称此四类书的用例（尚不能据此断定四部之称是否即为经史子集，据《魏书·儒林·孙惠蔚传》称"依前丞臣卢昶所撰《甲乙新录》"，似仍为甲乙丙丁之称），如《北史·江式传》称"献经史诸子千余卷"，《魏书·阳尼传》称"征拜祕书著作郎，奏佛道宜在史录"。北魏建义元年（528）魏故侍中太尉公墓志铭云："优游书圃，敖翔子集"⑥，又同年魏故使持节相州刺史元端墓志铭云："及五典六经之籍，国策子集之书，一览则执其归，再闻则悟其

---

① 萧子显：《南齐书》，第818—820页。
② 李延寿：《北史》，第2717页。
③ 魏收：《魏书》，第1717页。
④ 赵超：《汉魏南北朝墓志汇编》，第288页。
⑤ 魏收：《魏书》，第1534页。
⑥ 赵超：《汉魏南北朝墓志汇编》，第220页。

致。"① 印证不管是北魏秘阁藏书，还是民间均有作品集的编本，此为北朝别集编撰与流传的实证。据《魏书》及《北史》记载，北魏本朝人集子有十余家。如《魏书》之《李顺传》《卢玄传》《高允传》《高闾传》《李彪传》《李平传》《崔光传》《高聪传》《裴延俊传》《祖莹传》《袁跃传》《邢昕传》和《蒋少游传》，及《北史》之《温子昇传》。

北魏分裂为西魏和东魏，政局不稳致典籍散佚。《周书·寇儁传》云："时军国草创，坟典散逸，儁始选置令史，抄集经籍，四部群书，稍得周备。"② 时在西魏初年，随之进行了典籍整理，包括别集在内的四部书籍略复其备。按北周保定五年（565）周大将军广昌公故夫人董氏之墓志铭云："夫人幼而聪敏，早该文艺……流略子集，皆所涉练。"③ 则周时作品集之流传于此可证。至于东魏以迄北齐的情况，东魏武定二年（544）魏故持节广阳文献王元湛墓志铭云："俄以本官监典书事，逸文脱简，罔不捃摭，毁壁颓坟，人所穷尽。"④ 此后的北齐朝也组织了典籍整理，如《北史·文苑·樊逊传》云天保七年（556），"诏令校定群书……逊乃议曰：'……今所雠校，供拟极重，出自兰台，御诸甲馆。'"⑤ 又北齐大象元年（579）封孝琰墓志云："迁秘书丞……脱简复编，坠文必理，流略载叙，缃素唯新。"⑥ 据《周书》《北齐书》和《北史》记载，有文人集者如《周书》之《赵僭王招传》《柳庆传》《薛善传》《颜之仪传》《萧圆肃传》《萧大圜传》《宗懍传》和《刘璠传》，及《北史》之《庾信传》，北周本朝人集子计九家。北齐人则为十家，如《北齐书》之《卢文伟传》《王昕传》《邢邵传》《魏收传》《阳休之传》《李广传》和《颜之推传》，及《北史》之《崔赡传》《李概传》和《薛孝通传》。《周书》还载有萧詧后梁政权诸家集共九种，按理说应归入南朝人文集，代表了萧梁别集繁荣的最后"一缕阳光"。钱穆即云："萧詧亡而江陵贵族尽，南渡之衣冠全灭，

① 赵超：《汉魏南北朝墓志汇编》，第233页。
② 令狐德棻等：《周书》，第659页。
③ 罗新、叶炜：《新出魏晋南北朝墓志疏证》，第255页。
④ 赵超：《汉魏南北朝墓志汇编》，第357页。
⑤ 李延寿：《北史》，第2789页。
⑥ 罗新、叶炜：《新出魏晋南北朝墓志疏证》，第310页。

江东之气运亦绝。"①而史书既将之归入北史，附记于此。

总之，北朝别集与北方政治稳定和文化发展基本是同步的，重文措施的实施必然会促进诗文集的编撰。史书记载表明北朝人同样盛行将诗文作品编为集子，与南方稍有异者北方多习称"集录"。"集录"指在编集子的同时又特别注重集子所收诗文目录的编纂，似侧面印证北方人更注意所撰诗文的"防伪剽窃"（据《魏书·祖莹传》和《北齐书·魏收传》记载北方文士好窃他人之作）。尽管在某些方面，北方学术文化的发展落后于南方，典籍量也并不比南方秘阁所藏为多；但并不意味着北方别集的发展一定是南方影响或带动的结果，而是有继自西晋以来传统的因素。诸如典籍采用四部分类的体制，典籍整理中也存在叙录类著述的编纂，都可以看到这种继承性。甚至在四部之称上，北方可能比南方更为"前卫"，据颜之推《观我生赋》小注推断北方可能已经在目录学层面使用经史子集之称，《隋志》的所谓"肇始"经史子集之称恐怕也只是照搬北朝的结果。再者，自编集称"集"明确见诸记载者也始自北朝（北齐时）。种种迹象表明，北朝虽未能像南朝那样呈现出别集编撰的繁荣景象，但却蕴含着更为"创新"的因素，是梳理六朝别集发展脉络及集部确立过程应该给予充分重视的历史段落。

三、南北朝时期南北方文集的交流

南北朝时期，南方政权与北方政权尽管在政治上具有对立性，但并不妨碍南北方之间的文化交流，比如典籍、文学作品等的相互之间的传播。以典籍为例，史料中即记载北魏孝文帝借书于齐（《南齐书·王融传》《隋志》）；北方政权也献书于南方，如《宋书·氐胡传》所载元嘉十四年（437）北凉沮渠蒙逊之子茂虔献书刘宋政权，其中就有文人集《谢艾集》，《隋志》也称宋武帝入关而收北方"府藏"图籍。南方秘阁藏书有"例不外出"的限制，如《南齐书·氐羌传》云永明六年（488）"以行宕昌王梁弥承为使持节……使求军仪及伎杂书，诏报曰：

① 钱穆：《国史大纲》，北京：商务印书馆，1996年，第274页。

'……秘阁图书，例不外出。《五经集注》《论语》，今特敕赐王各一部。"① 但书籍仍可以赏赐的方式流传至北方，《建康实录》云："宋末，宕昌王梁弥机为河、凉二州刺史、陇西公。建元元年（479），太祖进号镇西将军，卒。子孙为宕昌王，使求杂书，帝以《五经集注》《论语》等赐之。"② 又《周书·贺兰祥传》云："梁雍州刺史、岳阳王萧詧，钦其节俭，乃以竹屏风、绤紵之属及以经史赠之。"③ 两方之间的战争导致行政管辖区划发生变化，北方政权往往重视南朝政权故地的典籍搜集，客观上促使南方大量典籍携至北方，如《北齐书·辛术传》云："及定淮南，凡诸贵物一毫无犯，唯大收典籍，多是宋齐梁时佳本，鸠集万余卷。"④ 此外，南北方之间的聘问使者、往来官吏士人、流动僧徒及商人也是推动典籍交流的渠道。

就集子而言，北方文士能读到南方士人的作品集，反之亦然。唐长孺先生即称："当时南朝著名文人的文集普遍传播北方，为北人诵习，自不待言。"⑤ 文集的迅速传播，印证的是作品传播之快。《南齐书·王融传》记载永明九年（491），"上幸芳林蘭禊宴群臣，使融为《曲水诗序》，文藻富丽，当世称之……十一年（493），使兼主客，接虏使房景高、宋弁……（弁）因问：'在朝闻主客作《曲水诗序》，'景高又云：'在此闻主客此制，胜于颜延年，实愿一见。'"⑥ 仅两年的时间，王融所撰《曲水诗序》已为北方士人知晓。再如《南史·刘孝绰传》云："孝绰辞藻为后进所宗，时重其文，每作一篇，朝成暮遍，好事者咸诵传写，流闻河朔，亭苑柱壁莫不题之。"⑦《陈书·徐陵传》亦云："每一文出手，好事者已传写成诵，遂被之华夷，家藏其本。后逢丧乱，多散失，存者三十卷。"⑧ 北方人的

---

① 萧子显：《南齐书》，第 1032–1033 页。

② 许嵩：《建康实录》，第 652 页。

③ 令狐德棻等：《周书》，第 337 页。

④ 李百药：《北齐书》，第 503 页。

⑤ 唐长孺：《论南朝文学的北传》，载《唐长孺社会文化史论丛》，武汉：武汉大学出版社，2001 年，第 208 页。

⑥ 萧子显：《南齐书》，第 821 页。

⑦ 李延寿：《南史》，第 1012 页。

⑧ 姚思廉：《陈书》，第 335 页。

作品同样如此，《北史·薛道衡传》云："江东雅好篇什，陈主尤爱雕虫，道衡每有所作，南人无不吟诵焉。"①又《文苑·温子昇传》云："梁使张皋写子昇文笔传于江外，梁武称之曰：'曹植、陆机复生于北土，恨我辞人，数穷百六。'阳夏守傅摽使吐谷浑，见其国主床头有书数卷，乃是子昇文也。"②这些作品的传播可以是单篇抄本的形态，也可以是集子的形态。按《旧唐书·李百药传》云："父友齐中书舍人陆乂、马元熙尝造德林宴集，有读徐陵文者。"③唐长孺认为："他们宴集时共论徐陵文，显然徐集流传邺都，为文人所诵习。"④结合《南史·徐摛传附陵传》云："每一文出，好事者已传写成诵，遂传于周、齐，家有其本。"⑤推断在南北朝作品已普遍采取编集子方式的背景下，作品的流传更多的是以集子的形态。"家有其本"之"本"即编好的作品集，为印证南北方之间集子的流动提供了注脚。

明确提到南朝人作品以集子形态流传北方者，如《北齐书·魏收传》云："始收比温子昇、邢邵稍为后进，邵既被疏出，子昇以罪幽死，收遂大被任用，独步一时。议论更相訾毁，各有朋党。收每议陋邢邵文。邵又云：'江南任昉，文体本疏，魏收非直模拟，亦大偷窃。'收闻乃曰：'伊常于《沈约集》中作贼，何意道我偷任昉。'任、沈俱有重名，邢、魏各有所好。"⑥又《元文遥传》云："晖业尝大会宾客，有人将《何逊集》初入洛，诸贤皆赞赏之。"⑦《颜氏家训·文章》也称"《吴均集》有《破镜赋》"。证任昉集、沈约集、吴均集和何逊集均在梁当朝即传播至北方。此四者仅是今见诸记载之例，想必还有更多的南朝人别集入北。梁元帝萧绎江陵政权灭于西魏，也致秘阁所藏别集入北，而为北周政权秘阁所藏。证以《周书·萧大圜传》称保定间，"开麟趾殿，招集学士，大圜预焉。《梁武帝集》四十卷、《简文集》九十卷，各止一本，江陵平后，并藏秘阁。

① 李延寿：《北史》，第 1338 页。
② 同上，第 2785 页。
③ 刘昫：《旧唐书》，第 2571 页。
④ 唐长孺：《论南朝文学的北传》，第 209 页。
⑤ 李延寿：《南史》，第 1525 页。
⑥ 李百药：《北齐书》，第 491—492 页。
⑦ 同上，第 503 页。

大圜既入麟趾，方得见之，乃手写二集，十年并毕"。北朝人文集南传，如《宋书·氏胡传》中的《谢艾集》，又《隋唐嘉话》称："梁常侍徐陵聘于齐，时魏收文学北朝之秀，收录其文集以遗陵，令传之江左。"史料所载北人文集入南远不及南人文集入北之盛，说明北方的文学发展水平就总体而言尚不及南方，文集编撰亦不如南方之盛。

四、别集的官方保存机制与目录纂修

六朝时期别集的编撰主要由秘阁进行，因而秘阁是保存文人集的主要场所，代表着国家藏书。根据史料，秘阁保存包括别集在内的典籍存在一套保存机制。既要保证秘阁藏书"有书在阁"而免于散逸，也要使藏书不局限于秘阁而能流传于外（内容层面）。前者由于战乱和难于避免的自然灾害，要做到不散逸是不可能的。这就使得后者更具重要性，意味着会衍生出诸多民间传本，而秘阁藏书不足恰可通过民间访求典籍以补其失。换言之，"民间本"又升格为"秘阁本"而藏在秘阁中，以实现典籍的代序传承。如《北史·魏收传》云："及诏行《魏史》（即《魏书》），收以为直置秘阁，外人无由得见，于是命送一本付并省，一本付邺下，任人写之。"①"直置秘阁"即秘阁藏本，而付"并省"和"邺下"者则指抄自秘阁藏本的副本。《魏书》的流传很大程度上主要依赖后者，而非秘阁藏本。这是秘阁藏书容易因朝代更替而散逸的必然结果。

此种官方藏书机制概括起来，即典籍以正、副本保存。《汉书·叙传》云："（班）斿博学有俊材……与刘向校秘书。每奏事，斿以选受诏进读群书。上器其能，赐以秘书之副。时书不布，自东平思王以叔父求《太史公》、诸子书，大将军白不许。"②印证汉代中秘之书即分为正、副本，副本可用于赏赐等。只要正本在阁，便不会影响秘阁藏书的地位。南北朝时期印证秘阁藏书分为正、副本的史料，如《南齐书·王融传》提及北魏借书于齐而上书称"宜借副书"，《金

---

① 魏收：《魏书》，第 2034 页。
② 班固：《汉书》，第 4203 页。

楼子·聚书》云："初出阁，在西省，蒙敕旨赉《五经》正、副本。"①《南史·王僧孺传》称"藏在秘阁，副在左户"，又颜之推自注《观我生赋》"或校石渠之文"句云："王司徒（即王僧辩）表送秘阁旧事八万卷，乃诏比校，部分为正御、副御、重杂三本。"秘阁藏书分正、副本可谓定制，是保证藏书稳定性的必要举措。同样，作为秘阁藏书重要组成部分的别集也不例外，如《三国志·魏书·陈思王植传》称"撰录植前后所著赋颂诗铭杂论凡百余篇，副藏内外"。"内外"即指内、外三阁，内三阁藏正本，外三阁藏副本。萧纲《上昭明太子集别传等表》云："谨撰昭明太子别传、文集，请备之延阁，藏诸广内，永彰茂实，式表洪徽。""藏诸广内"即藏于秘阁的正本，而"备之延阁"则指副本。又江总《陶贞白先生集序》云："文集缺亡，未有编录。门人补辑，若逢辽东之本；好事研搜，如诵河西之箧。奉敕校之铅墨，缄以缇缃。藏彼鸿都，副在延阁。"同样也是分正、副本而藏之。北朝也是如此，《魏书·崔挺传》云："（高祖拓跋宏）问挺治边之略，因及文章，高祖甚悦，谓挺曰：'别卿已来，倏焉二载，吾所缀文已成一集，今当给卿副本，时可观之。'"②"副本"不是指孝文帝自己（或敕命臣属等）再录副一部付给崔挺，而是北魏秘阁所藏此集本来就是正、副两本。

自西晋荀勖创立著录别集在内的四部之丁部，之后作为基本的目录学体制沿而袭之。降至南朝，别集进入发展的繁荣时期；加之政治层面的重文措施，目录的编撰及功能也在发生变化。除官方纂修反映秘阁藏书目录外，私修目录也应运而生。如《梁书·文学·刘杳传》云："杳自少至长，多所著述，撰《要雅》五卷、《楚辞草木疏》一卷、《高士传》二卷、《东宫新旧记》三十卷、《古今四部书目》五卷，并行于世。"③当然最著名的私修目录是阮孝绪的《七录》。上述两种私修目录均设置著录别集的部类（《七录》有"别集部"，《古今四部书目》则沿用四分法），印证别集作为著录典籍的一类是目录学体系中不可或缺的组成部分。目录的功能也更多地呈现出学术化的倾向，成为彰显个人学养的标志。如《梁书·文学·臧严传》云："（湘东王）尝自执四部书目以试之，严自甲至丁

---

① 许逸民：《金楼子校笺》，第 515 页。
② 魏收：《魏书》，第 1264 页。
③ 姚思廉：《陈书》，第 717 页。

卷中，各对一事，并作者姓名，遂无遗失。"①又《南史·何宪传》云："任昉、刘
沨共执秘阁四部书，试问其所知，自甲至丁，书说一事，并叙述作之体，连日
累夜，莫见所遗。"②还是任官考绩的标准，《梁书·张缵传》云："秘书郎有四员，
宋齐以来为甲族起家之选，待次入补，其居职，例数十百日便迁任。缵固求不徙，
欲遍观阁内图籍。尝执四部书目曰：'若读此毕，乃可言优仕矣。'"③不管是彰显
个人学识，还是衡量任官政声，集部目录作为四部之一涵盖其中。印证集部的
学术地位可与传统的经史子学相将，与南朝重文的氛围直接相关。甚至还存在
专攻四部之集部目录所著录典籍的倾向，《南史·徐羡之传》云："（徐绲）子君
蒨字怀简，幼聪朗好学，尤长丁部书，问无不对。"④徐君蒨为梁湘东王萧绎镇西
咨议参军，或与萧绎重视文学有关。又《梁书·张率传》云天监七年（508）"敕
直寿光省，治（《南史》"治"作"修"）丙、丁部书抄。"⑤尽管专治集部之书属
奉敕命而为，但设专人校理还是地位提高的一种表现。可以说，南朝文学创作
和别集编撰均现盛貌，与集部此类书地位的提升互为因果。

　　既然南朝特别注重包括集部在内的四部书目，那么就有必要考察其编撰体
例。先谈最早的四部目录即荀勖《晋中经簿》，《隋志》称据曹魏郑默的《中经》
而撰《新簿》，"但录题及言"。按《三国志·魏书·王朗传》裴松之注"自魏初
征士敦煌周生烈"云："此人姓周生，名烈，何晏《论语集解》有烈《义例》，余
所著述见晋武帝《中经簿》。"又《蜀书·秦宓传》裴注云："刘向《七略》曰：孔
子三见哀公，作《三朝记》七篇，今在《大戴礼》。臣松之案：《中经部》（此即
《中经簿》）有《孔子三朝》八卷，一卷目录，余者所谓七篇。"所谓"题"包括
书名和卷（篇）数及目录。据《三国志·蜀书·诸葛亮传》所附《诸葛氏集目录》
末称："右二十四篇，凡十万四千一百一十二字"，"言"则指字数。推测《晋中
经簿》著录别集的体例是书名卷数（作者当附在内）、目录（具体篇目）和本书

①　姚思廉：《陈书》，第 719 页。
②　李延寿：《南史》，第 1213—1214 页。
③　姚思廉：《陈书》，第 493 页。
④　李延寿：《南史》，第 441 页。
⑤　姚思廉：《梁书》，第 478 页。

的字数，比较简要，故《隋志》称："至于作者之意，无所论辩。"南朝王俭撰有《七志》和《四部目录》，《隋志》称《七志》，"然亦不述作者之意，但于书名之下，每立一传"。照此而言，其体例为书名（含卷数和作者名）和作者之"传"。而据《文选》卷二十一应璩《百一诗》李善注引《今书七志》云："《应璩集》谓之新诗，以百言为一篇。"似乎不仅有"传"，也包括篇目内容的评述，《隋志》称"不述作者之意"不尽准确。至于《四部目录》，《颜氏家训·书证》引此书称《易》有蜀才注，"不言姓名，题云：'王弼后人。'"著录体例含作者之介绍在内。

　　《隋志》对于南朝四部目录的编撰体例，叙述并不充分。从史书记载中可爬梳一二，如《梁书·文学·臧严传》称"自甲至丁卷中，各对<u>一事</u>，<u>并作者姓名</u>，遂无遗失"，又《南史·何宪传》称"自甲至丁，书说<u>一事</u>，并叙<u>述作之体</u>，连日累夜，莫见所遗"。两条材料皆提到四部书目中存在一种共同的内容即"事"，当近于《七志》之"传"，主要是作者生平事迹的介绍。而"述作之体"则又涉及篇章内容的旨意抉发和评述。至于"作者姓名"则是著录体例的必备项，形成书名、卷数和作者名的固定格式，类似今之"题名项"。印证南朝四部目录似也并非尽属单纯的书籍簿录，而是也有叙录，虽名曰"目录"实即目（篇目）和录（叙录）的结合。当然有些四部目录，可能就只是簿录。

　　南朝目录专书的最著者，当属阮孝绪的《七录》，首次明确将"别集"设为类目之称。《隋志》仅称之以"分部题目，颇有次序。割析辞义，浅薄不经"，而其体例则未述及。首先《七录》属叙录类著述，而不仅仅是类似《晋中经簿》《四部目录》那样的书籍簿录。按阮孝绪《七录序》云："今所撰《七录》，斟酌王刘。""王"指王俭《七志》，"刘"指刘向《别录》。又《隋书·许善心传》云："善心放阮孝绪《七录》更制《七林》，各为总叙，冠于篇首。又于部录之下，明作者之意，区分其类例焉。"[①]《七林》之"明作者之意，区分其类例"的内容，即相当于叙录，断定《七录》于每书均附有叙录。又《元和姓纂》云："又有木概，著《战国策春秋》三十卷，见《七录》。"[②]（按《隋志》著录李概撰《战

---

　　① 魏徵等：《隋书》，第 1427 页。

　　② 林宝：《元和姓纂》，岑仲勉校记，郁贤皓、陶敏整理，孙望审订，北京：中华书局，1994 年，第 1442 页。

国春秋》二十卷，当即此）所引即属叙录中的一部分。故有学者称："《隋志》很大程度上依据了《七录》，《七录》又深受《七志》的影响，《七志》《七录》又是'依《别录》之体'，就所录之书'讨论研覈，标判宗旨'，是每书之下有叙录的。"①再者，阮孝绪设立"文集录"是基于别集编撰事实的结果，《七录序》云："王以诗赋之名，不兼余制，故改为文翰。窃以顷世文词，总谓之集，变翰为集，于名尤显，故序'文集录'为内篇第四。"梁代正是别集编撰的繁荣阶段，"集"不再仅局限于作品编的个别之称，而是带有此类书统称之义，出现了诸如"子集""诸集"和"诸子集"等称。此类变化，被身为目录学家的阮孝绪敏锐地捕捉到而首创"文集录"。最后，《七录》借鉴甚至融合了四分法目录体系，《七录序》称："通人平原刘杳从余游，因说其事。杳有志积久，未获操笔。闻余已先著鞭，欣然会意。凡所抄集，尽以相与，广其闻见，实有力焉。"按刘杳正撰有《古今四部书目》，于此著应有所采纳，这也是《七录》分类近于四部分类的原因之一，所谓"已全为唐人经史子集之权舆"（章学诚《文史通义》）。

总之，南朝目录学体系不管是四分法还是七分法，叙录是一项重要内容，撮著述之旨要，举撰述之篇目，客观著录并反映了南朝别集的编撰情况。更重要的是，真正确立了"别集"名实相符的目录学地位。据《魏书·裴延儁传》，北朝也采用四分法，同样也有四部目录专书（包括叙录类著述）。又北朝史书叙作家有集多称以"集录"（集子本身和篇目及叙录，附在所编的集子中），而南朝史书则基本仅称以"文集"。推断北朝四部目录多数是簿录，而不含有叙录。相当于叙录的内容附在集子里，北朝称以"序录"，如阳休之编《陶渊明集》附《北齐杨仆射休之序录》，及《北齐书·文苑·颜之推传》有"思鲁自为序录"的记载。南朝目录专书则多数有叙录，将集子相关情况如作者生平小传、"述作之体"等交代清楚，故无须在史传中再行表述。当然，北朝也有积极因素，可能最先将"丁部"称之为"集部"。

---

① 马楠：《隋书经籍志著录撰人衔名来源考述》，《清华大学学报》（哲学社会科学版）2017年第6期，第121页。

五、家世集与僧人集

南北朝时期还存在两种比较有"特色"的别集编撰，即家世集和僧人集。前者透露的是门第士族身份与编集子之间的密切关系，集子本身即直接印证或反映作者所处的士族地位及其政治影响力的变化。后者则是僧人群体在释典之外文学成就的集中体现，也是以编集子为手段与世俗生活相交融的体现。

其一，家世集。魏晋以来（特别是南朝）体现在编撰层面的别集，很大程度上与门第士族的身份也有所关联。简言之，编集子主要是中上层士族才具备的资格，下层士族及寒门庶族一般不具备编集子的条件。即便是作为官方典籍整理和存藏机构的秘阁，秘阁人员首先整理和编撰的也是中上层士族的集子。而且中上层士族自编之集，也很容易进入秘阁而著录在国家藏书目录中。

就社会阶层而言，中上层士族维系着社会政治和经济的绵延稳定，朱大渭先生即称："自汉末大乱学校制度废弛，学术重心移于家族，因而魏晋南北朝经济、政治、文化同高门士族不可分，高门士族同宗族乡里不可分。"[1]中上层士族注重学术文化反过来又巩固或加强其社会地位，士族地位的体现和持续最终还是学术"话语权"的拥有。田余庆先生便认为："社会上崭露头角的世家大族或士族，在学术文化方面一般都具有特征。有些雄张乡里的豪强，在经济、政治上可以称霸一方，但由于缺乏学术文化修养而不为世所重，地位难以持久，更难得入于士流。"[2]因此最能体现学术文化的著述，较多地产生于士族阶层，出现钱穆所称的"诗文艺术，皆有卓越之造诣；经史著述，亦灿然可观"的现象[3]。士族阶层本身也将著述视为彰显身份和地位荣耀的重要标志。

同样，作为诗文创作结集汇编的别集，也是"维系文学世家的标志"，"也

---

① 朱大渭：《魏晋南北朝文化的基本特征》，载《文史哲》编辑部编《门阀、庄园与政治：中古社会变迁研究》，北京：商务印书馆，2011年，第418页。
② 田余庆：《东晋门阀政治》，北京：北京大学出版社，2005年，第290页。
③ 钱穆：《国史大纲》，第309–310页。

成了体现文学价值的标志"①。最显著的例子就是"家世集",《梁书·王筠传》云:
"与诸儿书论家世集云:'史传称安平崔氏及汝南应氏,并累世有文才,所以范蔚
宗云崔氏世擅雕龙,然不过父子两三代耳;非有七叶之中,名德重光,爵位相继,
人人有集,如吾门世者也。沈少傅约语人云:吾少好百家之言,身为四代之史,
自开辟已来,未有爵位蝉联,文才相继,如王氏之盛者也。汝等仰观堂构,思
各努力。'"②"家世集"之称即出自此,很能反映世家大族将集子视为门第显赫的
标志。材料中提及沈约,曾经负责校理秘阁四部藏书,《南史·沈约传》称:"太
子(指文惠太子萧长懋)入居东宫,为步兵校尉,管书记,直永寿省,校四部
图书。"说明他看到了秘阁所藏的王筠家族的集子,所以才有"自开辟已来,未
有爵位蝉联,文才相继,如王氏之盛者也"的慨叹! 也印证世家大族的集子秘
阁是有专藏的。只一人一代有集还不够,世代有集才更能彰显世家大族的显赫
地位。诚如明张溥云:"七叶重光,人人有集,若此者,诚足为世家标准矣。"③又
云:"王元礼七叶之中,爵位文才,蝉联不绝。刘孝绰一家子姓,能文者七十人,
门世之盛,足使安平无崔,汝南无应。"④结合任昉《为萧扬州荐士表》云:"窃见
秘书丞琅邪臣王暕,年二十一,字思晦,七叶重光,海内冠冕……家有赐书。"
而王暕与王筠属同族(琅邪王氏)。两人还分别担任过秘书丞和秘书监,清贵的
职务也有助于整理家族的集子。此外据《野客丛书》称:"筠盖与暕再从兄弟,
皆昙首曾孙,所以俱有七叶重光之语。仆又考之,自导至褒九世立传,著在国
史。自洽至巂九世有集,行于晋宋隋唐之间。自古名门济美,鲜有如是之盛者。"⑤
可见,王氏家族影响力还持续至隋唐,已不止是七世有集。缘于编集子与门第
身份存在的密切关系,正是藉此考知门阀士族政治影响力消长的重要视角。曹
道衡先生根据《隋志》著录的晋宋时代人文集几乎绝少有出于萧姓之手的,而
到齐梁以后萧姓文人的集子数量大增并且几乎超过王氏而大大多于谢氏,认为:

① 朱迎平:《汉魏六朝文集的演进和流传》,第 11 页。
② 姚思廉:《梁书》,第 486—487 页。
③ 殷孟伦:《汉魏六朝百三家集题辞注》,第 308 页。
④ 同上,第 312 页。
⑤ 王楙:《野客丛书》,第 55 页。

"充分说明入齐以后，中原士族在政治上趋于衰歇，北府军人则如日中天。"①此判断是准确的。由于作品集附着有阶层属性，成为窥探六朝士族政治地位及其消长变化的重要侧面。

其二，僧人集。僧人集指释家僧人的作品集。两晋以来的僧人除课诵释典外，也操觚文翰，涌现出一批极富文学修养的高僧，如慧远、支遁等。僧人的诗文创作，同样通过编集子的方式得以汇编和保存，印证僧人群体也接受了此种著述手段。据《隋志》小注有释智藏集，即阮孝绪《七录》著录本，印证南朝梁时书目已著录僧人集。这表明僧人集不仅得到世俗认可，也在目录学层面确立了其文学地位。

僧人留意文辞吟咏的记载，如《高僧传》称宋江陵琵琶寺释僧彻，"遍学众经，尤精《波若》。又以问道之暇，亦厝怀篇牍，至若一赋一咏，辄落笔成章"。称梁剡法华台释昙斐，"制作文辞，亦颇见于世"。称宋京师庄严寺释僧璩，"总锐众经，尤明《十诵》，兼善史籍，颇制文藻"。称宋灵味寺释昙光，"性意嗜《五经》、诗赋，及算数卜筮，无不贯解"。而僧人诗文结集成编，如释僧肇《答刘遗民诗》云："得君念佛三昧咏，并得远法师三昧咏及序。此作兴寄既高，辞致清婉，能文之士，率称其美。可谓游涉圣门，扣玄关之唱也。君与法师，当数有文集。"其他僧人集，见于《高僧传》和《出三藏记集》中，如《高僧传》称："凡遁所著文翰，集有十卷，盛行于世。"②梁刘孝标注《世说新语》曾引及该集，题"支道林集"，印证在士人群体流传开来。又称慧远"善属文章，辞气清雅……所著论序铭赞诗书集为十卷五十余篇，见重于世"③，《出三藏记集》同。而《高僧传》称齐京师庄严寺释道慧，"至年十四，读庐山慧远集，乃慨然叹息，恨有生之晚"。印证慧远集至少在僧人群体中已流传开来。《高僧传》还载有京师彭城寺慧琳，"渊弟子慧琳，本姓刘，秦郡人。善诸经及《庄》《老》，俳谐好语笑，长于制作，故集有十卷"；宋吴虎丘山释昙谛，"善属文翰，集有六卷，亦行于世"；又宋山阴天柱山释慧净，"所著文翰，集为十卷"。计有支遁、慧远、慧琳、释

---

①　曹道衡：《兰陵萧氏与南朝文学》，第 51 页。

②　汤用彤：《高僧传校注》，第 164 页。

③　同上，第 222 页。

昙谛和释慧净等五人的集子。

　　值得注意的是，当时的僧人集较多地结集为十卷，恰好对应一帙（轴）。推测内容的体量不大，装帧的形制也便于携带，有助于集子的传播。考虑到僧人集毕竟创制自僧人之手，自然不同于世俗创作。故集子既有与世俗群体"交流"文学创作的需要，也附有助力宣扬佛教经义的功能，此两者与集子在文本及载体上的特点似恰相契合。

　　综上，南北朝时期别集发展绍继魏晋，而呈现出全方位、多面态的面貌，是别集的兴起和繁荣阶段，构成了别集发展史的完整过程。宋齐时期别集的兴起阶段性特征，表现在"文学"作为四学中一科的设立，与四部体制中的集部（当时称丁部）相呼应。还表现在"集"之称从个别扩大至类目，并最终在梁代确定为目录学体系中的部类之称。梁陈时期别集编撰规模远逾前朝，而且"集"与"子"连称以"子集"，表明"集"已跃升至与"子"并列的地位。尽管四部体系中尚袭用"丁部"之称，但在实际应用层面"集"已完全具备部类之称的属性。北朝别集编撰也有发展，编集子多称以"集录"，还出现了作家自编集明确称"集"的记载，四部可能已经使用"经史子集"之称，呈现出不同于南朝的特点。南北地域作家的集子也互有流通。别集在秘阁中以正、副本保存，南朝重文使得包括别集著录在内的四部书目具有彰显学问、考绩任官的色彩。家世集印证编集子与门阀士族的密切关系，而僧人集则体现出僧人群体渗入世俗化创作的倾向。

第三节　六朝别集的叙录类著述及其体例探源

　　六朝别集叙录的撰写体例及内容，与文人集编撰、人物传记（官修史传、人物杂传等）及文学批评存在着密切的关系。文人集是魏晋时期开始得以形成和确立而有别于经史子类典籍的著述，在六朝目录学中系于"丁部"，是自身独立地位确认的反映。撰写叙录是肇自刘向《别录》的目录学传统，四部确立后文人集也相应地有叙录的撰写和叙录类著述的编纂，其体例基本沿袭《别录》

确立的叙生平、条篇目和撮旨要三类主要内容。其中，叙生平的撰写援据史传，而随着这些史传的亡佚，叙录中的生平内容反而又视为"史传"的史料来源而加以使用，如范晔《后汉书》中的文人传便多截取自叙录类著述。叙录中有关篇目和旨意的内容，又可直接为文学批评所采用，如《诗品》和《文心雕龙》有关作家诗文的品评便应该有直接援引自集子叙录者。故有必要梳理别集叙录体例的因承及六朝别集的叙录类著述，同时对叙录涉及到的一些基本概念（用以描述别集的载体形态等）也略作阐述。

一、别集叙录体例的源起

现知最早的别集叙录是西晋荀勖的《文章叙录》，《三国志》裴注等典籍中有节引，是荀勖整理晋秘阁藏书、纂辑《晋中经簿》而产生的重要目录学成果。《晋中经簿》中的丁部著录了一部分文人集，但限于簿录的体例只附有简单的解题。或称仅有书目之题、撰人之名，而无叙录之义、解题之语。而姚明达则认为："有解题而极简略。"[①]按《三国志·蜀书·秦宓传》裴松之注云："《中经部》（即《晋中经簿》）有《孔子三朝》八卷，一卷目录，余者所谓七篇。"此即其解题之例，远不及叙录详尽。而《文章叙录》则远逾解题，是有关集子作者生平、篇目及内容主旨的总括性提要。《文章叙录》的编撰与当时的学术背景也有关联，即魏晋始将作家诗文编撰为集子，而成为经史子三部典籍之外的著述新形态，且在目录学中开始作为独立的部类存在。作为别集形成和确立阶段的魏晋时期，《文章叙录》正以"叙录"的方式概括并总结了西晋初秘阁所藏文人集的面貌。但自叙录的体例而言它并非最早，"叙录"之称亦非始见于此，有必要溯其本源。

"叙录"一词始见于东汉王符的《潜夫论》，书中末篇即为"叙录"篇，或称："凡古人著书，叙皆在后。"[②]何谓"录"？《文心雕龙·书记》云："录者，领也。古史世本，编以简策，领其名数，故曰录也。"又《后汉书·和帝纪》李贤注云：

---

① 姚明达：《中国目录学史》，上海：上海古籍出版社，2002年，第146页。

② 汪继培：《潜夫论笺》，彭铎校正，北京：中华书局，1979年，第465页。

"录，谓总领之也。"其内涵即典籍内容之总括，撮全书之题旨。在此意义层面，"叙录"又称以"书录"（如刘向《战国策书录》、陈振孙《直斋书录解题》等）。同"目录"，《三国志·魏书·嵇康传》裴松之注引有《康集目录》，实即嵇康集叙录。同"序录"，如《北齐书·文苑·颜之推传》云："之推在齐有二子，长曰思鲁，次曰敏楚，不忘本也。《之推集》在，思鲁自为序录。"与"叙传"（如《汉书》有班固所撰《叙传》篇）、"序志"（《文心雕龙·序志》云："长怀序志，以驭群篇。"）相近。也直接简称为"志"（如挚虞《文章志》）、"录"（如刘向《别录》）、"叙"（如丘渊之《文章叙》）、"传"（如《世说新语·文学》刘孝标注引佚名撰《文章传》）等。皆旨在提纲挈领、总叙全篇（书），是与书部（典籍）密切相关的概念。

　　诗文编叙录最早者当是西汉刘向的《别录》，尽管未直接称以"叙录"之名，而其实即叙录（刘向称为"书录"，如《战国策书录》《管子书录》）。刘向撰写《别录》的过程，《汉书·艺文志》云："每一书已，向辄条其篇目，撮其旨意，录而奏之。"[①]"录"撰写于每种典籍整理校定之后，且"载在本书"。《别录》即将各书中的"录"汇聚纂辑而别成一书，南朝梁阮孝绪《七录序》即称："昔刘向校书，辄为一录。论其指归，辨其讹谬，随竟奏上，皆载在本书。时又别集众录，谓之别录，即今之《别录》是也。"[②]陈国庆先生引申称："是将各书叙录另写一份，也就是叙录的总集。"[③]《别录》由此便具备了概览群籍的客观功能，若不能亲炙原籍，藉此亦可窥典籍的大致内容和旨意。《论衡·案书篇》即云："《六略》之录万三千篇，虽不尽见，指趣可知。"[④]《六略》之录当即刘歆的《七略》（不计《辑略》在内），印证东汉时人已将《别录》《七略》类著述视为总览群籍的工具书，正是着眼于它的叙录功能。

　　《汉志》中的《诗赋略》本自刘歆《七略》，而《七略》则又隐括《别录》而成，即《七录序》所称的"子歆撮其指要，著为《七略》"。故现存《别录》

　　① 班固：《汉书》，第1701页。

　　② 阮孝绪：《七录序》，载释道宣《广弘明集》，上海：上海古籍出版社，1991年，第112页。

　　③ 陈国庆：《汉书艺文志注释汇编序言》，载《汉书艺文志注释汇编》，北京：中华书局，1983年，第2页。

　　④ 张宗祥：《论衡校注》，郑绍昌标点，上海：上海古籍出版社，2010年，第567页。

有关诗赋类的残文，既可与《诗赋略》的著录相对应，藉此亦可知《别录》的撰写体例。如：

> 《诗赋略》著录《隐书十八篇》，颜师古注引《别录》云："《隐书》者，疑其言以相问，对者以虑思之，可以无不谕。"
>
> 《诗赋略》著录《骠骑将军朱宇赋三篇》，颜师古注引《别录》云："骠骑将军史朱宇。"
>
> 《诗赋略》著录《博士弟子杜参赋二篇》，颜师古注引《别录》云："臣向谨与长社尉杜参校中秘书。"
>
> 《史记·贾谊列传》裴骃集解引《别录》云："因以自谕、自恨也。"（此残文应即《贾谊赋七篇》的叙录）。
>
> 《太平御览》卷八百三十二《资产部》"弋"条引《别录》云："有《行过江上弋雁赋》《行弋赋》《弋雌得雄赋》。"（王应麟《汉书艺文志考证》以为此属"杂赋"类之《杂禽兽六畜昆虫赋十八篇》的叙录）。

推断《别录》除"条篇目"和"撮旨意"之外，据《骠骑将军朱宇赋三篇》《博士弟子杜参赋二篇》所引《别录》，尚有"叙生平"的内容。此三者构成了早期"诗文编"叙录的主要内容（按汉代基本不存在文人集的编撰，《诗赋略》著录者还不是完整意义上的成书形态的典籍，主要是篇目的概念。尽管刘向也称之以"书"，但与《六艺略》和《诸子略》等著录的典籍有别，姑将《诗赋略》著录者称之为"诗文编"）。刘向《别录》之体是对"序""传"两种经史著述体例借鉴的结果，又糅合为"独创"的目录学体例，遂为魏晋以来包括文人集在内的四部典籍叙录所承袭。《别录》体例的借鉴性主要表现为：

其一，叙录与"序"。"序"（同"叙"）是较早应用于经学著述中的一个概念，刘勰《文心雕龙·宗经》云："故论、说、辞、序，则易统其首。""序"的功能，西汉孔安国《尚书序》云："序所以为作者之意，昭然义见，宜相附近，故引之，各冠其篇首。"徐师曾《文体明辨序说》云："按小序者，序其篇章之所由作。"姚鼐则称："序跋类者，昔前圣作《易》，孔子为作《系辞》《说卦》《文言》《序卦》

《杂卦》之传，以推论本原，广大其义。《诗》《书》皆有序，而《仪礼篇》有后记，皆儒者所为。"①

西汉时期，儒家经学著述中多用"序"体。如孔安国《古文孝经训传序》《毛诗序》等，皆要在总叙经籍、发其旨意。当然，"序"也用于经学之外的其他部类文献，如东汉班固《两都赋序》和《离骚序》，应劭《风俗通义序》，东汉高诱撰有《吕氏春秋序》《淮南子叙》《尹文子序》，还有王逸《楚辞章句叙》、赵岐《孟子篇叙》等，成为一种普遍使用的文体。印证东汉以来"序"自身附著的经学色彩淡化，逐渐脱离经学著述使用的语境而扩展开来，而更凸显总叙全篇的文本功能。自"序"之体还直接衍出"自序（叙）"（如《史记·太史公自序》）和"自纪"（《论衡》有《自纪篇》）等，徐师曾《文体明辨序说》云："独司马迁以下诸儒，著书自为之序，然后己意了然而无误耳。"特别是《太史公自序》，既叙个人生平，也重点叙及所撰《史记》的旨意和篇目情况，《别录》体例可谓与之如出一辙。余嘉锡即称："叙录之体，源于书序……与司马迁、扬雄《自序》大抵相同。"②从《太史公自序》置于书末（类似者如《庄子·天下篇》及《荀子·大略篇》），推断刘向所撰每书的叙录亦当附在书末而非书首。总之，西汉经史著述中的"序"体，是《别录》体例形成路径之一。

其二，叙录与"传"。《别录》中叙生平的内容，又与史书的"传"体即史传相类。而"传"也是较早应用于经学著述中的一种体例，如先秦之《左氏传》，及汉代《毛诗诂训传》、孔安国《尚书传》等。"传"体之源及功能，《文心雕龙·史传》云："睿旨存亡幽隐，经文婉约，丘明同时，实得微言，乃原始要终，创为传体。传者，转也，转受经旨，以授于后，实圣文之羽翮，记籍之冠冕也。"《正义》云："将令学者本原其事之始，要截其事之终，寻其根叶，尽其根本，则圣人之趣虽远，其赜可得而见。"颜师古《汉书》注云："传谓解说之，若《毛诗传》。"皮锡瑞总结道："孔子所定谓之经，弟子所释谓之传。"③"传"体自身所具备的阐发经旨的文本功能，使它很容易沿用于其他部类著述中。

①　姚鼐：《古文辞类纂序目》，上海：上海古籍出版社，1998年，第3页。
②　余嘉锡：《目录学发微》，第43页。
③　皮锡瑞：《经学历史》，周予同注释，北京：中华书局，2004年，第39页。

　　经学著述之外首次使用此体，当属刘安所撰《离骚传》，《汉书·淮南衡山济北王传》云："使为《离骚传》，且受诏，日食时上。"但这里的"传"已非经文的章句释解，而是近于"序"体。王念孙《读书杂志》即云："传当为傅，傅与赋古字通。使为《离骚传》者，使约其大旨而为之赋也。"①又杨树达《读〈汉书〉札记》云："古人所谓传者有二体：解释文字名字，若毛公之于《诗》，此一体也；其他一体，则但记述作意，而不必解释文字名物。"②史学著述中的"传"体如《史记》之"列传"，《传》末"约其大旨"的史评（即"太史公曰"）即集中体现"但记述作意"。此外，《传》又述及传主的生平事迹，有撰作者还详举其著述情况。此层面的"传"与"自序"又判然若一，均与《别录》之体极为相近。《史通·杂说篇》称："班氏于司马迁、扬雄，皆录其《自序》以为列传。"章学诚进一步阐发称："观其叙述战国秦汉之间，著书诸人之列传，未尝不于学术渊源、文词流别，反复而论次焉。刘向、刘歆，盖知其意矣。故其校书诸叙论，既审定其篇次，又推论其生平。以书而言，谓之叙录可也；以人而言，谓之列传可也。史家存其部目于《艺文》，载其行事于列传，所以为详略互见之例也。"③又称："至若叙录之文，则于太史列传，微得其裁。"④余嘉锡也称："刘向所作书录，体制略如列传，与司马迁、扬雄《自序》大抵相同。"推断《别录》的体例又受到史学"传"体的影响，是其体例形成的另一路径。典籍"叙录"本身还可成为史家撰写人物传记的史料来源，张政烺先生即称："古者书录皆为传体，表作者事迹，以为知人论世之资，故史家列传遂多取材于此。"⑤可以看出叙录与史传的相互化用关系：作为目录学主要内容的"叙录"体例肇出既有的经史著述范式，属综括群籍的"后发"学术行为；反过来又可作为基本的材料（史料）使用，赋予"史源"的功能。

　　总之，刘向《别录》沿袭"序"和"传"的体例，特别是援据史书之"列传"

---

① 王念孙：《读书杂志》，南京：江苏古籍出版社，1985年，第296页。
② 参见范文澜《文心雕龙注》转引杨树达之语，第50页。
③ 章学诚：《校雠通义》，第1023页。
④ 章学诚：《文史通义》，第653页。
⑤ 张政烺：《王逸集牙签考证》，第178页。

及自序，而创造性地称为"录"（即"叙录"），从而确立了一种基本的目录学体例而沿用至今。自西晋荀勖始分书籍为四部以编修秘阁藏书目录（附有简单解题），且为包括集部书在内的四部典籍撰写叙录，便成为之后历朝秘阁典籍整理活动的重要内容。随着文人集编撰在南朝不断发展而繁盛，也涌现出秘阁之外由私人纂修的文集叙录类著述（西晋已有挚虞的《文章志》），是六朝时期文学繁荣的见证。

二、六朝别集的叙录类著述

魏晋以来随着文人别集的大量编撰，围绕文集的叙录类著述也涌现出来。考虑到书籍簿录也附有简单的解题，如《隋志》称《晋中经簿》"但论题（指著述题名和篇题目录）及言（指著述的字数）"，称王俭《七志》"于书名之下每立一传"（据李善注《百一诗》引王俭《七志》小传之外也存有关篇目内容评述的文字，或偶而叙之而未及全篇），但两者皆"不述作者之意"或"无所论辩"，均不视为叙录。即以著录典籍为主的簿录类不归入叙录类著述中。如此界定，六朝时期的叙录类著述主要包括两个方面：其一，撰写叙录是刘向《别录》以来的目录学传统，也是秘阁藏书整理的内容之一。四部体制确立后，文人集作为独立的著述形态著录在丁部，也相应有叙录的撰写，此以西晋荀勖针对秘阁藏书而撰的《文章叙录》为代表。荀勖之后，宋明帝《晋江左文章志》和沈约《宋世文章志》皆属此类官修叙录类著述。其二，官修之外的私撰叙录类著述，以西晋挚虞《文章志》为代表。兹据诸家注引及《隋志》著录，将所知七种别集叙录著述略述如下：

其一，《文章叙录》。《隋志》著录荀勖撰《杂撰文章家集叙》十卷，《旧唐志》题《新撰文章家集叙》，《新唐志》题《新撰文章家集》，实即同书（卷数略有阙佚，两《唐志》作五卷，张政烺先生认为："疑卷数有分合，否则残缺矣。"），该书大致唐末亡佚（《新唐志》乃照抄《旧唐志》，并非实有其书，下同）。《三国志》裴注、《世说新语》刘孝标注及《艺文类聚》均有引，简称《文章叙录》或《文章叙》。

《文章叙录》之"文章"何解？"文章"首先指诸体篇章文翰，属集部范畴而有别于经史子三部的学术之文，故"文章家"指操觚文辞的作家。"集叙"同"叙录"，《文章叙录》是关于作家文章（作品）结集的叙录类著述。其次，"文章"本身即有文集之义。按《艺文类聚》卷五十五《杂文部》引曹植《文章序》云："余少而好赋，其所尚也，雅好慷慨，所著繁多。虽触类而作，然芜秽者众，故删定别撰，为《前录》七十八篇。"①实即个人自编集《前录》之序而称为"文章序"。六朝时期的文集叙录著述多冠以"文章"之称，缘于文章是魏晋以来指称文学作品的固定称谓，南朝宋确立四学，文章则又渐趋与文学同义，而近于今之文学的范畴。而当时文人集的构成，主要即属经史子三部之外的诸体文章汇编。尽管叙录是针对集子而撰，但主要也是就集子所载文章的旨意进行评述，故别集的叙录类著述很自然地以"文章"称之。总之，《文章叙录》的性质是西晋秘阁所藏文人集（主要是别集和总集两类）的叙录类著述。姚明达即称："新撰云者，前此诸家文章多单篇散行，今始撰为一集也。新集叙云者，新集之叙录也。"②王重民也认为《文章叙录》"是以别集的叙录做基础的"③。

　　考察《文章叙录》的编撰还要结合荀勖的秘阁藏书整理活动，《晋书》本传云："领秘书监，与中书令张华依刘向《别录》整理记籍"，"及得汲郡冢中古文竹书，诏勖撰次之，以为《中经》，列在秘书。"④又《文选》卷四十六《王文宪集序》李善注引王隐《晋书》云："荀勖字公曾，领秘书监，与中书令张华依刘向《别录》整理错乱，又得《汲冢竹书》，身自撰次以为《中经》。"荀勖以甲乙丙丁四部分类，其中"丁部"，《隋志》称"有诗赋、图赞、《汲冢书》"。"诗赋"是就所著录典籍的文体属性而言，并非说著录的是诗赋作品，而是以诗赋为主的作品编即别集。本传明言依据《别录》加以整理，故就丁部中的别集而言，撰写叙录自是情理中事（荀勖既然已分为四部，已非汉代的六分法，说明据《别录》主要指的是仿其体例撰写叙录）。显然，《文章叙录》就是丁部书中包括别集在内的作品集叙录之编。四部之书应皆有叙录（现存荀勖撰《穆天子传序》当即

---

① 欧阳询：《艺文类聚》，第 996 页。

② 姚名达：《中国目录学史》，上海：上海古籍出版社，2002 年，第 287 页。

③ 王重民：《中国目录学史论丛》，第 69 页。

④ 房玄龄等：《晋书》，第 1154 页。

叙录中的一篇，《三国志》诸葛亮传中的亮集进书表，也有意见认为是裴注引亮集叙录中文字而窜入到正文中），今惟见丁部书的《文章叙录》。

荀勖整理秘阁书至少产生了两种目录学成果，即《晋中经簿》和《文章叙录》。前者是附有简单解题的藏书簿录，后者则是别集的叙录（余嘉锡认为："据《晋书》勖传，则勖之校书，起于得汲冢古文，或勖第于汲冢书撰有叙录，他书则否也。"似不准确，并没有充分认识到《文章叙录》的价值）。《文章叙录》产生在丁部书整理过程中，大致与《晋中经簿》的纂修同时进行，张政烺先生即称："当即《晋中经》新撰书录之一部分。"①《文章叙录》中有关作家的生平事迹、篇章撰述等，又称为史学著作纂修的史料来源，张政烺先生称："中世重文，流行独久。《史》《汉》《三国》无《文苑传》，范晔创意为之，大抵依据此书，而他传具文章篇目者，其辞多本于此。盖承初平、永嘉，图籍丧焚，一代文献之足征者，仅此而已。"②兹将征引的《文章叙录》列举如下：

《三国志·魏书·夏侯渊传》注引云："（夏侯）惠字稚叔，幼以才学见称，善属奏议。历散骑黄门侍郎，与钟毓数有辨驳，事多见从，迁燕相、乐安太守，年三十七卒。"

《三国志·魏书·王粲传》注引云："（荀）纬字公高，少喜文学，建安中，召署军谋掾、魏太子庶子，稍迁至散骑常侍、越骑校尉。年四十二，黄初四年（223）卒。"

《三国志·魏书·裴潜传》注引云："秀字季彦，弘通博济，八岁能属文，遂知名。大将军曹爽辟。丧父服终，推财与兄弟。年二十五，迁黄门侍郎。爽诛，以故吏免。迁卫国相，累迁散骑常侍、尚书仆射令、光禄大夫。咸熙中，晋文王始建五等，命秀典为制度，封广川侯。晋室受禅，进左光禄大夫，改封巨鹿公，迁司空。<u>著《易》及《乐论》，又画《地域图》十八篇，传行于世</u>。《盟会图》及《典治官制》皆未成。年四十八，泰始七年（271）薨，

---

① 张政烺：《王逸集牙签考证》，第182页。

② 同上。

谥元公，配食宗庙。少子然而颜，字逸民，袭封。"

《世说新语·德行》注引云："康以魏长乐亭主壻迁郎中，拜中散大夫。"

《世说新语·言语》注引云："（缪）袭字熙伯，东海兰陵人，有才学，累迁侍中，光禄勋。"

《世说新语·文学》注引云："（何）晏能清言，而当时权势，天下谈士，多宗尚之。"又引云："自儒者论以老子非圣人，绝礼弃学，晏说与圣人同，著论（指《道德论》）行于世也。"

《世说新语·巧艺》注引云："韦诞字仲将，京兆杜陵人，太仆端子。有文学，善属辞，以光禄大夫卒。"

《艺文类聚》卷三十一《人部》注引云："杜挚与毌丘俭乡里相亲，故为诗与俭，求仙人药一丸，欲以感切俭求助也。"

　　因裴注及刘孝标注引《文章叙录》，主要着眼于注人物的生平仕履，近于史传，故多为述生平类文字。裴秀条相对较为完整，生平之外又述及篇目、著述情况，撰写体例基本因袭《别录》。上述诸条引自《文章叙录》者，恰属相应的各家别集叙录。按《七录》（据《隋志》小注）即著录有《夏侯惠集》二卷（另有录一卷）、《裴秀集》三卷（另有录一卷）、《嵇康集》十五卷（另有录一卷）、《何晏集》十卷（另有录一卷）、《韦诞集》三卷（另有录一卷），佐证西晋秘阁即已有编本。其叙录除载秘阁所藏本集外，又另载于单行的《文章叙录》中（与《别录》相同），使得诸家集叙录能够不限于秘阁而流传于外。或称《文章叙录》所载别集主要是曹魏以来的文人集子，"收录作品的范围偏重于当时的近代，作者主要是魏朝后期至西晋初的人物"[①]。其实《文章叙录》作为西晋秘阁藏书之丁部书中作品集的叙录，不应仅限于魏晋人集，还应包括两汉甚至周秦时人的集子（如荀况集、宋玉集等）在内。按《孔丛子》所附《连丛子》有《叙书》篇云孔臧"先时尝为赋二十四篇，四篇别不在集，似其幼时之作也"，此即西汉人孔臧

---

① 吴光兴：《荀勖文章叙录·诸家文章志考》，载莫砺锋编《周勋初先生八十寿辰纪念文集》，北京：中华书局，2008年，第183页。

集的叙录，当撰写在魏晋之世。虽未必即出自《文章叙录》，可以据此判断叙录的撰写以秘阁藏本为依据，而非以时代为依据（所引之《文章叙录》只是部分内容，不宜据此推断所收集子的时代范围）。张政烺先生即认为："东京文章之大规模撰集叙录当在魏晋之世。"① 此判断是准确的，编集子是魏晋开始出现的著述手段，而叙录体则早在西汉刘向时便成熟。故随着秘阁别集编本的大量出现，叙录也会相应地得以成规模地撰写。王重民即称："随着新文体的不断发生和文学作品的更丰富，东汉末年开始有了'别集'，三国时期有了'总集'。在别集和总集的形式广泛使用和流通以后，专门著录和评价集部书的目录也就应运而生了。"②

其二，《文章志》。《晋书》挚虞本传云："虞撰《文章志》四卷，注解《三辅决录》，又撰古文章，类聚区分为三十卷，名曰《流别集》，辞理惬当，为世所重。"《隋志》即著录《文章志》四卷（在史部簿录类），两《唐志》同，大致唐末亡佚。而总集类又著录《文章流别志论》二卷，与四卷本《文章志》之关系值得辨析。实际《文章志》四卷已含《论》二卷在内，即《志》和《论》各二卷，总集类著录的正是《论》二卷，即《文章流别志》之《论》。《论》二卷从四卷本中单独析出著录在总集类，印证它与《志》的文本性质是有所不同的。此外，由于《论》包含在《志》中，故称《论》也往往以《志》代之。

《论》主要是论文章及文体。按钟嵘《诗品序》云："陆机《文赋》，通而无贬……挚虞《文志》，详而博赡，颇曰知言。观斯数家，皆就谈文体，而不显优劣。"③ 又《文心雕龙·序志》云："详观近代之论文者多矣，至如魏文述《典》……仲洽《流别》、弘范《翰林》，或臧否当时之才，或铨品前修之文，或汎举雅俗之旨，或撮题篇章之意。"④ 皆明确提到挚虞所撰论文之著述，即《文章流别论》（《诗品序》以称"志"代之）。今存引自此《论》者，如《金楼子·立言》云："挚虞论蔡邕《玄表赋》曰：'《幽通》精以整，《思玄》博而赡，《玄表》拟之而不及。'"又《初学记》卷二十一则直接称引自挚虞《文章流别论》，云：

---

① 张政烺：《王逸集牙签考证》，第 181 页。
② 王重民：《中国目录学史论丛》，第 69 页。
③ 曹旭：《诗品集注》，上海：上海古籍出版社，2011 年，第 236 页。
④ 范文澜：《文心雕龙注》，第 726 页。

"今赋以事形为本，以义正为助也。"尚有其他残文，兹不赘举。刘师培称《文章流别论》，"于诗、赋、箴、铭……颂、七、杂文之属，溯其起源，考其正变，以明古今各体之异同，于诸家撰作之得失，亦多评品，集古今论文之大成。"①又称："古代之书，莫备于晋之挚虞。虞之所作，一曰《文章志》、一曰《文章流别》。志者，以人为纲者也；流别者，以文体为纲者也。"②点名了《志》和《论》的区别。《文章志》的确不同于《流别论》，属文集的叙录类著述，故其内容亦不外乎叙生平、条篇目和撮旨意三者。章学诚即称："晋挚虞创为《文章志》，叙文士之生平，论辞章之端委，范史《文苑列传》所由仿也。"③又张鹏一辑《挚太常遗书序》称《文章志》一书，"大抵皆汉晋辞林之英、邺下七子之类，开蔚宗《文苑》之先，为《后汉书》列传之例"。皆认为《文章志》有"列传"之体，为范晔《文苑传》多所取资，亦即刘师培所称的"以人为纲"。典籍中见诸引者，如：

《后汉书·桓荣传》云："(桓麟)所撰碑、诔、赞、说、书凡二十一篇。"李贤注云："案挚虞《文章志》，麟文见在者十八篇，有碑九首，诔七首，《七说》一首，《沛相郭府君书》一首。"

《三国志·魏书·刘邵传》注引云："(缪)袭字熙伯，辟御史大夫府，历事魏四世。正始六年(245)，年六十卒。子悦字孔怿，晋光禄大夫。袭孙绍、播、徵、胤等，并皆显达。"

《世说新语·文学》注引云："(崔)烈字威考，高阳安平人，骃之孙，瑗之兄子也。灵帝时，官至司徒、太尉，封阳平亭侯。"

《文选》卷四十繁休伯《与魏文帝笺》李善注引云："繁钦字休伯，颍川人，少以文辩知名，以豫州从事稍迁至丞相主簿，病卒。"

《元和姓纂》云："晋《文章志》，木华字玄虚，作《海赋》，尝为太傅杨骏主簿。"

---

① 刘师培：《中国中古文学史》，第 73 页。
② 刘师培：《左盦外集》，《刘申叔遗书》本卷 13，第 1 页。
③ 章学诚：《文史通义》，第 685 页。

印证《文章志》确属文人集叙录之作，其体例与《文章叙录》相同。按《梁书·王僧孺传》载任昉赠王僧孺诗有"刘《略》班《艺》，虞《志》荀《录》"句，"虞《志》"即挚虞的《文章志》，与荀勖的《文章叙录》并列言之，也佐证两书同属文集叙录性质的著述。再者，《七录》著录《桓麟集》二卷（另录一卷）、《繁钦集》录一卷，可间接佐证西晋时即已有编本。特别是缪袭条，《文章叙录》亦有叙及（《世说新语·言语篇》刘孝标注引），云："（缪）袭字熙伯，东海兰陵人，有才学，累迁侍中，光禄勋。"两相比较有差异，但都是当时所编缪袭集的叙录。总之，将《文章志》视为别集叙录应是符合其文本实际面貌的判断，产生的背景同样是魏晋时期文人集编撰的出现且已初具规模，恰如有学者所称："实乃顺应文学的繁荣、别集的涌现而产生，是对诸家别集的叙录。"①

其三，《续文章志》《晋江左文章志》。《隋志》除著录挚虞《文章志》外，尚著录三种同类性质的著述，即傅亮《续文章志》二卷（两《唐志》同）、宋明帝《晋江左文章志》和沈约《宋世文章志》。三者均列在荀勖《文章叙录》之后，印证皆属别集的叙录。其中，傅亮《续文章志》之所以称"续"，疑为接续挚虞《文章志》而撰，即挚虞之后（大致为西晋中期之后至东晋初）文人别集的叙录。《隋志》著录为两卷，两《唐志》同，大致唐末亡佚。傅亮此《志》疑出自私撰，按《宋书》本传称其"博涉经史，尤善文词"，曾有选为秘书郎之议，桓玄败而未果。入宋后，傅亮并无明确任职秘书监的记载，姑暂定为私撰别集叙录类著述。《世说新语》刘孝标注引三条，如：

> 《世说新语·文学》注引云："（潘）岳为文选言简章，清绮绝伦。"
>
> 《世说新语·容止》注引云："（左）思貌丑悴，不持仪饰。"
>
> 《世说新语·汰侈》注引云："（石）崇资产累巨万金……而崇为居最之首，琇等每愧羡，以为不及也。"

---

① 陈祥谦：《六朝文章志与别集之叙录》，《图书情报工作》2011 年第 10 期，第 56 页。

《晋江左文章志》，《隋志》著录为宋明帝刘彧所撰，按《宋书·明帝纪》云："好读书，爱文义，在藩时撰《江左以来文章志》。"①其卷第，《隋志》著录为三卷本（《新唐志》著录为两卷本，当抄自旧目，并非北宋时实有其书），大致唐末亡佚。据所题"晋江左"，知为东晋一朝的文人别集叙录，或与丘灵鞠所撰《江左文章录序》属同书（参下文所述）。《世说新语》刘孝标注引省称为《文章志》，如：

《世说新语·言语》注引云："孝武皇帝讳昌明，简文第三子也……帝聪惠，推贤任才，年三十五崩。"又引云："恺之为桓温参军，甚被亲暱。"

《世说新语·文学》注引云："（张）凭字长宗，吴郡人，有意气，为乡间所称。学尚所得，敏而有文。太守以才选举孝廉，试策高第。为恺所举，补太常博士。累迁吏部郎、御史中丞。"

《世说新语·文学》注引云："桓温云：'顾长康体中痴黠各半，合而论之，正平平耳。'世云有三绝，画绝、文绝、痴绝。"

《世说新语·方正》注引云："太元中，新宫成，议者欲屈王献之题榜，以为万代宝……安知其心，乃不复逼之。"

《世说新语·雅量》注引云："安能作洛下书生咏，而少有鼻疾……命部左右，促燕行觞，笑语移日。"

《世说新语·识鉴》注引云："（庾）翼表其子代任，朝廷畏惮之……议者欲以援桓温……温后果如恺所算也。"

《世说新语·识鉴》注引云："（谢）安纵心事外，疏略常节，每畜女妓，携持游肆也。"

《世说新语·赏誉》注引云："刘恢字道生，沛国人，识局明济，有文武才……年三十六卒，赠前将军。"

《世说新语·赏誉》注引云："羲之高爽有风气，不类常流也。"

《世说新语·赏誉》注引云："胡之性简，好达玄言也。"

① 沈约：《宋书》，第170页。

《世说新语·品藻》注引云："（孙）绰博涉经史，长于属文，与许询俱与负俗之谈。询卒不降志，而绰婴纶世务焉。"

《世说新语·任诞》注引云："（谢）尚性轻率，不拘细行……及再请，即回轩焉。其率如此。"

《世说新语·任诞》注引云："（王忱）嗜酒，醉辄经日，自号上顿。世嗲以大饮为上顿，起自忱也。"

其四，《文章录》《文章传》和《妇人文章录》。《南齐书·文学·丘灵鞠传》称撰有《江左文章录序》，"起太兴，讫元熙"。姚振宗称此书："盖东晋一代之录也，似明帝在藩时使灵鞠为此书，或但为此书之序，不得而详矣。"[1]按"录序"即叙录，既言有起讫，便不应是一篇书序。且此书起东晋元帝太兴间而至恭帝元熙间止，从时间起讫确与宋明帝撰《晋江左文章志》同，当即同书。有学者即据两书的书名及论述范围而推测"可能是同一本书"[2]。据《南齐书》本传称明帝曾敕命丘灵鞠撰《大驾南讨纪论》，推断颇为明帝所重。或该书乃丘灵鞠奉明帝敕命而撰，故署以明帝之名，《隋志》题"宋明帝撰"当出于援据旧目著录。而《南齐书》由梁萧子显所撰，可以不用考虑宋人顾忌，照此理解两书不仅为同书且撰者实为丘灵鞠。该书属官修性质的别集叙录类著述，叙录的对象当为宋明帝时秘阁所藏文人别集。

《隋志》又著录《晋义熙已来新集目录》三卷，不题撰者。而《旧唐志》著录称丘深（避唐高祖"渊"名讳而改）之撰《义熙已来杂集目录》三卷，《新唐志》同，大致唐末亡佚。姚振宗称："是邱渊之所撰乃《新集文章叙录》也，亦称《新集录》，亦云《杂集目录》，皆裒诸家文集之目录以为一编，当与后诸家《文章志》相类。"[3]此虽称之以"目录"，实即"目"（篇目）和"录"（叙录）的结合，也属别集叙录类著述，当出于私撰。该书起自东晋安帝义熙间，与《晋江左文章志》

---

① 姚振宗:《隋书经籍志考证》，第 5429 页。

② 吴光兴:《荀勖文章叙录·诸家文章志考》，第 196 页。

③ 姚振宗:《隋书经籍志考证》，第 5425 页。

在时间上有重合，但并非一书。《世说新语》刘孝标注引四条，简称《文章录》，如：

> 《世说新语·言语》注引云："顾恺之字长康，晋陵人，父悦，尚书左丞。恺之义熙初为散骑常侍。"
>
> 《世说新语·识鉴》注引云："亮字季友，迪弟也，历尚书令，任光禄大夫，元嘉三年（426）以罪伏诛。"
>
> 《世说新语·宠礼》注引云："系字敬鲁，仕至光禄大夫。"
>
> 《世说新语·宠礼》注引云："范之字敬祖，济阴冤句人。祖嵩，下邳太守。父循，尚书郎。桓玄辅政，范之迁丹阳尹，玄败伏诛。"

此外，《世说新语·文学》刘孝标注还引有一部《文章传》，云："（陆）机善属文，司空张华见其文章，篇篇称善，犹讥其作文大治，谓曰：'人之作文，患于不才；至子为文，乃患太多也。'"不详此书撰者，就其内容而言或亦属别集的叙录类著述。又《魏书·崔光传》云："光乃表上中古妇人文章，因以致谏曰：'……古之贤妃烈媛，母仪家国，垂训四海……是以汉后马邓，术迈祖考；羊嫔蔡氏，具体伯喈……谨上《妇人文章录》一帙，其集具在内。"[1]《妇人文章录》不详何人所撰。据此书仅为一帙而能致妇人"其集具在内"的效果，即各妇人之生平、撰述篇目和内容旨意皆可据以总体把握，印证恰属妇人别集的叙录类著述。同时，上述诸别集叙录著述皆题以"文章"，佐证六朝所谓"文章"有文集之义。

总之，别集的叙录类著述以《文章叙录》肇其端，至南朝而蔚然昌盛，与别集编撰的发展阶段基本相合（魏晋时期是形成和确立，至南朝则是发展繁荣阶段），也是文学发展繁荣的见证。由于叙录撰写内容之一的叙生平，客观上具有"史传"的功能，而使得注家多所援引，间接有助于了解当时别集叙录的著述面貌。但也因过多注重"史传"层面的生平资料，而致有关别集撰述情况的资料（如别集的成书及篇目情况、内容旨意等）基本不引，以致缺失对当时别

---

[1] 魏收：《魏书》，第 1492 页。

集编撰等相关细节性问题的把握。随着唐末以来上述诸种别集叙录著述的亡佚，特别是大量六朝旧集的散佚，以至于很难探考汉魏六朝别集的成书面貌，诸如编撰体例、篇目编次等。而这正是汉魏六朝别集研究长期乏人问津、鲜有整体研究的原因所在；而作为重要参考资料的叙录本可弥补此缺憾，惜也只鳞片爪而极不完整。

三、别集叙录相关的基本概念

叙录作为别集的客观描述，涉及实物形态及内容编次层面的叙述，会使用一些基本的概念，而这些概念很大程度上具有"定例"的属性。只是今存者无一篇完整的六朝别集叙录，但从与之关系密切的进书表、集序（两者与叙录存在相互借用或隐括的关系）以及"片段式"的引文中略窥一二。比如别集编撰的计量单位，即反映承载内容体量的篇或卷，随着晋代以来编集子的规范化，篇专用于指称内容的篇次、篇目（着眼于内部），而卷则指一部书呈现出来的内容卷第（着眼于外部）。一部典籍某某卷成为目录学中著录的固定体例。而同一种别集在涉及不同部帙之间的关系时，也有一些概念如"本""部""帙"（秩）及"副"等，属实物载体的存在形态描述。描述概念使用的规范化，表明集子的编撰脱离相对"粗糙"的阶段，而趋向于细致，也更加注重集子的典藏和传布。作为别集的叙录中，自然会使用到上述诸概念，界定或梳理其应用范围，有助于揭示或还原六朝别集编撰的某些侧面。

其一，计量单位。考察唐前的古书，其计量单位似可分为三类：内容层面的"篇"或"卷"（《汉书·艺文志》也用以指称载体，此专就纸、帛类书籍而言，下同），载体层面的"帙"（一部书可以包括数帙，而很少用今天的"部"指称一部书。至于"册"之字尽管产生较早，但指称书籍载体主要用于印刷术出现之后的册页装），版本层面的"本"。从书籍形态角度看待汉魏六朝别集，大致不外乎此三类计量单位。

古书称"篇"与"卷"，《汉书·艺文志》尤为详明。两者之别，曾朴《补后汉书艺文志·叙录》云："古书著之简册者为篇，写之绢素者为卷。"又章学诚云："向、歆著录多以篇、卷为计。大约篇从竹简，卷从缣素，因物定名，无他义也。而缣素为书，后于竹帛，故周、秦称篇，入汉始有卷也。"[1]叶德辉继承前人之说，称："《汉书·艺文志》有称若干篇者，竹也；有称若干卷者，帛也。"[2]即凡著述之书写载体为竹简者其单位为篇，一篇即是内容之始终，亦是承载此篇的载体（相对具有一定的长度）之全部（若内容逾于一篇的物质载体量，则一篇再复分上、下等），书于缣帛者则为卷（陈梦家先生称考古出现的简书也有作卷状的，因此将卷皆视为帛类典籍并不准确，似乎是将装帧形式与载体的计量单位混为一谈）。钱存训先生称："篇和卷既然分列，当系材料和单位不同。"[3]东汉之后，帛和纸的使用（特别是纸）渐次取代竹简，但"篇"的名称仍然袭用。只不过基本不再指称载体，而主要即著述内容的篇目而言。"卷"则仍用于指称结撰成书的整体（或部分）。"篇"比"卷"要相对复杂一些，说明就书写载体的物质条件而言，纸、帛类承载的文献量要多于竹简，遂造成"篇"的意义有所收窄。恰如有学者所称："篇在最初既是物质材料上的起讫单位，又是意义上的起讫单位。到用帛做书写材料以后，篇渐渐失去作为物质材料上的起讫单位的意义，而逐步变为只代表内容上的起讫。"[4]该判断是很准确的。也就是说，纸、帛类书籍中的一卷或即为一篇（此层面的篇兼具载体和内容双重义），也可含有数篇（篇只具篇目义）。而集合一卷或数卷，遂成为完整的一部书（魏晋时期也存在称数篇为一部书者）。

核之材料中有关纸、帛时代典籍的实例，卷与篇相对应者如《三国志·蜀书·秦宓传》裴松之注云："刘向《七略》曰：孔子三见哀公，作《三朝记》七篇，今在《大戴礼》。臣松之案：《中经部》有《孔子三朝》八卷，一卷目录，余者所谓七篇。"则正文七卷（纸、帛载体）恰好对应七篇（竹简载体），一篇即一卷。又《魏书·术艺·江氏传》云："（晋吕忱）弟静别放故左校令李登《声类》

---

①　章学诚：《文史通义》，第305页。

②　叶德辉：《书林清话》，北京：中华书局，1957年，第12页。

③　钱存训：《书于竹帛》，上海：上海书店出版社，2006年，第77页。

④　程千帆、徐有富：《校雠广义·目录编》，《程千帆全集》第3卷，石家庄：河北教育出版社，2000年，第49页。

之法，作《韵集》五卷，宫商角徵羽各为一篇。"亦是一篇即一卷。卷含数篇者，如《东观汉记》桓谭条云："光武读之（指《新论》），敕言卷大，令皆别为上下，凡二十九篇。"推测《新论》原以一卷对应一篇，"别为上下"后则一卷对应两篇。也有篇含数卷者，但"篇"还是篇目义，如《魏书·韩麒麟传》称"撰《显忠录》，区目十篇，分卷二十"。

　　陈寿编《诸葛氏集》，厘为二十四篇，当非竹简承载，但仍以"篇"称之。据《隋志》小注称"梁二十四卷"（即《七录》著录本），则梁本诸葛亮集正是以一篇为一卷。断定陈寿编本乃以篇作为各自分装的单位，则"篇"兼具载体和篇目双重义。晋代指称别集的内容，篇、卷两称并存，不过篇应只具篇目义。如《晋书·傅玄传》称"文集百余卷行于世"，《束皙传》则称"文集数十篇，行于世云"。印证书籍编撰尚不规范。至南朝，尽管称卷者为主流，但仍存称"篇"者。如《魏书·冯元兴传》称"文集百余篇"，又《南史·朱异传》云："所撰《礼》《易》讲疏及仪注、文集百余篇。"这里的"篇"应该还是篇目之义，指的是文集包括多少篇目，而不具备载体起讫的功能。张可礼先生称成书称卷，"表明编纂别集由粗疏而趋细致，注意整合归纳"[1]。可能也与物质条件有关，据陆云《与兄平原书》云："前集兄文为二十卷，适讫一十，当黄之。书不工，纸又恶，恨不精。"纸的因素确实很重要。称"卷"者大概有财力购置广幅之纸，故可联缀数篇（或通过接纸实现，这可视为精细化的表现）。而称"篇"者，尽管以理解为篇目为宜；但也不排除尚未接缀成卷的可能性，即限于纸幅而各篇独立起讫，具备内容和载体双重起讫的属性。

　　称"帙"（又写作"袟"）者较多用于典籍的载体量，一部书或为一帙，或为数帙，帙则含卷在内。如《金楼子·著书》自称有《集》三帙，三十卷"，又《文选》卷四十七任昉《王文宪集序》云："昉尝以笔札见知，思以薄技效德。是用缀缉遗文，永贻世范。为如干袟如干卷，所撰《古今集记》《今书七志》为一家言，不列于集，集录如左。"[2]南北朝时期一般以十卷对应一帙，如刘孝绰《昭

---

① 张可礼：《中国古代文学史料学》，第 171 页。
② 萧统：《文选》，影印清嘉庆十四年（1809）胡克家刻本，北京：中华书局，1977 年，第 658 页。

明太子集序》云："预闻盛藻，歌咏不足，敢忘编次。谨为一帙十卷，第目如左。"
又北周宇文逌《庾开府集序》云："今之所撰，止入魏已来，爰洎皇代，凡所著
述合二十卷，分成两帙。"因为抄本时代典籍基本为卷轴装，故一帙即相当于一
轴，一轴以十卷为固定体量。而"部"的概念主要用于书部，即相当于今之书
籍部类的大范畴使用，很少用于指称一种书。但也有例外者，如《魏书·刘昶传》
云："及发，高祖亲饯之，命百僚赋诗赠昶，又以其文集一部赠昶。"① 这里的"部"
相当于今之"套"义。

　　称"本"者主要就版本而言，即同一种典籍存在不同的版本流传。如北齐
阳休之《〈陶渊明集〉序录》云："一本八卷，无序；一本六卷，并序目。"指流
传中不同版本的陶集。又《隋志》著录十一卷本《江夏王义恭集》，小注云："梁
十五卷、录一卷，又有《江夏王集》别本十五卷。""别本"指不同于本集而另
行纂辑的集本。再如《陈书·姚察传》云："后主所制文笔，卷轴甚多，乃别写
一本付察，有疑悉令刊定。"②《周书·萧大圜传》云："（保定间）开麟趾殿，招集
学士，大圜预焉。《梁武帝集》四十卷、《简文集》九十卷，各止一本，江陵平后，
并藏秘阁。大圜既入麟趾，方得见之，乃手写二集，十年并毕。"③ 这里的"本"
又相当于"部"（今之"套"）的含义。

　　其二，部帙关系。作家集在流传过程中可能形成不同的传本，也有可能因
编辑者、编辑阶段及文章取舍等的不同，以至于存在不同的集子编本。前者指
同一种集子有版本之异，后者则指系于同一人名下却有不同品种的集子。因此，
集子的部帙关系就表现为同一人的集子存在版本之别和品种之别。

　　个人私藏、秘阁藏书、酬赠馈送或编纂目录等层面，都会面临上述两种面
貌的集子（或其他部类典籍），便存在如何指称的问题。检诸六朝史料，典籍
的某一版本有正本、副本之别。正本与副本或内容相同，或内容略有别。前者
如《金楼子·聚书》云："初出阁，在西省，蒙敕旨赍《五经》正、副本。"④《魏

① 魏收：《魏书》，第 1310 页。
② 姚思廉：《陈书》，第 353 页。
③ 令狐德棻等：《周书》，第 757 页。
④ 许逸民：《金楼子校笺》，第 515 页。

书·崔挺传》云:"(高祖拓跋宏)问挺治边之略,因及文章,高祖甚悦,谓挺曰:'别卿已来,倏焉二载,吾所缀文已成一集,今当给卿副本,时可观之。'"① 后者如《建康实录》卷九云:"(孙)盛以学知名,累迁位秘书监,著魏晋等二国《春秋》,词直而理正,咸称良史焉。温见言枋头失利之过,大怒。盛子放扣头于父,请改之,本遂两存,以正本寄于前燕慕容㒞。"② 至于典籍的不同版本,则笼统称以"别本",如《北齐书·文苑·樊逊传》云:"时祕府书籍纰缪者多,逊乃议曰:'……今所雠校,供拟极重,出自兰台,御诸甲馆。向之故事,见存府阁,即欲刊定,必藉众本……请牒借本参校得失……凡得别本三千余卷。"③ 此外还有"副书""正御""副御"等称,如北魏神龟二年(519)魏李璧墓志铭云:"昔晋人失驭,群书南徙。魏因沙乡,文风北缺。高祖孝文皇帝追悦淹中,游心稷下,观书亡落,恨阅不周,与为连和,规借完典。而齐主昏迷,孤违天意,为中书郎王融思遐渊云……启称在朝,宜借副书。"④《北齐书·文苑·颜之推传》载其所撰《观我生赋》"或校石渠之文"句,自注云:"王司徒(即王僧辩)表送秘阁旧事八万卷,乃诏比校,部分为正御、副御、重杂三本。"⑤ 王重民称:"正御或御书单本的意义,是指的选择最精不包括复本在内的政府图书馆藏书。"⑥ 而所谓"重杂"指正、副本之外的复本。

集子的品种之别,指同一人集子由于编辑过程的不同而呈现出品种的差异,表现为题名的不同、卷第的差异及编纂者的不同等。如梁武帝集,曹道衡称:"各个时期所编集的《梁武帝集》当有多种,如沈约就作过《梁武帝集序》,沈约卒于天监十二年(523),下距梁武帝之卒还有三十六七年,因此续有增补。"⑦ 此判断精到! 核诸史料,《梁书·武帝纪》称"诏铭赞诔,箴颂笺奏,爰初在田,洎登宝历,凡诸文集,又百二十卷",《周书·萧大圜传》称

① 魏收:《魏书》,第 1264 页。
② 许嵩:《建康实录》,第 283—284 页。
③ 李百药:《北齐书》,第 614 页。
④ 赵超:《汉魏南北朝墓志汇编》,第 118 页。
⑤ 李百药:《北齐书》,第 1215 页。
⑥ 王重民:《中国目录学史论丛》,第 51 页。
⑦ 曹道衡:《兰陵萧氏与南朝文学》,第 94 页。

江陵平后萧大圜所得《梁武帝集》乃四十卷本，而梁孝绪《七录》著录本又为三十二卷。这恐怕不是版本之别，而是缘于武帝集所编过程的差异，从而形成不同的品种。

综上，六朝别集的叙录类著述，就其体例而言肇自西汉刘向《别录》，主要包括叙生平、条篇目和撮旨意三方面内容。而《别录》所创立的叙录体例，又是借鉴经史著述体例的结果，即因袭和化用序和传两种体裁，特别是史书之传体。叙录本身既是一种目录学性质的著述，所使用的基本概念有助于概观性把握汉魏六朝别集的文本面貌、载体形态和典藏状态。也可藉以考知著者之生平事迹，可明编撰之篇目及内容旨要等，有着挈领总括的功能。叙录类著述在编撰上存在官修和私撰两种方式，分别以荀勖《文章叙录》和挚虞《文章志》为代表。别集叙录类著述的出现，是魏晋以来文人集编撰逐渐发展繁荣的印证。

第四节　六朝别集的集序及其体例探源

如同经史和子类典籍存在书序，魏晋产生文人别集的同时也相应出现了集序的撰写。早期文人集序在撰写体例上必然是模仿的结果，经考察主要是仿照史书之序的写法，重在叙述生平事迹。同时也包括篇目旨意和编集事由、集子面貌等内容，与叙录近同。现存南北朝时期的集序，其撰写大致遵从此基本体例（相对固定）。唐李周翰注任昉《王文宪集序》云："集者，录其文章。序者，述集所由。"可谓集序类文体特征的实质概括。南北朝是别集编撰的发展繁荣时期，由此而催生出大量的文人集序，集序还作为"序"类文体的一种而进入萧统的视野。《文选》即载有任昉撰写的王俭集序，文辞典范，体例规范，是唯一一篇入《选》者。此后的《艺文类聚》卷五十五杂文部则专设"集序"一类，标志着一类独立文体地位的确立。职此之故，值得探讨六朝时期集序的体例缘起及撰写情况，既可藉以深入理解集序的内在生成机制，也有助于佐证别集编撰的相关细节性问题。

一、集序之始及其体例之源

集序又作集叙，就字面而言是关于集子的序，功能在撮举全集诗文篇目和撰写旨意，以及集子作者的生平事迹介绍等。魏晋时期不管是别集还是总集，均出现了集序。如《水经注》引有石崇《金谷诗集叙》，《世说新语·品藻》刘孝标注引作"金谷诗叙"，此为总集之集序。而别集的集序，如曹植《文章序》云："故君子之作也，俨乎若高山，勃乎若浮云……余少而好赋，其所尚也，雅好慷慨。所著繁多，虽触类而作，然芜秽者众，故删定别撰，为《前录》七十八篇。""文章序"实即曹植自编集《前录》之序，只是未称以"集""文集"而已。有学者称："别集有序，最早当是曹植的《前录自序》。"①问题在于李善注《文选》还有两处引及《文帝集序》，分别见于卷四十繁钦《与魏文帝笺》和卷四十一陈琳《为曹洪与魏文帝书》。从引文的内容考察确出自曹丕之手，只不过集子在曹丕逝后改题"文帝集"，所撰之序也相应地易题"文帝集序"。相较于曹植晚年撰写的《文章序》，曹丕此序显然要更早；且称以"集序"，名实相合，应该说是所知最早的文人别集的集序。

《文帝集序》的内容，除李善注所引此两个片段外，又《初学记》卷十引《魏文帝集》云："为太子时，北园及东阁讲堂并赋诗，命王粲、刘桢、阮瑀、应玚等同作。"应该也是《集序》里的内容。按此四人均作有《公谦诗》，故《初学记》所引应属《公谦诗》的诗序。繁钦《与魏文帝笺》和陈琳《为曹洪与魏文帝书》（此时曹丕尚未称帝，篇题皆属改题）并不是曹丕的作品；但因皆与曹丕有关，曹丕也分别撰有答书（今即存有《答繁钦书》），故一并收入曹丕集子里。此属六朝旧集的固定体例，即将赠答、唱和等作品悉数入集。李善注所引如同《公谦诗》序，也应各是曹丕与繁钦、陈琳往返书信的小序，目的是交代撰写的缘由，涉及的人和事等。以明张燮辑并刻《七十二家集》本《魏文帝集》为例，此类篇题下小序较多。如《浮淮赋》《临涡赋》《登台赋》《感离赋》《悼夭赋》和《柳赋》

---

①　张可礼：《中国古代文学史料学》，第 171 页。

等，其文本结构是基本相同的。那么，既然是每篇的小序，为何却出现在了《文帝集序》中，李善明确称引自该序，似没有理由怀疑它的可靠性。至于《初学记》也称引自《魏文帝集》，实际也出自《文帝集序》。也有一种意见称"文帝集序"应该理解为"文帝集·序"，即李善引自《文帝集》中的某篇之"序"，即小序。问题是有小序的各篇只有篇题，小序附于其下，并不存在独立的称"序"之题。因此，还是以将"文帝集序"视为《文帝集》之总序为宜。李善注及《初学记》所引均未将篇目的小序视为独立的文献单元，即不称引自某篇小序，印证小序的位置并不在正文中的篇首，而是集中出现在《集序》中。也就是说，曹丕集子的原貌小序与篇文是分离的，本来是为具体某篇撰写的小序放置在了集序中。而今本小序在篇首，可能并非原貌，而是在流传过程中重新编排的结果。《文帝集序》作为最早的文人别集之序，值得探索其体例的来源，以更好地理解早期文人集序撰写的文本细节。

相较于经史和子类撰述，文人集是最晚产生的著述新形态。因此集序的撰写，就其体例而言也只能是模仿、"照搬"其他三部典籍的结果。不见得曹丕为集子里的每篇作品都撰有小序，但《文帝集序》的内容之一很可能是将凡有小序者集中在《集序》中，以之作为撮举集子内容旨意的重要组成部分。照此前溯，会发现司马迁《史记·太史公自序》和班固《汉书·叙传》与此有异曲同工之妙。兹节录如下：

> 《太史公自序》云："故述往事、思来者，于是卒述陶唐以来至于麟止，自黄帝始。维昔黄帝，法天则地……作《五帝本纪》第一。维禹之功，九州攸同……作《夏本纪》第二……太史公曰：余述历黄帝以来，至太初而讫，百三十篇。"

> 《叙传》云："故探纂前记，缀辑所闻，以述《汉书》。起元高祖，终于孝平王莽之诛，十有二世二百三十年，综其行事，旁贯五经，上下洽通，为春秋考纪表志传凡百篇。其叙曰：皇矣汉祖……述《高纪》第一。孝惠短世，高后称制。罔顾天显，吕宗以败。述《惠纪》第二、《高后纪》第三……"

　　班固《叙传》基本遵循《太史公自序》的叙述模式，将小序性质的每篇的旨意置于"总序"中。《文帝集序》的撰写体例与此类同，也是将每篇的小序放在全集的"集序"中，明显受到此两者的影响，印证早期集序的撰写与史书之序存在密切关系。而史书之序又是受经学著述影响的结果，如孔安国《尚书序》《毛诗序》等，颜师古《匡谬正俗》即云："司马子长撰《史记》，其《自叙》一卷，总历自道作书本意……子长此意，盖欲比拟《尚书叙》耳。即孔安国所云书序，序所以为作者之意也……及班孟坚为《汉书》亦放其意，于序传内又历道之。"所不同的是，司马迁和班固均是自为己著而作序，徐师曾《文体明辨序说》称以"己意了然而无误耳"。正是缘于司马迁的导夫先路，东汉以来不管是著述还是单篇文章均出现了此类自撰序，如王充《论衡·自纪篇》、应劭《风俗通义序》、荀悦《汉纪序》、许慎《说文解字叙》和班固《两都赋序》等。余嘉锡称："汉魏六朝人所作书叙，多叙其人平生之事迹及其学问得力之所在。"① 可以说"序"既有受经学著述之序影响下的"序作者之意"（孔安国《尚书序》）的功能，也有受史学著述之序重在叙生平的史传色彩，故《史通·序例篇》称其"文兼史体，状若子书，然可与诰、誓相参，风雅齐列矣"。

　　自《文帝集序》始，为集子写序便渐成固定体例，内容主要包括介绍生平事迹、条陈内容旨意和叙述篇目三方面，尤以前两者更为重要。《麈史》卷下"姓氏"条云："古人凡著文集，其末多载《系世次》一篇，此亦子长、孟坚《叙传》之比也。"②《系世次》即相当于集序中的生平事迹之介绍。由此反观集序，会发现它与叙录的功能也基本一致，因为叙录即包含条篇目、叙生平和撮旨意三项内容。以嵇康集为例，《世说新语·德行》刘孝标注引《康集叙》云："康字叔夜，谯国铚人。"又引《文章叙录》云："康以魏长乐亭主婿迁郎中，拜中散大夫。""集叙"指《嵇康集》中的叙，一般冠于卷首；而所引《文章叙录》则是嵇康集的叙录，两者均有嵇康生平之描述。嵇康集的叙录又称之以"目录"，《三国志·魏书·嵇康传》裴松之注引《康集目录》云："登字公和，不知何许人，无家属，

---

① 余嘉锡：《目录学发微》，第45页。

② 王得臣：《麈史》，俞宗宪、傅成校点，上海古籍出版社，2002年，第47页。

于汲县北山土窟中得之，夏则编草为裳，冬则被发自覆，好读《易》鼓琴，见者皆亲乐之。每所止家，辄给其衣服食饮，得无辞让。"叙录中所引孙登本事，又见于集序中。如《世说新语·栖逸》刘孝标注引《康集序》云："孙登者，不知何许人，无家，于汲郡北山土窟住，夏则编草为裳，冬则被发自覆，好读《易》，鼓一弦琴，见者皆亲乐之。"《太平御览》卷二十七《时序部》、卷九百九十九《百卉部》亦均有引，分别题"晋嵇康集序""嵇康集序"。综上，裴注所引的《叙录》与刘注引《集序》均有嵇康个人生平仕履的记述，而且在有关孙登的叙述情节上也基本相同（只是文字有所差异），印证集叙和叙录在撰写内容上确存在类同之处。也可推知嵇康集的集序产生在叙录之后，是嵇康集在流传过程中产生的一篇序言。

　　总之，集序与叙录的关系表现在：其一，就产生先后而言，集序一般晚于叙录。因为六朝集子多数为秘阁编撰，撰写叙录是秘阁藏书整理的重要内容。故集序存在模仿叙录撰写体例的可能性，甚至推断集序主要是据自叙录隐括而成。但就具体的某一家集而言，也可能存在叙录据自集序的情况。如曹丕为其集撰写集序，集子入藏曹魏秘阁，集子叙录的撰写（荀勖的《文章叙录》应必存在曹丕集的叙录）可能就会参考集序。其二，叙录的存在形态主要是基于秘阁藏书整理活动而撰写，是目录学内容（编纂藏书目录、撰写藏书叙录）的重要组成部分。而集序主要是集子在编撰或流传过程中产生，既可由作者自撰，也可由编者或流传过程中某一传承人所撰。其三，缘于两者产生机制的区别，叙录往往存在于公私目录学专书中（秘阁藏本在每书中也有叙录），而集序则主要体现在实际流通领域的集子中。由于集序与叙录两者在撰写体例及内容上的相近性，容易出现混称的现象，即将目录学层面的叙录也称作"集序"。如《三国志》裴注、《世说新语》刘注引有晋荀勖《文章叙录》，而此书《隋志》即题"杂撰文章家集叙"，《新唐志》则题"新撰文章家集叙"。考察集序的撰写体例之源及与叙录之间的关系，有助于理解集序的生成机制，以及集子在流传过程中所产生的集序、叙录互为引据而呈现出的文本同质现象。

二、南北朝时期的集序撰写

集序的撰写主要存在四种类型：作者自撰，如《文帝集序》和曹植的《文章序》；编者所撰，如南齐虞炎的《鲍照集序》；他人代撰，即既非作者又非编者，而是出于敕命、请托等而作序；无主名所撰，即集子在流传过程中产生的序，而难于考察作序者的身份。别集在南北朝时期进入繁荣阶段，出现了大量的文人集，集序也随之进入撰写的繁盛期。自晋代以来产生了诸多"文章志""文章传"之类的叙录性著述，也推动了集序的创作之盛，因为集序撰写借镜文集叙录是最为便捷之径。同时诗文评类的单篇文章或著述也涌现出来，如《文赋》《诗品》《文心雕龙》等，其编撰同样会依据集序。魏晋以来的文士也较为看重"序"类文体的撰写，《抱朴子外篇·自叙》云："而为《自叙》之篇，虽无补于穷达，亦赖将来之有述焉。"① 又萧子显《自序》云："少来所为诗赋，则鸿序一作，体兼众制，文备多方，颇为事所传，故虚声易远。"撰写集序除作为集子自身的组成"要素"之外，还蕴含有藉"序"以传扬后世、托之永久的目的。

兹按集序的撰写类型略述如下：

其一，自撰集序。南北朝时期见诸记载的自撰集序不多，印证汉魏六朝人集子的整理编定多非出自己手，而是"他者"所编，即主要为秘阁编撰和他人代撰两种方式。自撰集序见诸记载者，如《陈书·文学·徐伯阳传》云："游宴赋诗，勒成卷轴，伯阳为其集序，盛传于世。"② 按徐伯阳集未见《隋志》等书目著录，盖至迟在隋唐之际已亡佚，其集序亦未见传世。又《北史·李概传》云："自简诗赋二十四首，谓之《达生丈人集》。其序曰：达生丈人者，生于战国之世，爵里、姓名无闻焉。"③ 此集内容体量不大，对考察六朝时期自编集称"集"之始及集序却极具标本价值。按《隋志》及两《唐志》均未见著录《达生丈人集》。李概托名"达生丈人"且自述生平，正对应集序撰写内容之一的生平事迹介绍。

---

① 杨明照：《抱朴子外篇校笺》，第721页。
② 姚思廉：《陈书》，第469页。
③ 李延寿：《北史》，第1212页。

其二，代撰集序。《世说新语·轻诋》刘孝标注引晋人孙统撰写的一篇集序，云："孙统为《柔集叙》曰：（高）柔字世远，乐安人，才理清鲜，安行仁义……营宅于伏川。驰动之情既薄，又爱玩贤妻，便有终焉之志。尚书令何充取为冠军参军，黾俛应命，眷恋绸缪。相赠诗书，清婉辛切。"高柔集未见著录，《七录》著录有九卷本孙统集（据《隋志》小注），则本集当载有此篇代撰集序。南朝人的代撰集序，如《梁书·文学·任孝恭传》云："敕遣制《建陵寺刹下铭》，又启撰高祖集《序文》，并富丽，自是专掌公家笔翰。"①此序附于梁武帝集中。按《隋志》及两《唐志》均著录《任孝恭集》十卷本，则亦载本集中（唐末集子亡佚）。惜此两序今均不传。

尚存世者如简文帝萧纲撰有《临安公主集序》（载《艺文类聚》卷五十五，属节录），序云："四德之美，戚里仰以为风。七行之奇，濯龙规以为则。若夫托勾陈之贵，出玉台之尊。风仪闲润，神姿照朗。爱敬之道夙彰，柔嫙之才必备。凤桐遐远，清管辽亮。湘川寂寞，泪筱藏蕤。北渚之句尚传，仙灵之典不泯。况复文同积玉，韵比风飞。谨求散逸，贻厥于后。"临安公主为梁武帝萧衍之女，简文帝之妹，《隋志》著录《临安恭公主集》三卷，两《唐志》题"临安公主集"（唐末亡佚不传），卷第相同。推测该集出自梁秘阁编定，简文帝撰序一篇附入集中。惜序全文不传，赖此节录略窥一二。所引为集序的篇末部分，其上当是生平事迹介绍、篇目及内容旨意的叙述。又王僧孺撰《詹事徐府君集序》和《临海伏府君集序》（均载《艺文类聚》卷五十五，皆属节录），"徐府君"即徐勉，"伏府君"即伏挺。徐勉集序开篇叙个人文名声誉，次叙篇目旨意，云："搦札含毫，必弘靡丽。摛绮縠之思，郁风霞之情。质不伤文，丽而有体。"伏挺集序开篇叙学行之高，相当于生平，云："君莫不遍探冥赜，具阅局检。"次叙篇目内容旨意，仅节录两句即"其诗赋铭诔，所作尤多"。按伏挺集仅见于《梁书》本传称有"文集二十卷"，《隋志》及两《唐志》均未见著录，则当亡佚于隋唐之际（《艺文类聚》所引应非据自本集）。

北朝人的代撰集序，如《北齐书·文苑·李广传》云："广卒后，（毕）义云

①　姚思廉：《梁书》，第726页。

集其文笔十卷，托魏收为之叙。"[①] 魏收是北齐政坛及文坛的重要人物，托请作序显然有借魏收显赫之名望以抬高集子的目的。又存世有滕王宇文逌为庾信集撰写的集序，及庾信为赵国公宇文招撰写的集序。《庾信集序》开篇之后便述庾信生平，自"开府司宗中大夫义城公庾信字子山，南阳新野人也"至"其至德如此"句止，几乎占集序全篇的三分之二以上。紧接之后叙集子编撰及篇卷情况，云："昔在阳都，有集十四卷。值太清罹乱，百不一存。及到江陵，又有三卷。即重遭军火，一字无遗。今之所撰，止入魏已来。爰洎皇代，凡所著述，合二十卷，分成两帙。"内容旨意则略而不述。最后交代撰写集序的缘起，云："欲余制序，聊命翰札。"此篇集序重在生平事迹的叙述。庾信撰有《谢滕王集序启》，答谢宇文逌"垂赐集序"。此类代撰集序，也为管窥作者与代撰者之间的互动性提供鲜活资料。庾信撰《赵国公集序》（载《艺文类聚》卷五十五、《初学记》卷二十一），节录的部分属内容旨意及评价方面的叙述，云："柱国赵国公发言为论，下笔成章。逸态横生，新情振起……昔者屈原、宋玉，始于哀怨之深。苏武、李陵，生于别离之世……公斟酌雅颂，谐和律吕。若是言乖节目，则曲台不顾。声止操缦，则成均无取。遂得栋梁文囿，冠冕词林。大雅抉轮，小山承盖。"按《周书·文闵明武宣诸子传》称宇文招"所著文集十卷行于世"，当即该集之序。《隋志》及两《唐志》均未见著录，疑遭隋文帝杨坚之诛，其集亦随之禁灭。推断《艺文类聚》《初学记》所引出自庾信集，而非宇文招集。

庾信表请宇文逌为其集撰序，意或在借宇文逌之政治地位以壮其集。而宇文招命庾信撰写集序则是另一番情景，《周书·文闵明武宣诸子传》称宇文招"幼聪颖，博涉群书，好属文，学庾信体，词多轻艳"，为文喜好庾信。故由庾信撰序自在情理之中，当然也含有欲借庾信文名以伟其集的目的。萧纲为临安公主集子作序，除了两人同属帝胄的血缘亲情之外，也含有借之标举集子地位的政治意味。总之，集序与代撰者之间存在关联性，折射出上层士族阶层围绕集子而展开的多层次关系，如政治地位、人伦关系及文学修养等。呈现出的种种互动性，则是深入考察代撰集序多重生成机制的重要维度。

---

① 李百药：《北齐书》，第607页。

　　其三，编者所撰集序。编者所撰集序实际上也是一种代撰集序，只不过撰序者本身又是集子的编者，故与第二类的代撰集序区别开来。南朝人所撰此类集序见诸记载而不传者，如《南史·陆罩传》云："少笃学，多所该览，善属文。简文居蕃，为记室参军，撰帝集序。"①按《隋书·经籍志》著录《梁简文帝集》八十五卷，小注称"陆罩撰，并录"。据小注，陆罩不仅撰写简文帝集之序，该集也出自陆罩所编（此处"撰"为编之义）。而"录"即"序录"，含撰写集序和编定目录两层内容。《梁书·萧机传》云："机美姿容，善吐纳。家既多书，博学强记……所著诗赋数千言，世祖集而序之。"②按《金楼子·著书》有《安成炀王集》一秩四卷"，即《萧机传》所称的萧绎"集而序之"之集。《七录》又著录五卷本《安成炀王集》（据《隋志》小注），溢出的一卷疑合萧绎集序及集子目录而成。又《陈书·陆琼传》云："从父瑜特所赏爱，及瑜将终，家中坟籍皆付从典，从典乃集瑜文为十卷，仍制集序，其文甚工。"③按《隋志》及两《唐志》均著录十卷本陆瑜集，唐末散佚不传。

　　此类集序现存者，如虞炎、沈约、任昉、萧统、刘孝绰、萧纲、刘师知和江总分别整理编撰《鲍照集》《梁武帝集》《王文宪集》《陶渊明集》《昭明太子集》（刘孝绰和萧纲均有编本）、《沈炯集》和《陶弘景集》，是藉以考知南朝集序撰写体例的第一手资料。虞炎《鲍氏集序》开篇即叙鲍照生平仕履，自"鲍照字明远"句起，至"为景所杀，时年五十余"句止，占全序三分之二的篇幅。次叙编撰鲍集缘由及鲍作的旨意（如诗文评价等），云："身既遇难，篇章无遗。流迁人间者，往往见在。储皇博采群言，游好文艺。片辞只韵，罔不收集。照所赋述，虽乏精典，而有超丽。爰命陪趋，备加研访。年代稍远，零落者多。今所存者，倘能半焉。"今鲍集所载此序，似有阙。《艺文类聚》卷十四载沈约《武帝集序》，开篇自"我皇诞纵自天"句起，至"莫不超挺睿兴，濬发神衷"句止，叙萧衍圣明博学（相当于生平），次叙篇目旨意，云："及登庸历试，辞翰繁蔚。笺记风动，表议云飞……皆咏志摛藻，广命群臣。上与日月争光，下与钟石比韵。

---

① 李延寿：《南史》，第 1205 页。
② 姚思廉：《梁书》，第 345 页。
③ 同上，第 398 页。

事同观海，义等窥天。观之而不测，游之而不知者矣。"最后叙集子编撰，云：
"因事立名，随源编次。"交代编集子的体例。萧统《陶渊明集序》，开篇叙陶渊
明有隐潜之德（相当于生平事迹），次叙陶诗旨意，云："有疑陶渊明诗，篇篇有
酒，吾观其意不在酒，亦寄酒为迹者也。"最后叙编撰陶集，云："故加搜校，粗
为区目……并粗点定其传，编之于录。"萧统集序，《梁书·刘孝绰传》云："时
昭明太子好士爱文，孝绰与陈郡殷芸、吴郡陆倕、琅邪王筠、彭城到洽等，同
见宾例……太子文章繁富，群才咸欲撰录，太子独使孝绰集而序之。"①刘孝绰此
序，开篇自"粤我大梁之二十一载"句起叙萧统盛德形容，相当于生平事迹（盖
缘于此时萧统属太子，世次及仕履等昭然在册，不必赘述）。次自"若夫天文以
烂然为美，人文以焕乎为贵。是以隆儒雅之大成，游雕虫之小道"句起，叙萧
统各体文章旨意，集中体现在"深乎文者，兼而善之。能使典而不垫，远而不放，
丽而不淫，约而不俭。独擅众美，斯文在斯"诸句。最后简述篇目及编撰情况，
云："敢忘编次！谨为一帙十卷，第目如左。"萧纲也编有昭明太子集（与刘孝绰
编本相比，该编属萧统逝后毕生所作的结集。也有可能是秘阁编定，萧纲仅撰
序附入集中），亦撰集序一篇（今存者仍为节录），开篇自"昭明太子悬明离之极"
句起，叙昭明人伦美德（共计十四德），近于生平之述，占全序三分之二以上的
篇幅。次叙篇目旨意，云："至于登高体物，展诗言志……控引解骚，包罗比兴。
铭及盘盂，赞通图象。七高愈疾之旨，表有殊健之则。碑穷典正，每由则车马
盈衢。议无失体，才成则列藩击否。近逐情深，言随手变，丽而不淫。"最后应
该有所编集子卷第（及篇目）的叙述。江总《陶贞白先生集序》，开篇叙陶弘景
德行（相当于生平事迹），次叙篇章旨意，云："至如紫台青简，绿帙丹经。玉版
秘文，瑶毡怪牒。靡不贯彼精微，殚其旨趣。"最后叙集子编撰情况，云："文集
缺亡，未有编录。门人补辑，若逢辽东之本。好事研搜，如诵河西之箧。奉敕
校之铅墨，缄以缇缃。"刘师知所撰沈炯集序（载《艺文类聚》卷五十五），题
"侍中沈府君集序"，明张燮《七十二家集》本《沈侍中集》题"沈侍中后集序"。
开篇自"若沈恭子者，斯乃当世贤达"句起，至"伯牙之弦，寂寥长绝。山阳

---

① 姚思廉：《梁书》，第480页。

之管，惆怅徒闻"句止，叙沈炯贤德及刘师知与沈炯的交游之情，相当于生平事迹，占三分之二以上篇幅。最后叙沈炯诗文篇章及集子编撰情况，云："夫盛烈清徽，勒传乎帝载。遗文余论，被在乎民谣者。斯所以没而犹彰，死且不朽。今乃撰西还所著文章，名为后集。"

而任昉的《王文宪集序》是唯一被萧统选入《文选》的集序，开篇即叙王俭生平事迹，云："公讳俭，字仲宝，琅邪临沂人也。其先自秦至宋，国史家谍详焉……公之生也，诞受命世……初拜秘书郎，迁太子舍人……瞻栋宇而兴慕，抚身名而悼恩。"几乎占全篇的三分之二以上。次叙撰述旨意，云："公自幼及长，述作不倦。固以理穷言行，事该军国，岂直雕章缛采而已哉。"最后叙集子编撰情况，云："是用缀辑遗文，永贻世范，为如干卷。所撰《古今集记》《今书七志》为一家之言，不列于集，集录如左。"相较于现存其他南朝人的集序，此篇文采斐然，情郁其中，允为佳作。更重要的是在撰写上几洗品行德望方面的冗辞雕饰，而是直接叙述包括字号、郡望和仕履等在内生平事迹，可作为史传视之。全篇要言不烦，干净洗练，呈现出撰写体例的规范性，故该篇得萧统青睐而入《文选》。总之，生平之叙述是集序撰写的侧重点，具有明显的"传"体功能。

北朝人的此类集序，仅见诸记载者如《北齐书·文苑·颜之推传》云："之推在齐有二子，长曰思鲁，次曰敏楚，不忘本也。《之推集》在，思鲁自为序录。"① "序录"同叙录，也相当于集序，反映了两者之间的互通性。阳休之编《陶渊明集》，即撰有《序录》一篇，云："余览陶潜之文，辞采虽未优，而往往有奇绝异语。放逸之致，棲托仍高。其集先有两本行于世，一本八卷无序，一本六卷并序目。编比颠乱，兼复阙少。萧统所撰八卷，合序、目、传、诔，而少《五孝传》及四八目。然编录有体，次第可寻。余颇赏潜文，以为三本不同，恐终致忘失。今录统所阙（小注：一作撰）并序目等合为一帙十卷，以遗好事君子焉。"此与南朝人所撰集序有着明显的不同，即生平事迹略而不谈，侧重在集子的卷第、篇目及编撰情况的介绍。推测原因可能在于陶集已附有萧统所撰的《陶渊明传》，无须再加赘述。

---

① 李百药：《北齐书》，第 626 页。

其四，无主名者集序。考虑到南朝是编集子的繁荣期，无主名者集序应主要撰写在南朝。见诸记载者，如《世说新语·品藻》刘孝标注引《刘瑾集叙》云："瑾字仲璋，南阳人，祖遐，父暘，暘娶王羲之女生瑾，瑾有才力，历尚书太常卿。"按《七录》著录该集五卷本（据《隋志》小注），《隋志》著录为九卷本，两《唐志》均著录为八卷本，相差之一卷疑即《刘瑾集叙》和目录（两者合为一卷），唐末散佚不传。《文选》卷二十一虞子阳《咏霍将军北伐》李善注引《虞羲集序》云："羲字子阳，会稽人也，七岁能属文，后始安王引为侍郎，寻兼建安征虏府主簿功曹，又兼记室参军事，天监中卒。"虞羲为南齐人，《七录》著录该集十一卷本（据《隋志》小注），两《唐志》同，《隋志》著录为九卷本，小注称"残缺"。疑《隋志》著录本所阙者即包括此集序在内，唐初访书失而复得，故李善引及此篇集序。此外，《北堂书钞》卷五十七引《陆机集序》、卷七十引《刘苍集序》，也都属此类集序。

南北朝时期所撰集序符合记述生平、评价篇目内容及交代集子编撰情况的基本体例，而更侧重叙生平。印证集序本身有交代作者小传的文本功能，一般占全序一半以上的篇幅。但在具体表现上又不尽相同，或主要集中在个人操行品德和学养声誉方面的褒扬之辞，并不具体叙述字号仕履、世次及事迹等，如萧统《陶渊明集序》和萧纲的《昭明太子集序》等。或详述生平仕履，如宇文逌的《庾信集序》等。此外，序末语虽用辞不一，皆意在褒扬集子以彪炳后世。如《临安公主集序》称"谨求散逸，贻厥于后"，《庾信集序》称"方当贻范缙绅，悬诸日月焉"，《陶渊明集序》称"不必傍游泰华，远求柱史，此亦有助于风教也"，《陶贞白先生集序》称"藏彼鸿都，副在延阁"。

综上，别集初创期的集序（以《文帝集序》为代表），在撰写上模仿或照搬经史或子书类典籍书序的写法。特别是史书之序，具有明显的"传"体特征，即将叙生平事迹作为集序的主要内容。集序与叙录撰写体例基本相同，文本功能也相近，只是产生的途径和性质有所不同。南北朝时期的集序在撰写上存在自撰集序、代撰集序、编者所撰集序和无主名者集序四种类型，其中属自撰者不多，印证集子的编撰多非出于己手，而主要是秘阁编撰或他人代编的结果。通过现存南朝人撰写集序的考察，发现生平之篇幅多占全序三分之二左右，佐证叙生平确为集序的主要内容，目的是以"传体"的方式交代集子作者。集序的撰写过程，也透露出作者与撰序者之间的多层面互动关系；其生成并非单一的静态呈现，而是围绕着政治因素、人伦因素以及文学因素等而展开。

第五节　南北朝时期的"集录"

"集录"是南北朝时期有关文集编撰的重要概念，特别是屡见诸北朝史籍中使用，南朝如梁任彦升《王文宪集序》也用到，称"缀缉遗文，永贻世范，为如干秩，如干卷，所撰《古今集记》《今书七志》为一家言，不列于集，<u>集录如左</u>"。就其使用语境而言，多与文章篇目相关，属专指集部层面文章著述（文集）的固定概念。何谓"集录"？它与叙录、集序是否存在关联？缘何北朝较南朝更多地使用"集录"，此又透露出南北文集编撰中存在何种差异？这些问题均值得辨析，目的是阐明"集录"在唐前文集编撰中的特定内涵。最先注意到此概念并予以解释的是余嘉锡，称"集录"为"序后之篇目也"[①]，显然是据《王文宪集序》立论。而"集录"实则还蕴含有更丰富的细节，除了表明文集脱离史传而存在的独立性外，还牵涉到文集编撰、目录（篇目）的重要性及与叙录和集序之间的关系等，颇具学术价值。

一、文集编撰意义层面的"集录"

"集录"的本义为纂辑、辑录，西汉孔安国《古文孝经训传序》称"故夫子告其谊，于是曾子喟然知孝之为大也，<u>遂集而录之</u>，名曰《孝经》"。称"集而录之"，似"集"和"录"两者之间稍有区别，盖前者重在集合，而后者则是将集合者按照一定的体例整理撰录。"集录"连称，似始见于孔安国《家语序》，云："《孔子家语》者，皆当时公卿、士大夫及七十二弟子之所咨访交相对问言语也，

---

① 余嘉锡：《目录学发微》，第26页。

既而诸弟子各记其所问焉，与《论语》《孝经》并时。弟子取其正实而切事者，别出为《论语》，其余则都集录之，名之曰《孔子家语》。"①此"集录"指集合诸说汇为文献或载籍的形态。"集录"亦指集合而成的篇目形态的文献，如《后汉书·律历志》云"是以集录为上下篇"，此义实际与"撰录"相近，《晋书·孝友·何琦传》称"凡所撰录百许篇，皆行于世"。

南北朝时期以"集录"指称文人文章篇目的整理和编撰，如《北史·裴庄伯传》称"兄弟（裴敬宪、裴庄伯）并无子，所著词藻，莫为集录"，又《梁书·处士·诸葛璩传》云"璩所著文章二十卷，门人刘曒集而录之"。相较而言，北朝人更多使用"集录"一词，且与"别有""自有"连称，形成"别（自）有集录"的固定格式。如北朝的李骞"所著诗赋碑诔，别有集录"（《魏书·李顺传》），卢玄"性好玄理，作史子新论数十篇，文笔别有集录"（《魏书·卢玄传》），李平"所制诗赋箴谏咏颂，别有集录"（《魏书·李平传》），裴景融"所作文章，别有集录"（《魏书·裴延儁传》），高谦之"所著文章百余篇，别有集录"（《北史·高谦之传》）。"集录"前即均冠以"别有"两字，意指上述诸人各体文章，因已存在辑录的集子，故无须在容量有限的本传中再加以节录或全录所撰文章。此种史学叙述体例，当源自西晋陈寿所编之《三国志·蜀书·诸葛亮传》，称"亮言教书奏多可观，别为一集"。陈寿考虑到本传容量有限，于是在"亮言教书奏多可观"的情况下，在本传之外另行辑录其相关作品，以"别为一集"即编《诸葛氏集》的形式解决了史传容量有限和篇章著述皆可观之间的矛盾。据此推定"别有集录"近于"别为一集"，当然倒不是指在本传之外编集子；而是说本传之外另有集子单行，不需要再在本传中节录所撰文章。欲观传主文章者，可查检传主的作品集。印证北朝人编撰文集也是常见的著述手段，具有继承魏晋编集子的历史阶段性（《宋书·氐胡传》中的《谢艾集》，裴注引《冀州记》中提到的《嵇康集》，都是十六国时期有集子编撰和流传之证，北朝与之是一脉相承的）。尽管北朝作为一个整体，不能如南朝那样勾勒出较为清晰地发展阶段；但同样是六朝别集形成发展史中不可或缺的一环，而且较南朝更富有创新性（如可能

---

① 　孔安国：《家语序》，载严可均辑《全汉文》卷13，第197页。

率先使用"集部"之称，自编集始称"集"等）。从更大的背景而言，伴随着魏晋以来的文学自觉，文人集编撰得以形成和确立，催生出目录学中的四部体制，文人别集获得了独立地位。北朝虽未像南朝宋那样立"四学"，但史传习用"集录"的方式同样表明文学与史学存在着明显的分野。此既是六朝文集编撰完全脱离史传的显证（汉代以史传作为保存文章的载体），也是别集作为独立部类在史学中的反映（北朝沿用西晋以来的四部分类法）。

称"自有集录"者，如《魏书·程骏传》称"所制文笔，自有集录"，又《文苑·邢昕传》云"所著文章，自有集录"。事例不及"别有"者多。推测两者之别，或在于"自有"者言集子由本人编撰，属自编集；而"别有"者则集子未必出自本人编撰，由秘阁编撰或他人所编。

"集录"指文集的编撰，细而言之则含"集"和"录"两个环节，前者指编集子，后者侧重指编目录附于集子中。西晋陈寿的"别为一集"，即除编定诸葛亮集外，还附有《诸葛氏集目录》，含有集子本身和集子目录（篇目）两方面的内容。再证以《晋书·曹志传》云："帝尝阅《六代论》，问志曰：'是卿先生所作邪？'志对曰：'先王有手所作目录，请归寻按。'还奏曰：'按录无此。'帝曰：'谁作？'志曰：'以臣所闻，是臣族父冏所作，以先王文高名著，欲令书传于后，是以假托。'"[1] 知曹植自编集也是专门编有目录的。推断魏晋时期为文集编目录而附于集中（在卷首）属较为固定的体例。由此反观北朝史传中的"集录"，当亦包括编撰文集和编集子目录两层含义。当然在集子已编成的前提下，称以"集录"则更侧重在集子的目录之义。如《王文宪集序》中的"集录如左"，主要即指集子目录，亦即余嘉锡所释的"序后之篇目"。再证以《齐太宰竟陵文宣王法集录序》云："遂序兹集录，以贻来世云尔。"[2] 末附其著述目录，共十六帙合一百十六卷，此"集录"也是专指著述的目录。

接下来的问题是，缘何北朝史传中习用"集录"，也就是在叙述编有集子的同时更强调集子的目录。按《北齐书·魏收传》云："始收比温子昇、邢邵稍

---

① 　房玄龄等：《晋书》，第 1390 页。
② 　释僧祐：《出三藏记集》，苏晋仁、萧錬子校点，北京：中华书局，1995 年，第 448 页。

为后进，邵既被疏出，子昇以罪幽死，收遂大被任用，独步一时。议论更相訾毁，各有朋党。收每议陋邢邵文。邵又云'江南任昉，文体本疏，魏收非直模拟，亦大偷窃。'收闻乃曰：'伊常于沈约集中作贼，何意道我偷任昉。'任、沈俱有重名，邢、魏各有所好。"①《北史·祖莹传》云："莹以文学见重，常语人云：'文章须自出机杼，成一家风骨，何能共人同生活也。'盖讥世人好窃他文以为己用。"②印证北方人存在好化用、借用甚至"剽窃"他人作品以充为己作的现象。这固然可以解释为北朝文学发展不及南朝，但似也佐证缘何北朝重视集子目录的编撰，目的正是防止作品的被"窃用"！当然南方人同样存在此类现象，《诗品》云："《行路难》是东阳柴廓所造，宝月尝憩其家，会廓亡，因窃而有之。廓子赍手本出都，欲讼此事，乃厚赂止之。"③但不同于北方的是，南朝存在大量的有关文集的书目簿录，还有叙录类著述，公修私撰均有。这都会将集子的目录"记录在案"，一定程度上避免了作品的"张冠李戴"，同时也是南朝史传基本不使用"集录"一词的原因。

总之，北朝史传以"集录"之称而省去文人诸体文章的选录或节录，使得"史传"之体更纯。同时也在于北朝文集编撰继自魏晋，已有比较成熟的发展；且在目录学体系中也存在著录别集的独立部类。这都客观要求史传无须重复"转录"传主的文章撰述，亦即史传不必具有保存文章（文学作品）的载体功能。"集录"之称简明扼要，既指所编之集的本身，也指集子的目录。在北朝似乎更侧重目录，与所处的文学环境有一定的关系。

二、文集叙录意义层面的"集录"

集序与"叙录"体例相近，均包括叙生平、条篇目和撮旨要三方面的内容。而"集录"与两者均有所关联，首先也具有"集序"的功能。此证以《世说新语·言语》刘孝标注引《洪集录》云："（蔡）洪字叔开，吴郡人，有才辨，初仕

---

① 李百药：《北齐书》，第 491—492 页。
② 李延寿：《北史》，第 1736 页。
③ 曹旭：《诗品集注》，第 560 页。

吴朝。太康中，本州从事，举秀才。"余嘉锡笺疏引《隋志》云："梁有松滋令《蔡洪集》二卷、录一卷，亡。"从刘注引文推断，《洪集录》并非指《隋志》著录的"集二卷"和"录一卷"，而且"录一卷"指的是目录（集子所载文章篇目）一卷。此"洪集录"应该是附在蔡洪集书首的一篇"序"性质的文字，而称之为"集录"，与北朝史传中使用的"集录"截然不同。注引的内容属叙生平，与"集序"存在相类之处。按《隋书·经籍志》著录《梁简文帝集》八十五卷，小注称"陆罩撰，并录"。"撰"是编撰、整理之义，指萧纲的文集由陆罩整理，属他编之集。而"录"并非文章篇目之义，而是一篇集序。证以《南史·陆杲传》云："子罩，字洞元，少笃学，多所该览，善属文，简文居藩为记室参军，撰帝集序，稍迁太子中庶子，掌管记，礼遇甚厚。"①"录"即本传所称之"集序"。《隋志》称以"录"，推测此篇集序作为简文帝集的叙录而附在集里。实际同篇文字，只是"集序"改题为"集叙录"，而简称为"录"。或者本题"集序"，而《隋志》编者将其视为集子的叙录。集序与叙录两者之间具有高度的"亲缘性"，使得更容易混而为一。再者，相同的文本着眼于不同的使用语境和功能，也完全可以出现实同异题的现象。

"集录"确也可判断为文集叙录的简称。按西晋荀勖撰有《文章叙录》，这里的"文章"即"文集"之义。王重民即称此书"是以别集的叙录做基础的"，张政烺先生也称："当即《晋中经》新撰书录之一部分。中世重文，流行独久。"《文章叙录》即围绕著录于《晋中经簿》丁部中的文集所做的叙录。《文章叙录》为文集叙录类著作的"开山之作"，在南北朝时期特别流行，如《三国志》裴松之注、《世说新语》刘孝标注及《艺文类聚》均有引，皆题"文章叙录"。但在目录学著述中却非此题，如《隋志》题"杂撰文章家集叙"，《旧唐志》题"新撰文章家集"，《新唐书·艺文志》则题"新撰文章家集叙"，实即同书。印证"叙录"即"集叙（序）"，"文章"即指"文章家集"，则"集录"既可为"集叙录"的省称，也可与"集叙（序）"等同。

再者，"集录"亦可为"集目录"的省称。只不过此"目录"非指篇目，而是同属叙录，是叙录的另称。按《隋志》著录《晋义熙已来新集目录》三卷，

①　李延寿：《南史》，第1205页。

不题撰者。而《旧唐志》著录丘深（即"渊"字，避讳而改）之撰《义熙已来杂集目录》三卷，《新唐志》题"晋义熙以来新集目录"，皆属同书。刘孝标注《世说新语》多引之，称"文章录""文章叙"或"新集录"，推断"新集目录"或"杂集目录"虽称之"目录"，而内容实即叙录。姚振宗即称此书"乃新集文章叙录也，亦称《新集录》，亦云《杂集目录》，皆裒诸家文集之目录以为一编，当与后诸家文章志相类"①。则"集录"属"集目录"之简称。考诸汉魏六朝文献，确存在将叙录称为"目录"者。如《礼记·月令》正义云："按郑《目录》云：'名曰《月令》者，以其记十二月政之所行也。本《吕氏春秋·十二月纪》之首章也。'"《目录》即郑玄为《礼记》各篇所作的叙录。《文选》王康琚《反招隐诗》李善注引《列子目录》云："至于《力命篇》，一推分命。"按今本《列子》载《列子书录》，"目录"即"书录"，亦即叙录。又《三国志·魏书·嵇康传》裴松之注引《康集目录》云："登字公和，不知何许人，无家属，于汲县北山土窟中得之……每所止家，辄给其衣服食饮，得无辞让。""康集目录"实即嵇康集的叙录。

　　根据上述"集录"诸种指向性的界定，可多层面地看待刘孝标注所引《洪集录》。若属集序，则属冠于集子卷首的一篇序文。若属叙录，当源自某部文集叙录性质的著述，"洪集录"只是其中的一条叙录。按蔡洪为西晋人，刘孝标引《洪集录》在南朝梁时，《洪集录》全称应为"蔡洪集叙录"或"蔡洪集目录"。据《隋志》，收录西晋人文集叙录的著述有荀勖《杂撰文章家集叙》、挚虞《文章志》等，至于出自何书，缘于六朝文献阙佚，已无从查考。

　　综上，经过南北朝时期文献所见"集录"一词的辨析，"集录"主要包括两方面的含义：其一指集子的篇目和正文内容，南北朝史书人物传记在概述传主文章篇目时常省称为"别有集录"等，印证文集编纂已是保存文章篇目著述的习见方式，不需要在史传中另行载录，这是文学（文集）成为独立部类的表现。此层面的"集录"也更侧重在"录"，即文集的篇目。其二指文集的叙录，"集录"与集序、叙录（目录）是相近的，内容主要为有关文集撰者生平、篇目和主旨此三者，是文集叙录或目录的简称。也有可能本即一篇集序，而隐括为叙录。

① 姚振宗：《隋书经籍志考证》，第5425页。

而"集录"有文集叙录之义，则属余嘉锡的未发掘之义，也丰富了"集录"的内涵。

第六节 六朝别集编撰与文笔之辨的关系

六朝时期的文人集编撰多与"文笔"之称相关联，包括两个方面：其一，将集子收录的诸体文章统称以"文笔"，如《魏书·文苑·温子昇传》称"太尉长兄宋游道收葬之，又为集其文笔为三十五卷"，又《北齐书·文苑·李广传》称"广卒后，（毕）义云集其文笔十卷，托魏收为之叙"；其二，直接将集子称为文笔，如《陈书·文学·江德藻传》称"所著文笔十五卷"，又《许亨传》作"梁太清之后所制文笔六卷"。印证集与文笔两者之间存在密切关系，而文笔又涉及文体辨析的重要内容即"文笔之辨"。魏晋以降开始出现的文人集，是与经史子三部典籍相区别的著述形态，客观要求进行文体辨析以确定自身的"边界"。文笔之辨起先是文章层面（集部范畴）内的有韵与无韵之体，目的是更为清晰地界定集子收文的范围。至南北朝则由单纯的集部扩大至四部，原因是集子的编撰出现旁涉其他三部（经史子）的现象，反映了文体自身存在的形式与内容之间的矛盾性。文笔之辨在理论层面遂做出相应的调适，以刘勰和萧绎为代表。此外还出现了更为精细化的"诗笔之辨"，体现了集子编撰更为纯体性的追求，如"诗集"等分体集即是此种批评观念的产物。当然，"文笔之辨"及"诗笔之辨"与集子编撰呈现出互动关系：编集实践诱导并带动文体辨析的深入和扩展，文体辨析反过来又影响或催生新的集子形态的出现。

一、魏晋文集编撰与文笔之辨的互动

两汉总体而言不存在文人集的编撰，但"文笔"一词最先出现在汉代，而且也存在以文笔之辨的观念看待《汉书·艺文志》中的《诗赋略》（指近世研究者）。再者，《后汉书》之《文苑传》中文章诸体的安排也认为是文笔之辨的结果。

汉代文笔何解？是否存在文笔之辨？关系着形成和确立阶段的早期（魏晋时期）文人集，在多大程度上受到文笔之辨的影响。集子的编撰本质上是诸体文章的合编，哪些文体适宜编入集子，哪些不适宜，直接与魏晋时期的文体辨析相关，而背后反映的正是文体内部的文笔之辨。因为，集子作为不同于经史子三部的新形态著述，在收文上必然要求存在自己的界限。界限的要求又催生文体辨析，而趋于精细化的文体层面的文笔之辨则又促使集子的编撰更符合自身的特点，两者是相辅相成的互动关系。假定汉代已经存在文笔之辨，就意味着魏晋文人集的编撰已经具备先导性的基础，甚至得出汉人已使用文笔有别观编集子的认识。而这与实际情况不合，所以此问题的讨论有必要上溯至汉代。

"文笔"首见于《论衡·超奇篇》，云："长生死后，州郡遭忧，无举奏之吏，以故事结不解。征诣相属，文轨不尊，笔疏不续也。岂无忧上之吏哉，乃其中文笔不足类也。"① 此"文笔"乃泛指奏札之类的文章，正如章炳麟《文学总略》所称汉代"文与笔非异途"，即文、笔无别。又《后汉书·文苑·葛龚传》云："和帝时，以善文记知名。"朱自清称："记是笔的别称，文则指诗赋等。"② 似乎又蕴含着文笔有别的观念。认为汉代存在文笔之辨主要集中在《诗赋略》和《文苑传》，前者以刘师培为代表。他说："若诗赋诸体，则为古人有韵之文，源于古代之文言，故别于六艺、九流之外。亦足证古人有韵之文，另为一体，不与他体相杂矣。"③ 实际《诗赋略》单独作为一"略"，首先是西汉时期作为文学发展主要体裁的诗赋在目录学（《汉志》）中的反映（且具有"观风俗，知薄厚"的讽喻功能），恰如清人姚振宗所称："汉之辞人，大都师范屈宋，依则贾马，诗赋多而杂体寡，故《七略》以诗赋为目。"④ 其次也是目录自身各略之间平衡的结果，余嘉锡即称："诗赋虽出自《三百篇》，然六艺诗仅六家四百一十六卷，而《诗赋略》乃有五种百六家千三百一十八篇，如援《春秋》之例附入于《诗》，则末大

① 黄晖：《论衡校释》，第613页。
② 刘晶雯整理：《朱自清中国文学批评研究讲义》，第136页。
③ 刘师培：《论文杂记》，第173页。
④ 姚振宗：《汉书艺文志拾补》，第1497页。

于本，不得不析出使之独立。"①因此，还是审慎地认为《诗赋略》与文笔之辨并不存在关系。至于《文苑传》，传主所撰诸体文章篇目详列于传末，稍显繁琐但又井然有序。逯钦立即云："乍看像十分的繁乱，仔细看，则在繁乱中、却暗含极一致的分类作用，即大都把有韵的诗赋等，放在前面；把无韵的书奏等，放在后面。前后两截，实在区分两类了。"②进而有学者称《后汉书》列传传主文体的著录次序，一般先诗、赋、碑、诔等南朝人所谓的"有韵之文"，后表、奏、论、议等"无韵之笔"，48 条传记资料中不合这一体例的只有 8 条③。又称："史书著录作家著述的篇数，实际上可视为作家著述编定成集的一个可靠证明。"④不仅据以认为东汉时已存在文笔之辨，还将之视为已存在文人集的依据。

范晔纂修《后汉书》之《文苑传》及其他各文士传，未必全部接触到第一手的东汉原始传记资料；但他编《文苑传》也并非自出机杼，魏晋时期有关东汉文人的著述便是重要材料来源之一。概而言之，人物传记或大抵据所接触到的东汉人原始传记资料；但在东汉人著述篇目上则主要参据挚虞的《文章流别志》和荀勖的《文章叙录》两部书。《文苑传》的纂修，在史料处理上出现了改动的情况，主要表现在按照南朝宋时已经成熟的文笔之辨的观念来调整原始人物传记中文体的次序。当然这种调整也是受到《文章流别志》和《文章叙录》影响的结果，因为两书在文体的排列上都采用了先文后笔的方式（据《后汉书·桓荣传》李贤注云："案挚虞《文章志》，麟文见在者十八篇，有碑九首，诔七首，《七说》一首，《沛相郭府君书》一首。"文体的排列是先文后笔，推想《文章叙录》当亦如此）。如果原始人物传记没有文章篇目之叙述，或已不存之文人传记，则据《文章流别志》或《文章叙录》补充。故汉代基本不存在文笔之辨，文集编撰也只是个别现象，不宜将《文苑传》详列各体文章等同于文集的编定（以《晋书》为例，直接说有集行于世，不再烦举诸体，这与魏晋时期出现文人集密切相关。而范晔仍然繁琐罗列不称以"集"，正印证东汉时期还不存在集子的事实，

---

① 余嘉锡：《目录学发微》，第 148 页。

② 逯钦立：《汉魏六朝文学论集》，吴云整理，西安：陕西人民出版社，1984 年，第 347—348 页。

③ 郭英德：《中国古代文体学论稿》，北京：北京大学出版社，2005 年，第 80 页。

④ 同上，第 88 页。

体现了修史的严谨态度）。但不可否认的是，也正是诸体文章创作的繁盛而客观需要一个带有总括性的专称（即"集"）来涵盖，为魏晋时期集子的出现奠定了基础。

曹丕撰写于东汉建安二十三年的《与吴质书》，称"顷撰其遗文，都为一集"。"都为一集"的"革命性"意义，就在于无须再像《文苑传》那样繁琐罗列"遗文"存在哪些文体篇目，而直接以"一集"涵盖之。当然更为关键的是将"集"由动词义名词化，专门用以指称文人文章（集部范畴内）的汇编结集。章学诚云："范、陈二史，所次文士诸传，识其文笔，皆云所著诗、赋、碑、箴、颂、诔若干篇，而不云文集若干卷，则文集之实已具，而文集之名犹未立也。"[1] 这里的"文集之实"应该理解为编集子的内容已经具备，而非已有作品编。又郭绍虞云："备举诸目，其繁琐为何如！后世于此种杂著，举以纳诸文集之中。"[2] 通过曹丕之手完成的"集"名的出现，恰解决了此类繁琐的倾向。随着这种不同于经史子著述的新门类的出现，客观上也需要自己的"界限"。而更大的背景则是曹魏时期已经孕育典籍类分四部的体例，此种"界限"的要求便更为鲜明和迫切。文体辨析正是适应此要求而出现的文学现象，曹丕《典论·论文》称"书论宜理，奏议宜雅，铭诔尚实，诗赋欲丽"，前四体恰属笔体，而后四体则属文体，两者不相杂厕。陆机《文赋》和挚虞《文章流别论》则将文体的辨析更趋深入和精细，刘师培称"晋人论文之作，以陆机之赋为最先，观其所举文体，惟举赋、诗、碑、诔、铭、箴、颂、论、奏、说，不及传、状之属，是即文、笔之分也"[3]。目的都是着眼于编集子的理论准备。

与文体辨析相配合，是魏晋时期文笔之辨的出现。《论文》虽未使用"文笔"一词，但很明显将从属于文和笔的两类文体加以区分。又《晋书·文苑·成公绥传》称"所著诗赋杂笔十余卷行于世"，暗含诗赋与杂笔有别，诗赋是韵文，则杂笔似应在韵文之外，郭绍虞先生即认为："以诗赋、杂笔对举，似乎也以诗

---

[1]　章学诚：《文史通义》，第296页。
[2]　郭绍虞：《中国文学批评史》，第147页。
[3]　刘师培：《中国中古文学史》，第72—73页。

赋为文。"①章炳麟称"自晋以降，初有文笔之分"(《文学总略》)，或即据此而言。王运熙、顾易生主编《中国文学批评史》(上册)引《世说新语·文学》"潘直取错综，便成名笔"和"机弥重之，定交，作笔荐焉"的记载，也证晋代"已经明确地用笔来指无韵之文"。②下述诸例可以佐证此结论：《晋书·江逌传》称"逌在职多所匡谏，著《阮籍序赞》《逸士箴》及诗赋奏议数十篇行于世"，《虞预传》称"所著诗赋碑诔论难数十篇"，《儒林·文立传》称"所著章奏诗赋数十篇行于世"，又《卢钦传》称"所著诗赋论难数十篇，名曰《小道》"，诗赋与奏议、诗赋碑诔与论难、诗赋与论难为先"文"后"笔"，而章奏与诗赋则是先"笔"后"文"，不相混杂。总之，此时的文笔之辨是在文章(集部)的范畴内分文(有韵之文)与笔(无韵之文)，目的即是为编集子在收录文章上确立标准，恰如逯钦立先生所称："晋人所谓文笔，与经史等专门著述不同，与经子注疏不同。"③

文笔之辨还直接体现在集子的编撰上。如《晋书·蔡谟传》称"文笔论议，有集行于世"，明确将集子收录的文章称之为"文笔"(即含文、笔两类文体)，印证了两者之间存在的密切关系。又《晋书·文苑·成公绥传》"所著诗赋杂笔十余卷行于世"的说法，表明集子里含有诗赋的"文"类之体和笼统称为"杂笔"(又称为"杂文笔"，《晋书·杨方传》称"著《五经钩沈》，更撰《吴越春秋》，并杂文笔皆行于世")的"笔"类之体。《晋书·干宝传》称"及杂文集皆行于世"，则表明集子所收为"笔"类文体。再者，据《晋书》称"集"(《蔡谟传》)、"杂文集"(《干宝传》)者各一例，称"文集"者凡八例，以文笔之辨视之是略有差异的。"集"者收文以集部范畴内的文章为主，而旁及其他部类，即所谓的"文笔论议"(既将"论议"与文笔并列，可证还不属文章，与《论文》提及的"论"与"议"两体不同)。故只能称"有集"，而不宜称"有文集"。称"文集"者，则主要是文章层面的文、笔两体均收，与只收"笔"体的"杂文集"

---

①　郭绍虞：《中国文学批评史》，第 153 页。

②　王运熙、顾易生主编：《中国文学批评史》(上册)，上海：上海古籍出版社，2002 年，第 120 页。

③　逯钦立：《汉魏六朝文学论集》，第 327 页。

都是体例比较纯粹的文人集。至于自编集而不称"集"者，如《三国志·吴书·薛综传》称"凡所著诗赋难论数万言，名曰《私载》"，又《晋书·卢钦传》称"所著诗赋论难数十篇，名曰《小道》"，也属文章层面（诗赋属"文"体，论难属"笔"体）的文人集汇编。

比较特殊的例子是陈寿所编《诸葛氏集》，在荀勖的四部目录体例里应该著录在乙部（即今之子部），但至迟自《隋志》始就著录在别集类，推测南朝梁《七录》即已如此。实际只是子书，属子书入集，张澍《诸葛亮集序》即云："然则名虽为集，实为事与言兼载，非尽文笔。"魏晋时期还存在其他称"集"，而与集部无涉的例子。这说明"集"可以作为诗文作品汇编结集的专称，但并不意味着称"集"一定是文人作品集；再者，"集"本身因具有包容性（"集"作为动词的含义是集合、汇集，经名词化作为作品编的专称而不可避免地遗留动词义的影响）而带来含混，"文笔论议"而称"集"已肇其端。此外，由于分类观念的调整和变化，称"集"的典籍会发生部类属性的游移。而三者恰初步透露出文笔之辨存在两个层面，即集部和四部范畴两种层面的文笔之辨（集部内部分文笔和四部之内分文笔），而详细辨析并总结两者之间的关系则是南朝人的历史任务。

二、文笔之辨的深入与南北朝文集编撰

魏晋时期文体辨析得到一定的明确化和精细化，也是结合编集子实践的结果，但缺点是未能从理论上将文笔之辨加以总结归纳。尽管实际中已存在文和笔两类文体的辨别，而并未直接以文、笔二体分别统领诸文体。当然《晋书》记载的文人集，已明确以"笔"代指诗赋之外的诸体无韵文。

南朝宋以来则将诸种文体分别归属文、笔二体，如《宋书·颜竣传》称"竣得臣笔，测得臣文"，即将文、笔分别言之，不再细述诸文体。且齐梁以来，还将文笔之辨逐渐扩展到集部范畴之外，而涉及四部，透露出文体本身具有形式和内容的双重属性。魏晋以来所形成的文章层面的诸文体，自然是编集子形式上的标准。但问题在于文体是用来表达（书写）内容的，既可反映集部范畴的内容，也可反映经史子三部的内容。刘师培即称："笔之为体，统该符、檄、笺、

奏、表、启、书、札诸作言，其弹事、议对之属，亦属于史笔，册亦然。"① 这就产生了矛盾性，表达经学内容、形式又属于文章层面的文体是否需要编入集子里。如班固《封燕然山铭》，"铭"是文章之体（《典论·论文》"铭诔尚实"），但内容是刻石纪功，属史传内容。干宝《晋纪总论》（《典论·论文》"书论宜理"）也是如此。其实作为文章最为"正宗"的诗赋两体，也可用于表达不完全属于集部的内容；但它的形式属性远逾内容属性，是否入集不存在争议。

　　这就是传统的诗赋两体之外，有的文体存在明显矛盾性的反映。如《文心雕龙·诸子》即云："咸叙经典，或明政术，虽标论名，归乎诸子。""论"尽管属文章层面的一种文体，但内容却是"叙经典""明政术"，故归入子部。以集子为例，如王僧孺《太常敬子任府君传》云："其有集论《尚书》，穷文质之敏。""论"属文章之体，但用于表达经学的内容。又《南齐书·刘瓛传》云："所著文集，皆是《礼》义，行于世。"文集本是诸体文章的合编，而此则属经学内容的合编。最显著的例子是《颜氏家训·勉学》篇记载的王粲集，云："俗间儒士，不涉群书，经纬之外，义疏而已。吾初入邺，与博陵崔文彦交游，尝说《王粲集》中难郑玄《尚书》事，崔转为诸儒道之。始将发口，悬见排蹙，云：'文集只有诗赋铭诔，岂当论经书事乎？且先儒之中，未闻有王粲也。'崔笑而退，竟不以《粲集》示之。"②"难"属一种文体，这里同样用于表达经学内容。这些文章（广义）都收入本集里，造成集子自身不纯正的现象，章学诚即称："经学不专家，而文集有经义；史学不专家，而文集有传记；立言不专家，而文集有论辨。后世之文集，舍经义与传记论辨之三体，其余莫非辞章之属也。"③ 四库馆臣和章炳麟分别将此现象概括为"别集最杂"和"集品不纯"。高路明先生也总结道："别集的特点是汇集一个人的所有的作品，而一个人同时研究或同时涉猎不同的学科门类，比如同时研究经史又擅词章，或者在精通历史的同时又喜好诸子，类似于这种情况的作者，在古代并不是个别的，这就造成了一个人的集子内容并不单一的

① 刘师培：《中国中古文学史》，第 107 页。
② 王利器：《颜氏家训集解》，第 183—184 页。
③ 章学诚：《文史通义》，第 61 页。

情况。"① 堪为"集品不纯"现象的到位解释!

正是此矛盾性促发了南朝更深入的文笔之辨,代表人物是刘勰和萧绎。还有一位是萧统,主要体现在《文选序》中。《文心雕龙·总术》云:"今之常言,有文有笔,以为无韵者笔也,有韵者文也。"牟世金注"今之常言"之"今"指"晋宋以来"。不同于晋代使用文笔局限于文章(集部范畴)的内部,刘勰是在"四部"的范畴内讨论文与笔,以体现他"原道""征圣""宗经"和"正纬"的立场,如《原道》篇明确称:"道沿圣以垂文,圣因文而明道。文体繁变,皆出于经。"故章炳麟云:"《雕龙》所论列者,艺文之部,一切并包。是则科分文笔,以存时论,故非以此为经界也。"② 范文澜将《文心雕龙》所列诸体分为三类:文类,自《辨骚》至《哀吊》;文笔杂类,自《杂文》至《谐隐》;笔类,自《史传》至《书记》,并以"五经"隐括之。故有韵之文含经部之《毛诗》,无韵之笔则举史传和诸子,完全不是集部的范围。概而言之,刘勰以经史子三部为无韵之笔,当然笔内也含有韵之文(如《诗》《书》和《易》皆含韵语偶词或有情采韵者);集部为有韵之文,实则文内也含无韵之笔(如奏议和书论等)。落实到文集的编撰,若收录集部之外篇章的集子是否还属"别集"遂产生分歧,原因恰主要在于集部内之笔是否可等同于经史子之笔。如刘瓛所撰《礼》类诸文不过是不合韵的"笔"类,类同文章(集部范畴)内的"笔";况且也使用了相同的文体(刘瓛本传不言撰《礼》义的文体,但不出《文心雕龙》所列诸体),故汇编此类文章称"集"并无不妥(《七录》著录《刘瓛集》三十卷)。而《颜氏家训》的例子,尽管王粲所撰《尚书》类文章用了"难"体,属于文章(集部范畴)内的"笔"类;但它的内容不属于集部,不宜收入集子中。而王粲集却收录此文,原因正在于既属文章内之"笔"体,载于集中同样也并无不妥。南朝文人集编撰的实践,突破了文章层面分文笔以选录诗文的藩篱,而扩展至四部。刘勰显然注意到其中存在的矛盾性,遂将文笔之辨的范围也相应地扩大四部。

萧统的文笔观还是基于集部的范畴,有别于刘勰。《文选序》云:"若夫姬

---

① 高路明:《古籍目录与中国古代学术研究》,第 267-268 页。
② 章炳麟:《国故论衡》,第 75 页。

公之籍，孔父之书……岂可重以芟夷，加之剪截。老庄之作，管孟之流，盖以立意为宗，不以能文为本……概见坟籍，旁出子史。若斯之流，又亦繁博。虽传之简牍，而事异篇章。今之所集，亦所不取。"阮元《与友人论古文书》称："《选序》之法，于经子史三家不加甄录，为其以立意纪事为本，非沈思翰藻之比也。"刘师培认为："昭明此序，别篇章于经、史、子书而外，所以明文学别为一部，乃后世选文家之准的也。"① 又称："是则文也者，乃经史诸子之外，别为一体者也。"② 但实际选文则旁及史传、诸子之流。如所收《毛诗序》《汉书公孙弘传赞》《恩倖传论》和《典引》诸篇，即属经史诸子范围，而非集部；但使用的序、论诸体则又属文章内的"笔"类文体。故章炳麟认为："《文选序》率尔之言，不为恒则。且总、别集与他书经略不定，更相阑入者有之矣。"③ 又称："总集者，本括囊别集为书，故不取六艺、史传、诸子，非曰别集为文，其他非文也。《文选》上承其流，而稍入《诗序》、史赞、《新书》《典论》诸篇，故名不曰《集林》《集钞》，然已痏矣。"④ 程千帆先生引申称："此谓萧《选》所及，略遍四部，以视刘、丘，划疆固已不言"，"总集源于别集，经子史者，别集所无，故总集不得有。昭明不审此意，乃以文辞之封域为言，故曰迷误其本。"⑤《文选序》的选文之旨与实际选文存在矛盾，但以刘勰扩大的文笔观视之则又不矛盾，经史子等同于文章内之"笔"。

总之，文笔之辨从集部又涵盖至四部，既是编集子的具体实践影响的结果，也是文体本身形式属性和内容属性存在矛盾性的反映。处在文集编撰繁盛阶段的萧绎，则进一步调和两个层面"文笔"观之间的关系，试图建构理论上的总结。《金楼子·立言》云："古之学者有二，今之学者有四。夫子门徒转相师受，通圣人之经者谓之儒；屈原、宋玉、枚乘、长卿之徒止于辞赋，则谓之文。今之儒博穷子史，但能识其事不能通其理者谓之学，至如不便为诗如阎纂，善为

---

① 刘师培：《中国中古文学史》，第110页。
② 刘师培：《文章源始》，载陈引驰编校《刘师培中古文学论集》，第215页。
③ 章炳麟：《国故论衡》，第82页。
④ 同上，第88页。
⑤ 程千帆：《文论十笺》，第46页。

章奏如伯松，若此之流汎谓之笔，吟咏风谣、流连哀思者谓之文。而学者率多不便属辞，守其章句，迟于通变，质于心用。"①"古之学者有二"谓儒与文，而"今之学者有四"则指儒、史、子和文（分别对应经史子集四部），前三者统称为"学"。四部与文笔的关系，《立言》云："古之文笔，今之文笔，其源又异。"黄侃解释称："此言古之文笔以体裁分，今之文笔以声律分。"②实际乃就部类而言，"古之文笔"指儒与文，其中儒又细分为儒（经）、子、史（三部）统称为"学"，统谓之笔。《立言》云："笔退则非谓成篇，进则不云取义，神其巧惠笔端而已。至如文者，维须绮縠纷披，宫徵靡曼，唇吻道合，情灵摇荡。"黄侃称："谓有所立义如经史子，然则以经史子为笔非矣。"③印证萧绎的文笔观同刘勰，皆将经史子视为"笔"，与集之"文"相并列。但也有所差异，萧绎所称"今之文笔"指集部内（文章层面）再分文与笔。郭绍虞先生则称："既以情灵摇荡流连哀思者谓之文，善为章奏、善缉流略之流谓之笔，则知其已着眼在性质上之差异，与仅谓有韵、无韵者不尽相同了。"两个层面（四部与集部）之间的文笔之辨存在交叉和兼容，即将经史子之"笔"等同于集内之"笔"，从而造成集内兼涉其他三部的现象。

　　文集编撰中的经史子之笔与集之文的关系，在目录学中也有所反映。即一人之撰述，除文学作品外，也含其他经史子三部的篇目内容，在归属上或将此三部篇目统合于个人集中。即将此经史子三部之笔等同于集内之笔，而编入集子里，称之为"笔体扩大"。或析出置于相应的部类中，经史子之笔不与集部内之笔相等同，而不编入集子里，称之为"严守笔体"。此两种情况，使集子呈现出分合不定的现象。兹以反映南朝文集编撰实际情况的《七录》为例（参考以《隋志》）试述之：

　　其一，笔体扩大者。如《隋志》集部别集类著录《延笃集》一卷，史部杂史类著录《战国策论》一卷，合之即《七录》（据《隋志》小注，下同）著录的《延笃集》二卷。《七录》著录《张衡集》十二卷，而《隋志》集部别集类著录《张

---

①　许逸民：《金楼子校笺》，第966页。
②　黄侃：《文心雕龙札记》，长沙：岳麓书社，2013年，第121页。
③　同上，第121页。

衡集》十一卷，子部天文类著录《灵宪》一卷，合之即《七录》著录的《张衡集》十二卷。《隋志》集部别集类著录《钟会集》九卷，经部著录《周易尽神论》一卷，合之即《七录》著录的《钟会集》十卷。《隋志》集部别集类著录《挚虞集》九卷，史部仪注类著录《决疑要注》一卷，合之即《七录》著录的《挚虞集》十卷。《隋志》集部别集类著录《孙绰集》十五卷，经部著录《集解论语》十卷，合之即《七录》著录的《孙绰集》二十五卷。《隋志》集部别集类著录宋《王叔之集》七卷，子部道家类又著录《庄子义疏》三卷，合之即《七录》著录的《王叔之集》十卷。《隋志》著录《荀昶集》十四卷，经部孝经类著录《集议孝经》一卷，合之即《七录》著录的《荀昶集》十五卷。

其二，严守笔体者。如《七录》著录《王逸集》二卷、《录》一卷，及《正部论》八卷。《意林》著录《正部》十卷，则十卷《正部》乃合《集》二卷与《正部论》八卷而成。阮孝绪将集子析出单独置于别集类。姚振宗即称："盖阮氏《七录》分此八卷入此类（指子部儒家类），余二卷入文籍（应为集）部。"[①]《七录》著录《崔瑗集》五卷和《飞龙篇》一卷，合之则为《隋志》著录的《崔瑗集》六卷。《七录》著录《诸葛亮集》二十四卷、《论前汉事》一卷，合之即《隋志》著录的《诸葛亮集》二十五卷。《七录》著录《苏彦集》十卷、《苏子》七卷，合之即《意林》著录的《苏子》十八卷（按宋高似孙《子略》载《子钞》目有《苏子》，注云"八卷"，则七卷当为八卷之误），阮孝绪将集子析出置于别集类。《意林》载《世要》十卷，《七录》著录《桓范集》二卷，合之即《隋志》著录的《世要论》十二卷。

除目录专书外，史料中也有用例。如任彦升《王文宪集序》云："是用缀缉遗文，永贻世范，为如干秩如干卷，所撰《古今集记》《今书七志》为一家言，不列于集，集录如左。"《古今集记》和《今书七志》属子史之流而不入集。《梁书·王僧孺传》称"僧孺好坟籍……文集三十卷，《两台弹事》不入集内为五卷，及《东宫新记》，并行于世。"按《文心雕龙·奏启》云："后之弹事，迭相斟酌。"清黄叔琳注云："六朝御史中丞劾奏曰弹事。"尽管弹事属文章内笔类奏、启之体，

---

①　姚振宗：《隋书经籍志考证》，第 5449 页。

但内容属史类而不入集。《梁书·徐勉传》称其有《左丞弹事》五卷，又说撰有前、后二集四十五卷，则《弹事》亦不入集。《陈书·孔奂传》称"有集十五卷，弹文四卷"，弹文即《文选》中的"弹事"，同样不入集。上述诸例皆属严守笔体。笔体扩大之例，如《南齐书·竟陵王传》称"所著内外文笔数十卷，虽无文采，多是劝戒"，集子里也收有子（释家）类撰述。

　　上述诸例印证南朝文集的编撰两类兼有（笔类混淆者似更多），这也正是刘勰和萧绎将文笔之辨从集部之内扩展至四部的背景，目的是在四部确立的目录学体制内弥合集部典籍的"矛盾性"。即同时收入了经史子三部内容的集子是否还可以视为"集"（是否还可以著录在集部），文笔之辨理论的调和解决了此问题（仍然视为集部典籍），但也确实造成了"集品不纯"的特征。

　　北朝文集的编撰及如何看待集子的"纯"与"不纯"，似与南朝有所不同。《颜氏家训》的例子说明北朝人似更为强调集子的"纯"，即将文笔局限于集部内。按《魏书·高闾传》云："闾好为文章，军国书檄诏令碑颂铭赞百有余篇，集为三十卷。"[1] 既称"好为文章"，则所撰诸种文体均属文章层面，编而为集。故北朝人称所撰诸体文章为"文笔"，如《魏书·程骏传》称"所制文笔"，《北史》本传"文笔"即作"文章"。《李平传》称"所制诗赋箴谏咏颂"，《北史》本传作"所制文笔"，除"谏"属集部内笔类之体外，其余诸体属文类。又《李顺传》称"（李骞）所著诗赋碑诔，别有集录"，《北史》作"其文笔别有集录"，"诗赋碑诔"皆属集部内文类之体。又《卢玄传》云："元明善自标置，不妄交游，饮酒赋诗，遇兴忘返。性好玄理，作史子新论数十篇，文笔别有集录。"《北史》"文笔"即作"诸文"。且以"文笔"与"史子新论"对举，则后者不属集部之内文笔的范畴而不入集。但北朝也存在以扩大之笔类入集者，《魏书·高允传》云："允所制诗赋诔颂箴论表赞，《左氏公羊释》《毛诗拾遗》《论杂解》《议何郑膏肓事》，凡百余篇，别有集行于世。"[2] 后四篇中的"论"和"议"虽属文章之内的文体，但内容却属经论之流。

三、文集编撰中的诗笔之辨

诗笔之辨是文笔之辨更为精细化的表现，即特别强调文类诸体中的诗体，以之视为代表文类的最纯之体。今人对"诗笔"有不同的看法，如刘师培认为以诗与笔并举，"盖诗亦有韵之文也"①。郭绍虞称："既称诗笔，则只是有韵无韵的分别，而与文学性质无关。"②诗本即有韵之文，此两说均并无创见。逯钦立则认为："所谓诗笔，与文笔同。诗笔代替文笔，依然分指篇章的两类。换言之，是以有韵的诗，代替有韵的文了。"③逯说揭示了诗笔之辨的实质，即将"文"类中除诗外各体归入"笔"类。

核之南朝有关诗笔的材料，如《梁书·刘潜传》称"潜字孝仪，秘书监孝绰弟也。幼孤，兄弟相励勤学，并工属文。孝绰常曰：三笔六诗。三即孝仪，六孝威也"。《南史·沈约传》称"谢玄晖善为诗，任彦升工于笔，约兼而有之"。《诗品》云："（区）惠恭本胡人，为颜师伯干。颜为诗笔，辄偷定之。"曹旭集注："诗笔，诗歌及笔札。"④皆属诗与笔对称的例子，还看不出两者之间的关系。而萧纲《与湘东王书》云："诗既若此，笔又如之"，"至如近世谢朓、沈约之诗，任昉、陆倕之笔，斯实文章之冠冕，述作之楷模。"⑤《南齐书·晋安王子懋传》云："文章诗笔，乃是佳事，然世务弥为根本。"⑥皆将诗笔与文章并列而称，推断诗笔之辨，是在文章层面（集部范畴）将文和笔两类文体作了重新调整，以文之内除诗之外的诸体皆划入笔类，"文"内仅存诗之体。北朝也存在诗笔之辨，北魏永平元年（508）魏尚书江阳王次妃石夫人墓志铭云："禀气妍华，资性聪哲，学涉

① 刘师培：《文章原始》，第215页。
② 郭绍虞：《中国文学批评史》，天津：百花文艺出版社，2008年（引该版本者仅此一处），第89页。
③ 逯钦立：《汉魏六朝文学论集》，第369页。
④ 曹旭：《诗品集注》，第556页。
⑤ 萧纲：《与湘东王书》，严可均辑《全梁文》卷11，第3011页。
⑥ 萧子显：《南齐书》，第710页。

九流，则靡渊不测；才关诗笔，触物能赋。"①又《周书·萧圆肃传》云："有文集十卷，又撰时人诗笔为《文海》四十卷。"②将所撰时人诗笔称为"文海"，与南朝的诗笔观相同。

诗笔之辨的出现，缘于南朝文学批评对诗体的重视。钟嵘《诗品序》云："五言居文词之要，是众作之有滋味者也。"裴子野《雕虫论》云："古者四始六艺，总而为诗。既形四方之气，且彰君子之志。劝美惩恶，王化本焉。"正是在此背景下，史料中多见时人对诗作的强调和褒扬。如《梁书·刘孝先传》称"兄弟并善五言诗，见重于世"，《陈书·文学·张正见传》称"有集十四卷，其五言诗尤善，大行于世"。甚至衍生出诗胜于笔的倾向，产生诗笔优劣论。如《南史·任昉传》云："（昉）以文才见知，时人云任笔沈诗。昉闻，甚以为病。晚节转好著诗，欲以倾沈。"③钟嵘《诗品》亦云："彦昇少年为诗不工，故世称'沈诗任笔'，昉深恨之。"

诗笔之辨与当时的文集编撰也相呼应。《梁书·昭明太子传》称萧统"撰古今典诰文言为《正序》十卷，五言诗之善者为《文章英华》二十卷"，按《隋志》小注称梁有萧统撰《文章英华》三十卷，即《七录》著录本。则此三十卷《文章英华》乃合二十卷《文章英华》（《隋志》又称此书为《古今诗苑英华》）和《正序》十卷而成。其中，《正序》属文、笔类诸体作品，而《文章英华》则属诗体。各自独立成书而不相杂厕，可证严诗笔之辨。而《七录》将之合为一编，仍称为"文章"，则又印证诗与笔皆属文章层面。章炳麟称："《经籍志》别有《文章英华》三十卷、《古今诗苑英华》十九卷，皆昭明太子撰。又以诗与杂文为异，即明昭明义例不纯。"④合编恰在于诗与笔皆属文章，与经史子三部无涉，似并不存在"义例不纯"的问题。又《隋志》著录南齐孔逭撰《文苑》一百卷，《玉海·艺文》引《中兴书目》云："孔逭集汉以后诸儒文章，今存十九卷，赋、颂、骚、铭、诔、吊、典、书、表、论，凡十属。目录有书写校正官吏姓名，题龙朔二年，

---

① 赵超：《汉魏南北朝墓志汇编》，第 55 页。
② 令狐德棻等：《周书》，第 756 页。
③ 李延寿：《南史》，第 1455 页。
④ 章炳麟：《国故论衡》，第 82 页。

或大中十年,盖唐秘书所藏本也。"① 即属除诗体之外的诸体文章的汇编,名为"文苑"而与只收诗作的总集相区别。如《颜氏家训·文章》称刘孝绰"又撰《诗苑》",《金楼子·著书》著录梁元帝萧绎撰"《诗英》一秩十卷",这是诗笔之辨在文学总集编撰中的反映。就别集而言,《隋志》总集类著录《毛伯成诗》一卷,别集类又著录《毛伯成集》一卷。按理说《毛伯成诗》亦当归入别集,且《毛伯成集》中亦当收录其诗,何以分置两处。姚振宗云:"案此与别集类之一卷,不知是一是二;或毛集多寄存他人诗,亦有似乎总集欤!"② 实际亦属诗笔之辨,即将诗作作为单行著述而与本集(含文和笔两类诸体文章)相区别(《隋志》别集类不著录"诗集"的名目)。又本志总集类著录江淹《拟古》一卷,别集类又著录《江淹集》和《江淹后集》,同样如此。

诗笔之辨既是文章诸体中强调"诗"体的反映,也印证诗文渐成文学创作的主流。同时也开启对文章创作的各种独立文体的重视,文集编撰中的"分体集"即是此种文学批评观念的呼应。如《隋志》总集类著录谢灵运撰《赋集》九十二卷,小注称"梁又有《赋集》五十卷,宋新渝惠侯撰;《赋集》四十卷,宋明帝撰"。又著录《靖恭堂颂》一卷,小注称"梁有《颂集》二十卷,王僧绰撰"。赋、颂和诗等均属有韵之体,此类分体集表明集子编撰更趋纯体性,也是对别集品类不纯现象的反拨。

综上,汉代既不具备文笔之辨的条件,也基本不存在集子的编撰。《后汉书》文人传中文章诸体的排列,是南朝宋范晔根据当时已经存在的文笔有别观进行调整的结果,并不反映汉代的实际情况,更不宜以之作为汉代存在文笔之辨的依据。魏晋时期文人集作为著述新形态的形成和确立,客观要求在集子收文上与经史子类著述存在明确的界限,从而催生文体的辨析。而辨析的目的也恰是着眼于编集子的需要,两者呈现出互动关系。魏晋时期集子收录的文章明确称以"文笔",且文体的排列也遵循文和笔判然有别的方式,印证实际中已存在文笔之辨。南朝文人集编撰进入繁荣阶段,文笔之辨也相当成熟。在编集子实践

---

① 武秀成、赵庶洋:《玉海艺文校证》,第931页。

② 姚振宗:《隋书经籍志考证》,第5888页。

中出现非集部范畴的文章（或著述）也收在集子里，而其使用的文体却又属于文章层面，反映出文体存在形式与内容之间的矛盾，造成"集品不纯"。也就说单纯依靠文体作为判别集子收文的标准，已有方圆不合的现象。刘勰和萧绎即试图从理论层面解决两者之间的矛盾，将文笔之辨扩大至四部，即集部内分文笔和四部之内再分文笔两个层面。而萧统的《文选序》遵循文笔局限于集部范畴的观念，但选文实践表明又旁及四部。南朝扩大的文笔观，不仅在编集子中有所体现，也反映在目录学中，如阮孝绪的《七录》即存在严守笔体和笔体扩大两种现象。诗笔之辨属更为精细化的文笔之辨，强调有韵之体中的"诗"体，而将其他有韵之体与无韵的笔类诸体皆视为"笔"。受此批评观念的影响，南朝出现了包括诗集在内的分体集。

第七节　六朝别集的编撰方式及特殊现象

由于存世六朝别集就单行版本而言不过二十家左右，其中一部分还是明人重编的集子，而六朝旧集只有五家。加之六朝时期有关别集的文献资料颇为零碎，难于钩稽而进行系统化的整理研究，故学界主要关注唐之后文人集包括编撰体例等在内的研究。而六朝别集在六朝此具体时段内是如何编撰成书的，存在何种编撰手段，编撰体例及面貌如何，一直是集部研究中的薄弱环节。拙文依据基本的材料，归纳出别集编撰的三种方式，同时将涉及编撰特征的一些专称如"逸集""侧集""内集"等的内涵进行了释解。由于六朝别集在整个中国文人集中（集部）处于早期阶段，故也存在一些值得注意的特殊现象，既有别于"别集"的界定范畴，也可以看出基于别集而衍生出的典籍共生状态，还存在与其他三部典籍的某些因袭关系。尽管这些所谓"特殊现象"并不只是存在于六朝别集中，但它是早期文人集便已具有的独特性；而且唐以来文人集存在的诸如"别集最杂""集品不纯"等问题均可追溯于此，同样具有学术探讨之必要。

一、别集编撰的三种方式

东汉建安二十三年（218），曹丕以"都为一集"（参见《与吴质书》）的方式编集子即《邺中集》，文人作品编开始以"集"的名目作为一种新著述方式出现。当然在此之前的东汉中后期，已经萌发编集子的初步意识，也产生了个别集子的编本，但都不及曹丕此条记载详准而明确。"都为一集"的意义在于将汉代以"撰集""缀集"及"集合"等在动词层面指称著述编撰的诸种称谓，首次名词化为"集"这个专称，而且专门用以指称文人作品（主要是集部范畴内的诗文）的汇编。结合《三国志》，特别是《晋书》作品编称"集"的记载，此类著述附著以"集"之称，表明魏晋时期在经史子之外通过"编集子"以形成新著述的方式得以基本确立。随着此种著述方式在南北朝逐步发展并走向成熟繁荣，编集子自身也呈现出编撰方式之别，主要存在官编、自编和他人代编三种方式。三者在形式上存在相类之处，此界定主要是着眼于编撰手段的不同而进行的总体划分。

其一，官编。《后汉书·东平宪王苍传》载诏编刘苍诸篇以"集览"，即属官编，具体指秘阁人员进行的编撰行为。东汉内府所设藏书处有石室、兰台、东观及仁寿阁等（据《隋书·经籍志》），诏令五经博士、校书郎等专司校定典籍。特别是东汉桓帝延熹二年（159）初置秘书监（据《东观汉记》），即专负整理和编定典籍之责。按《初学记》云："秘书监，后汉桓帝置也，掌图书秘记，故曰秘书，后省之。至献帝建安中，魏武为魏王，置秘书令，典尚书奏事，而秘书改令为监，别掌文籍焉。"[①] 以曹丕自编其集为例，编竣即入藏魏秘阁，卒后集子则又经秘阁人员整理编定（"文帝集"之称即属秘阁人员改题的结果）。最显著之例是曹植集（参《三国志·魏书·陈思王植传》）和诸葛亮集（参《三国志·蜀书·诸葛亮传》），皆直接出自秘阁人员之手。晋代秘书监虽有废置，但职事未废，《通典》云："晋武帝以秘书并入中书省，其秘书著作之局不废。惠帝永平中，

---

① 徐坚等：《初学记》，第294页。

复别置秘书监，并统著作局，掌三阁图书。自是秘书之府，始居于外。"①《晋书》载称"集"者数例（如《蔡谟传》等），形成"有集行于世"为叙述体例，此体例又见于南北朝七史中。基本不言集子出于自编，实即出自秘阁整理本。两汉基本不存在文人集的编撰，但魏晋秘阁即已开始整理汉人集，以追题的方式将集子皆题以"某某集"。如《孔丛子》所附《连丛子》叙书云孔臧"先时尝为赋二十四篇，四篇别不在集，似其幼时之作也。""别不在集"之"集"指西汉人孔臧的集子，即魏晋秘阁整理本（阮孝绪《七录》曾著录），而非成书在汉代。

　　南北朝秘书监、丞属常设职官，承担包括文人集在内的典籍编撰、校订和整理之务。《宋书》谢灵运本传即称"徵为秘书监……使整理秘阁书，补足遗阙"，又《梁书·任昉传》称"自齐永元以来，秘阁四部，篇卷纷杂，昉手自雠校，由是篇目定焉"，《萧子显传》称"子显在职，表置助教一人，生十人。又启撰《高祖集》，并《普通北伐记》"。文人集当亦同样存在秘阁人员"就家写入秘阁"的方式，如《陈书·儒林·张讥传》云："讥所撰《周易义》三十卷……《玄部通义》十二卷，又撰《游玄桂林》二十四卷，后主尝敕人就其家写入秘阁。"可以说秘阁编本是六朝集子成书的主要方式，而秘阁编本又分作正、副本，颜之推《观我生赋》"或校石渠之文"句自注云："王司徒（即王僧辩）表送秘阁旧事八万卷，乃诏比校，部分为正御、副御、重杂三本。"正本主要供典藏保存，而副本则供传抄（或传阅）之用，如此文人集便能够广泛进入流通领域以实现各层面的传诵。当然，兵燹战乱、六丁之厄及王朝更替等，会使文人集等秘阁藏本不可避免地遭致损毁。如《梁书·王泰传》云："齐永元末，后宫火，延烧秘书，图书散乱殆尽。泰为丞，表校定缮写，高祖从之。"②又《七录序》云："齐末兵火，延及秘阁。有梁之初，缺之甚众。爰命秘书监任昉躬加部集。又于文德殿内别藏众书，使学士刘孝标等重加校进……江左篇章之盛，未有踰于当今者也。"③弥补秘阁藏本缺失的途径，主要是通过征集或访求其他传本，经秘阁整理后又作为秘阁编本典藏（复分作正、副本），从而完成典籍的代序传承。

---

① 杜佑：《通典》，第155页。
② 姚思廉：《梁书》，第324页。
③ 释道宣：《广弘明集》，第112页。

官编中还有一类情况，即非出自秘阁；但编者又带有明显的官方色彩，或编撰行为属官方行为。如曹丕编《邺中集》，可以说是基于邺下文士群体旧谊的自觉行为，但曹丕的特殊身份又决定了集子编撰带有"官方"色彩。实际上，也正是因为此种编者属性集子能够入藏魏秘阁。降至南朝，士人阶层普遍重文，编集子除具有保存文学作品的功能外，还赋予彰显门第身份的色彩（如《梁书·王筠传》提及的"家世集"）。事实上，编集子也基本只局限在中上层的士族群体，下层士族及寒门庶族大多不具备编集子的资格和条件（与纸张尚非易得之物也有一定的关系，如崔鸿《呈奏十六国春秋表》云："臣家贫禄薄，唯任孤力。至于纸尽，书写所资，每不周接。"）。故南朝集子的所谓"官编"，除主要为秘阁之编外，还较多地表现为在秘阁之外的官方编定行为。《金楼子·说蕃》即云："竟陵王萧子良……少有清尚，礼才好士……天下才学皆游集焉……士子文章及朝贵辞翰，皆发教撰录。"① 又《南史·齐本纪》云："（高帝萧道成）博学，善属文……所著文，诏中书侍郎江淹撰次之。"② 据《南齐书·文学·檀超传》称"建元二年（480），初置史官，以超与骠骑记室江淹掌史职"，江淹并未在秘书监担任职务。因此萧道成嘱江淹为他编集子，不属于秘阁编撰行为，而是具有明显官方属性的江淹代编方式。此类集子编定后，同样由于编者的"官方"属性一般都会入藏秘阁。按江总《陶贞白先生集序》云："文集缺亡，未有编录。门人补辑，若逢辽东之本；好事研搜，如诵河西之箧。奉敕校之铅墨，缄以缇缃。藏彼鸿都，副在延阁。"编本即进入秘阁人员管理中。曹道衡先生即精到地指出："大约是高官的文集可以更容易地进入国家藏书，著录于国家藏书的目录中。"③总而言之，六朝"官编"是汉魏六朝文人集编撰成书的最主要方式，既包括秘阁编撰，也有非秘阁而具官方属性下的编撰行为（尽管与他人代编方式相近，但考虑到此类所编集子大多入藏秘阁，从编者身份和典籍归属都具有官方色彩）。

六朝文人集属秘阁之外的官编者，如下述诸例。《梁书·萧机传》云："机美姿容，善吐纳。家既多书，博学强记……所著诗赋数千言，世祖（萧绎）

---

① 许逸民：《金楼子校笺》，第 643 页。
② 李延寿：《南史》，第 113 页。
③ 曹道衡：《兰陵萧氏与南朝文学》，第 51 页。

集而序之。"①萧机集即《金楼子·著书》著录的"《安成炀王集》一秩四卷"。他的集子由萧绎编撰，也是一种代编方式；但却不仅具有官方色彩，集子还入藏梁秘阁。《司马裦传》称"（晋安王萧纲）命记室庾肩吾集其文为十卷"。又《隋志》著录《梁简文帝集》八十五卷，小注称："陆罩撰，并录。"按《南史·陆杲传》云陆罩，"字洞元，少笃学，多所该览，善属文，简文居藩为记室参军，撰帝集序，稍迁太子中庶子，掌管记，礼遇甚厚"。此处的"撰"指编纂，而非自撰之义，而"并录"的"录"当即《本传》所称的"集序"，是臣属为储王编集子之例。又《南史·王籍传》称"湘东王集其文为十卷"，与萧机集又都属储王为臣属编集子之例。编集子似不存在贵贱之别（局限于皇族及中上层士族层面），这是造成南朝文人集繁盛的原因，也与后世文人集的编撰迥然有别。

　　其二，自编。六朝时期集子的编撰与门第、身份密切相关，故自编集一般出自皇族及中上层士族之手。从编撰手段而言"自编"重在作家自己手编，与官编和他人代编有明显的区别。自编集在题名上经历了由不称"集"到称"集"的过程。曹丕自编其集，不详所题集名，惟殁后集子经魏秘阁而改题"文帝集"。曹植自编其集名"前录"（《艺文类聚》卷五十五），它如《三国志·吴书·薛综传》所称的《私载》，《晋书·卢钦传》之《小道》皆属自编之集不称"集"的例子。

　　集子称"集"基本是秘阁整理者所题，属秘阁编本的固定题名之例。而自编集由于出自己手，称名相对随意，特别是在魏晋之时尚未普遍接受称"集"之名。至于自编集称"集"之始，《四库全书总目》云："其自制名者，则始张融《玉海集》。"②按《南齐书·张融传》称"自名集为《玉海》"，《南史》同。则张融自编其集名"玉海"而非"玉海集"，将自编集称"集"之始归于张融似于史不合。《隋志》小注（即南朝梁阮孝绪《七录》著录本）及两《唐志》均题"玉海集"，属符合史志目录体例（《七录》设立别集类，著录的文人集一般以"某某集"的体例）或秘阁整理本改题的反映。自编集称"集"者的较早记载，如《北

---

①　姚思廉：《梁书》，第 345 页。
②　永瑢等：《四库全书总目》，第 1271 页。

史·李概传》称"自简诗赋二十四首,谓之《达生丈人集》",又《金楼子·著书》自称有"《集》三帙三十卷",时在北齐和萧梁时。除上举自编集诸例外,《艺文类聚》卷十六引萧子范《求撰昭明太子集表》云:"既异陈王之躬撰,又非当阳之自集。""当阳"指西晋杜预,推知杜预曾自编其集。《魏书·崔挺传》云:"(高祖拓跋宏)问挺治边之略,因及文章,高祖甚悦,谓挺曰:'别卿已来,倏焉二载,吾所缀文已成一集,今当给卿副本,时可观之。'"①尽管据"吾所缀文"当为自编,但也极有可能出自秘阁编撰,特别是又提及"副本",恰符合秘阁编本之例。其他自编集的例子,如《梁书·江淹传》云:"凡所著述百余篇,自撰为前后集,并《齐史》十志,并行于世。"②又《王筠传》云:"筠自撰其文章,以一官为一集,自洗马、中书、中庶子、吏部、左佐、临海、太府各十卷。"③

总之,大致南朝中后期文人自编其集已比较多地采用"集"之称,既反映"集"名渐为普遍接受的事实,也与齐梁属文人集编撰的繁荣阶段相吻合。

其三,他人代编。"他人代编"指代为他人编集子,而基本不具有官方属性的方式。不管是官编还是自编,都含有"藏之名山""传之后世"的目的和动机。而代编之集可能还有更重要的缘由,按《隋书·经籍志》云:"自灵均已降,属文之士众矣,然其志尚不同,风流殊别。后之君子,欲观其体势,而见其心灵,故别聚焉,名之为集。"④作家各有其"体势"和"心灵",而单篇作品又难窥全豹,遂整理汇编而为集。

代编之集,较早见于陆云《与兄平原书》云:"前集兄文为二十卷,适讫一十,当黄之。书不工,纸又恶,恨不精。"即为陆机编集子。东晋则有车胤为桓温编集子,《史记·苏秦列传》集解引有车胤撰《桓温集》,据《晋书》本传云:"桓温在荆州,辟为从事,以辨识义理深重之。引为主簿,稍迁别驾、征西长史,遂显于朝廷。"所编《桓温集》或即车胤任桓温从事时。南北朝时期的例子就更多了,《宋书·沈怀文传》沈怀远"撰《南越志》及怀文文集,并传于世",沈

① 魏收:《魏书》,第1264页。
② 姚思廉:《梁书》,第251页。
③ 同上,第487页。
④ 魏徵等:《隋书》,第1081页。

怀文是怀远之兄。《王微传》称王微弟王僧谦"服药失度"而卒，微"深有咎恨"，遂以书告灵云："弟怀随、和之宝，未及光诸文章，欲收作一集，不知忽忽当办此不？"又《梁书·文学·何逊传》称"东海王僧孺集其文为八卷"，《文学·谢徵传》云："徵幼聪慧，璟异之……友人琅邪王籍集其文为二十卷。"《处士·诸葛璩传》云："璩所著文章二十卷，门人刘瞰集而录之。"又《魏书·文苑·温子昇传》云："太尉长兄宋游道收葬之，又为集其文笔为三十五卷。"《艺文类聚》卷三十七引裴子野《刘虬碑》云："其所修孔氏之学，则儒者师之；所明释氏之教，则净行传之；所著文集，则辞人录之。"此类代编之集也大多进入秘阁保存，原因是集子的作者和代编者大都是中上层士族身份，再者秘阁人员着眼于文献典籍的保存也会不拘泥于门第因素。

以上述三种方式为代表的汉魏六朝时期文人集子的编撰，意味着文学作品不再通过史传等载体保存，也无须在史传中详细交代个人所撰诸体文章篇目情况（如《后汉书》），即传主的文学作品另自单行其集。这使得文人集在经史子三部典籍之外取得独立地位，既促动了集部（当时称丁部，据颜之推《观我生赋》注大概南朝梁萧绎时出现经史子集四部之称）的确立，从大的背景而言也是与魏晋南北朝时期文学自觉互动关系的反映。

二、别集编撰的特征

六朝时期编集子的方式固然不同，而所编出的集子也体现出不同的面貌。《四库全书总目》即云："其区分部帙，则江淹有前集，有后集；梁武帝有诗赋集，有文集，有别集；梁元帝有集，有小集；谢朓有集，有逸集，与王筠之一官一集，沈约之正集百卷、又别选集略三十卷者，其体例均始于齐梁。盖集之盛，自是始也。"①尽管《总目》有依据《隋志》著录六朝人集而立论之处，并不一定完全符合六朝时期编集之貌（有些是出于唐初秘阁重编的结果，如梁武帝集诸目就不见得是梁时所编之貌，因为史料及《七录》均未记载或著录）。但南朝特

---

① 永瑢等：《四库全书总目》，第1271页。

别是梁时所编文人集出现多种特征，体例更多样，却也是不争的事实。也就是说，南朝人的集子在称集之名上（题名）独具特点，集子编撰前后也开始有所区别；还存在根据集子收录作品的撰写"履历"而名其集等（参下述"以所历职官名集"），体式的确比较丰富。考察六朝时期编集子的特征，也适当将《隋志》著录的六朝人集体例一并考察在内。因为唐初去南朝未远，即便不是南朝之貌，也可印证作为"旧集"的六朝别集编撰体例的某些侧面。根据史传和公私书目的著录，主要呈现出下述十种编撰特征：

其一，以所历职官名集。《梁书·王筠传》云："筠自撰其文章，以一官为一集，自洗马、中书、中庶子、吏部、左佐、临海、太府各十卷。"①按《隋志》著录梁太子洗马《王筠集》十一卷（小注称"并录"）、《中书集》十一卷（小注称"并录"）、《临海集》十一卷（小注称"并录"）、《左佐集》十一卷（小注称"并录"）、《尚书集》九卷（小注称"并录"）。其中《中书集》《临海集》和《左佐集》除去叙录一卷均为十卷本，尚是原本旧貌，阙《洗马集》《中庶子集》和《太府集》三种。至《旧唐志》著录《洗马集》十卷、《中庶子集》十卷、《左右集》（当为"左佐集"之误）十卷、《临海集》十卷、《中书集》十卷、《尚书集》十一卷。两《志》均著录有《尚书集》，当即本传所称之《吏部集》（王筠曾任尚书吏部郎）。而《王筠集》与以各职官为称的诸集是何关系，不详其实。

据《梁书》本传，王筠起家中军临川王行参军，累迁至太子洗马，后出为丹阳尹丞，迁中书郎，事在普通元年（520）之前。至普通六年（525）除尚书吏部郎，迁太子中庶子；中大通二年（530）迁司徒左长史，中大通三年（531）昭明太子卒后出为贞威将军、临海太守；大同初起为云麾豫章王长史，迁秘书监；大同五年（539）除太府卿，大同六年（540）迁度支尚书。"司徒左长史"即对应《左佐集》。除《吏部集》和《中庶子集》相较于职官经历而颠倒之外，其余各《集》则按照历官之序。本传载自序云："少好书，老而弥笃，虽偶见瞥观，皆即疏记，后重省览，欢兴弥深，习与性成，不觉笔倦。自年十三四，齐建武二年乙亥（495）至梁大同六年（540），四十六载矣。"推知结集或在大同六年，

---

① 姚思廉：《梁书》，第 487 页。

与《太府集》乃最后之集相吻合。

其二，逸集。《隋志》"魏武帝集"条小注称梁有《武皇帝逸集》十卷，出现"逸集"之称，或云"逸集"的作品与"正集中所收作品的文体不同，或不属于当时通行的文学与文章体裁"①据小注称梁还有《魏武帝集》三十卷、录一卷，则梁流传的曹操集有两种，即三十卷的本集和十卷本《逸集》。"逸"有散失之义，推知"逸集"指本集之外另行辑录文章（散佚不见于本集的文章）而汇为一编。此可证以《隋志》又著录《魏武帝集新撰》十卷，实即小注所称即《七录》著录的《武皇帝逸集》，卷第相同，只是题名不同。既题"新撰"，则属在内容上新辑编的曹操本集失收之文章篇目。又《隋志》"《颜延之集》二十五卷"条小注称："梁三十卷，又有《颜延之逸集》一卷，亡。"又著录《谢朓集》十二卷、《谢朓逸集》一卷。推断"逸集"之义，指将散佚在本集之外的作品再行辑编之集。

其三，别集。《隋志》著录《刘琨集》九卷（小注称"梁十卷"），又著录《刘琨别集》十二卷。"别集"应非别本（其他版本）之集，即"别集"非"别本"之义，证以《隋志》"《江夏王义恭集》十一卷"条小注云："梁十五卷、录一卷，又有《江夏王集》别本十五卷。"所谓"别本"指收录篇目及内容有异的其他版本的《江夏王集》，虽均属十五卷本，但存在差别。《隋志》又著录《梁武帝别集目录》二卷，在条目上紧接《梁武帝集》及《诗赋集》《杂文集》之后（另著录《净业赋》三卷），则《别集目录》当指未收入上述诸集中的文章篇目。以此类推，《刘琨别集》盖指未见于九卷本《刘琨集》中诗文作品的编本。据小注，梁时仅有十卷本刘琨集，至唐初大概又将新得刘琨诗文合编为一集十二卷本，为与本集相区别而称之为"别集"，与"逸集"含义相近。

其四，要集。《初学记》卷十四引有杜预《要集》，又《隋志》"《桓温集》十一卷"条小注称梁又有《桓温集》四十三卷和《桓温要集》二十卷、录一卷。"要集"卷第不及本集，推测篇目内容少于本集，属自本集的选编本。唐初所传十一卷本《桓温集》，当即梁本《桓温集》四十三卷的残本。至唐开元间，此《隋志》著录本即本集不传，而存《旧唐志》著录的二十卷本《桓温集》，实即《七录》

---

① 杨晓斌：《逸集·别集辨析》，《图书馆杂志》2007 年第 4 期，第 79 页。

本《桓温要集》(当为开元间新访得之书)。推断本集散佚不传,可将本属"要集"者改题而代替本集。又《太平御览经史图书纲目》著录有《桓范要集》,按《隋志》小注有《桓范集》两卷本(《七录》著录本),两《唐志》同(《新唐志》乃抄自《旧唐志》,并非北宋时实有其书),而《崇文总目》已不著录该书。《纲目》著录题"桓范要集"而非"桓范集",且《御览》所引不过数篇,推测《桓范集》北宋初已散佚,秘阁所藏《桓范要集》只不过是《桓温集》的残篇再编本。综上,"要集"既指据本集的选编本,也指据本集残篇的再编本。

其五,小集。《隋志》著录《梁元帝集》五十二卷、《梁元帝小集》十卷,自形式而言,小集的卷数、内容当均不及本集。按《金楼子·著书》自称有《集》三帙三十卷",而《梁书·元帝纪》《南史·梁本纪》并称梁元帝有"文集五十卷",《知不足斋丛书》本《金楼子》校语称:"疑作此书时方三十卷,非讹也。"推知本传所言五十卷本者当即《隋志》著录的五十二卷本,溢出的两卷或为目录。至于自称有集三十卷本,疑含在五十卷中,即五十卷本是萧绎最终结集的卷数,装订为五帙(一帙对应十卷)。而《小集》十卷恰好为一帙,相较于全集的五帙可称之为"小集"。

又《旧唐志》著录宋《建平王集》十卷、《建平王小集》十五卷。《隋志》未著录建平王集,而小注称有《建平王休度集》十卷,此《七录》著录本即《旧唐志》著录者。南朝梁时无"小集"流传,则《建平王小集》当出于唐初所编。据其卷数溢出本集五卷,似非选自本集的编本,而是新辑录的集子,相较于正集(即本集)而称"小集"。综上,"小集"有两种涵义,即诗文据本集再选编的集子和在本集之外新辑录的集子。两者分别表现为体量不及本集和以本集为正集,故称之为"小集"。

其六,内集。《隋志》著录《陶弘景集》三十卷、《陶弘景内集》十五卷。按典籍之称分内、外,大概始于汉代,《史记·淮南衡山济北王传》云:"(刘)安入朝,献所作《内篇》,新出,上爱祕之。"[1]经汉人整理的《庄子》也有"内篇"和"外篇"之称。至东晋葛洪《抱朴子内篇序》云:"余所著子书之数,而别为

---

① 司马迁:《史记》,北京:中华书局,1959 年,第 2145 页。

此一部，名曰《内篇》，凡二十卷，与《外篇》各起次第也。"①又《抱朴子外篇·自叙》云："其《内篇》言神仙方药鬼怪变化养生延年禳邪却祸之事，属道家。其《外篇》言人间得失，世事臧否，属儒家。"②《抱朴子》仍分内、外篇。学术分内学和外学也肇自西汉，《孔丛子·连丛子下》云："今朝廷以下，四海之内，皆为章句内学，而君独治古义。"③北宋宋咸注云："西汉士论，以经术为内学，以诸子杂说为外学。故褚季孙曰：臣幸得以经术为郎而好读外家传语。又东方朔以好传书，爱经术，多所博观外家之语。当季彦时，方尚辞文，乃以章句为内学、以经术为外学焉。"佛教传入中国后，一定程度上改变了华夏故有的知识结构，遂借用固有的内学与外学有别的观念，将佛典称之为"内"，而非佛典则称为"外"。《抱朴子》与此似有"异曲同工"之妙，即将宣扬道家（教）学说者为内篇，其余为外篇。以此反观陶弘景的集子，称"内集"者当即指所载诗文主要以宣扬佛道（道家类为主）学说为旨归，而本集即《陶弘景集》则属以世俗生活为主要题材的诗文。

其七，一人多集。《隋志》著录齐司徒左长史张融集二十七卷，小注云："梁十卷，又有张融《玉海集》十卷、《大泽集》十卷、《金波集》六十卷。"小注援自南朝梁阮孝绪《七录》，即当时所传张融的集子有四种。其中作为本集的张融集为十卷本，唐初秘阁藏本则为二十七卷本。按《南齐书》张融本传，称有《玉海》集，云："司徒褚渊问《玉海》名，融答：'玉以比德，海崇上善。'"又称有"文集数十卷"，透露本人有多种集子流传，与《七录》著录恰相佐证。惟本传仅言集子称"玉海"之名的缘由，而未及它集。至唐初仅存二十七卷，相较于梁本张融集增益十七卷，疑即据《玉海集》等三种集子的残文重编而成。但两《唐志》均著录《玉海集》六十卷（《新唐志》乃抄自《旧唐志》，大概唐末此集散佚不传），不再著录张融本集，且与梁本《玉海集》之十卷不合。或开元间访书又得张融各集残编，重加掇拾合编而总题以"玉海集"之名。

其八，前、后之集。集分前、后或始于曹植，理由是他撰有《前录》，似相

---

① 王明：《抱朴子内篇校释》，第337页。
② 杨明照：《抱朴子外篇校笺》，第698页。
③ 傅亚庶：《孔丛子校释》，北京：中华书局，2011年，第479页。

应有《后录》，惟不见诸记载而难定其实。前、后集基本属秘阁整理的结果，而非作者自编其集而分。如《隋志》著录刘之遴《前集》十一卷、《后集》二十一卷，《周弘让集》九卷、《后集》十二卷，《沈炯前集》七卷、《后集》十三卷，皆即秘阁整理者。特别是沈炯集，按《陈书》本传称"有集二十卷行于世"，即不称"前、后集"。按《艺文类聚》引刘师知《侍中沈府君集序略》则云："今乃撰西还所著文章，名为《后集》"，即属南朝陈秘阁整理者。也有本集之外新得作品而编为"后集"者。如《隋志》著录《刘孝威集》十卷，而《旧唐志》则著录为《刘孝威前集》十卷、《后集》十卷。推知"前集"即《隋志》著录本，"后集"是将新辑录的刘孝威作品而编的集子，为与本集相区别而称为"前集"和"后集"。

当然史料中也存在自编集分前、后两集的记载，如《梁书·江淹传》云："凡所著述百余篇，自撰为前、后集，并《齐史》十志，并行于世。"① 本传不言"前、后集"的具体卷第。按《隋志》著录梁金紫光禄大夫《江淹集》九卷，小注云："梁二十卷。"又著录《江淹后集》十卷。推知梁时阮孝绪《文集录》著录二十卷本《江淹集》，并无前集、后集之称。"前、后集"之称当始自梁末，至少是江淹身后方有此称。按《文选》卷十六江淹《恨赋》李善注引刘璠《梁典》云："前、后二集，并行于世"，刘璠曾为梁元帝萧绎文臣，梁亡降北周（参见《北史·刘璠传》）。又唐释道宣《广弘明集》引《梁典》云"江淹有集十卷"，即前、后集合为十卷，此属梁秘阁编本。《七录》不分前、后集的二十卷本与此秘阁编本并非同本，当属据自十卷本的再行析分之本。梁秘阁编本遭焚毁，《七录》著录的二十卷本为《隋志》（佚去一卷）和两《唐志》继承，同时厘分为前、后各十卷而分别称以"前、后集"。印证二十卷本的前、后集是唐初秘阁整理的结果，并非江淹自编集之貌。而《梁典》本亦属梁秘阁整理的结果，证以江淹《自序》称："自少及长未尝著书，惟集十卷。"按《四库全书总目》云："考传中所序官阶，止于中书侍郎，校以史传，正当建元之初。则永明以后所作，尚不在其内。"② 如

---

①　姚思廉：《梁书》，第251页。

②　永瑢等：《四库全书总目》，第1275页。

果此集十卷为"前集"，意味着南齐永明以来特别是入梁之后，江淹创作的诗文又编为"后集"十卷。问题是江淹鲜有创作，故有"江郎才尽"之称；即便有创作，是否编为十卷本"后集"也颇为可疑。况且今存江淹诗文基本皆属永明之前的作品，假定《后集》编为十卷本按理说作品不在少数，但今所见江淹作品既无载于《后集》者，也未见它书有所征引。因此，本传所谓"自撰"为前、后集之说并不可信，乃据唐初秘阁厘分为前、后集各十卷的传本而立论。

《梁书·徐勉传》称"勉善属文，勤著述……凡所著前、后二集四十五卷"，《南史》本传作"前、后二集五十卷"。按《隋志》著录徐勉《前集》三十五卷、《后集》十六卷（小注称"并序录"，则正文为十五卷。两《唐志》同《隋志》著录），即《南史》之本。再如《梁书·萧子范传》称"前、后文集三十卷"，《隋志》著录萧子范集为十三卷（疑此"十三"乃"三十"之讹，未分前、后）。《梁书·刘之遴传》称"前、后文集五十卷"，《隋志》著录为前集十一卷、后集二十一卷。上述前、后二集皆非出于自编，而是由秘阁整理。

其九，集略。《隋志》著录《沈约集》一百一卷（并录），至《旧唐志》著录《沈约集》一百卷、《沈约集略》三十卷。《集略》当为唐初人所编，当是从本集中按照一定的标准选择诗文的重编之集。

其十，侧集。《北史·李概传》云："为齐文襄大将军府行参军，进《侧集》，题云'富春公主撰'。"[1]按"侧"与"正"相对，"侧集"或即小集（近似于《晋书·卢钦传》所称的结集之编名为《小道》），有不登大雅之堂之集的含义。按《陈书·江总传》云："总笃行义，宽和温裕。好学，能属文，于五言、七言尤善；然伤于浮艳，故为后主所爱幸，多有侧篇，好事者相传讽玩，于今不绝。"[2]"侧篇"指浮艳轻靡的诗篇，与寓有"温柔敦厚"之旨的诗相背，故有此称。推知"侧集"所收应也属内容轻率而无关宏旨的作品。李概本为男性，官齐文襄高澄行参军，而自称"富春公主"，可见该集含有狎戏的性质。

---

① 李延寿：《北史》，第 1211 页。
② 姚思廉：《陈书》，第 347 页。

三、别集编撰的特殊现象

六朝时期的文人集（以现存重要版本的六朝别集为例）在内容编撰上，也有值得注意的特殊现象。既反映别集类著述在早期成书过程中存在面貌的多样性，如作为个人的集子反而收录他人作品，同一人的集子却有各本，集子在文本上呈现其他部类的内容属性（如以经学内容编集子），集也开始仿效经史子类著述出现注本等现象。也反映出以别集类著述为基础，而衍生出"新"的著述（如抄撮别集的内容而加以汇编，实际只是按照一定的选择标准和特定目的而进行的文本重新组合，如《文章流别集》《文选》等），此类著述存在以目录为特征的类书化和内容的类书化两种现象，而与作为"原典"（原始文本）的别集呈现共生的典籍形态。兹略述如下：

（一）别集收录非作者本人作品

别集是作家个人诗文的汇编，但也存在收录他人作品的现象，需要从下述四个角度看待此问题：其一，唐前别集的体例即为凡与作者本人有关的酬赠（赠答）、唱和及往还之类的诗文悉数附入本集，故此类诗文不宜视为窜入；其二，确非作者本人的诗文而编入本集，原因可能是伪托、致误混入甚至是冒充袭用，这就需要辨析甄别；其三，以存录诗文的目的编入集中，而诗文作者与集子的作者并不存在酬赠、往还关系；其四，存世文人别集的篇目逾于本传（或本集）所载，存在明显的增益现象。考虑到六朝文人集主要是秘阁整理的结果，与作家个人的实际篇目会存在差异。故增益可能是缘自所据传本不同的结果（如曹植集，自编全集本与曹魏秘阁整理本在篇目上肯定存在差异），当然也不排除伪作的混入，很难得以厘清。

属第一例者，如《三国志·蜀书·李严传》裴松之注称亮《集》有李严与诸葛亮《书》，裴氏所据亮集当即西晋陈寿编本，印证早期文人集确存收录他人文章现象。又《宋书·自序》云："（沈）伯玉字德润，虔子子也，温恭有行业，能为文章……文章多见《世祖集》。"①推断此类文章属答世祖（宋孝武帝刘骏）敕诏，故收入《世祖集》中。《北史·房彦询传》云："彦询少时为监馆，尝接陈使江总……彦询所赠总诗，今见载《总集》。"②此属"赠答"类。《陈书·姚察传》云："总为詹事时，尝制登宫城五百字诗，当时副君及徐陵以下诸名贤并同此作。徐公后谓江曰：'我所和弟五十韵，寄弟集内。'及江编次文章，无复察所和本，述徐此意，谓察曰：'高才硕学，庶光拙文，今须公所和五百字，用偶徐侯章也。'察谦逊未付，江曰：'若不得公此制，仆诗亦须弃本，复乖徐公所寄，岂得见令两失。'察不获已，乃写本付之。"③则属"唱和"类。现存六朝旧集，如陆云集（宋刻本）即将与兄陆机等的赠答诗文，谢朓集（清影宋抄本）则将同侪之间的唱和诗文均收入集中，是此体例的实物文献佐证。

第二例属伪托者，如《晋书·曹志传》云："帝尝阅《六代论》，问志曰：'是卿先生所作邪？'志对曰：'先王有手所作目录，请归寻按。'还奏曰：'按录无此。'帝曰：'谁作？'志曰：'以臣所闻，是臣族父囧所作，以先王文高名著，欲令书传于后，是以假托。'"印证诗文伪托是很早就存在的文学现象，意在假高誉以传世。现存六朝人集子中存在伪托诗文入集者，有的能够考证辨明，有的则由于史料阙佚无从考出。致误混入指误将他人所作诗文而收入本集中，如《陶渊明集》卷二《归园田居六首》其六"种苗在东皋"一首，有小注云："或云此篇江淹杂拟，非渊明所作。"实为江淹之作。又阮籍《咏怀诗》中有《青鸟海上游》一首，实亦为江淹所作。冒充袭用则指借用他人所作诗文而充为己作，《北史·祖莹传》云："莹以文学见重，常语人云：'文章须自出机杼，成一家风骨，何能共人同生活也。'盖讥世人好窃他文以为己用。"④又《北齐书·魏收传》云："始收比温子昇、邢邵稍为后进，邵既被疏出，子昇以罪幽死，收遂大被任用，独步一时。议论更相訾毁，各有朋党。收每议陋邢邵文。邵又云：'江南任昉，文体本疏，魏收非直模拟，亦大偷窃。'收闻乃曰：'伊常

---

①　沈约：《宋书》，第 2465 页。

②　李延寿：《北史》，第 1416 页。

③　姚思廉：《陈书》，第 354 页。

④　李延寿：《北史》，第 1736 页。

于《沈约集》中作贼，何意道我偷任昉。'任、沈俱有重名，邢、魏各有所好。"①
《诗品》也记载一则，云："《行路难》是东阳柴廓所造，宝月尝憩其家，会廓
亡，因窃而有之。廓子赍手本出都，欲讼此事，乃厚赂止之。"曹旭称："宝月
窃东阳柴廓《行路难》为中国诗学最早诗歌剽窃案。"②然《玉台新咏》收此诗，
仍题宝月作。

　　第三例者如《北史·崔宏传》云："始宏因苻氏乱，欲避地江南，为张愿所获，
本图不遂。乃作诗以自伤，而不行于世，盖惧罪也。浩诛，中书侍郎高允受敕
收浩家书，始见此诗，允知其意。允孙绰录于允集。"③

　　第四例者如南唐本和晁文元家藏本陶渊明集均收录《问来使》一诗，《苕溪
渔隐丛话》前集卷四引蔡絛《西清诗话》云："其集屡经诸儒手校，然有《问来使》
篇，世盖未见，独南唐与晁文元家二本有之。"又《容斋随笔》五笔卷一"问故居"
条云："陶渊明《问来使》诗云：'尔从山中来，早晚发天目。我屋南窗下，今生
几丛菊。蔷薇叶已抽，秋兰气当馥。归去来山中，山中酒应熟。'诸集中皆不载，
惟晁文元家本有之。"④再如曹植集，《三国志》本传称"撰录植前后所著赋颂诗
铭杂论凡百余篇"，而南宋初晁公武《郡斋读书志》有著录集本，云："今集十卷，
比隋、唐本有亡逸者，而诗文二百篇，返溢于本传所载，不晓其故。"一般不太
容易确定哪些篇目属增益，需要更早期的版本或文献作支撑。

　　（二）别集的类书化

　　别集的类书化，指以作家的个人别集为基础而形成的著述。主要包括下述
两类：其一是在目录学层面以叙录的方式总括别集的作者、篇目、编撰旨要等，
目的是通过条分缕析的体例对别集类著述加以总撮，属以目录（含篇目和叙录
两层）为特征的类书化。其二是按照一定的诗文选择标准或目的，从别集中再
选出诗文编成文学总集（如《文章流别集》和《文选》都大量依据了当时存在

---

　　① 李百药：《北齐书》，第 491—492 页。
　　② 曹旭：《诗品集注》，第 567 页。
　　③ 李延寿：《北史》，第 791 页。
　　④ 洪迈：《容斋随笔》，孔凡礼点校，北京：中华书局，2005 年，第 837 页。

的别集，既便捷又省时省力），或与其他部类文献合编（如萧子良所编《四部
要略》），属以内容为特征的类书化。自别集选编或选录的手段，六朝时称之以
"抄"，如《梁书·王筠传》云："幼年读五经，皆七八十遍。爱《左氏春秋》，吟
讽常为口实，广略去取，凡三过五抄。余经及周官、仪礼、国语、尔雅、山海经、
本草并再抄。子史诸集皆一遍。未尝倩人假手，并躬自抄录，大小百余卷。"①又
《陈书·文学·陆瑜传》云："时皇太子好学，欲博览群书，以子集繁多，命瑜抄
撰，未就而卒。"②"抄（钞）"还是著述形态之称，即总集又着眼于阅读或使用的
多重性目的，而以类似选录或节录的方式再行辑编，形成新的总集。如《隋志》
著录谢灵运撰有《诗集》五十卷和《诗集钞》十卷，《诗集钞》即自《诗集》再
行节抄而成，恰如姚振宗所称："《诗集钞》《杂诗钞》似又后人从《诗集》五十
卷中析出，而仍题谢名者。"③或直接自别集抄录汇为一编也称"抄"，如《隋志》
小注称梁有丘迟《集钞》四十卷。此两种内容的类书化均创造出所谓"新"著述，
但实际是编者（抄者）按照主观标准重新甄选组合诗文（文本）的结果。

　　以目录为特征的类书化。《魏书·崔光传》云："光乃表上中古妇人文章，因
以致谏曰：'……古之贤妃烈媛，母仪家国，垂训四海……是以汉后马邓，术迈
祖考；羊嫔蔡氏，具体伯喈……谨上妇人《文章录》一帙，其集具在内。伏愿以
时披览，仰裨未闻。'"④所谓妇人《文章录》而"集具在内"，实属叙录类著述，
即将诸妇人集按撮录作者生平、诗文篇目及内容旨要的方式荟萃为《文章录》，
遂有一帙在手尽览诸妇人集之效。自西晋荀勖《文章叙录》始，六朝存在的此
类性质的别集叙录类著述尚有挚虞的《文章志》、宋明帝刘彧《江左以来文章志》
及丘渊之《义熙已来杂集目录》（《旧唐志》《新唐志》题《晋义熙以来新集目录》）
等。此种别集的类书化，以编纂目录为纲，系以诸家别集，而起总览导引以省
去翻检核查之繁。《宋书·明帝纪》称明帝："好读书，爱文义，在藩时撰《江左
以来文章志》"，目的正是纲举目张，以备读书为文时查检之用。《隋志》将此类

---

①　姚思廉：《梁书》，第486页。
②　姚思廉：《陈书》，第463页。
③　姚振宗：《隋书经籍志考证》，第5884页。
④　魏收：《魏书》，第1492—1493页。

著述统系于史部簿录类，主要针对的就是它的目录学功能。

以内容为特征的类书化。《南史·宋宗室及诸王·刘义庆传》云："招聚才学之士，远近必至。太尉袁淑文冠当时，义庆在江州请为卫军咨议。其余吴郡陆展、东海何长瑜、鲍照等，并有辞章之美，引为佐吏国臣。所著《世说》十卷，撰《集林》二百卷，并行于世。"①所谓《集林》即以诸家别集为基础再行辑编而成，证以《文选》卷二十四嵇康《赠秀才入军五首》李善注云："《集》云兄秀才公穆，入军赠诗。刘义庆《集林》曰嵇熹字公穆，举秀才。"《集林》的说法即援据《嵇康集》。同样，《文选》卷五十三李萧远《运命论》李善注引《集林》云："李康字萧远，中山人也，性介立，不能和俗，著《游山九吟》，魏明帝异其文，遂起家为寻阳长政，有美绩，病卒。"按《北堂书钞》卷一百《艺文部》引《嵇康集》云："康著《游山九吟》，魏明帝异其文词，问左右曰：'斯人安在？吾欲擢之。'遂起家为浔阳长。"与《集林》所引相近，戴明扬称："此条艺海楼钞本《大唐类要》作《李康集》，是也。"《集林》正是援据《李康集》（据《隋志》小注，《七录》即著录该集二卷、录一卷）。再如《南齐书·竟陵文宣王子良传》云建元五年（483，即永明元年），"移居鸡笼山邸，集学士抄《五经》、百家，依《皇览》例为《四部要略》千卷。"②既称《四部要略》，则必含别集类典籍。《南史·庾仲容传》云："仲容抄子书三十卷，诸集三十卷，众家地理书二十卷，《列女传》三卷。"③按照一定的目的和标准抄撮"诸集"（主要是别集）中的内容，按类编排，类聚区分，各别集内容在"新"撰述中呈现类书化的分布。

附带说明的是，抄本时代"抄"是典籍流传或成书的主要手段。既可抄为全帙，也可根据需求而进行节抄，别集内容的类书化即属"节抄"的结果。胡道静先生提出"抄合本"的概念，云："《皇览》卷帙庞大，在印刷术发明之前，依赖传抄，欲保存全书，是很困难的。因此在梁代流行类书时，对《皇览》有许多'抄合本'，即是节录与合并的抄写之本。"④此种"抄"的手段，恐怕还受

① 李延寿：《南史》，第360页。
② 萧子显：《南齐书》，第698页。
③ 李延寿：《南史》，第917页。
④ 胡道静：《中国古代的类书》，北京：中华书局，2005年，第55页。

到了佛经影响。按《高僧传》卷六《晋庐山释慧远》云："远常谓《大智论》文句繁多，初学难寻，乃抄其要文，撰为二十卷。"①又《出三藏记集》卷五《新集抄经录》云："抄经者，盖撮举义要也。昔安世高抄出《修行》为《大地道经》，良以广译为难，故省文略说。"②

（三）以经学为内容的别集

此指篇目内容属经学（经部）范畴，而仍视为文集。《南齐书·刘瓛传》云："所著文集，皆是《礼》义，行于世。"③又王僧孺《太常敬子任府君传》云："其有集论《尚书》，穷文质之敏。"两种集子就内容而言皆属经学，与诗文（集部）无关，呈现出典型的别集内容的经学化现象（同样也存在子史化，如王逸《正部论》含有其诗文，即将诗文集子与其他子类撰述合编）。正如四库馆臣称："四部之书，别集最杂"（《四库全书总目》集部总叙），又章炳麟称"集品不纯"（《国故论衡·文学总略》），皆即此类现象的概括。

经学内容汇编称"集"似可追溯至东汉，《后汉书·儒林传》称景鸾"能理《齐诗》《施氏易》，兼受《河洛》图纬，作《易说》及《诗解》。文句兼取《河洛》，以类相从，名为《交集》"。集子与诗文无关，仍冠以"集"之称。再如西晋陈寿等编《诸葛亮集》，虽亦称之为"集"而实是子书，但至少自《隋志》始就明确著录在别集类。魏晋以来随着文体厘分的愈加清晰，及文章（今之文学）观念的逐步确立和成熟，以诗文汇编为基础的集类著述与其他部类的界限相对比较分明，反映在藏书及目录学层面便是四部体制的存在。即便如此，仍然出现个人别集收录其他部类文章的问题，《颜氏家训·勉学篇》云："俗间儒士，不涉群书，经纬之外，义疏而已。吾初入邺，与博陵崔文彦交游，尝说《王粲集》中难郑玄《尚书》事，崔转为诸儒道之。始将发口，悬见排蹙，云：'文集只有诗赋铭诔，岂当论经书事乎？且先儒之中，未闻有王粲也。'崔笑而退，竟不以《粲集》示之。"原因大致主要缘自下述两方面：其一，就一人创作而言，主体诗

---

① 汤用彤：《高僧传校注》，第218页。
② 释僧祐：《出三藏记集》，第217页。
③ 萧子显：《南齐书》，第680页。

文可以独立成编为个人集子，至于非诗文的作品着眼于保存的需要而附入集子里，造成集子的内容不尽属集部范畴；其二，作为文章层面的形式上的文体与文体表达的内容之间存在矛盾性，如"论"既可反映集部范畴的内容，也可用以书写其他部类的内容。如曹冏《六代论》和陆机的《五等诸侯论》皆属史论，只是从"论"之文体可视为文章，但内容并非文章范畴。

（四）文人集的注本

文人集作为四部中最晚形成的一类著述，集子的注本（为集子作注）当然要晚于经史子三部。其中，文学作品的注释可以视为文人集注本的先声，较早的如三国吴时薛综的《两京赋》注（《三国志·吴书·薛综传》称"又定《五宗图述》《二京解》"）。也出现了文人作品的自注，最早的当为谢灵运《山居赋》自注（李善注《文选》引有曹植集中的注，经考察应属曹植自注，惟仍在疑似之间，附记于此），此后有颜之推的《观我生赋》自注。此类文学作品的注释，无论是体例还是动机都是受到经史子三部典籍注释（注疏）影响的结果。据现存文献记载，文人集注本最早者是《山涛集》，按《隋志》"山涛集"条小注云："梁五卷，录一卷；又一本十卷，齐奉朝请裴津注。"即《七录》著录有南朝齐裴津注本《山涛集》，姚振宗云："齐奉朝请裴津始末未详，本志所载为诗文集注者始见于此。"① 又《北史·魏澹传》云："废太子勇深礼之，令注《庾信集》，撰《笑苑》，世称博物。"② 北周时又有魏澹《庾信集》注本。

（五）一集各本

"一集各本"现象，有下述种情况：其一，集子由于编者的不同而存在不同的编本，编本之间存在篇目等差异；其二，某一人创作于不同阶段诗文而相应各自编的集子，存在卷数的差异，当然由于篇目又经增补自然也不同；其三，同一种集子在流传过程中形成了不同的传本（版本）。

---

① 姚振宗：《隋书经籍志考证》，第 5729 页。
② 李延寿：《北史》，第 2044 页。

第一种情况如曹植集有秘阁编本和自编全集本之别。《梁书·昭明太子传》称"所著文集二十卷",此为萧纲编本,编在萧统殁后当为诗文篇目收录较全的集子。而在萧纲之前还有刘孝绰编本,《梁书·刘孝绰传》云:"太子文章繁富,群才咸欲撰录,太子独使孝绰集而序之。"①

第二种情况如梁武帝萧衍集,《周书·萧大圜传》云:"(保定间)开麟趾殿,招集学士,大圜预焉。《梁武帝集》四十卷、《简文集》九十卷,各止一本,江陵平后,并藏秘阁。大圜既入麟趾,方得见之,乃手写二集,十年并毕。"②而《隋书·经籍志》著录《梁武帝集》二十六卷,小注称"梁三十二卷"。四十卷本当是梁秘阁最终写定的萧衍集编本,而《七录》著录即梁时流传的三十二卷本应该是萧衍生前结集的编本,属于不同阶段的编本,诗文篇目自然有差异。正如曹道衡先生所称:"各个时期所编集的《梁武帝集》当有多种,如沈约就作过《梁武帝集序》,沈约卒于天监十二年(523),下距梁武帝之卒还有三十六七年,因此续有增补。"③又《魏书·高闾传》称"闾好为文章,军国书檄诏令碑颂铭赞百有余篇,集为三十卷",而《北史》作"集四十卷"。疑三十卷本属北魏秘阁所藏之集,而四十卷本则是唐初秘阁所藏,集子又重加整理编定。

第三种情况如《隋志》小注称《七录》著录的《山涛集》,"梁五卷,录一卷;又一本十卷";又《江夏王义恭集》称"梁十五卷、录一卷,又有《江夏王集》别本十五卷"。则是集子在流传过程中出现了不同的版本。

综上,六朝别集的编撰主要存在三种方式,即官编、自编和他人代编,其中官编属主要编撰方式,表现为秘阁编撰。秘阁之外从编者和编撰行为具有明显的官方属性者也归入官编方式。自编之集经历了由称名较为随意到称以"集"名的过程,南朝时已采用"集"名,印证"集"作为个人诗文编的专称已渐为普遍接受,也与当时处于文人集编撰的繁荣阶段相吻合。六朝别集在编撰面貌上也呈现出多种特征,反映了文人集在发展成熟阶段编撰手段及编

①　姚思廉:《梁书》,第480页。
②　令狐德棻等:《周书》,第757页。
③　曹道衡:《兰陵萧氏与南朝文学》,第94页。

辑体例的多样性，如前后之集、一人多集、内集和侧集等。文人集编撰还存在的一些特殊现象，指自身体现出的有别于"别集"界定范畴和基于别集而衍生两类现象。通过六朝别集编撰方式及特征的研究，既可藉此深入理解早期文人集的生成机制，也为溯源唐以后文人集的体例提供助益，从而弥补了集部研究的薄弱环节。

第五章　六朝旧集

若以张溥所辑《汉魏六朝百三名家集》为据，存世的汉魏六朝人集不过一百又三家，相较于《隋志》的著录绝大多数的集子都已散佚不传。此百余家别集中，大部分是明人重编本。所谓重编，指的是集子散佚又据文学总集、类书等典籍辑出作家诗文，并按照一定的体例再行编辑的集子。而存世六朝作家集又有宋本流传者，表明有些集子并非明人重编，而是属于更早的文本面貌。这提示对于存世的汉魏六朝作家集要对其成书层次进行梳理和厘分，目的在于确定它的文本地位。经考察，汉魏六朝别集可以区别为六朝旧集、宋人重编之集和明人重编之集三个层次，这是基于成书所处时间断限的界定。故六朝旧集指成书（或其主体）在六朝，今所存者是该时段成书内容的版本表现，包括陆云集、陶渊明集、鲍照集、谢朓集和江淹集五种。

如何界定内容为旧集，主要基于下述手段的综合运用：第一，目录学的手段，根据公私书目著录考察集子自身卷第的传承过程，集子卷数是否保持相对的稳定性是判断旧集的一个标准；第二，文本特征的手段，主要是否保留有作家的自注，并结合唐代典籍注引的佐证；第三，校勘学的手段，即以文学总集主要是《文选》所收的作家作品与本集互校。如果差异较多则印证集子并非辑出的重编本，再进一步论证是否属于旧集。第四，版本学的手段，主要是根据版本的形式特征加以佐证，从而适当追溯它的底本来源，目的是为定性"旧集"提供更多可资参稽的论据。

第一节　陆云集

陆云集的宋本系统，主要包括宋庆元六年（1200）华亭县学刻《晋二俊文集》本（国家图书馆藏，编目书号 8703，以下简称"宋华亭县学本"）、明正德十四年（1519）陆元大刻本（以下简称"明陆元大本"）和清影宋抄本（国家图书馆藏，编目书号 2751）三种，需要厘清各本之间的关系。经考察，宋华亭县学本陆云集所依据的册府本，即晁公武《郡斋读书志》著录的十卷本。该本以《崇文总目》著录的北宋八卷残本为主体，南宋初又部分辑录陆云其他诗文而成，基本尚属六朝旧集的面貌。明陆元大本据宋本重刻，文字作了校订，已非宋本旧貌。清影宋抄本陆云集卷一至五抄自宋本，与现存宋本相比存在个别差异，判断所据抄之宋本属后印本；而卷六至十则主要据明陆元大本而抄。国家图书馆藏明抄本基本据宋本而抄，抄写中也作了文字上的校订。台北"国家图书馆"藏明吴氏丛书堂抄本限于条件未能经见全帙，推测大致与明抄本情况相近。因此，校勘整理陆云集应以宋华亭县学本为底本，校以明陆元大本、明抄本诸本，从而形成比较完备的校定本。

一、陆云集流传系统中的宋华亭县学本

陆云诗文的篇第，《晋书》本传称"所著文章三百四十九篇，又撰《新书》十篇，并行于世"。而其文章结集的卷数，按《与平原书》云："云少作书，至今不能令成，日见其不易。前数卷为时有佳语……犹当一定之，恐不全，此七卷无意复望增。欲作文章六七纸，卷十分，可令皆如今所作辈，为复差徒尔。文章诚不用多，苟卷必佳，便谓此为足。今见已向四卷，比五十可得成。"① 所称"此七卷"即《新书》，按《隋书·经籍志》著录《陆子》十卷，即本传中的《新书》

---

① 陆云：《宋本陆士龙文集》，北京：国家图书馆出版社，2018 年，第 161—162 页。

十篇。又所称"今见已向四卷",此即就文章结集而言。陆云拟将集子分为十卷本,且已整理成四卷。此为现存最早有关陆云集编撰的记载,属于自编其集。

东晋葛洪《抱朴子》载云:"嵇君道问二陆优劣,抱朴子曰:'吾见二陆之文百许卷,似未尽也。'……嵇君道曰:'每读二陆之文,未尝不废书而叹,恐其卷尽也。'"①有学者认为,"似未尽"说明二陆文在东晋"可能就已有部分散佚"②。据《隋志》小注,知南朝梁时陆机集传本为四十七卷本,并目录一卷;此外尚有《吴章》二卷、《连珠》一卷,计五十一卷。而梁本陆云集则为十卷,并目录一卷,合《陆子》十卷计二十一卷。按《与兄平原书》称"兄来作之,今略已成,甚复可借。事少,功夫亦易耳,犹可得五十卷",此即陆机所撰《吴书》,合计二陆著述一百二十二卷,或即葛洪所称的"百许卷"。

陆云《与兄平原书》既言集子分卷为十,故南朝梁十卷(另附目录一卷)本陆云集应属最为接近原貌之本。《隋志》著录陆云集为十二卷,《四库全书总目》云:"是当时所传之本,已有异同。"③笔者疑"十二"乃"十一"之讹,应即梁十一卷本陆云集。两《唐志》均著录为十卷本,则不计"录一卷"在内。按《文选》卷二十五陆云《为顾彦先赠妇二首》,李善注称"《集》亦云为顾彦先",此《集》当即《旧唐志》著录本。

北宋《崇文总目》著录《陆云集》八卷,按《欧阳文忠公年谱》称景祐元年(1034)因"三馆秘阁所藏书多脱谬",故诏编总目。又袁本《郡斋读书志》称"崇文书比之唐十得二三而已"(《崇文总目》条)。推知八卷本属残本,反映当时流传的陆云集的实际面貌。而《新唐志》题十卷乃据旧志抄录,不足为据。南宋《郡斋读书志》著录《陆云集》十卷,在提要中抄录本传所言之陆云著述篇目,而未据实反映当时传本的实际篇目。而此十卷本,可能是在北宋八卷残本的基础上,又辑录陆云其他诗文而成,以合十卷本旧第。《直斋书录解题》著录陆云集亦为十卷本,一般认为即宋华亭县学本。

现存宋刻陆云集,以华亭县学本《陆士龙文集》为最古。其行款

---

① 参见杨明照:《抱朴子外篇校笺》佚文部分,第751页。
② 参见刘运好:《陆士龙文集校注》前言,南京:凤凰出版社,2010年,第36—37页。
③ 永瑢等:《四库全书总目》,第1273页。

版式为十一行二十字，白口、左右双边，单黑鱼尾（个别版叶是顺黑鱼尾）。版心上镌字数，中镌"士龙集"和卷次，下镌刻工姓名。卷端题"陆士龙文集卷第一"，次行低五格题"晋清河内史陆云士龙"。此本避讳谨严，如"玄""袨""弦""朗""殷""匡""胤"（写作"徹"字阙笔）、"恒""贞""徵""桓""构""遘""慎""敦""惇""廓"诸字阙笔，避讳至宋宁宗赵扩止。书中刻工有高聪、高惠、高文、高正、吕椿、朱僖等，其中高文又与刻宋绍熙三年（1192）两浙东路茶盐司刻宋元递修本《礼记正义》（宋刻部分刻工）。

书中首尾无序跋，而详定为宋庆元六年（1200）华亭县学刻《晋二俊文集》本的依据，是明陆元大本《晋二俊文集》保留了宋庆元六年徐民瞻序和"校正刊者"题衔（两者亦见于清影宋抄本《晋二俊文集》中）。徐民瞻《晋二俊文集叙》，署"奉议郎知嘉兴府华亭县事徐民瞻"，云："每以未见其全集为恨，闻之乡老曰：士衡有集十卷，以《文赋》为首。士龙集十卷（清影宋抄本陆机集所载序文作'士龙集六卷'，疑'六'为'十'之讹），以《逸民赋》为首……因访其遗文于乡曲，得士衡集十卷于新淮西抚干林君，其首篇冠以《文赋》，士龙集十卷则无。明年移书故人秘书郎钟君，得之于册府，首篇《逸民赋》悉如所闻。亟缮写命工锓之木以行，目曰《晋二俊文集》……又明年书成，谨述于篇首。"末署"庆元庚申仲春既望信安徐民瞻述"。卷一末镌"二俊文集以庆元六年二月既望书成，县学职事校正监刊者三员，题名于后：县学司训进士朱奎监刊，县学直学进士孙垓校正，县学学长乡进士范公衮同校"。知徐民瞻为官华亭（今上海松江区）县事任内主持刊刻《晋二俊文集》，寓有遥祀乡先贤之意。

今存宋华亭县学本陆云集，是管窥陆云诗文存佚流传情况的重要文献实物。按自陆云透露编集十卷，经南朝梁十一卷本至《隋志》、两《唐志》著录之本，其篇目应该是渐有损佚的过程。宋华亭县学本陆云集的篇目，既属南宋初期的文本，也部分地反映六朝旧集的面貌。据徐民瞻序，经秘书郎"钟君"（据《南宋馆阁续录》"钟君"即钟震，字春伯，潭州善化［今属湖南长沙］人，庆元二年［1196］邹应龙榜同进士出身，治诗赋，任秘书郎、著作佐郎等职）之手得于册府，遂以之为底本刻入《晋二俊文集》中，则今宋本保留了册府本的旧貌。

按今宋本脱文达三十八处，且所收篇目如卷二四言诗题"四言失题"（前八章、后六章），卷三《失题》诗二首，卷四的《芙蕖》和《啸》二诗并非完整之貌。再者所存文章篇数约二百余篇，相较于本传记载的三百四十九篇，阙佚约三之一，主体篇目尚存①。则册府本是诗文残缺之后的本子，其主体应即《崇文总目》著录的八卷残本。而其卷第易为十卷本，推断以八卷残本为主，南宋初又从总集、类书中再辑录部分陆云诗文而成。隋唐时期的类书、总集等少见称引陆云诗文②，印证全部重编陆云集是不可能的，只能是在八卷残本基础上再部分辑录。刘运好先生称重编"当在《郡斋读书志》成书（1151 年）之前"，"或刘昫所见之十卷本毁于靖康烽火，南宋初'裒合散亡，重加编辑'，藏之册府"③。所谓重编，还是应指部分辑录陆云诗文入八卷本集子，而非全帙重编。

按《郡斋读书志》初成于宋高宗绍兴二十一年（1151），而此时间断限内存在的《文选》刻本有明州本（据日本足利学校藏本）、赣州本（据中国国家图书馆藏本）和五臣本（即宋杭州锺家刻本，仅存第二十九、三十两卷，此两卷不载陆云诗文）等。陆云集再辑录诗文，应必定参据《文选》。虽未必即辑自上述诸本，但与之相校可"部分"地展现陆云诗文辑录的情况。现即以宋本所载陆云诗文与明州和赣州两本对校，如：

> 卷二《大将军宴会被命作此诗》，赣州本、明州本并无"此"字。
>
> "则分明爽"，赣州本、明州本并作"则明分爽"。
>
> "凌风叶极"，赣州本"凌风"作"陵风"，明州本同华亭县学本（按：赣州本"陵"下有校语称"五臣本作凌"，则五臣本《文选》作"凌风"，同华亭县学本）；赣州本"叶极"作"协纪"（按：赣州本"纪"下校语称"五臣本作极"，同华亭县学本），明州本同华亭县学本。
>
> "在晋奸臣"，赣州本"在晋"作"在昔"（按：赣州本"昔"下有校语

---

①　杨明先生认为，"陆云集至宋代虽颇有残缺，但存留者尚为可观"，参见《论〈陆士衡文集〉之〈宛委别藏〉本》，《中华文史论丛》2012 年第 1 期，第 320 页。

②　杨明先生认为，陆云集中的大量诗文，仅见于集本，不见于《北堂书钞》等类书和《文选》等总集，或者类书所录仅为节选，而集本载其全文，参见《论〈陆士衡文集〉之〈宛委别藏〉本》，第 320 页。

③　刘运好：《陆士龙文集校注》前言，第 42 页。

称"五臣本作晋",同华亭县学本),明州本同华亭县学本。

"翠华崇蔼",赣州本、明州本"翠华"并作"翠云"。

"藻服垂带",赣州本"藻服"作"服藻",明州本同华亭县学本(按:赣州本"服藻"下有校语称"五臣本作藻服",同华亭县学本)。

卷四《为顾彦先赠妇》诗"哀音入云汉",赣州本"哀音"作"哀响"(按:赣州本"哀响"下有校语称"五臣作音",同华亭县学本),明州本同华亭县学本。

《答兄平原》诗,赣州本、明州本"答兄平原"并作"答兄机"。

《答张士然》诗"通波激江渚",赣州本、明州本"江"并作"枉"。

知宋华亭县学本更近于明州本,实际上与五臣注本相近,而南宋初年比较流行的恰是五臣注本《文选》,尤袤刻淳熙本《文选》跋即云:"今是书流传于世,皆是五臣注本。"推断南宋初年再辑录部分陆云诗文,主要据自五臣本《文选》。

二、陆云集的据宋刻与影宋抄

明陆元大刻《晋二俊文集》本《陆士龙文集》,即据宋华亭县学本重刻。而傅增湘称:"有都穆跋,言吴士陆元大据其所藏宋本二俊文集覆刻"[1],视为覆刻。又清陈鳣称"明正德所翻宋本晋二俊集"(见于明陆元大刻本《陆士衡文集》所附陈鳣信札,国家图书馆藏,编目书号 3536),视为翻刻。其实,明陆元大本已更易行款,即由十一行二十字改为十行十八字;且两本对校存在异文,陆本据宋本重刻而有所校订,如:

卷一《逸民赋》"曾丘翳苍",陆本"苍"作"莽"。

卷三《兄平原赠答诗》"怅其永怀",陆本"怅"作"恨"。

《赠顾尚书诗》"亦天之佑",陆本"佑"作"祐"。

卷五《吴故丞相陆公诔》"沉辉熙茂"，陆本"沉"作"冗"；"□忝授钺"，陆本"忝"作"恭"。

卷七《修身》"贞龙晖"，陆本"贞"作"真"。

《涉江》"晞绝风之延仁"，陆本"晞"作"希"。

《悲郢》"伤邦国之殄瘁"，陆本"国"作"家"。

《考志》"流沉液于绳枢"，陆本"流沉液"作"沉流液"。

《感逝》"比收电而景晏""迨良日于昧旦""时蔼蔼而未扬"，陆本"晏"作"宴""迨"作"迢"（按：陆元大本作"迢"，应出于误刻，当据宋本误正）、"时"作"将"。

故定为明陆元大重刻宋本比较符合实际，而非覆刻或翻刻。陆心源认为有些校订，"讹字固多，妄增妄改处亦不少"①。

宋华亭县学本中存在的脱文，陆本大多与之相同。也有数处不一致，如卷一《喜霁赋》"油油稻□"，陆本"□"作"粮"；卷二《大将军宴会被命作此诗》其六"俯规嘉客"，陆本"俯"作"□"；卷六《牛责季友》"事辞则辨"，陆本"事"作"□"；卷十《与杨彦明书》"亡□愿也"，陆本"□"作"之"。推断陆元大重刻所据之宋本与今存宋本并非同一印本。今存宋本为初印本，而陆本所据之宋本为后印本，依据是后印本往往将初印本中存在的阙误进行补充修订。

清影宋抄本《晋二俊文集》，包括《陆士衡文集》和《陆士龙文集》各十卷。陆云集卷十末除抄有监刊、校者衔名之外，尚抄有"二俊文集一部共四册，印书纸共一百八十六张，书皮表背并副叶共大小纸二十张，工墨钱一百八十六文，赁版钱一百八十六文，装背工糊钱，右具如前，二月□日印匠诸□□□成□等具"，今存宋本及明陆元大本均未见。

此帙影宋抄本陆云集的行款、边栏以及每卷题名、篇题和作者衔名格式均同宋本；且卷一至五版心上题字数，下镌刻工姓名，应据宋本而抄。兹以宋本

---

① 陆心源：《仪顾堂题跋》，《宋元明清书目题跋丛刊》清代卷第 3 册，北京：中华书局，2006年，第 118 页。

陆云集与此影宋抄前五卷相校，发现影宋抄本中的避讳字阙笔与宋本基本保持一致，版心下的刻工名也一致，仅在文字上存在个别（只有四处）差异，列举如下：

卷一《岁暮赋》"严征积阴于司寒"，宋本"征（徵）"字阙笔，影宋抄本不阙。

《喜霁赋》"油油稻□"，影宋抄本"□"作"粮"，陆本同。

卷二《赠顾骠骑后二首》前八章其七"泉冽清泠"，影宋抄本"泠"作"泠"，陆本作"冷"。

《从事中郎张彦明为中护军》"嘉礼□陈"，影宋抄本"□"作"攸"，陆本同宋本。

基本断定前五卷出于宋本无疑，差异者似印证影抄所据之宋本亦属后印本。同明陆元大所据刻宋本类同，均属后印时将部分阙文（宋本中以墨钉表示）补上。而影宋抄本的卷六至十，与宋本存在较多文字差异，兹同时与明陆元大本比对，列举如下：

卷六《盛德颂》"玉堂海纳"，影宋抄本"纳"作"紬"，陆本同。

"丹辉栖烈"，影宋抄本"烈"作"列"，陆本同。

"抚剑高唫"，影宋抄本"唫"作"吟"，陆本同。

《祖考颂》"淑问宣猷"，影宋抄本"淑"作"叔"，陆本同。

"黄晖旯焕"，影宋抄本"晖"作"辉"，陆本同。

"公堂峻趾"，影宋抄本"峻"作"睃"，陆本同。

《张二侯颂》"宁衍盈止"，影宋抄本"衍"作"行"，陆本同。

《荣启期赞》"天子不德"，影宋抄本"德"作"得"，陆本同。

"孔子遇之"，影宋抄本"遇"作"过"，陆本同。

《嘲褚常侍》"召望渔钓"，影宋抄本"召"作"吕"，陆本同。

"委斯徒而縻"，影宋抄本"縻"作"靡"，陆本同。

《牛责季友》"照日之光"，影宋抄本"光"作"先"，陆本同。

卷七《九愍》"贞龙晖以底载"，影宋抄本"贞"作"真"，陆本同。

《涉江》"招炯思而弗及"，影宋抄本"招"作"怊"，陆本同。

《纡思》"贞朗志而玉折"，影宋抄本"朗"作"郎"，陆本同。

卷九《国起西园第表启》"官徙右军"，影宋抄本"徙"作"徒"，陆本同。

《国起西园第表启》"令问百世"，影宋抄本"问"作"闻"，陆本同。

《国人兵多不法启》"国人兵放横"，影宋抄本"放"作"于"，陆本同。

"则下令上"，影宋抄本"令"作"凌"，陆本同。

卷十《与戴季甫书》"未章大朝"，影宋抄本"章"作"童"，陆本同。

《与陆典书书》"重申不列"，影宋抄本"列"作"烈"，陆本同。

"晞文尚武"，影宋抄本"晞"作"希"，陆本同。

　　知卷六至十应基本据明陆元大本而抄，但也存在差异者。如卷六《荣启期赞》"于烁先生"，陆本"烁"作"铄"；卷七《行吟》"访百神以考祥"，陆本"以"作"而"；卷九《国起西园第表启》"以补方一"，陆本"方"作"万"。故笼统地将陆云集定为清影宋抄本似不确，应改为清影宋抄本（卷六至十据明正德十四年陆元大刻本而抄）。

　　值得注意的是，国家图书馆藏有一部黄丕烈跋并录陆贻典校本《陆士衡文集》（即前文所列编目书号3536一部），书首副叶题"陆敕先校宋本，宋板十一行二十字，走行不越字数。宋板《士衡集》阙七卷首四叶，《士龙集》阙六卷第三叶至十卷第七叶"，知清初陆贻典所见之宋本陆云集即阙卷六至十。又检此帙抄本中"晔"字不阙笔（如《登台赋》"经巍晔以披藻"句、《南征赋》"景燧晔而星罗"句等），又"玄"字除保留所抄宋本阙笔原貌外，宋本不阙者，抄本亦不阙。断定此影宋抄本影抄在清康熙之前，而陆敕先恰生活在明末清初，所校之宋本二俊集疑即此影抄之底本。

　　陆云集中有校语，出自卢文弨、赵怀玉、严元照和翁同书诸人之手，大致分为两类，校正文字和据别本出校记。以卷一至五影宋抄为例，如：

卷一《逸民赋》"曾丘翳苍穹"，校语称"苍"当作"莽"，宋本亦作"苍"，陆本作"莽"。

"盖居宠之名辱"，校语称"名疑当作召"，宋本、陆本亦作"名"。按据下文"固遗生以要禄"句，当作"召"字为是。

《岁暮赋》"丰颜晔而朝兮"，校语称"朝下脱一字，补荣字"，宋本、陆本亦无"荣"字。

《愁霖赋》"匮多稼于亿庚兮"，校语称"庚当作廪"，翁同书按称"当作庚"，宋本、陆本并作"庚"。

《喜霁赋》"兼明畅而夫地晔兮"，校语称"夫当作天"，陆本作"天"，从陆本为是。

《南征赋》"渊泽回而泣汪"，校语称"汪当作注"，陆本作"注"，从陆本为是。

"金鼓隐訇而启代"，校语称"代当作伐"，陆本作"伐"，从陆本为是。

"岂此象于百华"，校语称"此当作比"，陆本作"比"，作"比"字是。

卷二《太尉王公以九锡命大将军让公将还京邑祖饯赠此诗》"四壮騑騑"，校语称"壮误壮"，宋本亦作"壮"，陆本作"牡"，作"牡"是。

卷三《赠郑曼季往返八首》郑答"婆婆衡门"，翁同书校称"下婆字当作娑"，宋本亦作"婆"，陆本作"娑"，按翁校是。陆赠其三"和璧在山"，校语称"璧当作璧"，宋本亦作"璧"，陆本作"璧"，按当作"璧"。

《孙显世赠》答诗其四"曾是偏心"，校语称"偏当作褊"，宋本、陆本亦作"褊"。

《失题》"嗟痛薄祜"，校语称"祜当作祜"，宋本亦作"祜"，陆本作"祜"。

卷四《答兄平原》"牢牛非服箱"，校语称"牢当作牵"，宋本亦作"牢"，陆本作"牵"。

卷五《晋故豫章内史夏府君诔》"匪日是屯，某托身虚概"，校语称"某字疑衍"，宋本、陆本亦有"某"字。

据校语，知宋本确有部分误字或衍、脱之字。恰如严元照跋称《晋二俊文集》二十卷，鲍丈以文藏本。余借读匝月，讹脱颇多，虽宋本殊未尽善"。赵怀玉跋称"盖南宋刊本不能无舛"，翁同书跋亦称"此本遇宋讳皆阙笔，的系从原本影写，而讹脱极多，未为善本"。明陆元大重刻更正了部分讹误，遂为陆云集的通行本。但也存在宋本不误而陆刻误者。如卷一《岁暮赋》"知斯言之盖矫"，陆本"盖"作"益"，校语称"盖别本作益，盖字是"，从宋本作"盖"是。

据别本而校者，如卷一《逸民箴》"盖有大恶之尤"，校语称"盖别本作美"，宋本亦作"盖"，陆本即作"美"；卷一《寒蝉赋》"珍景曜栏"，校语称"栏别本作烂"，陆本即作"烂"；卷三《孙显世赠》诗其五"翩翩二宫"，校语称"宫别本作官"，陆本即作"官"；又同篇答诗其一"繁蔼惟祐"，校语称"祐别本作祜"，陆本即作"祜"。知所据之别本实即明陆元大本，仍反映两本之别。

综上，陆云集的宋本系统主要有三个本子，即现存宋华亭县学本、明正德陆元大据宋本重刻本和清初影宋抄本。陆元大重刻，校订宋本之讹，已非宋本旧貌，但也存在宋本不误而重刻致误例。清影宋抄本前五卷据宋本陆云集而抄，与今存宋本比对略有差异，推知今宋本为初印本，而影抄所据之宋本为后印本。明陆元大本和清影宋抄本均保留有监刊者和校者衔名，两者所据之宋本陆云集均属后印本。

三、宋本与明抄本陆云集的关系

现存有两种明抄本陆云集，一种藏在国家图书馆（编目书号0513），著录为"明抄本"。其行款版式为十行二十字，白口、四周单边，对白鱼尾。卷端题"陆士龙文集卷第一"，次行低五格题"晋清河内史陆云士龙"。卷十末抄"二俊文集以庆元六年二月既望书成，县学职事校正监刊者三员，题名于后：县学司训进士朱奎监刊，县学直学进士孙垓校正，县学学长乡进士范公衮同校"，内容同陆本和清影宋抄本。当据宋本而抄，孙原湘认为属影宋抄本，其跋云："此本为影宋钞本，文休承得之武陵市，卷首有竹垞两印。原止一本，张生伯元重装，析之为二。虽未得见宋本，睹此已较明本迥胜耳！"

以卷一至三为例，将此本与宋本和明陆元大本对校，如：

卷一《逸民赋》"曾丘嶬苍穹"，陆本"苍"作"莽"，明抄同宋本。

《逸民箴》"盖有大恶之尤"，陆本"盖"作"美"，明抄同宋本。

《岁暮赋》"哀恩伤毒"，明抄"恩"作"思"，陆本同宋本。

"知斯言知盖矫"，陆本"盖"作"益"，明抄同宋本。

《愁霖赋》"民噸感而愁霖"，陆本"噸"作"慼"，明抄同宋本。

《喜霁赋》"兼明畅而夫地晔兮"，陆本"夫"作"天"，明抄同宋本。

《南征赋》"蒸徒嬴粮而请奋"，陆本"嬴"作"赢"，明抄同宋本。

"渊泽回而泣汪"，陆本"汪"作"注"，明抄同宋本。

卷二《赠顾骠骑》"思乐葛欙"，陆本"欙"作"蕌"，明抄同宋本。

卷三《赠郑曼季》"和璧在山"，陆本"璧"作"璧"，明抄本同。

《孙显世赠》"曾是偏心"，明抄"偏"作"偏"，陆本同宋本。

相异者如宋本《逸民赋》"享无疆之休也"句，明抄本"休"作"体"；"即兰堂于芳林"句，明抄本"芳林"作"芳秋"；"飧秋菊于高岑"句，明抄本"飧"作"食"；"蒙玉泉以濯发兮"句，明抄本"玉泉"作"正泉"；"式宴盘桓"句，明抄本"桓"作"相"等。另外对于宋本中的脱文，如卷一《喜霁赋》"油油稻□"，明抄、陆本、清影宋抄本均作"糧"。综上推断，此帙明抄本基本据宋本而抄，据抄之宋本亦应属后印本，抄写过程中作了部分的校订。

另一种现藏台北"国家图书馆"，著录为"明吴氏丛书堂抄本"。其行款版式亦为十行二十字，白口、左右双边，版心有"丛书堂"字样。刘运好先生认为该抄本以宋本为底本，但与宋本及陆刻本《陆士龙文集》皆有差异[①]。笔者无缘得见全本，仅就公布的卷一卷端叶书影与宋本相校，如宋本《逸民赋》作"栖迟乎于一丘"，丛书堂抄本无"乎"字。另此本行款虽与国家图书馆藏明抄本相同，但有差异，如明抄本《逸民赋》"食秋菊于高岑"句，丛书堂抄本"食"作"飧"；"蒙正泉以濯发兮"句，丛书堂抄本"正泉"作"玉泉"；"式宴盘"句，丛书堂抄本"相"

---

① 刘运好：《台湾藏吴氏丛书堂抄本〈陆士龙文集〉叙录》，《南京师范大学文学院学报》2014年第3期，第134页。

作"桓"等。丛书堂抄本均同宋本，知其版本价值似胜于明抄本。

　　综上，现存陆云集为六朝旧集，其主体即北宋流传的八卷残本，而此残本承自《隋志》和《唐志》著录之本。南宋初以八卷残本为基础，又部分辑录陆云诗文而成十卷本。此即晁公武《郡斋读书志》著录本，亦即南宋册府本。南宋庆元六年徐民瞻即以册府本为底本而重刻陆云集，明陆元大本又以徐民瞻本为底本再重刻，同时作了文字上的校订，行款亦改易，属重刻而非翻刻或覆刻。根据部分阙文的比对，陆元大所据刻之宋本为后印本（当然也不排除陆元大据别本补订的结果）。清影宋抄本前五卷据宋本陆云集而抄，与今存宋本相比，补充了部分脱文，推断据抄之宋本属后印本。国家图书馆藏明抄本陆云集，基本据宋本而抄，抄写中也作了文字上的校订。

第二节　陶渊明集

　　陶渊明集属六朝旧集，且属存世汉魏六朝人集中最为保持旧本面貌的集子。但无论是材料记载中的陶集，还是传世的陶集各宋本之间，均存在诸如文字、篇目和卷第等方面的差异。梳理陶集的编撰和流传，有助于考察诗文的增益由来及真伪性。现存四部宋本陶集，均承自北宋宋庠本，存在的部分差异印证了宋代陶集文本面貌的多样性。特别是宋浙本陶集保留了大量的别本异文，尤具版本价值。同时探讨宋本陶集刊刻的相关问题，揭示它与刻者、刻书地域及刊刻目的之间的关系。通过比对，可以确定其他三部宋本陶集出自浙本《陶渊明集》，根据是正文基本不存在异文，而思悦本是不同于该浙本的另一陶集系统。故校勘整理陶集应以宋浙本和汤汉注本为主，另蜀本附有陶渊明年谱，应该引起研究者充分的注意。

一、陶渊明集的编撰与流传

　　现所传陶渊明集，以国家图书馆藏宋刻递修本《陶渊明集》十卷为最古。

陶渊明集属六朝旧集，传承有绪。就文本面貌而言，郭绍虞先生认为："魏晋诸家集中，惟陶集传本最为近真"①，保留了隋唐之前集本的旧貌。陶集之编，按陶渊明《饮酒诗序》云："余闲居寡欢，兼比夜已长，偶有名酒，无夕不饮。顾影独尽，忽焉复醉。既醉之后，辄题数句自娱，纸墨遂多，辞无诠次，聊命故人书之以为欢笑尔。"推测陶渊明生前便有其诗文的传抄本，未必编定为集本，但"传写成帙，故虽不必有意编定，而次第可寻，亦俨成自定本矣。"②据《宋书·陶潜传》云："自高祖王业渐隆，不复肯仕，所著文章，皆题其年月，义熙以前则书晋氏年号，自永初以来，唯云甲子而已。"沈约所据必为秘阁藏本陶集。又梁钟嵘将陶渊明列入中品，云："宋征士陶潜，其源出于应璩，又协左思风力。文体省净，殆无长语……古今隐逸诗人之宗也。"钟嵘也必读过当时流传的陶集，否则无法从整体上把握陶渊明的诗作特点。推知南朝之时秘阁和民间应均有陶集的编定本。

北齐阳休之《序录》云："其集先有两本行于世，一本八卷无序，一本六卷并序目，编比颠乱，兼复阙少。"此八卷本和六卷本，是有记载的最早的两种陶集本子。《隋志》小注称陶集"梁五卷、录一卷"，即阮孝绪《七录》著录之本。此梁本合目录一卷为六卷本，即阳休之所称的"一本六卷并序目"，郭绍虞认为："是梁以前本原只五卷。"③至于八卷本，梁启超《陶集考证》认为是在五卷本的基础上加入《五孝传》一卷和《四八目》上下二卷而成。而桥川时雄《陶集版本源流考》则称集本为七卷，另加录一卷而成。六卷本的"序"，撰者不详，大概至迟在隋唐时期已亡佚。

按萧统亦编有八卷本，所撰《陶渊明集序》云："余爱嗜其文，不能释手，尚想其德，恨不同时，故更加搜求，粗为区目……并粗点定其传，编之于录。"阳休之称："萧统所撰八卷，合《序》《目》《传》《诔》，而少《五孝传》及《四八目》。然编录有体，次第可寻。"《序》《传》即萧统所撰《陶渊明集序》和陶潜传，而《诔》即颜延年撰《靖节征士诔》。北宋时，萧统编本《目》已亡佚，宋庠《私记》

① 郭绍虞：《陶集考辨》，载《照隅室古典文学论集》，第261页。
② 同上，第264页。
③ 同上，第263页。

称:"合《序》《传》《诔》等在集前为一卷,正集次之,亡其《录》。"至南宋尚存萧统编本,晁公武《郡斋读书志》云:"今集有数本,七卷者,梁萧统编,以《序》《传》、颜延之《诔》载卷首。"①惟今存宋本陶集,多不载萧统所撰《集序》(宋本《陶靖节先生集》、旧题"坡书《陶渊明集》"卷首有此序)。综上,梁代存在三种卷第的陶集,即五卷本(另有录一卷,合计六卷)、八卷无序本和萧统编八卷本(正集为七卷)。

阳休之本,《序录》云:"今录统所阙并《序》《目》等合为一秩十卷,以遗好事君子焉。"又宋庠《私记》云:"有十卷者,即杨仆射所撰……其《序》并昭明旧《序》《诔》《传》等合为一卷,或题曰第一,或题曰第十,或不署于集端。别分《四八目》,自甄表、状、杜乔以下为第十卷,然亦无录。"阳休之以萧统编本为基础,增入《五孝传》和《四八目》而成十卷本。关于《五孝传》和《四八目》的真伪,《四库全书总目》云:"然昭明太子去潜世近,已不见《五孝传》《四八目》,不以入集,阳休之何由续得?且《五孝传》及《四八目》所引《尚书》,自相矛盾,决不出于一手,当必依托之文,休之误信而增之。"②馆臣进而指出,陶集诸本"虽卷帙多少,次第先后,各有不同,其窜入伪作,则同一辙,实自休之所编始"③。阳休之本是今传陶集的祖本,似需客观审慎地看待其所收篇目的可靠性。

隋唐时期流传的陶集,《隋志》著录九卷本,有学者认为即阳休之本"至隋失其序目而为九卷"④。《旧唐志》著录五卷本和《新唐志》著录五卷本和二十卷本(陈汉章《崇文总目辑释补正》认为二十卷"字误"),吴兢《西斋录》有十卷本等。萧统编本和阳休之本佚去目录大致在隋唐之际,郭绍虞认为:"别本之滋,殆由于录之亡。"⑤至两宋,流传的陶集主要为十卷本,如《崇文总目》《郡斋读书志》和《直斋书录解题》著录者。而影响最大的本子当属北宋宋庠本,《私

① 晁公武:《郡斋读书志》,第818页。
② 永瑢等:《四库全书总目》,第1274页。
③ 同上,第1274页。
④ 孙钧锡:《陶渊明集校注》序言,郑州:中州古籍出版社,1986年,第12页。
⑤ 郭绍虞:《陶集考辨》,第267页。

记》云："余前后所得本仅数十家，卒不知何者为是。晚获此本，云出于江左旧书，其次第最若伦贯。"今传陶集的卷帙和篇目基本承自宋庠本。

其他有影响者，如思悦本。旧题"坡书《陶渊明集》"有北宋治平三年（1066）思悦跋，云："愚尝掇拾众本，以事雠校，诗赋传记赞述杂文凡一百五十有一首，泊《四八目》上下二篇重校理，终次为一十卷。近年永嘉周仲章太守枉驾东岭，示以本朝宋丞相刊定之本，于疑阙处甚有所补。"推知思悦本据宋庠本补充阙误。《东观余论》卷下《跋陶渊明集后》云："政和二年（1112）岁壬辰六月十四日己亥，于洛都大福先寺校竟。"疑即思悦本而言（据思悦为僧人推断）。再如南唐本和晁文元家藏本收录《问来使》诗，《苕溪渔隐丛话》前集卷四引蔡絛《西清诗话》云："其集屡经诸儒手校，然有《问来使》篇，世盖未见，独南唐与晁文元家二本有之。"又《容斋随笔》五笔卷一"问故居"条云："陶渊明《问来使》诗云：'尔从山中来，早晚发天目。我屋南窗下，今生几丛菊。蔷薇叶已抽，秋兰气当馥。归去来山中，山中酒应熟。'诸集中皆不载，惟晁文元家本有之。"[1]印证陶集因传本的不同在篇目上存在差异，存在非陶潜之作而附益的现象。

南宋所刻陶集，分为白文本和注文本两种。白文本基本据自宋庠本和思悦本，汤汉最早为陶集作注即现存宋刻《陶靖节先生诗注》，元刻本《笺注陶渊明集》即出自该本。明清所刻陶集，大抵皆据此两系统之本而刻。

二、宋本陶渊明集的刊刻

宋本陶集，流传至今者有国家图书馆藏宋刻递修本《陶渊明集》十卷（编目书号8368）、宋刻本《陶靖节先生诗注》四卷（另《补注》一卷，编目书号8369）、宋刻递修本《陶靖节先生集》十卷（编目书号15789）和宋绍熙三年（1192）曾集刻本《陶渊明诗》一卷（另《杂文》一卷，编目书号9619）四部。有意思的是，此四部陶集分别刻在浙江、福建、四川和江西，恰逐一对应宋代

---

① 洪迈：《容斋随笔》，第837页。

四大刻书中心，兹略述其刊刻及版本。

其一，宋刻递修本《陶渊明集》。此本行款版式为十行十六字，白口，左右双边，单黑鱼尾。书名题"陶集几"，下镌叶次和刻工。卷端题"陶渊明集卷第一"。卷末有北齐阳休之《序录》，次本朝宋丞相《私记》《曾纮说》。刻工分为原版刻工和补版刻工两类，前者有方成、黄晖、王伸、王寔、王雄、施章、张逢、吴珪、洪茂和陈俊共计十位，后者则有洪明、杨昌、吴宝、吴宗、施祥、胡端、李涓、王进、陈文、陈俊、施俊、王谅、朱坦等，其中陈俊参与了初刻和补刻。书中"玹""朗""敬""惊（驚）""殷""恒""贞""桓""完""构（如卷一第三叶 a 面'允构斯堂'）""遘""讲（講）"诸字阙笔，避讳至宋高宗赵构止。据其刻风知为浙刻，赵万里先生认为刻地为杭州或明州（今宁波），经考察可初步确定为明州刻本。

《汲古阁珍藏秘本书目》著录此本为"宋板"，至黄丕烈则称此本为北宋本，云："盖此北宋曾氏刊本也。"[1]至《楹书隅录初编》直接著录为北宋本《陶渊明集》[2]。北宋本的定法，得到了一些质疑或修正。如傅增湘《藏园订补郘亭知见传本书目》称："前人号为北宋本，然其字体雕工颇与余藏《乐府诗集》相近，或是南宋初杭本。"[3]赵万里《中国版刻图录》根据书中刻工施章、王伸、洪茂、方成皆为南宋初年杭州地区良工，绍兴十七年又刻明州本《徐铉文集》，补版刻工与明州本《白氏六帖》《文选》六臣注多同，从而认为"毛氏《汲古阁秘本书目》定为北宋本，恐不确"[4]。之后学者如陈杏珍，称"遘"字阙笔"不是在补版叶，而是在原刻叶上。这一情况说明本书不是北宋刻本。又查书中慎字不缺笔，则此书的版刻年代应在宋孝宗之前"[5]。丁延峰也根据刻工洪茂、方成见于绍兴二十九年（1159）《文选》六臣注修版中，再据《陶渊明集》避讳至高宗止，而

① 黄丕烈：《百宋一廛书录》，《宋元明清书目题跋丛刊》清代卷第 7 册，北京：中华书局，2006 年，第 427 页。

② 杨绍和：《楹书隅录初编》，《宋元明清书目题跋丛刊》清代卷第 4 册，北京：中华书局，2006 年，第 500 页。

③ 傅增湘：《藏园订补郘亭知见传本书目》，第 942 页。

④ 北京图书馆编：《中国版刻图录》，北京：文物出版社，1961 年，第 21—22 页。

⑤ 陈杏珍：《宋刻陶渊明集两种》，《文献》1987 年第 4 期，第 209 页。

认为此本"应是绍兴初刻，绍兴后期补刻"①。总之，将此本定为南宋绍兴间所刻，是基本可以接受的结论性意见。

产生分歧缘于《陶渊明集》卷末所附的《曾纮说》，云：

> 余尝评陶公诗，语造平澹而寓意深远，外若枯槁而中实敷腴，真诗人之冠冕也。平生酷爱此作，每以世无善本为恨。项因阅读《山海经》诗，其间一篇云"形夭无千岁，猛志固常在"，且疑上下文义不甚相贯，遂取《山海经》参校，经中有云刑天，兽名也，口中好衔干戚而舞，乃知此句是刑天舞干戚，故与下句猛志固常在意旨相应，五字皆讹，盖字画相近，无足怪者。间以语友人岑穰彦休、晁咏之之道二公，抚掌惊叹，亟取所藏本是正之。因思宋宣献言，校书如拂几上尘，旋拂旋生，岂欺我哉？亲友范元羲寄示义阳太守公所开陶集，想见好古博雅之意，辄书以遗之，宣和六年（1124）七月中元临汉曾纮书刊（自标题"曾纮说"至"友人岑"为后人抄补）。

黄丕烈当即据"宣和六年七月中元临汉曾纮书刊"而定此本为北宋曾氏刊本。但问题是此本仍作"形夭无千岁"，并没有改过来。所以即便存在过一个曾纮本，也不能将此本径称为曾纮刊本。"曾纮书刊"之"刊"字着实令人疑惑，黄丕烈称："余又见有影写宋本，但有杨之《序录》、宋之《私记》，而曾说不存，可知此刊之秘矣。"②或许职此之故，黄丕烈大概过于看重了"曾纮书刊"四字在判断版本中的作用。陈杏珍指出："此文落款所署曾纮书刊四字不好理解，纵观全文，也难以得出曾纮刻印陶集的结论。而且将介绍刻书事宜的序文自名为《曾纮说》，这种情况实属少见。这个标题不像一般刻书时所印的新序标目，倒很像后人翻刻时所辑录的前人旧序标目。"③郭绍虞先生根据曾集刻本《陶渊明诗》中也收录了此文，无标题，而文末题"宣和六年七月中元临汉曾纮书"，正无"刊"

① 丁延峰:《海源阁藏书研究》，北京：商务印书馆，2012 年，第 171–172 页。
② 黄丕烈:《百宋一廛书录》，第 427 页。
③ 陈杏珍:《宋刻陶渊明集两种》，第 208 页。

字。得出结论称："刊字盖出后人妄加，未可谓为刊本之证。"①

《曾纮说》一文最初的用途，是曾纮写给范元羲说明义阳太守公刊本"形天无千岁"有误。义阳即今河南信阳，太守公即王厚之，胡仔《苕溪渔隐丛话》后集卷三云："余家藏靖节文集，乃宣和壬寅（1122）王仲良厚之知信阳日所刻，字大尤便老眼，字画乃学东坡书，亦臻其妙，殊为可爱。不知此板兵火之余，今尚存否？厚之有后序云：陶集世行数本，互有舛谬，今详加审订，其本无二意，不必俱存，如亂一作乱，禮一作礼，游一作遊，余一作予者。复有字画近似，传写相袭，失于考究，如以库钧为庚钧、丙曼容为丙曼客、八及为八友者，凡所改正二百六十有六。"②知王厚之义阳刻本将其认为的误字如"庚钧""丙曼客""八友"等分别改为"库钧""丙曼容""八及"。检此宋刻递修本《陶渊明集》卷六作"丙曼客"，卷九作"庚钧""八友"，显示此本并非刻自王厚之本。

而有学者根据此本书中"形天无千岁"句左侧有"刑天舞干戚"五字，认为曾纮于宣和六年再次校刊时予以加注持赠，这是曾刻的确证，复据《曾纮说》末句所署，则绍兴本出自宣和本更无疑问③。也有学者认同此论，进一步引申称"南宋绍兴本确曾出自曾纮北宋宣和六年刻本，但不是宣和本，而是宣和本的重刻本"④。实际上，"刑天舞干戚"五字非刻印，而是出自后人书写。

陶集附《曾纮说》极可能始自此本，南宋乾道间林栗江州刻本和曾集刻本均袭用此文。吴师道《吴礼部诗话》云："予家渊明集十卷，卷后有阳休之《序录》、宋丞相《私记》及曾纮说、读《山海经》误句三条，乾道中林栗守江州时所刊。"⑤曾集本不题"曾纮说"，且以附注的形式刻在《读山海经十三首》之后，说明曾纮信与陶集的刊刻本无必然的联系。大概刻者为了冒充北宋曾纮刻本，遂在"曾纮书"后别有用心的加上"刊"字。此字出现在原刻版叶，且与上文不存在字气不贯的问题，知绍兴间初刻此本时即已刻入，目的是冒充北宋本。

---

① 郭绍虞：《陶集考辨》，第 274—275 页。

② 胡仔：《苕溪渔隐丛话》，廖德明校点，北京：人民文学出版社，1962 年，第 111 页。

③ 邓小军：《陶集宋本源流》，载《诗史释证》，北京：中华书局，2004 年，第 90—94 页。

④ 丁延峰：《海源阁藏书研究》，第 172 页。

⑤ 吴师道：《吴礼部诗话》，《丛书集成初编本》，北京：中华书局，1985 年，第 3 页。

此本有参校宋庠本校语，如卷二《答庞参军一首》"情通万里外"，校语称"通"字"宋本作怀"；卷三《饮酒》"岁月相催逼"，校语称"催逼"两字"宋本作从过"。推断该本以宋庠本为底本，又据它本陶集校订文字。

其二，宋刻本《陶靖节先生诗注》。此本行款版式为七行十五字，白口、左右双边，对黑鱼尾。版心上镌本版字数，中镌"诗"和卷次及叶次，下镌刻工。卷端题"陶靖节先生诗卷第一"。卷首有淳祐元年（1241）汤汉序。刻工有蔡庆、邓生、吴清、张生、江梓等，"玄""殷""恒""贞""曙""桓""完""构""遘""觏""慎""廓（如卷三第十四叶 b 面'世路廓悠悠'）"诸字阙笔，避讳至宋宁宗赵扩止。是书仅见元马端临《文献通考·经籍考》著录，题"《靖节诗注》四卷"。纂修《四库全书》未收录此书，故周春称此本"乃世间所希有宋刻之最精者也"（书首副叶题跋）。傅增湘亦称："此为汤注之最初本，海内孤本。"[1]

关于此本的刊刻，赵万里先生称："刻工蔡庆、邓生、吴清等咸淳元年（1265）又刻《周易本义》，因推知此书当刻于建宁府。首淳祐元年汤汉自序。自淳祐元年初版迄咸淳元年，中历二十五年。此本疑是咸淳元年前后重刻本。是时汤汉正官福州知府，在福建安抚使任，故有可能延建宁名工刻书。"[2]知是书存在两刻，即淳祐元年初刻本和咸淳元年左右的重刻本。按汤汉序称"余偶窥见其指，因加笺释以表暴其心事，及他篇有可发明者，亦并著之。文字不多，乃令缮写模传，与好古通微之士共商略焉"，末署"淳祐初元九月九日鄱阳汤汉敬书"。此时汤汉尚未任官福州，定此年为初刻的依据当是"缮写模传"四字。至于重刻，根据是宋咸淳元年吴革建宁府刻本《周易本义》亦有刻工蔡庆、邓生和吴清，属建宁籍。而此时汤汉为官福州，《[乾隆]福州志》称"咸淳间以龙图阁待制再知，兼安抚使"。故赵先生认为延请建宁刻工至福州刊刻此书，的为确论。

此本字体具有浓郁的写刻风格，汤汉序称初刻本系"缮写模传"，推测仍据初刻本之貌重刻。

其三，宋刻递修本《陶靖节先生集》。此本行款版式为九行十五字，白口、

①　傅增湘：《藏园订补郘亭知见传本书目》，第 944 页。
②　北京图书馆编：《中国版刻图录》，第 40 页。

左右双边。卷端题"陶靖节先生集卷第一"。国家图书馆藏四卷，即卷一至四，附宋吴仁杰撰年谱一卷。上海图书馆藏萧统《陶渊明集序》和《陶靖节先生年谱》一卷，《中国古籍善本书目》著录为"宋刻《陶靖节先生集》本"。丁延峰经比对称："两本实为一本毋庸置疑（上图藏本前十一叶，国图藏本后十六叶）。"①检书中"敬""警""惊（驚）""贞""桓""构"诸字阙笔，而"敦""廓"两字不讳。其中"慎"字的避讳有两种方式，即阙笔和注御名。如卷一第三叶a面《荣木》"贞脆由人"句，校语称"脆"字"一作御，名同音"。据宋刻递修本《陶渊明集》，实际"脆"一作"慎"，避孝宗御名，推知此本刻在南宋孝宗时。

按《直斋书录解题》卷十六著录"《陶靖节集》十卷"条，紧接此条又著录"《陶靖节年谱》一卷、《年谱辨证》一卷、《杂记》一卷"，分作两个条目。《年谱》条，陈振孙云："吴郡吴仁杰斗南为《年谱》，蜀人张缜季长辨证之，又杂记前贤论靖节语。此蜀本也，卷末有阳休之、宋庠《序录》《私记》。又有治平三年思悦题，称'永嘉示以宋丞相刊定之本'。思悦者，不知何人也。"②《直斋书录解题》为清乾隆时馆臣修《四库》从《永乐大典》中辑出，非尽原貌。恰国家图书馆藏元抄残本《直斋书录解题》有此两条，有差异者为"《陶靖节年谱》一卷"前有"《陶靖节集》十卷"六字。又陆游《跋陶靖节文集》云："张缜季长学士自遂宁寄此集来，道中失调护，前后皆有坏处，遂去之，而存其偶全者。末有年谱辨正，别缉为编云。"③遂宁即今四川遂宁，所寄陶集即陈振孙著录者。表明此两条为合刻本，陶集属蜀刻也无疑义。

明嘉靖间似尚存蜀刻陶集，明华云序（载明嘉靖二十七年［1548］江州郡斋张存诚刻本《陶靖节集》）称："今与蜀本较类第，蜀本载吴仁杰《年谱》、张演（应是缜字）《辨证》，又杂记晋贤论靖节语各一卷。"也佐证确属集谱合刻本。今传此宋刻递修本《陶靖节先生集》，相较于《直斋书录解题》著录者题名溢出"先生"两字，且佚去《年谱辨证》和《杂记》两卷。但审其刀法，应属宋刻大

① 丁延峰：《残宋本吴仁杰〈陶靖节先生年谱〉考述》，《图书馆工作与研究》2009年第12期，第60页。
② 陈振孙：《直斋书录解题》，第464页。
③ 陆游：《陆游全集·渭南文集》，马亚中校注，杭州：浙江教育出版社，2011年，第251页。

字本，当即陈振孙著录者。恰如丁延峰所称："陶渊明集谱在宋代的合刻本，除《直斋》所录的这个蜀本外，还未见其他记载，也未见现存版本流传。因而，残宋本《陶靖节先生集》四卷和吴《谱》一卷极有可能就是蜀本（的残卷）。"[1]

其四，宋绍熙三年（1192）曾集刻本《陶渊明诗》。此本行款版式为十行十六字，白口、左右双边，顺黑鱼尾。版心中镌"陶诗"或"匋诗"，下镌叶次和刻工。卷端题"陶渊明诗"。卷末有宋颜延年撰《靖节征士诔》，次昭明太子撰《传》，次绍熙壬子（1192）曾集跋。书中"敬""殷""胤""恒""贞""桓""构""遘""慎""敦"（第二叶 b 面《荣木》'匪善奚敦'），避讳至光宗赵敦止。刻工有辛、刘仁、吴申、余仲、胡时、甫、全、昌、何彦、李等。是书收陶渊明诗、文各一卷，共七十叶。相较于浙本《陶渊明集》，曾集跋称是书"去其卷第与夫《五孝传》以下《四八目》杂著"，"所为犯是不悬，非敢有所去取"。试图恢复陶集本貌，《铁琴铜剑楼藏书目录》称此"实则别具鉴裁"[2]。

关于此本之刻，曾集跋称："渊明集行于世尚矣……南康盖渊明旧游处也……求其集顾无有，岂非此邦之轶事欤！集窃不自揆，模写诗文，刊为一编。"又刻工吴申与刻宋淳熙抚州公使库刻递修本《周易》和淳熙抚州公使库刻绍熙四年（1193）重修本《春秋公羊经传解诂》，推断此本为江西刻本，乃曾集刻在南康（今江西星子）。傅增湘称其手书上版、雕镌甚工，为"汤注之最初本，海内孤本"[3]。

附旧题"坡书《陶渊明集》"，存世有清康熙三十三年（1694）汲古阁毛扆刻本，嘉庆十二年（1807）鲁铨又据此本重刻。鲁铨本，九行十五字，白口、左右双边，单鱼尾。版心镌"陶集"和卷次及叶次。卷端题"陶渊明集卷第一"。卷首有萧统《陶渊明文集序》，次《总目》。卷末有阳休之《序录》，次宋庠《私记》、治平三年思悦《书靖节先生集后》、绍兴十年（1140）佚名跋。

据思悦跋，思悦本据宋庠本补"疑阙"后编定于北宋治平三年。宋刻递修

---

①　丁延峰：《残宋本吴仁杰〈陶靖节先生年谱〉考述》，第 61 页。

②　瞿镛：《铁琴铜剑楼藏书目录》，《宋元明清书目题跋丛刊》清代卷第 4 册，北京：中华书局，2006 年，第 271 页。

③　傅增湘：《藏园订补郘亭知见传本书目》，第 944 页。

本《陶渊明集》卷三《诗三十九首》下有思悦识一篇，又见于宋刻递修本《陶靖节先生集》卷三首，为思悦曾编定陶集之证。至宣和四年（1122）由王厚之刻于义阳，字画学东坡书体。南宋绍兴间佚名跋云："仆近得先生集，乃群贤所校定者，因锓于木以传不朽。"则又据思悦本传刻，即今汲古阁等本的祖本。所谓"坡书"指仿效东坡书体，而非据东坡手书陶集上版刊刻。

三、宋本陶渊明集的版本关系

现存四部宋本陶集中，南宋绍兴间刻在浙江的宋刻递修本《陶渊明集》（以下简称"浙陶本"）为最早，其次为孝宗时蜀刻《陶靖节先生集》（以下简称"蜀陶本"）和绍熙三年曾集刻本《陶渊明诗》（以下简称"曾集本"），汤汉注本《陶靖节先生诗》（以下简称"汤陶本"）刻在咸淳年间为最晚。经比对，"蜀陶本"和"曾集本"据"浙陶本"而刻。"汤陶本"也出自"浙陶本"，又存在差异。

"浙陶本"与思悦本并非同一版本，故卷三所附思悦识当自思悦本移入。两本互校，存在三种情况：存在异文，"浙陶本"所附校语恰同于思悦本，两本校语相同[1]。推断该本的刊刻参校了思悦本，也间接得知刻在绍兴十年之后；且两本共同参校了宋庠本，故出现校语相同的现象[2]。除参校此两本外，据卷二《问来使》篇题下小注："南唐本有此一首。"卷三《述酒》篇题下小注："宋本云此篇与题非本意，诸本如此误。"同卷《四时》篇题下小注："此顾凯之《神情诗》，《类文》有全篇。然顾诗首尾不类，独此警绝。"还参校了南唐本陶集及隋庚自直所撰的《类文》。

"蜀陶本"和"曾集本"据"浙陶本"而刻，表现在正文和保留的校语基本相同，而"汤陶本"则略有差异，如（下述校勘中，"同"指蜀陶本、曾集本、汤陶本和浙陶本正文和校语均相同，"汤陶本无小注"指汤陶本正文与其他三本相同，只是未见校语）：

---

① 刘明：《略谈黄丕烈旧藏宋刊〈陶渊明集〉版本》，《文津学志》第 6 辑，北京：国家图书馆出版社，2013 年，第 25—26 页。

② 同上，第 27 页。

《时运》"称心而言，人亦易足"，小注"一曰'人亦有言，称心易足'"，蜀陶本、曾集本同，汤陶本无小注。

"陶然自乐"，小注"陶"字"一作遥"，蜀陶本、曾集本同，汤陶本无小注。

"但怅殊世"，小注"怅"字"一作恨"，蜀陶本、曾集本、汤陶本同。

"花药分列"，小注"花"字"一作华"，蜀陶本、曾集本同，汤陶本无小注。

《荣木》"已复有夏"，小注"有"字"一作九"，蜀陶本、曾集本、汤陶本同。

"晨耀其华"，小注"耀"字"一作辉"，蜀陶本、曾集本同，汤陶本无小注。

"嗟余小子"，小注"余"字"一作予"，蜀陶本、曾集本、汤陶本同。

"徂年既流"，小注"既流"两字"一作遂往"，蜀陶本、曾集本同，汤陶本无小注。

"余岂之坠"，小注"之"字"一作云"，蜀陶本、曾集本同，汤陶本作"云"。

"斯不足畏"，小注"足"字"一作可"，蜀陶本、曾集本同，汤陶本无小注。

"脂我名车"，小注"名车一作行车"，蜀陶本、曾集本同，汤陶本无小注。

《赠长沙公族祖一首》"岁月眇徂"，小注"一作岁往月徂"，蜀陶本、曾集本、汤陶本同。

"眷然踌躇"，小注"躇"字"一作蹰"，蜀陶本、曾集本同，汤陶本无小注。

"允构斯堂"，小注"斯"字"一作新"，蜀陶本、曾集本同，汤陶本无小注。

"谐气冬辉"，小注"辉"字"宋本作暄"，蜀陶本、曾集本同，汤陶本无小注。

"爰采春花"，小注"一作华，一作爰来春苑"，蜀陶本、曾集本同，汤陶本小注无"一作爰来春苑"。

"载警秋霜"，小注"警"字"一作散，又作惊"，蜀陶本、曾集本同，汤陶本无小注。

"在长忘同"，小注"忘一作志，忘同又作同行"，蜀陶本、曾集本同，汤陶本小注无"忘同又作同行"。

"汤陶本"的差异主要表现在保留了三部宋本的部分校语，另正文也有异者。除卷一《荣木》"余岂之坠"作"余岂云坠"外，同卷《命子》"眷予愍侯"，浙陶本、曾集本"予"作"余"；卷三《饮酒二十首》"此中有真意"，浙陶本"中"作"还"；卷四《拟古九首》"相知不忠厚"，浙陶本"忠"作"中"；同卷《读山海经十三首》"刑天舞干戚"，浙陶本、曾集本作"形夭无千岁"。同卷《桃花源记》"落芙缤纷"，浙陶本、曾集本"芙"作"英"；"设酒杀鸡作食"，浙陶本"设酒"前有"为"字；"便指向路"，浙陶本"指"作"扶"等。另篇目也存在差异，如将浙陶本、曾集本卷二《归园田居六首》中的《种苗在东皋》，附在卷四《联句》之后。浙陶本、曾集本中的《问来使》诗亦附在卷四《种苗在东皋》之后。卷四收录《杂诗》，浙陶本无此诗。再者，卷三无思悦识，浙陶本、蜀陶本均有。推断"汤陶本"基本据"浙陶本"，但有选择性的注出校语，同时稍作文字及篇目上的校订。

"汤陶本"还有一个特点是保留了汤汉的个人意见，如卷四《读山海经十三首》"鹎鹈见城邑"，小注称："当作鸱鸠。"卷四《杂诗》，小注称："东坡和陶，无此篇。"同卷《归园田居》之《种苗在东皋》诗，小注称："此江淹拟作，见《文选》。"同卷《问来使》诗，小注称："此盖晚唐人因太白《感秋诗》而伪为之。"汤汉对于《种苗在东皋》和《问来使》两首诗的质疑，宋人洪迈、蔡絛和吴仁杰亦有揭橥。如《容斋随笔》三笔卷三"东坡和陶诗"条云：《陶渊明集》归园田居六诗，其末'种苗在东皋'一篇，乃江文通《杂体》三十篇之一，明言学陶征君《田居》。盖陶之三章云：'种豆南山下，草盛豆苗稀。晨兴理荒秽，带月荷锄归。'故文通云：'虽有荷锄倦，浊酒聊自适。'正拟其意。今《陶集》误编入，东坡据而和之。"[①]"蜀陶本"附吴仁杰《年谱》称该诗,"为末篇,为序行役,与前五首不类,东坡亦因其误和之。按江淹《拟□生田居诗》,见《文选》。"

"蜀陶本""曾集本"与据刻之"浙陶本"也略有差异。蜀陶本卷一《劝农》"儋石不储",浙陶本"儋"作"檐";卷二《移居二首》"衣食当须犯",浙陶本"犯"作"纪"。吴仁杰《年谱》云:"有《游斜川诗》并序,别本作'辛丑'者非是。"浙陶本、曾集本和汤陶本均作"辛丑",印证三本之间的"亲缘"关系。曾集本《示周掾祖谢一首》篇题下小注:"一作示周续之、祖企、谢景夷三郎,时三人共在城北讲礼校书。"浙陶本"校书"后有"夷又作仁"四字。《乞食》"衔戢知何谢",校语称"戢"字"一作戴人",浙陶本无"人"字,曾集本误衍。又《四时》篇题小注"此顾凯之《神情诗》",浙陶本"神"作"伸",曾集本更正其误。

综上,今传陶集的祖本乃北齐阳休之本,据自萧统所编八卷本,又增入《五孝传》和《四八目》,北宋宋庠本和思悦本均祖于此本。南宋所刻陶集分为白文本和注文本两种。宋浙本《陶渊明集》原刻和补刻均在绍兴间,所附《曾纮说》之"曾纮书刊"四字存在作伪的痕迹。绍兴初刻便妄增此四字以冒充北宋本,而并不存在所谓的陶集曾纮本。《陶靖节先生集》应为蜀刻本,与《年谱》等属《集》《谱》合刻本。字体、版式特征也存在建刻的可能性,尚存在继续深入研究的空间。蜀本《陶靖节先生集》和曾集本《陶靖节先生诗》及《文》均据浙本《陶渊明集》而刻,只是曾集本删掉了《五孝传》和《四八目》。而汤汉注本亦出自浙本,但又加以校订,包括文字的更易、篇目的调整和校语选择性的保留三方面。

第三节　鲍照集

国家图书馆藏清初毛氏汲古阁影宋抄本《鲍氏集》(编目书号 18143),系清

---

① 洪迈:《容斋随笔》,孔凡礼点校,第 455 页。

杨氏海源阁旧藏，第一册书衣签题"鲍参军集，卷一至卷五，宋本影写"。检书中照录宋本讳字，偶有抄为不阙笔者则以白粉末涂改后重写，如"絃""朗""眺"三字，刻工亦照旧保留，知此本确系影抄宋刊本《鲍氏集》。此帙影宋抄本尚未引起学界足够的注意，似仅有颜庆余和丁延峰两位学者撰有专文讨论。现所见鲍集校注也均未直接以之为底本或参校本。从影抄本所据抄宋本的刻年及文本特征，认为宋本出自唐写本，纠正了四库馆臣认为鲍照集属重辑本的错误判断。同时讨论了鲍照集编撰成书和齐梁至唐宋时期的流传，以及宋本（影宋抄本之底本）衍生的版本系统等相关问题。

一、影抄《鲍氏集》的宋刊底本

此帙影宋抄本，行款、版式为十行十六字，白口、左右双边，单黑鱼尾。版心中镌"鲍集"和卷次、叶次，下镌刻工。卷端题"鲍氏集卷第一"。卷首有南齐散骑侍郎虞炎撰《鲍照集序》。所据抄之宋本《鲍照集》，清初钱曾、毛扆均曾据以校明朱应登刻本《鲍氏集》①，此后湮没无闻。此帙影宋抄本《鲍氏集》，《楹书隅录初编》卷四称"宋刻久稀，惟汲古阁影宋钞本最称精善"②，自内容而言可直接视为宋本。但此本并未得到足够的注意或重视，或称"现今所见最早版本为《四部丛刊》影印明毛扆据宋本校勘之《鲍氏集》"③，以之作为整理、校注鲍照集的底本，而且参校诸本中也未包含此帙影抄本④。《四部丛刊》影印本即国家图书馆藏明正德五年（1510）朱应登刻本（编目书号7610，以下简称"朱

---

①　国家图书馆藏明朱应登刻本《鲍氏集》（编目书号3693），佚名录钱曾题识，云："戊午（1678）十月三日从宋椠本校一过，中缺三叶补录完，述古主人钱遵王。"又编目书号7610一部有毛扆跋称"丙辰（1676）七夕后三日借吴趋友人宋本比校一过"，清钱振伦《鲍参军集注序》称，"何义门手批《芜城赋》'重江复关之隩，宋刻《鲍集》作重关复江'，则是义门固曾见宋本"，知宋本清康熙初年尚存世。

②　杨绍和：《楹书隅录初编》，第505页。

③　丁福林、丛玲玲：《鲍氏集校注》凡例，北京：中华书局，2012年，第1页。

④　丁福林、丛玲玲《鲍氏集校注》凡例称："此次校勘，以清初张溥《汉魏六朝百三家集》本、《四库全书》本、《四部备要》本和清乾隆五十五年（1790）卢文弨校补的《鲍照集》为底本。"参见此书第1页。

应登本"），有毛扆校并跋和缪荃孙跋。以影宋抄本与朱应登本相校，朱应登本存在一些讹误，不宜作为底本使用。影宋抄本至少可以作为版本校勘层面的"宋本"使用。兹从所据抄宋本的刻年及版刻特征两角度，讨论影宋抄本的版本及文献价值。

宋本的刻年，或认为："是本当刻于南北宋之间，又据讳字，则刻于北宋末钦宗时期的可能性最大。"① 或认为："大致刊行于绍兴年间。"② 检书中阙笔字有"玄""弦""眩""朗""弘""殷""筐""恒""贞""树""让""遘""觏""沟""慎"（如卷六第 4 叶 a 面，《与伍侍郎别》"钦哉慎所宜"）诸字，避讳至宋孝宗赵昚止。再按书中刻工，如曲釿与刻宋乾道九年（1173）高邮军学刻绍熙三年（1192）谢雩重修本《淮海集》，屈旻与刻宋绍兴二十一年（1151）两浙西路转运司王珏刻元明递修本《临川先生文集》和宋绍兴淮南路转运司刻本《史记》，刘中与刻宋绍兴江南东路转运司刻宋元递修本《后汉书》等，均为原版刻工，故可证宋本当刻在南宋孝宗朝。

影宋抄本中有校语，如卷首虞炎《鲍照集序》"少有文思，宋临川王爱其才，以为国侍郎，王薨，始兴王濬又引为侍郎。孝武初除海虞令，迁太学博士兼中书舍人"，有校语称"一本云'时主多忌，以文自高，趋侍左右，深达风旨，以此赋述，不复尽其才思。'"又卷一《舞鹤赋》"长扬"，校语称"一作扬翘"；卷二《园葵赋》"秋日"，校语称"一作秋月"；卷三《代东门行》"伤禽恶弦惊"，校语称"弦惊"一作"惊弦"；卷四《绍古辞》"容颜"，校语称"容"一作"朝"；卷五《从过旧宫》"留前制"，校语称"前"一作"昔"；卷六《送从弟道秀别》"疑思恋光景"，校语称"疑一作悲"；卷七《歧阳守风》"掩映"，校语称"映"一作"蔼"；卷八《蜀四贤咏》"任丰薄"，校语称"任"一作"甚"；卷十《药奁铭》"灵飞"，校语称一作"神灵"。知当时尚流传有其他版本的鲍照集，该本在刊刻中参校了此类别本鲍照集。

影宋抄本《鲍氏集》保留的宋本面貌有两处值得注意，其一，卷首虞炎序

---

① 丁延峰：《汲古阁毛氏影宋抄本鲍氏集及其价值》，《图书馆理论与实践》2010 年第 6 期，第 43 页。

② 颜庆余：《鲍照集版本考》，《图书馆杂志》2012 年第 5 期，第 82 页。

文紧接正文"鲍氏集卷第一",不另起叶,孙星衍称:"每卷前俱有目录,卷一即在序文后,不另叶起。"①其二,书中有自序和自注,如卷一《芜城赋》篇题下小注称"登广陵城作",卷三《代白纻舞歌词四首》篇题下小注"奉始兴王命作并启",卷四《学陶彭泽体》篇题下小注称"奉和王义兴",卷六《喜雨》篇题下小注"奉敕作",卷七《月下登楼联句》"酒至歇忧心"句下小注"鲍博士""孤贾无留金"句下小注"荀中书万秋",卷八《侍宴覆舟山二首》篇题下小注称"敕为柳元景作",卷九《谢秣陵令表》篇题下小注称"时为中书舍人",卷十《凌烟楼铭》篇题下小注称"并序宋临川王起"等。《四库全书总目》云:"文章皆有首尾,诗赋亦往往有自序、自注,与六朝他集从类书采出者不同,殆因相传旧本。"②对于"不另叶起"的现象,一般认为属卷子本特征,即宋本鲍照集乃传刻自卷子本。而保留自注,也印证宋本据自古本鲍照集,应非宋人重辑本。

而所谓古本鲍照集,很可能是唐卷子本。朱应登本《鲍氏集》书末副叶有缪荃孙跋,称:"愍、世则袭唐讳也。"缪氏并未进一步指出唐讳与宋本的关系,有学者据此认为宋本"可能出于某一种唐写本"③。然检此朱应登本及影宋抄本并未见此二字阙笔,"民"字亦无阙笔者。又《四库全书总目》称:"照或作昭,盖唐人避武后讳所改。"这也可以作为宋本出自唐写本的证据,然核之影抄本,"鲍照"不作"鲍昭",正文中也不存在"照"改"昭"的用例(影抄本卷五《行乐至城东桥》诗"尊贤永照灼",宋淳熙本《文选》"照"作"昭",五臣本亦作"照",似可证鲍照集本原即作"照",李善本改为"昭",与讳"照"改"昭"之说无涉)。书中所存下述二例似可印证宋本出自唐写本:其一,书中卷四《拟古》诗"将以分符竹"句,《文选》亦载此诗,宋淳熙本(即尤袤池阳郡斋刻本)"符"作"虎"。疑鲍照集原本作"虎竹",避唐讳而改为"符竹"。其二,卷一《芜城赋》下小注称"登广陵城作",按《文选》亦载此赋,李善注云:《集》云:登广陵故城。"文字虽微有差异,但透露李善所见唐本鲍照集也存在此条注文。

---

① 孙星衍:《平津馆鉴藏记书籍》,焦桂美标点,上海:上海古籍出版社,2008年,第115页。
② 永瑢等:《四库全书总目》,第1274页。
③ 颜庆余:《鲍照集版本考》,第83页。

四库馆臣既称鲍集属"相传旧本"，但又称"稍为窜乱"而甚至怀疑为重辑本，云："考其编次，既以乐府别为一卷，而《采桑》《梅花落》《行路难》亦皆乐府，乃列入诗中。唐以前人皆解声律，不应舛互若此。又《行路难》第七首'蹲蹲'字下注曰'集作樽樽'，'啄'字下注曰'集作逐'，使果原集，何得又称'集作'？此为后人重辑之明验矣。"①核之影宋抄本，鲍照乐府诗收在卷三，馆臣所举《咏采桑》在卷五、《梅花落》在卷七、《拟行路难》在卷八，确属体例不合，馆臣解释为"因相传旧本而稍为窜乱"②。至于"蹲蹲"（见于影宋抄本"但见松柏荆棘郁樽樽"句，馆臣所据本"樽樽"作"蹲蹲"）"啄"（见于影宋抄本"飞走树间逐鸟蚁"句，馆臣所据本"逐"作"啄"）及小注，馆臣称所据鲍集为朱应登本，但核朱应登本及影宋抄本均作"樽樽""逐"，也无小注。馆臣所据之本，实则为明汪士贤刻《汉魏六朝二十一名家集》本《鲍明远集》（国家图书馆藏，编目书号 252）③。根据是此本恰作"蹲蹲""啄"，且各有小注"集作撙撙""集作逐"，微异者馆臣"撙撙"作"樽樽"。馆臣致误的原因，或缘于汪士贤刻本卷首虞炎序后照录朱应登跋，故将此本等同于朱应登本。汪士贤刻本所称"集作"，参校的《集》本为明嘉靖刻《六朝诗集》本《鲍氏集》（国家图书馆藏，编目书号 18290），因为此本正是作"撙撙"。馆臣未能参据影宋抄本和"真正的"朱应登本，称鲍集为重辑本也就难为确论。附带说的是，馆臣所据鲍集之本，钱振伦《鲍参军集注序》称："今《四库全书》所收《鲍参军集》十卷通行本，则已为明人都穆所辑。"认为是都穆辑本，这是不准确的。按朱应登跋云："近过吴中，友人都君玄敬出示此本，方以得见其全为快！因刻之郡斋。"都穆本实为所藏宋本，而非都穆重辑有鲍集。

总之，宋本鲍照集保留了唐写本的旧貌，尽管自《隋志》以来著录为十卷本，影抄之宋本亦为十卷本，不同于《七录》著录的六卷本，可能唐代作了卷第的重新厘分。就其保留唐本之貌及内容主体而言属于六朝旧集。严可均云："唐已

---

① 永瑢等：《四库全书总目》，第 1274 页。
② 同上，第 1274 页。
③ 钱序载钱仲联增补集说校：《鲍参军集注》，上海：上海古籍出版社，1980 年，第 1 页。

前旧集，见存今世者，仅阮籍、嵇康、陆云、陶潜、鲍照、江淹六家。"①逯钦立认为："能确定流传到今天的旧集，至多只有嵇、陆、陶、鲍、谢、江六家而已，较之梁代文集，只剩下千分之一二了。"②流传至今的六朝人集已属寥寥，可确定为旧集的只有五种，而鲍照集乃其一。此宋本《鲍照集》源自唐本，属旧集无疑义，并非宋人重编本，故其版本校勘价值自当不可轻忽。当然宋本也并非尽善，黄节《鲍参军集注序》称："据余昔日钞存王伊所校宋本及涵芬楼景印毛斧季所校宋本，则知文字讹异，虽宋本亦所难免。"③整体而言，存世鲍集诸本以此本最为精善。校注整理以之为底本，既可示存鲍集旧本之真，又可省去不必要的校文而起到简省之效。

二、鲍照集的编撰与流传

鲍照集始见于南朝梁阮孝绪《七录》著录，《隋书·经籍志》"宋征虏记室参军《鲍照集》十卷"条小注称"梁六卷。"此南朝梁六卷本鲍集，即援据《七录》。小注称"亡"，唐初六卷本已亡佚不传。而鲍照集之编，则始自南齐虞炎，所撰《鲍照集序》云："身既遇难，篇章无遗，流迁人间者往往见在。储皇博采群言，游好文艺，片辞只韵罔不收集。照所赋述，虽乏经典，而有超丽。爰命陪趋，备加研访，年代稍远，零落者多，今所存者倘能半焉。"虞炎编本与梁六卷本鲍照集的关系，或认为："齐梁相接，这个六卷本为虞炎集本的可能性较大。"④或认为："不知是否即为虞炎所编之本。"⑤兹结合鲍照生平及其诗文在南朝的流传，探讨两者之间的关系。

《宋书》未列鲍照本传，《南史》卷十三有小传，附在《临川武烈王道规传》之后。张溥《汉魏六朝白三家集题辞》云："鲍明远才秀人微，史不立传。服官

① 严可均：《全上古三代秦汉三国六朝文》凡例，第2页。
② 逯钦立：《先秦汉魏晋南北朝诗》后记，第2788页。
③ 黄序载钱仲联增补集说校《鲍参军集注》，第3页。
④ 丁延峰：《汲古阁毛氏影宋抄本鲍氏集及其价值》，第43页。
⑤ 丁福林、丛玲玲：《鲍氏集校注》凡例，第1页。

年月，考论鲜据，差可凭者，虞散骑奉敕一序耳。"①结合南朝史料，如《南齐书·倖臣传》云："宋文世，秋当、周纠并出寒门。孝武以来，士庶杂选。如东海鲍照，以才学知名。又用鲁郡巢尚之，江夏王义恭以为非选。"②《南史·宋宗室及诸王·临川烈武王道规传》云："照始尝谒义庆未见知，欲贡诗言志，人止之曰'卿位尚卑，不可轻忤大王。'"③鲍照《侍郎上疏》自称："臣北州衰沦，身地孤贱。"《诗品》亦云："嗟其才秀人微，故取湮当代。"鲍照庶族出身，身份较为低微，仅因其才学而入选官职，还遭到非议。故鲍照诗文虽受到关注，但却无人为其编集子。曹道衡先生认为："大约是高官的文集可以更容易地进入国家藏书，著录于国家藏书的目录中。"④也可以这样讲，上层士族出身的文人群体，其集子更容易得到编撰整理。鲍照集子未编的结果，造成诗文散佚，虞炎序称之为"篇章无遗""零落者多"。有学者据此推测，"这些遗文并非出于鲍氏家藏，可能是僚友亲旧偶存的零章，或者爱赏知音传抄的篇什，也可能得自朝廷档库（如经进的《河清颂》），或者乐署歌本（如其传诵颇广的乐府诗）。"⑤

　　虞炎编鲍照集，自序称"储皇博采群言，游好文艺，片辞只韵罔不收集"。按"储皇"即南齐武帝萧赜长子萧长懋，谥号文惠太子，《南齐书》本传称其"善立名尚，礼接文士，畜养武人，皆亲近左右，布在省闼"⑥，又《南史·齐武帝诸子·文惠皇太子长懋传》云："从容有风仪，音韵和辩，引接朝士，人人自以为得意。文武士多所招集，会稽虞炎、济阳范岫、汝南周颙、陈郡袁廓，并以学行才能，应对左右。"⑦文惠太子喜好文学，属意于结交文士。他本人应爱好鲍照诗文，遂有命门下文士虞炎编撰鲍照集之事。影宋抄本《鲍照集序》题"散骑侍郎虞炎奉教撰"（朱应登本"教"作"敕"，应作"教"为是），即是奉文惠太子之命而编是集。虞炎其人，《南史·陆厥传》云："时有会稽虞炎以文学与沈约

①　张溥：《汉魏六朝百三家集题辞》，第227页。
②　萧子显：《南齐书》，第972页。
③　李延寿：《南史》，第360页。
④　曹道衡：《兰陵萧氏与南朝文学》，第51页。
⑤　颜庆余：《鲍照集版本考》，第82页。
⑥　萧子显：《南齐书》，第399页。
⑦　李延寿：《南史》，第1099页。

俱为文惠太子所遇，意眄殊常，官至骁骑将军。"①推知虞炎颇得文惠太子礼遇，且其自身又有文学声誉，奉命编纂是集自在情理之中。

虞炎编本，自序已称"今所存者倘能半焉"，则鲍照诗文南齐时已佚去大半。按《临川烈武王道规传》云："上（宋文帝）好为文章，自谓人莫能及，照悟其旨，为文章多鄙言累句。咸谓照才尽，实不然也。"②疑所佚者多为此类文章。虞炎所编此集既出自文惠之命，推想集子当登记于国家藏书簿录。下述两条材料，表明集子藏于秘阁，也有民间传本。萧子显《南齐书·文学传论》云："今之文章，作者虽众，总而为论，略有三体……次则发唱惊挺，操调险急，雕藻淫艳，倾炫心魂。亦犹五色之有红紫，八音之有郑、卫。斯鲍照之遗烈也。"③萧子显论述南齐文章发展的脉络，认为第三体属鲍照文章遗绪，必应读过鲍照集诗文方能有此论。又凭借他皇族的身份，所读鲍集应为秘阁所藏虞炎编本无疑。《诗品序》称鲍照戍边诗为"五言之警策者也"，《诗品》卷中列"宋参军鲍照诗"条，品评其诗风之源和特点，亦必读完鲍照集中的全部诗作方可下此结论。按钟嵘，《梁书》本传称其南齐永明中为国子生，后举本州秀才，经抚军行参军、安国令、司徒行参军、中军临川王行参军、宁朔记室、晋安王记室诸职，衔不过六品，为下层士族官吏；且无任秘书著作丞、郎的经历，故不会看到秘阁本，所读必当是民间流传的鲍集本。此本或据虞炎编本传录，限于史料无从判断。至阮孝绪编《七录》，著录六卷本鲍照集，按《隋书·经籍志》云："普通中，有处士阮孝绪，沉静寡欲，笃好坟史，博采宋、齐已来王公之家凡有书记，参校官簿，更为《七录》。"④知所著录的鲍照集当即虞炎编本。

值得注意的是，《宋书》以及《南史》附鲍照小传等均未记载鲍照集。钱志熙先生认为："晋宋史家著录当代作家文集行世是有一定的体例的，一流影响重大的作家，不须特别强调其文集行于世。有时史家特别著录其文集行世的，往

---

① 李延寿：《南史》，第1198页。
② 同上，第360页。
③ 萧子显：《南齐书》，第908页。
④ 魏徵等：《隋书》，第907页。

往是二三流的作家。"① 具体的原因，推测可能与其卑微身份有关，也可能与虞炎编本既为秘阁所藏而致外间流传不多有关。应该说，隋之前的南朝甚至北朝，流传的鲍照集恐为虞炎编本一家。即便梁六卷本已非虞炎本全貌，但属最接近鲍照诗文原貌的本子是没有疑义的。而至《隋书·经籍志》著录鲍照集为十卷本，两《唐志》相同，知隋唐时期流传的鲍集均为十卷。相较于六卷梁本，增益四卷，《四库全书总目》认为："然则后人又续增矣。"② 但四库馆臣又称："钟嵘《诗品》云学鲍照才能'日中市朝满'……今集中无此一句。"③ 按此意见，则"续增"未必即意味着十卷本辑录了更多的鲍照诗文。但此"日中市朝满"诗，不仅见于影宋抄本和朱应登本鲍集中，还见于它所据的底本明汪士贤刻《汉魏六朝二十一名家集》本《鲍明远集》中，载于卷三《代结客少年场行》。《四库全书总目》据此认为："益知（十卷本）非梁时本也。"④ 结论便不足为据。再者，即便是增加了六卷本未载录的诗文，它的可靠性也值得怀疑。按《南史·吉士瞻传》云："少有志气，不事生业。时征士吴苞见其姿容，劝以经学，因诵鲍照诗云'竖儒守一经，未足识行藏。'"⑤ 而此诗实江淹所作，收在《文选》卷三十一，为江文通《杂体诗三十首》之二十九拟鲍照《戎行》诗。这说明南齐时已有拟诗混淆为鲍照作品，不排除虞炎编本已混入拟诗的可能性，之后的传本混入拟诗也属不可避免。然今传影宋抄本等各本鲍照集均未收此诗，推断至少在宋代已将此诗排除在鲍照集之外。根据可能是《文选》以及江淹集已凿然题为江淹之作，但一些未见它书载录或传本的拟诗作品就很难做到如此了。

北宋的《崇文总目》著录《鲍照诗集》一卷，推测为鲍照诗作的单行本，颜庆余认为："这个悬殊的卷数表明，要么著录有误，要么只是某一选本。"⑥ 北宋时期还刻有鲍照集，晁说之《扬州三绝句》诗云："孰知子骏在扬州，解传鲍照

---

① 钱志熙:《早期诗文集形成问题新探——兼论其与公讌集、清谈集之关系》，第 109 页。
② 永瑢等:《四库全书总目》，第 1274 页。
③ 同上。
④ 同上。
⑤ 李延寿:《南史》，第 1363 页。
⑥ 颜庆余:《鲍照集版本考》，第 82 页。

旧辞赋。"自注称:"鲜于子骏守此州,刊鲍参军集。"① 按《宋史》卷三百四十四《鲜于侁传》称其元丰二年（1079）知扬州,则此本当为北宋元丰间刻本,惜已不传,它与影宋抄本的关系也无从判断。降至南宋,《西溪丛语》卷下云:"盖用慧休《菊问赠鲍侍郎》诗云:'玩枝兮金英,绿叶兮紫茎。'鲍照有答诗,《类文》题作《菊问》,照集又云《赠答》。"② 按影宋抄本作《赠鲍侍郎》,不作《赠答》,则姚宽所见之本并非所抄之宋本。《郡斋读书志》著录鲍照集为十卷,称:"集有虞炎序,云为宋景所害。"③ 透露著录本有虞炎集序。《遂初堂书目》亦著录,不题卷数。总之,南宋孝宗时,鲍集或有鲜于子骏刻本、姚宽所见本、《郡斋》本和《遂初堂书目》本等,影抄本中的校语也反映了宋代鲍照集不止一刻。至《直斋书录解题》《宋史·艺文志》和《文献通考·经籍考》均著录为十卷本,推断即影抄之宋本。

鲍照集明初有俞子懋刻本,《海桑集》卷五载《鲍参军集序》云:"总制俞公子懋刻鲍参军集于懋斋。"④《[弘治]徽州府志》卷九称俞茂初名荣,字子懋,休宁人。此本今已不传。明正德五年（1510）有朱应登刻本,曾视为现存鲍照集的最早版本。此外,明嘉靖刻《六朝诗集》本、明汪士贤编《汉魏六朝二十一名家集》本等及张燮本、张溥本,大抵皆据朱应登本而刻,只是又稍加捃拾而已。当然上述诸本相校亦存在个别异文,但整体而言并不具备校勘价值。

三、从影宋抄本看鲍照集的版本系统

影宋抄本《鲍照集》,据抄的宋本已推断出自唐写本,在某种程度上反映的是《隋志》《旧唐志》著录本及李善所见之本的面貌。就唐代流传的鲍照诗文而言,总体上可分为集本、李善注和五臣注《文选》本三种系统。兹将《文选》所收诗文与影宋抄本（校勘中称宋本）相比勘,李善注《文选》依据宋淳熙本（此

---

① 晁说之:《嵩山景迁生集》,影印清乾隆南昌彭氏知圣道斋抄本,《历代画家诗文集》第35种,台北:学生书局,1975年,第464页。

② 姚宽:《西溪丛语》,孔凡礼点校,北京:中华书局,1993年,第89页。

③ 晁公武《郡斋读书志》,第820页。

④ 陈谟:《海桑集》,台湾商务印书馆影印文渊阁《四库全书》本,第1232册,第583页。

本附《李善与五臣同异》一卷，五臣本异文情况主要据此），同时校以台北"国家图书馆"藏宋绍兴三十一年（1161）建阳陈八郎崇化书坊刻本（以下简称陈八郎本）[①]。校记如下：

卷一《舞鹤赋》"顿修趾之鸿姱"，淳熙本"鸿"作"洪"，五臣本、陈八郎本同。

"岁峥嵘而催暮"，淳熙本"催"作"愁"，五臣本、陈八郎本同宋本。

"心惆怅而哀离"，五臣本、陈八郎本"怅"作"惕"，淳熙本同宋本。

"既而雾昏夜歇"，淳熙本"雾"作"氛"，五臣本同，陈八郎本作"气"。

"临惊风之萧条"，五臣本、陈八郎本"惊"作"清"，淳熙本同宋本。

"舞容飞于金阁"，淳熙本"容飞"作"飞容"，五臣本、陈八郎本同。

"矫翅雪飞"，五臣本、陈八郎本"雪"作"云"，淳熙本同宋本。

"合渚相依"，淳熙本"渚"作"绪"，五臣本、陈八郎本同。

"忽星离而云罗"，淳熙本"罗"作"罢"，五臣本、陈八郎本同宋本。

"更惆惕而惊思"，淳熙本"惕"作"怅"，五臣本、陈八郎本同宋本；淳熙本"而"作"以"，五臣本、陈八郎本同。

《芜城赋》"重关复江之奥"，淳熙本作"重江复关之隩"，五臣本、陈八郎本同。

"竟瓜割而豆分"，淳熙本"割"作"剖"，五臣本、陈八郎本同宋本。

"饥鹰砺吻"，淳熙本"砺"作"厉"，五臣本、陈八郎本同。

"南国佳人"，淳熙本"佳"作"丽"，五臣本、陈八郎本同宋本。

"同辇之愉乐"，淳熙本"辇"作"舆"，五臣本、陈八郎本同宋本。

"边风起兮城上寒"，淳熙本"起"作"急"，五臣本、陈八郎本同宋本。

卷三《代东武吟》"召募到河源"，淳熙本"召"作"占"，五臣本、陈八郎本同宋本。

① 宋尤袤池阳郡斋刻淳熙本是现存最为完整的李善注本《文选》，而现存宋刻五臣注本有两种，一种为宋杭州开笺纸马铺钟家刻本，系残本，仅有卷二十九至三十两卷。另一种为宋陈八郎刻本，最为完整，故校以此本。校勘结果表明，尤袤所据五臣本与陈八郎本略有异，知并非同本。

"追虏出塞垣"，淳熙本"出"作"穷"，五臣本、陈八郎本同。

"倚杖牧鸡豚"，淳熙本"豚"作"独"，五臣本、陈八郎本同。

《代出自蓟北门行》"微师屯广武"，淳熙本"师"作"骑"，五臣本、陈八郎本同。

《代东门行》"杳杳白日晚"，淳熙本"白"作"落"，五臣本、陈八郎本同。

《代苦热行》"赤坂横西阻"，淳熙本"坂"作"阪"，五臣本、陈八郎本同。

"草露夜霑衣"，淳熙本"草"作"茵"，五臣本、陈八郎本同；淳熙本"霑"作"沾"，五臣本同，陈八郎本同宋本。

"爵轻君尚惜"，淳熙本"爵"作"财"，五臣本同宋本，陈八郎本作"君"。

《代白头吟》"点白信苍蝇"，淳熙本"点"作"玷"，五臣本、陈八郎本同宋本。

《代放歌行》"习苦不言排"，淳熙本"排"作"非"，五臣本、陈八郎本同宋本。

《代升天行》"翩翩若回掌"，淳熙本"若"作"类"，五臣本、陈八郎本同。

"少别数千龄"，淳熙本"少"作"近"，五臣本、陈八郎本同。

"何时与汝曹"，淳熙本"汝"作"尔"，五臣本、陈八郎本同。

卷四《拟古》"将以分符竹"，淳熙本"符"作"虎"，五臣本、陈八郎本同宋本。

卷五《行乐至城东桥》，淳熙本"乐"作"药"，五臣本、陈八郎本同。

"尊贤永照灼"，淳熙本"照"作"昭"，五臣本、陈八郎本同。

《浔阳还都道中》"猎猎晚风道"，淳熙本"晚"作"晓"，五臣本、陈八郎本同宋本。

卷六《咏史》"君平独寂寞"，淳熙本"寞"作"漠"，五臣本同，陈八郎本同宋本。

校勘表明，三种系统中的鲍照诗文，或集本与淳熙本和五臣本均有异，属此例者较多；或集本与五臣本相同而与淳熙本相异，属此例者有一部分；或集本与淳熙本相同而与五臣本相异，属此例者不多。这反证，影抄所据的宋本是相对独立的文本，不存在从《文选》辑出诗文重编的问题，再次佐证馆臣所称《鲍氏集》属重辑本论断之误。

影抄所据之宋本，在明代衍生出明正德五年朱应登刻本。此本行款版式为十行十七字，白口，左右双边，单黑鱼尾。版心中镌"鲍集"和卷次及叶次。卷首有虞炎《鲍氏集序》，卷十末有正德五年朱应登跋。按朱跋云："近过吴中友人都君玄敬，出示此本，方以得见其全为快，因刻之郡斋以诒同志。"知底本据自明都穆所藏，都氏虽未言所藏何本，推其实当即宋本，与影抄所据之宋本属相同版本。傅增湘称朱应登本："序与卷第一接连而下。每卷目后接连文。"[①]核之朱应登本，序与卷一并不相连，而是另起叶，与宋本不同。但每卷目后紧接正文，与宋本一致。明刻各丛编本中的鲍集均出自此朱应登本。朱应登尽管据宋本而刻，但仍出现讹误字或脱字，兹校以影宋抄本，如：

> 卷四《学陶彭泽体》"但使铸酒满"，影宋抄本"铸"作"鐏"。
>
> 《绍古辞》"往海不及邻"，影宋抄本"邻"作"群"。
>
> 《幽兰》"抱渠"，影宋抄本"渠"作"梁"。
>
> 《学古》"幸慎严冬暮"，影宋抄本"慎"作"值"。
>
> 卷五《和王丞》"衔协旷舌愿"，影宋抄本"舌"作"古"。
>
> 《观圃人艺植》"空织已尚淳"，影宋抄本"织"作"识"。
>
> 《咏采桑》"宓□笑洭洛"，影宋抄本脱字作"赋"。
>
> 《临川王服竟还田里》"送佳礼有终"，影宋抄本"佳"作"往"。
>
> 卷六《登翻车岘》"新知有客慰"，影宋抄本"新知"作"知新"。
>
> 《送别王宣城》"淮阳流者声"，影宋抄本"者"作"昔"。
>
> 卷七《玩月城西门廨中》"千里与同君"，影宋抄本"同君"作"君同"。
>
> 《代挽歌》"青盎进青梅"，影宋抄本"青"作"素"。
>
> 卷八《拟行路难》"諟古时蜀帝魄"，影宋抄本"魄"作"魂"。
>
> 《蒜山被始兴王命作》"芳艳洽欢柔"，影宋抄本"艳"作"醴"。

---

① 傅增湘:《藏园群书经眼录》，北京：中华书局，2009 年，第 831 页。

> 卷十《河清颂》"君国帝宝"，影宋抄本"国"作"图"。

故以朱应登本作为校注整理鲍照集的底本是不适宜的。

影宋抄本还衍生出一帙清抄本，现藏国家图书馆（编目书号 6983），行款同此影宋抄本。按书中卷首副叶顾广圻跋称："此鲍集与读未见书斋所藏毛氏影宋本同"，又书末副叶有黄丕烈跋，称："此影宋钞本《鲍氏集》与余所藏本同，内缺两半叶。"知此本实即据影宋抄本的再抄本。国家图书馆还藏有一部清影宋抄本（编目书号 4561），存卷六至十，与毛氏影宋抄本几无二致，应属他人据同种宋本影写者。

综上，通过汲古阁影宋抄本《鲍氏集》的考察，断定影抄所据之宋本乃祖出唐写本，保存了古本鲍照集的面貌；从而佐证鲍照集属六朝旧集，而非后世重辑本。这既更正了《四库全书总目》不妥当的论断，也确立了鲍照集在现存六朝人集中的文献地位。同时也指出校勘整理鲍照诗文当以影宋抄本（自内容而言即宋本）为底本。理由是明朱应登本，虽出自宋本，但存在讹误，不宜作为底本使用，可以之为校本。

第四节　谢朓集

现存汉魏六朝人集属六朝古本旧集者不过五种，谢朓集即为其一。《四库全书简明目录》称："今所传六朝别集，惟此（指《陶渊明集》）与谢朓集为原书。"[1] 又日本学者阿部顺子称："《谢宣城诗集》的赋、乐府、诗收录总数达到了二百二十六首，其中附载三十余首他人诗，内容完整，体裁完善，可以认为是保存了古谢朓集原貌的好集子。"[2] 以现存清影宋抄本《谢宣城诗集》为文本依据，其保留篇题小注（出自作者之手）的体例与唐李善注《文选》所引谢朓集基本

---

① 永瑢等：《四库全书简明目录》，傅卜棠点校，上海：华东师范大学出版社，2012 年，第 581 页。

② 阿部顺子：《谢朓集版本渊源述》，《古籍整理研究学刊》2000 年第 1 期，第 59 页。

相同，可证谢朓集确属六朝旧集（保留古本旧集面貌的残本），而绝非唐宋人辑录谢朓诗文的重编本。同时依据影宋抄本保留的文本面貌，进而考察谢朓集的版本系统。结果表明，即便是同一系统内的各本除存在正文文字的差异外，篇题、篇次及体例亦均产生"变异"，印证文本传承的复杂性。

一、谢朓集的编撰与流传

谢朓诗文编称"集"始见于《隋志》，著录齐吏部谢朓集十二卷和谢朓《逸集》一卷。按诸相关资料，南朝当已有谢朓集之编。如钟嵘《诗品》称"齐吏部谢朓，其源出于谢混……奇章秀句，往往警遒"，应即据当时谢朓集传本之诗篇而立论。又《太平广记》载"刘孝绰无所与让，惟服谢朓诗，常以谢诗置几案间，动静辄讽咏"（明张燮本《谢宣城集》附录），《谈薮》称"梁高祖绝重谢朓诗，尝曰不读谢诗，三日觉口臭"（同上）。萧纲《与湘东王书》亦云："至如近世谢朓、沈约之诗，任昉、陆倕之笔，斯实文章之冠冕，述作之楷模。"[①] 推断梁代谢朓诗作已有整理编定本。据《隋志》著录的六朝人别集绝少有分体集者（如诗集、赋集等，分体集主要出现在总集中），故谢朓诗当附著于本集中，以"集"本的面貌流传。

《隋志》著录谢朓集十二卷和《逸集》一卷，"逸集"盖指在谢朓本集之外将新收得的诗文编为集子。或称逸集的作品与"正集中所收作品的文体不同，或不属于当时通行的文学与文章体裁"[②]。按《隋志》"魏武帝集"条小注称"梁有《武皇帝逸集》十卷"，又小注称梁尚有《魏武帝集》三十卷、录一卷，知《逸集》属本集之外的诗文作品编。但《隋志》本身又著录《魏武帝集新撰》十卷，此即《七录》著录的《武皇帝逸集》，只是题名不同，推断"逸集"指将不载于本集的作品又另行汇编成集。两《唐志》著录《谢朓集》十卷（《新唐志》此条著录乃抄自《旧唐志》），相较于《隋志》著录本佚去两卷。且不再著录《逸集》，

---

① 萧纲：《与湘东王书》，严可均辑《全梁文》卷11，第3011页。

② 杨晓斌：《逸集·别集辨析》，第79页。

疑合编于十卷本中。按《文选》唐李善注引及谢朓集四条和沈约集一条（与谢
朓相关），藉此可窥唐本谢朓集之貌，如：

> 《文选》卷二十三载谢朓《同谢咨议铜雀台诗》，李善注云："《集》曰谢
咨议璟。"
>
> 卷二十六载谢朓《酬王晋公一首》，李善注云："《集》曰王晋安德文。"
>
> 卷二十八载谢朓《鼓吹曲一首》，李善注云："《集》云奉隋王教作。"
>
> 卷三十载谢朓《和徐都曹一首》，李善注云："《集》云和徐都曹勉昧旦
出新渚。"
>
> 载沈约《和谢宣城一首》，李善注云："《集》云谢宣城朓卧疾。"

李善所据谢朓集当即《旧唐志》著录的十卷本，前三条均属唐本谢朓集中
该诗的小注，以之与清影宋抄本《谢宣城诗集》（该本影抄宋洪伋重刻楼炤五卷
本，就内容而言可径直视为宋本）相校，"宋本"（即影抄之宋洪伋本，下同）
中均无此小注。一般认为此小注出自谢朓本人，为原诗所有，是否保留此小注
是判断属旧本与否的重要标准。第四条表明《文选》诗题与唐本谢朓集不同，
而"宋本"则题"和徐都曹出新亭渚"，与上述两者又不尽相同。第五条表明唐
本沈约集中该诗下有此小注，按"宋本"载谢朓《在郡卧病呈沈尚书》，沈约即
和此诗。印证"宋本"谢朓集在保留小注的旧本面貌和诗题两方面，与唐本存
在差异，部分地失去了唐本之貌。

降至北宋，《崇文总目》亦著录为十卷本，题"谢玄晖集"，即《旧唐志》
著录之本。按楼炤跋云："然小谢自有全集十卷，但世所罕传。如《宋海陵王墓
志》，集中有之，而《笔谈》乃曰此铭集中不载。盖虽存中之博，亦未之见也，
而余家旧藏偶有之。"推断北宋时所传谢朓集卷数虽与《旧唐志》相合，但篇目
则有阙佚。北宋时还流传有蒋之奇重编《小谢集》一卷，《秘书省续编到四库阙
书目》著录。按蒋之奇，字颖叔，常州宜兴人（今属江苏），宋嘉祐二年（1057）
进士。南宋楼炤跋称："继得蒋公之奇所集小谢诗，以昭亭庙、叠嶂楼、绮霞阁
所刻，及《文选》《玉台新咏》、本集所有，合成一编，共五十八篇，自谓备矣。"

清影抄之宋洪伋本乃重刻楼炤本（以下称之以"宋本"），篇目及文本面貌应基本悉楼本之旧。"宋本"《谢宣城诗集》收诗一百七十五首，远逾"五十八篇"之数。推知《小谢集》仅录谢朓诗，且为部分的谢朓诗，楼炤跋即称："以是知蒋公所谓本集者，非全集矣。"推断《秘书省续编到四库阙书目》著录称"重编"，指谢朓诗的选编本。

　　南宋晁公武《郡斋读书志》著录谢朓集也是十卷本，云："《文选》所录朓诗仅二十首，集中多不载，今附入。"[1]按《文选》载谢朓诗二十首，即《新亭渚别范零陵诗一首》（卷二十）、《游东田一首》（卷二十二）、《同谢咨议铜雀台诗一首》（卷二十三）、《郡内高斋闲坐答吕法曹一首》（卷二十六）、《在郡卧病呈沈尚书一首》（同上）、《暂使下都夜发新林至京邑赠西府同僚一首》（同上）、《酬王晋安一首》（同上）、《之宣城出新林浦向版桥一首》（卷二十七）、《敬亭山一首》（同上）、《休沐重还道中一首》（同上）、《晚登三山还望京邑一首》（同上）、《京路夜发一首》（同上）、《鼓吹曲一首》（卷二十八）、《始出尚书省一首》（卷三十）、《直中书省一首》（同上）、《观朝雨一首》（同上）、《郡内登望一首》（同上）、《和伏武昌登孙权故城一首》（同上）、《和王著作八公山一首》（同上）、《和徐都曹一首》（同上）、《和王主簿怨情一首》（同上），均载于影抄之宋本中。晁氏言南宋初传本谢朓集多不载上述诸诗，从楼炤跋也可得到佐证，云："余至郡，视事之暇，裒取郡舍石刻并宣城集所载谢诗才得二十余首。"楼炤集合上述谢朓诗及《文选》《玉台新咏》和蒋之奇编本才得"五十八篇"，仅为"宋本"诗篇数的三之一。该跋撰写于绍兴丁丑（1157），断定楼跋所称的"宣城集"即便不是晁氏所见之南宋初残本谢朓集，但它本身也属残本无疑义，同时也印证晁氏所言据实。大概经北宋末靖康播荡，本已非唐本旧貌的北宋十卷本至南宋初又成残本，只好据《文选》再行辑录诗文而复成十卷本。其流传系谱可描述为：南朝旧集（卷数不详）→《隋志》十二卷本→《旧唐志》十卷本→《崇文总目》十卷本（篇目有阙佚）→南宋初残本→辑入诗文重编而成"新"的十卷本（即晁氏著录本）。

---

①　晁公武：《郡斋读书志》，第821页。

但楼炤跋表明,似乎《旧唐志》著录的唐本还有流传,即楼氏家藏十卷本谢朓集。理由是楼炤明言该本保存有北宋沈括所见谢朓集未载之文,疑即《崇文总目》著录本。但它也非尽属唐本旧貌。根据是:其一,李善注所引谢朓集中诗篇的小注,不见于影宋抄本中,诗题也不尽相同(参上文所述);其二,影宋抄本又部分地保留了小注,如卷一《七夕赋》篇题下小注"奉护军王命作",卷三《郡内高斋闲望答吕法曹》篇题下小注"吕僧珍,齐王法曹"等。推断"宋本"《谢宣城诗集》,属保留了部分唐本旧貌且祖自南朝旧集的残本,其文本地位要高于复经辑入诗文重编的晁氏著录本。也就是说,尽管有渊源有自的晁氏著录之十卷本,以及楼炤在宣城郡所裒辑的一编五十八篇,均不及其家藏十卷本。而楼炤刻谢朓诗依据的正是家藏本,而与上述两者都没有关系。

《遂初堂书目》著录者题"谢玄晖集",然不题卷数,疑即晁氏本。《直斋书录解题》著录《谢宣城集》五卷,云:"集本十卷,楼炤知宣州,止以上五卷赋与诗刊之,下五卷皆当时应用之文,衰世之事。可采者已见本传及《文选》,余视诗劣焉,无传可也。"[1] 按清影宋抄本《谢宣城诗集》卷末楼炤跋即云:"余家旧藏偶有之(指十卷本谢朓集),考其上五卷,赋与乐章之外,诗乃百有二首,而唱和联句、他人所附见者不与焉……于是属之僚士,参校谬误。虽是正已多,而有无他本可证者,故犹有阙文。锓板传之,目曰《谢宣城诗集》。其下五卷,则皆当时应用之文,衰世之事,其可采者已载于本传、《文选》,余视诗劣焉,无传可也,遂置之。"陈氏所云即节自楼跋,断定《直斋书录解题》著录本即楼炤所刻五卷本《谢宣城诗集》。由于楼炤仅选刻家藏十卷本谢朓集中的诗和赋,这也就使得该十卷本可能很快即不传。这是宋代重视古文而轻视六朝文之背景在书籍刊刻中的折射。故《直斋书录解题》并未再著录十卷本谢朓集,印证该卷第的集子确已不是很流行了。而楼氏所刻五卷本则几乎取代了十卷本的地位,证以《云谷杂记》补编卷二"联句所始"条云:"予观谢宣城集有联句七篇,陶靖节有联句一篇。"[2] 此即楼氏刻本,按影抄宋本《谢宣城诗集》卷五即载有《联

---

① 陈振孙:《直斋书录解题》,第464页。
② 张淏:《云谷杂记》,张宗祥校录,北京:中华书局,1958年,第95页。

句》七篇，篇目为《阻雪》《还途临渚》《纪功曹中园》《闲坐》《侍筵西堂落日望乡》《祀敬亭山春雨》和《往敬亭路中》。楼炤刻谢朓集后六十余年，洪伋在宣城郡斋据楼本重刻，明本谢朓集大抵皆源出此本。

《宋史·艺文志》著录《谢朓集》十卷、又《诗》一卷，表明元代尚有十卷本的流传，当即晁氏著录本。或称："十卷本谢朓集的确在南宋时代就散佚了。"①恐未必切实，十卷本可能散佚于元明之际。至于著录的《诗》一卷，似非北宋蒋之奇编本。按《百川书志》著录《谢玄晖诗选》一帙，云："唐子西梓（实则为唐庚所编而非刊刻），凡二十首。"②又《文献通考·经籍考》引唐庚语云："江左诸谢诗文见《文选》者六人，希逸无诗，宣远、叔源有诗不工。今取灵运、惠连、元晖诗合六十四篇为三谢诗。"③断定《诗》一卷应指宋本《三谢诗》中的谢朓诗（详下文所述）。

入明所传谢朓集的单刻单行本，从篇目而言即出自楼炤所编的五卷本《谢宣城诗集》（明史元熙刻本又稍作补遗），如《百川书志》著录之五卷本《谢宣城集》称："赋九首、乐歌八首，诗百八十二首。"④至汪士贤、张燮、张溥等又辑录谢朓文入集，欲恢复谢朓诗文合集的本貌。如张燮辑六卷本《谢宣城集》，增入文十九篇，即"表"三篇、"章"一篇、"笺"一篇、"启"三篇、"教"二篇、"哀策文"和"谥册文"各一篇、"墓铭"四篇和"祭文"三篇。而傅增湘称："不独增文十九首，更将诗之前后次第悉予变更，无知妄作，莫甚于此"⑤，似属苛责。张燮本的篇目为清人郭威钊刻六卷本《谢宣城集》所承，傅增湘也评价为"自诩有搜采遗佚之功，而不知已蹈擅改古本之失"⑥，实则均值得肯定。除刻本谢朓集外，尚有明人据宋抄本一部（《四部丛刊》初编影印本），以及影宋（洪伋本）抄本两部即明末毛氏汲古阁和清人影抄两部，自文

① 阿部顺子:《谢朓集版本渊源述》，第60页。
② 高儒:《百川书志》，《宋元明清书目题跋丛刊》明代卷1册，北京:中华书局，2006年，第783页。
③ 马端临:《文献通考·经籍考》，第338页。
④ 高儒:《百川书志》，第783页。
⑤ 傅增湘:《藏园群书题记》，第557页。
⑥ 同上，第553页。

献内容而言可等同视为宋洪伋本，有助于研究现存宋两卷残本《谢宣城诗集》
之外的文本内容。

总之，根据今传"宋本"《谢宣城诗集》所保留的小注，与唐李善注引唐本
谢朓集中有小注的文本面貌相合；且保存有北宋传本谢朓集未载的篇目（楼炤
跋），初步确定该诗集及其所从属的楼炤旧藏十卷本留有唐本旧貌。即《谢宣城
诗集》是与唐本一脉相承的文本，而唐本又绍自《隋志》著录本，尽管卷数有
阙佚，仅就留有小注而言可基本视为祖自南朝人所编六朝旧集的残本，而非唐
宋人辑录诗文的重编本。

二、谢朓集的宋本与影宋抄本

现存谢朓集，除宋嘉定十三年（1220）洪伋宣州郡斋刻本（以下简称"洪
伋本"）和宋本《三谢诗》（有谢朓诗二十首，可视为诗集的一个选本）外，尚
有明嘉靖刻《六朝诗集》本（以下简称"《六朝诗集》本"）、明抄本（《四部丛
刊》影印称"明依宋抄本"）、明末毛氏汲古阁影宋抄本（以下简称"汲古阁本"）、
清影宋抄本，及明正德六年（1511）刘绍刻本（以下简称"刘绍本"）、明嘉靖
十六年（1537）黎晨刻本（以下简称"黎晨本"）、明万历七年（1579）史元熙
览翠亭刻本（以下简称"史元熙本"）等①。有学者称："现存谢朓集有宋代到清代
的几种版本，它们在内容、体裁等方面存在着很大的差异。但通过各本的比较，
可知它们的祖本都是宋刊本。"②宋洪伋本是现存谢朓集各本的祖本，但在据之传
刻过程中也存在一些变异。兹将上述诸本区分为两个系统，即宋本系统和源自
宋本的系统，藉以厘清系统内各本的因袭关系，以及诸如篇次和文字等方面存
在的差异，进而廓清谢朓集的版本系谱。

其一，洪伋本。此本现藏台北"国家图书馆"，为残本，存卷一至二两卷，
其余卷帙配影宋抄本。其行款版式为十行十八字，白口、左右双边，单黑鱼尾。

---

① 出自宋本的明抄本和影宋抄本均题"谢宣城诗集"，《六朝诗集》本题"谢宣城集"，刘绍
本和黎晨本题"谢朓集"，史元熙本题"谢宣城集"，均为五卷本。

② 阿部顺子：《谢朓集版本渊源述》，第59页。

版心上镌字数，中镌"谢集"和卷次及叶次，下镌刻工姓名。卷端题"谢宣城诗集卷第一"。据傅增湘《藏园群书题记》，书中刻工有侯琦、潘德璋、潘晖诸人名，"玄""弘""匡""贞""搆""敦""廓""嗽"（当为桓宗赵桓嫌名讳）诸字皆缺末笔，避讳至宁宗赵扩止。

关于其版本，刘启瑞跋称："此书《四库总目》入别集，所据为内府藏本，前有楼炤序，绍兴二十八年（1158）所刻，称为南宋佳本。此书搆、敦皆缺笔，似刻稍后，而为宋刻则毫无疑义。"又傅增湘称："字体方整而气息浑厚，与浙杭本迥别，知为宣州郡斋所刊。此虽佚去下册，后跋不可得见，然以宋讳至廓字证之，则为嘉定十三年洪伋翻雕楼炤本无疑也。"[1]按刻工潘晖又曾与刻宋绍定二年（1229）池阳（今安徽池州）本《韩文考异》，为安徽籍刻工，也佐证此本确属洪伋本。洪伋本据楼炤本重刻，照旧保留楼本的篇目和文本内容，是明清诸本谢朓集的祖本。

其二，《三谢诗》本。此本原藏日据时期大连图书馆，系杨氏海源阁旧藏，20世纪30年代日本桥川时雄影印行世。其行款版式为十二行二十二字，白口、左右双边，顺黑鱼尾。版心上镌字数，中镌"三谢诗"或"三谢"，下镌叶次。谢朓诗末题"嘉泰甲子（1204）郡守谯令宪重修"。检书中"弦""惊（驚）""殷""恒""桓"诸字阙笔，而"构""沟""敦""暾""廓""郭"诸字不讳，避讳尚不谨严。

《直斋书录解题》卷十五著录《三谢诗》一卷，云："集谢灵运、惠连、玄晖，不知何人集。《中兴书目》云唐庚子西。"[2]按《四部丛刊》影印旧抄本《眉山唐先生文集》卷十五有《书三谢诗后》云："江左诸谢诗文见《文选》者六人，希逸无诗，宣远、叔源有诗不工。今取灵运、惠连、玄晖诗合六十四篇为《三谢诗》。"（《文献通考·经籍考》所引唐氏语录即源自此）则编者确为唐庚，他字子西，眉州丹棱（今属四川眉山）人，北宋绍圣间登进士第。唐庚所编《三谢诗》乃自《文选》辑出，其中谢朓诗二十一篇。关于是书的版本，据卷末所题可定为

---

① 傅增湘：《藏园群书题记》，第552页。
② 陈振孙：《直斋书录解题》，第439页。

宋嘉泰四年谯令宪重修刻本。黄丕烈跋称："近时大兴朱竹君曾得宋刻，诧为希有，举以告五柳居陶君廷学，曰此宣城本也。"莫友芝因袭此说，称："所谓宣城本者是也。"①日本桥川时雄《宋嘉泰重修三谢诗后》驳斥此说，称："宋本《三谢诗》与沧苇旧藏《舆地广记》同时同地同一人之重修，其原刊于江右，非宣城本。"但并未明确提出"江右"的具体地点。吴怿先生根据《江州图经》和"郡守谯令宪刻《王右军十七帖》署于庾楼"的记载，称："嘉泰年间谯令宪曾为九江郡守"，"可以肯定九江是《三谢诗》的原刊地"②。并进而根据《[嘉靖]九江府志》有关唐庚之子唐文若曾知江州（今属江西九江）的记载，认为极有可能"利用职务的便利，刊刻了其父所辑的《三谢诗》"③。这为理解谯令宪的"重修"提供了依据，谯本当即在唐文若初刻本的基础上修版补刻后再印，《直斋书录解题》著录者疑即此本。

就谢朓诗而言，诗篇次序与《文选》所载朓诗相同，诗题亦基本相同，以之与南宋尤袤本、明州本和陈八郎本相校（同时校以清影宋抄本谢朓集，校勘中称"宋本"），如：

《游东田诗一首》"远树暧阡阡"，尤本"阡阡"作"仟仟"，宋本同。明州本、陈八郎本同《三谢诗》，明州本校语称"善本作仟仟字"。

《郡内高斋闲坐答吕法曹诗一首》"见就此山岑"，尤本"此"作"玉"。宋本、明州本、陈八郎本均同《三谢诗》，宋本校语称"此一作玉"，明州本校语称"善本作玉字"。

《在郡卧病呈沈尚书诗一首》"抚枕令自嗤"，尤本"枕"作"机"，宋本、明州本、陈八郎本均同《三谢诗》，宋本校语称"一作机"，明州本校语称"善本作机字"。

《暂使下都夜发新林至京邑赠西府同僚一首》"终知返路长"，尤本"返"作"反"，宋本、明州本、陈八郎本均同《三谢诗》。

① 傅增湘：《藏园订补郘亭知见传本书目》，第 1523 页。
② 吴怿：《宋本三谢诗考》，《文献》2006 年第 3 期，第 64 页。
③ 同上，第 65 页。

"引领见京室"，尤本"领"作"顾"，宋本、明州本、陈八郎本均同《三谢诗》，明州本校语称"善本作顾字"。

"风烟有鸟路"，尤本"烟"作"云"，宋本、明州本、陈八郎本均同《三谢诗》，明州本校语称"善本作云字"。

《之宣城出新林浦向版桥一首》"复协沧洲趣"，尤本"洲"作"州"，宋本、明州本、陈八郎本均同《三谢诗》。

《敬亭山一首》"灵异居然楼"，尤本"居"作"俱"，宋本、明州本、陈八郎本均同《三谢诗》，明州本校语称"善本作俱字"。

"夕雨亦凄凄"，尤本"夕"作"多"，宋本、明州本、陈八郎本均同《三谢诗》，明州本校语称"善本作多字"。

"兹理席无睽"，尤本"席"作"庶"，宋本同。明州本、陈八郎本同《三谢诗》，明州本校语称"善本作庶字"。

推断宋本《三谢诗》中谢朓诗与尤本差异较大，而相当接近明州本《文选》。或称："唐氏当经由平昌孟氏本《文选》辑录《三谢诗》"[1]，"嘉泰本《三谢诗》亦为平昌孟氏本之节选本"[2]。但问题是嘉泰本是否忠实地保留了唐氏辑本《三谢诗》的文字原貌，故还是宜笼统判断为谢朓诗辑自六臣注本（实际即五臣本）而非李善注本《文选》。而影抄之宋本谢朓集同样接近明州本而非尤袤刻李善注本《文选》，印证洪伋翻刻楼炤旧藏的十卷本谢朓集确实保留了六朝旧集的面貌。因为一般认为明州本以五臣本为底本，更多地是反映五臣本之貌，五臣本又更接近萧统编本《文选》原貌，而萧统所选的谢朓诗恰与当时谢朓集是最为接近的。当然也存在与明州本和尤刻本不一致之处，如：

《鼓吹曲一首》"迢遽起朱楼"，尤本、明州本"遽"均作"递"，宋本同。

"垂阳荫御沟"，尤本、明州本"阳"均作"杨"，宋本同。

① 张富春《宋本三谢诗文选学价值考论》，《中州学刊》2007年第2期，第202页。
② 同上，第203页。

《始出尚书省诗一首》"载笔陪旋乐"，尤本、明州本"乐"均作"荣"，宋本同。

"零落思友朋"，尤本、明州本"思"均作"悲"，宋本同。

这说明谢朓诗虽自《文选》辑出，但也存在与《文选》六臣注本和李善注本均不尽相同的文字，原因可能是经过辑者校订的结果。此外，谢朓诗中也可能存在误刻字，如《京路夜发一首》"晨元复泱漭"，各本"元"均作"光"，疑即为"光"之讹。通校谢朓诗能破除对于宋嘉泰本《三谢诗》过于拔高的评价，它只是据《文选》辑出三谢诗文的编本，本身并不反映三谢集的版本传承问题。

其三，汲古阁本。此本现藏北京大学图书馆，《中华再造善本》二期据此本影印。其行款版式同宋洪伋本，版心中题"谢集"和卷次及叶次。卷端题"谢宣城诗集卷第一"。卷首有《谢宣城诗集目录》，次行低三格题"齐尚书吏部郎陈郡谢朓元晖"。据目录，卷一收赋九篇、《雩祭歌》八首和四言诗三首，卷二乐府诗四十三首，卷三诗四十三首，卷四诗四十六首和卷五诗四十首、联句七首。卷末有绍兴丁丑楼炤跋，次嘉定庚辰（1220）洪伋跋。据跋知影抄宋洪伋本，书衣即题"谢宣城诗集五卷，宋本影写"。

《汲古阁珍藏秘本书目》著录此帙影抄本，明确称："谢宣城集一本，从宋本抄出。"[①]傅增湘以之与宋本比勘，称："余以宋本对勘，则讹舛时复错出"[②]，"或原本漫漶不可辨析，而钞胥又未经详审，致有此失也。"[③]傅氏在《藏园订补郘亭知见传本书目》中有相同的见解，称："余取刘启瑞藏宋刊本首二卷核之，时有讹舛，疑影写所据底本有漫漶处，因而致误"[④]。除存在的抄写讹误外，也未保留宋本诸如刻工和每叶版心所镌字数两种信息，在毛氏影抄本中非属上乘。然宋本大部卷帙已亡佚，该帙抄本属存世最早的影宋抄本，自有其文献价

---

① 毛扆:《汲古阁珍藏秘本书目》,《宋元版书目题跋辑刊》第 1 册, 北京: 北京图书馆出版社, 2003 年, 第 42 页。

② 傅增湘:《藏园群书题记》, 第 553 页。

③ 同上, 第 554 页。

④ 傅增湘:《藏园订补郘亭知见传本书目》, 第 948—949 页。

值。兹以卷一《酬德赋》为例与清影宋抄本相校，两本一致，而与所谓的明据宋抄本（校语中称"明抄本"）有差异，如"曾阴默以棲侧"，明抄本"棲侧"作"悽侧"，清影宋抄本同汲古阁本；"相群方之动植"，明抄本"方"作"芳"，清影宋抄本同汲古阁本；"实与齐之二六"，明抄本"与"作"兴"，清影宋抄本同汲古阁本。故就内容而言，汲古阁影宋抄本《谢宣城诗集》可基本等同于宋洪刻本。

其四，清影宋抄本。此本现藏国家图书馆（编目书号 5389），其行款版式为十行十八字，白口、四周双边，单黑鱼尾。版心题"谢集"和卷次及叶次。书衣题"影宋本"。卷端题"谢宣城诗集卷第一"。卷首有《谢宣城诗集目录》，篇目与汲古阁本相同。卷末有楼炤跋和洪刻跋，与汲古阁本均属据宋洪刻本的影抄本，同样未抄宋本中的刻工和版心所镌字数。该本保留的宋本避讳字有"玄""筐""贞""徵""勖""桓""构""敦""惇""廓"诸字，避讳至宁宗赵扩止，与作为其底本的宋洪刻本一致（以下称"宋本"者即指此影宋抄本）。

该本还保留了宋本中的篇题下小注及校语。小注者如卷一《七夕赋》小注称"奉护军王命作"，同卷《高松赋》小注称"奉司徒竟陵王教作"，同卷《杜若赋》小注称"奉随王教作，时年二十六，于坐献"等。这些小注属作者原文所加，唐李善所引的唐本谢朓集中也有此类小注，这是"宋本"谢朓集属六朝旧集的重要特征。

校语者，如卷一《雩祭歌》之《黄帝歌》其三"原隰远而平"，校语称"远而"两字"一作甸已"；同卷《侍宴华光殿曲水奉敕为皇太子作》其三"飞泳登陟"，"飞"和"登"两字均有校语称"一作非"；卷二《曲池之水》"见我绿琴中"，校语称"绿琴一作测琴"；卷三《赋贫民田》"假遇非将迎"，"假"和"遇"两字，校语分别称"一作佳""一作誉"；卷三《秋夜讲解》"霜下梧楸伤"，校语称"一作露下梧桐伤"；卷四《和别沈右率诸君》"归梦相思夕"，"归梦"两字校语称"一作转望"；卷五《同咏乐器》"春风摇蕙草"，校语"蕙草一作绮草"等。按现存有明嘉靖刻《六朝诗集》本《谢宣城集》，乃据宋本翻刻，则该集基本保留了宋本之貌。两本相校，有异者如"远而"作"甸已"，"见我绿琴中"无校语，"归梦"两字校语称"一作转坐"。推断，宋代谢朓集尚有其他版本流传，该"宋本"与《谢宣城集》所据之宋本也不尽相同。

　　总之，汲古阁本和清影宋抄本均据宋洪伋本影抄，可径直视为宋本使用。宋嘉泰本《三谢诗》中的谢朓诗乃辑自《文选》，本身不具备作为谢朓集版本传承一环的作用。

三、谢朓集的明刻本与明据宋抄本

　　现存明代所传单行本谢朓集，以刘绍本为最早，此后明刻朓集基本承袭此本。还有一部明嘉靖刻《六朝诗集》本《谢宣城集》，因系翻刻宋本，也值得梳理其与"宋本"谢朓集的关系。傅增湘称："自明以来凡七刻，其始也，祇文字之沿误而已，久之而标题刊夺矣，久之而次叙杂溷矣，浸假而移易卷第、错乱篇次至不可胜纠矣"①，"大抵承宋本而下，皆为五卷"②。其实似不必以宋本为藩篱，"宋本"谢朓集相较于十卷本也仅是只截取诗赋的选本。故自汪士贤始，出现辑录谢朓文入本集的编辑行为，以张燮本为尤著。兹将源出宋洪伋本的各明本和《六朝诗集》本谢朓集叙述如下：

　　其一，《六朝诗集》本《谢宣城集》。此本现藏国家图书馆（编目书号2380），其行款版式为十行十八字，白口、左右双边，无鱼尾，版心中镌"宣城"和卷次及叶次。卷端题"谢宣城集卷一"。篇目与影抄之宋本相同，个别篇目顺序略有差异，正文中的阙字也基本相同。此外书中存在删削未净的宋讳阙笔字，如卷一《思归赋》"恒离居以岁月"句中的"恒"字，同卷《临楚江赋》"忧与忧兮竟无际"句中的"竟"字等（影宋抄本中两字均不阙笔），这都印证该本与宋本谢朓集存在亲缘关系。兹校以清影宋抄本，同时为了揭示它与刘绍本、黎晨本、史元熙本的版本关系，并校以此三本，如：

　　　卷一《思归赋》"信禔福之非己"，宋本"禔"作"提"，刘本、黎本、

---

①　傅增湘：《藏园群书题记》，第557页。
②　同上，第553页。

史本均同《六朝诗集》本。

"吹万忻而同阅",宋本"忻"作"欣",刘本、黎本、史本均同《六朝诗集》本。

"奉英藩之睿智",宋本"智"作"哲",刘本、黎本、史本均同宋本。

"承此屋之隆化",有校语称"此"字"一作比"。宋本无小注,作"比",刘本同;黎本和史本同《六朝诗集》本。

"织茭乱于廻栊",宋本"乱"作"亂",刘本、黎本、史本均同《六朝诗集》本。

"况朝霞之采可",宋本"采"作"彩",刘本、黎本、史本均同《六朝诗集》本。

《拟宋玉风赋》"发齐后妍声",宋本"妍声"前有"之"字,刘本、黎本、史本均同《六朝诗集》本。

"上崔台而云生",有校语称"崔"字"一作爵"。宋本无小注,同《六朝诗集》本作"崔",刘本、黎本、史本均同。

"若夫子云寂寞",宋本无"若"字,刘本、黎本、史本均同《六朝诗集》本。

"咽碉幽而泉冽",宋本"咽"作"出",刘本、黎本、史本均同宋本。

"独起远于孤筋",宋本"起"作"超",刘本、黎本、史本均同《六朝诗集》本。

经比对,翻宋刻《六朝诗集》本《谢宣城集》与影抄之宋本存在文字上的差异,显非相同版本。从"承此屋之隆化"句保留的校语恰同于影抄之宋本,似可推断据翻之宋本《谢宣城集》参校过影抄之宋本即洪伋本。推测该本源出洪伋本,而又据宋时所传它本谢朓集校订,故存在不同于洪伋本的异文。

《六朝诗集》本《谢宣城集》是否传刻自宋本?《善本书室藏书志》称:"其中多从宋本出者,如《谢宣城集》五卷,与吴骞所刊宋本对看,无毫发差。"[1]但

---

① 丁丙:《善本书室藏书志》,《宋元明清书目题跋丛刊》清代卷第 3 册,北京:中华书局,2006 年,第 901 页。

也有学者认为："嘉靖二十二年（1543）薛应旂编《六朝诗集》所收《谢宣城集》五卷没有序和目录，但它的体裁、编排次序、正文与黎本完全一致，因此无疑是以黎本为底本刊刻的。"①又傅增湘称："十行十八字，与宋本合，次第亦相同。然卷二之《同诸公赋鼓吹曲》、卷五之《咏乐器》《玩物》即取黎刻为蓝本耳。"②以《六朝诗集》本《谢宣城集》与黎本所载的《同诸公赋鼓吹曲》（实题《同沈右率诸公赋鼓吹曲名》）相校，篇目、篇次、正文及保留的校语均相同。又所载《咏乐器》《器物》诸诗亦相同。特别是刘绘《巫山高》"婵娟似惆怅"，两本"似"之校语均作"一似以"，显然校语中的"似"为"作"之误。按刘绍本恰作"作"，印证《六朝诗集》本《谢宣城集》与黎本是相当接近的。傅增湘所云符合事实，但这也仅就部分篇目而言，而阿部顺子扩大至全本以黎本为底本似非确论。推断《六朝诗集》本《谢宣城集》基本属宋本之貌，个别篇目可能有阙佚，遂以它本为据刻入集中。

比对的结果还表明，自刘绍本以来的各本谢朓集与《六朝诗集》本《谢宣城集》更为接近，也就是所翻之宋本《谢宣城集》，而与宋洪伋本似有所距离。当然刘绍等本中也存在与洪伋本相合的个别异文，这可能是校订的结果，也佐证版本的传承是比较复杂的过程。

其二，刘绍本。此本现藏国家图书馆（编目书号2974），其行款版式为十一行二十字，白口、左右双边，无鱼尾。版心中镌"谢"和卷次及叶次。卷端题"谢朓集卷第一"。卷首有正德辛未（1511）康海《谢宣城集序》，次《谢朓小传》。

傅增湘称是书，"原本世不多见，余生平亦未之觏。据黎晨跋，言用武功本新之，则其行款当与黎本同。"③黎跋所谓"武功本"即此康海序刘绍本，康序云："宣城集旧十卷，宋以后止传其诗赋五卷，其五卷者皆当时杂文，不如诗，故不传也。刘侯知武功之二年，一日来浒西别业，见宣城集，叹曰：古之言诗者，以曹刘鲍谢。今曹鲍刻本矣，颇独无刘谢。幸亲与见谢，今已不刻，如后世绝之者自余为何！刻成。"按武功即今陕西武功县，刘绍为官是地而刻此集。序未言

① 阿部顺子：《谢朓集版本渊源述》，第61页。
② 傅增湘：《藏园群书题记》，第556页。
③ 同上，第555页。

所据"宣城集"的版本，以之与《六朝诗集》本《谢宣城集》和影宋抄本相校，所据应为翻宋刻《六朝诗集》本《谢宣城集》。至于傅氏推测该本"行款当与黎本同"，实则黎本为十一行二十二字。傅增湘又称："余用宋刊残本校过，知已改易宋刊旧第矣。"①以之与清影宋抄本对校，差异者主要包括篇题和篇次两者，前者如卷二"宋本"总题"乐府四十三首"，而刘绍本则题"杂曲"。具体篇目如"宋本"题《鼓吹曲》，刘本则题《隋王鼓吹曲十首》等。后者如《同诸公赋鼓吹曲》与清影宋抄本不同，按"宋本"篇题下小注（宋本中将此小注窜入篇题中）称"先成为次"，即以成诗的先后次序为编排之序；而刘绍本则以所赋之诗的"鼓吹曲名"为次序（详见下文所述）。此外《咏乐器》《器物》诸诗也存在文字差异，如《咏烛》"的皪绮疏金"，影宋抄本"的皪"作"灼烁"等。

其三，黎晨本。此本现藏国家图书馆（编目书号8373），其行款版式为十一行二十二字，白口、左右双边，顺白鱼尾。版心上镌"谢集"，中镌卷次和叶次。卷端题"谢朓集卷第一"，次行低八格题"直隶宁国府知府任丘黎晨校刊"。卷首有正德辛未康海《谢宣城集序》，次谢朓小传和《谢朓集目录》。卷末有嘉靖丁酉（1537）黎晨跋，云："宣城集者，集宣城守谢朓作也。谢之作，盛于当时，及于后世，窃疑近时罕刻本以传之。丙申（1536）冬，秋卿于曹峰有事是地，出是集以授予览，乃刻自武功，喜欲新之，而宣庠贡生遂呈抄本以校……于是付诸梓，期与宣城并传不朽。"

傅增湘称该本，"为宣城翻刻正德六年刘绍武功刊本，复以旧抄本重校者也。其次第与宋本大体不异。唯卷二《同诸公赋鼓吹曲》，卷五《咏乐器》《玩物》诗题人名紊乱致误，讹字亦多，以后诸本皆沿误。"②如"宋本"题《同沈右率诸公赋鼓吹曲名先成为次》，黎晨本无"先成为次"四字（刘绍本亦无），"先成为次"应为小字注文，"宋本"窜入正题中，而黎晨本则不宜删去。"宋本"《鼓吹曲名》前五首的次第是沈约《芳树》（"发萼九华崄"）、范云《当对酒》（"对酒心自足"）、谢朓《临高台》（"千里常思归"）、王融《巫山高》（"仿像巫山高"）和刘绘《有

① 傅增湘：《藏园订补郘亭知见传本书目》，第948页。
② 同上，第949页。

所思》("别离安可再")。而黎晨本的次第则是《芳树》("早玩华池阴"),脱去题"谢朓";次为沈约《同前》("发萼九华岷")、王融《同前》("相望早春归")、范云《当对酒》("对酒心自足")和《临高台》("千里常思归"),脱去题"谢朓"。黎晨本的目的是同题下的赋诗置于一组之内,但却因率意调整而致诗下作者脱去,遂造成篇次紊乱。傅增湘未亲炙刘绍本,以为此系黎晨擅作之举,实则刘绍本即已如此,黎本只不过照旧保留而已。

明刻《汉魏六朝诸家文集》本《谢宣城集》即以黎晨本为底本而重刻,增入文三篇,即《为录公拜扬州恩教》《拜中军记室辞随王笺》和《齐敬皇后哀策文》。

其四,史元熙本。此本现藏国家图书馆(编目书号13878),其行款版式为八行十七字,白口、四周双边,单白鱼尾。版心上镌"谢宣城集",中镌卷次和刻工,下镌"览翠亭"字样。卷端题"谢宣城集卷一",次行、第三行均低六格分别题"齐阳夏谢朓玄晖著""明越国史元熙仲弢刻",第四行低七格题"汝南梅鼎祚禹金校"。

书中卷首有万历己卯(1579)梅鼎祚《刻谢宣城集序》,云:"谢宣城集五卷,郡司理史公以不佞纠其遗谬,授副墨之子。先隶宋楼东阳,而嘉靖中任丘黎侯凡三为役矣。"次史元熙《小叙》,云:"谢宣城集,守黎君版置郡斋,就武功本也。后四十余年,而余来佐宣城,久漫漶不可读,乃斥俸刻之里中,梅禹金有事校雠。于它籍得宋镂刺史序,并佚者数篇,则复首载史乘焉。"序末署"万历己卯夏六月朔书于郡斋之吏隐斋"。次《谢宣城集目录》《南齐书本传》《南史传》、楼炤《宋刻谢宣城集序》、黎晨《郡旧刻宣城集跋》,次刻书识语,云:"考楼东阳序,谢集赋与乐章外诗百有二首。今集四言诗二十八首,五言诗百有八首,赋与乐章及倡和联句他人者亦不与焉。而余复得遗者二篇,乃当时放佚多矣。"《小叙》也提及"并佚者数篇",据《目录》所谓"遗者二篇"即《蒲生行》(小注"载《乐府诗集》")和《别王僧孺》(小注"载《六朝诗》")。

傅增湘称此本,"篇第已大有改易","盖数百年相传之次序,其离析紊杂,实由兹始。所谓传播之功不敌其擅改之过也。"[①]书中还有它本谢朓集未见的篇题

---

① 傅增湘:《藏园群书题记》,第556页。

小注，如卷三《酬王晋安》篇题下小注称"晋安郡守王德元先赠诗，今答"，同卷《始出尚书省》篇题下小注称"朓兼尚书郎，高宗辅政，以为咨议领记室"，又同卷《直中书省》篇题下小注称"朓转中书郎，直宿禁中"。既称"朓"似非原本谢朓集所有，而是为刻者所加，易造成与原本之注相混同，可谓淆乱体例之径。

明刻《汉魏诸名家集》本《谢宣城集》，即以史元熙本为底本而重刻。该本增加诗两首即王融《琵琶》和沈约《篪》，实则均已载于卷五，失于覈检而徒增续貂之讥。又增入文三篇，同《诸家文集》本。

其五，明抄本。此本旧藏上海涵芬楼，定为"明依宋钞本"，《四部丛刊》初编即据之影印。其行款版式为十行二十字，白口、左右双边，单黑鱼尾，版心中镌"谢"和卷次及叶次。卷首有《谢宣城诗集目录》，篇目同影抄之宋本。

傅增湘称该本"次第皆循旧式"，"至篇中文字差失殊多"①。按其仍"宋本"篇目之旧，且照抄讳字如卷一《高松赋》"构大壮于云台"句之"构"字（清影宋抄本此"构"字即阙笔）等，知确据宋洪伋本而抄。但改易宋本行款，且又据它本谢朓集作校订，主要表现在保留有校语和存在不同于洪伋本的异文两方面。校语者，如卷一《酬德赋》"以建武二年予将南牧"句，称"一本无以字"。按宋本及《六朝诗集》本、刘本、黎本、史本均有"以"字，未知校语所据为何本。异文者，如《酬德赋》"相群芳之动植"句，宋本"芳"作"方"，《六朝诗集》本、刘本、黎本、史本均同明抄本。又同篇"实兴齐之二六"句，宋本"兴"作"与"，《六朝诗集》本、刘本、黎本、史本均同明抄本。推断据《六朝诗集》本系统各本谢朓集校订。整体而言，明抄本与"宋本"基本相同，至于傅氏所称"差失殊多"似非允当之论。

校勘整理谢朓集，在今存宋本有残阙的情况下宜首选毛氏汲古阁影宋抄本为底本。该帙明抄本前人虽视为"依宋钞"，但尚不具备太多的版本校勘价值。明刻则选择《六朝诗集》本和刘绍本谢朓集作为参校本即可。谢朓文部分，可以张燮本为底本，期待整理出更完备的谢朓集校本。

---

① 傅增湘:《藏园群书题记》，第554页。

综上，根据南朝有关谢朓诗的材料，推断当时诗作已有整理编定本，是以附著于谢朓"集"本的面貌流传。《隋志》著录的谢朓《逸集》属本集之外的作品编。今存影抄之宋本谢朓集中保留有篇题小注，此种文本面貌与《文选》唐李善注所引谢朓集相同，推断谢朓集属部分地继承唐本之貌，进而可基本视为祖自南朝人所编谢朓旧集的残本，而非唐宋人辑录诗文的重编本。北宋时期谢朓诗较有影响，出现了两种诗作选编本，即蒋之奇重编本和唐庚编本，也表明谢朓文并未得到时人的重视。此种背景直接导致南宋楼炤仅选取家藏十卷本谢朓集中的诗赋两体，重刻五卷本《谢宣城诗集》，而致全集散佚不传。宋代流传的谢朓集主要包括楼炤本和晁氏著录本两种系统。楼炤本属六朝旧集，晁氏本属南宋初在北宋残本基础上再行辑录谢朓诗文的重编本。洪汲又据楼炤本重刻，篇目悉仍楼本之旧，是今传谢朓集的祖本。明嘉靖刻《六朝诗集》本《谢宣城集》乃翻自宋本，而该宋本出于洪汲本，又据它本谢朓集校订。现存最早的明刻单行本即刘绍本谢朓集即源自翻宋刻《六朝诗集》本《谢宣城集》，而黎晨本和史元熙本又源出刘绍本。现存毛氏汲古阁影宋抄本和清影宋抄本《谢宣城诗集》，自内容而言可径直视为宋本，保存了现存残宋洪汲本之外的文本内容，极具版本及文献价值。校勘整理谢朓集，宜首选毛氏汲古阁影宋抄本作为底本，而以《六朝诗集》本和刘绍本作为参校本，谢朓文可以张燮本为底本。

第五节　江淹集

江淹在南朝颇具文学地位，《梁书》本传称"少以文章显"，《南齐书·谢瀹传》也载齐世祖萧赜尝问王俭，"当今谁能为五言诗。俭对曰：谢朓得父膏腴，江淹有意"。《诗品》将其列入中品。江淹生前便自编其诗文集，史料中又有"前、后集"之称，两者之关系值得辨析。现存江淹集以明本为最早版本，但系翻自宋本，可藉以窥见宋本旧貌。经与《文选》各本（李善本、五臣本和六臣本三种系统）所载江淹诗文比勘，确定江淹集属六朝旧集，属存世五种六朝旧集之一。《四库全书总目》称江淹集，"今旧本散佚，行于世者惟歙县汪士贤、太仓张溥二本。"①实则所存明单行本江淹集有四种，可厘分为明刻本（指明翻宋本，即《四部丛刊》影印本）和明抄本两种系统，两者均源出宋本。且承自六朝旧集，自内容而言可视为"古本"江淹集。而丛编本江淹集，基本援据明刻本，或篇目略有增益（如张燮本）。现存江淹集的版本并不复杂，主要呈现出各本篇目上的差异，这也为确立定本形态的江淹集篇目提供了版本依据。

一、江淹集的编撰与流传

江淹诗文编有"集"（《自序》）和"前、后集"（《梁书》本传）之名目。或称"集"即"前集"，而"后集"亡佚，如郑虹霓先生称今本江淹集"所收诗文凡有确切写作年代可考的，绝大部分是在永明元年之前，因此宋代流行的很可能就是所谓的前集。至于后集则大概早已亡佚。"②或称今存"集"本十卷乃宋代合并二十卷本的"前、后集"而成，如田美春先生称："很可能是梁代的二十卷江集到南宋确有极少部分篇目遗佚，宋人刊刻时就所存部分重新分为十卷而已。"③兹据相关材料试加辨析"集"与"前、后集"的关系，同时藉以考察江淹集的编撰及流传情况。

《梁书》本传称江淹"凡所著述百余篇，自撰为前、后集"，未明确称前、后两集的具体卷第。按《隋志》小注称"梁二十卷"，此即阮孝绪《七录》本，然不称"前、后集"，似梁时尚未有此称。而《文选》卷十六江淹《恨赋》李善注引刘璠《梁典》云："前后二集，并行于世"，刘璠曾为梁元帝萧绎文臣，梁亡降北周（参见《北史·刘璠传》），则《梁典》应属刘璠入北后撰写的追述性著作。印证"前、后集"之称当始自梁末，至少是江淹身后方有此称。又唐释道宣《广弘明集》引《梁典》云"江淹有集十卷"，不称"二十卷"。《梁典》既称江淹有

---

① 永瑢等：《四库全书总目》，第 1275 页。

② 郑虹霓：《江淹文集版本源流考》，《古籍整理研究学刊》2007 年第 6 期，第 62 页。

③ 田美春：《江淹后集亡佚南宋说献疑》，《文教资料》1995 年第 3 期，第 113 页。

前、后二集，而《广弘明集》所引又称集子十卷，推断此十卷乃合前、后集而言。换言之，江淹作品"前、后集"之称并非出自江淹之手，且两集总为十卷，而非《隋志》及两《唐志》著录的二十卷（《隋志》著录《江淹集》九卷，疑不计目录一卷在内，实际仍为十卷本）。考察江淹的"前、后集"，应重视《梁典》的记载。

江淹《自序》称"自少及长未尝著书，惟集十卷"，不言自撰有"前、后集"。此处的"集十卷"，《四库全书总目》云："考《传》中所序官阶，止于中书侍郎，校以史传，正当建元之初。则永明以后所作，尚不在其内。"① 又俞绍初、张亚新两位先生称："《自序》写在江淹任正员散骑侍郎、中书侍郎时，再从文中已称萧道成为谥号'高皇帝'来看，具体时间当在齐高帝建元四年末。"② 将"集十卷"等同于本传所称的"前集"。但问题是南齐永明以来，特别是入梁之后，江淹鲜有诗文创作，故有"江郎才尽"之称。如《诗品》云："永明相王爱文，王元长等皆宗附之。约于时谢朓未道，江淹才尽，范云名级故微，故约称独步。"又《广弘明集》引《梁典》称"及梁朝，六迁侍中，梦郭璞索五色笔，淹与之，自是为文不工，人谓其才尽，然以不得志故也"。大概迫于梁武帝萧衍之势，江淹知趣而自行"封笔"。或称："《南史》云'江郎才尽'始于其为宣城太守罢归时，此当齐明帝永明末年，距《自序传》的写作有十年以上。因此，这一段时间内也是应当有作品的。"③ 即便有创作，是否编为十卷本"后集"也颇为可疑。再者，今存江淹集中的诗文基本都是永明之前的作品；而《后集》既然编为十卷本按理说作品不在少数，何以几乎未见。如梁萧统《文选》所选江淹诗文皆载今集中，何以《后集》之作品未见它书有征引，笼统称以《后集》亡佚之故似不合适。

结合江淹身后方出现"前、后集"之称，梁阮孝绪编《七录》时尚未有此称，似不宜将《自序》中的"集十卷"等同于"前集"；进而据《七录》本江淹集为"二十卷"而称"前、后集"各十卷。考虑到刘璠曾职属萧绎，而萧绎重视藏书，

---

① 永瑢等：《四库全书总目》，第 1275 页。
② 俞绍初、张亚新：《江淹集校注》前言，郑州：中州古籍出版社，1994 年，第 10 页。
③ 参见《江文通集汇注》出版说明注释 3，北京：中华书局，1984 年，第 5 页。

所藏多为梁秘阁旧藏。推断刘璠所见秘阁藏本江淹集，已厘分为前、后二集，大概以诗赋等自制文为前集，其他各体拟制代笔文为后集。而其卷第则仍为十卷本，即作品主体乃《自序》所称之"集十卷"（或收入部分永明元年之后的作品）。至于阮孝绪著录的二十卷本，属不同于秘阁藏本的另一版本江淹集，只不过是将十卷本厘分为二十卷而已，这样便可以解释《七录》何以不称"前、后集"。《诗品》称"文通诗体总杂，善于摹拟"，即据阮孝绪著录本而论。

梁代流传的江淹集有两种版本，即编为前、后二集仍为十卷本的秘阁藏本，及阮孝绪《七录》著录的不分前、后集的二十卷本。故《梁书》本传江淹"自撰为前、后集"之说乃袭自《梁典》，江淹确自编其集，但分为前、后集却并非出自江淹之手，而是秘阁人员所为。之所以本传不题卷数，其原因恰在于唐初所传江淹集为二十卷本（即《七录》著录本），与《梁典》所载"前后二集"乃十卷本不合，无以辨其轩轾遂弃而不题。证以《梁书》之《徐勉传》《萧子范传》和《刘之遴传》均明确题前、后集的卷第，知此推断应大致符合当时情理。

《隋志》著录《江淹集》九卷，小注称"梁二十卷"，又著录《江淹后集》十卷。《江淹集》九卷，或称："疑即前集而佚去序目一卷。"①实际是不计目录一卷在内，即两《唐志》著录的十卷本。再者，《隋志》著录本从卷第而言即《七录》本，小注所称可为明证。但在著录上却"别出心裁"地加上"后集"之称，即将二十卷拆分为"集"和"后集"各十卷，目的是附和《梁典》"前后二集"的说法。前文已言江淹集分"前、后集"者乃梁秘阁藏本，梁亡秘阁藏书焚毁殆尽，基本断定此后绝无秘阁藏本江淹集流传，遑论隋唐之际。但《隋志》的处理手法不仅为目录学层面的两《唐志》继承，而且后人讨论"前、后集"之关系也据以衍生出诸种说法。如清人姚振宗称："案《自序传》，盖作于齐初，与史传所载略同。其自编前集十卷，后集不知编于何时。梁有二十卷，合前后为一编也。"②或称："江淹三十九岁时撰成前集，而此后的诗文大概编入了后集。"③又或称梁

① 俞绍初、张亚新：《江淹集校注》前言，第10页。
② 姚振宗：《隋书经籍志考证》，第5833页。
③ 俞绍初、张亚新：《江淹集校注》前言，第10页。

二十卷，"可能是梁代所存前后两集的合编本"①。或称："江集中可考订写作年代的诗文基本上也都作于此前（指任正员散骑侍郎、中书郎中时），而江淹六十二岁才去世，后期不大可能没有诗文之作。所以现存的这个集子大概是所谓的'前集'，而'后集'则可能早已亡佚。"②这些说法都没有注意《梁典》的记载。至两《唐志》直接著录为江淹《前集》十卷、《后集》十卷（《新唐志》乃抄自《旧唐志》，并非实有其书），"前集"不再称"集"，更是直接受"前后二集"之说影响的结果。

宋元时期史志等著录的江淹集均为十卷本，不再分"前、后集"，遂为今本卷第之貌。推测二十卷本即十卷本，不曾存在过收录江淹诗文的"后集"（"后集"是南朝梁秘阁人员整理十卷本江淹集时所为），遂将二十卷本重新厘整为名实相副的十卷本，以合乎江淹《自序》之实。按《崇文总目》即著录《江淹集》十卷，推断其时或即在北宋初，同样出自秘阁整理者之手。南宋流传的江淹集均承《崇文总目》著录本的卷第，《郡斋读书志》著录本称"今集二百四十九篇"。按明抄本江淹集收文二百六十篇（按正文，含《自序》），明翻宋刻本为二百五十七篇（无明抄本中卷十末歌辞三首），两者反映的均属宋本的篇目，与《郡斋》本略有差异。相较于本传的"百余篇"，宋本江淹集所收诗文篇目远逾此数（也可能是计算方式的差异，以明抄本为例，按目录算为一百七十七篇，若一篇有数首者则按一篇算）。马端临称："魏晋间名人诗文之行于世者，往往羡于史所载，如曹植、王粲及淹皆是也，岂后人妄附益欤？"③似今本江淹集中也混入或误收了一部分非江淹之作，这也是现存六朝别集较为普遍的现象。《遂初堂书目》著录题"江淹集"，未题卷数。《直斋书录解题》著录题"江文通集"。《宋史·艺文志》著录题"江淹集"。宋本或称"江文通集"，或称"江淹集"，今存明本多称"江文通（文）集"。

---

① 郑虹霓：《江淹文集版本源流考》，第62页。
② 参见《江文通集汇注》出版说明，第2页。
③ 马端临：《文献通考·经籍考》，第339页。

二、江淹集成书层次的推定

江淹集的成书层次，据习惯的说法应属六朝旧集。如张溥《汉魏六朝百三家集叙》云："然李唐以上，放轶多矣，周惟屈原、宋玉……梁惟沈约、吴均、江淹、何逊，周惟庾信，陈惟阴铿。千余年间，文士辈出，彬彬极盛，而卷帙所存，不满三十余家。"严可均称："唐已前旧集，见存今世者，仅阮籍、嵇康、陆云、陶潜、鲍照、江淹六家。"[①] 又逯钦立称："能确定流传到今天的旧集，至多只有嵇、陆、陶、鲍、谢、江六家而已，较之梁代文集，只剩下千分之一二了。"[②] 江淹集是否属旧集，兹从下述两方面推定：其一，卷帙的存佚。江淹《自序》已明言编集十卷，自《隋志》至《宋志》等均著录为十卷本（上文已言二十卷本实即十卷本），今本江淹集仍为十卷；作品不仅未佚，且存溢出本传所载者，故从卷第和文本内容两者而言仍承自六朝旧集。其二，文本的比勘。假定江淹集属宋人重编本，则其诗文必援据《文选》等总集或类书。兹以江淹《杂体诗三十首》为例，以明嘉靖刻《六朝诗集》本《江文通集》（以下简称"六朝诗集本"）为底本，校以明刻本（国家图书馆藏，编目书号 10182，校勘记中简称以"明本"）及《文选》的尤袤本、明州本和陈八郎本，如：

> 《古离别》"君行在天涯"，尤袤本作"君在天一涯"，明州本、陈八郎本和明本均同《六朝诗集》本，明州本校语称"善本作君在天一涯"。
>
> 《李都尉从军》"握手泪如霰"，尤袤本"握"作"渥"，明州本、陈八郎本和明本均同《六朝诗集》本。
>
> "悠悠清水天"，尤袤本"清水天"作"清川水"，明州本、陈八郎本同，明本同《六朝诗集》本。
>
> "结友不相见"，尤袤本"友"作"发"，明州本、陈八郎本和明本均同《六

---

① 严可均：《全上古三代秦汉三国六朝文》凡例，第 2 页。
② 逯钦立：《先秦汉魏晋南北朝诗》后记，第 2788 页。

朝诗集》本，明州本校语称"善本作发字"。

《班婕妤咏扇》"纨扇如圜月"，尤袤本"圜"作"圆"，明州本、陈八郎本同，明本同《六朝诗集》本。

"彩色世所重"，尤袤本"彩"作"采"，明州本、陈八郎本和明本均同《六朝诗集》本。

"虽新不似故"，尤袤本"似"作"代"，明州本、陈八郎本同，明本同《六朝诗集》本。

《魏文帝游宴》"秋兰被幽崖"，尤袤本"崖"作"涯"，明州本、陈八郎本和明本均同《六朝诗集》本，明州本校语称"善本作涯字"。

"何用慰我心"，尤袤本作"何以慰吾心"，明州本、陈八郎本同，明本同《六朝诗集》本。

《王侍中怀德》"崤函荡丘墟"，尤袤本"荡"作"复"，明州本、陈八郎本同，明本同《六朝诗集》本。

"倚棹泛泾渭"，尤袤本"泛"作"汜"，明州本同，陈八郎本、明本同《六朝诗集》本。

"蟋蟀依素野"，尤袤本"素"作"桑"，明州本、陈八郎本同，明本同《六朝诗集》本。

"严风吹枯茎"，尤袤本"枯"作"苦"，明州本、陈八郎本和明本均同《六朝诗集》本，明州本校语称"善本作苦字"。

"君子笃恩义"，尤袤本"恩"作"慧"，明州本、陈八郎本同，明本同《六朝诗集》本。

通过上述比勘，知明本与《六朝诗集》本江淹集是相当接近的。按明本乃翻刻自宋本江淹集，自内容而言基本是宋本的面貌。而《六朝诗集》本江淹集亦翻自宋本，是从某种宋本江淹集中选出诗赋二体的重编本，也基本属宋本之貌。两本与《文选》各本所载《杂体诗三十首》有同有异，整体上差异者较多。推断江淹集不存在自《文选》辑出江淹诗文重编的问题，尚属独立的文本。故江淹集属六朝旧集殆无疑义，而非宋人重编本。

三、江淹集的版本系统

明代所传江淹集，源出宋代的十卷本，或称："自宋以后，江淹文集的版本日趋复杂，流传中时有舛讹，文章或增或删，异文也很多。"[①]实际版本系统并不复杂，大致可以厘分为明抄本和明刻本两种系统[②]。属于明刻本系统的有明刻《梁江文通文集》十卷（即明翻宋本）、明嘉靖刻《六朝诗集》本《江文通集》四卷（即"六朝诗集本"）、明万历梅鼎祚玄白堂刻本《江光禄集》十卷（附《集遗》一卷，以下简称"玄白堂"本）和明万历二十六年（1598）刻胡之骥注本《梁江文通集》十卷（国家图书馆藏，编目书号 t3505，以下简称"胡注本"）等，篇目略有差异。而各种丛编本，如《二十一名家集》本、《诸家文集》本和《诸名家集》本江淹集篇目基本同明刻本，即以该本为底本再行校刻而成，《七十二家集》本也是在明本篇目基础上又有所增益（在明抄本和胡注本的基础上，增补赋两篇即《伤爱子赋》和《井赋》，文两篇即《铜剑赞》和《无为论》）。

兹略述各本之版本关系如下：

其一，明抄本。此本现藏国家图书馆（编目书号 16418），其行款版式为十行二十字，白口、四周单边，对白鱼尾。卷端题"梁江文通文集卷第一"。卷首有《梁江文通文集目录》。卷十末有《南史列传》，次至正四年（1344）赵箅翁《江文通后序》，末署"至正四年良月初吉中大夫蕲州路总管兼管内劝农事赵箅翁跋"。次至正甲午（1354）弘济跋，末署"至正甲午三月念一日舜江沙门弘济天岸八十三岁书"。据目录，该本卷一至二收赋二十六篇（卷一目录中未抄《灵丘竹赋》，而正文中有此赋），卷三至四收诗四十四篇，卷五至九收

---

① 郑虹霓：《江淹文集版本源流考》，第 62 页。

② 或依照编排方式的不同而将江淹集分为两个系统：一是按照赋、诗、文的大类编次，作品大体按写作年代排列的，如明刻本、汪士贤本和明抄本；另一系统的本子不仅分大类，诗赋又作了重新排列，文的部分又按照章、表、启、诏等文体分了小类，如张燮本和张溥本。参见《江文通集汇注》出版说明，第 2—3 页。

文八十九篇，卷十收文八篇，另载《草木颂》十五首、《云山赞》四首、杂三言五首、《应谢主簿骚体》《刘仆射东山集学骚》《山中楚辞》六首、《牲出入歌辞》《荐豆呈毛血歌辞》《奏宣列之乐歌辞》和《自序》，总为一百七十七篇二百六十首。

该本据元刻本而抄，按赵序云："顷岁余领国子学，阅崇文阁旧书，得江文通文集。欣然曰：梦笔之验，其在是乎！录以示寺僧有成辈，咸请刻梓以传……工告讫功，谨志于左。"又弘济跋云："继清总管赵公校全书于崇文之阁，归萧山旧宅梦笔之寺，成上人梓传以惠学者。"而元刻则据自"崇文阁旧书"江淹集，序未明言此崇文阁藏本的版本情况。兹以抄本篇目与翻自宋本的《六朝诗集》本和明本江淹集比对，除诗赋的篇目及顺序相同外，所收文亦基本相同（惟抄本溢出《牲出入歌辞》等三首），推断所谓的"崇文阁旧书"当为宋本，均属源自同一种祖本江淹集。该本颇受藏家重视，钱曾称："此本乃元僧弘济所录者，末卷中《楚辞》（指《山中楚辞六首》）后多歌词三首，流俗本所无。行间脱误字咸可考徵校过，始知其佳耳。"①然往往将此本误称为元抄本，如傅增湘旧藏《汉魏六朝诸家文集》本《江文通文集》有其朱笔题识，即称"据冯己苍校元钞本过临一通"。今人也称："元代仅有抄本存世。"②

该抄本虽源出宋本，但与明刻本和《六朝诗集》本（两本均翻自宋本）相比勘，存在差异，如：

　　卷一《恨赋》"至于秦帝按剑"，明本"至于"作"假如"，《六朝诗集》本同。

　　"裂帛系书"，明本"裂"作"烈"，《六朝诗集》本同。

　　"陇雁少飞"，《六朝诗集》本"陇"作"垄"，明本同明抄本。

　　"销落湮沦"，明本"沦"作"沉"，《六朝诗集》本同。

　　"琴瑟灭兮丘陇平"，明本"陇"作"垄"，《六朝诗集》本同。

①　钱曾：《钱遵王读书敏求记》，管庭芬、章钰校证，《宋元明清书目题跋丛刊》清代卷第5册，北京：中华书局，2006年，第184页。

②　俞绍初、张亚新：《江淹集校注》前言，第11页。

卷二《丽色赋》"独有丽色之说尔"，明本"尔"作"耳"，《六朝诗集》本同。

"琼草共枝"，明本"琼"作"璚"，《六朝诗集》本同。

"当街横术"，明本"街"作"衢"，《六朝诗集》本同。

"驾虬柱之严巃"，明本"驾"作"架"，《六朝诗集》本同。

"桂烟起而清谧"，明本"谧"作"溢"，《六朝诗集》本同。

卷三《侍始安王石头》"何如塞北阴"，明本"阴"作"阳"，《六朝诗集》本同。

《从征虏始安王道中》"反身豫休名"，明本"名"作"明"，《六朝诗集》本同。

"结轩守梁野"，明本"守"作"首""梁"作"凉"，《六朝诗集》本同。

《贻袁常侍》"幽怨生碧草"，明本"幽"作"忧"，《六朝诗集》本同。

"不以宿昔俎"，明本"俎"作"阻"，《六朝诗集》本同。

推断明抄本所源出之宋本属另一宋本，不同于明本和《六朝诗集》本所翻之宋本。然篇目同此两本，且卷三《寄丘三公》"一诀异东西"句中"西"字下均有小注称"音先"，推断祖于同本江淹集。该本颇具校勘价值，当然也存在误抄数处，如卷三《从建平王游纪南城》"迁化每如兹"，"兹"误抄为"滋"；同卷《秋至怀归》"荆云冠吴烟"，"吴"误抄为"无"等，尚需辨别。似也有其意佳胜之字，如卷一《别赋》"脱若有亡"，明抄本"脱"作"怳"；卷二《丽色赋》"桂烟起而清溢"，明抄本"溢"作"谧"等。此外，卷十末收有歌辞三首即《牲出入歌辞》《荐豆呈毛血歌辞》《奏宣列之乐歌辞》，未见各明刻单行本及汪士贤校刻丛编本江淹集有载，尤具文献价值（最早载于《初学记》）。

其二，明刻本。此本行款版式为十行十八字，白口、左右双边，单黑鱼尾，版心中镌"江"和卷次及叶次。卷端题"梁江文通文集卷第一"。卷首有《梁江文通文集目录》，除未载三首歌辞外，其余篇目与明抄本相同（卷一目录未列《灵丘竹赋》，卷五未列《诣建平王上书》，正文中均有此两篇）。该本视为源出宋本，傅增湘称："宋讳皆缺笔，印甚精，褐色纸，古旧可爱。"① 又孙毓修称："明刻亦源于宋。"（载《四部丛刊》影印本江淹集）按书中存在删削未净的宋讳字，如"玄""絃""铉""朗""敬""镜""境""弘""殷""匡""恒""贞""祯""禛""徵""树""搆""觏""廓"诸字，避讳至"廓"字止（如卷一《倡妇自悲赋》"度九冬而廓处"句）。乃翻刻自宋本，而宋本当刻于宋宁宗时。

陆心源提及一部南宋临安书棚本江淹集，云："晁氏曰文通著述百余篇，自撰为前、后集，今集二百四十九篇。今此本二百六十九篇，四字恐六字之讹，当即晁氏所见之本。"② 又云："宋讳殷、徵、搆、镜、敬、玄、贞避讳……行款、字数、匡格大小又与临安睦亲坊陈宅本孟东野集、浣花集同，当亦宋季临安书铺所刊，为北宋以来相传旧本……较汪士贤本多《知己赋》一首，较张溥本多《萧让太傅扬州牧表》一首。此外字句之间胜汪、张两本处甚多。"③ 陆氏所举讳字均见于明刻本中，却据此径直视为宋本进而等同于晁氏著录本则失之。明本行款版式及刻年确与南宋书棚本相合，疑所翻宋本或即出自陈宅。陆氏又称汪士贤本不载《知己赋》，实则载有此赋。《皕宋楼藏书志》著录《江文通集》十卷，版本定为"明仿宋本"，似改正其定为宋本之误。

明本在刊刻中也曾参校它本，如卷四《谢法曹赠别》"觊子未偞聚"句，校语称："或云觊子杳未偞。"此恰与《六朝诗集》本同，疑曾参校该本。瞿镛称明本，"板刻清朗，而有讹阙。又阙文多以意补字。冯己苍氏以元人所钞赵箅翁本（即国图所藏明抄本）手校一过，乙改甚多，并录卷末自序前缺辞三首"④。兹以《别赋》和《效阮公诗十五首》为例，与明抄本相校（为了明确明刻本系统各本的版本关系，同时校以玄白堂本和胡注本），差异者如下：

卷一《别赋》"百感悽恻"，明抄本"悽"作"凄"，胡注本、玄白堂本

---

① 傅增湘：《藏园群书经眼录》，第833页。

② 陆心源：《仪顾堂续跋》，《宋元明清书目题跋丛刊》清代卷第3册，北京：中华书局，2006年，第332页。

③ 同上，第333页。

④ 瞿镛：《铁琴铜剑楼藏书目录》，第273页。

同明本。

"脱若有亡"，明抄本"脱"作"恍"，胡注本作"怳"（同"恍"），玄白堂本同明本。

"雁山惨云"，明抄本"雁"作"燕"，胡注本同明本，玄白堂本作"鴈"（同"雁"）。

"晦高台之流黄"，明抄本"流"作"游"，胡注本、玄白堂本同明本。

"桑中卫女"，明抄本"卫"作"艳"，胡注本、玄白堂本同明本。

"严乐之笔精"，明抄本"严乐"前有"偕"字，胡注本、玄白堂本同明本。

卷三《效阮公诗十五首》其一"团团明月阴"，明抄本"团团"作"团圆"，胡注本、玄白堂本同明本。

其三"遵路起旋归"，明抄本"遵"作"道"，胡注本、玄白堂本同明本。

其四"忼慨少淑貌"，明抄本"忼"作"慷""淑"作"寂"，胡注本、玄白堂本同明本。

其八"西南望洪河"，明抄本"洪"作"共"，胡注本、玄白堂本同明本。

瞿氏所谓明本中多"讹阙"而"以意补字"，大概就上述诸异文而言。明抄确有补明本讹阙之处，如作"恍若有亡""偕严乐之笔精"等。但不宜夸大（瞿氏以元抄本视之，过于强调其校勘价值），如《别赋》"燕山惨云"句之"燕"字，还是依明本作"雁"字为是，胡注本注云：《西京》云：大泽方百里，鸟所生，在雁山，雁出其间。"又《效阮公诗十五首》其八"西南望共河"句之"共"字，还是依明本作"洪"字为是，胡注本云：《一统志》曰：黄河一名洪河。"通过比勘，也推知玄白堂本和胡注本属于明刻本系统，与明抄本形成了存世江淹集的两种版本谱系。

其三，玄白堂本。此本行款版式为九行十八字，白口、左右双边，单白鱼尾。版心上镌"江光禄集"，中镌卷次及叶次，下镌"玄白堂"字样。卷端题"江光禄集卷第一"，次行、第三行均低七格分别题"梁考城江淹文通撰""明宣城梅鼎祚禹金校，第四行低九格题"从弟蕃祚子马阅"。附《集遗》一卷，作为补遗，收文为《遂古篇》《咏美人春游》和《征怨》三篇，但仍未收明抄本中的歌辞三首。

或称该本"亦是自宋本出者"①，以之与明刻本对校的结果表明，应以明本为底本而重刻。

其四，胡注本。此本行款版式为九行十九字，小字双行同，白口、四周单边，单黑鱼尾，版心中镌卷次和叶次。卷端题"梁江文通集卷第一"，次行低八格题"明吴郡胡之骥伯良汇注"。卷首有张文光《江淹文通集序》，次万历戊戌（1598）胡之骥《汇注梁江文通集叙》，末署"万历戊戌毂日书于慈竹轩中"。次《梁江文通集汇注凡例》《梁江文通集附录》和《梁江文通集汇注目录》。据目录，卷四载"拾遗"诗三首（有小注称"载徐陵《玉台新咏》），即《征怨》《咏美人春游》和《西洲曲》，另"古乐府"三首（有小注称"载萧子显《齐书》），即《祀先农迎神升歌》《飨神歌辞》和《凤皇衔书伎歌辞》。卷五载"拾遗"一篇即《遂古篇》，相较于玄白堂本的补遗篇目又有增益（仍未载明抄本中的歌辞三篇）。

胡之骥注本是现存江淹集唯一的旧注本，颇具文献价值，表现在"为未经前人注过的篇章加了注，对成语典故等作训释时往往还能够追本溯源、举出旁证；并印证史书，对一些作品的写作背景及有关人事也作了解释"②。胡注江淹集缘起，张文光序云："集（指江淹集）则世多传者，然鲁鱼帝虎，苦乏善本。胡山人伯良穉齿酷好此书，手为校雠，句栉字比，更加笺释，博采傍搜，积有岁年，遂成精本。"胡氏自叙则云："余因近世所传，艰于善本，咀嚼再三，中多舛落，校雠别刻，竞爽雷同……聊以汇注成书，锓以传诸好事者。"在《凡例》中又云："骥家五世积书，小时酷爱江文通集。因倭乱兵火之后，家世凋零，缃帙散佚，流寓于楚蕲。尝与蕲友人朱康侯谭及是集，则指动心悸久之。康侯自燕市得宣城梅刻，居数月，康侯购书吴中，复为致余新安汪刻。然二家之讹相同，余恐以讹传讹，去道愈远，今以管见妄为定正汇注之。"知此本乃据玄白堂本和汪士贤本校刻而成，而两本均出自明刻本。以该本与明本相校（以明本为底本，同时校以明抄本），差异者如：

① 郑虹霓：《江淹文集版本源流考》，第64页。
② 参见《江文通集汇注》出版说明，第3页。

卷一《恨赋》"烈帛系书"，胡注本"烈"作"裂"，明抄本同。

"琴瑟灭兮丘垄平"，胡注本"垄"作"陇"，明抄本同。

《别赋》"脱若有亡"，胡注本"脱"作"怳"，明抄本作"恍"（同"怳"）。

"明月白露兮"，胡注本无"兮"字，明抄本同。

卷二《丽色赋》"不观其客"，胡注本"观"作"觌"，明抄本同。

卷三《从冠军行建平王登庐山香炉峰》"瑶草正拿葹"，胡注本作"翁葹"，《六朝诗集》本同，明抄本作"翁色"。

《赤亭渚》"路长光寒尽"，胡注本"光寒"作"寒光"，明抄本同。

《清思诗五首》其四"赖乘青鸟翼"，胡注本"赖"作"愿"，明抄本同。

推断胡之骥校改玄白堂本和汪士贤本，依据了明抄本或该本所抄之元本。胡注本也存在与各本不同的异文，如：

卷一《别赋》"共金炉之夕香"，明抄本"炉"作"鑪"，明本、《六朝诗集》本作"鑪"。

"暂幽闺之琴瑟"，明抄本"闺"作"公"，明本、《六朝诗集》本作"宫"。

"冬釭凝兮夜何长"，明抄本"釭"作"虹"，明本、《六朝诗集》本作"缸"。

卷三《无锡县历山集》"怨起秋风年"，明抄本"怨"作"恐"，明本同，《六朝诗集》本作"思"。

《还故国》"请学碧灵草"，明抄本"灵草"作"山草"，明本、《六朝诗集》本作"灵草"。

推断胡注本可能还依据了其他版本的江淹集。

胡注本的一个特点是，能通过征引文献作注的方式解决江淹集各本存在的异文问题。如除上文所举《别赋》"雁山惨云"和《效阮公诗十五首》其八"西南望洪河"两例外，卷二《丽色赋》"怨汉女之情空"，明抄本"空"作"深"，似作"深"字义更胜。然胡注云："《列仙传》曰：郑交甫江行逢汉女，悦其佩，遂解与之。数十步，循探之，空怀无佩，女亦不见。"江淹若袭用《列仙传》此典故，则以作"空"字为是。当然胡注也存在不合正文原意，甚至穿凿附会之处，引书也存在不完善的地方①。瑕不掩瑜，存世六朝人集旧注本不多，胡注本可作为校注整理江淹集的重要参考。

综上，根据《梁典》的记载，江淹集分前、后两集是南朝梁秘阁整理本江淹集的特征，而其卷第仍为十卷本，主体即《自序》所称的"集十卷"。《七录》著录的二十卷本不分前、后集，属别本江淹集，实际是十卷本再行析分的结果。《隋志》著录的二十卷本即《七录》本，为合于《梁典》而区别为前、后集，且各以十卷冠之，此种体例为两《唐志》所继承。《梁书》江淹本传"自撰为前、后集"的说法即袭自《梁典》，但秘阁本梁末焚毁不传，惟存二十卷本。此不合于《梁典》称前后二集十卷本之实，本传遂不题卷数而留下纰漏。从《梁典》的记载，结合江淹齐永明之后鲜有诗文创作，现存集子基本都是永明之前的作品及《文选》等总集、类书中几乎未见征引"后集"中的作品。推断江淹"前、后集"的内容即十卷本，不存在真正的所谓十卷本"后集"。江淹集一直保持十卷本，内容相对完整，且不存在自《文选》辑出江淹诗文重编的问题，尚属独立的文本。故江淹集属六朝旧集殆无疑义，而非宋人重编本。江淹集的版本大致可以厘分为明抄本和明刻本（即明翻宋本）两种系统，均源自宋本。明抄本保存有除张燮本外各明本未载的歌辞三首，极具文献价值。玄白堂本和胡注本出自明刻本，篇目在明本基础上均有补遗。胡注本是存世江淹集唯一的旧注本，特点是通过征引文献以作注，可据以检视江淹集各本中存在的异文。

① 参见《江文通集汇注》出版说明，第3页。

第六章　宋人重编之集

宋人重编之集是汉魏六朝别集成书的第二个层次，即集子的文本出自宋人重编，代表了宋代重建唐前别集文本的努力和尝试。尽管就层次而言不及六朝旧集，自然也非古本之貌，但宋人重编之集仍具其文献价值。主要表现在：第一，宋人重编所据的总集及类书的文本时代相对较早，甚至仍可据自一些传承自唐本的文献资料，因此重编的文本仍可反映部分的旧貌，优于明人重编本。比如曹植集，尽管可厘定为宋人重编本，但自身保留了唐本的某些细节。第二，宋人重编之集为此后的各本所承继，具有祖本的地位，成为研究唐前别集可以凭据的第一手文本。比如蔡邕集，现存明本繁多，但其祖本则唯一即北宋欧静重编的十卷本。第三，即便是宋人重编的集子，存世也仅有六种，即蔡邕集、曹植集、陆机集、嵇康集、萧统集和陶弘景集，而且其中惟曹植集有宋刻传本。其余五种的最早传本，仅是宋人重编集子的明代版本。

如何判断集子是否属宋人重编。首先是目录学的手段，根据公私书目考察集子的存佚情况，特别是北宋的《崇文总目》是重要的参考节点。上述六种集子《崇文总目》多数不著录，印证属宋代重编本的可能性。其次是版本学的手段，根据《崇文总目》不著录的标准，有宋本（或存世有据宋本的抄本、刻本等）可以直接判断属宋人重编本。再次是文献内部的细节印证，如陆机集正文中窜入"五臣本"三字，留下了重编的证据。最后是校勘学的手段，该手段作为判断重编的佐证使用。即以本集所载部分诗文（同时见于《文选》收录者）与《文选》各本相校，如属重编会与《文选》存在很大程度上相近性。但个别者如曹植集又稍显复杂，这就需要运用上述诸手段综合判断。宋人重编本的界定，也意味着其文本地位的确立，无疑有助于正确地看待和使用集子的文献内容。

第一节　蔡邕集

蔡邕集所收作品以碑铭为主，诗赋仅三篇（依明活字本），似其文集价值不高。但现存单行的东汉人集惟蔡邕一家，且其集属北宋人重编，明以来的传本较多，不宜忽视。严可均《蔡中郎集叙录》即云："余因思两汉人别集，梁隋有百一家，唐有七十八家，今皆不在，独蔡集残本孤行。"① 又顾广圻跋活字本《蔡中郎集》称"东汉人文集存于世者，仅此一种，尚是宋以前人所编，其余无之矣。"② 甚至明人胡应麟称："今汉人集传于世者，惟蔡中郎当是本书，其集十卷，亦独富于诸家。"③ 胡氏之说略有拔高蔡邕集之嫌，今传蔡集实际以北宋编本为祖本，相较于南朝和隋唐时本已属重编之本。同时又经明人增订，主要表现在诗文的增益，呈现出不同篇目样态的各本蔡邕集。自北宋编本至明本，蔡邕集各本存在的诗文篇目差异，值得梳理以清楚蔡邕集文本的演进和定型，甚至也可提供审视个别诗文真伪性的版本依据（比如《饮马长城窟行》）。同时考察蔡邕集的版本系统，对校勘整理该集在选择底本和校本方面也会有所裨益。

一、蔡邕集的编撰与流传

蔡邕集的编撰，应始自魏晋，至迟在南朝梁已存在明确以"集"为名目的蔡邕集。梳理蔡邕集的流传，主要体现为文章篇目和卷第多寡两方面。

《后汉书·蔡邕传》称蔡邕"所著诗、赋、碑、诔、铭、赞、连珠、箴、吊、论议、《独断》《劝学》《释诲》《叙乐》《女训》《篆艺》、祝文、章表、书记，凡

---

① 严可均：《蔡中郎集叙录》，转引自《藏园群书经眼录》，第 820 页。

② 顾广圻：《思适斋书跋》，《宋元明清书目题跋丛刊》清代卷第 7 册，北京：中华书局，2006 年，第 647 页。

③ 胡应麟：《诗薮》，第 261 页。

百四篇，传于世。"关于此记载的史源，严可均称："盖据《晋中经》、宋元嘉《四部》蔡集如此，实则蔡文之未入集而散见于故书者尚多。"① 今人邓安生先生也以任昉《文章缘起》称"汉蔡邕作《艰誓》"，而此篇未见于本传所列篇目为例，指出蔡邕文遗漏尚多②。但不能据此而怀疑蔡邕本传的记载，按《史通·古今正史篇》云："嘉平中，光禄大夫马日磾，议郎蔡邕、杨彪、卢植著作东观，接续纪传之可成者，而邕别作《朝会》《车服》二志，后坐事徙朔方，上书求还，续成十志。会董卓作乱西迁，史臣废弃，旧文散佚。及在许都，杨彪颇存注记，至于名贤君子自本初（146）以下阙续。魏黄初中，惟著《先贤表》。"③ 推知曹魏尚存东汉一朝的人物传记资料，据之而撰成《先贤表》，此当亦为范晔修《后汉书》包括蔡邕在内的文人传记所凭借和依据。恰如张政烺所称："是关于后汉文人之史料，东观即有所储。"④

　　范晔所列蔡邕文章篇目，除据旧史资料外，疑主要援自挚虞《文章志》或荀勖《文章叙录》。按《后汉书·桓荣传》称桓麟"所撰碑、诔、赞、说、书凡二十一篇"，李贤注云："案挚虞《文章志》，麟文见在者十八篇，有碑九首，诔七首，《七说》一首，《沛相郭府君书》一首。"此为范晔据《文章志》之证。所以，蔡邕本传出现未著录文章的现象，可能是受魏晋文体观念的影响，有些撰述不属"文章"的范畴。也有可能是魏晋时所编蔡邕集，篇目搜罗尚未齐备之故。总之，蔡邕本传的"百四篇"，反映的是魏晋时期蔡邕的著述情况，与范晔之时所能见到的蔡邕集篇目不尽相合。而杨以增《蔡中郎集叙》称："范《书》称中郎经学深奥，撰集湮没多不存，当刘宋之时其文仅传已不逾此。"便将两者混为一谈。其实，南朝所传蔡邕集未必符合魏晋集貌，篇目也会相应有所不同。

　　蔡邕仕于董卓，董卓败后为王允所杀，未能善终，推测蔡邕无法自定其

---

① 严可均：《蔡中郎集叙录》，第 820 页。
② 邓安生：《蔡邕集编年校注》，石家庄：河北教育出版社，2002 年，第 580 页。
③ 刘知幾：《史通》，姚松、朱恒夫全译，贵阳：贵州人民出版社，1997 年，第 63 页。
④ 张政烺：《王逸集牙签考证》，第 181 页。

集，甚至也未曾整理过生平著述，有学者即称："生前当未遑自编其集。"① 魏晋应已存在蔡邕文章的结集整理本。按《金楼子·立言》云："挚虞论蔡邕《玄表赋》曰：'《幽通》精以整，《思玄》博而赡，《玄表》拟之而不及。'"② 推断挚虞《文章流别集》或《文章志》中存在有关蔡邕文章的整体论述，则当时似必有蔡邕集。又陆云《与兄平原书》云："景猷（指荀崧）有蔡氏文四十余卷，小者六七纸，大者数十纸。"也是蔡邕文章至迟在西晋初已结集的证据。或认为："当时还未出现编成的蔡集定本，但是由这条材料可见当时文士珍爱蔡文之普遍。"③ 虽笼统称以"蔡邕文"，未具"集"之名；但既结撰为卷帙形态的文本，还是视为蔡邕集为宜。恐《晋中经簿》丁部或《文章叙录》均已著录蔡邕集。

南朝梁时，已有明确的称"集"名的蔡邕集流传。按《隋书·经籍志》"《蔡邕集》十二卷"条小注云："梁有二十卷、录一卷。"此即阮孝绪《七录》著录之本，姑称梁本《蔡邕集》。此梁本当即刘昭注《后汉书》所引之本，如《后汉书·律历志》云汉灵帝熹平四年（175），"诏书下三府，与儒林明道者详议，务得道真，以群臣会司徒府议。"刘昭注云："《蔡邕集》载：'三月九日，百官会府公殿下，东面，校尉南面，侍中、郎将、大夫、千石、六百石重行北面，议郎、博士西面。户曹令史当坐中而读诏书，公议。蔡邕前坐侍中西北，近公卿，与光、晃相难问是非焉。'"又《五行志》刘昭注云："案《邕集》称曰：'《演孔图》曰：蜺者，斗之精也。失度投蜺见态，主惑于毁誉。《合诚图》曰：天子外苦兵者也。'"此两条均未见于今本蔡邕集，已远非梁本之貌。

刘勰《文心雕龙·铭箴》云："蔡邕铭思，独冠古今。"又《诔碑》云："自后汉以来，碑碣云起。才锋所断，莫高蔡邕。"刘勰必定读过蔡邕集，方能对蔡邕的碑铭类文章做出整体的评价，此亦为南朝梁流传有蔡邕集的佐证。

《隋书·经籍志》著录后汉左中郎将《蔡邕集》十二卷，相较于梁本佚去近

---

① 邓安生：《蔡邕集编年校注》，第 579 页。

② 许逸民：《金楼子校笺》，第 925 页。

③ 张根云：《蔡邕集版本源流考论》，《长春教育学院学报》2014 年第 2 期，第 23 页。

半。《四库全书总目》称："则其集至隋已非完本。"① 邓安生据此也认为："是则蔡集至隋已亡失差半。"② 但陆心源《重雕兰雪堂本蔡中郎集序》则称："盖十二者，二十之倒文"，"谓隋亡其录，非谓集有缺文也"③。从刘昭注引不见于今本蔡邕集，推定已阙佚八卷的十二卷隋本蔡邕集未"缺文"似非确论。两《唐志》均著录为二十卷本，与梁本卷第相合，《四库全书总目》云："当由官书佚脱，而民间传本未亡，故复出也。"④ 或认为："二十卷当即十卷之误。"⑤ 按唐李贤注《后汉书》蔡邕本传引《蔡邕集》数处，所据当即为《旧唐志》著录之二十卷本。如注蔡邕对诏问中"又长水校尉赵玹"句，云："《蔡邕集》'玹'作'玄'。"注蔡邕自陈中"及营护故河南尹羊陟、侍御史胡母班，合不为用致怨之状"句，云"胡母班""《邕集》作'綦母班'也"；又注"臣一入牢狱，当为楚毒所迫，趣以饮章，辞情何缘复闻"句，引《蔡邕集》中"吏遂饮章为文书"句相校，云："俗本有不解'饮'字，或改为'报'，或改为'款'，并非也。"以本传与《集》本互校，藉以可窥李贤所据唐本《蔡邕集》的文本面貌。按明正德十年（1515）华坚兰雪堂铜活字印本《蔡中郎文集》十卷本（以下简称"兰雪堂活字本"），作"綦毋班""饮"，不尽同于唐本。

大概唐末，蔡邕集散佚。严可均称："唐末蔡集亡。"⑥ 邓安生也称："后经唐末五代之乱，蔡集再亡。"⑦ 又称："蔡集亦未免于唐末兵燹之厄。"⑧ 故北宋出现蔡邕集的重编本，按天圣元年（1023）欧静序，云："《唐书·艺文志》，洎吴氏《西斋书目》并云《邕集》十五卷，今之所传才十卷，亡外计六十四篇。"又云："是集也，今既缺五卷矣，见所存者盖后之好事者不本事迹，编他人之文相混之耳，非十五卷之本编固矣。建安、黄初文体多相类复，不逮广披众集，固不可知其

① 永瑢等：《四库全书总目》，第 1272 页。
② 邓安生：《蔡邕集编年校注》，第 579 页。
③ 陆心源：《仪顾堂集》，王增清点校，杭州：浙江古籍出版社，2015 年，第 100 页。
④ 永瑢等：《四库全书总目》，第 1272 页。
⑤ 邓安生：《蔡邕集编年校注》前言，第 12 页。
⑥ 严可均：《蔡中郎集叙录》，第 820 页。
⑦ 邓安生：《蔡邕集编年校注》，第 579 页。
⑧ 同上，前言，第 12 页。

谁之作也。"《新唐志》著录蔡邕集为二十卷，抄自《旧唐志》，不足为据。唐吴兢《西斋书目》著录为十五卷本，则唐存在十五卷和二十卷两种本子。北宋重编为十卷本，收文六十四篇，其中误收王肃《魏宗庙颂》、魏武《祀桥太尉文》和魏佚名《刘镇南碑》三篇，实际为六十一篇。相较于本传"百四篇"，佚去三之一，主体篇目尚存。此重编本不出自欧静之手，但因其序述之，姑称为"欧静本"，是今传蔡邕集的祖本。除此十卷本外，《崇文总目》还著录《蔡邕文集》五卷本，此当为秘阁藏本。

北宋欧阳修和赵明诚均依据蔡邕集校碑铭。如欧阳修《集古录》跋尾东汉延熹八年（165）《后汉老子铭》条云："世言碑铭蔡邕作，今检《邕集》无此文，皆不可知也。"① 按今所传明兰雪堂活字本蔡邕集即祖出欧静本，保留了欧本篇目（仅删去了欧静序所称的两篇非邕之作），自内容而言可视为欧静本蔡邕集。检该集，即无《后汉老子铭》篇。又赵明诚《金石录》卷十八"汉陈仲弓碑"条云："碑文字已漫灭，蔡邕字画见于今者绝少，故虽漫灭之余，尤为可惜。以校《集》本不同者已数字，惜其不完也。按《邕集》仲弓三碑，皆邕撰。"② 按此三碑均见于兰雪堂活字本蔡邕集中，即卷二所载此碑及《文范先生陈仲弓铭》《陈太丘碑》两篇。又《金石录》同卷"汉陈仲弓坛碑"条云："按《蔡邕集》，有仲弓三碑，以《集》本校之，此《碑》非邕撰者。"③ 兰雪堂活字本即无此碑，或确非蔡邕之作。推知欧阳修和赵明诚所据蔡邕集当即欧静本。

总之，北宋欧静本蔡邕集属重编本性质，既以当时所见残本（疑即《崇文总目》著录的五卷本）为基础，同时也编入残本之外的蔡邕作品。未入集者，至少在当时人看来是不属于蔡邕作品的。

南宋所传蔡邕集均为十卷本，《郡斋读书志》著录《蔡邕集》十卷（以下简称"郡斋本"），云："所著文章百四篇，今录止存九十篇，而铭墓居其半。"④《遂初堂书目》也著录《蔡邕集》一部，不题卷数。《直斋书录解题》亦著录《蔡中

---

① 欧阳修：《集古录》，邓宝剑、王怡琳笺注，北京：人民美术出版社，2010年，第55页。
② 赵明诚：《金石录》，刘晓东、崔燕南点校，济南：齐鲁书社，2009年，第149页。
③ 同上，第150页。
④ 晁公武：《郡斋读书志》，第810页。

郎集》十卷本（以下简称"直斋本"），云："今本阙亡之外，才六十四篇。其间有称建安年号及为魏宗庙颂述者，非邕文也。卷末有天圣癸亥（1023）欧阳静所书《辨证》甚详，以为好事者杂编他人之文相混，非本书。"①关于两本的关系，陆心源称："晁昭德《读书志》所著录亦分十卷，云铭墓居其半，似与直斋本同。"②实则直斋本蔡邕集即欧静本，而郡斋本则属另本蔡邕集，篇目为九十篇，比欧静本溢出二十六篇。郡斋本至元初似尚有流传，王应麟《困学纪闻》卷十三《考史》云："蔡邕文今存九十篇，而铭墓居其半，曰碑，曰铭，曰神诰，曰哀赞，其实一也。"③此后郡斋本下落不明。

降至元代，《文献通考·经籍考》和《宋史·艺文志》均著录为十卷本，即欧静本。《四库全书总目》称该十卷本，"则又经散亡非其旧本矣"④。而杨以增《蔡中郎集叙》云："则今之传本十卷，已为近古。"北宋初欧静所编十卷本，从重编时间而言应还是保留了些许古本面貌。

明人书目中屡见《蔡邕集》的著录，如《行人司重刻书目》著录《蔡中郎集》一部，不题卷数，证明代曾有官刻蔡邕集。私家所藏著录为十二卷本者，如《徐氏家藏书目》，即明天启、崇祯间刻《七十二家集》本。八卷本者，如《澹生堂藏书目》，即明万历、天启间新安汪氏刻《汉魏六朝二十一名家集》本，或万历十一年（1583）翁少麓刻《汉魏诸名家集》本和明刻《汉魏六朝诸家文集》本。以上属丛编本。六卷本者如《万卷堂书目》《澹生堂藏书目》，即明杨贤刻本。其中最为流行者还是十卷本，而且丛编本蔡邕集均出自该本，只是改易卷第而已。都穆《南濠居士文跋》云："蔡伯喈集，旧十五卷，今所传者十卷。余尝见《艺文类聚》载伯喈《焦君赞》、伯夷叔齐碑及翟先生碑诸文，今集中皆无，以是知其非全书也。"⑤自欧静始所编的十卷本蔡邕集，还是有助于考察早期蔡邕集诸如诗文篇目的存留、真伪等细节性问题。

① 陈振孙：《直斋书录解题》，第461—462页。
② 陆心源：《仪顾堂集》，第100页。
③ 王应麟：《困学纪闻》，栾保群、田松青校点，上海：上海古籍出版社，2015年，第282页。
④ 永瑢等：《四库全书总目》，第1272页。
⑤ 都穆：《南濠居士文跋》，《宋元明清书目题跋丛刊》明代卷第3册，北京：中华书局，2006年，第269页。

二、蔡邕集的版本系统

现存蔡邕集版本较多，卷第也不尽相同，但均属于同一版本系统，即北宋欧静本系统。欧静本在明代的传本即兰雪堂活字本，其他各本蔡邕集基本出自此本，只是存在篇目多寡和文字的异同。兹将欧静本系统内的明刻蔡邕集主要版本考述如下：

其一，明兰雪堂活字本。明华氏兰雪堂活字本为现存蔡邕集最早的版本（国家图书馆藏，编目书号 7603），行款版式为七行十三字，小字双行同，白口、左右双边，单黑鱼尾。版心上题"兰雪堂"，中题"伯喈集卷几"，下题排印工人名，如"庆""魁""广"等，《涵芬楼烬余书录》称："盖印工名字也。"[1] 卷端题"蔡中郎文集卷之一"，次行低三格题"汉左中郎将蔡邕伯喈撰"。卷首有欧静《蔡中郎文集序》，末署"天圣纪号龙集癸亥余月哉生明后八日海陵西斋平阳欧静识之序"。次《蔡中郎文集目录》，目录末印"正德乙亥（1515）春三月锡山兰雪／堂华坚允刚活字铜版印行"两行，《外传》末印"锡山兰雪堂华坚／允刚活字铜版印"两行。正文十卷，附《外传》一卷。

该活字本保留北宋天圣元年欧静序，叙及当时所编蔡邕集，云："是集也，今既缺五卷矣，见所存者盖后之好事者不本事迹，编他人之文相混之耳，非十五卷之本编固矣。"知欧静本即北宋重编本蔡邕集为十卷本，收文六十四篇，其中误收非邕作三篇，实际为六十一篇。欧静本颇受推崇，顾广圻跋明刻本《蔡中郎集》称："忆卢抱经氏曾言，蔡集以天圣年间欧静所辑本为最古"[2]，又跋抄本《蔡中郎文集》称："蔡集以宋人所编十卷本为最佳。"[3] 惜其不传，而兰雪堂活字本即据之排印，又作增订。

此活字本标题及题目均大字，文双行小字，似即属欧静本旧貌。在篇目

① 张元济：《涵芬楼烬余书录》，载《张元济古籍书目序跋汇编》，北京：商务印书馆，2003 年，第 647 页。

② 顾广圻：《思适斋书跋》，第 647 页。

③ 同上，第 648 页。

上删去欧静本之《魏宗庙颂》和魏武《祀桥太尉文》两篇，而保留《刘镇南碑》，收文六十三篇。《外传》收文八篇，即《胡广黄琼颂》《上汉书十志疏》《述行赋》《短人赋》《饮马长城窟行》《释诲》《篆势》和《隶势》，合计七十一篇。其文献价值在于保存了北宋本蔡集的篇目，为考察蔡邕某些诗文的真伪提供了早期文本的依据。比如《饮马长城窟行》，《文选》卷二十七题"古辞"，《玉台新咏》题"蔡邕"。或称："唐人皆不从《玉台新咏》而从《文选》，亦甚可疑。"① 北宋本不收该诗，恰可为非邕作一证。

但活字本也并非尽善，恰如明万历八年（1580）茅一相文霞阁刻本《汉蔡中郎集》（以下简称"茅本"）卷末署名"东海生"跋，称："前后错杂至不可句读。"校以明嘉靖二十七年（1548）杨贤刻本（以下简称"杨贤本"）和明刻本（旧称"徐子器"本，以下简称"徐本"），存在倒文、脱文和误字，如：

> 《述行赋》"遘雨之经时"，"雨"前脱"淫"字，杨贤本、徐本作"淫雨"。
>
> "桀马踌而不进兮"，"马"字误倒置于"桀"字后，杨贤本、徐本作"马桀踌"。
>
> "诮无忌之神"，"神"前脱"称"字，杨贤本、徐本作"称神"。
>
> "憎佛□之不臣"，杨贤本、徐本脱字作"肹"。
>
> "廓廖壑以峥"，杨贤本、徐本"廖"作"岩"，属误字。"峥"后脱"嵘"字，杨贤本、徐本作"峥嵘"。
>
> "蓼茭奥台菡兮"，"台"前脱"与"字，杨贤本、徐本有"与"字。
>
> "悲宠□之为绠兮"，杨贤本、徐本脱字作"妾"。
>
> "零雨集之溱"，杨贤本、徐本作"集霖雨之溱溱"。
>
> "丝戚遗以东运"，杨贤本、徐本作"思逶迤"。
>
> "阳光见之颢颢兮"，"见"字倒置于"阳光"之后，杨贤本、徐本作"见阳光"。
>
> 《短人赋》"□刃不恐"，杨贤本、徐本脱字作"加"。

---

① 邓安生：《蔡邕集编年校注》，第586页。

"□□嗜酒"，杨贤本、徐本脱字作"曚昧"。

其二，据兰雪堂活字本而刻的郑氏本。明代除影刻兰雪堂活字本蔡邕集外，还有一部明郑氏刻本《新刊蔡中郎文集》十卷（以下简称为"郑氏本"）、《外传》一卷（国家图书馆藏，编目书号 11142），据活字本而刻。《中国古籍善本书目》著录上海图书馆藏本为全帙，另有《独断文集》二卷、《诗集》二卷，版本著录为"明嘉靖三年（1524）宗文堂郑氏刻本"。

该本行款版式为九行二十字，黑口、四周双边，顺黑鱼尾。版心上镌"蔡中郎文集"，中镌卷次和叶次。卷端题"新刊蔡中郎文集卷之一"，次行低九格题"汉左中郎将蔡邕伯喈撰"。卷首有天圣癸亥欧静《蔡中郎伯喈文集序》（据《艺风藏书记》，欧静序后有牌记两行，云"嘉靖甲申孟冬月宗文堂郑氏新刻"），次《新刊蔡中郎伯喈文集目录》。目录末镌"此书原系正德乙亥春三月锡山兰雪堂华坚／允刚活字铜版印行，今郑氏得之，绣梓重刊行"两行。郑氏本虽据兰雪堂活字本而刻，但两本存在差异，主要表现在脱文和异文两方面，如：

《胡广黄琼颂》"穷宠□贵"，兰雪堂活字本脱字作"极"。

《述行赋》"以予能鼓琴"，兰雪堂活字本"予"作"余"。

"藐髣髴而无间"，兰雪堂活字本"间"作"闻"。

"路丘墟以盘萦"，兰雪堂活字本"萦"作"萦"。

"□王府而纳最"，兰雪堂活字本脱字作"充"。

"感□心之殷殷"，兰雪堂活字本脱字作"忧"。

"前车复而未远兮"，兰雪堂活字本作"覆"。

"跋涉□路"，兰雪堂活字本脱字作"遐"。

"寻前□兮"，兰雪堂活字本脱字作"绪"。

可见，郑氏本重刻活字本产生了一些讹误和脱字，反不及活字本，或可称之为"徒为木灾耳"（茅本卷末跋之语）！

其三，出自兰雪堂活字本的杨贤本。据兰雪堂活字本而刻者，尚有杨贤本和徐本。

杨贤本，现藏国家图书馆（编目书号 10170），行款版式为九行二十一字，白口、四周单边，无鱼尾。版心上镌"蔡中郎集"，中镌卷次，下镌叶次。卷端题"汉蔡中郎集卷之一"，次行、第三行均低四格合题"明祋祤乔世宁景叔、无锡俞宪汝成校订、任城杨贤子庸梓行"。卷首有欧静《蔡中郎集序》，次嘉靖二十七年乔世宁《刻蔡中郎集叙》、嘉靖戊申（1548）俞宪序和《汉蔡中郎集总目》。按乔世宁序云："中郎集十五卷，今止传十卷，十卷中又多疑讹难信者，以是知逸亡益多也。""集旧无精本，顷与俞子汝成校理，汝成又稍稍增定。顾其籍散落既久，无从蒐逸补亡耳。《独断》旧附小说，今列置卷首，以皆中郎之言宜汇成一家。"又俞宪序云："吾锡旧藏《蔡中郎集》，往往脱误至不可章句，西京乔子来际楚学，耦余校之。"据此两序，推知杨贤本在文字和收文篇目上均以兰雪堂活字本为底本而加以校订或调整。

在篇目上，杨贤本相较于兰雪堂活字本溢出二十篇，总计九十一篇，编次为六卷本。溢出篇目如下：《独断》《陈政要七事》《答齐议》《东巡颂》《正交论》《祖德颂》《樽铭》《警枕铭》《汉律赋》《协和婚赋》《笔赋》《琴赋》《弹琴赋》《弹棋赋》《胡栗赋》《答元式诗》《翠鸟诗》《京兆尹樊德云铭》《九疑山铭》《焦君赞》。兰雪堂活字本有而杨贤未收篇目三篇，即《上汉书十志疏》《被收时表》和《表太尉董公可相国》。傅增湘称："此本乃乔世宁与俞宪校订者，以《独断》列卷首，为文凡九十二篇（《宗庙祝嘏辞》离为两篇，按诗文篇目为九十一篇）。自谓卷省旧之半，篇益旧之三，盖次第悉已改易矣。"[1]

杨贤本文字上的校订，如：

> 《述行赋》"余有行兮京洛兮"，杨贤本第一个"兮"字作"于"。
>
> "经圃田而看北境兮"，杨贤本"看"作"瞰"。
>
> "吊纪信于荥阳"，杨贤本"荥"作"荣"。
>
> "甚涛涂之复恶兮"，杨贤本"甚"作"稔""复"作"愎"。

---

① 傅增湘：《藏园群书经眼录》，第 819 页。

　　　　　"魄嵯峨以乘邪兮"，杨贤本"魄"作"迫"。

　　　　　"行游目以南游兮"，杨贤本后一"游"字作"望"。

　　　　　"忿子带之滛递兮"，杨贤本"递"作"逸"。

　　　　　"玄雪黯以凝结兮"，杨贤本"雪"作"云"。

　　　　　"义二士之侠坟"，杨贤本"坟"作"愤"。

　　　　　"弘宽裕以便辟兮"，杨贤本"以"作"于"。

　　有些纠正了兰雪堂活字本存在的误字。茅本卷末署名"东海生"跋云："得
南都余（'俞'字之误）汝成本，益文二十有一（覈检目录似实增二十篇），而
损卷为六。益之则是，损之则非，其间亦稍稍补辑遗漏，尚不免鲁鱼亥豕之舛，
信乎校书之难也。"肯定了杨贤本补正兰雪堂活字本"遗漏"之处，但自身也存
在讹误字。

　　其四，出自杨贤本的茅本。茅本刻自杨贤本，现藏国家图书馆（编目书
号16392），其行款版式为九行十九字，白口、四周单边，单黑鱼尾。版心上镌
"蔡中郎集"，中镌卷次，下镌叶次和刻工。卷端题"汉蔡中郎集卷之一"，次行
低八格题"吴兴后学茅一相康伯父订"。卷首有欧静《蔡中郎文集序》，次嘉靖
二十七年乔世宁《蔡中郎集叙》、嘉靖戊申俞汝成《刻蔡中郎集说》、万历元年
王乾章《蔡中郎文集叙》《汉蔡中郎集卷目录》。

　　该本不仅将杨贤本由六卷调整为十一卷本，而且在杨贤本九十一篇的基
础上，增益活字本有而杨贤本未收的三篇，总计九十四篇，可能是存世蔡邕
集收文最多的本子。另外，两本在文字上也存在差异，如《述行赋》"怀伊吕
而黜遂兮"，杨贤本"遂"作"逐"；《协和婚赋》"二族崇饰"，杨贤本"饰"
作"餙"等。

　　该本卷末有署名"东海生"跋，云："中郎集，余得三本，一出于无锡华氏，
为卷十一，得文七十有一首，前后错杂至不可句读；再得陈留令徐子器本，大都
袭华之旧，而了不加察，徒为木灾耳。最后得南都余（'俞'字之误）汝成本，
益文二十有一，而损卷为六。益之则是，损之则非，其间亦稍稍补辑遗漏，尚
不免鲁鱼亥豕之舛，信乎校书之难也。"推断茅本之刻似弥补活字本、徐本和杨

贤本之失。又书中有郑振铎题跋，云："茅一相编刻本，斟酌诸本异同，颇为精善，惜世少知者。"考虑到茅本收文较全，辑校尚属谨严，校勘整理蔡邕集应以茅本为底本。

其五，出自兰雪堂活字本的徐本。徐本，《北京图书馆古籍善本书目》《中国古籍善本书目》均著录为"明刻本"。因书中有万历元年（1573）王乾章《蔡中郎文集叙》云："文集若干卷，旧刻于吴中""检笥中得中郎文集，檄陈留令徐子器校雠而雕之……杀青已竟，请余斯文，乃弁诸首。"又按明万历三十九年（1611）马维骥刻本（以下简称"马维骥本"）保留有万历二年（1574）徐子器《跋中郎文集》称："今即其遗文之仅存者，刻而传之"，"予遂刻而成之，俾益流传于不朽云。"故旧称"徐子器本"。

此本（国家图书馆藏，编目书号 5449）行款版式为九行二十一字，白口、四周双边，无鱼尾。版心上镌"蔡中郎集"，中镌卷次和叶次。卷端题"蔡中郎文集卷之一"，次行低三格题"汉左中郎将蔡邕伯喈述"。卷首有王乾章《蔡中郎文集叙》，次《蔡中郎文集目录》。篇目同兰雪堂活字本，亦为七十一篇，正文十卷、外传一卷。

关于此本的底本，序并未明言，而序所称"文集若干卷，旧刻于吴中"似即指兰雪堂活字本蔡邕集。徐本篇目同兰雪堂活字本，茅本卷末署名"东海生"跋云："得陈留令徐子器本，大都袭华之旧，而了不加察，徒为木灾耳。"瞿镛亦云："万历间有徐子器刻本，虽依旧第而有增删处，失其真矣。"[1] 近人傅增湘则认为："中郎集刊本以此为最佳，亦殊少见。王序不言其所出，然其次第、篇数与活字本同，盖出于宋本也。至杨贤、茅一桂诸本均改易卷第矣。"[2] 又张元济认为："是本首篇为《故太尉桥公庙碑》，四铭印列庙碑之后。其余编次，亦悉依欧本，并未变乱，是犹远胜俗刻也。"[3] 以之与兰雪堂活字本、杨贤本和马维骥本对校，存在差异，如：

---

① 瞿镛：《铁琴铜剑楼藏书目录》，第 270 页。

② 傅增湘：《藏园群书经眼录》，第 819 页。

③ 张元济：《涵芬楼烬余书录》，第 648 页。

《胡广黄琼颂》"仍践其卫"，兰雪堂活字本、杨贤本"卫"均作"位"，马维骥本同徐本。

《述行赋》"白朝廷敕陈留太守遣余到偃师"，兰雪堂活字本、杨贤本"白"均作"自"，马维骥本同徐本。

"心郁伊而愤思"，杨贤本"伊"作"怏"，兰雪堂活字本同徐本，马维骥本作"抑"。

"路丘墟以盘萦"，兰雪堂活字本、杨贤本"萦"均作"萦"，马维骥本同徐本。

"谿壑蔓其杳冥"，杨贤本"壑"作"谷"，兰雪堂活字本、马维骥本同徐本。

"置炎奥与台菌兮"，杨贤本"奥""菌"分别作"奠""菌"，兰雪堂活字本、马维骥本同徐本。

"缘增崖而结茎"，杨贤本"增"作"层"，兰雪堂活字本、马维骥本同徐本。

"悲宠妾之为梗兮"，杨贤本"妾"作"嬖"，兰雪堂活字本脱，马维骥本同徐本。兰雪堂活字本"梗"作"绠"，马维骥本同徐本。

"操舫舟而沂湍流兮"，杨贤本"操"作"乘"，兰雪堂活字本同徐本；兰雪堂活字本"流"作"浴"，马维骥本同徐本。

"纠忠谏其侵急"，杨贤本"侵"作"骎"，兰雪堂活字本、马维骥本同徐本。

"周道鞠茂草兮"，杨贤本"鞠"作"鞠为"，兰雪堂活字本、马维骥本同徐本。

《短人赋》"憔侥之后"，杨贤本"憔"作"僬"，兰雪堂活字本同，马维骥本同徐本。

"哗啧怒语"，杨贤本"哗"作"啧"，兰雪堂活字本、马维骥本同徐本。

"与人相距"，杨贤本"距"作"拒"，兰雪堂活字本、马维骥本同徐本。

"弊凿头兮断柯斧"，杨贤本"弊"作"敝"，兰雪堂活字本、马维骥本同徐本。

《饮马长城窟行》"书上竟何如"，杨贤本"上"作"中"，兰雪堂活字本、马维骥本同徐本。

通过上述比对，徐本基本出自兰雪堂活字本，又经部分修订文字。傅增湘认为该本"出于宋本"而以之为最佳，似非允论。马维骥本除个别文字与徐本有异外，两本基本相同，佐证直接出自徐本。

其六，出自徐本的马维骥本。此本（国家图书馆藏，编目书号9018）行款版式为九行十八字，白口、四周单边，无鱼尾。版心上镌"蔡中郎集"，中镌卷次和叶次，下镌刻工姓名。卷端题"蔡中郎文集卷之一"，次行低三格题"汉左中郎将蔡邕伯喈传"。篇目和卷第同徐本和兰雪堂活字本。卷首有欧静《蔡中郎文集序》，次万历元年王乾章《蔡中郎文集叙》、万历二年徐子器《跋中郎文集》，次《蔡中郎文集目录》。篇目同徐本和兰雪堂活字本。

国家图书馆普通古籍藏有马维骥本一部（编目书号81637），保留有万历三十九年马维骥《重刻蔡中郎文集跋》，抄录如下："陈留，故汉中郎蔡公里也。余履其地，遐想其人，因询诸父老，购所为其裔苗者，而未有也。独邑中有文集十卷，板已磨勒不可校矣……会郡伯（原书此字残）王使君亦有此命，于是开□□（原书此两字佚去）工，几阅月而始成。"末署"万历辛亥小暑之吉乡贡进士知陈留县事历下震乐马维骥谨跋"。跋所称"邑中有文集十卷"应即徐本，据该本校订后而刻。

通过现存蔡邕集版本的梳理，可以将其版本系统描述为：北宋欧静本为今传蔡邕集的祖本，该本在明代的直接传本是兰雪堂活字本，活字本在欧静本的基础上删去非邕作篇目，而增益外传一卷八篇。徐本出自兰雪堂活字本，篇目照旧保留，而文字经过校订。马维骥本又直接出自徐本。郑氏本据兰雪堂活字本而刻，存在部分文字的讹误脱佚。杨贤本也出自兰雪堂活字本，篇目增益二十篇，文字也及经过校订。茅本直接出自杨贤本，篇目又增益三篇，是现存蔡邕集收文较多之本。校勘整理蔡邕集，应以茅本为底本，而以兰雪堂活字本、杨贤本和徐本作为参校本使用，郑氏本和马维骥本可不用。

综上，研究两汉人集应以蔡邕集为重点：第一，传本较多，为考察蔡邕集诗文篇目和版本系统提供了资料基础；第二，可追溯到早期的祖本，即北宋欧静本，藉以可知旧本之貌。这两点是同样有明刻单行本的贾谊集、东方朔集和扬雄集所不能及的，更远胜明人所编丛书本汉人集。开展蔡邕诗文研究的基础，依赖于完备的蔡邕集校勘整理本（邓安生先生已撰有《蔡邕集编年校注》，在校本的使用上似尚需增补）。存世蔡邕集版本系统的考察和梳理，无疑为进一步整理蔡集在甄选底本和校本方面提供有益的参考。

第二节　曹植集

现存曹植集最早的版本，为瞿氏旧藏宋刻十卷本《曹子建文集》（现藏上海图书馆，以下简称"今宋本"），是曹植集版本谱系中重要的一环。围绕该帙宋本，存在诸多问题需要探讨，也可藉此廓清曹植集的编撰与流传情况。如其反映的曹植集成书的层次、依据的底本来源、与《旧唐志》著录的二十卷本和三十卷本曹植集的关系，以及现存明刻诸本曹植集是否源出此本等。经考察，曹植集乃宋人以唐二十卷本的残本为基础又辑录曹植其他诗文而重编，至迟重编在北宋初（从大的时段而言，重编在唐末五代北宋初此范围内，兹暂定为宋人重编本），今宋本曹植集即该重编本在南宋时期的传本。今宋本曹植集属唐二十卷本系统的界定，为辨析《旧唐志》著录的三十卷本提供了文本参照，从而摸清了自曹魏以来存在的选本性质的秘阁编本和自编全集本两种系统曹植集的传承脉络。就宋本自身的文本地位而言，包括活字本在内的明代诸本曹植集并非源自此帙宋本，且其校勘价值似不及活字本和文渊阁《四库全书》本（抄自翻宋嘉定本），从而为校勘整理曹植集在底本和校本的选择方面提供了依据。

一、宋本曹植集的刊刻及底本

宋本《曹子建文集》的行款版式为八行十五字，白口、左右双边，顺黑鱼尾。

版心上镌本版字数，中镌"子建文集"和卷次，下镌叶次和刻工。卷端题"曹子建文集卷第一"，次行低七格题"魏陈思王曹植撰"。卷首有《曹子建文集目录》。检书中"玄""殷""恒""祯""贞""遘""慎""廓"（如卷十《髑髅说》"廓然叹曰"）诸字阙笔，避讳至宋宁宗赵扩止。刻工有徐仲、叶材、王彦明、刘世宁、刘祖、陈朝俊、李安、于宗、魏之先、陈俊、王明等。《铁琴铜剑楼藏书目录》称此本"板刻精妙，字大悦目"①，所收凡赋四十三篇、诗六十三篇、杂文九十篇，合计一百九十六篇。

《铁琴铜剑楼藏书目录》定此本为"南宋时刊本"，称："书中慎字省笔，而敦、廓字不省，知此刻犹在嘉定以前也。"②按此说有误，书中避讳实至宁宗。而傅增湘审定为"元刊本"（《藏园群书经眼录》），又定为"宋元间刊本"，称："此书前人定为宋本，以雕工、字体审之，与宋元之际闽本《四书集注》颇多似处，经修版后印。第一册修版较多，余多烂版，摹印恐在元末明初矣。"③王文进《文禄堂访书记》称此本为"宋江西刻大字本"④。《中国古籍善本书目》著录为"宋刻本"。今人据"廓"字阙笔称："当刻于南宋宁宗朝。"⑤结合此本的避讳及雕椠字体、版式特征，可定为南宋宁宗间江西刻本。检书中卷八、卷十两卷末均题"新雕曹子建文集"，傅增湘注意到"多'新雕'二字"现象而未加以阐发，或认为属"有所本而难能踪迹。"⑥按目录第二叶a面和卷二第六叶b面两处"愍志赋"之"愍"字阙笔，与国家图书馆藏五代北宋初刻本《弥勒下生经》"愍"字同⑦。这意味着宋本曹植集保留了唐本（或部分）面貌，同时也引申出下述两个问题：

其一，宋本曹植集所援据的底本。北宋秘阁藏有曹植集，按《太平御览经

① 瞿镛:《铁琴铜剑楼藏书目录》，第270页
② 同上，第270页。
③ 傅增湘:《藏园订补邵亭知见传本书目》，第937页。
④ 王文进:《文禄堂访书记》，台北：广文书局印行《书目丛编》本，2012年，第340页。
⑤ 上海图书馆编:《上海图书馆藏宋本图录》，上海：上海古籍出版社，2010年，第172页。
⑥ 同上，第172页。
⑦ 检书中"民""昏""婚"诸字不阙笔，推断"民"阙笔似非出于刻手习惯所致，而是据底本照录。

史图书纲目》有《陈思王集》一目，宋李廷允《太平御览跋》称"《御览》一书皆纂辑百氏要言……多人间未见之书"。而此后纂修的《崇文总目》已不见著录，印证作为秘阁藏本的曹植集似散佚于北宋中期。

南宋晁公武《郡斋读书志》著录十卷本曹植集（以下简称"晁本"），云："比隋、唐本有亡逸者，而诗文二百篇，返溢于本传所载（按《三国志·魏书·陈思王植传》称'撰录植前后所著赋颂诗铭杂论凡百余篇'，此即曹魏秘阁编本），不晓其故。"①尤袤《遂初堂书目》亦著录，不题卷数。陈振孙《直斋书录解题》著录二十卷本（以下简称"陈本"），云："卷数与前《志》合（指《两唐志》著录的二十卷本），其间亦有采取《御览》《书钞》《类聚》诸书中所有者，意皆后人附益，然则亦非当时全书矣。其间或引挚虞《流别集》，此书国初已亡，犹是唐人旧传也。"②按《流别集》唐中期以来便亡佚（《新唐书·艺文志》《通志》著录者乃照抄旧目，非实有其书），推断陈本曹植集诗文凡辑自《流别集》者，皆标以"流别集"字样。检今宋本曹植集中诗文未有题"流别集"者，且卷数与陈本不合，断定其底本并非陈振孙著录本。恰如余嘉锡所称："今各本并不引《流别集》，则振孙所见别是一本。"③

今宋本的卷第与晁公武著录本相合，篇目亦极为接近，仅四篇有出入。按吴棫《韵补》卷四"去声"恰征引宋本未载的四篇《赞》文（皆属曹植《画赞》），即《王陵赞》云："从汉有功，少文任气。高后封吕，直而不屈。"曹植《赞》云："有皇于登，是临天位。黼文字裳，组华于黻。"《王霸赞》云："壮气挺身奋节，所证必拔，谋显垂惠。"《孔甲赞》云："行有顺天，龙出河汉。雌雄各一，是扰是豢。"《韵补》成书于南宋绍兴年间，与晁公武同时，知所据曹植集当即晁本。推断今宋本曹植集的底本乃晁公武著录本，故其所镌"新雕"当即指据晁本重刻。

而晁本曹植集是否即北宋秘阁藏本《陈思王集》，兹以《太平御览》引秘阁

---

① 晁公武：《郡斋读书志》，第 811 页。
② 陈振孙：《直斋书录解题》，第 462 页。
③ 余嘉锡：《四库提要辨证》，北京：中华书局，1980 年，第 1241 页。

本曹植诗文为证①。如卷三百四十六引《表》云："昔欧冶改视，铅刀易价。伯乐所眄，驽马百倍。"卷三百五十九引《陌上桑》云："望云际，有真人，安得轻举继清尘。执电鞭，骋飞麟。"卷三百八十一引《扇赋》云："情骀荡而外得，心悦豫而内安，增吴氏之姣好，发西子之玉颜"。卷六百五引《乐府诗》云："墨出青松烟，笔出狡兔翰。古人感鸟迹，文字有改刊。"卷八百三十六引《乐府歌》云："巢许蔑四海，商贾争一钱。"卷九百七十一引《乐府歌》云："橙橘枇杷，甘蔗代出。"核之今宋本曹植集，均未载上述诸诗篇，推断秘阁藏本《陈思王集》属不同于晁本（今宋本）的另一版本系统曹植集，也再次佐实了今宋本与晁公武著录本的版本承继关系。

除秘阁本外，北宋还流传有一帙十卷本曹植集。旧题唐柳宗元撰《龙城录》卷上"韩仲卿梦曹子建求序"条云："韩仲卿日梦一乌帻少年，风姿磊落，神仙人也。拜求仲卿，言某有文集在建邺李氏。公当名出一时，肯为我讨是文而序之，俾我亦阴报尔。仲卿诺之，去复回，曰：'我曹植子建也。'仲卿既寤，检邺中书得子建集，分为十卷，异而序之，即仲卿作也。"关于《龙城录》，张邦基《墨庄漫录》认为属宋人王铚伪作，《四库全书总目》亦持伪书说。故所载韩仲卿（韩愈之父）作序曹植集事，有学者称"纯属后人伪托，不足为信"②。陶敏先生考证称："此书的编造大约是在北宋前期，即宋太祖至仁宗前期这大约六七十年中。"③又薛洪勣称："成书年代的上限当在前蜀灭亡之后，也就是五代后期。至北宋前期也未见流传，因此其成书年代的下限大致可定在北宋中期。"④笔者采纳陶先生的意见，即《龙城录》大致成书在北宋初期，所载的"子建集"即北宋十卷本曹植集。陶先生进一步考证称此本为"后出之本"，而《龙城录》作者"盖据后出的曹植集造为此条"⑤，指此曹植集并非《旧唐志》著录者。这也印证北宋初期曹植诗文颇受欢迎，而流传的集子却无人作序，于其地位不相契合，遂营造梦

---

① 曹植佚文参见赵幼文《曹植集校注》附录1，北京：人民文学出版社，1984年，第537—550页。

② 陈治国：《宋以前曹植集编撰状况考略》，《湖北成人教育学院学报》2003年第2期，第30页。

③ 陶敏：《柳宗元〈龙城录〉真伪新考》，《文学遗产》2005年第4期，第53页。

④ 薛洪勣：《龙城录考辨》，《社会科学战线》2005年第5期，第127页。

⑤ 陶敏：《柳宗元〈龙城录〉真伪新考》，第49页。

曹植求序之事。

此帙北宋本推测大致有两个基本特征：其一，考虑到它与唐代接近，疑出自唐本，或保留了唐本的特征或面貌。按照程毅中先生的意见，不宜轻易否定柳宗元的著作权（参见《唐代小说琐记》，载《文史》第26辑），若果为柳宗元所撰，则十卷本直接为唐本。其二，它的卷帙和文本内容，在南宋应有所流承。按晁本卷帙恰与北宋本相合，且据晁本重刻的今宋本曹植集中有两处"愍"字阙笔，印证晁本也保留有唐本特征。这使得晁本与北宋十卷本在卷第和出自唐本两方面存在重合性，推断晁公武著录本即此北宋十卷本。

其二，宋本曹植集与《文选》的关系。赵幼文称《秋思赋》："系节录，而非全文，盖宋人自类书辑录编集者"[1]，黄永年亦称："宋本曹集已是根据类书重新辑补的本子，其中有些作品已未必可信。"[2] 也有学者核以《三国志·魏书》传注、《文选注》及唐宋类书，认为："缺失者尚夥，则其纂辑未能称备，或即当时一选本而已。"[3] 诸说均认定今宋本曹植集属宋人辑录曹植诗文的重编本，则重编除参据类书等外，《文选》亦必在参稽之列。兹以《文选》（明州本、陈八郎本、赣州本和尤袤本）所载曹植部分诗文与今宋本曹植集相校，如：

> 卷三《洛神赋》"对楚王说神女之事"，明州本有"说"字（校语称"善本无说字"），陈八郎本、赣州本同，尤袤本无"说"字。
>
> "睹一丽人于岩之畔尔"，明州本有"尔"字，陈八郎本、赣州本同，尤袤本无"尔"字。
>
> "则君王之所见也"，明州本、陈八郎本、赣州本同，尤袤本作"然则君王所见"。
>
> "秾纤得中"，明州本同宋本作"中"（校语称"善本作衷字"），陈八郎本作"衷"，赣州本作"中"，尤袤本作"衷"。
>
> "愿诚素之先达"，明州本同宋本"先达"后无"兮"字，陈八郎本、

① 赵幼文：《曹植集校注》，第473页。
② 黄永年：《曹子建集二题》，《陕西师大学报》（哲学社会科学版）1992年第1期，第117页。
③ 上海图书馆编：《上海图书馆藏宋本图录》，第172页。

赣州本同，尤袤本有"分"字。

"解玉佩而要之"，明州本同宋本作"而"，陈八郎本、赣州本同，尤袤本"而"作"以"。

"御轻舟而上泝"，明州本同宋本作"泝"（校语称"善本作慁字"），陈八郎本、赣州本（校语同明州本）同，尤袤本作"遡"。

卷五《应诏诗》"载寝载兴"，明州本同宋本作"载""载"，陈八郎本、赣州本同，尤袤本作"再寝再兴"。

卷五《责躬诗》"率由旧章"，明州本"章"作"则"，陈八郎本、赣州本、尤袤本同。

"伊尔小子"，明州本同宋本作"尔"，陈八郎本同，赣州本作"余"（校语称"五臣本作尔"），尤袤本同。

"哀予小子"，明州本同宋本作"子"（校语称"善本作臣字"），陈八郎本、赣州本（校语同明州本）同，尤袤本作"臣"。

"剖符受玉"，明州本同宋本作"玉"（校语称"善本作土"），陈八郎本作"玉"，赣州本同宋本（校语同明州本），尤袤本作"土"。

"启我小子"，明州本同宋本作"启"（小注"善本作咨字"），陈八郎本同，赣州本作"咨"（校语称"五臣本作启"），尤袤本同。

卷五《送应氏诗》"侧足不行迳"，明州本同宋本作"不"（校语称"善本作无"），陈八郎本同，赣州本作"无"（校语称"五臣作不"），尤袤本同。

"念我平生居"，明州本同宋本作"生"（校语称"善本作常"），陈八郎本同，赣州本作"常"（校语称"五臣作生"），尤袤本同。

"亲暱并集送"，明州本同宋本作"暱"（校语称"善本作昵字"），陈八郎本同，赣州本作"昵"（校语称"五臣作暱"），尤袤本同。

卷八《上责躬诗表》"切感相鼠之篇"，明州本"切"作"窃"，陈八郎本、赣州本、尤袤本同。

"则为古贤夕改之劝"，明州本"为"作"违"，陈八郎本、赣州本、尤袤本同。

"并献诗二首"，明州本同宋本作"首"（校语称"善本作篇字"），陈八郎本同，赣州本作"篇"（校语称"五臣作首字"），尤袤本同。

通过比对，今宋本曹植集与明州本和陈八郎本总体上比较接近（特别是明州本），而与赣州本有部分的接近，与尤袤本异文较多。断定宋本曹植集的重编，主要依据了六臣本系统的《文选》（考虑到明州本《文选》属五臣注在前而李善注在后，其底本为五臣本，故实际依据的是五臣本系统）。而今宋本曹植集源出北宋十卷本，故其成书至迟重编在北宋初。

二、曹植集二十卷和三十卷本的关系

两《唐志》均著录两种卷第的曹植集，即二十卷本和三十卷本。《新唐志》应抄自《旧唐志》，并非北宋尚有其书，赵幼文即称"宋人实未见隋唐旧本"①。检《隋志》仅著录三十卷本《陈思王曹植集》，推知唐初以来出现了二十卷本曹植集（疑唐开元间秘阁新发掘之，或通过民间献书而复现于世，《文献通考·经籍考·总叙》云："唐分书为四类……藏书之盛，莫盛于开元……贞观中，魏徵、虞世南、颜师古继为秘书监，请购天下书……玄宗命左散骑常侍昭文馆学士马怀素为修图书使……以宰相宋璟、苏颋同署，如贞观故事，又借民间异本传录。"）。关于两种卷第的关系，前人存在下述三种意见，兹结合相关材料及宋本曹植集的文本内证略加辨析如下：

其一，三十卷本是旧本，二十卷本是重编本。此说创自四库馆臣，称："盖三十卷者，隋时旧本；二十卷者，为后来合并重编，实无两集。"②馆臣意见稍显含混，其意盖指二十卷是三十卷隋代旧本曹植集的"合并重编"本，实际并不存在两种篇目内容的曹植集。疑馆臣此说抄自明正德五年田澜《曹子建集序》，称："隋三十卷乃晋宋以后博取散见以成之，去魏不远，谅为总括。《唐志》二十卷，盖即隋本而有亡逸者耳，俱不可见。"韩国学者朴现圭则称："大概曹植集

---

① 赵幼文：《曹植集校注》前言，第2页。
② 永瑢等：《四库全书总目》，第1273页。

三十卷本是隋时传来的旧本，二十卷本是唐人纂辑的新本，已非原貌。"① 也断定二十卷本属重编本，但与三十卷本在内容上属不同的系统。

按《隋志》别集类除著录三十卷本植集外，尚在史部杂传类著录曹植《列女传颂》一卷和集部总集类著录《画赞》五卷。而《旧唐志》均未著录《列女传颂》和《画赞》，赵幼文推测"似已编入二十卷本之中"②，推断唐代所传三十卷本即《隋志》著录本，保留篇目不含《画赞》和《列女传颂》的旧貌。而《旧唐志》著录的二十卷本，或称："当是人们为减少翻检、比较之劳苦，而将五卷《画赞》、一卷《列女传颂》一并归入曹植总集，三十卷本是初步编定的版本，二十卷本则是在三十卷本基础上再经辑撰而成。"③ 此说将三十卷本和二十卷本混淆，三十卷本在隋、唐时期的文本内容是一致的，而二十卷本则包含了《画赞》和《列女传颂》。

而今宋本曹植集，卷七恰存《庖羲赞》《女娲赞》《神农赞》等共二十九种《赞》（所载诸《赞》文即为《画赞》的残篇）和《母仪颂》《明贤颂》两篇《列女传颂》的残文，推断祖本即唐二十卷本，"憨"字阙笔亦即此唐本的遗留。推断十卷本曹植集的重编，以二十卷唐本的残本为基础，存在部分诗文的亡佚。而晁公武明确称十卷本"二百篇"的篇目"返溢于本传所载"，即"百余篇"的曹魏秘阁编本（下文详述唐二十卷本属此曹魏秘阁编本系统），推测十卷本重编时又增益了二十卷本不载的篇目。即便如此，今宋本曹植集仍失载北宋秘阁藏本曹植集的部分诗文，印证二十卷本属选本性质的曹植集。至于同属二十卷本的陈振孙著录本，并非《旧唐志》著录之二十卷本。理由是陈本与今宋本曹植集非同一版本系统，自然也就不属于唐二十卷本系统。陈振孙明确称著录本乃辑录重编，余嘉锡称："当是中晚唐人所重辑。"④ 且又称属唐人旧传之本，推断即《隋志》和《旧唐志》著录三十卷本的重编本。而《四

---

① 朴现圭：《曹植集的编纂与四种宋本之分析》，《文献》1995 年第 2 期，第 38 页。
② 赵幼文：《曹植集校注》前言，第 2 页。
③ 陈治国：《宋以前曹植集编撰状况考略》，第 30 页。
④ 余嘉锡：《四库提要辨证》，第 1241 页。

库全书总目》称陈本系"捃摭而成，已非唐时二十卷之旧"①，又赵幼文称："这种集本，已不是刘昫所见的二十卷本。"②均与《旧唐志》著录之二十卷本混为一谈。

综上，《旧唐志》著录二十卷本含《画赞》和《列女传颂》，与三十卷本属不同的版本系统。恰如余嘉锡所称："陈思两集，文字篇目，必有详略多寡之不同，不仅编次小异而已。《提要》以二十卷本为后来合并重编者，非也。"③而北宋秘阁藏本《陈思王集》以及南宋陈振孙著录二十卷本，既与今宋本曹植集所属的二十卷本并非同一系统，则应均属《旧唐志》著录的三十卷本系统。

其二，三十卷本为《前录》，二十卷本为《后录》。此说创自清人姚振宗，称两《唐志》著录的二十卷和三十卷本，"疑《前录》三十卷、《后录》二十卷。隋时但有《前录》，唐代乃前、后《录》并出"④。按《前录》仅见于曹植《文章序》（载《艺文类聚》卷五十五），云："余少而好赋，其所尚也，雅好慷慨，所著繁多。虽触类而作，然芜秽者众，故删定别撰，为《前录》七十八篇。"姚氏据此而臆测存在《后录》，称："案此两本疑前、后《录》分编，或犹是景初旧第。"⑤赵幼文注"别撰"为"犹另撰"，亦推测称："既说是《前录》，则必有《后录》。"⑥朴现圭进而称："此既能称《前录》，则似乎另有《后录》的存在，但以史无明文，左证不存，实则难以详考。"⑦限于史料阙佚，《后录》难知其详。《隋志》既称三十卷本为《陈思王曹植集》，不应仅载赋作，视为《前录》恐难合其实。

附带说明的是，《文章序》所述与建安时期曹植委托杨修"刊定"文章事容易混淆。姚振宗即认为两者属同一事，称："此录（即《前录》）尝以属杨修点定

① 永瑢等：《四库全书总目》，第 1273 页。
② 赵幼文：《曹植集校注》前言，第 2 页。
③ 余嘉锡：《四库提要辨证》，第 1239 页。
④ 姚振宗：《三国艺文志》，第 3276 页。
⑤ 姚振宗：《隋书经籍志考证》，第 5709 页。
⑥ 赵幼文：《曹植集校注》，第 435 页。
⑦ 朴现圭：《曹植集的编纂与四种宋本之分析》，第 35 页。

者，建安十九年徙封临淄之后事也。"① 按曹植《与杨德祖书》称"仆少小好为文章，迄至于今二十有五年矣……世人之著述不能无病，仆尝好人讥弹其文，有不善者，应时改定。"按此《书》撰写于建安二十二至二十三年（217—218）间，而"改定"事当即《三国志》曹植本传裴松之注引《典略》载曹植与杨修书所称的"今往仆少小所著词赋一通相与"，修答书云："猥受顾赐，教使刊定。"此与《文章序》均称修定的文章为赋作，但也略有差异：其一，《文章序》似为晚年所作，赵幼文《曹植集校注》将此序系于明帝曹叡太和时期，称："曹植编集的原则，根据文体以类相从，或许又以创作先后为次第，而且手定目录，则写序必在晚年。"② 《晋书·曹志传》称曹植有亲撰目录，推测《文章序》或与定稿以编全集相关。其二，《文章序》"删定"事未称与杨修有关，似属自行整理。余嘉锡称"七十八篇者"乃"植之所手定"③，故杨修"刊定"与"植之撰《前录》，未必即是一时之事"④。赵幼文也称："曹植自刊定，和杨修没有必然的联系。"⑤ 故不宜将两者等同，姚说不可从。

其三，三十卷本为曹魏秘阁编本，二十卷本为《前录》。此说创自余嘉锡，称："疑《两唐志》著录之二十卷本，即植自定之《前录》；其隋、唐《志》著录之三十卷本，即景初敕编之全集耳。"⑥ 二十卷本曹植集载有《画赞》和《列女传颂》，故应非全属赋作的《前录》。至于三十卷本是否即曹魏景初秘阁敕编之本，从秘阁本的编撰及其性质和三十卷本的文本面貌两个角度阐述：

第一，秘阁本的编撰。《三国志·魏书·陈思王植传》云曹植卒后"景初中诏曰：'陈思王昔虽有过失，既克己慎行，以补前阙，且自少至终，篇籍不离于手，诚难能也……撰录植前后所著赋颂诗铭杂论凡百余篇，副藏内外。'"⑦ 景初年间曹叡敕令秘阁结集整理曹植的著述，且"副藏内外（指内外三阁）"。何谓"前、

---

① 姚振宗：《三国艺文志》，第 3275 页。
② 赵幼文：《曹植集校注》，第 435 页。
③ 余嘉锡：《四库提要辨证》，第 1239 页。
④ 同上，第 1240 页。
⑤ 赵幼文：《曹植集校注》，第 435 页。
⑥ 余嘉锡：《四库提要辨证》，第 1240 页。
⑦ 陈寿：《三国志》，第 576 页。

后所著",姚振宗称:"此称前后所著,盖并《前录》自定之七十八篇合为百余篇也。"① 卢弼《三国志集解》引胡玉缙之说称"前、后犹先后耳,各为一事"。又余嘉锡称:"逮景初撰录,即合前、后《录》所有,会萃成编,都为一集耳。"② 朴现圭称:"其实为先、后之意,即指曹植一生所有的作品而言。"③

认为本传所言之"前"即《前录》,并无切实的依据。再者,曹魏秘阁本曹植集属选本性质,而非曹植作品的汇编。按《晋书·曹志传》云:"帝尝阅《六代论》,问志曰:'是卿先生所作邪?'志对曰:'先王有手所作目录,请归寻按。'还奏曰:'按录无此。'帝曰:'谁作?'志曰:'以臣所闻,是臣族父冏所作,以先王文高名著,欲令书传于后,是以假托。'"④ 假定秘阁藏本为曹植作品的全编,何须再委托曹志查检,印证秘阁本乃选录曹植作品,是删削整理之后的本子。明田澜序即称:"初陈王既没,魏文(应为魏明帝)诏令撰录所著赋颂诗铭杂论凡百余篇,不著卷数,盖若是之少者。"赵幼文推测称:"景初所录,或属于选本的范畴。曹植手自编次的,可称之为全集了。"⑤ 又朴现圭称:"或系以官衙编辑时将曹植作品中抵触曹丕、曹叡所忌的,一律删除所致","景初曹叡所纂曹植集或属选本范畴,实非全本"⑥。木斋亦认为:"曹植的作品,除了曹植自己曾经'删定别撰'其赋作之外,在曹植死后的景初中,又被魏国官府重新'撰录'删改一次。"⑦ 从唐代传本曹植集所载的曹植诗文,有相当一部分不见于今宋本曹植集中(参下文所述),推断唐二十卷本为选本(前文已论述今宋本属唐二十卷本系统),即继自曹魏秘阁本系统。

第二,三十卷本的文本面貌。据《文选》李善注,唐代还流传有一种曹植集本,保留了曹植的自注,如:

---

① 姚振宗:《隋书经籍志考证》,第5709页。
② 余嘉锡:《四库提要辨证》,第1240页。
③ 朴现圭:《曹植集的编纂与四种宋本之分析》,第36页。
④ 房玄龄等:《晋书》,第1390页。
⑤ 赵幼文:《曹植集校注》前言,第1—2页。
⑥ 朴现圭:《曹植集的编纂与四种宋本之分析》,第37页。
⑦ 木斋:《古诗十九首与建安诗歌研究》,北京:人民出版社,2009年,第160页。

　　《文选》（据自尤袤本，下同）卷二十《上责躬应诏诗表》"臣植言：臣
自抱衅归藩"，李善注引植《集》云："植抱罪，徙居京师，后归本国。"

　　《责躬诗》"国有典刑，我削我黜"，李善注引植《集》云："博士等议，
可削爵士，免为庶人。"

　　"茕茕仆夫，于彼冀方"，李善注引植《集》云："诏云：知到延津，遂
复来。"

　　卷二十四《赠丁仪》，李善注引植《集》云："与都亭侯丁翼。"

　　《又赠丁仪王粲》，李善注引植《集》云："答丁敬礼、王仲宣。"

　　《赠白马王彪》，李善注引植《集》云："于圈城作"，又云："黄初四年
五月，白马王、任城王与余俱朝京师，会节气，日不阳，任城王薨，至七
月与白马王还国……愤而成篇。"

　　上述曹植集中的自注，无一例见于今宋本曹植集中，同样它的祖本二十卷
本也不存在这些自注，则李善所据《集》本乃另一版本系统。按李善注《文选》
引曹植诗文不见于今宋本者（据赵幼文《曹植集校注》），如：

　　《文选》卷十六江文通《别赋》李善注引《悲命赋》云："哀魂灵之飞扬。"

　　卷二十三谢灵运《庐陵王墓下作》李善注引《寡妇赋》云："高坟郁兮
巍巍，松柏森兮成行。"

　　卷二十六陆士衡《赴洛诗》李善注引《杂诗》云："离思一何深。"

　　谢灵运《入华子岗》李善注引《述仙诗》云："游将升云烟。"

　　卷二十八鲍明远《苦热行》李善注引《感时赋》云："惟淫雨之永降，
旷三旬而未晞。"

　　李善注引《苦热行》云："行游到日南，经历交阯乡。苦热但曝霜，越
夷水中藏。"

　　《结客少年场行》李善注引《结客篇》云："结客少年场，报怨洛北芒。"

　　卷三十谢玄晖《和王主簿怨情》李善注引诗云："一顾千金重，何必珠
玉钱。"

谢灵运《拟魏太子邺中集诗》李善注引《四言诗》云："高谈虚论，问彼道原。"

谢玄晖《和王著作八公山》李善注引《巫出行》云："蒙雾犯风尘。"

谢灵运《石门新营所住四面高山回溪石濑修竹茂林诗一首》李善注引《乐府诗》云："金樽玉杯，不能使薄酒更厚。"

卷四十任彦升《到大司马记室笺一首》李善注引《对酒行》云："含生蒙泽，草木茂延。"

卷五十八颜延年《宋文皇帝元皇后哀策文一首》李善注引《秋胡行》云："歌以永言，大魏承天玑。"

卷五十九沈休文《齐故安陆昭王碑文一首》李善注引《对酒歌》云："蒲鞭苇杖示有刑。"

推断李善依据的曹植集，应属《隋志》和《旧唐志》著录的三十卷本，该本有一定数量的诗文是二十卷本失收的，再次佐证二十卷本属选本性质。按周必大《奏事录》云："小汪云有书号《类文》，隋时集两汉以来古文，多今时所无，如曹植文尤众，植集中未尝载。"[1]《类文》为隋人庾自直撰，南宋时尚存世，《容斋四笔》卷二称"予在三馆，假庾自直《类文》，先以正本点检。"[2]《类文》所载曹植诗文乃据自隋代三十卷本曹植集，余嘉锡即称："其所录曹植逸文，盖得之三十卷本。宋本植集未尝载，则其搜辑尚未全。"[3]《奏事录》所称的"植集未尝载"，印证南宋传本曹植集即属承自唐二十卷本，而非三十卷本系统，当即今所见十卷本。

总之，据李善注引曹植集有今宋本并不存在的诗文自注，且所引相当一部分诗文不见于今宋本曹植集中，断定该集为三十卷本曹植集，且属曹植自编全集本系统。而二十卷本曹植集则为选本，属曹魏秘阁本系统。

① 周必大：《庐陵周益国文忠公集》卷一七○，清道光二十八年（1848）刻本，第 14 叶 a。

② 洪迈：《容斋随笔》，第 651 页。

③ 余嘉锡：《四库提要辨证》，第 1242 页。

三、现存曹植集的宋本系统

曹植集之宋本著录有四种：晁公武本，即今宋本曹植集据刻的底本；陈振孙本，属唐三十卷本的残本（疑承自北宋秘阁藏本《陈思王集》）。《四库》本《曹子建集》，馆臣称该本的底本"目录后有嘉定六年（1213）癸酉字，犹从宋宁宗时本翻雕，盖即《通考》所载也。凡赋四十四篇，诗七十四篇，杂文九十二篇，合计之得二百十篇。"① 知《四库》本据翻宋嘉定本而抄，应基本保留宋嘉定本的旧貌，自内容而言可视为宋本（以下简称"四库抄宋本"）。其关系可描述为：南宋"嘉定本"→翻宋嘉定本（年代不详）→（馆臣以此为底本，又经参校它本校定）《四库》抄本。由于该底本即翻宋嘉定本现已难觅踪迹，也就不清楚馆臣校定的情况，只好笼统归属宋本面貌（可以之作为宋本与今宋本相校）。现存宋本曹植集惟存今宋本一部，与宋嘉定本均刻在宁宗时，但两本篇数不合，以两本诗文相比勘存在异文，如：

> 卷一《东征赋》"故作赋一篇"，四库抄宋本"一"作"二"。
>
> 《玄畅赋》"孔老异旨"，四库抄宋本"旨"作"情"。
>
> 《节游赋》"感气运之和润"，四库抄宋本"润"作"顺"。
>
> 卷三《出妇赋》"以才薄之质陋"，四库抄宋本"质陋"作"陋质"。
>
> 《洛神赋》"珥瑶碧之华琚"，四库抄宋本"琚"作"裾"。
>
> 卷五《七哀》"君若清露尘"，四库抄宋本"露"作"路"。
>
> 《送应氏二首》"侧足不行迳"，四库抄宋本"不"作"无"。
>
> 《杂诗》"飘飖长随风"，四库抄宋本"长随"作"随长"。
>
> 《应诏》"面邑不游"，四库抄宋本"邑"作"色"。
>
> 《赠白马王彪》"郁纡将何念"，四库抄宋本"何念"作"难进"。
>
> "苍蝇白间黑"，四库抄宋本"白间黑"作"间黑白"。

---

① 永瑢等：《四库全书总目》，第 1273 页。

卷六《白马篇》"扬名沙漠垂"，四库抄宋本"名"作"声"。

卷十《汉二祖优劣论》"遭炎光巨会之运"，四库抄宋本"巨"作"厄"。

《魏德论》"脂我萧斧"，四库抄宋本"脂"作"措"。

推断四库据抄之宋本即嘉定本与今宋本并非同一版本，而且据该本保留的部分校语推断嘉定本在刊刻中参校了今宋本，如卷三《洛神赋》"无奈是乎"，"奈"小注称"一作迺"，今宋本即作"迺"；卷三《洛神赋》"灼若芙蓉出绿波"，"蓉"小注称"一作蕖"，今宋本即作"蕖"；卷三《洛神赋》"秾纤得衷"，"衷"小注称"一作中"，今宋本即作"中"；卷三《洛神赋》"扬轻袿之猗靡兮"，"猗"小注称"一作绮"，今宋本即作"绮"；卷五《杂诗》"朝游北海岸"，"北海"小注称"一作江北"，今宋本即作"江北"；卷五《杂诗》"小人媮自闲"，"媮"小注称"一作偷"，今宋本即作"偷"；卷五《又赠丁仪王粲》"难怨非贞则"，"难"小注称"一作欢"，今宋本即作"欢"；卷六《美女篇》"珊瑚间玉难"，"玉"小注称"一作木"，今宋本即作"木"等，知今宋本之刻稍早于嘉定本。

但校语也有不同于今宋本者，如卷三《洛神赋》"容与乎阳林"，"阳"小注称"一作杨"，今宋本作"阳"；卷五《送应氏二首》"念我平生亲"，"生亲"小注称"一作常居"，今宋本作"生居"；卷五《杂诗》"俯仰岁将暮"，"俯"小注称"一作俛"，今宋本作"俯"；卷五《赠徐干》"慷慨有悲心"，"慷"小注称"一作忼"，今宋本作"慷"；卷五《赠王粲》"遂使怀百忧"，"遂"小注称"一作自"，今宋本作"遂"；卷五《闺情》"欢会难再逢"，"逢"小注称"一作遇"，今宋本作"逢"；卷六《白马篇》"名在壮士籍"，"在"小注称"一作编"，今宋本作"在"等。印证嘉定本除参校今宋本外，尚有其他版本的曹植集。今宋本曹植集也有两条校语，即卷六《妾薄命二首》"日月既逝"，校语称"一作日既逝矣"；同卷《飞龙篇》"西登玉堂"，校语称"堂"字"一作台"。此两处的四库抄宋本正文同今宋本，不出校语，也佐证宋本植集远不止一刻。

两本虽非同一版本，但均含《画赞》和《列女传颂》的残文，故应源出同一系统，恰如余嘉锡称宋嘉定本（即四库所抄之宋本）"盖与晁公武所见者，同出一源"①。推断两本均属唐二十卷本系统，可能是衍自"晁本"即北宋十卷本曹植集的两个不同版本，在诗文篇目和文字上存在差异。

今宋本曹植集存在讹误字颇多，傅增湘称："误字甚夥，转不如明活字本"②，又称："余曾取校汉魏六朝诸家文集二十二种本，误字颇多。"③误字者，如卷一《玄畅赋》"希鹏举以傅天"，"傅"为"搏"之误；同卷《离思赋》"遂作《离思赋》之"，"之"为"云"之误；卷五《杂诗》"时宿薄朱颜"，"宿"为"俗"之误；同卷《赠白马王彪》"三在桑榆间"，"三"为"年"之误；卷八《上责躬诗表》"诚以天纲不可重罹"，"纲"为"网"之误；同篇"无礼遄死之仪"，"仪"为"义"之误；还有脱字，如卷五《应诏诗》"朝□莫从"，据四库抄宋本当补作"觐"字；卷八《谢妻改封表》"诚非翰墨屡辞所能"，据四库抄宋本"所能"后当补"报答"两字；卷十《汉二祖优劣论》脱去"尔乃庙谋而后动众"句等。而学界称："此本毕竟刊刻在先，后之众多传本皆从此出，且后人之辑佚与研究亦以是本为基础，则其版本价值不言自喻。"④以今宋本与四库抄宋本、明活字本、明正德五年（1510）舒贞刻本（校勘中称"舒本"）、明嘉靖二十年（1541）胡缵宗刻本（校勘中称"胡本"）、明嘉靖二十一年（1542）郭云鹏刻本（校勘中称"郭本"）和明万历三十一年（1603）郑士豪刻本（校勘中称"郑本"）相比对，如：

卷一《东征赋》"灵佑"，今宋本"佑"作"祐"，活字本、郭本、胡本、舒本、郑本均同四库抄宋本。

《玄畅赋》"孔老异情"，今宋本"情"作"旨"，活字本、郭本、胡本、舒本、郑本均同四库抄宋本。

《幽思赋》"寄余思"，今宋本"余"作"予"，活字本、郭本、胡本、舒本、郑本均同四库抄宋本。

---

① 余嘉锡：《四库提要辨证》，第1240页。
② 傅增湘：《藏园群书经眼录》，第823页。
③ 傅增湘：《藏园订补邵亭知见传本书目》，第937页。
④ 上海图书馆编：《上海图书馆藏宋本图录》，第172页。

《节游赋》"感气运之和顺",今宋本"顺"作"润",活字本、郭本、胡本、舒本、郑本均同四库抄宋本。

"庶翱翔以解忧",今宋本"忧"作"写",活字本、郭本、胡本、舒本、郑本均同四库抄宋本。

"浮沉蚁于金罍",今宋本"浮沉"作"沈浮",活字本、郭本、胡本、舒本、郑本均同四库抄宋本。

"聊永日而忘愁",今宋本"忘"作"望",活字本、郭本、胡本、舒本、郑本均同四库抄宋本。

《又感节赋》"庶朱光之常照",今宋本"常"作"长",活字本、郭本、胡本、舒本、郑本均同四库抄宋本。

推断四库抄宋本即宋嘉定本应属明曹植集诸本的祖本,馆臣即称:"唐以前旧本既佚,后来刻植集者率以是编为祖。"[1]如明活字本当即出自此本,而黄永年先生称"明活字本源自南宋大字本而有所改订"[2],似还是以源出宋嘉定本为宜。当然活字本也有改易,如卷一《又感节赋》"嗟征夫之长勤",活字本"勤"改为"叹";卷五《喜雨》"时雨中夜降",活字本"中"改为"终";同卷《责躬》"足以没齿",活字本"没"改为"殁";同卷《情诗》"逝子叹黍离",活字本"子"改为"者";卷十《汉二祖优劣论》"通黄中之妙理",活字本"中"改为"钟"等,印证活字本又据它本有所校订。此外,四库抄宋本也存在与上述各本均不同者,如今宋本卷一《玄畅赋》"取全贞而保素","取全"各本均作"长前",四库抄宋本作"长全"。又同卷《临观赋》"叹东山之愬勤",明活字本"愬"作"朔",郭本同;胡本、舒本、郑本均同宋本,而四库抄宋本则作"溯"等。故四库抄宋本的校勘价值逾于今宋本曹植集,不宜以其晚近且出于四库馆臣之手而轻忽。

综上,今存宋刊十卷本曹植集,乃以晁公武著录本为底本而刻,而晁本实

---

① 永瑢等:《四库全书总目》,第1273页。
② 黄永年:《曹子建集二题》,第118页。

即《龙城录》记载之北宋十卷本。今宋本中"愍"字阙笔表明与唐本存在承继关系，佐证作为今宋本祖本的北宋十卷本即出自唐二十卷本系统。故曹植集属以唐二十卷本的残本为基础的重编本，至迟重编在北宋初。自诗文内容而言，今宋本包含《画赞》和《列女传颂》的残文，且未载《文选》李善注等引及的部分曹植诗文及曹植自注，再次佐证属唐二十卷本系统，与北宋秘阁所藏《陈思王集》以及陈振孙著录本并非同一版本系统。今宋本曹植集所载诗文未备的属性，印证唐二十卷本属选本，而李善注所据的曹植集则属诗文相对齐备且保留有曹植的自注，推断即三十卷本。曹魏秘阁本曹植集属经删节后的集子，而《前录》及《晋书·曹志传》表明曹植应自编有全集，从而形成曹植集的两种文本系统。推断作为选本性质的二十卷本承自曹魏秘阁本系统，而三十卷本则为曹植自编全集本系统，与其诗文含有自注亦相契合。今宋本讹误较多，版本价值逊于四库所抄之宋本。四库抄宋本属明代曹植集诸本的祖本，如明活字本即出自此本，故今人校勘整理曹植集宜选择该本作为重要的通校本（甚至底本）使用。

第三节　嵇康集

　　嵇康集编定于西晋，依据是荀勖所撰《文章叙录》载有嵇康集的叙录（即《康集目录》）。集中载有《目录》（即叙录）和《集序》，均形成于六朝，至宋代传本尚存，是考察六朝文人集编辑面貌的重要资料。现存嵇康集的版本均属明本，包括黄省曾本和丛书堂抄本两种文本系统。黄省曾本据宋本再行编刻，经与《六朝诗集》本嵇康集相校推断源出同一种宋本，同时参校它本嵇康集。明抄本和程荣本均据自黄省曾本，而又各经校订而存在文字差异。丛书堂抄本的篇目、诗题和正文文字均与黄省曾本系统各本有差异，当据抄自另一种宋本。以校勘各本《与山巨源绝交书》为例，表明黄省曾所据之宋本此篇乃辑自李善注本《文选》，而丛书堂抄本该篇保留的则是原本嵇康集之貌。印证黄省曾本系统源出之宋本嵇康集属宋人重编本，形成了今所传嵇康集的文本内容；而丛书堂抄本保留的则是唐本甚至六朝古本嵇康集的面貌。总之，据现存嵇康集的版本可推定其文本面貌，包括六朝唐时期的古本和宋代旧本两个层次。

一、嵇康集的流传和原本面貌

《晋书》本传称嵇康"善谈理，又能属文。其高情远趣，率然玄远"，撰有《高士传赞》(《隋志》题《圣贤高士传赞》)、《太师箴》和《声无哀乐论》等①，不言有本集之编。"嵇康集"之称始见于《三国志·魏书·邴原传》裴松之注引荀绰《冀州记》，云："钜鹿张貔，字邵虎。祖父泰，字伯阳，有名于魏。父邈，字叔辽，辽东太守。著名《自然好学论》，在《嵇康集》。"②按荀绰《冀州记》未见史志著录，《三国志·魏书·袁涣传》裴松之注引有荀绰《九州记》，《杜恕传》又引荀绰《兖州记》，则《冀州记》《兖州记》均属《九州记》中的两篇。据《十六国春秋》，荀绰乃颍川人，西晋亡任后赵从事中郎，推断东晋初（十六国时期）北方已有《嵇康集》的流传。崔富章先生称："距嵇康被杀仅六十年左右，距张叔辽之死才二十八年，是我们今天所能见到的著录《嵇康集》之最早的文献资料。"③该集收有张邈撰《自然好学论》，自当有嵇康关于此篇的答难（即《难自然好学论》），故其集应至迟编在西晋末年，且即题"嵇康集"。

西晋时嵇康集传本有叙录，当时称之为"目录"。按《三国志·魏书·嵇康传》裴松之注引《康集目录》云："登字公和，不知何许人，无家属，于汲县北山土窟中得之……每所止家，辄给其衣服食饮，得无辞让。"又《太平御览》卷一百九十六引《嵇康集目录》云："孙登字公和，于汲郡北山中为土窟，夏则编草为裳，冬则以发自覆。"两者略有字句之别，但基本断定《康集目录》即《嵇康集目录》。"目录"本身即含有叙录之义（目录包括标题的"目"和叙录的"录"），证以《礼记》孔颖达正义云："按郑《目录》云：'名曰《月令》者，

---

① 房玄龄等：《晋书》，第 1374 页。

② 陈寿：《三国志》，第 354 页。

③ 崔富章：《嵇康的生平事迹及嵇康集的传播源流》，《浙江大学学报》（人文社会科学版）1999 年第 4 期，第 13—14 页。

以其记十二月政之所行也。本《吕氏春秋·十二月纪》之首章也。'"① 又云："按郑《目录》云：名曰《乐记》者，以其记乐之义，此于《别录》属《乐记》，盖十一篇合为一篇，谓有《乐本》，有《乐论》……今虽合此，略有分焉。"②"郑《目录》"即郑玄所撰《礼记》篇目及其旨要的叙录。再者，《文选》王康琚《反招隐诗》李善注引《列子目录》云："至于《力命篇》，一推分命。"今本《列子》载《列子书录》，则《目录》即主要指《书录》，推断《康集目录》实即《嵇康集》的叙录。

按《隋志》史部目录类著录的魏晋人文集叙录类著述，有荀勖《杂撰文章家集叙》和挚虞《文章志》两部。其中《杂撰文章家集叙》（《旧唐书·经籍志》题《新撰文章家集》，而《新唐书·艺文志》则题《新撰文章家集叙》），张政烺先生称其"久佚不传，《三国志》注、《世说新语》注等书征引，皆简称《文章叙录》"③。撰写叙录是秘阁藏书整理中的一项主要内容，《文章叙录》即属荀勖整理编撰《晋中经簿》产生的成果。以嵇康而言，尽管遭祸于司马氏之手，但考虑到其身份和地位，西晋初秘阁中应有嵇康集之编。秘阁人员撰写的嵇康集的叙录，也是首先载于集子中的。恰如吴光兴所称："《文章叙录》所辑录的诸家文集叙录，原本首先是附在文集本身的。"④ 而荀勖正是辑各家集子的叙录而纂为此书（属"丁部"书中文人集部分。《三国志·蜀书·诸葛亮传》所附《诸葛氏集》相关内容亦当源自该集的叙录，推测甲乙丙丁四部典籍均有叙录，今惟存"丁部"书的《文章叙录》），王重民即称其"是以别集的叙录做基础的"⑤。故笔者倾向于认为裴注所引嵇康集叙录，源自秘阁藏本嵇康集而非《文章志》，即《文章叙录》中亦载有此条叙录。

东晋以降，嵇康诗文便以"集"本的形态流传。按《晋书·文苑·顾恺之

① 参见《礼记注疏》，中华书局影印阮元刊刻《十三经注疏》本，北京：中华书局，1980 年，第 1352 页。

② 同上，第 1527 页。

③ 张政烺：《王逸集牙签考证》，第 182 页。

④ 吴光兴：《荀勖文章叙录·诸家文章志考》，第 202 页。

⑤ 王重民：《中国目录学史论丛》，第 69 页。

传》云："顾恺之每重嵇康四言诗，因为之图，恒云：手挥五弦易，目送归鸿难。"①又《三国志·魏书·王粲传》裴松之注引孙盛《魏氏春秋》云："康所著诸文、论六七万言，皆为世所玩咏。"知当时所传嵇康"集"本至少为"六七万言"（今明黄省曾本存嵇康作品两万五千余言，佚去约三之二）。《直斋书录解题》称"所著文论六七万言"即本诸此。《隋志》小注称嵇康集"梁十五卷、录一卷"，即南朝梁本（阮孝绪《七录》著录之本）面貌，所谓"录一卷"指"目录"而非《康集目录》。《诗品》称"嵇中散诗颇似魏文"，又《文心雕龙·明诗》称"嵇志清峻"，皆据梁本嵇康集立论。

《世说新语》刘孝标注还引及嵇康《集序（或作叙）》（附《太平御览》所引以与之比较），如：

> 《世说新语·德行》注引《康集叙》称："康字叔夜，谯国铚人。"
> 《世说新语·栖逸》注引《康集序》称："孙登者，不知何许人，无家，于汲郡北山土窟住，夏则编草为裳，冬则被发自覆。好读《易》，鼓一弦琴，见者皆亲乐之。"
> 《太平御览》卷二十七引《嵇康集序》云："孙登于汲郡北山土窟中住，夏则编草为裳，冬则被发自覆。"
> 《太平御览》卷九百九十九引《嵇康集序》云："孙登夏尝编蒲为裳，冬被发自覆。"

按《经史图书纲目》著录有《嵇康集》，则北宋秘阁藏本载《集序》一篇（所引略有差异，可能缘于编者截取节引的不同所致，也可能是秘阁藏嵇康集与刘孝标所引者非一本），即源自南朝梁本嵇康集。"孙登"本事大抵撮自《康集目录》，按《晋书》本传称嵇康"至汲郡山中见孙登，康遂从之游。登沈默自守，无所言说，康临去，登曰：君性烈而才隽，岂能免乎！"②与嵇康集之《目录》《集

---

① 房玄龄等：《晋书》，第 2405 页。
② 同上，第 1370 页。

序》相较无相关描述个人的文字。据《三国志·魏书·王粲传》裴松之注引《嵇康别传》云："孙登谓康曰：君性烈而才俊，其能免乎？"推知《晋书》本自《嵇康别传》。而《水经注》"清水"条引袁宏《竹林名士传》（《晋书·文苑传》称"宏撰《竹林名士传》三卷"，袁宏为东晋时人，曾任谢安参军）云："嵇叔夜尝采药山泽，遇孙登于共北山，冬以被发自覆，夏则编草为裳，弹一弦琴而五声和。"增益嵇康集《目录》并无的"弹一弦琴"情节，而此恰见于《集序》中。推断《竹林名士传》"孙登"条本于《目录》，而《集序》又基于《竹林名士传》所述复稍加铺衍。佐证《集序》至早形成于东晋，而极有可能出自南朝时编者之手。

《隋志》著录魏中散大夫《嵇康集》十三卷，按道家类小注称"梁有《养生论》三卷"，《隋志》未再单独著录，则当已编入十三卷本中。推测唐初本嵇康集本为十卷，相较于十五卷梁本佚去五卷，或称"《嵇康集》佚两卷并录一卷"[1]，恐非其实。至两《唐志》复为十五卷本（《新唐志》乃照抄《旧唐志》，并非指北宋有十五卷本嵇康集），姚振宗认为："案此十五卷或并《左传音》《圣贤高士传》《嵇荀录》及他家赠答诗文合为一编者。"[2]又陆心源称："新、旧《唐志》并作十五卷，疑非其实。"[3]鲁迅则称："康集最初盖十五卷，录一卷。隋缺二卷及录。至唐复完，而失其录。"[4]或开元间经搜访、献书而复得十五卷本嵇康集。梁本的"录一卷"指目录一卷，史志间或著录，不宜称为"失其录"。

唐代的类书、《文选》注等引及嵇康作品，可据此略窥唐本嵇康集的面貌，如《北堂书钞》卷一百引《嵇康集》云："康著《游山九吟》，魏明帝异其文词，问左右曰：'斯人安在？吾欲擢之。'遂起家为浔阳长。"叶渭清《嵇康集校记》云："按此疑亦《目录》佚文，集下脱目录、序等字，故附载此。康为浔阳长不见他书，可补《晋》本传之阙。"[5]清末民国间丛书堂抄本《嵇康集》补遗

①　崔富章：《嵇康的生平事迹及嵇康集的传播源流》，第14页。
②　姚振宗：《隋书经籍志考证》，第5719页。
③　陆心源：《皕宋楼藏书志》，《宋元明清书目题跋丛刊》清代卷第2册，北京：中华书局，2006年，第754页。
④　鲁迅：《嵇康集考》，《历史研究》1954年第2期，第97页。
⑤　叶渭清：《嵇康集校记》稿本，国家图书馆藏，第133叶a。

引张阆僧语云："此篇疑是《圣贤高士传》中文。"① 而戴明扬则认为："此条艺海楼钞本《大唐类要》作《李康集》，是也。"② 按戴说是，《游山九吟》为李康之作，《文选》卷五十三李萧远《运命论》李善注引《集林》云："李康字萧远，中山人也，性介立，不能和俗，著《游山九吟》，魏明帝异其文，遂起家为寻阳长，政有美绩，病卒。"《北堂书钞》当即本自《集林》而讹为嵇康。又《艺文类聚》卷八十一引嵇康《怀香赋》，鲁迅称："《太平御览》九百八十三引嵇含《怀香赋》，文与此同；《类聚》以为康作，非也。"③ 推断唐本嵇康集，似有他人作品混入其中（也不排除类书编纂中征引有误）。又《北堂书钞》卷一百四十八引嵇康《酒赋》、卷一百九引《琴赞》，《文选》谢惠连《秋怀诗》李善注引有嵇康《白首赋》，均为明本所未载。值得注意的是，《文选》嵇康《与山巨源绝交书》注引《嵇康文集录注》云："河内山嶔守颍川，山公族父"，"阿都、吕仲悌，东平人也"，此处的"文集录"即裴注和《太平御览》所引的嵇康集《目录》，亦即叙录。所谓"注"，即叙录自身的小注，为叙录撰者的随文附注（或流传过程中附入）。

总体而言，唐宋类书中征引嵇康诗文并不多见，可能既反映嵇康集较为孤罕的流传面貌，也与嵇康诗文长于说理有关，鲁迅称："康文长于言理，藻艳盖非所措意，唐宋类书，因亦尟予征引。"④

北宋《崇文总目》著录十卷本嵇康集，当即《经史图书纲目》著录之秘阁本。按《太平御览》卷八百十四引嵇康《蚕赋》，即据自秘阁本。南宋王楙《野客丛书》提及北宋贺铸藏有一部写本嵇康集，云："仆得毗陵贺方回家所藏缮写《嵇康集》十卷，有诗六十八首，今《文选》所载康诗才三数首。《选》惟载康《与山巨源绝交书》一首，不知又有《与吕长悌绝交》一书。《选》惟载《养生论》一篇，不知又有《与向子期论养生难答》一篇，四千余言，辨论甚悉。集又有《宅无吉凶摄生论难》上中下三篇、《难张叔辽自然好学论》一首、《管

---

① 参见清末民国间丛书堂抄本《嵇康集》补遗，国家图书馆藏，第 2 叶 a。
② 戴明扬：《嵇康集校注》，北京：中华书局，2015 年，第 513 页。
③ 鲁迅：《嵇康集考》，第 102 页。
④ 同上，第 103 页。

蔡论》《释私论》《明胆论》等文……《崇文总目》谓《嵇康集》十卷，正此本尔。唐《艺文志》谓《嵇康集》十五卷，不知五卷谓何。"① 王楙称该本亦即《崇文总目》本。按今明本嵇康集均载诗 67 首（嵇康本人诗和他人赠诗），与贺铸本相差一首。《太平广记》卷四百引《续齐谐记》有嵇康《游仙诗》云："翩翩凤辖，逢此网罗。"所差者或即此首。而贺铸藏本嵇康文篇目均见于今明本中。贺铸本称《养生论》及《与向子期论养生难答》"四千余言"。以明黄省曾本为据，三篇合计约 4113 字，恰相符契，印证就篇目而言明本基本属北宋贺铸本之貌。

《郡斋读书志》著录《嵇康集》为十卷本，《遂初堂书目》也著录一部，不题卷数。《直斋书录解题》亦为十卷本，题"嵇中散集"。鲁迅认为："陈氏书久佚，清人从《永乐大典》辑出，因用后来所称之名，原书盖不如此。"② 崔富章以《文献通考·经籍考》引《直斋书录解题》作"嵇康集"，证原本作"嵇康集"而非"嵇中散集"，进而称："自西晋至元朝，嵇康的诗文集一直题作《嵇康集》"，"明以后，始改题作《嵇中散集》"③。实则宋人也称"嵇中散集"，如明嘉靖刻《六朝诗集》本（该本系翻刻宋本，保留旧貌）《嵇中散集》。《直斋书录解题》称："所著文论六七万言，今存于世者，仅如此，《唐志》犹有十五卷。"④ 至《文献通考·经籍考》《宋史·艺文志》著录的嵇康集均为十卷本。疑十五卷本嵇康集唐末散佚，宋代所传十卷本乃重编本（指黄省曾本所据之宋十卷本，丛书堂抄本所据宋本属保留唐本甚至六朝古本面貌的残本而非重编本，详见下文所述）。《四库全书总目》称："宋时已无全本矣"⑤，又陆心源称："《宋志》及晁、陈两家并十卷，则所佚又多矣。"⑥ 这些论述符合源自重编之宋本嵇康集的黄省曾本系统。

《文渊阁书目》《秘阁书目》及《内阁藏书目录》均著录有嵇康集，不题卷数。《行人司重刻书目》著录一部《嵇中散集》，明代内府不仅藏有此集，且有官本

① 王楙：《野客丛书》，第 91 页。
② 鲁迅：《嵇康集考》，第 98 页。
③ 崔富章：《嵇康的生平事迹及嵇康集的传播源流》，第 16 页。
④ 陈振孙：《直斋书录解题》，第 463 页。
⑤ 永瑢等：《四库全书总目》，第 1273 页。
⑥ 陆心源：《皕宋楼藏书志》，第 754 页。

刊刻行世。私家所藏著录为十卷本者，如《世善堂藏书目录》《澹生堂藏书目》；著录为六卷本者，如《徐氏家藏书目》（当即《七十二家集》本《嵇中散集》）；著录为一卷本者，如《澹生堂藏书目》，（当即《汉魏六朝百三名家集》本《嵇中散集》）。特别是《百川书志》著录《嵇中散集》十卷，称有"诗四十七，赋三，文十五，附四"。今明本嵇康集收嵇康诗为四十七首（其中《重作四言诗》，目录作"一首"，正文诗题作"七首"，按后者实为五十三首），而仅载《琴赋》一篇。按《文选》谢惠连《秋怀诗》李善注引有嵇康《白首赋》，《北堂书钞》卷一百四十八引有嵇康《酒赋》，《太平御览》卷八百十四引有嵇康《蚕赋》，《琴赋》之外的两首赋作不详。"文"十五篇指含有目无辞的《嵇荀录》一篇，不计《黄门郎向子期难养生论》《张辽叔自然好学论》《宅无吉凶摄生论》和《释难宅无吉凶摄生论》四篇（即集内的非嵇康作品），而此四篇即《百川书志》所称的"附四"诸篇。或称："比黄辑多出附4篇、赋两篇及文一篇"①，实则仅多出赋两篇。《百川书志》著录之本可能是最接近宋本的本子，可惜篇目并未完全反映或保留在明本中。

现存嵇康集单行本有四种，其中明刻两种即明嘉靖四年（1525）黄省曾南星精舍刻本（以下简称"明黄省曾本"）和明程荣刻本《嵇中散集》十卷（明汪士贤编《汉魏六朝二十一名家集》本和《汉魏六朝诸家文集》本嵇康集卷端均题"明新安程荣校"，属同版摹印。推测程荣本曾单行，又据以重印入六朝人集丛编中。以下简称"明程荣本"）；明抄两种即明抄本《嵇中散集》和明吴宽家丛书堂抄本《嵇康集》（以下简称"明丛书堂抄本"）。本文即以上述四种版本为主，梳理嵇康集的明本系统问题。

二、嵇康集的明黄省曾本系统

文献及公私书目等记载的宋代传本嵇康集，有南宋王楙经见的贺铸藏本、晁公武著录本和陈振孙著录本。而宋元本嵇康集则迄未见有存世，鲁迅称："至

---

① 何跞：《嵇康集黄刻本及据黄钞刻本考》，《图书馆学刊》2014年第8期，第127页。

于契刻，宋元者未尝闻。"① 当然现存的明嘉靖刻《六朝诗集》本嵇康集，出自翻宋刻，保留有宋本旧貌。现存明本嵇康集主要分为两种系统，即源自宋本的明黄省曾本和明丛书堂抄本系统，前者包括明抄本、程荣本和衍自黄省曾本的明刻丛编本嵇康集等。黄省曾本与贺铸本相较差诗一首，而与《六朝诗集》本嵇康集中诗篇数相合，推断黄省曾本即源出《六朝诗集》本嵇康集所据之宋本。后者即丛书堂抄本一种，但代表了传世嵇康集的另一独立系统，极具有文献价值。兹详列黄省曾本系统各本如下：

其一，明抄本。此本（国家图书馆藏，编目书号 13364）行款版式为八行二十二字，黑口、四周单边，对黑鱼尾。卷端题"嵇中散集卷第一"。卷一第一叶 a 面有朱笔题记"五月廿六日较，公远"，卷十末朱笔题云："崇祯己巳五月弟夏为僧弥世兄较。时避暑云东净室，骤雨初过，北窗凉气如秋中，啜茗两杯，抚笔记此。"据版式为大黑口，似属嘉靖前抄本。该本与黄省曾本的篇目相同，尤可注意之处是收诗亦为黄省曾本所载的六十七首，推断极有可能抄自黄省曾本。兹以该本与黄省曾本、程荣本和丛书堂抄本相校，也存在差异，如：

> 《兄秀才公穆入军赠诗十九首》其十一"南陵长阜"，黄本、程本和丛书堂本"陵"均作"凌"。
>
> 其十二"乘流远遯"，黄本、程本和丛书堂本"遯"均作"遁"。
>
> 其十六"旨酒盈樽"，黄本"樽"作"尊"，程本同，丛书堂本同明抄本。
>
> 其十八"含道独居"，黄本、程本和丛书堂本"居"均作"往"。
>
> 其十九"弃之八成"，程本"八成"作"无成"，丛书堂本作"八戒"，黄本同明抄本。
>
> 《秀才答四首》其二"当流则义行"，程本"义"作"蚁"，丛书堂本同，黄本同明抄本。
>
> 《六言十首》其六"位高世重祸基"，程本"世"作"势"，丛书堂本同，黄本同明抄本。

---

① 鲁迅：《校本嵇康集序》，参见戴明扬《嵇康集校注》，第 533 页。

《重作四言诗七首》其四"莫不早殂"，黄本、程本和丛书堂本"殂"均作"徂"。

其四"自令不辜"，黄本"自令"作"今自"，程本同，丛书堂本同明抄本。

其六"忽以万亿"，黄本、程本和丛书堂本"以"均作"行"。

《思亲诗一首》"感几杖兮涕汎烂"，黄本、程本和丛书堂抄本"几"均作"机"。

《郭遐周赠三首》其二"愁焉如渴饥"，黄本"愁"作"愍""渴"作"调"，程本同，丛书堂本"调"作"朝"。

其三"何忧此不知"，黄本"知"作"如"，程本同，丛书堂本"此不知"作"不此如"。

《郭遐叔赠四首》其四"我言愿结"，程本"言"作"心"，黄本、丛书堂本同明抄本。

推断明抄本又据它本嵇康集校订。异文中有与丛书堂抄本相同者，且有未见上述诸本之异文，印证所据校之本颇为可贵。而且该帙明抄本，属戴明扬《嵇康集校注》未参校之本，更显其文献价值。当然也并未尽善，书中抄有误字、倒文等。误字者如《兄秀才公穆入军赠诗十九首》其九"徙倚彷徨"句，"徙"误抄为"徒"；同诗其十一"盘于游畋"句，"盘"误抄为"监"；《秀才答四首》其二"君子体变通"，"通"误抄为"适"；同诗其四"青鸟群嬉"，"群"误抄为"郡"；《郭遐周赠三首》其二"言别在斯须"，"斯"误抄为"思"等。倒文者如《述志诗二首》其一"凤驾咸驰驱"，"驰驱"当作"驱驰"；其二"神龟安归所"，"归所"当作"所归"；《郭遐周赠三首》其一"翻然将翔高"，"翔高"当作"高翔"等。

其二，明黄省曾本。此本（国家图书馆藏，编目书号 6981）行款版式为十一行二十字，白口、左右双边，单黑鱼尾。版心中镌"嵇集"和卷次、叶次，版心下镌"南星精舍"字样。卷端题"嵇中散集卷第一"。卷首有嘉靖乙酉（1525）黄省曾《嵇中散文集叙》。

黄序云："故迺校次瑶篇，汇为十卷，刻之斋中，俾高士芳规得流耀于来嗣耳。"并未交代所据底本的情况。孙星衍据黄省曾本中诗篇数与王楙所见本（即北宋贺铸藏本）同（实际相差一首），称"即从宋本翻雕"①。又洪颐煊称："今本亦有此篇（指《自然好学论》），又诗六十六首（《郭遐叔赠四首》，目录和正文诗题均作'四首'，实则为五首，即四言诗四首、五言诗一首，故应为六十七首），与王楙《野客丛书》本同，是从宋本翻雕。"②朱学勤《结一庐书目》即著录为"黄氏仿宋刊本"。鲁迅亦称："黄刻最先，清藏书家皆以为出于宋本，最善。"③从篇目而言，《百川书志》著录的嵇康集尚有赋三篇，而此本仅载《琴赋》，佐证并非尽属宋本旧貌。国家图书馆藏有明嘉靖刻本《六朝诗集》，傅增湘称其"行格与书棚本同，雕镂雅饬，尚存古式"④，"方知此集实宋末坊本，嘉靖时从而覆刊耳"⑤。其中有《嵇中散集》，自内容而言应可视为宋本。以之与黄省曾本比对，所收诗目、诗题均相同，赋亦仅收《琴赋》一篇。《百川书志》著录本或祖出它本嵇康集，抑或溢出的赋作两篇乃辑自类书的残文而非全文。

　　黄省曾本中的脱文（作墨钉状）与《六朝诗集》本嵇康集相同，如《郭遐叔赠五首》其三"■不同贯"，黄本同；《酒会诗七首》其四"■■兰池"，黄本同。印证黄省曾本与《六朝诗集》本嵇康集源出同一祖本，即作为宋本的嵇康集。但也略有差异，如：

> 《琴赋》"广厦闲房"，黄本"厦"作"夏"。
> "嘅远慕而长思"，黄本"嘅"作"慨"。
> 《兄秀才公穆入军赠诗十九首》其六"奕奕素波"，黄本"奕奕"作"弈弈"。
> 其六"寔钟所亲"，黄本"寔"作"实"。
> 《思亲诗一首》"慈母没兮谁与骄"，黄本"与"作"予"。

---

① 孙星衍：《平津馆鉴藏记书籍》，第81页。
② 洪颐煊：《读书丛录》，台北：广文书局，1977年，第907页。
③ 鲁迅：《嵇康集考》，第99页。
④ 傅增湘：《藏园群书题记》，第885页。
⑤ 同上，第886页。

推断黄省曾本嵇康集又据它本加以订正，故保留有校语，如卷三《养生论》
"犹君昏于上，国乱于下也"句，"国"字小注称"一作臣"；卷六《释私论》"情
忍之形"句，小注称"情一作猜"等。

黄省曾本源出宋本，是基本可以确定的结论性意见。而《四库全书总目》
称："此本凡诗四十七篇，赋一篇，杂著二篇，论九篇，箴一篇，《家诫》一篇，
而杂著中《嵇荀录》一篇有目无书，实共诗文六十二篇，又非宋本之旧，盖明
嘉靖乙酉吴县黄省曾重辑也。"①四库馆臣并未经见宋本嵇康集，何以称黄省曾本
"非宋本之旧"。从黄省曾本和《六朝诗集》本嵇康集的密切关系，还是将黄省
曾本视为非明人重编本为宜（下文以《与山巨源绝交书》为例另有详述）。或称：
"高儒所录十卷本《嵇中散集》可能也是他本人搜录辑佚而成，其事与黄省曾的
辑录举动相似。因两人大致同时，所见文献因而也大致相同，所以两人辑录出
的诗文篇数也大致相合，而且以至于诗歌篇数完全相同。"②又称："吴抄本和黄刻
本很可能出自同一祖本。那么高、黄的这个'辑录'过程很可能就是根据一个
主要的祖本而进行的，而这个祖本应当就是吴宽丛书堂所据的那个'宋本'，即
《解题》本。"③明丛书堂抄本与黄省曾本所据并非同一宋本（详下文所述），而且
丛书堂抄本抄有它本未见的嵇康四言诗四首和五言诗三首，推测明代中期尚有
不同于黄省曾据刻之宋本的其他宋本存世。

总之，黄省曾本与《六朝诗集》本嵇康集源自同一宋本，可基本视为据宋
本的重刻本④，重刻过程中又校以它本嵇康集，而非明人据它书辑出嵇康诗文的
重编本。

其三，明程荣本。此本（国家图书馆藏，编目书号 5092）行款版式为九行
二十字，白口、左右双边，单黑鱼尾。版心上镌"嵇中散集"，中镌卷次和叶次。
卷端题"嵇中散集卷第一"，次行、第三行均低十格分别题"晋谯国嵇康著""明

---

① 永瑢等：《四库全书总目》，第 1273 页。

② 何诗：《嵇康集黄刻本及据黄钞刻本考》，第 127 页。

③ 同上，第 127 页。

④ 按黄省曾本各卷先列本卷篇目，次逐一篇目和正文，与明陆元大据宋本重刻二陆集相同，
此似属宋本特征的保留。

新安程荣校"。卷首有嘉靖乙酉黄省曾《嵇中散集叙》，次《嵇康传》《嵇中散集目录》。程荣本载有黄省曾序，且篇目与黄省曾本同，印证程荣本据黄省曾本而刻，戴明扬即称以"据黄省曾本校刻"[①]。而鲁迅则称："惟程荣刻十卷本，较多异文，所据似别一本，然大略仍与他本不甚远。"[②]校勘表明鲁迅此说似误，程荣本乃以黄省曾本为底本而重刻，又稍加订正，故出现不同于黄省曾本的异文，如：

> 《兄秀才公穆入军赠诗十九首》其八"以济不朽"，程荣本"济"作"跻"。
> 其十九"弃之八成"，程荣本"八"作"无"。
> 《秀才答四首》其二"当流则义行"，程荣本"义"作"蚁"，丛书堂抄本同。
> 《六言十首》其六"位高世重祸基"，程荣本"世"作"势"，丛书堂抄本同。
> 《答二郭三首》其一"三子赠嘉诗"，程荣本"三"作"二"。
> 其二"羲农邈已远"，程荣本"农"作"皇"，丛书堂抄本同。
> 《酒会诗七首》其七"丽藻浓繁"，程荣本"浓"作"秾"，丛书堂抄本同。

程荣本中部分异文与丛书堂抄本同，印证程荣本的校订似有本可据，但不宜据此而视程荣本属非出自黄省曾本。程荣本有补充黄省曾本脱文者，如《酒会诗七首》其四"□□兰池"，程荣本补作"流咏"（丛书堂本作"藻汜"）等。当然也存在误刻字，如《琴赋》"狄牙丧味"句，程荣本"狄"误刻为"汰"；《酒会诗七首》其五"寔惟龙化"句，程荣本"惟"误刻为"椎"；《琴赋》"周旋永望"句，"周"误刻为"同"等。

其他衍自黄省曾本的各本嵇康集，如张燮本，篇目增益《怀香赋》一篇（实为晋嵇含所撰）和《原宪赞》《黄帝游襄城赞》两篇，十卷易为六卷，鲁迅称

---

① 戴明扬：《嵇康集校注》，第 682 页。
② 鲁迅：《校本嵇康集序》，第 533 页。

以"更变乱次第，弥失其旧"。① 值得称道者，如黄省曾本《重作四言诗七首》，小注称"一作《秋胡行》"，张燮本直接题《秋胡行七首》。而鲁迅则认为："盖六言诗亡三首，《代秋胡行》则仅存篇题，不得云'一作'。"② 照鲁迅之说，张燮本误题"秋胡行七首"。而戴明扬过录的鲁迅校语则称："案'六言诗十首'盖已佚，仅存其题，今所有者，'代秋胡行'也，旧校甚误。"③ 似乎诗题作"秋胡行七首"是正确的。按丛书堂抄本作《重作六言诗十首代秋胡歌诗七首》，戴明扬校记称："原钞（即丛书堂抄本的原钞面貌）'六言诗十首'五字，乃涉上而衍"④，实际作《代秋胡歌诗七首》。如此而言，张燮本所改甚是。至于张溥本，大抵据张燮本重加编次，陆心源称："脱误并甚，几不可读"⑤，兹不赘论。

三、明丛书堂抄本系统与嵇康集成书的关系

严格而言，明丛书堂抄本作为一帙独立的单行本，该本源出之本及据之衍出之本均未见有存世者，故不宜称之为"系统"。但丛书堂抄本自身具备"复合性"，表现在它既透露出所据底本（当即某一宋本）的面貌，由于自身的构成属多次叠加抄写而成，又可揭示出据抄之嵇康集存在的异本情况。藉此一本而可窥数本，具备了版本系统的特性。恰如叶渭清所云："是本元（即'原'字）钞不言所自，余疑钞者别是一本。观其分卷序篇，间与所校参差。又文义字句，特多歧异，固有钞不误而校反误者，有义可通而校不取者，有钞合他书征引而校不合者，甚且有全首为他本所无者。此为出于异本，已可推知。"⑥ 也就是自身即体现出几个不同文本的嵇康集的"聚合"，故总以"丛书堂抄本系统"称

---

① 鲁迅：《校本嵇康集序》，第 533 页。

② 鲁迅：《嵇康集考》，第 100 页。

③ 参见戴明扬：《嵇康集校注》，第 68 页。

④ 同上。

⑤ 陆心源：《皕宋楼藏书志》，第 754—755 页。

⑥ 叶渭清：《嵇康集校记》，载南江涛选编《文选学研究》下，北京：国家图书馆出版社，2010 年，第 57 页。

之。同时该本还侧面印证宋代嵇康集重编成书的细节性问题，极具版本及文献价值。

此本行款版式为十行二十字，白口、四周单边，无鱼尾，版心题"丛书堂"字样。卷端题"嵇康集第一卷"。卷首有《嵇康集目录》，嵇康文篇目同黄省曾本，而诗的篇目及诗题均不同于黄省曾本系统各本。该本原系国立北平图书馆旧藏，现藏台北"故宫博物院"，版本著录为"明丛书堂抄本"。书中卷十末有清初人先著跋称："吴匏庵先生家抄本，卷中讹误之字皆先生亲手改定"，又黄丕烈跋称："丛书堂钞本，且匏庵手自雠校。"知该本出于明吴宽家丛书堂所抄，据跋所云又经吴宽亲手校改。鲁迅称："经朱墨校后，则又渐近黄刻。所幸校不甚密，故留遗佳字尚复不少。中散遗文，世间已无更善于此者矣。"①吴宽卒于弘治十七年（1504），不可能参校黄省曾本，校本或是与黄省曾本据刻之底本相接近的本子。总之，此帙抄本至少呈现出原抄和吴氏改抄两个层次（可能还有其他抄者的加入）。兹以该本原抄为主，校以黄本、明抄本和程荣本及《六朝诗集》本嵇康集，考察与其他各本嵇康集的版本关系。如：

《五言古意一首》"抗首嗽朝露"，黄本、明抄本和程本"嗽"均作"漱"，《六朝诗集》本同。

"虞人来我维"，小注"维一作仪"，黄本、明抄本和程本"维"均作"疑"，《六朝诗集》本同。

"单雄翮独逝"，黄本、明抄本和程本"翮独"均作"翻孤"，《六朝诗集》本同。

"谋极身必危"，"极"，小注称"一作损"。黄本、明抄本和程本"必"均作"心"，《六朝诗集》本同。

"携手相追随"，"相追随"，小注称"一作长相随"，黄本、明抄本和程本均同小注，《六朝诗集》本同。

《四言十八首赠秀才入军》其八"隔兹山梁"，黄本、明抄本和程本"梁"

① 鲁迅：《校本嵇康集跋》，参见戴明扬《嵇康集校注》，第535页。

均作"冈"，《六朝诗集》本同。

其十一"虽有朱颜"，黄本、明抄本和程本"朱"均作"妹"，《六朝诗集》本同。

其十二"顾畴弄音"，黄本、明抄本和程本"畴"均作"俦"，《六朝诗集》本同。

其十三"驾言游之"，黄本、明抄本和程本"游之"均作"出游"，《六朝诗集》本同。

其十六"结好松乔"，黄本、明抄本和程本"结"均作"托"，《六朝诗集》本同。

其十七"琴诗可乐"，黄本、明抄本和程本"可"均作"自"，《六朝诗集》本同。

其十八"流代难悟"，黄本、明抄本和程本"代"均作"俗"，《六朝诗集》本同。

其十八"弃之八戎"，黄本"八戎"作"八成"，明抄本同，程本作"无成"，《六朝诗集》本同。

《述志诗二首》其二"仰笑鸾凤飞"，黄本、明抄本和程本"鸾"均作"神"，《六朝诗集》本同。

其二"舒愤启幽微"，黄本、明抄本和程本"幽"均作"其"，《六朝诗集》本同。

《游仙诗一首》"结交家梧桐"，黄本、明抄本和程本均作"结友家板桐"，《六朝诗集》本同。

除存在异文外，丛书堂抄本的篇目，如《酒会诗七首》后溢出四言诗四首、《秀才答四首》中另抄五言诗三首，均属它本未见。而且诗题也与黄省曾本系统有异，如：

《五言古意一首》《四言十八首赠秀才入军》，黄本、明抄本、程本、《六朝诗集》本均作"兄秀才公穆入军赠诗十九首"。

《重作六言诗十首代秋胡歌诗七首》，黄本、程本作"重作四言诗七首一作秋胡行"，《六朝诗集》本同。明抄本作"重作四言"。

《诗三首郭遐周赠》，黄本、程本作"郭遐周赠三首"，《六朝诗集》本同。明抄本作"五言三首，郭遐周赠"。

《诗五首郭遐叔赠》，黄本、程本作"郭遐叔赠四首"，《六朝诗集》本作"郭遐叔赠五首"（作"五首"为是）。明抄本作"四言四首郭遐叔赠"。

通过上述校勘，佐证丛书堂抄本确与黄省曾本系统不同，意味着据抄的"底本"与黄省曾本据刻之宋本并非同种版本。按该本中异文有胜义者，如作"单雄翮独逝""隔兹山梁""弃之八戎"等。黄丕烈跋即称："是本胜于黄刻多矣。"又陆心源称："余以明刊本校之，知明本脱落甚多……书贵旧抄，良有以也。"[1] 且据保留的校语，知尚校以它本嵇康集。该"底本"，前人多视为宋本，如陆心源称"明吴匏庵丛书堂抄宋本"[2]，又钱泰吉称："余昔有明初钞本，即《解题》所载本，多诗文数首，此或即明黄省曾所集之本欤？"[3] 钱氏所藏者当即此丛书堂抄本。鲁迅亦称："不特佳字甚多，可补刻本脱误，曰'嵇康集'亦合唐宋旧称，盖最不失原来体式者。"[4] 鲁迅似亦倾向于认为属唐宋旧本的抄本。丛书堂抄本的篇目，特别是编次与黄省曾本系统各本不同，确印证其"底本"出自旧本应即宋本，而该宋本保留有唐本甚至六朝古本的面貌。主要表现在：

其一，不见于它本嵇康集的诗篇。如卷一溢出的四言诗四首和五言诗三首，既未见它本嵇康集有载，也未检得唐宋类书等典籍有引。

其二，抄本中涂改前的编次，更是透露作为底本的宋本旧貌。如卷二，抄本虽与黄省曾等本均录三篇即《琴赋》《与山巨源绝交书》《与吕长悌绝交书》，但抄本的涂改似表明底本有阙佚，遂自《文选》录《琴赋》以补阙。鲁迅即称：

① 陆心源：《皕宋楼藏书志》，第 755 页。
② 同上。
③ 钱泰吉：《曝书杂记》，《丛书集成初编》本，北京：中华书局，1985 年，第 68 页。
④ 鲁迅：《嵇康集考》，第 99 页。

"此卷似原缺上半，因从《文选》录《琴赋》以足之。"①疑所阙佚者为嵇康《琴赞》，即《北堂书钞》卷一百九所引者。卷三均录《卜疑集》《嵇荀录》（有目无辞）和《养生论》，鲁迅称："此卷似原缺后半，《嵇荀录》仅存篇题，后人因从《文选》钞《养生论》以足之。"②按底本该卷应仅存《卜疑集》一篇，为防止失去卷第上的平衡，而将卷四中的《养生论》上移至此篇。卷四本来录《与向子期论养生难答》一篇，移出其中的嵇康《养生论》部分，为防止形成卷四新的不平衡，而将剩余的正文析为两篇，即《黄门郎向子期难养生论》和《答难养生论》。根据是王楙提及的贺铸藏本，称"又有《与向子期论养生难答》一篇，四千余言"，而以黄省曾本为据，《向秀难》（45×19+18=873）、《嵇康答》（99×20+8=1988）和《养生论》（62×20+2=1242）相合恰好为四千余字（1242+2861=4113）。鲁迅称抄《养生论》以足之似未确。贺铸本的《养生论》和《难》《答》合为一篇，属唐本旧貌。鲁迅据《文选》江文通《杂体诗》李善注引"养生有五难"等十一句是嵇康语，而称之以《向秀难嵇康养生论》。按《隋志》小注称梁本《养生论》为三卷，则梁本即属分篇之貌，即以《论》和《难》《答》各篇分别对应一卷。

卷五录《声无哀乐论》，共计五千六百余字（25×11×20+8×20=5660），完全可以单篇独立成卷，至少宋本应即此貌。卷六所抄底本录《释私论》《管蔡论》《明胆论》《自然好学论》和《难自然好学论》五篇，而抄者将后两篇涂改为属第七卷。印证宋本第七卷至第九卷有阙佚，甚至有可能某一卷的整卷佚去，遂移植篇目以凑卷数。而将原抄卷七的《宅无吉凶摄生论》和《难摄生论》（即《难宅无吉凶摄生论》）改为卷八，卷八的《释难宅吉凶摄生论》改为卷九，同时与本属卷九的《答释难宅无吉凶摄生论》合为同卷。按王楙称贺铸本《集》又有《宅无吉凶摄生论难》上中下三篇"（推测《宅无吉凶摄生论》与《难宅无吉凶摄生论》合为一篇），核之丛书堂本原抄之次序，即以一篇对应一卷，再次印证原抄符合贺铸本之貌。鲁迅称："今本嵇康集虽亦十卷，与宋时者合，然第二卷

---

① 鲁迅：《嵇康集考》，第101页。
② 同上。

缺前，第三卷缺后，第十卷亦不完，第六第七本一卷，实只残缺者三卷，具足者六卷而已。"① 又称："盖较王楙所见之缮写十卷本，卷数无异，而实佚其一卷及两半卷矣。"②

推断丛书堂抄本所据抄之宋本，与黄省曾据刻的宋本并非同一种宋本。而两者篇目相同，印证丛书堂本据抄的宋本属残本，只是残留的篇目基本等同于黄省曾据刻的宋本。故鲁迅称："细审此本，似与黄省曾所刻同出一祖，惟黄刻帅意妄改，此本遂得稍稍胜之。"③ 尽管祖出残本，但更具文本上的渊源性，可窥见古本嵇康集之貌。兹以《与山巨源绝交书》为例，以该本与黄省曾本及南宋尤袤本（校记中简称"尤本"）和南宋明州本（校记中简称"明州本"）《文选》相校，如：

> "性复疎懒"，黄本"疎懒"作"疏嬾"，尤本同，明州本同丛书堂本，小注称"善本作疏"。
>
> "愈思长林"，黄本"愈"作"逾"，尤本同，明州本同丛书堂本，小注称"善本作逾字"。
>
> "暗于机宜"，黄本"暗"作"闇"，尤本同，明州本同丛书堂本，小注称"善本作闇字"。
>
> "千变万数"，黄本"万数"作"百伎"，尤本同，明州本作"百技"，小注称"善本作伎"
>
> "真相知也"，黄本"知"后有"者"字，尤本同，明州本同丛书堂本，小注称"善本有者字"。
>
> "曲木不以为桷"，黄本作"曲者不可以为桷"，尤本同，明州本作"曲者必不可以为桷"，小注称"善本无必"。
>
> "此似足下度内耳"，黄本无"似"字，尤本同，明州本同丛书堂本，小注称"善本无似"。

---

① 鲁迅：《嵇康集考》，第 102 页。
② 鲁迅：《校本嵇康集序》，第 535 页。
③ 同上。

　　"自嗜臭腐"，黄本"自"作"己"，尤本同，明州本作"自以"，小注称"善本无自已，有己字"。

　　"必不能堪其所不乐"，黄本无"必"字，尤本同，明州本同丛书堂本，小注称"善本无必字"。

　　推断黄省曾本的《与山巨源绝交书》主要辑自李善注本《文选》，其他篇目当亦存相同情况者，从而留下了所据刻之宋本属宋代重编本的证据。鲁迅即称："刻本并据《选》以改《与山巨源绝交书》，抄本未改，故字句与今本《文选》多异。"①此可佐证馆臣所称黄省曾本乃明代"重辑"本之误。而丛书堂本所据抄之宋本，非为宋人重编本，而应保留了唐本甚至六朝古本嵇康集的旧貌。此意味着整理嵇康集，要充分重视丛书堂抄本的版本及文献价值。

　　综上，嵇康集编定于西晋，六朝时传本附有《康集目录》与《集序》，反映了唐前文人集较为完整的编辑体例。唐人类书引有署名嵇康的他人作品，印证唐本嵇康集混入了非嵇康之作。明本嵇康集可分为黄省曾本和丛书堂抄本两种文本系统，前者与《六朝诗集》本嵇康集源出宋代同一祖本，明抄本、程荣本均属该系统。黄省曾本属据宋人重编本嵇康集传刻，而非明人重编本，重刻中又参校它本，它的文本定位是宋人重编之集。丛书堂抄本的篇目、诗题和正文文字均与黄省曾本有差异，据抄自不同于黄省曾据刻之宋本的另一种宋本。该宋本并非宋人重编本，依据是所录嵇康文并非辑自《文选》，而是保留了唐本甚至六朝古本嵇康集的旧貌。

第四节　陆机集

　　根据官修史志目录，北宋时期陆机集已经散佚不传。南宋晁公武著录的十卷本陆机集属重编本，即据类书和《文选》等辑录陆机诗文重编。存在诗文误

_____
① 鲁迅：《嵇康集考》，第101页。

收的现象，如将陆云作品视为机作而编入本集中。经过校勘，陆机集的重编主要参据六臣本《文选》(指宋明州刻《六家文选》，实际反映五臣本之貌)。但据个别篇目保留唐代讳字，似当时尚存唐本陆机集的残帙，印证重编的文本来源是比较复杂的。南宋庆元六年(1200)华亭县学本即据重编本而刻，清初(康熙)之后宋本湮没无闻。现存清影宋抄本陆机集，自内容而言可直接视为宋本。以之与明陆元大刻本相校，发现陆本据宋华亭县学本重刻，但文字有所校订，已非宋本原貌。校订者多与李善本《文选》相同，似乎推断陆元大的校刻不再以五臣本为宗。当然，陆本改正了宋本中存在的失误，但也存在原本不误而致误例，校勘整理陆机集不宜将其作为保留旧貌的"宋本"使用。

一、陆机诗文的结集与流传

《晋书·陆机传》称"所著文章凡三百余篇，并行于世"，而其诗文集的编撰始自陆云之手。按陆云《与兄平原书》云："兄文章已自行天下"，"前集兄文为二十卷，适讫一十，当黄之。书不工，纸又恶，恨不精。"① 推知陆机在世时，便已由其弟陆云开始编他的集子。限于六朝文献阙佚不知此二十卷本集子是否为全帙，还是仅为部分卷第。东晋葛洪《抱朴子》云："嵇君道问二陆优劣，抱朴子曰：'吾见二陆之文百许卷，似未尽也。'……嵇君道曰：'每读二陆之文，未尝不废书而叹，恐其卷尽也。'"② "二陆之文百许卷"当即含陆机集在内。《隋书·经籍志》小注援据《七录》称"梁四十七卷、录一卷"，知南朝梁时流传的陆机集为四十七卷本，此梁本应属最接近陆机集原貌之本。

陆机集在北朝亦有流传，《颜氏家训·风操》称《陆机集》有《与长沙顾母书》，今陆机集已佚去此《书》。

据《隋志》，唐初陆机集为十四卷本，刘运好先生认为《晋书》本传陆机诗文篇目"当是此十四卷本所载之篇数"③。按《晋书》据原始传记资料而编撰，故

① 陆云：《与兄平原书》，严可均辑《全晋文》卷 102，第 2041 – 2045 页。
② 杨明照：《抱朴子外篇校笺》，第 751 页。
③ 刘运好：《陆士衡文集校注》前言，第 35 页。

本传所称"凡三百余篇"应为陆机著述篇目原貌，而非唐初流传陆机集的篇目。两《唐志》并著录为十五卷本，阮元《揅经室集·外集》认为"较《隋志》反赢一卷，殆传写之误"①。傅刚先生认为："或为误记，或在魏徵之后又增辑一卷而成。"②刘运好先生则认为："似应是包括《目录》一卷在内，实际上与《隋志》相同。"③据《隋志》等著录别集的体例，目录和正文的卷第或分或合，故十五卷本应属含《目录》一卷，《唐志》著录者即《隋志》之本。

唐本陆机集的面貌，据类书及李善注《文选》所引略窥见一二。《北堂书钞》卷五十七《设官部》引《陆机集序》云："机与吴王表曰：臣以职在中书，诏命所出，而臣本以笔札见知。"④推知陆机集卷首有序一篇，清影宋抄本陆机集（国家图书馆藏，编目书号2751）无集序。又《北堂书钞》卷一百六《乐部》引《陆机集》之《艳歌诗》，云"扶桑升朝晖，炤此高台端。高台多妖丽，浚出房清颜"⑤。清影宋抄本陆机集收此诗在卷六，《艳歌诗》作《日出东南隅行》，小注称"或曰《罗敷艳歌》"。《文选》卷三十八谢灵运《拟魏太子邺中集诗》李善注称陆机集有《皇太子清宴诗》，又卷五十六陆佐公《新刻漏铭》注引《集》志议云"考正三辰，审其所司，是谈天纪纲也"，影宋抄陆机集中均未见。日本藏古抄本《文选集注》之陆士衡《挽歌诗三首》，陆善经注引《集》称"王侯挽歌"⑥，影宋抄本陆机集作《挽歌三首》（李善本及六臣注本《文选》均作《挽歌诗三首》，与影宋抄本所题不同，但所载《挽歌》篇数相同）。综上，知宋本远非唐本面貌。

敦煌P.2493《演连珠》残卷，饶宗颐《敦煌吐鲁番本文选》视为抄自《文选》。其实，它的来源也有可能是陆机集，《颜氏家训》所引表明北齐时陆机的集子已在北方流传。检写卷"渊""民""治"和"弘"诸字不阙笔，疑为隋或之前所抄。

---

① 阮元：《揅经室集》，邓经元点校，北京：中华书局，1993年，第1191页。

② 傅刚：《论〈文选〉所收陆机〈挽歌〉三首》，载《文选版本研究》，北京：北京大学出版社，2000年，第355页。

③ 刘运好：《陆士衡文集校注》前言，第35页。

④ 虞世南：《北堂书钞》，《续修四库全书》影印清光绪十四年（1888）孔氏三十三万卷堂刻本，上海：上海古籍出版社，2002年，第1212册第266页。

⑤ 同上，第496页。

⑥ 周勋初纂辑：《唐钞文选集注汇存》，上海：上海古籍出版社，2000年，第425页。

若果为抄自陆机集，可谓唐前集本的吉光片羽。

北宋官修《太平御览》尚引及《陆机集》，然检卷首所附《经史图书纲目》未著录陆机集，恐属自它书转引。至《崇文总目》未著录，则北宋初陆集已经散佚。

南宋初《郡斋读书志》著录《陆机集》为十卷本，云："今存诗赋论议笺表碑诔一百七十余首。以《晋书》《文选》校正外，余多舛误。"[1]晁公武所称之"舛误"，阮元认为即"卷末《周处碑》中有韩信背水之军一段，乃以他文杂厕，文义不相属，公武所指殆谓此类。"[2]《遂初堂书目》著录一部，不题卷数。《直斋书录解题》也著录一部十卷本，题"陆士衡集"。知南宋所传陆机集主要为十卷本。

宋庆元六年华亭县学刻《晋二俊文集》本陆机集（以下简称"宋华亭县学本"），属十卷本。惜今已不传，现存清影宋抄本《晋二俊文集》本《陆士衡文集》（此本确属影宋抄本，参下文详述），即据宋华亭县学本影抄。清影宋抄本陆机集卷首有徐民瞻《晋二俊文集叙》，署"奉议郎知嘉兴府华亭县事徐民瞻"，云："每以未见其全集为恨，闻之乡老曰：士衡有集十卷，以《文赋》为首。士龙集十卷，以《逸民赋》为首……因访其遗文于乡曲，得士衡集十卷于新淮西抚干林君，其首篇冠以《文赋》，士龙集十卷则无之。明年移书故人秘书郎钟君，得之于册府，首篇《逸民赋》悉如所闻。亟缮写命工锓之木以行，目曰《晋二俊文集》……又明年书成，谨述于篇首。"末署"庆元庚申仲春既望信安徐民瞻述"。知徐民瞻为官华亭（今上海松江区）县事任内主持刊刻《晋二俊文集》，此即其一。阮元认为晁公武著录之本即此宋华亭县学本，理由是此集诗文篇目与晁志所称"厥数正同"[3]，准确地讲晁本为徐民瞻刻陆机集的底本。今人金涛声先生也认为晁本就是"徐民瞻所搜求到的十卷本"[4]，即序中所称的"新淮西抚干林君"藏本。

宋华亭县学本存陆机诗文一百七十四首（据今清影宋抄本陆机集的篇目），

---

① 晁公武：《郡斋读书志》，第816页。

② 阮元：《揅经室集》，第1191页。

③ 同上，第1191页。

④ 金涛声：《陆机集》前言，北京：中华书局，1982年，第9页。

即晁本所称的"一百七十余首",相较于本传所称的"三百余篇"佚去近一半,而且所存篇目中还可能混入了非陆机的作品。又《太平御览》引《陆机集》中的上表即未见于清影宋抄本中,推知南宋流传的陆机集属诗文篇目阙佚以后的重编本。

宋本陆机集至明代尚有流传,按明正德十四年(1519)都穆跋称:"《士衡集》十卷,宋庆元中尝刻华亭县斋,岁久其书不传。予家旧有藏本,吴士陆元大为重刻之。"此即明正德十四年陆元大刻《晋二俊文集》本陆机集(以下简称"明陆元大本"),即据宋华亭县学本重刻,文字有所校订,已失去宋本旧貌。清初至迟在康熙间也还有流传,陆敕先(贻典)曾据以校陆集,其所见宋本为"阙七卷首四叶"。现存清影宋抄本《陆士衡文集》当即据此帙宋本影抄,自内容而言可视为宋本,是现存陆机集的最佳版本。此后宋本湮没无闻,翁同书跋清影宋抄本《晋二俊文集》云:"按《四库》止收《士龙集》,而无《士衡集》,且云未见徐民瞻刻本,是宋刻久成《广陵散》矣。"

二、南宋初陆机集的成书

北宋时陆机集已经散佚不传,南宋初晁公武著录的陆机集属重编本。宋华亭县学本即据晁本重刻,故据今存影宋抄本便可推知陆机集重编所依据的文献来源。杨明先生称:"陆机集在宋代几乎已经亡佚殆尽,徐民瞻所据本只不过是从总集、类书中捃拾编辑而成者罢了。"[①]经考察,文献来源主要是类书和《文选》两种。根据讳字,可能也依据了当时尚存的唐本陆机集残帙。

其一,据自《类书》。清影宋抄本中卷九《吴丞相江陵侯陆公诔》,有清翁同书校语称:"此篇中语,时见士龙所作《吴故丞相陆公诔》中,盖类书摘叙之,而编士衡集者误收之。"按该《诔》云:"根条伊何,苗黄裔舜。长发有祥,贻我作胤。刘王负险,冠我四邻。公侯赫怒,干戈启陈。金钺镜日,云旗降文。无玉陨难,鲸鲵坠鳞。戎汉时瘥,方域清尘。"查检《艺文类聚》卷四十五引晋陆

---

① 杨明:《论〈陆士衡文集〉之〈宛委别藏〉本》,第321页。

机《吴丞相江陵侯陆公诔》，句序与此相同。宋本陆云集卷五载《吴故丞相陆公诔》，与陆机集所载相校，前四句、中六句和后四句互不连属；且有异文，如"作胤"作"祚晋""险"作"嵃""冠"作"寇""四"作"西""降文"作"绛天""无玉"作"元王"。推断重编陆机集，此诔援据《艺文类聚》，沿袭其误而不加辨析。本为陆云作品而误收入本集，留下了自类书中编辑的明确证据。

《艺文类聚》卷二十、卷七十八分别引及陆机《孔子赞》和《王子乔赞》。有学者指出，前者与陆云《登遐颂》中的《孔仲尼颂》全同，后者为《王子乔颂》中的四句，"《陆机集》中当剔除二文"①。影宋抄本陆机集卷九载此两文，分别云"孔子叡圣，配天弘道。风扇玄流，思探神宝。明发怀周，兴言谟老。灵魂有行，言观苍昊。清歌先诫，丹书有造"；"遗形灵岳，顾景忘归。乘云倏忽，飘飘紫微"。而两篇《赞》文又见于宋本陆云集卷六《登遐颂》"孔仲尼"条和"王子乔"条。两者相校，"孔仲尼"条惟"叡"作"大""诫"作"试"。"王子乔"条作"王乔渊嘿，遂志潜辉。遗形灵岳，顾景亡归。娈彼有传，与尔翻飞。承云倏忽，飘飙紫微"。显然《王子乔赞》四句节取自此，惟"忘"作"亡""乘"作"承""飘飘"作"飘飙"。按陆云《与兄平原书》云："因作《登遐颂》，须臾便成，视之复谓可行，今并送之。"知《登遐颂》确为陆云所撰，而误收入陆机集中。

《郡斋读书志》称陆机集"余多舛误"，主要指的就是部分陆机诗文辑自类书，未加以覆检从而出现误收的现象。

其二，据自《文选》。《文选》载有陆机诗文约二十余篇，如《叹逝赋》《文赋》《皇太子谯玄圃宣猷堂有令赋诗》《招隐诗》《赠冯文罴迁斥丘令》《答贾谧》《于承明作于士龙》《吴王郎中时从梁陈作》《赴洛二首》《又赴洛道中作》《乐府十七首》《挽歌三首》《园葵诗》《拟古诗》《谢平原内史表》《豪士赋序》《汉高祖功臣颂》《辨亡论》《五等诸侯论》《演连珠》《吊魏武帝文》等。傅刚先生以《挽歌》为例，称陆机集所收《挽歌》仅《文选》所载三首，而《北堂书钞》《太平御览》除此三首之外尚有其余几首，断定徐民瞻所刻陆机集主要据《文选》搜辑而成②。

---

① 俞士玲：《陆云〈登遐颂〉考释》，《古籍整理研究学刊》2005年第4期，第51页。
② 傅刚：《论〈文选〉所收陆机〈挽歌〉三首》，第355页。

　　重编陆机集据自《文选》，还有其他的根据。如《文选》卷二十四陆士衡《于承明作与士龙一首》，李善注引《集》称"与士龙于承明亭作"。影宋抄本题"于承明作与士龙"，同《文选》，而与李善注引唐本陆机集不同。又如清影宋抄本陆机集卷八《演连珠》"臣闻禄五臣本施于宠，非隆家之举"句，有校语称"禄五臣本施于宠七字误，《文选》及它本皆作禄施于宠"（该校语有误，李善本作"禄放于宠"）。翁同书按语称："五臣本三字乃旁注误入正文"。推断陆机集重编的确参据了《文选》。

　　清影宋抄本陆机集中《挽歌》的次序，同宋初明州刻本（据日本足利学校藏本，属六家注本系统，实即反映五臣本之貌，以下简称"明州本"）和南宋绍兴三十一年（1161）建阳陈八郎刻本（属五臣注本系统，以下简称"陈八郎本"，现藏台北"国家图书馆"）《文选》，其序为《卜择考休贞》（以每首的首句作为标题，下同）、《流离亲友思》和《重阜何崔嵬》。而与李善注本比如南宋淳熙八年（1181）尤袤池阳郡斋刻本（以下简称"尤袤本"）不同，为《卜择考休贞》《重阜何崔嵬》和《流离亲友思》。又影宋抄本《演连珠》"臣闻禄五臣本施于宠"句，敦煌 P.2493《演连珠》残卷"施"作"放"。明州本同影宋抄本，刊有校语称："善本作放字。"陈八郎本亦同明州本，推断陆机集重编时所据的《文选》亦作"施"字，《挽歌》之序亦同明州本。

　　综上，陆机集重编似主要参据六臣本《文选》，实即五臣本。按《郡斋读书志》初成于宋高宗绍兴二十一年（1151），则其著录的陆机集应至迟重编在是年。而明州本和宋杭州开笺纸马铺钟家刻本（属五臣注本系统，以下简称"钟家本"。惜仅存卷二十九和三十两卷，恰巧载有《吊魏武帝文》）恰在此时间断限内；且明州本刻有参校李善注本《文选》的校语，实际自身又增加了李善本这个校本。兹以《吊魏武帝文》为例，以影宋抄本校以明州本和钟家本，如：

　　　　"遗令慨然"，明州本"慨"作"忾"，钟家本同。

　　　　"今乃伤心百年之际"，明州本、钟家本无"乃"字，明州本校语称"善本有乃字"。

　　　　"机答之曰"，明州本有此句，校语称"五臣本无此一句"，钟家本无。

"日蚀由乎交分"，明州本、钟家本"日蚀"前均有"夫"字。

"山萌起于朽坏"，明州本、钟家本"萌"作"崩"。

"而终婴倾离之患故"，明州本、钟家本"故"后有"乎"字。

"翳乎蕞尔之士"，明州本、钟家本"士"作"土"。

"黔黎之怪蘈岸乎"，明州本、钟家本"怪"作"恠"。

"吾婕妤妓人皆著铜雀台"，钟家本、明州本无"皆"字，明州本校语称"善本有皆字"。明州本、钟家本同影宋抄本作"台"，明州本校语称"善本作爵字"。

"堂上施八尺床"，明州本、钟家本"八尺"作"六尺"，明州本校语称"善本作八尺床"。

"张缞帐"，钟家本、明州本同，明州本校语称"善本无张字"。

"朝晡设脯糒之属"，明州本、钟家本作"设"，明州本校语称"善本作上字"。

"月朝十五日"，明州本、钟家本同，明州本校语称"善本无日字"。

"每因祸以禔福"，明州本、钟家本"禔"作"提"，明州本校语称"善本作禔"。

"气冲襟以鸣咽"，明州本、钟家本"鸣咽"作"鸣呼"，明州本校语称"善本作鸣咽字"。

"违率土以静寐"，明州本、钟家本作"静"，明州本校语称"善本作靖"。

"戢弥天以一棺"，明州本、钟家本作"以"，明州本校语称"善本作乎字"。

"援贞客以恭悔"，明州本、钟家本作"客"，明州本校语称"善本作咎字"。

"纡家人于屦组"，明州本、钟家本作"家人"，明州本校语称"善本作广念二字"。

"结遗情于婉娈"，明州本、钟家本作"于"，明州本校语称"善本作之字"。

"体无惠而不忘"，明州本"忘"作"亡"，钟家本同影宋抄本。

"登雀台而群悲"，明州本、钟家本作"台"，明州本校语称"善本作爵字"。

通过比对，明州本与钟家本相当接近，影宋抄本与此两本有同有异。总体而言，影宋抄本与明州本《文选》更为接近。当然，影宋抄本有些文字同李善本，而与明州本和钟家本不同，说明也参校了当时流传的李善注本《文选》。影宋抄本陆机集的生成，属综合取两本优长而加以校订的结果。

其三，陆机集的原本残帙。清影宋抄本陆机集卷九载《愍怀太子诔》，而篇题和正文中的"愍"字均阙笔，如"曾是遘愍"和"念哉愍怀"两句。避"愍"字应为避唐太宗李世民名讳，该《诔》保留了唐本的特征，推测当时或还存有陆机集唐本的残帙（或个别篇目辑自更早的文本）。

三、现存陆机集的影宋抄本和明陆元大刻本

清影宋抄本陆机集十卷，行款版式同宋本陆云集。即十一行二十字，白口、左右双边，无鱼尾。版心上题字数，中题卷次和叶次，下镌刻工姓名。卷端题"陆士衡文集卷第一"，次行低五格题"晋平原内史吴郡陆机士衡"。卷首有徐民瞻《晋二俊文集叙》，末署"庆元庚寅仲春既望信安徐民瞻述"。题名及陆机题署格式同宋本陆云集。且保留宋本的避讳字，如玄、弦、朗、弘、殷、匡、恒、贞、桓、慎、敦、惇、廓诸字均阙笔，颇为谨严。刻工有缪中、高惠、高聪、高文、正、吕椿、徐询、僖、冒中、朱等。而现存宋本陆云集有高聪、高惠、高文、高正、吕椿、朱僖等刻工，互见两书中。惟卷七版心无刻工名，据陆敕先称所校宋本恰阙卷七首四叶，当据它本陆机集而抄。综上可证此帙抄本确据宋华亭县学本而抄，故定为"清影宋抄本"，自内容而言可直接视为宋本。

明陆元大刻《陆士衡文集》十卷（国家图书馆藏，编目书号 3536），行款版式为十行十八字，白口、左右双边，单黑鱼尾，版心中镌"陆士衡"和卷次及叶次。卷端题"陆士衡文集卷第一"，次行低四格题"晋平原内史吴郡陆机士衡"。首有宋庆元六年徐民瞻《晋二俊文集叙》。都穆跋称陆元大据华亭县学本重刻，兹以影宋抄本校以明陆元大本，如：

卷一《文赋》"故淟认而不鲜"，陆本"认"作"忍"。
"良难以辞逐"，陆本"逐"作"逮"。

"故蹎踔于短韵"，陆本"韵"作"垣"。

《豪士赋》"修心以为量者"，陆本"修"作"循"。

"亲莫暱焉"，陆本"暱"作"昵"。

卷二《遂志赋》"皆相依效焉"，陆本"效"作"仿"。

《思归赋》"四气相推"，陆本"气"作"时"。

卷三《叹逝赋》"陨心其如亡"，陆本"陨"作"隤""亡"作"忘"。

《感丘赋》"背京室而雷飞"，陆本"雷"作"电"。

卷四《浮云赋》"有轻虚之体象"，陆本"体"作"艳"。

《鳖赋》"越高波以鱼逸"，陆本"鱼"作"燕"。

卷五《赴洛》"慷慨遗安念"，陆本"念"作"愈"。

《答贾谧》"金虎曜质"，陆本"曜"作"习"。

《答张士然》"摠辔临清泉"，陆本"泉"作"渊"。

卷六《拟今日良宴会》"哀音绕栋宇"，陆本"栋"作"梁"。

《猛虎行》"盍云开此襟"，陆本"襟"作"衿"。

《从军行》"拊心悲如何"，陆本"拊"作"抚"。

《苦寒行》"但闻寒鸟嚁"，陆本"嚁"作"喧"。

《吴趋行》"矫手顿世罗"，陆本"手"作"首"。

卷七《百年歌》"揽形修髮独长叹"，陆本"修"作"羞"。

卷九《至洛与成都王笺》"委仕外祸"，陆本"仕"作"任"。

《吊魏武帝文》"运神道以载德"，陆本"神"作"礼"。

《愍怀太子诔》"惟尘明圣"，陆本"尘"作"臣"。

卷十《辨亡论》"异人辐凑"，陆本"凑"作"辏"。

"锐师千旅"，陆本"师"作"骑"。

　　推断陆元大确属重刻宋华亭县学本，而非翻刻或覆刻。不惟行款改易，而且文字也有所校订。校订者多同李善注本《文选》，如卷六《乐府十七首》之《君子行》"人道险而难"，陆本"险"作"崄"，明州本校语称"善本作崄"，宋尤袤本即作"崄"；《从军行》"夏条焦鲜藻"，陆本"焦"作"集"，明州本校语称"善本作集字",宋尤袤本即作"集";《苦寒行》"凉野多崄艰",陆本"艰"作"难",明州本校语称"善本作难字",宋尤袤本即作"难"等。而陆心源认为有些校订,"讹字固多,妄增妄改处亦不少"①。

影宋抄本陆机集中有清卢文弨、赵怀玉、严元照和翁同书的校语,包括校正文字讹脱和据别本校勘两类内容:

其一,订正宋本讹脱者。如卷一《豪士赋》"至药不愆乎旧",校语称"药当作乐",按宋本误,陆本即作"乐";卷六《拟行行重行行》"玉鲔怀河岫",翁同书校称"玉当作王",翁校是,宋本误,陆本即作"王";卷七《挽歌》"中闺且勿谨",校语称"谨当作哗",陆本亦作"谨";卷九《谢平原内史表》"张敝亡命",校语称"敝当作敞",陆本即作"敞",宋本误,作"敞"字是;卷十《五等诸侯论》"汉矫秦枉",校语称"柱当作枉",陆本作"枉",宋本误,作"枉"字是。据校语,宋本确有讹脱之字,并未尽善,陆本重刻时有所订正。但陆本亦增新误,可据宋本正之,如《辨亡论》"张北伐诸华",陆本改"张"为"将"是,而改"诸"为"诛"则误;又"志报关羽之败",陆本则脱去"败"字等。

其二,据别本校勘者。如卷一《文赋》"故应绳而必当",校语称"而一本作其",陆本作"其";卷五《皇太子赐燕诗》"微言时宣",校语称"微别本作徽",陆本作"徽";卷五《为顾彦先赠妇》"翻飞游江泛",校语称"游一本作浙",陆本作"浙";卷九《吊魏武帝文》"体天惠而不忘",校语称"忘别本作亡",陆本即作"亡";卷九《晋刘处士参妻王氏夫人诔》"蟋蟀宵吟",校语称"宵吟一本作吟㮾",陆本即作"吟㮾"。知校语所称的"一本"或"别本"当即陆本。部分仍为《文选》李善本与六臣本之别,如"翻飞游江泛",宋本同六臣本作"游",而李善本(宋尤袤本)作"浙",陆本重刻据李善本改为"浙"。再次印证陆元大的校订以李善本《文选》为依据。

综上,北宋初陆机集亡佚,南宋初根据类书、《文选》等辑录诗文重编。宋庆元六年徐民瞻华亭县学本陆机集即据重编本而刻。重编陆机集主要包括诗文辑自类书和《文选》两种情况。前者存在诗文误收的现象,而后者则参据了《文

---

① 陆心源:《仪顾堂题跋》,第118页。

选》的五臣本和李善本。清影宋抄本陆机集的价值，在文本上保存了宋本陆集的面貌，藉以可考察陆机集重编的文献依据。也据以揭示出宋华亭县学本与明陆元大本之间的版本关系，确定陆本经文字校订已非宋本旧貌，故校勘整理陆机集不宜将陆本视为"宋本"使用。

第五节　萧统集

南朝史料有关萧统集（习称"昭明太子集"）编撰的记载，存在刘孝绰编十卷本和萧纲编二十卷本之别。惜作为六朝旧集的古本萧统集唐末即散佚不传，今传集子乃南宋初年的重编本，由淳熙间袁说友和尤袤刻梓行世，即宋淳熙本《梁昭明太子文集》。此宋本现亦未知下落（当已佚失），所幸存有刘世珩据宋本的影刻本及盛宣怀据影宋抄本的重刻本，宋本篇目及内容藉此可观。明本萧统集以嘉靖周满刻本为最早，此后各本均源出此本（除据宋本的刻本外），只是据它书又增益篇目。各本的版本关系及文本优劣的考察，是整理萧统集的基础性工作。

一、萧统集的编撰与流传

萧统集见于《梁书》本传，称"所著文集二十卷"，按《隋志》即著录梁《昭明太子集》二十卷，两《唐志》同（《新唐志》乃照抄《旧唐志》，并非北宋时实有其书），则本传所称之本即《隋志》著录本。但本传所据应为原始传记资料，即南朝梁时秘阁藏有二十卷本萧统集。检诸史料，最先为萧统编集子的是刘孝绰，《梁书·刘孝绰传》云："太子文章繁富，群才咸欲撰录，太子独使孝绰集而序之。"① "集而序之"指既编定集子，也为集子撰写了序言。序言即《昭明太子集序》，云："粤我大梁之二十一载，盛德备乎东朝……预闻盛藻，歌咏不足，敢

---

① 姚思廉:《梁书》，第 480 页。

忘编次。谨为一帙十卷，第目如左。"推知刘孝绰编本为十卷本，且编在普通三年（522）。十卷本附有目录和刘孝绰所撰此篇序文，姚振宗即称："初编为十卷、录一卷也。"①

据《集序》云："日升松茂，与天地而偕长。壮思英词，随岁月而增广。如其后录，以俟贤臣。"推知所载为普通三年之前萧统撰写的诗文。集子编完后，萧绎即上疏求赐文集，萧统《答湘东王求文集及诗苑英华书》云："得疏，知须《诗苑英华》及诸文制"，"集乃不工，而并作多丽。汝既须之，皆遣送也。"俞绍初先生认为："按昭明此书，于《诗苑英华》仅寥寥数语，一笔带过，而自言为文之宗旨与缘由则不嫌其详，且与刘孝绰所撰文集之序又多有相合处，似当作于文集撰成之初。盖湘东王闻昭明文集新成，欲兼《诗苑英华》求而观之，昭明作此书以答之。"②印证刘孝绰编本在当时还是有一定的流传范围，惜《隋志》等未见著录，或称"久已不存"③。原因推测可能是此后萧纲既编有更全的二十卷本，而逐渐替代刘孝绰编本的流传。

萧统卒于中大通三年（531），据普通三年已近十年，此段时期内必有一定数量的新作诗文，客观上需要重新编集子，特别是在他身殁之后。按萧纲《上昭明太子集别传等表》（载《艺文类聚》卷五十五）称："谨撰昭明太子别传、文集，请备之延阁，藏之广内，永彰茂实，式表洪徽。"还撰有《昭明太子集序》（载明嘉靖三十四年周满刻本《梁昭明太子文集》），疑该篇集序已非全帙，有关所编集子的卷第等细节性问题阙如。萧纲为萧统编集子推测在初登太子之位时，具体事宜则委令萧子范负责。萧子范有《求撰昭明太子集表》（载《艺文类聚》卷五十五），云："恋主怀兹，伏深涕慕。冒乞铨次遗藻，勒成卷轴。"一般认为本传及《隋志》所称的二十卷本即萧纲编本。

萧纲编二十卷本至北宋时已不传，疑散佚于唐末，自《崇文总目》至南宋初的《郡斋读书志》均未著录此集。淳熙八年（1181）袁说友和尤袤在池州（今属安徽）刻昭明太子集（以下简称"宋淳熙本"），为五卷本，袁说友跋称："池

---

① 姚振宗：《隋书经籍志考证》，第5829页。
② 俞绍初：《昭明太子集校注》前言，郑州：中州古籍出版社，2001年，第156页。
③ 同上，第9页。

阳郡斋既刊《文选》与《双字》二书，于以示敬事昭明之意。今又得昭明文集
五卷，而并刊焉。"《遂初堂书目》著录《梁昭明太子集》，不题卷数，当即此淳
熙本。又《直斋书录解题》著录《昭明太子集》五卷，亦为此本，清末刘世珩
跋玉海堂影宋刻昭明太子集称："可见当时别无他本。"《宋史·艺文志》著录同
《直斋书录解题》，《四库全书总目》云："仅载五卷，已非其旧。《文献通考》不
著录，则宋末已佚矣。"①（实则未佚，清代尚存）

　　今存有刘世珩据昭仁殿藏宋淳熙本的影刻本，据此可知淳熙本萧统集的序
跋及所收篇目情况。篇目为卷一赋两篇即《殿赋》《铜博山香炉赋》，古乐府七
篇即《将进酒》《长相思》《有所思》《三妇艳》《上林》《饮马长城窟行》和《相
逢狭路间》，附《梁武帝游钟山大爱敬寺》诗、和诗各一篇。卷二诗十六篇，即《咏
山涛王戎诗二首》《宴阑思旧一首》《拟古二首》《兄雪一首》《晚春》《咏同心莲》
《赋书帙》《玄圃讲》《东斋听讲》《僧正》《钟山解讲》《林下作妓诗》《咏弹筝人》
《开善寺法会》《讲解将毕赋三十韵诗依次用》和《弓矢赞》。卷三启八篇，即《谢
敕赉水犀如意启》《谢敕赉看讲启》《谢敕参解讲启》《谢敕赉制旨大涅槃经疏启》
《谢敕赉制旨大集经讲疏启》《谢敕赉地图启》《何胤奉启》《锦带书十二月启》，
书五篇即《答云法师请开讲书》《又答》《答晋安王书一首》《答湘东王求文集
及诗苑英华书一首》和《与何胤书》。卷四疏一篇、议一篇和序两篇，即《请停
吴兴丁役疏》《驳刘仆举乐之议》《文选序》和《陶渊明集序》。卷五为《令旨解
二谛义》和《令旨解法身义》两篇。总为收文四十六篇，除去所附武帝诗一篇，
萧统诗文为四十五篇。

　　该本仅载刘孝绰的《集序》，袁说友跋亦未明确交代昭明太子集刊刻的底本
来源，故诗文是否属继自刘孝绰编十卷本的残本值得考察，兹从下述两方面略
作分析：

　　其一，诗文的作年。根据曹道衡、刘跃进两位先生的《南北朝文学编年史》
和俞绍初先生《昭明太子集校注》中相关诗文篇目的系年考证（无法系年的篇
目除外），作于普通三年（含）之前的篇目如下：《答晋安王书一首》（天监十四

————————
① 永瑢等：《四库全书总目》，第1275页。

年）、《玄圃讲》《令旨解二谛义》《令旨解法身义》《答云法师请开讲书》《又答》（此五篇当在天监十七年）、《东斋听讲》《讲解将毕赋三十韵诗依次用》（此两篇当普通元年之前）、和《梁武帝游钟山大爱敬寺》诗（普通元年或稍后，《南北朝文学编年史》将建大爱敬寺系在天监十四年，则此和诗作于此年稍后）、《开善寺法会》《钟山解讲》（此两篇殆作于普通二年）、《答湘东王求文集及诗苑英华书一首》（普通三年），共计十二篇。

而作于普通三年之后的篇目如下：《文选序》（约普通四至六年，《南北朝文学编年史》认为《文选》约编定于大通二年前后，则序撰写于此年左右）、《僧正》（普通七年）、《咏弹筝人》（或为普通七年）、《陶渊明集序》（大通元年）、《宴阑思旧》（大通三年）、《与何胤书》《请停吴兴丁役疏》（此两篇为中大通二年），共计七篇。

其二，卷首序的篇目。今尚存另一部源出宋淳熙本的萧统集，即盛宣怀据清怡府藏影宋抄本（影抄宋淳熙本）的重刻本（保留宋本的内容）。诗文篇目同刘世珩影刻本，但两本之间存在文字上的差异（详下文所述）；所收序亦不同，该本卷首除载有刘孝绰集序外，尚有萧纲的集序、上表和萧子范的上表。文字的差异表明两部宋淳熙本可能存在印次的区别，即后印本相较于初印（早期）本会作文字上的更易。序的不同，由集中载有普通三年之后所作的诗文，印证宋淳熙本在内容上属萧纲编本，理应有萧纲集序。刘世珩影刻所据的淳熙本未载萧纲序，当是出于流传中佚去。

总之，宋淳熙本萧统集收录普通三年前后的诗文，且保留有萧纲等人的序和表，不能将之视为刘孝绰编本系统。盛宣怀跋称："此本所录，不出《梁书》《文苑英华》《艺文类聚》《广弘明集》诸书，知亦掇拾之本。"当然也非萧纲编本系统，而是宋人自它书辑录萧统诗文的重编本。据《郡斋读书志》尚未著录此集，推断应重编在南宋初年绍兴之后，即乾道、淳熙年间。

《四库全书总目》称《拟古》第二首和《林下作伎》一首属萧纲诗作，"见于《玉台新咏》，其书为徐陵奉简文之令而作，不容有误"[1]。但两诗均见于上述

---

① 永瑢等：《四库全书总目》，第 1275 页。

两部宋淳熙本中，盛宣怀跋称："或宋人另有所本欤！"按《玉台新咏》卷七载萧纲《林下妓》诗，诗题与萧统集本不同，卷九载《拟古》诗。《林下作伎》诗，《初学记》和《文苑英华》亦均题梁昭明太子撰，印证该诗应辑自《初学记》。结合又收录《玉台新咏》题萧纲所作的《拟古》诗，断定宋代萧统集的重编并未参据《玉台新咏》。

宋淳熙本《梁昭明太子文集》至明代尚有流传。按嘉靖三十四年（1555）周满《昭明太子集序》云："昭明集世鲜概见，余得之百泉皇甫公（即皇甫汸）者，文多讹阙未整。"周满据此皇甫汸藏本校订后而刻萧统集，然序未明言该藏本是否属宋本。刘世珩称："明周满本、辽府本（即辽国宝训堂刻本，乃重刻周满本）多系五卷本，而每卷前均无篇目，与此本（影刻宋淳熙本）异。袁跋并有误字，可知非从此真宋本出也。"而傅增湘则认为"当为宋本无疑"[1]，皇甫汸藏本"出于展转传抄，遂致脱误杂出"[2]，从而与淳熙刻早期印本（即刘世珩影刻所据之宋淳熙本）存在差异。根据诗文篇目及正文文字，周满本和宋淳熙本均相当接近，推断作为周满本底本的皇甫汸藏本出自宋淳熙本，疑属淳熙本的修版后印本。而周满本属明代萧统集的主要版本，此后各本均直接或间接出自此本。

二、萧统集的"宋本"

萧统集的宋刻原本，即袁说友和尤袤刊刻的淳熙本《梁昭明太子文集》今已不传，但存在两种源出宋淳熙本的刻本：一种即刘世珩影刻宋淳熙本，另一种为盛宣怀据宋淳熙本影抄本的重刻本。前者行款版式及篇目内容均保留宋本之貌（前提是刘世珩确系影刻）；后者改易了宋本的行款，但自内容而言也属宋本。校勘整理萧统集应重视上述两种"宋本"的使用，盛宣怀跋即称："源出于宋，流传已久，究与明本不同。"兹略述其版本情况如下：

其一，刘世珩影刻宋本。刘世珩影刻宋淳熙本（国家图书馆藏普通古籍，

---

① 傅增湘：《藏园群书题记》，第 561 页。
② 同上，第 561 页。

编目书号 XD2990），有内扉页题"景宋淳熙贵池昭明庙本昭明集五卷"，"贵池刘氏玉海堂景宋丛书单行本，附考异一卷、札记一卷，板藏昭明庙，己未（1919）冬月刊成"。其行款版式为八行十六字，白口、左右双边，单黑鱼尾。版心上镌字数，中镌"昭集"和卷次及叶次。卷端题"梁昭明太子文集卷第一"，次行低三格题"梁昭明太子撰名统（此两字以小注形式出现）"。每卷前列本卷收文的目录。卷首有梁刘孝绰《昭明太子集序》，序末镌"光禄大夫农工商部头等顾问官度支部左参议池州贵池刘世珩景宋淳熙池阳郡斋原本刊行"。卷末有淳熙八年袁说友跋。

袁说友和尤袤在池州共刻有四种书，即《文选》《双字》《山海经》和《梁昭明太子集》，其中《山海经》刻在淳熙七年（1180），其余三种均刻在淳熙八年。《文选》刻成袁跋署"三月五日"，而此集则署"八月望日"，刘世珩跋称："《文选》之成去此集仅五阅月耳。"宋淳熙本《文选》和《山海经》今并存国家图书馆，《双字》即《文选双字类要》，现藏上海图书馆。此三种宋本行款均一致，即十行二十一字（《山海经》为二十一至二十三字不等）。而此影刻本行款则为八行十六字，即宋淳熙刻原本昭明太子集行款；按情理应与上述三种宋本行款保持一致为是，故是否属影刻宋淳熙本稍有疑惑。但书中照旧保留宋本中的避讳字，如"丘""玄""絃""泫""弦""朗""敬""惊""竟""儆""競""弘""胤""恒""贞""桓""敦"诸字。据避讳至宋光宗赵惇止，推断作为底本的宋本印在光宗绍熙年间，距离淳熙八年不过十余年，可视为淳熙刻本的早期印本。

刘世珩跋述及此本刊刻之经过，云："今从昭仁殿请出，即宋池阳郡斋五卷本，每半叶八行行十六字，载在《天禄琳琅书目》，世称为祠堂本。余已景刻宋淳熙池阳郡斋尤袁原刻本《文选》，又摹得此昭明集宋刻真本，附刊于后。"又云："余景刻宋郡刺史袁说友、仓使尤袤淳熙辛丑三月池阳郡斋所刻本《文选》毕，又从昭仁殿请出淳熙辛丑八月池阳郡斋刻本昭明集五卷，附刻于后，以实吾池之故事。此本载于《天禄琳琅书目后编》，有与明叶绍泰《萧梁文苑》本、张溥《百三家集》本及国朝严可均辑《全梁文》本、盛宣怀刻《常州先哲遗书》本所不同处。"据昭仁殿藏宋本而刻，且此宋本即《后编》著录者，可谓言之凿凿，以至于傅增湘也称："宋本近时有贵池刘世珩覆刊，所据为天禄琳琅藏书。"①实则并非《后编》著录者。

按《天禄琳琅书目后编》卷六宋版集部著录一部《梁昭明太子文集》，馆臣审定为宋版，而实为明嘉靖周满刻本（详下文所述）。该本现藏国家图书馆，以之与影刻宋本比对，两本有差异：周满本各卷前无目录，存在异文。傅增湘曾据此影刻宋本"取校宝训堂本，卷一补八十四字，卷四补四十字"②，而宝训堂本属重刻周满本。断定据刻之宋本并非《后编》著录者，疑为清宫藏不入《后编》目的另一部宋本。藉此影宋刻可略窥宋本之貌。书中附补遗诗一首，即《示徐州弟》（注明辑自《文馆词林》卷一百五十二）。另附有《梁昭明太子集札记》《梁昭明太子文集考异》《昭明太子集补遗》《梁昭明太子文集叙录》及《梁昭明太子文集考异附录》诸篇，亦颇具参考价值。

其二，盛宣怀重刻宋本。此本现藏国家图书馆（编目书号 A02869），属盛宣怀辑刻《常州先哲遗书》的一种，有内扉页题"光绪丁酉（1897）武进盛氏用景宋淳熙本重彫，并辑补遗一卷"。其行款版式为十四行二十五字，黑口、左右双边，单黑鱼尾，版心中镌"昭集"和卷次及叶次。卷端题"梁昭明太子文集卷一"。卷首有梁简文帝《昭明太子集序》，次刘孝绰《昭明太子集序》、梁简文帝《上昭明太子集别传等表》、萧子范《求撰昭明太子集表》。卷末有袁说友跋。附《梁昭明太子文集补遗》一卷，末有光绪二十三年（1897）盛宣怀跋。

盛氏跋称："此怡府藏影宋钞本，为宋淳熙辛丑袁说友池阳郡斋所刊，卷数与《宋志》同。""怡府藏"即指清乾隆间宗室弘晓的藏书，藏有影抄宋淳熙本。以该重刻宋本与刘世珩影刻宋本（校勘中称"刘本"）相校，存在异文，如：

　　卷一《铜博山香炉赋》"齐姬合欢而流盼"，刘本"盼"作"眄"。
　　《饮马长城窟行》"蕴此望乡情"，刘本"蕴"作"缊"。
　　《相逢狭路间》"骅骝服衡辔"，刘本"骅"作"华"。

---

① 傅增湘：《藏园群书题记》，第 560—561 页。
② 傅增湘：《藏园订补郘亭知见传本书目》，第 950 页。

卷二《拟古二首》其一"夜露伤阶草",刘本"阶"作"堵"。

《钟山解讲》"伊予爱邱壑",刘本"邱"作"丘"。

《林下作伎诗》,刘本"伎"作"妓"。

卷三《答晋安王书一首》"兴言愈疾",刘本"疾"作"病"。

"触地邱壑",刘本"邱"作"丘"。

"松隝杏林",刘本"隝"作"坞"。

"知之恐有逾吾就",刘本"吾就"作"就吾"。

"汜观六籍",刘本"汜"作"况"。

推断影抄所据之淳熙本,与影刻所据之淳熙本并非同一部,佐证两部淳熙本之间存在印次的区别。影刻宋本之"华骝""妓""吾就""况"诸字,似以重刻宋本所作者为胜义。印证影抄所据者为淳熙本的后印本,对于早期印本(即影刻所据之淳熙本)中存在的讹谬有所修订。通过校勘得出两部淳熙本分别属早期印与后印的结论。

该本附《补遗》一卷,篇目为《扇赋》(《艺文类聚》卷六十九)、《芙蓉赋》(《艺文类聚》卷八十二)、《鹦鹉赋》(《艺文类聚》卷九十一)、《与晋安王纲令》《与明山宾令》《与殷芸令》《与东宫官属令》《答玄圃园讲颂启令》《谢敕赍广州瓯等启》《谢敕赍铜造善觉寺塔灵盘启》《谢敕赍河南菜启》《谢敕赍大菘启》《谢敕赍魏国所献锦等启》《谢敕赍边城橘启》《诫谕殷钧手书》《与张缅弟缵书》《七契》《尔雅制法则赞》《蝉赞》《陶渊明传》《祭达磨大师文》,计二十一篇。

三、萧统集的明清本

现存萧统集以明嘉靖三十四年周满刻五卷本《梁昭明太子文集》为最早(以下简称"周满本"),篇目及正文基本因袭宋淳熙本。此后的明辽国宝训堂刻本(以下简称"宝训堂本")乃重刻周满本。从编本萧统集以明阎光世编《文选逸集》本和明末刻《萧梁文苑》本(即《四库全书总目》所称的叶绍泰本)为佳本,但也只是以周满本为底本再行辑录篇目而成,张燮、张溥辑本亦如此。清康熙间刻有一卷本《梁昭明太子六律六吕文启》，僧人释行景作注，颇具文献价值（以下简称"释行景注本"）。或称："目前流传的《昭明太子集》，已非梁时原貌，均是由后人辑录，在辑佚过程中增删篇幅，改题篇名，多有讹舛。"[1] 兹略述萧统集各本如下，以揭示各本间的关系及其文本面貌的部分改易：

其一，周满本。此本现藏国家图书馆（编目书号 12365），其行款版式为九行二十字，白口、四周双边，对黑鱼尾。版心中镌"昭明集"和卷次及叶次。卷端题"梁昭明太子文集卷第一"，次行低八格题"梁昭明太子撰"，第三、四两行均低八格分别题"唐魏徵音""宋陈传良校刊"。卷首有梁简文帝《昭明太子集序》，次梁刘孝绰《昭明太子集序》。卷末有淳熙八年袁说友跋。诗文篇目同影刻宋淳熙本，相异者各卷前未列本卷目录。书中凡杨慎、周满、周复俊校改者，皆随文标出。

该本系清宫天禄琳琅旧藏，《天禄琳琅书目后编》卷六宋版集部著录，审定为宋版，书中有签题"宋版梁昭明太子文集"，云："此本五卷，乃淳熙八年池郡所刻，尚系南渡初传本。至明叶绍泰所刊诗赋一卷、杂文五卷，又张溥所辑入《百三家集》中者，俱出明人捃摭，不若此本虽非原书，尚属宋旧也。"[2] 但实为明嘉靖间周满刻本，卷端所题"唐魏徵音""宋陈传良校刊"乃挖改所致（据原国立北平图书馆旧藏一部周满本，第三、四两行均低九格分别题"成都杨慎周满""东吴周复俊皇甫汸校刊"），目的是冒充宋本。

原国立北平图书馆旧藏的一部周满本，卷末载有周满《昭明太子集序》云："昭明集，世鲜概见，余得之百泉皇甫公者，文多讹阙未整，乃正之升庵杨公、木泾周公，间以己意订补，亦略成书。三复遗篇，如获至宝，乃刻之斋中，传诸其人。"推知该本以皇甫汸藏宋淳熙本（修版后印本）为底本，傅增湘即称："盖所据仍为宋池州本，而周满宦滇中时付刊者也。"[3] 又经周满本人及杨慎、周复俊校订后重刻而成，疑惑之处在上述诸人的校订基本与淳熙本相合。傅增湘称："今

① 彭婷婷：《昭明太子集版本源流考》，《中华文化论坛》2014 年第 8 期，第 87 页。

② 彭元瑞等：《天禄琳琅书目后编》，《宋元明清书目题跋丛刊》清代卷第 11 册，北京：中华书局，2006 年，第 307 页。

③ 傅增湘：《藏园群书题记》，第 560 页。

以宋本核之，其所改增字句咸相契合，殊不可解"①，进而推测："杨氏早登禁近，获窥中秘，且有'偷书官儿'之号，其行箧中必有副本，秘不示人，故取皇甫氏之讹阙者，发箧陈书，逐加勘补，而托言出于己意，以炫奇侈博耳。"②但也有未合淳熙本之处，周满本卷一《铜博山香炉赋》缺"禀至精之纯质，产灵岳之幽深。经班倕之妙旨，运公输之巧心。有薰带而岩隐，亦霓裳而昇仙。写嵩山之巃嵸，象邓林之芊眠"八句，刘世珩影刻宋本和盛宣怀重刻宋本均有。

周满本虽出自宋淳熙本，由于依据的是修版后印本，故与影宋淳熙刻早期印本（校勘中称"刘本"）及盛宣怀所据的淳熙后印本（校勘中称"盛本"）相校存在异文（为了揭示明刻各本之间的差异，同时校以宝训堂本和《萧梁文苑》本），如：

卷一《铜博山香炉赋》"信名真而器美"，刘本、盛本"真"作"嘉"，《萧梁文苑》本同，宝训堂本同周本。

卷二《宴阑思旧一首》"灌蔬寔温雅"，刘本、盛本"寔"作"宴"，宝训堂本同，《萧梁文苑》本作"实"。

《钟山解讲》"精理既已祥"，刘本、盛本"祥"作"详"，《萧梁文苑》本同，宝训堂本同周本。

卷三《答晋安王书一首》"亦动不静"，刘本、盛本作"不动亦静"，《萧梁文苑》本同，宝训堂本同周本。

"山林在月中"，刘本、盛本"月"作"目"，《萧梁文苑》本同，宝训堂本同周本。

"松杨杏林"，刘本"杨"作"坞"，盛本作"鸤"，《萧梁文苑》本同，宝训堂本同周本。

周满本中还存在一些因形近而致的讹谬字，如卷三《答晋安王书一首》"更

---

① 傅增湘：《藏园群书题记》，第 562 页。
② 同上，第 561 页。

向篇什"句,"向"讹作"何";又"既责成有寄"句,"成"讹作"伐";"汎观六籍"句,"汎"讹作"况"等。刘世珩跋还称"袁跋并有误字",经与影宋刻本袁跋比对,所谓误字指"池阳郡斋既刊《文选》与《双字》二书"句中的"刊"字,周满本作"刻"。断定周满本尽管经过校订,但在正文上还不尽等同于宋淳熙本之貌,这是使用周满本参校整理萧统集时需要充分注意的问题。

其二,宝训堂本。此本现藏国家图书馆(编目书号10180),其行款版式为八行十六字,白口、左右双边,单黑鱼尾。版心上镌"昭明集",中镌卷次和叶次。卷端题"梁昭明太子文集卷第一",次行低四格题"大明辽国宝训堂重梓",第四、五行分别低四格、五格各题"明成都杨慎、周满","东吴周复俊、皇甫汸校刊"。卷首有梁简文帝《昭明太子集序》,次梁刘孝绰《昭明太子集序》、梁简文帝《上昭明太子集别传等表》、梁萧子范《求撰昭明太子集表》。卷末有嘉靖乙卯周满《昭明太子集序》,次袁说友跋。

通过校勘,宝训堂本除改易行款外,正文基本等同于周满本,确属卷端所题的"重梓"。但也偶有订正周满本之误者,如卷二《宴阑思旧一首》"灌蔬寔温雅"句中的"寔"字,宝训堂本订正为"宴"。但对于卷一《铜博山香炉赋》中缺失的八句,可能缘于未有它本参订仍阙如。

其三,《萧梁文苑》本。此本现藏国家图书馆(编目书号20259),为六卷本《梁昭明太子集》。《四库全书总目》所称"明嘉兴叶绍泰所刊",及刘世珩跋所称"明叶绍泰《萧梁文苑》本",均指此本。《萧梁文苑》编者即叶绍泰,除载萧统集外,尚有《梁武帝集》八卷、《梁简文帝集》十四卷、《梁代帝王合集》八卷和《梁元帝集》八卷。叶序称:"予酷嗜此书已历年所,近得阎氏本更为增删,以公同好。阎本评阅精核,故多仍其旧云。"所谓"阎氏本"即阎光世所编的《文选逸集》(清华大学图书馆藏有明末笙台刻本),"更为增删"指删去阎本中的《徐孝穆集》和《庾子山集》两种。《萧梁文苑》本萧统集基本还是阎本的面貌(依据是卷二至六卷端题"钱塘阎光世辑阅")。其行款版式为九行二十字,白口、四周单边,无鱼尾。版心上镌"昭明太子集"和卷次,中镌该卷所载诗文的文体及叶次。卷端题"梁昭明太子集卷一",次行低一格题"明檇李叶绍泰重订、武林茹之宗全阅"。眉上镌评。卷首有《昭明太子本传》,次《昭明太子集目录》。

据目录，相较于周满本，增益篇目如下（张燮本萧统集也有增益，为区别两者增益篇目的不同，同时注明张燮本未收者）：《扇赋》《芙蓉赋》《鹦鹉赋》《示徐州弟》《诒明山宾》《春日宴晋熙王》《饯庾仲容》《示云麾弟》《大言》《细言》《照流看落钗》《美人晨粧》《咏新燕》《名士悦倾城》（上述三篇张燮本未收）、《七契》《七召》（张燮本未收）、《答玄圃园讲颂启令》《与东宫官属令》《谢敕赍铜造善觉寺塔露盘启》《谢敕赍魏国所献锦等启》《谢敕赍广州瑚等启》《谢敕赍城边橘启》《谢敕赍河南菜启》《谢敕赍大菘启》《与刘孝仪书》《与晋安王书》《又与晋安王书》《与殷芸书》（上述十篇张燮本未收）、《谕殷钧手书》《与张缵书》《陶渊明传》《尔雅制法则赞》《蝉赞》，共计三十三篇。

该本篇目虽可谓齐备，但也存在非萧统所作而误收者。《四库全书总目》云："此本为明嘉兴叶绍泰所刊，凡诗赋一卷、杂文五卷，赋每篇不过数句，盖自类书采掇而成，皆非完本。诗中《拟古》第二首、《林下作伎》一首、《照流看落钗》一首、《美人晨妆》一首、《名士说倾城》一首，皆梁简文帝诗……当由书中称简文帝为皇太子，辗转稗贩，故误作昭明。"[1]除《拟古》第二首和《林下作伎》亦载宋淳熙本外，《总目》所言其他各篇未收，则确非萧统之作。又有学者称："明叶绍泰亦刊有《昭明太子集》六卷，当是五卷本重加增补而定的，其所收诗文多于五卷本，勘理亦称精审，惟将萧纲《与东宫官属令》《与刘孝仪书》误入此集，则是美中不足。"[2]通过校勘，该本既有合于周满本者，也有合于刘世珩影刻宋本及盛宣怀重刻宋本者。尽管篇目求全而致误收，仍不失其参校价值。

此外，张燮本《昭明太子集》篇目逾周满本数篇，傅增湘称："闽漳本亦分五卷，然视此刻多赋三首、诗六首、杂文十一首、《七契》一首，要皆辑自他书，非宋本之旧也。"[3]虽不及《萧梁文苑》本齐全，但却未收《照流看落钗》《美人晨粧》《咏新燕》《名士悦倾城》和《与刘孝仪书》诸篇，反映了其辑录的严谨态度。又该本附录有"纠谬"一类，对当时所见各本萧统集误收的作品进行辨正，云："如《林下作妓》诗，昭明笔也，《玉台》乃误标为简文"，"他如《和名士悦

① 永瑢等：《四库全书总目》，第 1275 页。
② 俞绍初：《昭明太子集校注》前言，第 10 页。
③ 傅增湘：《藏园群书题记》，第 560 页。

倾城》《同庾肩吾四咏》，俱简文笔而《艺文》误书为昭明。又如《江南弄》及《咏新燕》俱简文笔，而《英华》误书为昭明。若《晓春》诗，诸本并称简文，乃近代综昭明集亦冒载"，"《陶华阳墓志》，《艺文》明载为简文作，近乃误列于昭明集。即焦太史刻陶隐居附录亦不及驳正，殆相沿之过也。按弘景亦大同二年（536）始卒，其非昭明手无疑"，"《文苑英华》有《七召》一篇，是梁人语，然不载作者姓名，而列在昭明《七契》之后，文俪遂并《七召》，冒为昭明作，今驳出"。考辨细密，颇具学术价值。

其四，释行景注本。此本现藏国家图书馆（编目书号 t3132），行款版式为十行十九字，小字双行同，白口、四周双边，单黑鱼尾，版心中镌"梁太子律吕文启"和叶次。卷端题"梁昭明太子六律六吕文启"，次行低六格题"清闽宁释行景啸野氏注"。卷首有康熙壬寅（1662）罗淇序，次同年释宗尚序、释行景序，行景序云："乙巳（1665）麦秋，偶试笔于宝福文室，诸子告其板成，将序稿欲余书之。余因付一时之就耳，非敢以法论云。"次行景撰《凡例》。卷末有行景跋，云："余据宝福时，莫兄为监院。一日入方丈叙事之余，见此启，请阅之。之毕，欣然将稿诣上四下瞻。老和尚前曰：此书系方丈和尚注释，其文势汪洋，更阅注文，提要勾玄，搜罗剔抉，博采详注，深益后学，宜乎刻之以广行世。老和尚阅之喜，而与监院平出其资，遂付梓人刻行。"

《六律六吕文启》，宋淳熙本题"锦带书十二月启"，行景注云："文者，法也；启者，开也。昭明以十二月中天地人物节气迁变之理，遇时感物，启发人之性情而成此文，故名曰六律六吕文启。"宋本虽载此十二月启，四库馆臣认为并非萧统之作，云："旧本题梁昭明太子萧统撰，陈振孙《书录解题》又云梁元帝撰，比事俪语，在法帖中章草月仪之类。详其每篇自叙之词，皆山林之语，非帝胄所宜言。且词气不类六朝，亦复不类唐格，疑宋人案《月令》集为骈句以备笺启之用，后来附会题为统作耳。今刻本昭明集中亦有之，题曰《十二月启》。然昭明集乃后人所辑，非其原本，未可据以为信也。"[①]又云："不类齐梁文体，其《姑洗三月启》中有'啼莺出谷，争传求友之声'句。考唐人试《莺出谷诗》，李绰《尚书故实》

<hr>

① 永瑢等：《四库全书总目》，第 1160 页。

讥其事无所出，使昭明先有此启，绰岂不见乎！是亦作伪之明证也。"[1]姚振宗亦云："六朝文士制《月仪》者不一家。虽帝胄王者亦为之，此十二卷大抵汇合诸家所作以为一编者欤。"[2]按《凡例》称："文中会月而作令月，令月者，唐时之称，今仍从会月。"影刻宋淳熙本即作"令月"，似佐证并非梁时之书。即便非出自萧统之手，对于此注本而言仍不失文献价值，行景在《凡例》中即称其注："皆采齐宋晋汉以上之典掌，梁陈以下虽有故典，合乎其文者，亦不敢缀入。"

综上，根据刘世珩影刻宋淳熙本《梁昭明太子文集》，宋本萧统集乃宋人据它书辑出萧统诗文的重编本，重编在南宋初年。宋淳熙本收录《玉台新咏》所题的萧纲诗两首即《拟古》和《林下作妓诗》，将之视为萧统诗作，推断重编并未参据《玉台新咏》，而是别有它本所据。刘世珩影刻之宋淳熙本仅载刘孝绰集序，但据所载萧统诗文于普通三年前后者均有，断定不属于刘孝绰编本系统，也再次佐证出于宋人重编。刘世珩影刻之宋淳熙本乃光宗绍熙间印本，又据正文文字和卷首序篇目均与盛宣怀重刻之宋淳熙本存在差异，推断前者属早期印本，后者则属后印本。刘世珩影刻之宋淳熙本并非《天禄琳琅书目后编》著录之本，著录者乃明嘉靖间周满刻本，而是清宫旧藏的另一部宋本。现存明本均源出周满本，宝训堂本即据周满本重刻，而《萧梁文苑》本、张燮本只是在周满本篇目基础上又增益其他篇目而成。《萧梁文苑》本存在篇目误收的情况，相较而言不及张燮本严谨。《六律六吕文启》尽管并非萧统之作，清康熙刻释行景注本则颇具文献价值。

第六节　陶弘景集

陶弘景集编在南朝陈代，大致唐末亡佚不传。自北宋便进行陶弘景集的重编工作，至南宋绍兴间有陈楠刻傅霄编本，即"绍兴本"，属传世陶弘景集的祖

---

①　永瑢等：《四库全书总目》，第 1275 页。

②　姚振宗：《隋书经籍志考证》，第 5205 页。

本。陶弘景集在明代又进行了新的辑录工作，主要表现在诗文篇目在"绍兴本"基础上的补辑，以张燮的《七十二家集》本最具代表性。尽管存世的各陶集版本之间有篇目乃至文字面貌之别，但相较篇目而言张燮本堪称完备，校勘亦属精审，可考虑以该本为底本进行陶弘景集的校勘整理工作。六朝别集多属重编本的文本面貌，一般很难找到可以代表集子篇目"全貌"的版本。即版本早可能篇目不全，篇目全可能版本又较晚，在底本选择上难免陷入两难的境地。针对此种情况，应采取以篇目较全的本子作为选择底本的标准，而将早期的版本作为校本使用。具体到陶弘景集，宜使用张燮本作为底本；而以"绍兴本"系统内的各本作为校本，庶几可得比较完备的整理本。王京州的《陶弘景集校注》不使用某一本作为统一的工作底本，而是以各篇为单位，相应据所从出的版本为底本，也是一种整理的路径。但就可操作性而言，还是宜选择篇目较为齐备的版本作为工作底本。

一、陶弘景集的编撰与流传

《南史》陶弘景本传称他有《学苑》百卷等著述，又有"撰而未讫"者十部，未言有文集之编。唐贾嵩《陶隐居内传》称弘景"读书千余卷，颇善属文"，除著述外应该还撰有相当一部分诗文作品。然陶集之编，至陈代始由江总汇次整理，《艺文类聚》载江总《陶贞白先生集序》云："文集缺亡，未有编录。门人补辑，若逢辽东之本；好事研搜，如诵河西之箧。奉敕校之铅墨，缄以缇缃。藏彼鸿都，副在延阁。"[①] 又明史臣纪抄本《贞白先生陶隐居文集》（据南宋"绍兴本"而抄）卷上《寻山志》"既穷目以无阆"句有小注云："先生去世后，久无人编录文集。至陈武帝桢明（实为陈后主年号，作'祯明'）二年（588）敕令侍中尚书令江总始撰文集。先生以梁大同二年（536）解驾，至是五十三载矣。文章颇多散落。"此即江总编本，未提及所编卷第，编竣即入藏陈秘阁。

《隋志》著录陶弘景《集》三十卷和《内集》十五卷。隋平陈，江总编本当

---

① 欧阳询:《艺文类聚》，第1000页。

旋即入北归隋秘阁，故疑《隋志》著录者即江总编本。按《抱朴子内篇序》云："余所著子书之数，而别为此一部，名曰《内篇》，凡二十卷，与《外篇》各起次第也。"① 又《抱朴子外篇·自叙》云："其《内篇》言神仙方药鬼怪变化养生延年禳邪却祸之事，属道家。其《外篇》言人间得失，世事臧否，属儒家。"② 推断"内集"指陶弘景所撰旨归道家类的诗文，而无关此类者则入三十卷《集》本，即"外集"。至两《唐志》惟著录"外集"三十卷（《新唐志》乃照抄自《旧唐志》，并非北宋时尚有陶集的流传），阮元称："至宋人作《唐书·艺文志》仅载《陶弘景集》三十卷，则疑其所作《内集》已佚。自是以后，传述愈微，晁公武、陈振孙皆未著录。"③ 实则唐开元间《内集》即散佚不传。降至北宋，"外集"又散佚不传，《崇文总目》即未著录。而缪荃孙《陶隐居集跋》云："至晁、陈两书目皆不载，似亡于南宋时。"实际北宋时原集即亡佚，晁公武生活的绍兴年间已有傅霄编本。或称陶弘景集，"成书于南朝陈，亡于唐宋间，南宋初始有辑佚本"④。此辑佚本，即现存明嘉靖史臣纪抄本所据抄之宋刻"绍兴本"（参下文详述），亦即《遂初堂书目》著录者。印证今传陶弘景集属宋人重编本，尽管保留有南朝陈江总的集序，但它不是旧集的面貌（《寻山志》篇题下有小注："年十五作。"此小注当属作者自注，个别篇目也反映江总编本之貌）。

关于"绍兴本"的编撰，史臣纪抄本中卷上末有佚名跋云："先生《文集》三十卷、《内集》十五卷，今皆亡失不传。故礼部侍郎王公钦臣哀其遗文三十二篇以为一卷。南丰曾恂复得《寒夜愁》《胡笳》二诗于古乐府集中，《难沈镇军均圣论》于《弘明集》中。因考其制作先后之次，以类相从，并残文附于后。"王钦臣和曾恂俱为北宋人，推断至迟在北宋初陶集即散佚，遂有王钦臣辑本，可谓最早的陶弘景集重编本。此"绍兴本"即傅霄在王钦臣、曾恂编本基础上重加编次而成。据跋，陶弘景集辑本有三十五篇，今史臣纪抄本（自文本内容而言即"绍兴本"）为三十四篇，相差一篇。按《东观余论》之《法帖刊误》卷

---

① 王明：《抱朴子内篇校释》，第 337 页。
② 杨明照：《抱朴子外篇校笺》，第 698 页。
③ 阮元：《揅经室集》，第 1210 页。
④ 王京州：《宋本陶弘景集源流考》，《古籍整理研究学刊》2006 年第 3 期，第 73 页。

下有"陶隐居集杨（指杨羲）、许（指许谧、许翙父子）三仙君真迹，论其书"云云，此论未见抄本有载。疑相差之篇即此，可拟题为"杨许三仙君真迹论"。

抄本所录陶弘景诗文三十四篇之目如下：《寻山志》《水仙赋》《华阳颂》《授陆敬游十赉文》《诏问山中何所有赋诗以答》《题所居壁》《寒夜怨》《胡笳篇》《与梁武帝论书启》（附《梁武帝答书》）、《与梁武帝启》（附《梁武帝答》）、《又与梁武帝论书启》（附《又梁武帝答隐居书》）、《又与梁武帝论书启》（附《梁武帝答书》）、《论书启》《答朝士访仙佛两法体相书》《难镇军沈约均圣论》《登真隐诀序》《药诀总序》《肘后百一方序》《本草序》《许长史旧馆坛碑》《吴太极左仙公葛公之碑》《解官表》《诏答》《进周氏冥通记启》《诏答》《告逝篇》、（以下为"残文"之目）《云上之仙风赋》《茅山长沙馆碑》《太平山日门馆碑》《茅山曲林馆铭》《答谢中书书》《答虞中书书》《答赵英才书》和《相经序》。

宋元时期惟《遂初堂书目》著录陶弘景集之目，而《郡斋读书志》《直斋书录解题》及《宋史·艺文志》和《文献通考·经籍考》均不载。推知此"绍兴本"流传未广，至明正统间始有据之而刻的《道藏》本。以之与史臣纪抄本（即"绍兴本"）比对，存在差异：其一，《道藏》本不收《难镇军沈约均圣论》一篇，王重民先生称："卷上《难镇军沈约均圣论》一篇凡六百字，《道藏》本全脱。按此论难佛，非道家所忌，则不当为道徒有意割弃，是必所据本有残破，遂并全篇六百字而弃之耳，是其所据本未善。"[1]而王京州则认为："《难镇军均圣论》难佛，《道藏》的编者未审文意，以为与佛教有关，因此有意割弃。"[2]似当属《道藏》编者未深究篇意而弃收。其二，《道藏》本重新分易卷第，即将抄本中卷一的内容分为上下两卷。自《寻山志》至《本草序》计十八篇为卷上，《许长史旧馆坛碑》至《相经序》计十五篇为卷下。且删去抄本中卷上末之跋和陈楠《后序》。其三，存在异文，如：

《寻山志》"缘磴道其过半"，《道藏》本"磴"作"隥"。

---

① 王重民：《中国善本书提要》，上海：上海古籍出版社，1983年，第494页。

② 王京州：《陶弘景集校注》前言，上海：上海古籍出版社，2009年，第11页。

《水仙赋》"受事龙门小周",《道藏》本"小"作"少"。

"哀万兆以流连",《道藏》本"连"作"涟"。

《许长史旧馆坛碑》"夫何故以有容焉",《道藏》本"以"后有"其"字。

"至晋海西太和元年",《道藏》本无"海西"二字。

"飞剑之榔在焉",《道藏》本"榔"作"墈"。

《萧山长沙馆碑》"至哉乾元",《道藏》本"至"作"大"。

"刊字弗朽",《道藏》本"字"作"石"。

《茅山曲林馆铭》"孰曰曲林",《道藏》本"曰"作"如"。

《答虞中书书》"迨及假日",《道藏》本"假"作"暇"。

    推断《道藏》本以"绍兴本"为底本,又进行了一番校订工作。当然校订的结果也产生了一些明显的讹误,如王重民称:"余持校卷端江总序一文,'孔室四科',《道藏》本误'室'为'空','至如紫台青简',《道藏》本误'如'为'知',是其校勘未善。"[1] 或称:"从总体来看,《道藏》本妄删序文,错讹滋生,未足称善。"[2] 当然,《道藏》本也有值得肯定之处:首先,"重刊"的方式有助于保存"绍兴本"的文献内容及其流通,如明末毛氏汲古阁本即直接出自《道藏》本。再者,校订尚有可取之处。王京州举有两例,即《水仙赋》"或穷发送鹏"句之"送"字,《道藏》本作"逸";《许长史旧馆坛碑》"恒与杨君深神明之契"句之"深"字,《道藏》本作"深结",义皆较胜,仍不失其价值。

    史臣纪跋称:"嘉靖甲辰(1544),文休承从玉山周生得绍兴刻本,手录藏之,予亦写此册。"推知宋刻"绍兴本"属私藏秘本状态,自不易为外界广泛流通使用;《道藏》本也存在篇目的缺失和文字上的讹误,这都客观上促使明人进行重编陶弘景集的工作。张燮编刻《七十二家集》本《陶隐居集》附录之"纠谬"称:"焦弱侯所定陶隐居集,较世本稍为完备。"明确提到有焦竑编本,惜不详,今亦未见有传本存世。又《汉魏诸名家集》本陶弘景集以黄省曾编本

① 王重民:《中国善本书提要》,第494页。

② 王京州:《宋本陶弘景集源流考》,第75页。

为底本，而内扉页有题"袁中郎先生订正"，则又经过袁宏道的校订。而所谓黄省曾编本（经黄注校订）最为知名，不仅有单行版本，如明嘉靖三十一年（1552）萧斯馨刻本《梁陶贞白先生文集》。还有丛编本，如汪士贤编《汉魏六朝二十一名家集》本、《汉魏六朝诸家文集》本和《汉魏诸名家集》本，均直接以黄省曾编本为底本。张燮编《七十二家集》本则以黄省曾编本为基础再行补辑而成，而径为张溥本所依据。黄省曾编本陶弘景诗文的来源，按黄注《刻陶贞白集序》称"凡增文二篇"，即《难镇军沈约均圣论》和《请雨词》，则黄省曾原本（未经黄注校订者）篇目恰与《道藏》本相同。《善本书室藏书志》即称："从《道藏》录出，江夏黄注重加校正，厘为二卷。"①但俞献可跋则称："梁陶贞白先生诗文杂见诸类书中，五岳山人始鸠次成帙。"似乎与《道藏》本又无关系，属黄省曾据自类书等的独立重辑本，不过从篇目的相合还是以据《道藏》本而重编为宜。

萧斯馨刻本《梁陶贞白先生文集》，叙黄省曾编陶弘景集事颇详。如黄注《刻陶贞白集序》云："曩余寓吴兴，得抄本陶弘景集一卷，卷次无序且篇章残脱，字画讹谬，盖姑苏五岳山人黄省曾氏所编辑者。山人博综群籍，力追古雅，是编或出其手而未详订云。"黄注以不确定、推测的语气，称所得陶弘景集之编乃出自黄省曾之手。而胡直《梁陶贞白先生文集序》则明确称"得其文集写本于吴郡黄勉之"，又俞献可跋也说"五岳山人始鸠次成帙"。实际胡直和俞献可二人之认识均援据黄注，而黄注关于编者的"疑而未定"引起研究者的注意，称："细绎黄注序文'盖姑苏五岳山人黄省曾氏所编辑者'、'是编或出其手'之语义，可知黄注已产生怀疑之意而未明言。"②结合张燮称有焦竑编本，推测或即黄注所得之集，而认为出自黄省曾之手。理由有三：其一，张燮辑编《七十二家集》，毕力倾心搜集当时所能见到的别集、总集等，萧刻黄省曾编本当不例外。况且汪士贤编刻的《汉魏六朝二十一名家集》是张燮必备参据之本，其中的陶弘景集即黄氏编本，卷端题"明吴郡黄省曾编"可证。缘何张燮并不提及有黄省曾本。

---

① 丁丙：《善本书室藏书志》，第673页。

② 王京州：《宋本陶弘景集源流考》，第76页。

其二，黄省曾原本比史臣纪抄本即"绍兴本"及《道藏》本多附录三篇（萧纶《梁解真中散大夫贞白先生陶隐居碑铭》、昭明太子《华阳隐居墓铭碑》、司马道隐《茅山贞白先生碑阴记》），与张燮称焦竑编本"较世本稍为完备"（"世本"当即指《道藏》本）恰相暗合。其三，张燮在"纠谬"中称焦竑编本误将《墓碑铭》一篇（即昭明太子《华阳隐居墓铭碑》）系于萧统名下，实则为梁简文帝萧纲所作。检此所谓黄省曾编本虽经校订，恰亦仍存此误。推断黄注所得者，乃出于焦竑所编而非黄省曾（为便于表述，仍遵照习惯以黄省曾编本称之），之所以冠之于"黄省曾"恐另有隐情。

明人刻陶弘景集单行版本，还有一种明朱大英刻本，题"梁贞白先生陶隐居集"。清代有刘喜海味经书屋抄本《贞白先生陶隐居文集》，乃抄自明冯彦渊抄本，仍属"绍兴本"系统。今人王京州撰有《陶弘景集校注》，辑录诗文赅备，校勘注释精审允当，值得参考。

二、陶弘景集的版本系统

存世陶弘景集可以区分为两种版本系统，即《道藏》本、毛氏汲古阁本，及明抄中的史臣纪抄本、叶奕抄本和清刘喜海抄本等均源出"绍兴本"，构成"绍兴本"系统。黄省曾编本《梁陶贞白先生文集》尽管出自《道藏》本，但经黄注补辑校订后呈现出不同于"绍兴本"的文本面貌，且经萧斯馨刻本刊刻行世而成为汪士贤、张燮和张溥等丛编本的底本。其中张燮本又加以补辑篇目，文字也有所校订，更是与"绍兴本"有所区别，故还是将其视为陶弘景集另一版本系统为宜。兹略述各本如下：

（一）"绍兴本"系统

其一，史臣纪抄本。此本现藏国家图书馆（编目书号8375，以下校勘中以"明抄本"称之），行款版式为九行十六至十九字不等，无栏格。卷端题"贞白先生陶隐居文集上"，次行、第三行均低七格分别题"昭台弟子傅霄编集""大洞弟子陈楠校勘镂板"。卷一首载江总序（即《艺文类聚》所载《陶贞白先生集序》），应置于卷首。卷上末有佚名跋。卷下末有嘉靖辛酉（1561）史臣纪跋。书尾有绍兴癸亥（1143）陈楠《后序》。

傅霄和陈楠均为南宋初绍兴间人。《茅山志》称傅霄"字子昂，晋陵人，博古明经，善书，尤精隶古，由儒入道，隶居常州天庆观。高宗召主太一宫祠，乞还茅山，赐号明真通微先生……重编隐居集，修茅山。旧记、著作惜多无传。绍兴二十九年（1159）已卯正月立春日化。"陈楠，《宋史》卷二百九十四有传，字季壬，号无相居士，温州平阳人，绍兴年间曾任秘阁修撰等。书中卷上末佚名跋，王京州认为即出自傅霄之手。按跋称"考其制作先后之次，以类相从，并残文附于后"，也符合卷端所题的"傅霄编集"。陈楠《后序》云："楠顷闲居汝山，数游三秀，追慕灵躅，得隐居山、世二《传》，并文集、碑记及桓真人事实，总成上下"，"今粗叙于卷集之末，姑示同志，兼恐尚有遗篇逸事藏之于贤德隐者，愿发箧以示，当续其传焉。绍兴癸亥岁季春鹤会十八。"绍兴十三年由陈楠付梓行世，即世所称宋"绍兴本"。

该宋本至明代尚存，史臣纪跋云："文休承从玉山周生得绍兴刻本，手录藏之，予亦写此册。"知史臣纪抄本实为据文嘉抄本的再抄本，不宜称为"影宋钞"（函套有签题"陶隐居集，明影宋钞孤本"）。抄本保留了"绍兴本"的旧貌，表现在讳字照录，如《华阳颂》"灵构不待匠""南峰秀玄鼎"中的"构"和"玄"两字，《解真碑铭》"谥曰贞白先生""眉目疎朗""门人桓法阎等"中的"贞""朗"和"桓"三字。大致明清之际，宋刻"绍兴本"亡佚不传，惟存此抄本及叶奕抄本（李盛铎旧藏，现藏北京大学图书馆），傅增湘跋（史臣纪抄本卷首副叶）称："余昔年见椒微师藏贞白集，为叶林宗、李涵仲、奚静宜三人所分缮，据跋亦由文休承摹崑山周氏绍兴本出，文跋后正有癸丑（1553）八月史臣纪得观并手录一袭一行，与此同出一源。"知史臣纪据文嘉抄本再抄陶弘景集，时在嘉靖三十二年。

据史臣纪抄本，"绍兴本"的构成分为上下两卷，上卷为陶弘景诗文三十四篇，下卷为陈楠在王钦臣、曾恂辑录篇目（即傅霄整理本）基础上，又补辑有关他人撰写的陶弘景碑记（如萧纶撰《解真碑铭》等）及桓真人本事等。而史臣纪又补抄四篇，按其跋云："越十载，又得赣本，增校四首后。"即《请雨词》

《隐居先生陶弘景碑》《沈约与陶弘景书》和《南史列传》，其中《请雨词》为陶弘景所撰，总为收录陶氏诗文三十五篇。跋中所称"赣本"即萧斯馨刻本，可以说至嘉靖四十年始抄定，成为今所见抄本面貌。

　　其二，《道藏》本和毛氏汲古阁本。《道藏》本是明代源出"绍兴本"的第一个陶弘景版本，卷端题"华阳陶隐居集卷上"，改易了绍兴本"贞白先生陶隐居文集"的题名。毛氏汲古阁本（现藏国家图书馆，编目书号 2529）据《道藏》本而刻，行款版式为十行二十字，下黑口、四周双边，无鱼尾。版心上镌"道藏尊几"，中镌"汲古阁，毛氏正本"及叶次。卷端题同《道藏》本，次行、第三行均低八格分别题"昭台弟子傅霄编集""大洞弟子陈桷校勘"。卷首有江总《华阳陶隐居集序》。凡两卷，篇目及篇次同《道藏》本。据卷末题"虞山毛晋订正"，则又进行了校订，如：

　　　　卷上《寻山志》"倦世情之易挠"，"倦"字旁校订有"睠"字，《道藏》本、明抄本作"倦"。

　　　　《水仙赋》"黄帝所以觞百神池"，"池"字旁校订有"也"字，《道藏》本作"池"，明抄本作"也"。

　　　　《登真隐诀序》"昔在人闻"，"闻"字旁校订有"间"字，《道藏》本作"闻"，明抄本同。

　　　　"今更反覆研构"，"构"字旁校订有"讲"字，《道藏》本作"构"，明抄本同。

　　　　"何由眄其帷席"，"眄"旁校订有"盼"字，《道藏》本作"眄"，明抄本同。

　　　　《药诀总序》"其后雷公祠君"，"祠"旁校订有"桐"字，《道藏》本作"祠"，明抄本作"桐"。

　　　　卷下《许长史旧馆坛碑》"避许相谀侠"，"侠"旁校订有"狭"字，《道藏》本作"侠"，明抄本同。

　　知汲古阁本的校订有三种情况：其一，有些校订不存在"绍兴本"的依据，如"倦"作"睠"等，或出自别本，或以意订之。但也有与"绍兴本"相合者，如"祠"作"桐"等（并不意味着毛晋参校了宋刻"绍兴本"或其传抄本，萧斯馨刻本即亦作"桐"）。其二，订正了《道藏》本明显的讹误，如"也"讹为"池"字（"绍兴本"和萧斯馨刻本均作"也"）。其三，有些校订与萧斯馨刻本同，如"闻"作"间""祠"作"桐"等，可能参校了黄省曾编本。当然汲古阁本中也存在误刻，如卷一《水仙赋》"兮地泻波"句，明抄本、萧刻和《道藏》本"兮"均作"分"，当即"分"之误。

其三，刘喜海抄本。此本现藏国家图书馆（编目书号10178），行款版式为十一行二十二字，白口、四周双边，绿格，单绿鱼尾。版心下镌"东武刘氏味经书屋校钞书籍"字样。卷端题"贞白先生陶隐居文集上"，次行、第三行均低十格分别题"昭台弟子傅霄编集""大洞弟子陈栴校勘镂板"。卷末过录嘉靖甲辰文嘉、癸丑史臣纪、庚申周天球和崇祯己卯冯彦渊诸人题跋，冯跋称："原本为鹿城张氏所藏休承真迹。"知冯彦渊曾亦据文嘉抄本再抄一帙，而该抄本则属据冯抄本再抄之本，均祖述"绍兴本"。

书中有刘喜海校，即道光四年（1824）校以张溥《百三名家集》本。为明确所校张溥本与萧斯馨刻本和张燮本的关系，同时校以此两本，如：

> 《寻山志》"盘旋其上"，刘校："其上，张本作岩上。"萧本、张燮本同。
>
> "垄寻远壑"，刘校："壑，张本作峦，壑字疑误。"萧本、张燮本同。
>
> "触嵚峱而起㵦"，刘校："峱，张本作岑。"张燮本同，萧本作"岩"同抄本。
>
> "悟伯昏之条宕"，刘校："条，张本作倜"。萧本、张燮本同。
>
> "此翔滥之足乐"，刘校："翔滥，张本作莽滥。非是，当依此本。"萧本、张燮本作"漭滥"。
>
> "思松朝而陈辞"，刘校："松朝，张本作扣朝。"萧本、张燮本同。
>
> "去采芝兮入深涧，深涧幽兮路窈窕"，刘校："涧，张本皆作硼。"萧本、张燮本同。
>
> "鸟迷萝兮缤纷"，刘校："缤纷，张本作缤缤，是此误。"萧本、张燮本同。

"果尔以寻山之志，铭馆尔以招仙之台"，刘校："志字下，张本无铭字。"萧本、张燮本同。

刘喜海所校出的张溥本诸条异文，基本与萧斯馨刻本和张燮本同，再次佐证祖出"绍兴本"的抄本（史臣纪抄本及此刘喜海抄本等）与萧斯馨刻黄省曾编本（及以之为底本的张燮本）宜视为两种版本系统。校语指出了抄本或刻本的讹误，如"垄寻远壑"句若作"峦"，可与以下诸句末字"原""山"之韵相押，故当以作"峦"字为是。"此翔滥之足乐"句中的"翔滥"，与以上两句"赴水兮汎滥，归田兮翱翔"相呼应，萧刻黄省曾编本擅改为"潆滥"。"思松朝而陈辞"句中的"松朝"，校据张溥本作"扣朝"。"鸟迷罗兮缤纷"句，据下句"云听松兮纷纷"确以作"缤缤"为是。恰如冯跋称"黄五岳所刻本（实为编本），颇有胜此处"，提示陶弘景集早出之本如"绍兴本"，未必一定比晚出之本用字精审。

（二）黄省曾编本系统

其一，萧斯馨刻本。此本原为国立北平图书馆旧藏，现藏台北故宫博物院。国家图书馆藏有残本（编目书号16394），仅存卷二，系郑振铎旧藏。其行款版式为八行十六字，白口、四周单边，单白鱼尾。版心上镌"贞白集"和卷次，中镌叶次，下镌刻工名。卷端题"梁陶贞白先生文集卷一"，次行、第三行均低五格分别题"五岳山人吴郡黄省曾编""小峰山人赣郡黄注校"。卷首有黄注《刻陶贞白集序》，次江总《梁陶贞白先生文集序》、胡直《梁陶贞白先生文集序》，次《南史列传》。卷二末附萧纶《梁解真中散大夫贞白先生陶隐居碑铭》、昭明太子《华阳隐居墓铭碑》、司马道隐《茅山贞白先生碑阴记》、梁元帝《隐居先生陶弘景碑》和《沈约与陶弘景书》，次嘉靖壬子（1552）俞献可跋。凡两卷，卷上自《寻山志》至《请雨词》凡十七篇，卷下自《药诀总序》至《相经序》止凡十八篇，总为三十五篇。除增益《请雨词》一篇外，其余篇目及篇次与史臣纪抄绍兴本同。

据黄注序，得到黄省曾原本后进行了校订，云："辛亥（1551）春学，耕于邑西郊之怀榖山庄，偶忆弘景《寻山志》，取是本观焉，因为之校雠。本内论、书、启、《解官表》及梁武帝往覆诏答，则考之《南史》《艺文志》《文献通考》等书。其余诗文、序、传、碑碣诸篇，则考之《艺文类聚》《初学记》《文苑英华》等书，凡增入文二篇，窜补字二百五十有奇。其不可考者，姑仍其旧，厘为二卷，可缮写。取《梁史》弘景本传署诸首，题曰'陶贞白集'。质友人九河俞子（即俞献可）三校之，子复增入梁元帝碑文、沈约与弘景书二篇，付赣郡萧氏刻梓。"俞跋也说："旧本讹漏十三四。"知黄省曾原本收录陶弘景诗文三十三篇（与《道藏》本相同），经黄注增补为三十五篇（增入《难镇军沈约均圣论》和《请雨词》两篇）。附录部分由俞献可再增入两篇，推知黄省曾原本仅三篇，即萧纶《梁解真中散大夫贞白先生陶隐居碑铭》、昭明太子《华阳隐居墓铭碑》和司马道隐《茅山贞白先生碑阴记》，遂成今所见黄省曾编本面貌。

黄注校订后经"赣郡萧氏刻梓"，"萧氏"即萧斯馨，胡直序云："勉之（即黄省曾）欲梓未及，余十年，吏部君（即黄注）因复校辑，属萧斯馨氏古翰楼出资刻之。"又俞跋云："梁陶贞白先生诗文杂见诸类书中，五岳山人始鸠次成帙。然未有刊本，有之自虔州萧氏始。"知此本可详细著录为明嘉靖三十一年萧斯馨古翰楼刻本。

经校订后的黄省曾编本，与"绍兴本"存在诸多异文，如：

卷二《云上之仙风赋》"包络天维"，明抄本"包"作"苞"，《道藏》本、汲古阁本同，张燮本、朱大英本同萧本。

"廻还四时"，明抄本"还"作"环"，《道藏》本、汲古阁本同，张燮本、朱大英本同萧本。

《茅山长沙馆碑》"缙绂之士"，明抄本"缙"作"搢"，《道藏》本、汲古阁本同，张燮本、朱大英本同萧本。

"言追茂寔"，明抄本"寔"作"实"，《道藏》本、汲古阁本同，张燮本、朱大英本同萧本。

"敢循旧制"，明抄本"循"作"巡"，《道藏》本、汲古阁本同，张燮本、朱大英本同萧本。

"奕代流芳"，明抄本"流"作"留"，《道藏》本、汲古阁本同，张燮本、朱大英本同萧本。

《太平山日门馆碑》"德贯四区",明抄本"贯"作"冠",《道藏》本、汲古阁本同,张燮本、朱大英本同萧本。

《答虞中书书》"似将飞霜于绝谷",明抄本"似"作"以",《道藏》本、汲古阁本同,张燮本、朱大英本同萧本。

《答赵英才书》"死生善恶,未之能闻",明抄本无"未"字,《道藏》本、汲古阁本同,张燮本、朱大英本同萧本。

《相经序》"或颖慧若神",明抄本"慧"作"惠",《道藏》本、汲古阁本同,张燮本、朱大英本同萧本。

知黄注确实做了一番为字上的校订工作,即序所云的"审补字二百五十有奇"。也印证黄省曾编本一系确不同于"绍兴本"系统,如张燮本与萧刻文字基本相同,而《道藏》本、汲古阁本则更同于"绍兴本"(即明史臣纪抄本)。故萧刻本的校勘价值颇受明人重视,如冯彦渊跋称"黄五岳所刻本,颇有胜此处(指冯氏据文嘉抄绍兴本陶弘景集的再抄本)",又崇祯元年(1628)徐济忠跋(傅增湘过录)云:"张青父自吴门来,携休承所抄本,余既以校坊本矣。因思有抄本未必是,而坊本未必非者。"但也有否定萧刻版本价值者,如叶奕跋(傅增湘过录)称:"明年己巳(1629),余得借校,然坊刻脱误颇甚,不堪改抹,故另写此本。"所谓"坊刻"当即萧刻陶弘景集。

其二,朱大英刻本。该本现藏复旦大学图书馆,为存世孤帙。其行款版式为九行十七字,白口、左右双边,单白鱼尾。版心中镌"陶隐居集"和卷次及叶次,下镌写工、刻工姓名及本版字数。卷端题"梁贞白先生陶隐居集卷上",次行、第三行均低六格分别题"昭台弟子陇西傅霄编辑""大洞弟子颍川陈楠校勘"。卷首有江总《梁贞白先生陶隐居集序》,次佚名序(即史臣纪抄本所载卷上末佚名跋),序末镌"云间张之象玄超订正,同郡朱大英象和校刊"。次胡直《梁陶隐居集序》、黄注《梁陶隐居集序》,次《梁贞白先生陶隐居集目录》,篇目同黄省曾编本,只是篇次略有差异。上文萧斯馨刻本部分所举诸条校勘,朱大英本均与萧刻黄省曾编本、张燮本同,印证朱大英本直接出自萧刻本。所谓"订正""校刊",似只是改易黄省曾编本的篇次,而文字面貌则大抵仍萧本之旧。

其三,《二十一名家集》本。汪士贤编刻《汉魏六朝二十一名家集》本(以下简称"《二十一名家集》本")陶弘景集直接以黄省曾编本为底本,此后的《汉魏六朝诸家文集》和《汉魏诸名家集》两种丛编虽不题汪士贤编,但《诸家文集》系据《二十一名家集》本重印,而《诸名家集》则以之为底本而重刻,故丛编著作权仍应属汪士贤。

兹以《二十一名家集》本(国家图书馆藏,编目书号258)为例,行款版式为九行二十字,白口、左右双边,单白鱼尾。版心上镌"陶贞白集",中镌卷次和叶次。卷端题"陶贞白集卷第一",次行、第三、第四行均低九格分别题"梁秣陵陶弘景著""明吴郡黄省曾编""新安汪士贤校"。卷首有黄注《陶贞白集序》,次《陶贞白集目录》。凡两卷,篇目同萧刻本。卷二末附萧纶、昭明太子、司马道隐和梁元帝碑记四篇及沈约《与陶弘景书》一篇,同黄省曾编本。但相较于萧刻黄省曾编本,《与陶弘景书》后又增益沈约《酬华阳先生》四篇及《后湖苏庠赞陶先生像》一篇,均未见该本《目录》,当为汪士贤补辑。按卷二《答赵英才书》"子架书区中"句,明抄本"书"作"学",《道藏》本、汲古阁本、张燮本同,萧刻同汪本。这印证汪本以萧刻为底本基本未作订正,王重民即称:"然则汪本又从萧本出也。"[1] 而张燮本虽以之为底本,又据它本(当即《道藏》本)加以校订。

其四,张燮本。此本即张燮编刻《七十二家集》本(国家图书馆藏,编目书号A01785),行款版式为九行十八字,白口、左右双边,单黑鱼尾。版心上镌"陶隐居集",中镌卷次和叶次。卷端题"陶隐居集卷之一",次行、第三行均低七格分别题"梁秣陵陶弘景通明著""明闽漳张燮绍和纂"。卷首有丁卯(1627)张燮《重纂陶隐居集序》,次江总《陶贞白集旧序》《陶隐居集目录》。

据目录,卷一收赋两篇、诗六篇、表一篇和启六篇,相较于黄省曾编本诗增益一篇即《和约法师临友人》("我有数行泪,不落十余年。今日为君尽,并

---

① 王重民:《中国善本书提要》,第495页。

洒秋风前")。卷二收书七篇、序六篇,增益四篇即《与亲友书》《与从兄书》和《答释昙鸾书》及《真灵位业图序》。卷三收论、志和颂各一篇,增益铭一篇即《瘗鹤铭》并序。卷四收碑五篇、文二篇。总计增益六篇("绍兴本"不载《请雨词》,则增益七篇)。此后的张溥本直接依据该本。

　　综上,陶弘景集存在两种重要的文本系统,即宋人重编本和明代又有经黄注校订补辑的黄省曾编本,非六朝旧集。南宋"绍兴本"是宋人重编陶弘景集的体现,文本面貌由北宋王钦臣和曾恂编本(傅霄重新编次本)、南宋绍兴陈桷补辑(他人所撰陶弘景碑记和桓真人本事)构成。宋本已佚,今存据抄自该本的明史臣纪抄本,史臣纪又补辑四篇附在"绍兴本"之后。此"绍兴本"系统,包括《道藏》本、汲古阁本和清刘喜海抄本等。《道藏》本以"绍兴本"为底本,汲古阁本则直接出自《道藏》本,均进行了校订。而黄省曾编本系统,则包括萧斯馨刻本、汪士贤及张燮、张溥丛编本等,其中汪士贤基本直接依据萧刻黄省曾编本,而张燮本则以之为底本又进行篇目的补辑。张燮本是收录陶弘景诗文最为完备的本子,且校订精审,可作为整理陶弘景集的底本使用。

第七章　明人重编之集

明人重编本是汉魏六朝别集成书的第三层次，也是与今所见此时段绝大多数别集文本面貌最为接近的一个层次。当然，不管是作为第一层次的六朝旧集还是第二层次的宋人重编之集，均存在明人所刻的传本，而这些明本面貌与旧集和宋人重编之集的面貌也会有所差异，同样更为接近今所见的文本面貌。只不过上述两种层次的别集存在更早的版本（主要是宋本）流传，使我们更为接近把握旧集和宋人重编之集的面貌。因此，成书的层次是就诗文内容编纂为著述形态的阶段性而言，它并不意味着文本面貌也一定与之相适应、相匹配。故整体而言，汉魏六朝别集的文本面貌奠定于明代，相应的明本很大程度上直接构成通行本的面貌。这就为校勘整理汉魏六朝别集在底本的选择上提供若干启示，底本应该如何选择，以何本作底本更利于别集的整理。基于明代最终建构并定型（总体而言）汉魏六朝别集文本面貌的事实，底本的选择还是优先考虑明人整理的"通行本"（也包括清人整理者），而以同时期稍早或前溯更早的版本为校本，校勘记的排列则大致依据校本的版本时代。这样在理论层面，呈现出历史性和逻辑性的统一，即注重当下通行文本与历史既有文本的结合，而在操作层面则体现出以通行本为"标本"与梳理文本源流相并举，庶几可为比较理想的整理方法。

如何界定明人重编本？当然首先仍是目录学的手段，即以《宋史·艺文志》为断限。如果宋代（特别是南宋）公私书目尚著录的典籍之貌（题名、卷数、篇目等），与明代传本不同，推证此类传本基本属于明人重编本，如沈约集等。或者宋代公私书目均未见著录的别集，而明代却有传本，也应判断为明人重编本，如支遁集等。此外宋代书目会著录作家特定文体的选集本，比如诗集本，不存在诗文合编本。而明代存在的相应作家的诗文合编本，自然属明人重编本，如何逊集等。其次是根据序跋，以判断是否属明人重编本。现存汉魏六朝别集的明本一般都有序跋叙及集子编撰成书的情况，如东方朔集、阮籍集、谢灵运集等。最后可采用与《文选》《诗纪》和《文纪》等互校的方式（以本集所载诗文互见者为例），佐证属明人重编的判断。如沈约集经互校，发现其文字面貌与《诗纪》和《文纪》相同，即诗据自前者，而文据自后者，从而坐实属重编本的判断。

汉魏六朝别集成书所存在的三个层次的梳理，较为清晰地呈现出别集自身的文本面貌及所处的文献地位。既有助于实事求是的看待和把握其文献价值，也为别集自身的深度整理即选择底本和校本提供参考，而上述正是厘分汉魏六朝别集成书层次的要义之一。

第一节　阮籍集

阮籍诗文的流传包括两种面貌，即诗文合编的《集》本和五言《咏怀诗》为主体的"诗集"本。《集》本疑至迟编在东晋，至阮孝绪《七录》"文集录"明确著录《阮籍集》。著录"诗集"本始见于《直斋书录解题》，题《阮步兵集》（含有四言《咏怀诗》十三首）。尽管《晋书》本传及《诗品》分别称以"《咏怀诗》"和"《咏怀》之作"，《文选》亦选录《咏怀诗十七首》；但唐初之前的《咏怀诗》应属编入本集，似非单独结撰成帙流传。唐代有一卷本阮籍诗的写本，又似为单行流传。故阮籍诗文版本的考察，宜区别为《集》本和"诗集"本，尽管《集》本亦含有阮籍诗。考虑到现存阮集均属明人重编本，即以阮籍《咏怀诗》为主再据它本阮籍集（或总集、类书等）辑编阮籍文而成书。故梳理阮籍集版本遂以阮籍文为对象，而诗集则以各本所载《咏怀诗》为对象。通过校勘，既逐一指摘各本优劣，又于各本之承继关系有所明晰。特别是发掘了"潘璁本"（该本曾长期未知下落，近年来方由学者检得）及阮籍《咏怀诗》单行李梦阳本的版本及文献价值。期冀在诸如版本选择、文献考订等方面，有助于进一步开展阮籍集的研究。

一、阮籍集的编撰与版本

《晋书》本传称阮籍"能属文，初不留思。作《咏怀诗》八十余篇，为世所重。著《达庄论》，叙无为之贵。文多不录"。既言"文不多录"，推测阮籍之世尚未有本集之编。至东晋顾恺之《晋文章记》云："阮籍《劝进》，落落有宏致；至'转说'，徐而摄之也。"①《晋文章记》属有关晋代文人集的叙录类著述，推知当时已编有阮籍集。南朝梁钟嵘《诗品》称"晋步兵阮籍诗，其源出于小雅，无雕虫之功，而《咏怀》之作可以陶性灵，发幽思"，又《文心雕龙·明诗》称"阮旨遥深"，皆据梁代阮籍集传本中的阮籍诗立论。按《隋书·经籍志》"魏步兵校尉《阮籍集》十卷"条小注称"梁十三卷、录一卷"，此即阮孝绪《七录》著录的梁本阮籍集，亦当即钟嵘、刘勰立论援据之本。

尽管《隋志》以来的目录学著述著录有阮籍集，但唐宋类书、总集等未见有明确称引"阮籍集"者，似印证其流传较为孤罕（所引直接题以阮籍诗文之名，虽不题集亦当来自本集）。按《隋志》著录阮籍集十卷本，较梁本损佚三卷。至两《唐志》则著录为五卷本，疑为阮籍诗集（参下文所述），而非本集。降至两宋，《崇文总目》及晁公武《郡斋读书志》、陈振孙《直斋书录解题》著录卷第均同《隋志》，或称："大概南宋时还保持唐初阮集的规模。"②按《太平御览》卷首《经史图书纲目》著录阮籍《秦记》，又引及《宜阳记》。姚振宗称："案《宜阳记》当在本集"，"《秦记》疑是《奏记》之写误。"③检明本阮籍集篇目有《奏记》（即《奏记太尉蒋济》），而未载《宜阳记》，推断今所传明人编本阮籍集已非宋本之貌。《文献通考·经籍考》《宋史·艺文志》仍著录为十卷本。按《宋志》经部易类又著录《通易论》一卷，姚振宗称："案此一卷似即从本集中析出者。"④则元时阮籍集传本存在个别篇目析出单行的现象。

---

① 该条材料据张燮编《七十二家集》本《阮嗣宗集》附录之《集评》第 1 条。

② 颜庆余：《阮籍诗流传考》，《图书馆杂志》2012 年第 7 期，第 94 页。

③ 姚振宗：《隋书经籍志考证》，第 5719 页。

④ 同上，第 5719 页。

入明仍有十卷本阮籍集的流传，如《万卷堂书目》《世善堂藏书目录》著录者。然存世阮籍集以明嘉靖二十二年（1543）范钦、陈德文刻两卷本《阮嗣宗集》（国家图书馆藏，编目书号2156，以下简称"范钦本"）为最早，明代书目著录之十卷本既未见有存世者，范钦、及朴和潘璁等刻阮集也未明确提及（范钦本四言《咏怀诗》篇题下小注称"旧集不载"，此旧集当即指十卷本阮籍集而言），推测属宋元旧本阮籍集，可能亡佚于明末。著录为五卷本者如《徐氏家藏书目》（疑为《七十二家集》本零种），著录为三卷本者如《澹生堂藏书目》（疑为《六朝诗集》本零种），著录为两卷本者如《澹生堂藏书目》等。明清所传阮籍集，主要是单刻单行本和丛编本两种，而丛编本基本袭自单刻本。

现存单刻阮籍集有三种，即范钦本，明程荣刻本《阮嗣宗集》二卷和明天启三年（1623）及朴刻本《阮嗣宗集》四卷（国家图书馆藏，编目书号2246，以下简称"及朴本"）。还有一部是明崇祯潘璁刻《阮嗣宗集》二卷（以下简称"潘璁本"），属《阮陶合集》本。该本附未见它本所载的阮籍四言《咏怀诗》十三首（实际是十首，首三篇见于及朴本、张燮《七十二家集》本《阮嗣宗集》及《诗纪》），颇具版本及文献价值。按范钦本《刻阮嗣宗集叙》云："今览其《咏怀》八十一篇"，"大梁旧刻籍诗，南来少传。郡伯鄞范子取而刻之宜春"。又及朴本载及序云："向不佞最嗜嗣宗《咏怀诗》，因取赋、论、杂文，购诸本参订之。"推断范钦、及朴两本均属重编阮籍集本，即以《咏怀诗》为主体再行辑编阮籍文而成。考虑到《咏怀诗》属相对独立的文本，故阮籍集版本系统的考察主要是探讨各集中"阮籍文"的递承关系，而将《咏怀诗》归入阮籍诗集中考察。

其一，范钦本。傅增湘称："诗文合梓者，当以此为最古矣。"[1] 其行款版式为九行二十字，白口、四周单边，单白鱼尾。版心中镌"阮嗣宗集"和叶次。卷端题"阮嗣宗集卷上"，次行低三格题"魏步兵校尉阮籍撰，鄞范钦、吉陈德文校刊"。卷首有嘉靖二十二年陈德文《刻阮嗣宗集叙》。书中卷上收文十三篇，其目为《东平赋》《首阳山赋》《鸠赋》《猕猴赋》《清思赋》《元父赋》《通易论》《庄论》《乐论》《奏记太尉蒋济》《答伏义书》《大人先生传》和《为郑王劝晋王

---

① 傅增湘：《藏园群书题记》，第550页。

笺》，卷下收五言《咏怀诗》八十一首和《咏怀》四言诗两首。该本随文附刻校语，如《东平赋》"或由之安"句小注称"安"字"一作观"，《大人先生传》"故循制而不振"句小注称"循"字"一作滔"等。印证刊刻中参校它本阮籍集。《首阳山赋》《通易论》和《乐论》等篇末刻有评语。

范钦本属现存阮籍集最早之本，意味着此后各本阮集"文"的部分多承自该本，如傅增湘称程荣本即"从范钦宜春刊本出"①。再如汪士贤编《汉魏二十一名家集》《汉魏六朝诸家文集》和《汉魏诸名家集》本阮籍集，卷首均有陈德文《阮嗣宗集叙》，证据自范钦本而刻（《汉魏二十一名家集》和《汉魏六朝诸家文集》本阮籍集卷端均题"明新安程荣校"，属同版摹印且即单行程荣本阮籍集）。《七十二家集》本阮集亦有陈序，且张燮称"兹因增定阮步兵集"（《增定阮步兵集序》），同样以该本为底本捃摭阮籍所撰其他篇章而成，为之后的张溥本所袭用。潘璁本"阮籍文"亦据自范钦本而非及朴本，印证及朴本属源自它本阮籍集的另一版本系统。兹以《东平赋》和《大人先生传》两篇校勘为例：

> 《东平赋》"鹿承之墟"，及朴本"承"作"豕"，范钦本同潘璁本。
> "豪俊凌属"，及朴本"属"作"厉"，范钦本同潘璁本。
> "或非殪情庆虑"，及朴本作"殪情"作"情殪"，范钦本同潘璁本。
> "因畏惟怨"，及朴本"因"作"罔"，范钦本同潘璁本。
> "咨间阎之散感兮"，及朴本"感"作"惑"，范钦本同潘璁本。
> "瞻荒榛之芜秽兮"，及朴本"榛"作"裔"，范钦本同潘璁本。
> "顾东山之葱青"，及朴本"青"作"菁"，范钦本同潘璁本。
> "飔飘飅以欲归"，及朴本"飔"作"飅"，范钦本同潘璁本。
> "物修化而神乐兮"，及朴本"修"作"循"，范钦本同潘璁本。
> "谨玄真之谵训兮"，及朴本"谨"作"谟"，范钦本同潘璁本。
> "神遥遥以抒归兮"，及朴本"抒"作"独"，范钦本同潘璁本。
> 《大人先生传》"耳目不相易改"，及朴本"不相易改"作"不易"，范

---

① 傅增湘：《藏园订补郘亭知见传本书目》，第939页。

钦本同潘璁本。

"不足与达明"，及朴本"与"作"以""明"作"冥"，范钦本同潘璁本。

"泰初贞人"，及朴本"贞"作"真"，范钦本同潘璁本。

"时代存而迭处"，及朴本"处"作"变"，范钦本同潘璁本。

"虚形体而轻举今"，及朴本"形"作"盈"，范钦本同潘璁本。

而傅增湘称范钦本之后，"有天启三年尉氏令及朴本，分为四卷。闽漳张燮本，分为二卷（当为'五卷'之误），皆以意重编，非旧第也。"[1]张燮本确据自范钦本"重编"，除改易卷第外，篇目增补《与晋王荐卢播书》《抟赤猿帖》《通老论》《老子赞》《孔子诔》和《吊公文》（残句）诸篇，另《咏怀》四言诗诗句和篇目均有增补。文字也有差异，如《咏怀》四言《天地烟煴》诗"和气容与"句，《七十二家集》本"气"作"风"等。内容也经增订，如张燮本将《咏怀》四言诗由两首调整为三首，纠正了范钦本的窜乱（详下文）。而及朴本则据它本阮籍集"重编"，两者不宜混淆等同。

其二，及朴本。此本行款版式为十行二十字，白口、四周双边，单白鱼尾。版心中镌"阮嗣宗集"和卷次及叶次。卷端题"阮嗣宗集卷一"，次行低六格题"瀛海及朴订，裔孙阮汉闻校"。卷首有天启三年靳于中《阮嗣宗文集序》，云："先生之著述，而实未寓目全书。天启壬戌，河间及侯涖尉，首揆文教。越明年政成，梓先生遗文四卷，余受而卒业。"次及朴序云："乡先生及庠士言敝邑屡欲梓三贤集，备文献而卒莫之举也。于是不佞姑舍中郎，先梓《尉缭子》《阮嗣宗集》。向不佞最嗜嗣宗咏怀诗，因取赋、论、杂文，购诸本参订之，而必不可意订者亦不尠，故嗣宗集又先梓。"次《晋书（阮籍）本传》、嵇叔良《魏散骑常侍步兵校尉东平太守碑》、李京《重建阮嗣宗庙碑》，次《阮嗣宗集目录》。

该本篇目同范钦本，傅增湘称："惟字句时有不同，或注其异文于本句下。"[2]（《藏园订补郘亭知见传本书目》亦称两本"字句时有异处"[3]）。其版本价值如下：

---

① 傅增湘：《藏园群书题记》，第 550 页。

② 同上，第 551 页。

③ 傅增湘：《藏园订补郘亭知见传本书目》，第 939 页。

第一，保留它本异文。及朴本存在未见于范钦本和潘璁本中的校语，颇具参校价值。如《东平赋》"叔氏婚族"句，小注称"婚"字"一作媚"；"悸罔徙易"句，小注称"徙"字"一作悖"；"欣煌熠之朝显兮"句，小注称"熠"字"一作耀"；"被风雨之沾濡兮"句，小注称"被"字"一作彼"；"窈悄悄之眷贞兮"句，小注称"眷"字"一作羞"等。尽管及朴本刻在范钦本之后，佐证所据阮籍文并非范钦本，且刊刻亦未参校范本（如证以《东平赋》"言滔衍而莫止兮"句，及朴本"止"作"□"）。据及序称"购诸本参订之"，所据为不同于范钦本的其他版本阮籍集，故及朴本是校勘整理阮籍集的重要参校本。第二，更正或补充范钦本的误阙字。如《东平赋》"党山泽之足弥"句之"党"改为"傥"字，"记思飚而载行兮"句之"记"改为"托""思"改为"飀"，"将易乎殊方"句之"易"改为"易貌"。《大人先生传》"云散震坏"句之"震"改为"霓"字，"至人来一顾"句之"来"改为"未"字，"洛不渡汶"之"洛"改为"貉"等。补充缺字者，如《东平赋》"遗风过□"句补作"遗风是过"，《大人先生传》"推兹由斯□"句补作"理"字。按卷端题"裔孙阮汉闻校"，则订补出自阮汉闻之手，傅增湘即称："盖及氏授梓时经其裔孙阮汉闻较订也。"[1]

但阮氏校订亦未尽善，本身也产生了讹误字、衍字或脱字。讹误字者如《东平赋》"其外有浊河萦其溏"句，及朴本"有浊河"作"幸（小注'一作迳'）浊"，据下文"清济盪其樊"句应依范本为是。它如"奉淳德之平和兮"句之"奉"误作"泰"字；"又何怀乎患忧"句之"又"误作"人"字；"窈悄悄之眷贞兮"句之"窈悄悄"误作"悄窈"。《大人先生传》"亦观夫阳乌游于尘外"句之"尘外"误作"尘乎"；"莫识其真"句之"真"误作"直"字，"百里困而相赢"之"赢"误作"赢"字，"牙既老而弼周"句之"弼"误作"弱"字，"兴渭北而建咸阳"句之"建"误作"逮"字等。衍字者，如《东平赋》"是以其唱和矜势"句之"矜"作"务矜"而衍"务"字，"鸥端一而慕仁兮"句之"而"作"而以"而衍"以"字等。脱字者，如《东平赋》"托思飚而载行兮"句脱"兮"字。它如《大人先生传》"而成帷幪"句脱"幪"字，"叶繁茂而华零"句脱"华零"两字，"肆云罍"

---

① 傅增湘：《藏园群书题记》，第 551 页。

句脱"翚"字,"精神专一"句脱"神"字等。

其三,潘璁本。此本行款版式为九行十八字,白口、左右双边,单白鱼尾。版心上镌"阮嗣宗集",中镌卷次和叶次。卷端题"阮嗣宗集卷上",次行低六格题"明新都潘璁子玉阅"。卷首有陈德文《阮嗣宗集叙》,次《阮籍传》《总论》,次《阮嗣宗集目录》。阮籍文篇目同范钦本。总论末云:"阮嗣宗集传之既久,颇存伪阙,世之校录者往往肆为补缀,作者之旨淆乱甚焉。今以诸本参校,其义稍优者为正文,互异者分注于下。其书有阙文疑字而今本窜益者廓其旁,俟再考正。"按此与张燮本《咏怀诗八十二首》篇题下注引明冯惟讷之语基本相同(检明嘉靖三十九年甄敬刻本冯惟讷辑《诗纪》,卷九《魏诗纪》之《咏怀八十二首》篇题下有冯氏此语),知并非潘璁之语,也不反映潘璁本的刊刻情况。据卷端题署,潘璁或字子玉,又《阮陶合集》本陶集所撰《集东坡先生和陶诗引》末署"新安后学潘璁识",知其为新安人,其余生平仕履不可考。

潘璁本曾长期不为人所知,陈伯君《阮籍集校注·例言》云:"吴汝纶《八十二家诗选》载阮籍《咏怀诗》,其校语中有所谓潘璁本,遍求此本,并承赵万里、向达诸先生协助查考,均未得,迄今亦尚不知潘璁其人。颇疑黄或未见到此本,其校语即据吴之校语(完全相同)。而吴则当确见此本。"[1]山西大学张建伟先生在国家图书馆普通古籍阅览室检得此本,并作有详细叙录和研究,称:"由潘璁本避崇祯讳字由、检二字,且十分严格,可以确认潘璁本刻于崇祯年间。"[2]按《咏怀诗》其四《天马出西北》"繇来从东道"句和其七十二《修塗驰轩车》"势路有所繇"句,范钦本、李梦阳本和及朴本两"繇"字均作"由",知其本字作"由"避崇祯名讳而改作"繇",印证该书的确刻于明崇祯间。傅增湘即将此本定为崇祯本,《明天启刊本阮嗣宗集跋》称有"崇祯辛丑(疑为辛巳之误,1641)新都潘氏本"[3],又称:"明崇祯刊本,九行十八字,有潘璁序。"[4]

笔者重新调阅此书(现归提善书,编目书号 t2313),兹略抒管见。按《中

①　陈伯君:《阮籍集校注》例言,北京:中华书局,2015 年,第 2 页。
②　张建伟、李卫锋:《阮籍研究》,太原:三晋出版社,2012 年,第 34 页。
③　傅增湘:《藏园群书题记》,第 551 页。
④　傅增湘:《藏园群书经眼录》,第 825 页。

国古籍善本书目》著录明崇祯刻潘璁编《阮陶合集》十一卷本（集部 16315），含《阮嗣宗集》二卷和《陶靖节集》八卷，附《东坡和陶集》一卷，但多数馆藏为残帙。傅增湘称此书："题阮陶合刻，实即张燮刊本。"① 笔者经手编目《阮陶合集》本陶集，该本行款版式与阮集同，卷端均题"明新都潘璁子玉阅"，基本确定两书即《阮陶合集》。但潘璁本阮集与张燮本相校有差异，如篇目不同（张燮本增入诗文参上述范钦本部分），四言《咏怀诗》张燮本载有三首，而潘璁本则为十三首，故非张燮本。又据潘璁《集东坡先生和陶诗引》云："东坡有和陶诗，诸选本间一载，余阅坡公全集，悉拈出之，附刻陶集后。"推断《阮陶合集》不仅为潘璁所编，且所刻亦出自潘璁之手，故《阮嗣宗集》可定为明崇祯潘璁刻《阮陶合集》本。

陈伯君称："按吴所引之潘璁本校语全同于陈德文本（即范钦本），按语亦同，只是削去了'陈德文曰'四字，疑潘璁实翻刻陈本而窃据其名也。"② 潘璁本阮籍文主要据自范钦本，但也存在不同于范钦本的差异，知又据它本校刻，如：

> 《东平赋》"浩瀁之雅"，范钦本"瀁"作"养"。
>
> "托思飚而载行兮"，范钦本"托"作"记"。
>
> 《大人先生传》"故循制而不振"，范钦本"制"作"滞"。
>
> "则死败无所讐"，范钦本"讐"作"仇"。
>
> "阗万室而不绝"，范钦本"阗"作"门"。
>
> "时崦嵫而遂气兮"，范钦本"遂"作"易"。

故不宜将潘璁本径直视为翻刻范钦本，应属以范钦本为底本且参校它本阮籍集的重刻本。潘璁本照录范钦本中部分篇目的评语，可看出两本之密切关系。潘璁本还适当更正了范钦本或及朴本中存在的讹误字，如《东平赋》"西接邹鲁"，及朴本"西"误刻为"邪"；"见犀兕之先入"，范钦本、及朴本"兕"并作"光"，

---

① 傅增湘：《藏园群书经眼录》，第 825 页。

② 陈伯君：《阮籍集校注》例言，第 2 页。

作"兕"字为是;"托思飚而载行兮"句,范钦本"托"作"记",当依潘本;"虑
遨游以觊奇兮"句,及朴本"虑"误作"卢";"眺兹舆之所徹兮"句,及朴本"舆"
误作"与"等。当然本身也产生了误字,如《大人先生传》"以天地为卯耳"句,
据范钦本和及朴本,"卯"为"卵"之误等。

二、阮籍诗集的版本系统

考察阮籍诗集的版本系统,先略述《咏怀诗》之称及阮籍诗集的由来。

阮籍诗篇题以"咏怀诗"之称,见于《晋书》本传。而陈伯君云:"据臧荣
绪《晋书》,阮籍所为八十余篇名'陈留'。"① 按宋建阳本《文选》李善注《咏怀诗》
引臧荣绪《晋书》云:"籍属文,初不苦思,率尔便作,成陈留八十余篇。"但问
题在于李善注颜延之《五君咏》却引作"善属文论。初不苦思,率尔便成。作
五言诗《咏怀》八十余篇,为世所重。"疑建阳本有讹误,不宜将"陈留"视为
阮籍诗作之名。《文选》卷二十三载《咏怀诗十七首》,陈伯君认为:"'咏怀'之
名,疑为梁昭明太子萧统选录十七首时所加。"② 进而称:"这些诗不是成于一时,
也并非特意而作,只是随时抒感,后人在编辑这些篇章时,凭所得的一个概括
的印象而加上了'咏怀'这个题目。"③ 按李善注《咏怀诗》保留南朝颜延之、沈
约等人的注,篇题下李善注引颜延年语云:"说者阮籍仕晋文代,常虑祸患,故
发此咏耳。"不仅推证南朝不止存在一家的《咏怀诗》注本,似也透露萧统编《文
选》之前已题"咏怀诗",并不意味着一定出自萧统之手。

南朝时期,《咏怀诗》是否结撰成帙单行无法遽然断定。尽管《文选》选录
了《咏怀诗》十七首,钟嵘《诗品》也称"《咏怀》之作",但均很难以此作为
当时存在《咏怀诗》单行本的确证,仍有可能选自阮籍集。根据是《隋志》明
确著录有梁十三卷本阮集。阮籍诗集始见于《直斋书录解题》明确著录,题《阮
步兵集》四卷本,云:"其题皆曰《咏怀》,首卷四言十三篇,余皆五言八十篇,

① 陈伯君:《阮籍集校注》,第 209 页。
② 同上,第 209 页。
③ 同上,序,第 5 页。

通为九十三篇,《文选》所收十七篇而已。"①虽题"阮步兵集",实则为诗集(以下称宋本阮籍诗集)。以此反观两《唐志》著录的五卷本阮籍集,疑即阮籍诗集,溢出的一卷推测为《咏怀诗》序和目录。按宋阮阅《诗话总龟》云:"京师曹氏家藏《阮步兵诗》一卷,唐人所书,与世所传多异,有数十首《集》中所无。其一篇云:'放心怀寸阴,羲和将欲冥。挥袂抚长剑,仰观浮云行。云间有立鹄,抗首扬哀声。一飞冲青天,强世不再鸣。安与鹑鷃徒,翩翩戏中庭。'又云:'嘉木不成蹊,东园损桃李。秋风吹飞雀,零落从此始。繁华有憔悴,堂上生荆杞。驱马舍之去,去上西山址。一身不自保,况复恋妻子。零霜被野草,岁暮亦云已。'诗语皆类此,非后人明矣。孔宗翰亦有本,与此多同。"②曹氏、孔宗翰均为北宋时人。表明唐代《咏怀诗》即已结撰单行,且有诗溢出本集者,推测两《唐志》著录的五卷本《阮籍集》或即阮籍诗编本。按《直斋书录解题》著录四卷本阮籍诗《阮步兵集》(《唐志》著录溢出之一卷,或正是本集未载之诗),与此卷第相近,益加佐证此推论或可成立。至于此唐写本中是否载有四言《咏怀诗》十三篇,则不详其实。

　　宋本阮籍诗集中的"四言诗",或称:"宋刻传本阮籍集本收录有四言《咏怀》诗十三首,此当为阮籍集原本面貌。"③据范钦本所录四言《咏怀诗》两首(即《月明星稀》和《天地烟煴》诗),篇题下小注称:"《初学记》有此篇,旧集不载。"(《初学记》未载此四言诗,而是出自《艺文类聚》,范钦本误题)"旧集"当指宋元十卷本阮籍集,知宋本阮籍集实则未收四言诗,推测阮籍四言诗并未与五言《咏怀》诗合篇,各自独立,疑至宋人编阮籍诗集(即《直斋书录解题》著录本)始合之而总题为《咏怀》诗。于是《咏怀》诗便形成两种文本面貌,即阮籍集本和"诗集"本,集本不载四言诗,"诗集"本则载之。宋代之后有记载可据的阮籍诗集本,如下:

　　其一,明《百川书志》著录本。此本题"《阮嗣宗诗》一卷",云:"凡

　　① 陈振孙:《直斋书录解题》,第555页。
　　② 阮阅编:《诗话总龟》,周本淳校点,北京:人民文学出版社,1987年,第111页。
　　③ 张建伟、李卫锋:《阮籍研究》,第21页。

二十八首，皆咏怀之作。"[1] 或称："二十八首疑为八十二首之误。"[2] 按陈振孙既明言五言"八十篇"，"二十八"当确属"八十二"之讹误，不载四言诗。未知此本是否即明李梦阳刻本。

其二，明朱承爵本。《读书敏求记》云："阮嗣宗《咏怀》诗行世本惟五言八十首，朱子儋取家藏旧本刊于存余堂。多四言《咏怀》十三首，览者勿漫视之。"[3] 此即朱承爵存余堂刻本，载四言《咏怀》诗十三首，与陈振孙著录本阮籍诗集相合。此本今已不存。

其三，大梁旧刻本。范钦本陈德文序云："今览其《咏怀》八十一篇"，"大梁旧刻籍诗，南来少传，郡伯鄞范子取而刻之宜春。"傅增湘称："所举大梁旧刻，殆指朱子儋存余堂一卷本而言，第有诗无文。"[4] 按傅说疑不确，范钦本五言《咏怀诗》八十一篇，附四言《咏怀》诗两篇且辑自《艺文类聚》，皆与朱承爵本不合。范钦在朱承爵之后，倘若据朱本而刻不应悬殊如此。再者，朱承爵本亦不宜称之为"大梁旧刻"。疑即宋陈振孙著录的阮籍诗集，或缘于四言诗十三篇亡佚之故而未刻。但范钦显然知晓宋代所传阮籍诗集（应必读过《直斋书录解题》）尚有四言诗，遂自《艺文类聚》辑录四言残诗两篇以弥补缺憾。

其四，明李梦阳本。此本行款版式为八行十八字，白口、左右双边，单白鱼尾。版心中镌"阮嗣宗诗"和叶次。卷端题"阮嗣宗诗"，次行低两格题"咏怀八十二首"。卷首有《刻阮嗣宗诗序》，云："今以故所抄籍《咏怀诗》八十篇，刊诸此，讹缺姑仍之，俟知者校焉。"卷末有嵇叔良《魏散骑常侍步兵校尉阮公碑》。序未题撰者和作年，实即李梦阳所撰（《空同集》卷五十载此序），故此本可定为明李梦阳刻本。而有学者将此称为陈序中的"大梁刊本"[5]，并无切实的根据（范钦本与李梦阳本五言诗排序及文字均存在差异，表明范钦本据刻的"大

---

① 高儒:《百川书志》，第 782 页。

② 张建伟、李卫锋:《阮籍研究》，第 22 页。

③ 钱曾:《钱遵王读书敏求记》，第 200 页。

④ 傅增湘:《藏园群书题记》，第 550 页。

⑤ 颜庆余:《阮籍诗流传考》，第 94 页。

梁本"并非李梦阳本，详下文所述）。

上述各本《咏怀》诗的篇数略有差异，李梦阳本和《百川书志》著录本均为五言诗八十二篇，未载四言诗；朱承爵本八十篇，四言诗十三篇；"大梁旧刻"本为八十一篇，范钦本同，另范钦本载四言诗两篇。潘璁本《咏怀诗八十二首》篇题下小注称："一本作八十一首，无《幽兰不可佩》一首。"所称"一本"当即范钦本。及朴本五言诗八十二篇、四言诗三篇；潘璁本五言诗篇数同，四言诗十三篇。其中，李梦阳本是现存最早也是唯一的一部阮籍诗单刻单行本，它与范钦本、及朴本和潘璁本除篇数存在差异外，还表现在：

其一，篇目及排序不同。篇目不同者，如五言《生命辰安在》《鸣鸠嬉庭树》两诗，李梦阳本分置为两首，及朴本同，小注称："《汉魏诗集》合前为一首。"而范钦本、潘璁本则合为一首，范钦本篇题下小注称："本集《鸣鸠》下别为一首。"潘璁本小注称："诸本皆作一首，惟《诗所》以《鸣鸠》别为一首，而无《青鸟海上游》。"（此小注有误，及朴本亦分作两首）又《青鸟海上游》诗，李梦阳本、及朴本无此诗，范钦本、潘璁本均载此诗，实为江淹所作而误收入阮籍《咏怀诗》中。范钦本小注称："本集无此首而有《幽兰不可佩》一首。"再如《幽兰不可佩》诗，范钦本无此诗，李梦阳本、及朴本和潘璁本均载此诗。

至于四言《咏怀》诗，范钦本载《月明星稀》和《天地烟煜》两首。及朴本除此两首外，又载《清风肃肃》一首。覈以潘璁本，范钦本此两诗实为残句，如《天地烟煜》诗脱"明日映天，甘露被宇。蓊郁高松，猗那长楚。草虫哀鸣，鸰鹏振羽。感时兴思，企首延伫"八句。《月明星稀》诗仅存"月明星稀，天高气寒"两句，而误将本属《清风肃肃》诗中的"啸歌伤怀……令我哀叹"六句移植到此诗中。显然辑自它书，与小注所称"《初学记》（《艺文类聚》之误）有此篇"相合，印证范钦无从得见宋本阮籍诗集和朱承爵本所载的十三首四言诗。而及朴本所载三首四言诗同潘璁本，表明并非辑自《艺文类聚》，而当据自冯惟讷的《诗纪》，冯氏当又源于朱承爵存余堂本。推测冯惟讷曾见到完整的十三首四言《咏怀诗》，或缘于《艺文类聚》仅载此三首诗（或残句），余者未见文献有征引，有所疑惑遂弃置不刻其余十首诗。及朴本、张燮本皆袭之。而潘璁本则完整地保留了此十三首诗，当据自朱承爵本，后十首分别是《阳精炎赫》《立象昭回》《玑衡运速》《朝云四集》《日月隆光》《登高望远》《微微我徒》《我徂北林》《华容艳色》和《晨风扫尘》。

潘璁本除《生命辰安在》《鸣鸠嬉庭树》两诗合为一首，载《青鸟海上游》诗而及朴本不载外，其余《咏怀》诗诸篇之序同及朴本。而李梦阳本、范钦本均不同于潘本和及本，两本亦不同。兹以《咏怀》诗前十首为例：

> 及朴本其一《夜中不能寐》，潘璁本、范钦本同，李梦阳本《于心怀寸阴》。
>
> 及朴本其二《二妃游江滨》，潘璁本同，范钦本《谁言万事艰》，李梦阳本《鹥鸠飞桑榆》。
>
> 及朴本其三《嘉树下成蹊》，潘璁本同，范钦本《嘉时在今辰》，李梦阳本《登高临四野》。
>
> 及朴本其四《天马出西北》，潘璁本同，范钦本《二妃游江滨》，李梦阳本《夜中不能寐》。
>
> 及朴本其五《平生少年时》，潘璁本同，范钦本《嘉树下成蹊》，李梦阳本《谁言万事艰》。
>
> 及朴本其六《昔闻东陵瓜》，潘璁本同，范钦本《天马出西北》，李梦阳本《嘉时在今辰》。
>
> 及朴本其七《炎暑惟兹夏》，潘璁本同，范钦本《平生少年时》，李梦阳本《生命辰安在》。
>
> 及朴本其八《灼灼西隤日》，潘璁本同，范钦本《昔闻东陵瓜》，李梦阳本《鸣鸠嬉庭树》。
>
> 及朴本其九《步出上东门》，潘璁本同，范钦本《炎暑惟兹夏》，李梦阳本《梦游三衢旁》。
>
> 及朴本其十《北里多奇舞》，潘璁本同，范钦本《灼灼西隤日》，李梦阳本《清露为凝霜》。

推断范钦本五言《咏怀诗》以宋本阮籍诗集为底本，缘于该底本佚去四言诗而据《艺文类聚》所引残句刻入集中。及朴本三首四言《咏怀》诗源自《诗纪》。潘璁本四言《咏怀诗》十三首当据自朱承爵本。两者对《阳精炎赫》等十首诗采取了不同的处理手段，及朴本袭自《诗纪》而仅刻《月明星稀》等三首，潘璁本则据朱本悉数照刻。

其二，文字有差异。现存各本五言《咏怀诗》文字也存在差异，潘本与及本较为接近，推断所刻《咏怀诗》即据自及朴本，而及朴本基本据自《诗纪》[①]。异文情况，兹以李梦阳本为底本校以其他三种本子，如：

> 《于心怀寸阴》"云间有玄鹄"，及本、潘本和范本"鹄"作"鹤"。
>
> 《鹙鸠飞桑榆》"岂不诚宏翔"，及本、潘本"诚"作"识""翔"作"大"，范本作"诚""宏翔"作"寥郭"。
>
> 《清露为凝霜》"明日安可能"，及本、潘本"日"作"达"，范本同。范本"可能"作"可哀"。
>
> 《东南有射山》"云盖切天纲"，潘本"切"作"寝"，范本作"覆"，及本同李本。
>
> 《湛湛长江水》"春气感我心"，及本、潘本"气"作"风"，范本同李本。
>
> 《嘉树下成蹊》"东西桃与李"，范本、及本和潘本"西"作"园"。
>
> "驱马舍之去"，潘本"驱"作"驰"，范本同，及本同李本。
>
> 《殷忧令志结》"谁其亮我情"，及本、潘本"其"作"云"，范本同李本。
>
> 《夸谈快愤懑》，范本"快"作"忧"，及本、潘本同李本。
>
> "情慵发烦心"，范本、潘本"情"作"惰"，及本同李本。
>
> 《开秋肇凉气》，及本、潘本"肇"作"兆"，范本同李本。
>
> "悄悄令人悲"，及本、潘本"人"作"心"，范本同李本。
>
> 《朝登洪坡颠》（范本"坡"作"波"）"建木谁能近"，范本、潘本"建"作"庭"，及本同李本。
>
> "射子复婵娟"，范本、潘本"射子"作"秋月"，及本作"射干"。

---

① 以及朴本与明嘉靖三十九年（1560）甄敬刻本《诗纪》比对，两本正文和校语基本相同，也存在部分异文，如《殷忧令志结》"螗蜩号中庭"，及朴本"号"作"鸣"；《清风肃肃》"仲父佐桓"句，及朴本"仲父"作"仲尼"等。

《昔年十四五》"千秋百岁后"，范本、及本和潘本"百"作"万"。

《人知结交易》"我欲甘一飧"，范本"甘"作"足"，及本、潘本作"并"。

恰如李梦阳序所称"讹缺姑仍之"，李梦阳本中的阙字可据范钦本、及朴本和潘璁本校补，如：

《十日出阳谷》"一飧□□□"，范本、及本和潘本作"聊自已"。

《夸谈快愤懑》"一飧□万世"，范本作"傲"，及本、潘本作"度"。

《拔剑临白刃》"势路□穷达"，范本作"自"，及本、潘本作"有"。

《惊风振四野》"廻云□□隅"，范本作"集一"，及本、潘本作"荫堂"。

《周郑天下交》"玄发□朱颜"，范本、潘本作"照"，及本作"发"。

《儒者通六艺》(范本、潘本"艺"作"义")"缊袍□华轩"，范本作"不"，及本、潘本作"笑"。

李梦阳本也存在衍而夺文者，如《鸒鸠飞桑榆》诗"岂不诚宏翔，扶摇安可期。扶摇安可期，不若棲树枝"四句，显属衍"扶摇安可期"五字而夺下文之句。及本、潘本作"岂不识宏大，羽翼不相宜。招摇安可翔，不若棲树枝"，范本作"岂不诚寥郭，扶摇安可期。翔羽云霄飞，不若栖树枝"。误字者，如《自然有成理》"不见日及华"，"夕"误刻为"及"字，范本、及本和潘本均作"夕"等。

此外，各本《咏怀诗》保留了据自它本的校语，颇具参考价值。如《人言愿延年》篇末各本均有小注称："一本第五句云：独处（范本、及本和潘本作'坐'）山嵓中，恻怆怀所思。王子一（范本、潘本作'亦'）何好，猗靡相携持。悦怿犹今辰，计校在一时。置此明朝事，日夕将见欺。"此八句各本作"簪冕安能处，山岩在一时。置此明朝事，日夕将见欺"。及朴本《悬车在西南》"叹息未合并"句，小注称"叹息"两字《集》作旷世"，则参校了他本阮籍集。潘璁本《咏怀诗》有些校语不见于范钦本、及朴本和《诗纪》，颇具校勘价值，如《夜中不能寐》"翔鸟鸣北林"句小注称"翔"字"一作朔"，《灼灼西隤日》"憔悴使心悲"句小注称"悲"字"一作非"等。

　　综上，明代所传阮籍诗集以单行李梦阳本最具版本价值，但阙字较多而文献价值不及范钦等本。范钦本可能源自陈振孙著录本即宋本阮籍诗集（已佚去四言《咏怀诗》），而李梦阳本所据底本不详。及朴本《咏怀诗》又属不同于范钦和李梦阳两本的另一版本系统，而是源自冯惟讷《诗纪》。潘璁本五言《咏怀诗》据及朴本而刻，同时参校它本，且保留了朱承爵本四言《咏怀诗》十三首，最具文献价值。

　　综上，阮籍诗文的流传包括《集》本和"诗集"（即《咏怀诗》）本两种形态，阮籍集疑编在东晋时期，而诗集可能唐代便已结撰单行流传。明范钦本是现存最早的阮籍诗文重编本，潘璁本阮籍文即据之为底本，与及朴本属不同的版本系统。及朴本校订了范钦本中阮籍文存在的误字和阙字，同时保留了今已亡佚的它本阮籍集的异文，颇具校勘价值。阮籍诗集以李梦阳本最具版本价值，是存世唯一的单行本《咏怀诗》，但阙字较多而文献价值不及范钦等本。及朴本《咏怀诗》基本据自冯惟讷《诗纪》。潘璁本五言《咏怀诗》据自及朴本，且据朱承爵本保留了它本未见的四言《咏怀诗》十三首，极具文献价值。校勘整理阮籍集应以潘璁本为底本，范钦等本为参校本。

第二节　支遁集

　　支遁集是传世僧人集中最早的诗文集，也是六朝时期僧人集的仅存之集。清吴仰贤跋明末吴家騆刻本《支道林集》云："晋代沙门多墨名而儒行，若支遁尤矫然不群，宜其以词翰著也。"《高僧传》即明确称编有支遁集，除支遁外，南朝宋僧人如慧远、慧琳、释昙谛和释慧净等的诗文均编有集子（参见《出三藏记集》和《高僧传》），是当时僧人操笔文翰而文士化的表现。支遁集大抵散佚于唐末，今存者乃明人重编本，主要有明嘉靖间杨氏七桧山房抄本《支遁集》和皇甫涍刻《支道林集》两种版本。两者均据《高僧传》等典籍辑出支遁诗文而重编成书，由于校订方式的不同而存在诸如卷第、篇目和正文文字等方面的差异。上述差异又为此后的支遁集抄本或刻本基本遵循，遂形成两种判然有别的版本系统，两本也分别成为各自系统的祖本。兹将存世支遁集的重要版本略加梳理，目的是确定支遁集各本的源流和文本地位，从而为整理支遁集在选择版本上提供依据。

一、支遁集的成书

支遁集至迟南朝梁时即已编定，南朝梁释慧皎《高僧传》卷四《晋剡沃洲山支遁》称："凡遁所著文翰集有十卷，盛行于世。"① 此为支遁诗文结集的最早记载。又《世说新语·文学篇》刘孝标注引《支道林集·妙观章》，《隋志》小注称支遁集"梁十三卷"，则注所据者当属此十三卷本，而非《高僧传》所载的十卷本，知梁时有两种卷第的集本流传。《文学篇》又注引支遁《逍遥论》，不言出自《支道林集》，似非十三卷本集中所收（或载于十卷本集中），推知梁时传本支遁集不惟卷第不同，收文亦间有出入。

支遁诗文见载于《高僧传》《弘明集》和《广弘明集》等典籍中，如《弘明集》所收者为《与桓太尉论州符求沙门名籍书》（卷十二）。《高僧传》所收者为《法护像赞》（卷一），以及《座右铭》《还东山上书》《与高骊道人论竺法深书》《于法兰像赞》和《于道邃像赞》（上述诸篇均在卷四），此外《释藏迹》卷八载《大小品对比要钞序》，以上诸篇应本自十卷本支遁集。《广弘明集》载《释迦文佛像赞》《阿弥陀佛像赞》《文殊师利赞》《弥勒赞》《维摩诘赞》《善思菩萨赞》《法作菩萨不二入菩萨赞》《閒首菩萨赞》《不眴菩萨赞》《善宿菩萨赞》《善多菩萨赞》《首立菩萨赞》《月光童子赞》（上述诸篇皆在卷十五），卷三十载《四月八日赞佛诗四首》《咏八日诗三首》《五月长斋诗》《八关斋诗三首》《咏怀诗五首》《述怀诗二首》《咏大德诗》《咏禅思道人》和《咏利城山居》，当亦本自十卷本。考虑到支遁在佛学史上的重要地位，推测十卷本或类比释藏，主要在僧众中流传；而十三卷本属秘阁整理本，以世俗本的面貌流传。按《高僧传》卷七《宋江陵

---

① 汤用彤:《高僧传校注》，第 164 页。

琵琶寺释僧彻》云："遍学众经,尤精《波若》。又以问道之暇,亦厝怀篇牍,至若一赋一咏,辄落笔成章。"① 卷八《梁剡法华台释昙斐》云："制作文辞,亦颇见于世。"② 又卷十一《宋京师庄严寺释僧璩》云："总锐众经,尤时《十诵》,兼善史籍,颇制文藻。"③ 东晋南朝僧人除精研佛经外,尚熟稔诗赋诸体文章创作,具有明显的文人化、世俗化倾向。推断十三卷本支遁集溢出之三卷,大抵主要载其无过多关涉佛理的诗咏文辞等篇什,如《文选》孙绰《天台山赋》李善注引支遁《天台山铭序》等。

《隋志》著录晋沙门《支遁集》八卷,至两《唐志》均著录为十卷(《新唐志》乃照抄《旧唐志》,不宜作为北宋时尚有十卷本支遁集之证),吴士鉴先生称:"《高僧传》四遁有文翰集十卷,盖为《唐志》之所本。"④ 宋代以来史志未见著录,而宋高似孙《剡录》卷五著录《支遁集》八卷,疑抄自《隋志》,并不意味着宋代实有其书。推测支遁集唐末散佚,徐钤跋《邵武徐氏丛书初刻》本《支遁集》称"久佚弗传",傅以礼称"散佚由来久矣"(《华延年室题跋》卷中《支道林集》)。又或称:"诗文佚于唐宋之间"⑤,"惜其集赵宋时已亡"⑥。今传支遁集乃明人辑自《高僧传》等的重编本,不存在据宋元本重编或重刻的问题,恰如孙星衍所称"是后人掇拾之本"⑦。现存支遁集最早的版本是明嘉靖十四年(1535)杨氏(即杨仪)七桧山房抄本《支遁集》二卷(以下简称"杨氏抄本"),该本无序跋交代据何本而抄。沈津先生称此本"或是后人缀集丛残而成"⑧,杨氏抄本确属明人重编本。即据《高僧传》《弘明集》和《广弘明集》辑出支遁诗文重加编次而成,主要表现在下述两方面:

第一,杨氏抄本中的支遁诗辑自《广弘明集》。据杨氏抄本目录,收诗十八

---

① 释慧皎:《高僧传》,第277页。

② 同上,第342页。

③ 同上,第430页。

④ 吴士鉴:《补晋书经籍志》,《二十五史补编》本,北京:中华书局,1955年,第3893页。

⑤ 沈津:《书城挹翠录》,上海:上海社会科学院出版社,1996年,第158页。

⑥ 张富春:《支遁集校注》凡例,成都:巴蜀书社,2014年,第47页。

⑦ 孙星衍:《平津馆鉴藏记书籍》,第144页。

⑧ 沈津:《书城挹翠录》,第158页。

首，篇目为《咏怀诗五首》《述怀诗二首》《土山会集诗三首》《咏利城山居》《咏禅思道人》《四月八日赞佛诗》《咏八日诗三首》《五月长斋诗》《咏大德诗》。即辑自《广弘明集》，以该书明万历刻本为据（万历本虽晚于嘉靖间杨氏抄本，但作为《广弘明集》文献本身而言篇次和篇题应基本属原本之貌）略作说明。《广弘明集》所载支遁诗的次序是《四月八日赞佛诗四首》《咏八日诗三首》《五月长斋诗》《八关斋诗三首》《咏怀诗五首》《述怀诗二首》《咏大德诗》《咏禅思道人》和《咏利城山居》。杨氏抄本的次序有调整，且诗题略有改动，即《四月八日赞佛诗四首》去掉"四首"两字。按《咏八日诗三首》即含在此四首诗中，而《咏八日诗三首》既已单独作为篇题，不宜再称"四首"。又将《八关斋诗三首》改题为《土山会集诗三首》。再者支遁诗重编时也经过校订，故与《广弘明集》相校存在异文（同时校以皇甫涍刻本），如：

　　《八关斋诗三首》其三"从容逴想逸"，杨本"想"作"相"，涍本同《广弘明集》。

　　《咏怀诗五首》其一"中路高韵益"，杨本"益"作"溢"，涍本同。

　　"寥亮心神莹"，杨本"莹"作"坚"，涍本同《广弘明集》。

　　其二"眇闇玄思劢"，杨本"玄"作"忘"，涍本同《广弘明集》。

　　"萧萧柱下迥"，杨本"迥"作"廻"，涍本同《广弘明集》。

　　"几忘映清渠"，杨本"几"作"机"，涍本同《广弘明集》。

　　其三"髣髴岩堵仰"，杨本"堵"作"阶"，涍本同《广弘明集》。

　　"缥瞥邻大象"，杨本"大"作"人"，涍本同。

　　《咏怀诗二首》其一"惚怳迥灵翰"，杨本"迥"作"廻"，涍本同。

　　"息肩栖南嵋"，杨本"息"作"自"，涍本同《广弘明集》。

　　其二"穷理增灵薪"，杨本"薪"作"新"，涍本同《广弘明集》。

　　《咏利城山居》"捲华藏纷雾"，杨本"华"作"笔"，涍本同《广弘明集》。

　　"长啸归林岭"，杨本"岭"作"领"，涍本同《广弘明集》。

　　第二，支遁文辑自《高僧传》《弘明集》和《广弘明集》。杨氏抄本收文五篇，即《上皇帝书》《座右铭》《释迦文佛像赞》《阿弥陀佛像赞》和《诸菩萨赞十一首》。其中《上皇帝书》《座右铭》均辑自《高僧传》卷四，以该书永乐北臧本为据，云："遁淹留京师涉将三载，乃还东山，上书告辞曰（云云）。"编者辑出拟题为"上皇帝书"。又云："僧众百余，常随禀学，时或有惰者，遁乃著座右铭曰（云云）。"编者辑出，照题"座右铭"。《释迦文佛像赞》和《阿弥陀佛像赞》均辑自《广弘明集》卷十五，编者所题同《广弘明集》。《诸菩萨赞十一首》亦辑自《广弘明集》同卷，所异者编者将十一首赞文系于"诸菩萨赞十一首"之称的总题名。但编者所辑不全，遗漏《高僧传》中如《法护像赞》《与高骊道人论竺法深书》，以及《弘明集》中《与桓太尉论州符求沙门名籍书》等。故该本辑录尚未赅备，就文献价值而言反不及清人辑刻本（如清光绪间徐斡《邵武徐氏丛书初刻》本《支遁集》），傅以礼即称："集中诗文全见《弘明集》（不完全准确），若《古清凉传》所载《文殊像赞序》即未采及，是仅就一书钞撮成编，曷贵有此辑本乎？"①

杨氏抄本之后，有嘉靖十九年（1540）皇甫涍刻本（以下简称"皇甫涍本"），略补杨氏抄本之憾，但也仅增辑《与桓太尉论州符求沙门名籍书》一篇（"桓太尉"改为"桓玄"）。另外支遁诗篇目顺序同《广弘明集》，但篇题有差异，如依据《广弘明集》作"四月八日赞佛诗四首"，而该本将《咏八日诗三首》合于此诗中，以"其一"至"其四"相别，不再另题"咏八日诗三首"。又将"咏利城山居"改题为"咏山居"。按皇甫涍《支道林集序》云："庚子（1540）之秋，予既淹迹魏墟，旋迈江渚，徜徉西山，乃眷考卜，颇悦幽人之辞而玩焉。往岁或觏支篇，时复兴咏，自得于怀，并拾遗文附为一集，刊示同好。"涍所见"支篇"属何人所编不详，所谓"并拾遗文"也不过增辑一篇而已。以支遁诗为例，涍辑录时亦作校订（校以《广弘明集》和杨氏抄本），如：

> 《八关斋诗三首》其一"三界赞清休"，涍本"休"作"攸"，杨本同《广弘明集》。

> 《咏怀诗五首》其三"神疎含润长"，涍本"疎"作"蔬"，杨本作"疎"。

---

① 傅以礼：《华延年室题跋》，主父志波标点，上海：上海古籍出版社，2009年，第187页。

"缥瞥邻大象"，涔本"大"作"人"，杨本同。

其四"惔怕为无德"，小注称"惔怕"两字"一作澹泊"，涔本作"憺怕"，杨本同《广弘明集》。

《述怀诗二首》其一"萧萧猗明翮"，小注称"猗"字"一作椅"，涔本作"椅"，杨本同《广弘明集》。

《咏利城山居》"动求目方智"，涔本"目"作"自"，杨本同《广弘明集》。

"玉洁其岩下"，涔本"其"作"箕"，杨本同《广弘明集》。

推断杨氏抄本和皇甫涔本中的支遁诗，虽均辑自《广弘明集》，但在校订文字的取舍上存在差异。皇甫涔本除增辑一篇支遁文外，尚有两处不同于杨氏抄本。即杨氏抄本所题《上皇帝书》，涔本题《还东山上书》，属直接截取自永乐北藏本《高僧传》"乃还东山，上书告辞曰"句。又杨氏抄本中的《诸菩萨赞十一首》，涔本据《广弘明集》逐一照题篇名，无拟题总名。两本的差异如辑录的篇目、篇题不同，以及与所辑底本的文字并不相一致。王京州即称："皇甫涔序刊本与七桧山房抄本渊源相同，其中七桧山房抄本与祖本面貌差似，而皇甫涔序刊本则经过了重排与重辑，因此面貌发生了较大改变。"[1]

按黄省曾《五岳山人集》卷二十四《支道林文集序》云："仆是流观内典，辑萃尚文……则安般四注，漆旨千言，皆可该妙于此集矣。序而藏之，以传好者。"所编似在杨氏抄本和皇甫涔本之前，但难以确定两本是否依据黄本传抄或传刻，现亦未见有黄省曾编本支遁集传世。总之，杨氏抄本和皇甫涔本代表了明人两种不同的支遁集重编本，此后的诸本支遁集均直接或间接源自此两本。

二、支遁集的版本系统

杨氏抄本和皇甫涔本是明清诸本支遁集的两种祖本，代表了两个不同的版

---

[1] 王京州：《支遁集版本叙录》，《古籍整理研究学刊》2014 年第 3 期，第 26 页。

本系统，恰如有学者所称："明抄本与明刻本是以两个不同的版本源流并存的。"①
杨氏抄本系统包括明末冯氏抄本（以下简称"冯氏抄本"）、清东武刘氏味经书
屋抄本（以下简称"刘氏抄本"）和李盛铎木犀轩抄本（以下简称"木犀轩本"）
等，皇甫汸本系统主要是据汸本重刻的明末吴家骕本（以下简称"吴家骕本"）。
冯氏抄本和刘氏抄本均保留杨氏抄本的篇目，不再作支遁诗文的增辑，就连习
见于皇甫汸本和吴家骕本中而未载的《名籍书》也视而不见。同样吴家骕本也
置《高僧传》等所漏辑者不顾，悉数照旧保留皇甫汸本篇目，形成判然有别的
两种文本谱系。

（一）杨氏抄本系统

其一，杨氏抄本。此属两卷本，现藏上海图书馆。其行款版式为十行十八字，
白口、左右双边，单黑鱼尾，版心上镌"嘉靖乙未七桧山房"。卷端题"支遁集
卷上"，次行低七格题"东晋沃州山沙门支道林"。卷首有《支遁文集录目》。卷
首副叶有莫棠朱笔题跋，云："此明嘉靖中吴郡杨仪钞本，光绪辛卯（1891）得
于苏州，顷又获嘉庆十年（1805）潘奕隽序支硎山僧寒石刊本，盖即从此本转
写者。阮氏进本乃据汲古旧抄，篇卷相同。近人有藏叶石君钞本者，亦据此本
校过。然则此盖吴下最古最著之钞本也。无意遇之，欣赏曷已！"次傅增湘题识，
云："丙辰（1916）八月影钞二卷毕，江安傅增湘谨誌。"该本为存世最早版本，
以致有学者称是"后世抄本与刻本的祖本"②，但非皇甫汸刻本系统的祖本。

杨氏抄本的一个显著特色是书眉处贴有浮签，如《咏怀诗五首》其四"孤
哉自有邻"句之"有邻"两字，原本作"小字偏写"（借用冯氏抄本中的专称术语）
样式，浮签校语称"二字照样移中些"；按冯氏抄本此两字样式同杨氏抄本，皇
甫汸本和刘氏抄本均作正字。《述怀诗二首》其二"恢心委形度"句之"恢"字
有涂改，在地脚处补抄此字的正确之字，浮签校语称"板框外字移入板中，框
外勿再刻"。《土山会集诗三首》其一"蔼若庆云浮"句之"云浮"两字亦作"小

① 袁子微：《支遁集六种版本考述》，《广西师范大学学报》（哲学社会科学版）2013年第6期，
第86页。

② 陈先行：《打开金匮石室之门：古籍善本》，上海：上海文艺出版社，2003年，第222页。

字偏写"状，浮签校语称"二字照样移中些"。按冯氏抄本、刘氏抄本均同杨氏抄本，万历本《广弘明集》作"小字双行"，皇甫涍本作正字。《咏利城山居一首》"渎涌荡津"句原本漏抄"四"字，补抄此字在旁侧，浮签校语称"此字排入行中"。综合诸条浮签内容，推断杨氏抄本曾作为刊刻支遁集写样的底本，写样更正了杨氏抄本中如"小字偏写"的情况。在刻支遁集的过程中，又据写样和杨氏抄本核校，而在杨氏抄本中留下了上述浮签。所刻支遁集不详，但从皇甫涍本与杨氏抄本存在的异文及篇目不同（详下文所述）断定并非涍本。

　　杨氏抄本另一个特色是保留了明人删字的标识特征，《咏利城山居一首》"捲笔华藏纷雾"句，"笔"和"华"两字有一字为衍入，杨氏抄本在"华"字旁有"華"标识，表示删除"华"字而作"捲笔藏纷雾"。这种标识属古人的习惯做法，之所以拈出是因为冯氏抄本中相应的出现了另一个符号"華"，即表示保留"华"字而作"捲华藏纷雾"。按皇甫涍本、万历本《广弘明集》均作"华"。

　　总之，杨氏抄本不仅属现存支遁集最早的版本，还曾作为刊刻支遁集写样的底本，即属此后抄本（如冯氏抄本、毛氏汲古阁抄本、叶奕抄本、叶石君抄本、刘喜海抄本等）和刻本的祖本。只不过据杨氏抄本的传刻本，不详其实，亦未见有传本存世。

　　其二，冯氏抄本。此本原系国立北平图书馆旧藏，现藏台北"故宫博物院"，版本著录为"明末冯氏抄本"。据所钤"知十印"，知当为冯知十抄本。其行款版式为九行二十字，黑口、左右双边，单白鱼尾，黑格。版心中镌"支遁集"和卷次及叶次。左栏外题"冯氏家藏"四字。卷端题"支遁集卷上"，次行低八格题"东晋沃州山沙门支道林"。卷首有《支遁文集录目》，篇目同杨氏抄本。王重民先生称该本内容"与阮元进呈本同，阮氏据汲古阁本过录，而冯、毛有姻娅之联，则两本或同出一源也"[1]，或称该本"当从七桧山房抄本而来"[2]。按韦力先生《批校本》著录的冯氏抄本《支遁集》，有清顺治四年（1647）冯武跋，云："太岁丁亥腊月望夜取校汲古阁本，与此本同。"[3]印证所谓的"源"当即杨氏七

① 王重民：《中国善本书提要》，第 493 页。

② 王京州：《支遁集版本叙录》，第 26 页。

③ 参见韦力：《批校本》，南京：江苏古籍出版社，2003 年，第 13 页。

桧山房抄本。兹以冯氏抄本校以支遁集各本，如：

> 《述怀诗二首》其一"自肩棲南嵋"，涔本"自"作"息"，杨本、刘本均同冯抄本。
>
> "萧萧猗明翮"，涔本"猗"作"椅"，杨本、刘本均同冯抄本。
>
> 其二"穷理增灵新"，涔本"新"作"薪"，杨本、刘本均同冯抄本。
>
> 《土山会集诗三首》其一"三界赞清休"，涔本"休"作"攸"，杨本、刘本均同冯抄本。
>
> 其三"从容遐相逸"，涔本"相"作"想"，杨本、刘本均同冯抄本。
>
> 《咏利城山居一首》"动求目方智"，涔本"目"作"自"，杨本、刘本均同冯抄本。
>
> "峻无单豹代"，涔本"代"作"伐"，杨本、刘本均同冯抄本。
>
> "长啸归林领"，涔本"领"作"岭"，杨本、刘本均同冯抄本。

推断冯氏抄本确属抄自杨氏七桧山房抄本，而刘喜海味经书屋抄本则属此杨氏抄本系统。冯氏抄本也有校订，如《咏怀诗五首》其二"反鉴归澄漠"句之"反"字，冯本改作"及"；《土山会集诗三首》其三"解带长陵岥"句之"岥"字，杨本有涂改，可辨右半部为"皮"，断定为"岥"，冯本改作"岐"；《咏利城山居一首》"讬好有常因"句之"讬"字，冯本改作"记"；又同诗"捲笔藏纷雾"句之"笔"字，冯本作"华"；"振褐拂埃尘"句之"振"字，冯本改作"震"等。冯本也有漏抄，如《咏怀诗五首》其三"晞阳熙春圃，悠缅叹时往。感物思所讬，萧条逸韵上"，冯本"韵上"诸字未抄。冯本校语称"韵上应空八字"（实际是十八字），不详其故。刘氏抄本亦未抄，印证据冯氏抄本而抄。冯氏抄本还存在误抄之处，如《咏怀诗五首》其二"萧萧柱下廻"，"柱"误作"桂"。总体而言，冯氏抄本只是七桧山房抄本的再抄本，并无太多版本及文献价值可言。

其三，刘氏抄本。此本现藏国家图书馆（编目书号10177），行款版式为十一行二十二字，白口、四周双边，单绿鱼尾，绿格。卷首有《支遁集录目》，篇目同杨氏和冯氏抄本，但在正文中漏抄《咏八日诗三首》。或称该抄本"盖从冯氏家藏本转抄"①，据其与冯抄本均漏抄《咏怀诗五首其三》"韵上"诸字推断确据冯氏抄本而抄。但也略有异处，如《咏利城山居一首》"卷华藏纷雾"，刘本"华"作"笔"，同杨氏抄本；《四月八日赞佛诗》"恬伯五所营"，刘本"伯"作"泊"等。该抄本的版本及文献价值基本等同于冯氏抄本。

其四，木犀轩本。此本现藏北京大学图书馆（编目书号 LSB/3241），《木犀轩藏书题记及书录》著录为"清光绪三十一年（1905）木犀轩传录明崇祯三年（1630）抄本"，云："末录谢安《与支遁书》，后题'崇祯庚午三月一字主人记'，盖从明抄传录。"②"一字主人"暂未考出谁氏，限于条件笔者亦未能经眼此帙抄本，疑此崇祯抄本同样出自七桧山房抄本。

（二）皇甫涍本系统

其一，皇甫涍本。此本属一卷本，现藏国家图书馆（编目书号 4249），其行款版式为九行十六字，白口、左右双边，单黑鱼尾，版心中镌"道林集"和叶次。卷端题"支道林集"。卷首有皇甫涍《支道林集序》，云："庚子（1540）之秋，予既淹迹魏墟……往岁获觊支篇，时复兴咏，自得于怀，并拾遗文附为一集，刊示同好。"次《支道林集目》，目录为诗凡八篇十八首，即《四月八日赞佛诗四首》《五月长斋诗》《八关斋诗三首》《咏怀诗五首》《述怀诗二首》《咏大德诗》《咏禅思道人》和《咏山居》，杂文十六篇，较杨氏抄本增《与桓玄论州符求沙门名籍书》一篇。根据冯氏抄本与皇甫涍本、杨氏抄本的比勘，涍本属支遁集的另一版本系统，篇目、正文文字和卷第均存在差异。准确而言，皇甫涍本与杨氏抄本辑自相同典籍重编支遁集，由于采取了不同的校订方式而形成的两种文本谱系。

其二，吴家驷本。此本现藏国家图书馆（编目书号 11368），行款版式为九行二十字，白口、左右双边，单黑鱼尾。版心上镌"支道林集"，下镌叶次和写工名。卷端题"支道林集"，次行、第三行均低十格分别题"长洲皇甫涍子安

①　王京州：《支遁集版本叙录》，第 28 页。

②　张玉范整理：《木犀轩藏书题记及书录》，北京：北京大学出版社，1985 年，第 253 页。

编""吴江史玄弱翁校"。卷首有皇甫涍《支道林集序》，序末抄录阮元《四库未收书提要》"支遁"条。次清人吴仰贤（牧驹）题跋并抄录梁会稽嘉兴寺沙门慧皎撰《晋高僧剡沃洲支道林传》，次《支道林集目》。附《外集》一卷，明史玄辑，首有《支道林外集小序》，云："集故有八卷，子安所拾才十有三四。余更以道人隽语佳事，并而列之，附为别集。"次《支道林外集目》。《外集》末有吴家骐《读支道林外集后》，云："支公集始于子安，《外集》则余友弱翁编辑，余请刊布以鼓风流也。"该本支遁诗文乃以皇甫涍本为底本而重刻，但也作了部分文字的校订，如：

> 《咏怀诗五首》其一"寥亮心神莹"，涍本"莹"作"莹"。
> 其二"萧萧柱"，涍本"廻"作"迴"。
> 其四"石室庇微身"，涍本"室"作"宇"。
> 《座右铭》"空同五音"，涍本"音"作"阴"。
> 《释迦文佛像赞》"紵袗储宫"，涍本"紵"作"纤"。
> "资穷岩之襬褐"，涍本"资"作"贸"。
> "量褒太清"，涍本"褒"作"裹"。
> "恬智交潯"，涍本"潯"作"泯"。
> "缅路攸廻"，涍本"攸"作"悠"。

有的校订是错误的，如"五阴"作"五音"，"五阴"是五蕴的旧译（详参丁福保《佛学大辞典》）；又如改"贸"为"资"，按《佛说太子瑞应本起经》云："太子自念：我已弃家，在此山泽，不宜如凡人，被服宝衣，有欲态也。乃脱身宝裘，与猎者贸鹿皮衣。"《像赞》即化用此典实，故作"贸"字为是。此外该本中还存在脱字（作墨钉），如《释迦文佛像赞》"美既青而口蓝"，涍本作"青"；《阿弥陀佛像赞》"学文喻口而贵言"，涍本作"兮"等。可见，吴家骐本不宜作为校勘整理支遁集的底本使用。

综上，现存支遁集为明人根据《高僧传》等辑出支遁诗文的重编本，存在辑录不全的问题。支遁集存世较早的两种版本是明嘉靖间杨氏七桧山房抄本和皇甫涍刻本，两者均属辑自相同典籍的重编本。但由于重编过程中校订方式的不同而使得两本在篇目、卷第和正文文字等方面产生差异，遂形成支遁集的两种版本系统。明末冯氏抄本《支遁集》据杨氏抄本而抄，存在校订改字之处。清刘喜海味经书屋抄本又基本抄自冯氏抄本，两本总体而言不具备杨氏抄本之外的版本校勘及文献价值。明末吴家骕刻本《支道林集》乃以皇甫涍本为底本而重刻，又经校订，存在底本不误而误订之例。校勘整理支遁集，应以皇甫涍本为底本，以杨氏七桧山房抄本为校本，篇目可适当再据它本辑录。

第三节　谢灵运集

　　六朝旧集形态的谢灵运集大致散佚于唐末，自宋人开始辑编谢灵运诗文以重建谢灵运集文本，主要为《三谢诗》本和《六朝诗集》本。两者均属谢灵运的诗集，而且诗篇乃直接辑自《文选》，还不宜视为完整意义上的谢灵运"集"本，但它代表了宋代重构谢集文本的努力。明人重编谢灵运集，包括诗集和诗文合编之集两种文本面貌，前者如黄省曾编本，首次辑录了流传较为罕见的十三首谢诗，为此后各本谢集所继承。后者如沈启原本、张燮《七十二家集》本等，特别是张燮本辑录堪称完备。谢灵运集的校勘整理，如顾绍柏先生《谢灵运集校注》允称校辑注释精当之本，但未参校黄省曾本，应适当据以补校。通过存世谢灵运集各本的梳理，既有助于考察谢集的重编、文本来源、篇目增益及校订情况，也能够清晰地呈现出谢灵运集在文本内容和面貌两方面的源流关系及递次演进。

一、谢灵运集的编撰与流传

　　谢灵运在南朝文坛颇具盛誉，《魏书·文苑·温子昇传》载北魏济阴王拓跋晖业称："江左文人，宋有颜延之、谢灵运，梁有沈约、任昉，我子昇足以陵颜轹谢，含任吐沈。"钟嵘《诗品》也称以"元嘉之雄"。故其诗文在当时备受欢迎，

《宋书》谢灵运本传云："每有一诗至都邑，贵贱莫不竞写。"①这意味着谢灵运在世时应有诗集文本的编定，但本传仅称"所著文章传于世"，不言有集之编。结合相关史料，至迟在南朝梁时便存在编撰成书形态的本集。按《诗品》称："谢灵运诗，其源出于陈思"，乃"五言之冠冕，文章之命世也"；又引汤惠休语云："谢诗如芙蓉出水，颜如错彩镂金，颜终身病之。"《南史·颜延之传》云："延之尝问鲍照，己与灵运优劣，照曰：谢五言如初发芙蓉，自然可爱。君诗若铺锦列绣，亦雕缋满眼。"②此必据当时流传的谢灵运诗文集编本方能作出此论，而此集当即《隋志》小注所称的"梁二十卷、录一卷"本。梁本即《七录》著录本，是公私书目中有关谢灵运集的最早明确著录。

至《隋志》著录为十九卷，略有损佚。两《唐志》则均著录为十五卷（《新唐志》乃据抄自《旧唐志》，并非北宋时尚有谢集流传），又有阙佚。按唐段成式《酉阳杂俎》称"惟《谢康乐集》中言竹间水际多牡丹成式"（所引未见于今明刻诸本谢集中），所据之集当即《旧唐志》著录本。降至两宋，《崇文总目》《郡斋读书志》和《直斋书录解题》等公私书目均未见著录，仅见于《遂初堂书目》著录（不题卷数）。故有学者称："运著作和所纂总集散佚，是在宋室南渡前后。"③按《舆地纪胜》卷二十九引有《谢康乐集序》，推断南宋有谢集之流传，且存有集序之篇，当即尤袤著录本。同时也可推断尤袤本属南宋初自总集、类书等辑出谢灵运诗文的重编本，作为六朝旧集的谢集或在唐末时即散佚不传。《宋史·艺文志》著录为九卷本，疑亦即尤袤本，或称："谢灵运原有集，但至晚于宋末元初已散佚不全乃至亡佚。"④大致元明之际，此九卷本不传。

北宋人唐庚编有《三谢诗》，海源阁曾藏有宋本，20世纪30年代日本桥川时雄影印行世。该本有谢灵运诗三十二篇四十首，即《述祖德诗二首》《九日从宋公戏马台集送孔令诗一首》《邻里相送方山诗一首》《从游京口北固应诏一首》

---

① 沈约：《宋书》，第1754页。

② 李延寿：《南史》，第881页。

③ 顾绍柏：《谢灵运集校注》，台北：里仁书局，2004年，第639页。

④ 吴冠文：《诗论黄省曾刻〈谢灵运诗集〉的意义与作用》，《深圳大学学报》（人文社会科学版）2007年第5期，第104页。

《晚出西射堂一首》《登池上楼一首》《游南亭一首》《游赤石进帆海一首》《石壁精舍还湖中一首》《登石门最高顶一首》《于南山往北山经湖中瞻眺一首》《从斤竹涧越岭溪行一首》《庐陵王墓下一首》《还旧园作见颜范二中书一首》《登临海峤与从弟惠连诗一首》《酬从弟惠连一首》《初发都诗一首》《过始宁墅一首》《富春渚一首》《七里濑一首》《发江中孤屿一首》《初去郡一首》《初发石首城一首》《道路忆山中一首》《入彭蠡湖口作一首》《入华子岗是麻源第三谷一首》《乐府诗一首会吟行》《南楼中望所迟客一首》《斋中读书一首》《田南树园激流植援一首》《石门新营所住四面高山迥礴石濑茂林修竹诗一首》《拟魏太子邺中集诗一首》。唐庚编本代表了北宋重构谢灵运诗集文本的努力，也从侧面佐证谢集在北宋即已亡佚不传的事实。经与《文选》比对，上述诗篇均见于《文选》中，且与《文选》所载谢灵运诗的篇目次序相同。兹同时校以宋尤袤本、陈八郎本和明州本《文选》，以及《六朝诗集》本《谢康乐集》，如：

> 《述祖德诗二首》其一"段生藩魏国"，尤袤本"藩"作"蕃"，陈八郎本同，明州本、《六朝诗集》本同宋本。
>
> "临组作不渫"，尤袤本"作"作"乍"，陈八郎本、明州本、《六朝诗集》本同。
>
> 《九日从宋公戏马台集送孔令诗一首》"和乐信所缺"，尤袤本"信"作"隆"，陈八郎本、明州本、《六朝诗集》本同宋本，明州本校语称"善本作隆字"。
>
> "归客遂海隅"，尤袤本"隅"作"嵎"，陈八郎本、明州本、《六朝诗集》本同宋本，明州本校语称"善本从山"。
>
> 《邻里相送方山诗一首》"指期憩瓯越"，尤袤本"指"作"相"，陈八郎本、明州本、《六朝诗集》本同宋本，明州本校语称"善本作相字"。
>
> 《晚出西射堂一首》"步出西掖门"，尤袤本"掖"作"城"，陈八郎本、明州本、《六朝诗集》本同宋本。
>
> "清翠杳深沉"，尤袤本"清"作"青"，陈八郎本、明州本、《六朝诗集》本同。

《登池上楼一首》"徇禄及穷海"，尤袤本"及"作"反"，陈八郎本、明州本、《六朝诗集》本同。

"衾枕昧节侯，褰开暂窥临"，尤袤本无此两句，陈八郎本、明州本、《六朝诗集》本同宋本，明州本校语称"善本无此两句"。

《游南亭一首》"泽兰渐被径"，尤袤本"径"作"迳"，陈八郎本、明州本、《六朝诗集》本同宋本。

"已观朱明移"，尤袤本"观"作"觌"，陈八郎本、明州本、《六朝诗集》本同宋本，明州本校语称"善本作觌"。

推断《三谢诗》所载谢灵运诗乃辑自《文选》，据文字与陈八郎本尤其是明州本相近，依据的应该是六臣注（主要即五臣注，明州本的底本是五臣本）本《文选》。但也存有异文，如《述祖德诗》中"乍"作"作"（两字相通）、《登池上楼一首》"反"作"宋"等，推测《三谢诗》在重编中又作了校订。整体而言，《三谢诗》本谢灵运诗乃据自《文选》而重编，尽管可以视为谢灵运的"诗集"，但它并不具备作为谢灵运诗文集一个"独立"版本的价值。又明嘉靖刻本《六朝诗集》有《谢康乐集》，该本系翻刻宋本，故《谢康乐集》也属宋人辑编。共收诗三十二篇，篇目及次序均同《文选》和《三谢诗》本，且经比对与五臣本文字一致。印证《六朝诗集》本谢集虽称之为"集"，但实际直接袭自五臣本《文选》，同样不具备作为独立版本的价值。

明代最早辑录谢灵运诗者是李梦阳，《空同集》卷五十载《刻陆谢诗序》云："今辑陆诗得八十六首，谢诗六十四首，俾徐生刻于邑斋。"[①] 徐生指徐昌毂，徐氏刻本今已不传。该本既称辑得"谢诗六十四首"，则在《三谢诗》本及《六朝诗集》本的基础上又有所增益，成为明人辑刻谢诗的依据性文本。黄省曾刻本《谢灵运诗集》即以之为基础，《空同集》卷六十二载黄省曾致李梦阳书，言及谢集中诗篇的评价问题，或即与辑刻《谢灵运诗集》有关。但上述诸本均属

---

① 李梦阳：《空同集》，影印《四库明人文集丛刊》本，上海：上海古籍出版社，1991 年，第465 页。

谢灵运诗的辑编，尚不包括文在内，现存最早的谢灵运诗文集合编本是明万历十一年（1583）沈启原刻本《谢康乐集》（以下简称"沈启原本"）。此后的汪士贤编《汉魏六朝二十一名家集》本、《汉魏六朝诸家文集》本和《汉魏诸名家集》本，以及张燮《七十二家集》本和张溥的《汉魏六朝百三名家集》本均以此本为底本，诗文又略有增益。

二、谢灵运集的版本系统

现存谢灵运集分为两类：一类是诗集，如《三谢诗》本、《六朝诗集》本和明嘉靖间黄省曾辑刻《谢灵运诗集》二卷（以下简称"黄省曾本"）等；一类是诗文合编，如沈启原刻本（四卷本）和明人辑刻丛编本等。顾绍柏先生称："今所见诗文集都是明清人据总集、类书、史书等纂辑而成。"① 但也隐含一些细节性问题需要梳理和澄清，如黄省曾编本的文本来源、沈启原本的误收和重收，以及各本之间的篇目及版本关系等。兹略述各本如下：

其一，黄省曾本。此本现藏上海图书馆（编目书号线善 T64407），行款版式为十二行二十字，白口、左右双边，单黑鱼尾。版心上镌本版字数，中镌"谢灵运诗"和卷次及叶次。卷端题"谢灵运诗集上"，次行低十格题"吴郡黄省曾编集"。卷首有黄省曾《谢灵运诗集序》，云："后予南游会稽，偶于山人家见旧写本，取展读之。又得登游之诗，自《永嘉绿嶂山》以下十三首，皆世所未睹。精驳固存，而格体象兴，词致咸与所集无别，美哉丽矣。三复遗篇，如获罕宝。窃念不与广流，必尔亡逸，廼合其旧新，并入乐府，录为二卷。诗凡六十九首，刻之斋中，俾传布不朽焉。"

书中卷上、下分别首列本卷所载诗篇的目录。据目录，卷上三十一篇三十一首，即《从游京口北固应诏一首》《晚出西射堂一首》《登池上楼一首》《游南亭一首》《游赤石进帆海一首》《石壁精舍还湖中一首》《登石门最高顶一首》《于南北经北山往湖中瞻眺一首》《从斤竹涧越岭溪行一首》《登临海峤与从弟惠

---

① 顾绍柏：《谢灵运集校注》前言，第35页。

连一首》《过始宁墅一首》《富春渚一首》《七里濑一首》《登江中孤屿一首》《入彭蠡湖口作一首》《入华子冈是麻源第三谷一首》《田南树园激流植援一首》《石门新营所住四面高山迥溪石濑茂林修竹一首》《登永嘉绿嶂山一首》《郡东山望滨海一首》《发归濑三瀑布望两溪一首》《过白岸亭一首》《游岭门山一首》《白石岩下经行田一首》《行田登海口盘屿山一首》《石室山一首》《过瞿溪山饭僧一首》《登上戍石鼓山一首》《夜宿石门一首》《命学士讲书一首》《种桑一首》，其中《登永嘉绿嶂山一首》目下有小注称："自此以下十三首皆按古本录入。"

卷下二十九篇三十七首，即《述祖德诗二首》《九日从宋公戏马台集送孔令诗一首》《邻里相送方山诗一首》《庐陵王墓下一首》《还旧园作见颜范二中书一首》《酬从弟惠连一首》《初发都诗一首》《初去郡一首》《初发石首城一首》《道路忆山中一首》《会吟行一首》《南楼中望所迟客一首》《斋中读书一首》《拟魏太子邺中集诗八首》《君子有所思行一首》《悲哉行一首》《长歌行一首》《折杨柳行一首》《缓歌行一首》《泰山吟一首》《日出东南隅一首》《苦寒行一首》《豫章行一首》《善哉行一首》《陇西行一首》《顺东西门行一首》《上留田行一首》《燕歌行一首》《鞠歌行一首》，其中《君子有所思行一首》目下有小注称："自此以下十六首皆按乐府录入。"实际是十五首，《乐府诗集》载谢灵运乐府诗十六首，其中一首即《会吟行》已载黄序所称的"旧"本中。故黄序称"凡六十九首"，乃误将《会吟行》重计在内，两卷合计实为六十篇六十八首。

根据黄序和篇目，此本的成书包括下述三种文本来源：其一，旧写本所载的十三首谢诗；其二，郭茂倩《乐府诗集》所载的谢灵运乐府诗（除《会吟行》一首之外）；其三，《三谢诗》本或《六朝诗集》本的三十二篇四十首诗。黄序所称的"迺合其旧新，并入乐府"，"旧"即指第三种文本，"新"即第一种所谓的"旧写本"。兹与《三谢诗》本和《六朝诗集》本相校，文字与《三谢诗》本更为接近，如《晚出西射堂一首》"清翠杳深沉"，《六朝诗集》本"清"作"青"，《三谢诗》本同黄本；《登池上楼一首》"棲川怍渊沉"，《六朝诗集》本"棲"作"栖"，《三谢诗》本同黄本，推断"旧"本指《三谢诗》本中的谢灵运诗。但黄省曾本也存在异文，如《九日从宋公戏马台集送孔令诗一首》"措景待乐阕"，《三谢诗》本、《六朝诗集》本"措"均作"指"。按《文选》吕延济注云："言指日影以待有司奏撤膳之乐终也。"当作"指"字为是。又《庐陵王墓下一首》"含情泛广川",《三谢诗》本、《六朝诗集》本"情"均作"悽"。按下句作"洒泪眺连冈",又吕延济注云:"悽,悲也。"当以作"悽"字为是。推断黄省曾在重编过程中又进行了校订,存在妄改旧本之处。

黄省曾据旧本过录的十三首诗,冯惟讷编《诗纪》(据国家图书馆藏明嘉靖甄敬刻本)载有五首。如《登永嘉绿嶂山诗》"践夕奄昏曙"句,校语称"践"字"一作残";《郡东山望溟海诗》,校语称诗题"一作东山望海";同篇"紫蘼晔春流"句,校语称"蘼"字"一作翘";《游岭门山》"渔舟岂安流"句,校语称"舟"字"一作商";《登上戍石鼓山诗》"戚虑庶有协"句,校语称"协"字一作"怗";《命学士讲书》"且布兰陵情"句,校语称"布"字"一作有"。印证尚有其他传本载有十三首诗中的部分诗篇,且存在异文,故黄序称"皆世所未睹"似有夸饰之嫌。或称:"《诗纪》这些诗显然并无别的辑录源头,应是从黄刻本辑录。"①这是不符合事实的。

黄省曾本尽管仅收诗作,但属现存谢灵运集最早的单行版本,有学者认为:"黄省曾辑本《谢灵运诗集》当产生于正德十年至嘉靖十年间。"②其辑录的诗篇是之后辑刻谢灵运集的基础。特别是黄省曾辑得的十三首诗,颇具文献价值,是校勘整理谢灵运集需要充分重视的一个版本。

其二,沈启原本。此本现藏国家图书馆(编目书号5043),行款版式为九行十八字,白口、左右双边,单黑鱼尾。版心上镌"谢康乐集",中镌卷次及叶次,下镌写工、刻工和本版字数。卷端题"谢康乐集卷之一",次行、第三行均低九格分别题"宋陈郡谢灵运撰""明樵李沈启原辑",第四行低十格题"秣陵焦竑校"。卷首有万历癸未(1583)焦竑《谢康乐集题辞》,云:"吾师沈道初先生冥搜博访,复得赋若干首、诗若干首、杂文若干首。譬之哀虬龙之片甲,集旃檀之寸枝,总为奇香异采,不可弃也。辑成合刻之以传,而以校事委余。"次《谢康乐集目录》《宋书本传》和节录《诗品》谢灵运之评。

---

① 吴冠文:《诗论黄省曾刻〈谢灵运诗集〉的意义与作用》,第107页。
② 同上,第105页。

据目录，卷一收赋一篇即《山居赋》；卷二收赋十三篇，即《征赋》《逸民赋》《怨晓月赋》《罗浮山赋》《岭表赋》《长溪赋》《江妃赋》《孝感赋》《归途赋》《感时赋》《伤己赋》《入道至人赋》《辞禄赋》。卷三收乐府和诗，相较于黄省曾本，乐府增益《相逢行》一篇；诗增益十八篇，即《岁暮》《彭城宫中直感岁暮》《咏冬》《三月三日侍宴西池》《七夕咏牛女》《登庐山绝顶望诸峤》《入冬道路》《夜发石关亭》《初发入南城》《初往新安至桐庐江》《离合诗》《石壁立招提精舍》《净土咏》《答谢惠连》《东阳溪中赠答》《临川被收》《临终诗》和《大林峰》。其中，《净土咏》即卷四中的《无量寿佛颂》，实际增益十七篇。另外，谢灵运《七里濑》诗本一首，沈启原将唐方干的《暮发七里滩夜泊严光台下》诗一首误作谢灵运诗而编入此诗中，径题"七里濑二首"。又《折杨柳行二首》其一"郁郁河边柳"此首，据《初学记》应为曹丕诗，题"见挽船士兄弟辞别诗"，沈本沿袭《乐府诗集》之误。又《咏冬》一首，《诗纪》有考订称："《艺文》新本字讹作灵运，考旧本正之。"此诗乃谢惠连所作。印证沈本在辑编过程中偶存误收和重收的情况，当然这是明人辑编六朝别集较为常见的现象。

卷四收谢灵运各体文章，即表两篇《谢封康乐侯表》《诣阙上表》，论一篇《辨宗论》，书四篇《劝伐河北书》《答范特近二首》《与庐陵王义真》《与弟二首》，志一篇《游名山志》，赞九篇《佛赞》《和范特近祇洹像赞》《佛赞》《菩萨赞》《缘觉声闻合赞》《王子晋赞》《衡山岩下见一老翁四五少年赞》《维摩经十譬赞八首》《侍汎舟赞》，诔四篇《宋武帝诔》《宋庐陵王诔》《昙隆法师诔》《庐山慧远法师诔》，铭二篇《书帙铭》《佛影铭》，颂一篇《无量寿佛颂》。除去重收的一篇，总计收录诗文一百一十六篇。

以沈启原本中的诗篇与黄省曾本相校，存在异文（为了揭示异文的文本依据，同时校以尤袤本和明州本），如：

《晚出西射堂一首》"步出西掖门"，沈本"掖"作"城"，尤袤本同，明州本同黄本。

"清翠杳深沉"，沈本"清"作"青"，尤袤本、明州本同。

《游南亭一首》"泽兰渐被径"，沈本"径"作"迳"，尤袤本同，明州本同黄本。

《述祖德诗二首》其一"段生藩魏国"，沈本"藩"作"蕃"，尤袤本同，明州本同黄本。

其二"万邦咸振慑"，沈本"振"作"震"，尤袤本同，明州本同黄本。

《九日从宋公戏马台集送孔令诗一首》"和乐信所缺"，沈本"信"作"隆"，尤袤本同，明州本同黄本。

"归客遂海隅"，沈本"隅"作"嵋"，尤袤本同，明州本同黄本。

《庐陵王墓下一首》"含情泛广川"，沈本"情"作"悽"，尤袤本、明州本同。

推断沈本辑录谢灵运诗文，主要依据李善注本《文选》又作了校订。沈本也有不同于其他各本的异文，如《登池上楼一首》"园林变鸣禽"，各本"园林"作"园柳"。

沈启原本是汪士贤辑编谢灵运集的依据底本，如《汉魏六朝二十一名家集》本、《汉魏六朝诸家文集》本和《汉魏诸名家集》本（此三种丛编本卷端均题"明秣陵焦竑校"，但并非直接用沈本版片重印，而属重刻沈本）。至张燮《七十二家集》本，在沈本基础上又有所增辑，《谢康乐集序》称"故因增定康乐集"。诗增益一篇即《送雷次宗》，而沈本中的《岁暮》和《咏冬》两首诗，张燮本则失收。文增益两篇，即《答纲琳二法师书》和《七济》。此后张溥的《百三名家集》本又基本因袭张燮本，有学者称该本"共收诗文一百一十九篇，但仍不全，它纠正了沈辑本的部分错误，同时又增加了一些新错误"①。如《楠溪》《泉山》二诗，实即《登永嘉绿嶂山》《石室山》诗的片段。因此整理校勘谢灵运集，丛编本的选择还是应以张燮本为据。

综上，作为六朝旧集的谢灵运集大致在唐末散佚不传，宋人的重编本均为诗集，且辑自《文选》（五臣本），并不存在其他的文本来源。而明黄省曾编本谢灵运诗集，其文本的构成存在三种来源：旧写本、《三谢诗》本或《六朝诗集》

---

① 顾绍柏：《谢灵运集校注》前言，第35页。

本和《乐府诗集》所载的谢灵运乐府诗，重编中又加以校订。沈启原本首次合编谢灵运诗赋和各体文章，诗篇相较于黄省曾本有所增益，同时依据李善注本《文选》校订黄本所载的谢灵运诗。沈启原本是明人辑编谢灵运集的依据性文本，其中张燮辑本又稍有增益。校勘整理谢灵运集应以沈启原本为底本，以黄省曾本和张燮本为参校本。特别是黄省曾本，学界未曾发掘使用，应引起重视。

第四节　沈约集

　　沈约集是六朝人集中卷帙较多的一种文人集，反映了沈约繁盛的诗文创作，也是其文学地位的体现。惜传世明人辑本沈约集仅四五卷，不及一百卷本原集的十之一，六朝人诗文损佚之巨实可慨叹。根据史志等著录，可清晰地描述出沈约集由全本到残本的演进过程。而今存沈约集则出于明人辑本，与宋代传本之间不具备文本的传承关系。印证绝大多数的六朝人集，即便是宋代旧本，在明代也已难以觅得，遑论作为古本（六朝本、唐本）的六朝旧集。尽管沈约集的文本地位属明人重编，但也形成了自身的版本演变系统，主要表现在篇目的增益。故有必要梳理各本之间的版本关系，有助于校勘整理沈约集进行底本和校本的选择。同时也需要通过校勘以摸清重编所依据的文献来源，从而清楚它的成书过程，成书问题是研究汉魏六朝别集的一个重要问题。

一、沈约集的编撰与流传

　　《梁书》沈约本传称其有《文集》一百卷行世，在南朝文人中属诗文撰作颇为丰硕者。《诗品》即称"所著既多"，又萧绎《论诗》（据严可均辑本题）称"诗多而能者沈约"。故沈约的文学地位也很高，萧纲《与湘东王书》云："至如近世谢朓、沈约之诗，任昉、陆倕之笔，斯实文章之冠冕，述作之楷模。"[①]又《梁书·文

---

① 萧纲：《与湘东王书》，严可均辑《全梁文》卷11，第3011页。

学传序》云："高祖聪明文思，光宅区宇，旁求儒雅，诏采异人，文章之盛，焕乎俱集……其在位者，则沈约、江淹、任昉，并以文采，妙绝当时。"①与其文学地位相适应，他的集子也很快地流传开来。按《诗品》云："休文众制，五言最优。详其文体，察其余论，固知宪章鲍明远也"，"今剪除泾杂，收其精要，允为中品之第也"，即据当时传本沈约集而立论。又《陈书·陆琼传》称陆从典，"幼而聪敏，八岁读沈约集"，似印证沈约诗"见重闾里，诵咏成音"（《诗品》）之说。《颜氏家训》引沈约语称"文章当从三易，易见事一也，易识字二也，易诵三也"，使得沈约集成为当时流传比较广泛的文本。

沈约集还流传至北方，《北齐书·魏收传》云："始收比温子昇、邢邵稍为后进，邵既被疏出，子昇以罪幽死，收遂大被任用，独步一时。议论更相訾毁，各有朋党。收每议陋邢邵文。邵又云'江南任昉，文体本疏，魏收非直模拟，亦大偷窃。'收闻乃曰：'伊常于沈约集中作贼，何意道我偷任昉。'任、沈俱有重名，邢、魏各有所好。"②又《太平御览》卷六百引《三国典略》云："魏收言及沈休文集，毁短之。徐之才怒曰：卿读沈文集，半不能解，何事论其得失。"北方士人不仅阅读沈约集，还从集子里直接寻找创作的典实辞藻。按《魏书·文苑·温子昇传》云："济阴王晖业尝云：江左文人，宋有颜延之、谢灵运，梁有沈约、任昉，我子昇足以陵颜轹谢，含任吐沈。"③沈约的文学影响力是其集子传至北方的直接原因。

《隋书·经籍志》著录《沈约集》一百一卷，小注称"并录"，相较于本集溢出的一卷即目录一卷，仍为本传所称之本。两《唐志》同《隋志》（《新唐志》乃抄自《旧唐志》，并非当时实有其书），但又并著录《沈约集略》三十卷，当即选自一百卷本的重编本。按《文选》卷三十载《和谢宣城诗一首》，李善注云："集云谢宣城朓卧疾。"所称之"集"当即《旧唐志》著录的《沈约集》，"谢宣城朓卧疾"乃沈集中该篇篇题下的小注。

北宋《崇文总目》著录为九卷，佚去大部，推测唐末沈约集散佚，仅存残

① 姚思廉：《梁书》，第 685 页。
② 李百药：《北齐书》，第 491—492 页。
③ 魏收：《魏书》，第 1876 页。

帙九卷。南宋初的《郡斋读书志》未著录沈约集，《遂初堂书目》著录，题"沈休文集"，不题卷数。《中兴馆阁书目》著录沈约集九卷、又诗一卷。疑九卷本即《崇文总目》著录本，而一卷本沈约诗或辑自《文选》等（《直斋书录解题》明确称诗凡四十八首，《文选》仅载十三首）。《直斋书录解题》则著录沈约集十五卷、别集一卷，又九卷（《文献通考·经籍考》同），云："约有文集百卷，今所存惟此而已。十五卷者，前二卷为赋，余皆诗也。别集杂录诗文，不分卷。九卷者皆诏草也。《阁馆书目》但有此九卷及诗一卷凡四十八首。"十五卷本和别集当属据它书（《文选》等文学总集或类书等）重辑沈约诗文的宋人编本。至《宋史·艺文志》惟著录九卷本和诗一卷本，而元明之际也均亡佚。今存沈约集乃明人辑四卷或五卷本，即明万历十三年（1585）沈启原刻本（国家图书馆藏，编目书号 2352，以下简称"沈启原本"）、明程荣刻本（国家图书馆藏，编目书号 19104，以下简称"程荣本"）、明万历四十一年（1613）刻武康四先生集本（国家图书馆藏，编目书号 9021，以下简称"武康四先生集本"）和明崇祯刻阮元声评点本《沈隐侯集》（国家图书馆藏，编目书号 t3718，以下简称"阮元声本"），还有一种是明嘉靖刻《六朝诗集》本《梁沈约集》一卷（乃翻自宋本，仅录诗赋二体，严格意义上还不能称为沈约的"集本"）。其中，沈启原本是沈约集的祖本，其他版本均源出此本。

　　沈启原本卷端题"明樵李沈启原辑"，书中卷首有万历乙酉（1585）张之象《沈隐侯集序》称："就李沈道初先生已刻谢集，而秣陵焦子弱侯序之矣。兹再刻沈集。"知沈本乃据它书中沈约诗文辑出而编为沈约集，作为文学总集的《文选》应属必参稽之书。另卷二《游钟山诗应西阳王教》"地险资岳灵"句小注称"地险"两字《文选》作险峭（明州本即作"险峭"，校语称"善本作地险字"，五臣本同，检尤袤本确作"地险"），印证重编沈集至少参校过《文选》，两者之关系值得研究。按《文选》载沈约诗十三篇，即《应诏乐游钱吕僧珍一首》《别范安成一首》（以上卷二十）、《钟山诗应西阳王教一首》《宿东园一首》《游沈道士馆一首》（以上卷二十二）、《早发定山一首》《新安江水至清浅见底贻京邑游好一首》（以上卷二十七）、《和谢宣城诗一首》《应王中丞思远咏月一首》《冬节后至丞相第诣世子车中作一首》《直学省愁卧一首》《咏湖中雁一首》和《三月三日率尔成一首》（以上卷三十）。又文四篇，即《奏弹王源》（卷四十）、《宋书谢灵运传论》《恩幸传论》（以上卷五十）和《齐安陆昭王碑文》（卷五十九）。兹以诗五篇和文一篇为例，诗以沈本为底本，与《文选》的尤袤本、明州本和陈八郎本，以及明嘉靖三十九年（1560）甄敬刻本《诗纪》相校。文则除《文选》各本外，另校以文渊阁《四库全书》本《文纪》，如：

卷二《侍宴乐游苑饯吕僧珍应诏》"推毂二崤道"，尤本"道"作"岨"，明州本同沈本，校语称"善本作阻字"，五臣本、《诗纪》同。

"饯席遵上林"，小注称"遵"字"一作尊"，尤本作"樽"，明州本、五臣本同。《诗纪》同沈本，小注"一作樽"。

《游钟山诗应西阳王教》"春光发陇首"，尤本"陇"作"垄"，明州本、五臣本、《诗纪》同沈本。

《酬谢宣城朓》"避世非避諠"，尤本"非"作"不"，明州本同沈本，校语称"善本作不字"，五臣本同。《诗纪》作"作"。

"揆予发皇鉴"，小注称"鉴"字"一作览"。尤本"予"作"余"，作"鉴"同沈本，明州本、五臣本均同尤本。《诗纪》同沈本，亦有此小注。

"晨趋朝建礼"，小注称"朝"字"一作游"。尤本、五臣本作"朝"，明州本作"游"，校语称"善本作朝字"。《诗纪》同沈本，亦有此小注。

"忧来命绿尊"，尤本"尊"作"樽"，明州本、五臣本作"罇"。《诗纪》同沈本。

《新安江至清浅深见底贻京邑游好》"洞澈随清浅"，尤本"清"作"深"，明州本、五臣本同。《诗纪》同沈本。

"霑君缨上尘"，尤本"霑"作"沾"，明州本、五臣本。《诗纪》同沈本。

《早发定山》"出浦水溅溅"，尤本"溅溅"作"浅浅"，明州本同沈本，校语称"善本作浅浅字"，五臣本同。《诗纪》同沈本。

"怀禄寄芳荃"，尤本"荃"作"荃"，明州本、五臣本同。《诗纪》同沈本。

卷三《奏弹王源》"礼教彫衰"，尤本"彫"作"雕"，明州本、五臣本、《文纪》同沈本。

"箕帚咸失其所"，尤本"箕帚"作"箕箒"，明州本、五臣本、《文纪》同沈本。

"臣实懦品"，尤本"懦"作"儒"，明州本、五臣本、《文纪》同沈本。

"胤嗣殄殁"，尤本"殁"作"没"，明州本、五臣本同，《文纪》同沈本。

"源即罪主"，尤本无"罪"字，明州本同沈本，校语称"善本无罪字"，五臣本同。《文纪》同沈本。

通过上述比对，沈本基本与《诗纪》相同，断定重编沈约诗主要依据冯惟讷辑《诗纪》。至于同《文选》的关系，沈本与尤袤本不相合者较多，而与明州本相合者较多，但也存在不合之例，推断沈启原重编沈约集主要参据的是六臣注本或五臣注本系统的《文选》。特别是"地险资岳灵"句，沈本出小注"《文选》作险峭"，而此小注未见于《诗纪》中，再次印证以《诗纪》为据重编时又参校《文选》。重编沈约文，则主要依据的是梅鼎祚编《文纪》，《奏弹王源》文末《文选》各本均有"臣约诚惶诚恐云云"句，沈本无此句。而《文纪》恰亦无此句，是据自《文纪》的显证。总之，沈约集的成书，诗文分别据自《诗纪》和《文纪》，同时参校了六臣注（或五臣注）本《文选》。既有助于深入认识明人辑本六朝别集的依据和来源，也为重估《诗纪》《文纪》等有关六朝诗文的总集类著述在六朝别集重编中所具备的"原始文本"功能提供了个案。

二、沈约集的版本系统

沈启原本是今存沈约集最早的版本，傅增湘称沈集"诸本分卷虽异，而文字实无增损，皆出于沈启原本"[1]，又称："顾分卷虽多寡不同，文字则初无增损，而推其端绪，皆以檇李本为祖，其正、嘉以前殆无闻焉。"[2]除沈本外，还有一种明嘉靖刻《六朝诗集》本，卷端题"梁沈约集"，仅收诗赋二体，赋四

①　傅增湘：《藏园订补邵亭知见传本书目》，第 951 页。
②　傅增湘：《藏园群书题记》，第 563 页。

篇即《郊居赋》《高松赋》《愍衰草赋》和《丽人赋》，其中《愍衰草赋》实即《八咏·岁暮愍衰草》。收诗篇目皆见于沈本中。《六朝诗集》系据宋本翻刻，所收沈约集亦基本属宋本面貌，乃据宋代流传的沈约集选出诗赋之篇的再编本。有学者称："诗一百七十余首，其中《襄阳踏铜蹄》三首误作一首，又重录《白铜鞮歌三首》，《八咏》各首或题作《咏月篇》，或题作《守东山》，明显从《艺文类聚》辑入。"①推知宋代所传的沈约集乃宋人据类书等辑出诗文的重编本。以之与沈本相校存在异文（为了清晰地描述沈约集各本的版本关系，兹以沈本为底本，同时与程荣本和武康四先生集本相校，诗部分又校以《诗纪》），如：

卷一《高松赋》"既梢云于青汉"，《六朝诗集》本"既"作"托"，程荣本和武康本同沈本。

"拂绘绮而笔丹素"，《六朝诗集》本"绘"作"增"，程荣本和武康本同沈本。

"擢柔情于蕙圃"，《六朝诗集》本"圃"作"国"，程荣本和武康本同沈本。

卷二《应王中丞思远咏月》"方晖竟户入"，《六朝诗集》本"竟户入"作"竟入户"，程荣本、武康本和《诗纪》同沈本。

卷二《登楼望秋月》"照曜三爵台"，《六朝诗集》本"曜"作"耀"，程荣本、武康本和《诗纪》同沈本。

"上林晚叶飒飒鸣"，《六朝诗集》本"晚"作"晓"，程荣本、武康本和《诗纪》同沈本。

"影金墀之轻步"，《六朝诗集》本"墀"作"阶"，程荣本、武康本和《诗纪》同沈本。

"临玉阶之皎皎"，《六朝诗集》本"阶"作"墀"，程荣本、武康本和《诗纪》同沈本。

"含霜霭之濛濛"，《六朝诗集》本"霜"作"露"，程荣本、武康本和《诗

---

① 陈庆元:《沈约集校笺》前言，杭州：浙江古籍出版社，1995 年，第 21 页。

纪》同沈本。

"隐嵩崖而丰出"，《六朝诗集》本"而"作"之"，程荣本、武康本和《诗纪》同沈本。

"文姬泣胡殿"，《六朝诗集》本"文""泣"分别作"昭""乞"，程荣本、武康本和《诗纪》同沈本。

"昭君思汉宫"，《六朝诗集》本"昭"作"明"，程荣本、武康本和《诗纪》同沈本。

通过比对，推断沈启原重辑沈约集并未参据《六朝诗集》本，也再次佐证沈约诗据自《诗纪》。沈本卷二《应王中丞思远咏月》"网轩映珠缀"句，小注称"珠"字"一作朱"，又同卷《登楼望秋月》"临玉阶之皎皎"句，小注称"阶"字"一作墀"，《诗纪》中亦均有此小注，可为其显证。同时，也印证明人所辑的沈约诗赋已非宋本面貌，追溯沈约集的早期文本形态还要注重《六朝诗集》本的使用。

兹略述其他各本如下：

其一，沈启原本。此本行款版式为九行十八字，白口、左右双边，单黑鱼尾。版心上镌"沈隐侯集"，中镌卷次和叶次，下镌刻工和字数。卷端题"沈隐侯集卷之一"，次行、第三行均低九格分别题"梁吴兴沈约撰""明樵李沈启原辑"，第四行低十二格题"沈启南校"。卷首有万历乙酉张之象《沈隐侯集序》，云："昔太史杨用修氏汇次《选诗补编》，其言曰：谢客以俳章偶句倡于永嘉，隐侯以切响浮声传于永明。操觚之士，靡然从之。是故世之谈艺者，因以谢沈并列也。就李沈道初先生已刻谢集，而秣陵焦子弱侯序之矣。兹再刻沈集，属张子题诸首简。"次《梁书本传》、诸家评语，次《沈隐侯集目录》。

据目录，卷一收赋十篇、雅乐歌十六篇、舞曲歌二篇、鼓吹曲十二篇，卷二收乐府二十五篇、杂曲九篇、江南弄四篇、诗一百九篇，卷三收诏二十五篇、制五篇、敕三篇、表章二十五篇、奏弹文六篇、启十九篇、疏六篇、义三篇、记一篇、谥议三篇，卷四收书九篇、序四篇、论九篇、碑七篇、墓铭六篇、行状三篇、铭五篇、颂二篇、赞六篇、文五篇和连珠一篇，凡四卷总为三百四十篇。

书中卷端题"沈启南辑",乃辑自《诗纪》和《文纪》,正文诗篇中的小注即基本援据《诗纪》。又张之象序称沈氏"再刻沈集",则该本属沈氏自行辑编且自刻者。

其二,程荣本。此本行款版式为九行二十字,白口、左右双边,单白鱼尾。版心上镌"沈休文集",中镌卷次和叶次。卷端题"沈休文集卷第一",次行、第三行均低十格分别题"梁吴兴沈约著""明新安程荣校"。卷首有万历乙酉张之象《沈休文集序》,次《梁书本传》、诸家品评,次《沈休文集目录》。

据目录,该本与沈启原本篇目相同,文字相校亦基本相同,偶有差异,如卷二《登楼望秋月》"文姬泣胡殿"句,程荣本"文姬"作"交姬",属校刻不精所致,知程荣本直接以沈本为底本而重刻,傅增湘即称:"其后新安程荣校刻,改为五卷,而卷首录有张之象序,是其源仍出于沈氏所辑矣。"① 该本未列于汪士贤编刻汉魏六朝文人集丛编中,"亦殊罕传"(傅增湘语)②。但照刻沈本,并无太多的版本及文献价值,至于卷端题署"程荣校"也只不过是掩人耳目而已。

其三,武康四先生集本。此本行款版式为十行二十字,白口、左右双边,单黑鱼尾。版心上镌"沈休文集",中镌卷次和叶次,下镌本版字数。卷端题"沈休文集卷之一",次行、第三行均低九格分别题"梁武康沈约著""明武陵杨鹤校"。卷首有万历乙酉张之象序,次《沈休文集目录》、诸家品评、《梁书本传》。

据目录,该本与沈启原本篇目相同,文字亦基本相同,知亦出自沈本。但也存在差异,主要表现在其一,该本篇次及内容存在窜乱,如卷一《高松赋》"经干"两字下自"其声也"至"闻好音于庭树"乃《反舌赋》内容而窜入此赋,而本属此赋的"经干"以下内容则另题为《天渊水鸟赋》。其二,存在内容的增益,如卷一《反舌赋》,该本有沈本所无的"仰绥灵志,百福具膺。嘉祥允洎,骏奔伊在,庆覃遐嗣"诸句。其三,篇次顺序不一致,目录虽与沈本同,但正文的编排则不同。如卷一的五篇赋,沈本之序是《高松赋》《桐赋》《反舌赋》《丽人赋》和《天渊水鸟赋》,而该本则是《高松赋》《丽人赋》《天渊水鸟赋》《桐赋》和《反

---

① 傅增湘:《藏园群书题记》,第 563 页。
② 同上,第 564 页。

舌赋》。推断该本在以沈本为底本重刻时，还是做了一些诸如篇次和内容上的改动，姚振宗称："明万历癸丑武陵杨鹤所刻武康四先生集本四卷，似即据沈道初本。凡赋及乐府诗为二卷，诏敕等杂文二卷。蒐辑既不备，编次亦未善。"①故该本不宜作为整理沈约集的底本使用，但增益的部分内容仍不失有一定参考价值。

其四，阮元声本。此本行款版式为九行二十字，白口、四周单边，无鱼尾。版心上镌"沈隐侯集"，中镌卷次、各卷所载诗文的文体名和叶次。卷端题"沈隐侯集卷一"，次行低三格题"梁吴兴沈约著，明滇南阮元声评"。卷首有目录，凡十六卷。眉上镌评，如卷四《刘真人东山还》评云："起似唐律，通首气格亦近唐古。"

傅增湘称该本，"观卷末附录有遗事、集评二类，及改标卷数，均与闽中张燮本同，则其付梓必在《七十二家集》后，当在天、崇末造矣"②。审其刻风似属崇祯间所刻，据目录与张燮编刻《七十二家集》本《沈隐侯集》基本相同，断定必据张燮本重刻殆无疑义。但还是稍作调整，主要表现在：第一，诗文题名有差异，如卷三《日行东南隅行》《怨哉行》，张燮本分别作"日出东南隅行""怨歌行"；卷五《秋至愍衰草》《寒来悲落桐》，张燮本"秋至""寒"分别作"岁暮""霜"。第二，相较于张燮本增删了部分篇目，如卷十一未载《辨圣论》，增入《宋书谢灵运传论》《恩倖传论》，此两论末分别题"此论集中原未载，想谓已见《宋书》耳。不知此论实词家三昧，沈以此自矜，一时几成聚讼。且昭明业已入《选》，不得谓是史论置之，今按《选》本增入。""此论亦原集未载，今按《选》本增入。然只是排偶之文，似尚未经刻炼。"另附录中未载明胡应麟《沈仆射休文》诗一篇（张燮本载此诗）。此本的价值在阮评，藉以可得见明末人对沈约诗文的评骘，颇具鉴裁之益。

除上述诸本外，张燮《七十二家集》本增益了沈本之外的篇目，如《愍衰草赋》《憩郊园和约法师采药》《授萧惠休右仆射诏》《刘领军封侯诏》《王亮等封侯诏》《常僧景等封侯诏》《与沈渊荐沈驎士表》《临终遗表》《奏弹王僧祐》《齐

① 姚振宗：《隋书经籍志考证》，第 5837 页。
② 傅增湘：《藏园群书题记》，第 564 页。

竟陵王题佛光记》《忏悔文》等，其中《愍衰草赋》实即沈本中的《八咏·岁暮敏衰草》，实辑补十篇。或称："《百三家集》本不仅辑诗文殆尽，且文字在有歧互时，间有夹注'一作某'，讹误也明显较《六朝诗集》本少。"①张溥本实乃据自张燮本。

综上，由于沈约集遣词用典较为浅易，且具有易于诵读的文本属性，加之沈约的文学影响力，南北朝时期沈约集流传至北方，是得到较为广泛讽诵和引据的文人集。追溯沈约集的早期文本要注重《六朝诗集》本，保留了宋代所传沈约集之貌，明人所辑沈约集并未参据此本。沈启原本是存世沈约集的最早版本，通过校勘断定其成书乃辑自明人所编的总集类著述。即沈约诗据自冯惟讷编《诗纪》，而文则据自梅鼎祚编《文纪》，同时参校了六臣注（或五臣注）本系统的《文选》。程荣本直接出自沈启原本，武康四先生集本亦出自沈本，但存在篇次及内容窜乱的现象。阮元声本沈约集，基本据张燮本重刻，但阮氏的评点提供了研究明末人对沈约诗文评骘的重要资料。校勘整理沈约集宜以沈启原本为底本，以《六朝诗集》本和张燮本作为参校本。

第五节　何逊集

现存何逊集属重编本，宋人重编主要是诗集本，而很少是诗文合编本的面貌（北宋尚流传有隋唐以来的八卷诗文合编本，南宋秘阁也藏有八卷本，但基本不流传于外），这是宋代古文运动影响至别集编撰的表现。《六朝诗集》本何逊集是现存最早的宋人编诗集本，依据总集、类书等辑出诗文。《玉台新咏》可谓收录何逊诗最早的总集类文本，经比勘却并未依据《玉台新咏》。这印证重编何逊集存在着多种文本来源可能性，也大致符合整个六朝人集的重编情况。自何逊集最早的单行版本即明正德间张纮本，至张燮本，篇目从以诗为主逐渐过渡到诗文合编，篇目也随之增益变化，正文的文字面貌也不断进行校订改写。

---

① 陈庆元：《沈约集校笺》前言，第 21—22 页。

何逊集的个案，揭示出属重编性质的汉魏六朝别集的一种规律性现象，即集子定本的形成经过了文本内容的不断渐次叠加，从而具有明显的"层累"性特征。勾稽何逊集流传的版本之间的承继关系，充分印证了此种规律性，同时也为校勘整理何逊集在底本和校本选择方面提供依据。

一、何逊集的编撰与流传

何逊是南朝梁代重要的诗文作家，《梁书》本传称其"文章与刘孝绰并见重于世，世谓之'何刘'"，后人又将其与阴铿齐名而称为"阴何"（参见《苕溪渔隐丛话》）。何逊诗文编为集子是在他卒后，本传称："东海王僧孺集其文为八卷。"此八卷本为何逊诗文最早的集本，也使得之后诗文的流传主要呈现为"集"本的形态。按《北齐书·元文遥传》云："（元）晖业尝大会宾客，有人将何逊集初入洛，诸贤皆赞赏之。"[1] 推断集子不仅在南朝流传，还传至北方。南朝陈徐陵编《玉台新咏》收录何逊诗十六首（卷五载十一首、卷十载五首），或即选自当时所传的何逊集。以《玉台新咏》（依据明崇祯六年赵均刻本）和明翻宋刻《六朝诗集》本《何水部集》两本中的何逊诗文相校，存在异文和诗题的不同，推测《玉台新咏》可能保留了何逊诗的原本面貌。至《隋书·经籍志》著录何逊集为七卷本，疑尚属旧貌（或不计目录一卷在内）。《旧唐志》则复著录为八卷本，或又计目录一卷在内。大致唐末五代之际，何逊集旧本面貌渐失。

《新唐志》著录同《旧唐志》。按黄伯思《东观余论》卷下《跋何水曹集后》云："隋《经籍志》、唐《艺文志》逊集皆八卷。晋天福本，但有诗二卷，今世传本是也。独春明宋氏有旧本八卷特完，因借传之。然少陵尝引'昏鸦接翅归，金粟裹搔头'等语，而此集无有，犹当有轶者。"[2] "春明宋氏"即宋敏求，所藏此八卷本或即《新唐志》著录者，相较于唐代所传的八卷本已佚失部分篇目，《四库全书总目》即称："则当时已有佚脱。"[3] 尽管北宋尚流传有八卷旧本何逊集，但比较流行还是两

---

① 李百药：《北齐书》，第503页。

② 黄伯思：《东观余论》，《丛书集成初编》本，北京：中华书局，1991年，第70页。

③ 永瑢等：《四库全书总目》，第1275页。

卷本的何逊诗集，而非诗文合编本。至南宋初的《郡斋读书志》著录何逊集为二卷本，称："王僧孺集其文为八卷，今亡逸不全。"①此两卷本或即北宋所传的两卷诗集本。按《宾退录》云："葛常之《韵语阳秋》云老杜诗云'东阁官梅动诗兴，还如何逊在扬州。'按逊传无扬州事，而逊集亦无扬州梅花诗，但有《早梅》诗云'兔园标物序，惊时最是梅。衔霜当路发，映雪凝寒开。枝梅却月观，花绕凌风台。应知早飘落，故逐上春来。'……后阅馆本逊集，葛所引梅诗尚脱第四联：朝洒长门泣，夕驻临邛杯。"②葛常之生活于两宋之际，他所看到的何逊集或许就是晁公武所称的"亡逸不全"之本。而《宾退录》所言"馆本"乃秘阁本何逊集，即《中兴馆阁书目》著录的八卷本（《直斋书录解题》称何逊集"本传集八卷，《馆阁书目》同。"）。核以《六朝诗集》本，该诗诗题作"咏早梅"，且有"朝洒长门泣，夕驻临邛盂"两句，明正德张纮本《何水部诗集》同。但略有异文，"映雪凝寒开"句之"凝"字，《六朝诗集》本和明正德张纮本均作"拟"。《直斋书录解题》又著录《何仲言集》三卷，称："今所传止此。"③按《直斋书录解题》别立"诗集类"一目，而此三卷本不著录在此目，断定属诗文合编本。宋代还传有五卷本，《苕溪渔隐丛话》前集卷六引韩子苍（驹）语云："阴铿与何逊齐名，号阴何。今何逊集五卷，其诗清丽简远，正称其名。"④按《宋史·艺文志》著录五卷本《何逊诗集》，当即此"何逊集五卷"者，则仍属诗集本。要之，何逊集在宋代的传本有八卷本，传承自六朝旧集，惜仅存藏于秘阁。此外便是两卷本、三卷本和五卷本，诸本均属宋人重构何逊集文本的重编本，且除三卷本外基本可确定皆属诗集本。

南宋端平年间赵与懃刻有何逊集，今已不传。傅增湘据蒋氏茹古精舍写本何逊集过录赵与懃跋，云："诗自《文选》以后至唐初，其间作者阴、何为巨擘。今观其词致婉约，清深有足味者。后来藻缋之流，发扬滋甚而古意益薄。少陵时道二子不厌，有以夫近世学诗者，乃概谓不足观，往往世亦罕留本。久远岂

---

① 晁公武：《郡斋读书志》，第 824 页。
② 赵与时：《宾退录》，齐治平点校，上海：上海古籍出版社，1983 年，第 8—9 页。
③ 陈振孙：《直斋书录解题》，第 465 页。
④ 胡仔：《苕溪渔隐丛话》，第 38 页。

遂堙废耶？因刻置郡以寿其传。"跋末署"端平丙申（1236）下元日古汴赵与懃
德懃识"。现存有明嘉靖翻宋刻《六朝诗集》本《何水部集》二卷（只载诗篇，
属诗集），反映的是宋代重编何逊诗集的面貌。以之与《玉台新咏》所载何逊诗
相校存在异文（现存最早的何逊集单行版本是明正德张纮刻本，为了揭示其文
本来源情况，同时校以此本），如：

　　卷一《拟轻薄篇》"倡女掩歌扇"，《玉台新咏》"歌扇"作"扇歌"，张
纮本同《六朝诗集》本。
　　"山川咏新识"，《玉台新咏》作"山枝咏初识"，张纮本同《六朝诗集》本。
　　"酌羽方厌厌"，《玉台新咏》"方"作"前"，张纮本同《六朝诗集》本。
　　《照镜》，《玉台新咏》题"咏照镜"，张纮本同《六朝诗集》本。
　　"朱簾旦初卷"，《玉台新咏》"朱"作"珠"，张纮本同《六朝诗集》本。
　　"玉匣开鉴影"，《玉台新咏》"影"作"形"，张纮本同《六朝诗集》本。
　　"宝台静临饰"，《玉台新咏》"静临"作"临净"，张纮本同《六朝诗集》本。
　　卷二《日夕望江山赠鱼司马》"矜黛惨如愁"，《玉台新咏》"矜"作"歌"，
张纮本同《六朝诗集》本。
　　"舞腰凝欲绝"，《玉台新咏》"凝"作"疑"，张纮本同《六朝诗集》本。
　　"起望西南楼"，《玉台新咏》"西南楼"作"登西楼"，张纮本同《六朝
诗集》本。
　　"团团月映洲"，《玉台新咏》"月映洲"作"日隐州"，张纮本同《六朝
诗集》本。

　　推断《六朝诗集》本何逊集的重编并非据自《玉台新咏》，而是依据了其他
的文本。由于秘阁藏八卷本作为国家藏书层面的封闭性，使得重编何逊集不仅
变得必要，而且要徒费周折地从总集或类书等文献中做辑录的工作。而张纮本
基本与《六朝诗集》本同，印证其底本亦非据自《玉台新咏》，且与《六朝诗集》
本比较接近。
　　元代何逊集仅流传有两卷本和五卷本，分别见于《文献通考·经籍考》和

《宋史·艺文志》的著录。《文献通考》著录题"何逊集",或即晁公武著录本,推测与《宋志》题"何逊诗集"一样都是诗的集本,而非诗文合编本。《宋志》著录者当即《苕溪渔隐丛话》提到的"何逊集五卷"。而八卷本(即南宋秘阁本)或在元明之际亡佚,《四库全书总目》云:"旧本久亡,所谓八卷者不可复睹。即《永乐大典》所引逊诗,亦皆今世所习见,则元明间已不存矣。"①明代流传的何逊集,单行版本有明正德十二年(1517)张纮等刻本《何水部诗集》(以下简称"张纮本"),比较重要的丛编本有明洪瞻祖编刻《阴何诗集》本(以下简称"洪瞻祖本")、张燮编刻《七十二家集》本(以下简称"张燮本")等。其中张燮本是现存最早的何逊诗文合编本,属真正意义上的"何逊集",颇具文献价值。

清初钱曾的《读书敏求记》著录阴、何二人的集子,即《阴常侍诗集》一卷和《何水部诗集》二卷、《集》一卷(当即文集),云:"吾家所藏者有二:一是旧刻,一是旧钞,然总名曰阴何集。末载黄长睿跋语云:得何逊旧集于春明宋氏,八卷特完。而此止三卷,其殆所云天福本欤!"②值得注意的是,钱氏所藏何逊集包括诗集二卷和文集一卷,印证前者(诗集)即晁公武和马端临著录本,而两者合编为三卷本,当即陈振孙著录本。惟《宋志》著录五卷本诗集,元明时期未见有传本。此外,还有雍正二年(1724)项道晖群玉书堂刻本和乾隆十九年(1754)江昉贻清堂刻本《何水部集》二卷(以下简称"江昉本")等,均为诗文合编本。

二、何逊集的版本系统

现存何逊集包括两种形态,其一为诗集,如《六朝诗集》本、张纮本和洪瞻祖的《阴何诗集》本等;其二为诗文合编之集,如张燮本等。各本之间存在诸如篇目及正文文字方面的差异,兹略述各本如下:

其一,《六朝诗集》本。此本行款版式为十行十八字,白口、左右双边,无

① 永瑢等:《四库全书总目》,第 1275 页。
② 钱曾:《钱遵王读书敏求记》,第 184 页。

鱼尾，版心中镌"何集"和叶次。卷端题"何水部集"。凡两卷，卷一收诗篇目为：《行经孙氏陵》《登石头城》《九日侍宴》《哭吴兴柳恽》《赠族人秣陵兄弟》《赠江长史别》《落日前墟望赠范广州云》《胡兴安夜别》《行经范仆射故宅》《入东经诸暨县下淅江作》《日夕出富阳浦口和朗公》《塘边见古冢》《下方山》《秋夕仰赠从兄寔南》《酬范记室云》《仰赠从兄兴宁寔南》《见征人分别》《刘博士江丞朱从事同顾不值作》《赠王左丞僧孺》《七夕》《与苏九德别》《答高博士》《学古赠丘永嘉征还》《送韦司马别》《学古三首》《王尚书瞻祖日》《咏舞》《从主移西州寓直斋内霖雨不晴怀郡中游聚》《苦热》《西州直示同员》《拟轻薄篇》《聊作百一体》《看伏郎新婚》《野夕答孙擢郎》《下直出溪边望答虞徒丹敬》《和司马博士咏雪》《石头答庾郎丹》《咏娼妇》《登禅冈寺望和虞记室》《车中见新林分别甚盛》《同庾记室诸人咏扇》《同虞记室登楼望远妇》《临行与故游夜别》《照镜》，计四十四篇（另附他人诗四篇，不列其目）。

卷二收诗篇目为：《初发新林》《夜梦故人》《别沈助教》《渡连圻》《宿南洲浦》《望新月示同羁》《望廨前水竹答崔录事》《与沈助教同宿溢口夜别》《入西塞示南府同僚》《答丘长史》《还杜五洲》《日夕望江山赠鱼司马》《与崔录事别兼叙携手》《铜雀妓》《咏白鸥兼嘲别者》《拟青青河畔草转韵体为人作其人识节工歌》《南还道中送赠刘咨议别》《和刘咨议守风》《春夕早泊和咨议落月望水》《早朝车中听望》《秋夕叹白发》《寄江州褚咨议》《嘲刘郎》《临行公车》《赠韦记室黯别》《敬酬王明府》《咏春雪寄族人治书思澄》《渡连圻》《晓发》《赠诸游旧》《道中赠桓司马季珪》《春暮喜晴酬袁户曹苦雨》《和萧咨议岑离闺怨》《暮秋答朱记室》《夕望江桥示萧咨议杨建康江主簿》《往晋陵联句》《范广州宅联句》《咏春风》《送褚都曹》《送司马入五城》《宛中见美人》《边城思》《拟古三首》《为人妾怨》《为人妾思二首》《相送》《闺怨二首》《苑中》《离野听琴》《相送联句》《慈母矶》《至大雷联句》《赋咏联句》《临别联句》《答》《又答》《赠新曲相对联句》《照水联句》《折花联句》《摇扇联句》《正叙联句》《咏早梅》《门有车马客》《昭君怨》，计六十四篇（附他人诗九篇，不列其目），两卷总计为一百八篇。

按《四库全书总目》云："《玉台新咏》载逊《学青青河边草》一首，此本标题作'拟青青河畔草转韵体为人作其人识节工歌'，与《玉台新咏》不同。考六朝以前之诗题，无此体格，显为后人所妄加。又《青青河边草》为蔡邕之作，《青青河畔草》为枚乘之作，六朝人人所拟，截然有别。此效邕体而题作'畔'字，明为后人据《十九首》而改。复以古诗不换韵，此诗换韵，妄增转韵体云云。盖字句亦多所窜乱，非其旧矣。"①《六朝诗集》本诗题恰作"拟青青河畔草转韵体为人作其人识节工歌"，而赵均刻本《玉台新咏》（该本保留了北宋本的面貌）正是作"学青青河边草"，知非旧本之貌，推断诗集二卷乃宋人据它书辑出何逊诗的重编本。

其二，张纮本。此本系国立北平图书馆旧藏（现藏台北"故宫博物院"），行款版式为十行二十字、细黑口、左右双边，顺黑鱼尾，版心中镌"水部诗"和叶次。卷端题"何水部诗集"。卷首有《何水部小传》。卷末有正德丁丑（1517）张纮跋，云："何诗旧与阴偕刻，余谓二家体裁各出，不当比而同之，公暇独取是集，芟其繁芜录藏焉。同寅毗陵陆懋之、永嘉李升之咸以为然。因共捐俸，刻寘郎署中，有阙误则因之而不敢益。"卷末有黄伯思识语，次《七召》八首。不收赋和各体文章。

据张跋，旧本多属阴、何二人诗集合刻，而此何逊诗集则为取自合刻本的单行本，照旧保留旧本的"阙误"。检书中《刘博士江丞朱从事同顾不值作诗云尔》"浸潺水□□"句即脱去两字；又《答高博士》一首脱字尤甚，如"幽居多□木""将子□□□"和"就予□耳目"诸句。傅增湘称："篇中时有缺字，知亦从旧本录出也。"（明张燮《七十二家集》本《何记室集》傅增湘跋）。

该本收诗一百二篇，相较于《六朝诗集》本未收下述诸篇，即《送褚都曹》《送司马入五城》《宛中见美人》《临别联句》《答江革赠何记室联句不成》和《又答》，计六篇（另《六朝诗集》本卷二《相送联句》有《高轩虽驻车尔》一首，亦未载此本中）。未载的原因，是否属张跋所称的"芟其繁芜"不得而知，考虑到该本不载他人附诗，"繁芜"似应指此而言。至于所载的《七召》当属张纮增入诗集，傅增湘即称："盖其标题为'何水部诗集'，意旧本止诗，其《七召》录于黄伯思跋后，亦属后来增列耳。"严可均辑本《全梁文》将此篇置于"梁

---

① 永瑢等：《四库全书总目》，第1275页。

阙名类",称:"张绂所刻集本有《七召》,张溥本从之,《七召》出《文苑英华》三百五十二,在简文帝《七励》之后,无名氏前,不言何逊作。叶绍泰又编入昭明集(指《萧梁文苑》本《梁昭明太子集》),皆无所据也。"[1]

该本与《六朝诗集》本除存在篇目的差异外,也存在诸多异文(为了揭示洪瞻祖本与此两本的关系,同时校以洪本),如:

　　《九日侍宴》"凤驾启千群",《六朝诗集》本"启"作"起",洪本同张绂本。

　　《赠江长史别》"可用忘羁旅",《六朝诗集》本"可"作"何",洪本同张绂本。

　　《日夕出富阳浦口和朗公》"兹夕寒无衣",《六朝诗集》本"兹"作"此",洪本同张绂本。

　　《仰赠从兄兴宁寘南》"相思对淼淼",《六朝诗集》本"淼淼"作"渺渺",洪本同张绂本。

　　《七夕》"还泪已沾粧",《六朝诗集》本"粧"作"裳",洪本作"妆"(属异体字同张绂本)。

　　《送韦司马别》"举举越中流",《六朝诗集》本"举举"作"举帆",洪本同张绂本。

　　《王尚书瞻祖日》"亭亭素盖立",《六朝诗集》本"素"作"索",洪本同张绂本。

　　《下直出溪边望答虞丹徒敬》"直庐去咫尺",《六朝诗集》本"咫"作"只",洪本同张绂本。

　　《石头答庾郎丹》"高树荫楼密",《六朝诗集》本"密"作"照",校语称"一作密",洪本同张绂本。

推断张绂本所据之底本,并非宋代的《六朝诗集》本《何水部集》。在篇目的次序上,两本存在部分的一致性,即自《行经孙氏陵》至《夕望江桥示萧咨

---

① 严可均辑:《全梁文》卷59,第3304页。

议杨建康江主簿》计十一篇的次序完全相同。其余诸篇基本相同，略有篇次上
的差异，又印证两本源出同一祖本，属在流传过程中产生的包括篇目、篇次及
部分正文文字差异在内的两种版本。

其三，洪瞻祖本。此本现藏北京大学图书馆（编目书号李5170），即《何水
部诗集》一卷，与《阴常侍诗集》一卷合刻称为《阴何诗集》二卷，编刻者均
为明代的洪瞻祖。何逊诗集的行款版式为十行二十字，白口、四周单边，单黑
鱼尾。版心上镌"何诗"，中镌叶次。卷端题"何水部诗集"，次行、第三行均
低十格分别题"梁东海何逊仲言著""明钱塘洪瞻祖诒孙校"。卷首有《南史列
传何水部节略》。何逊诗末附有何景明《赠薛君采效何逊作四首》、王世贞《何
水部逊示寮》，又附有何逊赋一篇即《穷鸟赋》，书一篇即《为衡山与妇书》，以
及《七召》和笺两篇即《与建安王谢秀才笺》和《为孔导辞建安王笺》。次附录
和黄伯思跋。

该本收何逊诗一百八篇，与《六朝诗集》本篇目相同，且篇目顺序基本一致，
推断以《六朝诗集》本为底本，但又据张纮本作了校订，出现了不同于《六朝
诗集》本的异文（参"张纮本"部分的校勘记）。按《阴常侍诗集》卷首洪瞻祖
序称"云间陆蕜运从平、同邑江金吾元禧有旧刻，参之他书以通其弊"。所称的
"旧刻"当即《六朝诗集》本，可证以书中《答丘长史》"短翮方息飞，长辔日先驱"
句校语云："旧刻有'曝鳃□□走，逸翮康时务'，缺二字重一韵，宋刻本无之。"
检《六朝诗集》本恰有"曝鳃□□走，逸翮康时务"此句（张纮本中也有此句，
但从洪本篇目与《六朝诗集》本基本相同，断定旧刻指《六朝诗集》本）。而"参
之他书"，当即指参校张纮本。校语还透露出当时存在宋本何逊集，宋本中无此
二句，故该本将《六朝诗集》本和张纮本中存在的此句以校语的形式注出。

洪瞻祖本何逊集虽名为"诗集"，但也附入了何逊赋及其他各体文章，开诗
文合编的先河（张纮本虽也附有《七召》，但仅此一篇，尚不具备明确的合编诗
文的意识），为此后张燮编刻的《七十二家集》本何逊集所继承。

其四，张燮本。张燮编刻丛编本《七十二家集》有《何记室集》三卷，国
家图书馆藏有零种一部（即《七十二家集》本《何记室集》，编目书号256），系
傅增湘据明正德张纮本校过的本子。其行款版式为九行十八字，白口、左右双边，

单黑鱼尾。版心上镌"何记室集",中镌卷次和叶次。卷端题"何记室集卷之一",次行、第三行均低八格分别题"梁东海何逊仲言著""明闽漳张燮绍和纂"。卷首有癸丑(1613)张燮《何记室集序》,云:"今诗存者颇多,独他文殊落落,仅赋一篇、七一篇(即《七召》,下同),笺及书数行耳!"次张燮又识、《何记室集目录》。卷末有附录。书衣题"校明正德本",卷一末和卷二《正钗联句》末有辛未(1931)傅增湘蓝笔题跋。

据目录,该本卷一收赋一篇、乐府四篇和诗三十七篇(不计附他人诗在内,下同),卷二收诗五十五篇,卷三收联句十二篇、笺二篇、书和七各一篇。因为张燮本《渡连圻》合为一篇两首,若按《六朝诗集》本、张纮本和洪瞻祖本均是各为一篇一首,则实际为一百九篇。诗文篇目比《六朝诗集》本、洪瞻祖本多收《咏杂花》一篇("井上发新花,谁言不经染。已如薄紫拂,复似浓红点。状锦无裁缝,依霞有舒敛")。尽管张燮在辑录何逊诗文篇目上并没有增益太多,但他据它本又重新校订何逊诗,这是突出特点。兹校以《六朝诗集》本、张纮本和洪瞻祖本,如:

> 《九日侍宴乐游苑》,《六朝诗集》本、张本和洪本诗题均作"九日侍宴"。
> "重归袭帝勋",《六朝诗集》本、张本和洪本"袭"均作"入"。
> "垂衣化比屋",《六朝诗集》本、张本和洪本"化"均作"封"。
> "槐雾晓氤氲",《六朝诗集》本作"槐霭晓絪缊",洪本同,张本作"槐霭晚絪缊"。
> "鸾舆和八袭",《六朝诗集》本"八袭"作"六龙",张本同,洪本作"六辔"。
> "同蕙御香芬","同"字有校语称"一作飞",《六朝诗集》本、张本和洪本均同张燮本,无校语。
> "恩洽厕朝闻",《六朝诗集》本、张本和洪本"闻"均作"文"。
> 《入东经诸暨县下浙江作》"云雾江边起",校语称"边"字"一作傍",《六朝诗集》本、张本和洪本均作"傍"。
> 《行经孙氏陵》"竭来已永久","已"字有校语称"一作易",《六朝诗集》本、张本和洪本均同张燮本,无校语。

《哭吴兴柳恽》"南州擅荆梓",《六朝诗集》本、张本和洪本"州"均作"荆"。

"深衰外有规","规"字有校语称"一作窥",《六朝诗集》本、张本和洪本均作"窥"。

经与明冯惟讷辑《诗纪》（依据明嘉靖三十九年甄敬刻本）中的何逊诗部分相核，发现张燮本中存在的上述与《六朝诗集》等本异文及校语皆与《诗纪》合，另外所增益的一首诗即《咏杂花》也袭自《诗纪》（检《诗纪》篇目下小注称"见《艺文类聚》"），断定张燮的校订和增益均援据了《诗纪》。

其五，江昉本。此本现藏国家图书馆（编目书号257），行款版式为九行二十一字，白口、四周单边，单黑鱼尾，版心中镌"何水部集"和叶次。卷端题"何水部集"，次行低十格题"橙里江昉砚农校刊"。卷首有乾隆甲戌（1754）江昉序，云："黄长睿称春明宋氏有水部旧本八卷特完，因借传之。晋天福本但有诗三卷（当作二卷），今世传本是也。予考宋氏本，近不复存。兹本为钱唐洪清远氏所刊，或即天福本，顾流布亦鲜……爰即家所钞藏水部洪本录诸梓人。"次《本传》（节录自《南史》）、黄伯思跋。有傅增湘朱笔题跋。

该本诗文篇目保留洪瞻祖本旧貌，最大的价值是黄伯思跋后有傅增湘过录南宋端平间赵与懃刻书题识一则。

综上，南朝时何逊集在南北方均有流传，而作为六朝旧集面貌的八卷本主要存在于隋唐两宋时期。由于该八卷本在宋代或存藏秘阁，或为私家所藏，故当时流传的何逊集主要是诗集本的面貌。此诗集本属宋人重编本，如今存之《六朝诗集》本《何水部集》；且经比勘其重编并未依据《玉台新咏》，而是存在其他的文本来源。明张纮本是现存最早的何逊集单行版本，与《六朝诗集》本存在篇目及正文文字上的差异，属源自同一祖本何逊集的两种版本。洪瞻祖本何逊集之诗部分的篇目同《六朝诗集》本，即以之为底本又参校张纮本而成。同时增入何逊赋及各体文章，是现存最早的诗文合编本。张燮本的诗文篇目基本袭自洪瞻祖本，仅增益诗一篇即《咏杂花》，校订及所增之篇均据自冯惟讷《诗纪》。可见"定本"形态的何逊诗文集是渐次叠加形成的，其文本面貌具有鲜明的"层累"性。

第六节　徐陵集

　　许逸民先生的《徐陵集校笺》，提出整理徐陵集很难选择某一具体版本作为底本的意见。其实这与徐陵集的编撰成书有关系。因为徐陵集不同于其他六朝人集一个鲜明的特点，就是现存的各本（五种版本）不存在版本链条上的前后承继关系，而是大致同一时期（明中后期）各自独立完成的辑本。这也就造成各本在篇目上互有出入，而不存在"层累"的现象，此种文本面貌的确不易确定整理的底本。但这也是相对而言的，徐陵集以张燮本辑录诗文最为齐备，甄选亦极为精覈，主要表现在剔除非徐陵之作，对于一些或题徐陵或题他人的作品亦弃而不录。所以，张燮本是可以作为底本使用的，它漏收的作品可以据它本补入（实际就只有两篇即《谢敕赉乌贼启》和《四无畏寺刹下铭》）。徐陵集作为唐前一部重要的文人集，也有必要对其编撰、流传以及现存诸本之间的版本关系进行梳理，以重构在《校笺》定本之前的徐陵集文本史。

一、徐陵集的编撰与流传

　　徐陵诗文与庾信齐名，世称"徐庾"。《陈书》本传称："自有陈创业，文檄军书及禅授诏策，皆陵所制……为一代文宗"，又《陈书·姚察传》称"徐陵名高一代"，在南朝陈时享有盛誉。故其作品深受时人喜好，《陈书》本传云："每一文出手，好事者已传写成诵，遂被之华夷，家藏其本。"[①]印证徐陵在世时已有个人作品的结集汇编本，而且更多的似属流传过程中的民间编本，职此之故各编本之间会存在篇目及文本面貌上的差异（此属抄本时代的必然特征）。而本传称其集"后逢丧乱，多散失，存者三十卷"[②]，此似就秘阁编本（应该反映的是隋

---

① 姚思廉:《陈书》，第 335 页。
② 同上，第 335 页。

唐之际内府藏书的面貌，而非陈代秘阁本）而言，证以《隋志》恰著录徐陵集为三十卷本，也可推知此三十卷本并非徐陵诗文创作全貌的反映。

正如本传所称的诗文"被之华夷"，推断诗文以徐陵集本的形态在北朝流传。按《旧唐书·李百药传》云："父友齐中书舍人陆乂、马元熙尝造德林宴集，有读徐陵文者。"[①] 唐长孺先生即认为："他们宴集时共论徐陵文，显然徐集流传邺都，为文人所诵习。"[②] 侧面同样反映徐陵诗文在北朝受追捧历史事实的，如《文苑英华》卷六百七十九李那《答徐陵书》云："足下泰山竹箭，浙水明珠……况复丽藻星铺，雕文锦缛。风云景物，义尽缘情；经纶宪章，辞殚表奏。久已京师纸贵，天下家藏。调移齐右之音，韵改西河之俗。"又卷六百八十五尹义尚《与徐仆射书》云："如军书愈疾之制，碑文妙绝之辞，犹贵纸于邺中，尚传声于许下。"许逸民先生云："李、尹二人并身处北朝，书信所说皆属私房话，故相比于史传记载，他们的评论应愈发可信……足以见出徐陵其人其文，在大江南北的影响，是何等深刻而巨大。"[③] 当然也与梁陈时期南北方交流的日趋活跃有关系，除徐陵集外，陶渊明、沈约等人的集子均在北方流传。

最早明确著录徐陵集的是《隋志》，两《唐志》著录与之同（《新唐志》乃照抄《旧唐志》，并非意味着北宋时尚有三十卷本徐陵集流传），均为三十卷本。《日本国见在书目》著录徐陵笔集十卷，即徐陵诗赋等有韵体之外的文章编集。该集不见于中土官私史志书目著录，其编或在唐时而传至日本。北宋《崇文总目》著录《徐陵文集》二卷，即秘阁藏本，知三十卷本在北宋初已经散佚。许逸民先生认为："三十卷本在隋唐两代尚完好"，"三十卷本的散佚，似当在唐末五代纷乱时期"[④]。秘阁两卷本，或为唐三十卷本的残帙，或属北宋初辑自诗文总集或类书的重编本。

降至南宋初，此两卷本亦不传于世。按《秘书省续编到四库阙书目》著录

---

① 刘昫：《旧唐书》，第 2571 页。

② 唐长孺：《论南朝文学的北传》，第 209 页。

③ 许逸民：《徐陵集校笺》前言，北京：中华书局，2008 年，第 10 页。

④ 同上，第 13 页。

《徐孝穆诗》二卷,注明"阙"。推测所谓的两卷本《徐陵文集》,实即徐陵诗,又可印证《崇文总目》著录的两卷本属辑出徐陵诗的重编本(并非旧集的残本)。《遂初堂书目》著录《徐陵集》,不题卷数,亦不详此集的面貌。至《直斋书录解题》著录《徐孝穆集》一卷,云:"本传称其文丧乱散失,存者二十卷,今惟诗五十余篇。"[①]陈振孙著录本当即《遂初堂书目》之本。上述诸本虽题为"集",实则皆为徐陵诗的重编本。至《宋史·艺文志》著录《徐陵诗》一卷,不题以"集"之称,疑即陈振孙著录本。

现存明嘉靖翻宋刻《六朝诗集》,并未收录徐陵诗集。按傅增湘藏本卷首抄录有南宋咸淳六年(1270)谢枋得序(国家图书馆藏三部《六朝诗集》,惟此部有该序,且抄自何处待考),云:"是集始自萧梁诸帝,暨王凡八,以象八节也。辑名宦自阮籍以迄庾开府,凡十有六,合帝王则二十有四,以象二十四气,备乎六历之周天也。"则当时即未辑入徐陵集,按道理说南宋末存在徐陵诗的编本,何以不收难于索解。

今传徐陵集皆为明人辑本,余嘉锡《四库提要辨证》引明姚士粦《见只编》卷上云:"汉魏六朝文集,今所见者惟十余集。其他如固安郑锦衣所辑《扬子云集》,吾友刘少彝所辑《徐陵集》,皆近出也。"推断宋元时尚流传的一卷本《徐陵诗》(或《徐孝穆集》),已不存于世,遂有刘少彝辑本。余嘉锡据《四库全书总目》"《隋书·经籍志》载陵集本三十卷,久佚不传。此本(指吴兆宜所注的十卷本徐陵集)乃后人从《艺文类聚》《文苑英华》诸书内采掇而成"之说[②],而认为:"殆必即刘少彝所辑无疑。"[③]若果如此,徐陵集重编以刘少彝辑本为最早,时当在明万历年间。检明万历、天启间新安汪氏刻本《汉魏六朝二十一名家集》《汉魏诸名家集》和《汉魏六朝诸家文集》等尚未收录徐陵集,似乎刘少彝辑本流传未广。按天启元年(1621)张燮《徐仆射集序》云:"明兴以来,世无孝穆集。"既印证了此点,同时也佐证史志著录的宋元编本徐陵诗入明亡佚不传的事实。

现存明文漪堂抄本(以下简称"文漪堂本")、屠隆合刻评点《徐庾集》本

---

① 陈振孙:《直斋书录解题》,第 556 页。
② 永瑢等:《四库全书总目》,第 1276 页。
③ 余嘉锡:《四库提要辨证》,第 1248 页。

（以下简称"屠隆本"）和明末笙台刻《文选逸集》本，及张燮《七十二家集》本、张溥《百三名家集》本和明崇祯十一年（1638）香谷山房刻《汉魏别解》本（以下简称"《汉魏别解》本"）徐陵集等，均源出该辑本。傅增湘云："《徐孝穆集》向无旧刻传世……盖传本乃后人由他书纂辑而成，其卷第初无定例。"① 按诸明人编或刻徐陵集，称"徐孝穆集"者，如文漪堂本分卷为七，屠隆本分卷为十，《文选逸集》本同，《汉魏别解》本则分卷为一。称"徐仆射集"者，如张燮本分卷为十，而张溥本则分卷为一。除卷第外，在篇目及正文文字上也存在差异，反映了重编过程中所据底本来源及整理手段的不同。

明人重编本徐陵集的上述文本特点，使得通过校勘整理以获得定本形态的徐陵集在底本的选择上需要作相应地调整。也就是说，徐陵集各本的篇目虽有差异，但大致相同，而且各本都尚未涵盖现存徐陵的全部作品，故无法确定最能代表徐陵诗文篇目的底本。恰如许逸民先生所称："徐集现有诸本，彼此篇目互有出入，多寡不等，任选其中某一版本，皆不能尽得现存全部作品。"② 这样只能以各本为参校本，而重新辑合出新的徐陵集文本。

二、徐陵集的版本系统

傅增湘称："《徐孝穆集》向无旧刻传世，相传以张绍和《七十二家集》本为较古。"③ 按诸张燮《徐仆射集序》云："明兴以来，世无孝穆集。余为采取，合成一编，较史所载仅三之一耳。"似乎传世徐陵集以张燮本为最早（他似乎并不知道刘少彝辑本的存在）。还有一部明文漪堂抄本，傅增湘认为："审其字迹，要是明末时风气。"④ 恐怕即抄在天启、崇祯年间。另屠隆辑刻《徐庾集》本《徐孝穆集》，亦当在张燮本之后。加之此外的《文选逸集》本和《汉魏别解》本，一起构成了存世徐陵集的版本谱序和文本面貌。徐陵集不同于其他有单行版本流传

---

① 傅增湘：《藏园群书经眼录》，第835页。
② 许逸民：《徐陵集校笺》前言，第15页。
③ 傅增湘：《藏园群书经眼录》，第835页。
④ 傅增湘：《藏园群书题记》，第564页。

的汉魏六朝人集的地方，就在于成书的时间偏晚，进而版本亦随之晚出，不存在早期（六朝乃至宋元）甚至明中期之前的版本，为勾勒早期文本的面貌带来困难。即便是上述诸种本已晚出的版本，还存在篇目互有出入的情况，显然辑本是在各自独立的情况下进行的，而基本不存在版本链条上的前后因袭和继承关系（张燮本和张溥本除外），这是比较特殊的地方。当然这也意味着梳理每种版本更显必要，兹略述如下：

其一，明文漪堂本。此本现藏国家图书馆（编目书号 10183），其行款版式为九行二十字，白口、四周单边，无鱼尾，蓝格。版心上镌"文漪堂"字样。卷端题"徐孝穆集"，次行低十一格题"陈剡人徐陵孝穆著"。卷首有徐陵《本传》。凡七卷，卷一收乐府十四篇、诗二十二篇和赋一篇，卷二收诏三篇、表七篇、启六篇，卷三至五收书各三篇、八篇和七篇，卷六收书五篇、序一篇、檄一篇、移文二篇、颂一篇、铭五篇，卷七收碑铭九篇、哀策文一篇、墓志三篇，总为九十九篇（其中《与智凯书》分作三篇，可合为一篇，实际为九十七篇）。检书中卷六《太极殿铭》"高应端门"句中"端"字有小注称"一作瑞"，按张燮本、《汉魏别解》本及屠隆本均作"端"，印证该本尚有参据现存诸本之外的其他版本徐陵集的文献背景（也有可能是不同典籍中所载该篇文章存在的异文）。

该本据版心所镌向著录为"明文漪堂抄本"，惟"文漪堂"不知谁氏。检明袁宏道有《文漪堂记》一文，称"洁其厅右小室读书，而以徐文长所书'文漪堂'三字扁其上"。王世贞亦有《记》，称"已复桥稍东为文漪堂"，又张溥《曹忍生稿序》亦有"曹子扫文漪堂以待"之语，终不能确定，俟考。

傅增湘称该本"分作七卷，其编次亦与各本不同，未知何据"[1]，是现存徐陵集最早的单行版本。前贤特别看重其文献及版本价值，书衣即题"徐孝穆文集，善本，胜《百三名家》本"（清吴骞手笔）。又卷首副叶有吴骞跋云："此书以旧抄，故收之，当取刊本校勘"，"《四元（当作'无'）畏寺刹下铭》刻本未见"。次傅增湘跋云："甲戌（1934）二月借校一过，《皇太子临辟雍颂》补文字一行，此各本皆脱，兔床亦未言及也，可云秘籍矣。"傅氏又在《藏园群书经眼录》《藏园

---

① 傅增湘：《藏园群书经眼录》，第 835 页。

订补邵亭知见传本书目》和《藏园群书题记》中加以重申，如：

> 第校其文字，实视二张本皆优。如《劝进梁元帝表》一篇中改订至数十字，咸为佳胜，知其所出之源必较古也。至《四元畏寺刹下铭》不特为《百三家》本所逸，即《七十二家》本亦不收，斯真天壤间之奇秘，弥可宝矣。[①]

> 余尝借校于张燮本上，《皇太子临雍颂》补脱文一行二十字，《劝进梁元帝表》改订数十字。又《四无畏寺刹下铭》为诸刊本所无，在传世诸本中较胜。[②]

> 迨携归后取张溥本手校，并以屠隆本、张燮本合参之，乃知其佳胜处不第如兔床所举也。其最甚者如《皇太子临辟雍颂》"仪天以文"，"以"字下脱"行三善，俪极以照四方。惟忠惟孝，自家刑国。乃武乃"凡二十字，正为一行。今本乃缀合"仪天以文"为句，其义殊难索解，故吴显令笺于此句下亦不能为之注解也。其他异字，如《鸳鸯赋》"孤鸯（原书实作'鸾'字）对镜"不作"照镜"，《劝进元帝表》"握图执钺"不作"乘钺"，"望紫极而长号"不作"行号"，"如貔如兽"不作"非貔非虎"。《玉台新咏序》末句"无或讥焉"不作"丽矣香奁"，要皆可取，而为它本所无者。[③]

以傅氏所举诸篇之例与张燮本、屠隆本和《汉魏别解》本相校，如《皇太子临辟雍颂》"仪天以文"句，张本、屠本均作此。《鸳鸯赋》"孤鸾对镜"，张本、屠本均作"照镜"。《劝进元帝表》"握图执钺"，张本作"乘钺"，《汉魏别解》本作"握褒秉钺"，屠本同；"望紫极而长号"，张本、屠本和《汉魏别解》本均作"行号"；"如貔如兽"，张本、屠本和《汉魏别解》本均作"非貔非虎"。《玉台新咏序》"无或讥焉"，张本、屠本和《汉魏别解》本均作"丽矣香奁"。似乎此文潏堂本颇具版本价值，但实则上述诸异文大多有可据。如《梁书》即作"握图执钺""长号"和"如貔如虎"（稍异者抄本"虎"作"兽"），《文苑英华》作

---

① 傅增湘：《藏园群书经眼录》，第835页。
② 傅增湘：《藏园订补邵亭知见传本书目》，第956页。
③ 傅增湘：《藏园群书题记》，第564页。

"无或讥焉",《艺文类聚》恰有"行三善,俪极以照四方。惟忠惟孝,自家刑国。乃武乃"此二十字。至于各本未载的《四无畏寺刹下铭》,《艺文类聚》卷七十七亦有载,辑录似非难事,也不宜以"奇秘"称之。可见傅氏对其版本及文献价值过于拔高,文漪堂本之外的各本异文反倒有裨于校勘。也可推断该抄本应非据某一底本而抄,而是一种"现行"的辑本,分卷为七也只是一种"个体性"的整理行为。恰如许逸民先生所称:"明抄本无非明人较早的辑本,辑而未刻,是故稀见","明抄本贵在抄撮早,流传少,而绝非因其有唐宋传本背景"①,此判断是中肯的。

其二,张燮本。此本(据国家图书馆藏《七十二家集》本,编目书号A01785)行款版式为九行十八字,白口、左右双边,单黑鱼尾。版心上镌"徐仆射集",中镌卷次和叶次。卷端题"徐仆射集卷之一",次行、第三行均低八格分别题"陈东海徐陵孝穆著""明闽漳张燮绍和纂"。卷首有天启元年《徐仆射集序》,次《徐仆射集目录》。卷末有《附录》。

据目录,卷一收赋、乐府和诗,其中乐府和诗的篇目及次序均同明抄本。卷二收"诏"体文章,相较于明抄本诏增益三篇,即《陈武帝即位诏》《梁禅陈诏》和《陈公九锡诏》。另该卷及卷三分别增益"策文""玺书"二体文章,分别是《梁禅陈策文》《陈公九锡策文》和《武帝下州郡玺书》《梁禅陈玺书》。卷三又收"表""移文""檄"和"启"诸体文章,其中"启"体增益两篇即《谢东宫赉蛤蜊启》《谢赉蛤启》。卷四至七收"书"体文章,增益九篇(抄本收《荐陆琼启》,张燮本收在"书"体内,作《荐陆琼书》,不计此篇在内),即《为贞阳侯与太尉王僧辩书》《为贞阳侯答王太尉书》《为贞阳侯重与王太尉书》《为贞阳侯答王太尉书》《为贞阳侯重答王太尉书》《又为贞阳侯答王太尉书》《为贞阳侯与陈司空书》《为贞阳侯重与裴之横书》《为贞阳侯与北齐荀昂兄弟书》。卷八至九收"序"和"碑"体文章。卷十收"颂""铭""哀策文""墓志"和"文"诸体文章,增"文"体一篇即《为武帝即位告天文》,无抄本中的《四无畏寺刹下铭》一篇。相较于抄本增益凡十九篇(去除未收的《刹下铭》,实际十八篇),

---

① 许逸民:《徐陵集校笺》前言,第15页。

总计收录诗文一百十六篇（其中《在吏部尚书答诸求官人书》分作两篇，可合为一篇，实际为一百十五篇）。

其三，屠隆本。此本依据《四部丛刊》影印明屠隆合刻评点本《徐孝穆文集》十卷，行款版式为九行二十字，白口、四周单边，无鱼尾，眉上镌评。版心上镌"徐孝穆集"和卷次及所载篇目的文体名，下镌叶次。卷端题"徐孝穆集卷一"，次行低三格题"陈剡徐陵著，明东海屠隆评"。卷首有屠隆《徐庾集序》，云："今披徐庾集，有不入波斯之航也哉？故合而锓之，为艺苑之笙簧，制作之粉黼。"次《徐陵本传》《徐孝穆集目录》。

据《目录》，卷一收赋一篇、诗（合"乐府"在内）三十四篇，张燮本《走笔戏书应令》《和王舍人送客还闺中有望》《为羊兖州家人答饷镜》和《内园逐凉》四篇未见于屠本，而屠本《宛转歌》和《征虏亭送新安王应令》两篇则未见张燮本中。卷二收"玺书"两篇、"策命"一篇（即《陈公九锡文》）和"诏"三篇，均见于张燮本中。卷三收"表"七篇、"启"八篇，比张燮本增益《谢敕赉乌贼启》一篇。卷四至七收"书"体三十三篇，较张燮本增益两篇，即《为王太尉僧辩答贞阳侯书》和《王太尉僧辩答贞阳侯书》。按此两篇非徐陵之作，不应入集，张燮本《徐孝穆集》附录有"纠谬"云："按史江陵陷齐，送贞阳侯渊明为梁嗣遣，陵随还。初王僧辩拒境不纳，渊明往复致书，皆陵词也。所谓往复者，盖指渊明前后诸书言之耳。《文苑英华》误载僧辩等复书，皆称陵笔，此谬甚矣。陵身在北军，安能分身飞渡为僧辩作奏哉。僧辩复书，盖沈炯之作，今入沈集。"卷八收"颂"一篇、"铭"两篇、"序"一篇、"移文"两篇和"檄文"一篇。卷九收"碑"九篇，卷十收"哀册"一篇和"墓志"三篇。总计收文一百九篇（去除非徐陵作两篇，实际一百七篇）。

屠隆本的文献价值除屠隆本人的评点外，还在于增益他本徐陵集未载的三篇诗文，尽管其中的两首诗存在署名上的"不一致"。如《乐府诗集》题《宛转歌》乃陈江总之作，许逸民先生以存疑的方式收入《徐陵集校笺》中。又《艺文类聚》题《征虏亭送新安王应令》诗乃陈张正见之作，《文苑英华》题徐陵作，许逸民先生认为《文苑英华》当别有所本而收入集中。至于《谢敕赉乌贼启》，载《艺文类聚》卷九十七，明抄本和张燮本皆未辑出，当据补。

为了充分揭橥徐陵集各本之间的版本关系，兹校勘如下（以文漪堂抄本为底本，同时校以《诗纪》，目的是考察徐陵诗的辑录来源情况）：

卷一《鸳鸯赋》"恨新婚之无兮"，张燮本"无兮"作"无子"，屠本同。

"孤鸾对镜不成双"，张燮本"对镜"作"照镜"，屠本同。

"天下真成长会合"，张燮本"会合"作"合会"，屠本同。

《骢马驱》"彫鞍名镂渠"，张燮本"渠"字有校语称"一作衢"，屠本作"衢"，《诗纪》（亦有此校语）同抄本和张燮本。

"倚端轻扫史"，张燮本"史"字有校语称"一作吏"，屠本、《诗纪》（亦有此校语）均作"史"。

《中妇织流黄》"落花还井上"，张燮本"还"字有校语称"一作飞"，屠本、《诗纪》（亦有此校语）均作"还"。

"带衫行障口"，张燮本"障"作"幛"，屠本、《诗纪》同抄本。

"觅钏枕檀边"，张燮本"枕檀"有校语称"一作入坛"，屠本、《诗纪》（亦有此校语）均作"枕檀"。

"封自黎阳土"，张燮本"自"作"用"，屠本、《诗纪》同。

《出自蓟北门行》"燕山对古刹"，《诗纪》"山"字有校语称"一作然"，屠本作"然"，张燮本（无此校语）作"山"。

"代郡隐城楼"，张燮本"隐"字有校语称"一作倚"，屠本、《诗纪》（亦有此校语）均作"隐"。

《折杨柳》"蝲蝲河堤柳"，张燮本"柳"作"树"，屠本同，《诗纪》"树"字有校语称"一作柳"（张燮本无此校语）。

《洛阳道二首》其一"红尘百战多"，张燮本、屠本和《诗纪》"战"作"戏"。

《春晴》"薄夜迎节新"，张燮本、屠本和《诗纪》"节新"作"新节"。

"春色黛中看"，张燮本、屠本和《诗纪》"看"作"安"。

《山斋》"石露本无尘"，张燮本、屠本和《诗纪》"露"作"路"。

《咏柑》"千株挺京国"，张燮本、屠本和《诗纪》"京"作"荆"。

《侍宴》"承恩豫下席"，张燮本、《诗纪》"豫"作"预"，屠本作"与"。

《别毛永嘉》"此别恐长辞"，张燮本、《诗纪》作"此别空长离"，屠本作"此别畏长离"。

通过校勘，推知文漪堂抄本徐陵诗文存在不同于各本的部分异文，不排除是重辑过程中校订的结果，但也可能是依据了某种文本。按抄本"红尘百戏多"之"百戏"作"百战"，《四部丛刊》影印汲古阁本《乐府诗集》即有校语称"一作战"，印证了此处异文是有来源的（许逸民《徐陵集校笺》未校出）。但作"石露""京国"及"此别恐长辞"尚未检得依据。而张燮本和《诗纪》诗篇面貌基本接近，印证张燮本诗篇之辑据自《诗纪》。但也略有选择，如"燕山对古刹""嫋嫋河堤树"两句诗均未注出《诗纪》中的校语。屠本整体而言亦与张燮本和《诗纪》接近，偶有异文。特别是"彫鞍名镂渠""燕山对古刹"两句诗，屠本所作恰与《诗纪》校语同；又作"此别畏长离"，与《文苑英华》同，推断并非出自校订，而是有所依据。至于作"承恩与下席"，暂未检得依据，或出于屠隆校订。

其四，《汉魏别解》本。此本现藏国家图书馆（编目书号 t322），行款版式为九行二十六字，白口、四周单边，无直格，无鱼尾。版心上镌"汉魏别解"，中镌卷次和"徐孝穆集"及叶次，下镌"香谷山房"。卷端题"徐孝穆集"。书中眉上镌屠赤水、叶绍泰和陈明卿三人，所收每篇文章末亦有此三家评语。总计收文十二篇，即《梁禅陈玺书》《册陈公九锡文》《劝进元帝表》《与杨仆射书》《与王僧辩书》《代梁贞阳侯重与王僧辩书》《梁贞阳侯与陈司空书》《陈高祖作相时与北齐广陵城主书》《与李那书》《报尹义尚书》《在北齐与宗室书》和《太极殿铭》。该本有助于了解除屠隆外的明人对徐陵文的品鉴评点，另《劝进元帝表》作"握褒秉铖"，不同于其他各本，也有裨于校勘。

综上，作为六朝旧集的徐陵集即三十卷本散佚于唐末五代时期，两宋流传的徐陵集属诗集的重编本，而非诗文合编本。这与宋代重古文而轻视六朝骈文的学术背景有着密切的关系。宋元时期尚流传的徐陵诗集至明初亦不传，明人开始重辑徐陵集，表明现存的徐陵集不存在祖出唐宋（元代）旧本的文本背景，皆属明人重编本。现存徐陵集各本在篇目上互有出入，不存在同一版本链条上的前后因袭承继关系，而是大致同一时期各自独立成编的辑本。明文漪堂抄本在个别篇目及校勘上的"独特"性皆有依据，不宜拔高其文献及版本价值。张燮本诗篇据自《诗纪》，是辑录徐陵诗文最为完备的本子，可作为整理徐陵集的底本使用。屠隆本辑录了各本未载的徐陵诗文，且有屠氏评点，堪称佳本。但问题是个别篇目审核未恰，非徐陵之作而混入集中，不及张燮本精审。《汉魏别解》本则体现了明人对徐陵文的别裁品鉴，为编选六朝文提供了一些有益的借鉴。

第七节　庾信集

庾信集呈现出两个鲜明的特点：其一，由于作者生活经历的关系，也相应地反映在集子的文本面貌中。即北周宇文逌序二十卷本属"入北"之作的汇编本，而宋代以来的重编本则亦收录所作南朝诗文在内。其二，由于宋代不重六朝骈文的学术背景，使得庾信集在宋代出现诗集本和所谓的"略集"本，均自二十卷本抽出诗或诗赋重编，形成庾信集流传中的诗集本和诗文合编本两种文本系统。诗文合编本以明汪士贤本为最早，是在作为六朝旧集的二十卷本基本退出流通领域的背景下，明人努力重建庾信集文本的结果。此后的张燮和张溥，以及大致同时期的屠隆均延续了这种路径。其中以张燮本最为完备精审，宜为整理庾信集的底本。

一、庾信集的编撰与流传

庾信是南北朝后期重要的作家，历仕南朝梁及北朝西魏、北周和隋四朝，诗文创作也相应地分为"仕南"和"入北"两个阶段。仕南朝时，《周书》本传称徐、庾父子四人"既有盛才，文并绮艳，故世号为徐庾体焉。当时后进竞相模范，每有一文，京都莫不传诵"。客居北朝后，本传云："世宗、高祖并雅好文学，信特蒙恩礼。至于赵、滕诸王，周旋款至，有若布衣之交。群公碑志，多谢请托。唯王褒颇与信相□。自余文人，莫有逮者。"①尽管恩隆礼遇不减南朝，但诗文创作有别于"绮艳"之体，所谓："信虽位望通显，常有乡关之思。"②之所以介绍庾信前后两个生活阶段，目的是交代他的集子编撰也区别为两个阶段（两者之间的诗文互不包含）。特别是今本庾信集中，主要收录"入北"之时创作的诗文，但也含有"仕南"时所作，表明属后人集合两阶段之作的重编本。

据北周宇文逌《庾开府集序》，庾信在南朝梁太清之乱前，即"京都莫不传诵"时期，已编有集子十四卷。惜该集"值太清罹乱，百不一存"，"及到江陵，又有三卷，即重遭军火，一字无遗"，印证庾信尽管身处梁末离乱，仍不辍诗文创作，也续有结集之编。至于序所称的"一字无遗"指的是这些创作于南朝的作品未能在北周时期的北方得以流传，而非并没有在后世流传下来。如《春赋》及《奉和山池》（梁简文帝有《山池》诗）、《将命至邺》二首和《和咏舞》（梁简文帝有《咏舞》诗）诸诗，即均作于仕南朝为东宫学士之时。虽然集子遭到损毁，但仍有部分作品得以在南方流传（与抄本时代的传抄和作品的传诵有关），特别是在隋统一后由南传至北方而保存下来（根据《隋志》和两《唐志》的著录，当并未编入集子，而是保存在其他文献中）。

庾信在北朝的创作，赖所编集子而使相当一部分诗文保存至今。宇文序称："今之所撰，止入魏已来，爰洎皇代，凡所著述合二十卷，分成两帙，附之后尔。余与子山凤期款密，情均缟纻，契比金兰。欲予制序，聊命翰札，幸无愧色。非有绚章，方当贻范搢绅、悬诸日月焉。"按此序撰写于北周大象元年（579），时信年六十有七。关于集子的编撰，清人倪璠《注释庾集题辞》云："自滕逌撰集于新野"，"逌之所撰，自魏及周，著述裁二十卷。其南朝旧作，盖阙如也。"认为庾信集乃宇文逌编定，今人多承其说。许逸民先生即称："《庾信集》最早编成于北周大象元年，是由北周滕王宇文逌编定的。"③又有学者称："由宇文逌出力编辑的二十卷本文集是庾信作品最早的集成本。"④细读宇文序，同时证以庾信《谢

① 令狐德棻等：《周书》，第734页。
② 同上，第734页。
③ 许逸民：《庾子山集注》校点说明，中华书局，1980年，第4页。
④ 张黎明：《庾信集版本考订》，《北京科技大学学报》（社会科学版）2005年第3期，第95页。

滕王集序启》，可知宇文逌实际仅撰写集序。“今之所撰”诸语乃述庾信集之貌，而不是说集子是自己所编。序文还透露了庾信家族存在“家世集”（指祖上数代编有文集，语出《梁书·王筠传》）的事实，所谓“或昭或穆，七世举秀才；且珪且璋，五代有文集”，属于南朝典型的文学世家。

宇文序中的二十卷本庾信集乃庾信自编其集，仅收“入北”后历西魏、北周两朝所撰诗文，编完后请宇文逌赐撰《集序》。《谢滕王集序启》即云：“信启伏览制，垂赐集序……故知假人延誉，重于连城。借人羽毛，荣于尺玉。溟池九万里，无踰此泽之深。华山五千仞，终愧斯恩之重。”庾信本人也为赵王宇文招撰写过《赵国公集序》，同样也只是撰写集子的序言。这涉及围绕在庾信身边的一个文学集团，包括“雅好文学”的明帝宇文毓和武帝宇文邕，及作为皇族贵胄的宇文招和滕王宇文逌，营造出“特蒙恩礼”和“布衣之交”的氛围。根据《隋志》的著录，明帝和赵王、滕王均有集，以编集子作为总结诗文创作的方式。《北史·文苑·庾信传》称“有文集二十卷”，即此庾信自编、宇文逌撰序之本（《周书》本传不言有文集事）。史料表明庾信集备受喜好，《北史·魏澹传》云：“废太子勇深礼之，令注《庾信集》，撰《笑苑》，世称博物。”[①]惜注本早已亡佚。

《隋志》著录庾信集二十一卷，小注称“并录”，则含“目录”一卷在内，实即本传所载庾信编二十卷本（以下简称“庾信编本”）。当然这是唐初秘阁藏本庾信集的记录，不一定完全符合庾信编本之貌。原因是大象元年至隋开皇元年（581）庾信卒尚有两年，其间应有新作未收入集中，故《隋志》著录本或是涵盖了新作诗文的编本，仍厘分为二十卷本。两《唐志》均著录为二十卷（《新唐志》乃据抄自《旧唐志》），则又不计目录一卷在内（《旧唐志》的体例是目录或计或不计）。而倪璠《注释庾集题辞》云：“及隋文帝平陈，所得逸文，增多一卷，故《隋书·经籍志》称集二十一卷。其所摭拾者，大抵扬都十四卷之遗也。”又云：“《旧唐书·志》有集二十卷，与本传合，要称其滕王所撰也”，“庾集在于周、隋，有此二本矣”。受其影响，许逸民先生也说：“有人认为增多的一卷，乃

---

① 李延寿：《北史》，第2044页。

是隋平陈后所得的南朝旧作。新、旧《唐志》又谓《庾信集》二十卷，这或者是将隋二十一卷本重新加以编次的结果。"①这是不准确的，《隋志》小注明确称"并录"，则溢出之一卷指目录一卷殆无疑义。再者，隋唐时期流传的二十卷本，即便考虑又编入了新作诗文（应该不包括南朝所作诗文在内），就其主体而言仍是大象元年编定的二十卷本，不存在重新编次的情况。《才调集》载崔涂《读庾信集》一首，其中有两句诗云："唯有一篇杨柳曲，江南江北为君愁。"崔涂所读之本当即《旧唐志》著录本。"杨柳曲"，今本作"杨柳歌"。

检北宋《崇文总目》未著录庾信集，推断秘阁未有藏本（根据南宋《郡斋读书志》《遂初堂书目》和《直斋书录解题》均有著录，推测北宋时期尚有庾信集民间传本）。倪璠《注释庾集题辞》云："世之所谓《庾开府集》，本宋太宗诸臣所辑，分类鸠聚，后人抄撰成书，故其中多不诠次。"不太清楚倪氏此说的依据。按明朱承爵刻本《庾开府诗集》卷首有《庾开府诗集序》一篇，未署作年，疑此序为宋人所撰（详见下文所述）。倪氏之说或据自此序。

至南宋，《郡斋读书志》著录庾信集为二十卷，称："集有滕王逌序。"②序文和卷第皆相合，当即庾信编本。《遂初堂书目》亦著录，不题卷数。郑樵《通志·艺文略》除著录二十一卷本庾信集外，尚著录《略集》三卷。或称："三卷本称作是略本，疑为二十一卷本的节选本。"③按宋代似已刻庾信诗集（据《庾开府诗集序》推测），疑此《略集》为庾信诗集或诗赋合编之集，乃选刻自二十卷本庾信集。《直斋书录解题》亦著录为二十卷，云："今集止自入魏以来新作，而《哀江南赋》实为首冠。"④"《哀江南赋》实为首冠"有两种理解，一种是此赋为庾信集中最佳之篇，再者就是集子的第一篇是该赋。

《文献通考·经籍考》和《宋史·艺文志》均著录为二十卷，元代仍有传本存世，而入明此二十卷本则趋于隐晦。按《四库全书总目》云："《北史》本传称有集二十卷，与周滕王逌之序合。《隋书·经籍志》作二十一卷，皆已久佚。倪

---

① 许逸民：《庾子山集注》校点说明，第4页。
② 晁公武：《郡斋读书志》，第825页。
③ 张黎明：《庾信集版本考订》，第96页。
④ 陈振孙：《直斋书录解题》，第466页。

瓒《清閟阁集》有《与彝斋学士书》曰：闻执事新收得《庾子山集》，在州郡时欲借以示仆，不时也。兹专一力致左右，千万暂借一观云云。则元末明初尚有重编之本。"①馆臣谓"皆已久佚"似不确，倪瓒所借的《庾子山集》也非"重编之本"。余嘉锡即辨云："其集自周、隋以来至于南宋，皆旧本相传，不闻有所亡佚也。迄乎元代，既无新刻，故流播渐稀"，"《提要》以为元末明初尚有重编之本，此臆决之词，羌无故实也"②。而许逸民先生称："从元代以后，二十卷本《庾信集》实际上已经散佚，明清书目中关于二十卷本的记述大抵袭取旧说而已。"③实际明代尚有二十卷传本，《世善堂藏书目录》即著录《庾开府集》二十卷（私家书目似仅见此著录），明朱曰藩《庾开府诗集序》亦称："信他文赋往往杂见，不暇编辑，且意是二十卷，人间尚有藏者，姑校雠其诗如此。"又朱承爵本中有署"述古堂"跋（即钱曾所撰，《读书敏求记》载此跋文，略有差异）称："庾信全集二十卷，藏之天府，未知百六飓迵，灵光犹无恙否？""天府"即指明内府（文渊阁），推知庾信集在明代的流传已甚为稀见，外间难得经眼，故有倪瓒"兹专一力致左右，千万暂借一观"之语。大致在明清之际，此二十卷本庾信集散佚不传。

现存明代庾信集版本有明嘉靖刻《六朝诗集》本《庾开府集》二卷（以下简称"《六朝诗集》本"），系翻刻宋本，反映的是宋代所编庾信诗集的文本面貌。正德十六年（1521）朱承爵存余堂刻《庾开府诗集》四卷本（以下简称"朱承爵本"），是现存最早的庾信诗集单行版本。此后有朱曰藩刻《庾开府诗集》六卷本（以下简称"朱曰藩本"），与前两种皆为庾信诗集编本。庾信诗文合编，现存最早的是汪士贤编《汉魏六朝二十一名家集》本，其后的《汉魏六朝诸家文集》本和《汉魏诸名家集》本庾信集皆以此本为底本重刻（或重印），篇目相同。天启、崇祯间张燮编《七十二家集》本（以下简称"张燮本"）则以汪本为基础，又辑录庾信其他诗文而成，属最为精审完备的本子。张溥编《汉魏六朝百三名家集》本即据自张燮本。还有大致万历间屠隆编刻《徐庾集》本（以下简称"屠隆本"）庾信集，在篇目上与张燮本基本相同，个别非庾信之作收入其中。

①　永瑢等：《四库全书总目》，第 1276 页。

②　余嘉锡：《四库提要辨证》，第 1246 页。

③　许逸民：《庾子山集注》校点说明，第 5 页。

二、庾信集的诗集本系统

庾信集分为诗集本和诗文合编本两种文本形态。诗集本编在宋代，从《六朝诗集》本载有庾信南朝之作，如《和山池》《将命至邺》等，印证诗集以当时所传二十卷本庾信集中的诗作为基础，又附入南朝作品。值得注意的是，这几首南朝作品不管是该本还是朱承爵本均附在卷末部分，再次佐证南朝作品属附入的文本属性，也可推知经宋人重编的"诗集"不宜再视为二十卷本六朝旧集的面貌。恰如倪璠所称："今集中多杂南朝旧作，又非滕王故本矣。"至于明人所编的诗文合编本，乃依据诗集又辑补各体文章而成，许逸民先生称："今天我们尚能看到的《庾集》早期刊本，就是在宋钞（刊）诗集本的基础上，经明人钞撮《艺文类聚》《初学记》《文苑英华》而成编的。"[①] 在重构庾信集文本的过程中，作为六朝旧集的二十卷本庾信集在明代尚有存世，由于秘藏内阁，即便是私藏亦极为罕秘，而并未得以利用。

兹略述诗集本系统中的各本如下：

其一，朱承爵本。此本现藏国家图书馆（编目书号 3540），凡四卷，行款版式为十一行二十字，白口、左右双边，单黑鱼尾。版心中镌"庾集"和卷次及叶次。卷端题"庾开府诗集卷一"，次行低十二格题"庾信子山"。卷首有《庾开府诗集序》，卷四末有正德辛巳（1521）朱承爵跋。书末副叶有朱笔题跋，署"述古堂识"，当属过录钱曾跋。书中有朱笔眉批，内容是评点庾信诗的风格特色，颇具参考价值。

按朱承爵跋称："右集止录其诗，而文不载，观序末引少陵语为正，其刻在唐之后无疑……余因重刻其集于存余堂，故识其略云。"知该本系朱承爵以旧本为底本而重刻，而据刻之"旧本"的成书（或刊印）时间，朱承爵据序引杜甫"清新庾开府"之语而定为"唐之后"。钱曾跋亦申朱氏此说，均未确定具体的时间，缘于《庾开府诗集序》未署作年。细读全序，几乎通篇乃抄撮庾信史传，惟末

---

① 许逸民：《庾子山集注》校点说明，第 5 页。

句云："尤善工诗，杜子美谓'清新庾开府'者是也。"考虑到此序所撰并无甚水准可言，推测出自书贾之手，当为宋时刻书附入。

该本收诗一百六十六篇，其中有四篇系重出，实际为一百六十二篇，另加"乐歌"六篇，总为一百六十八篇（另卷四末补抄《七夕》诗一首不计在内，诗云："牵牛悲，遥映水，织女正登车。星桥通汉使，机石值仙槎。隔河相望近，经秋离别赊。愁将今夕恨，复著明季花。"载赵均本《玉台新咏》卷八，略有文字差异）。四篇重出之诗均在卷四，即《从军行》，又见于卷二《同卢记室从军》；《咏春》诗，又见于同卷《五言咏画屏风诗二十五首》之五；《奉梨》诗，又见于卷三亦题"奉梨"；《奉和平邺》诗，又见于卷二《奉和平邺应诏》。尽管属重出之诗，但相校存在文字上的差异，如《咏春》"寂绝想桃源""狭树分花径"两句，《五言咏画屏风诗》"想"作"到""树"作"石"。《奉和平邺》"飞风扫邺尘"句，《奉和平邺应诏》"飞风"作"风飞""邺尘"作"邺城"。推断集子的重编者实际意识到了诗篇重出的问题，由于异文的存在而仍选择收入集中。

其二，《六朝诗集》本。此本行款版式为十行十八字，白口、左右双边，无鱼尾。版心中镌"庾集"和卷次及叶次。卷端题"庾开府集卷上"，凡两卷。该本不收《奉和平邺》《咏春》和《从军行》三首重出之诗，其余篇目与朱承爵本相同，总为一百六十九篇。

以该本与朱承爵本相校，存在差异：第一，诗题不同，如卷三《奉报穷秋寄隐士》，《六朝诗集》本"奉报"作"春殿"；卷四《听歌》，《六朝诗集》本作"听歌一绝"。第二，篇次不同，如该本《西门豹庙》后接"乐歌"，次《望渭水》；而朱承爵本则直接接《望渭水》。根据朱承爵本保留的校语，《六朝诗集》本庾信诗集在刊刻中参校过朱本。如卷四《燕歌行》"寒雁丁丁渡辽水"，校语称"丁丁"两字"一作嗈嗈"，《六朝诗集》本校语同；同卷《舞》"讵见地中生"，校语称"生"字《类聚》作是"，《六朝诗集》本校语同；同卷《奉和同泰寺浮屠》"烟露晚犹滴"，校语称"烟"字"一作轻""晚犹"两字"一作晚盘"，《六朝诗集》本校语同。这些校语并非朱承爵所加，而是作为底本的"宋本"即如此，印证南宋末刊刻《六朝诗集》中的庾信诗集选择朱本（准确地说是重刻所据的宋本）为底本。更为直接的证据是《六朝诗集》本卷下《徵调曲六首》其三"浮鼋则东海可属"，校语称"属"字"一作历"，朱本恰即作"历"。但校勘表明（以朱承爵本《拟咏怀二十七首》为例，另校以朱曰藩本、张燮本、屠隆本和《诗纪》，以明各本之关系），《六朝诗集》本同时作了校订而存在异文，如：

其一"惊飞每失林"，《六朝诗集》本"飞"作"羽"，曰藩本、张燮本（有校语，"一作羽"，《诗纪》同）、屠隆本、《诗纪》同朱本。

其三"连横遂不连"，《六朝诗集》本"横"作"衡"，曰藩本同朱本，张燮本、屠隆本、《诗纪》同《六朝诗集》本。

其五"唯彼塗穷恸"，《六朝诗集》本"塗穷"作"穷达"，曰藩本、《诗纪》同朱本，张燮本作"穷途"，屠隆本同。

其六"移住华阳下"，《六朝诗集》本作"移住华阴下"，曰藩本作"移住华阴下"，张燮本、屠隆本、《诗纪》同。

其十五"梯冲巳鹤烈"，《六朝诗集》本"烈"作"列"，曰藩本、张燮本、屠隆本、《诗纪》同。

其十五"空庭多枉魂"，《六朝诗集》本"庭"作"亭"，曰藩本、张燮本、屠隆本、《诗纪》同。

其十九"浮云飘马足"，《六朝诗集》本"浮"作"轻"，曰藩同朱本，张燮本、屠隆本、《诗纪》同《六朝诗集》本。

其二十一"横石五三片"，《六朝诗集》本"五三"作"三五"，曰藩本、张燮本、屠隆本、《诗纪》同。

其二十七"白露水银团"，《六朝诗集》本"团"作"圆"，曰藩本、张燮本、屠隆本、《诗纪》同朱本。

推断庾信诗集尽管以朱承爵本（反映的宋本面貌）为祖本，但由于《六朝诗集》本校订的结果反而形成两种版本系统，朱曰藩本之后各本在诗集文本的选择上参互校订，并不单纯地祖述某一本。从张燮本的校语同《诗纪》，推断该本中的诗集更多的是直接参据《诗纪》而成。

此外，《六朝诗集》本和朱承爵本也均保留有相互未载的校语，如朱本卷一

《宫调曲五首》其二"年祥庆百灵"，校语称"祥"字"一作期"；《六朝诗集》本作"祥"，即未载此校语。又《六朝诗集》本卷上《奉和赵王美人春日》"红输被角斜"，校语称："输被一作输帔。"朱本即作"输被"，未载校语。上述两例表明宋代尚有其他版本的庾信集流传。

其三，朱曰藩本。此本现藏国家图书馆（编目书号 11146），凡六卷，行款版式为十行十八字，白口、左右双边，单黑鱼尾，版心中镌"庾开府集"和卷次及叶次。卷端题"庾开府诗集卷一"。卷首有朱曰藩《庾开府诗集序》，次《周书庾信传》。

按朱曰藩序云："予家故有抄本庾信诗二卷，卷次无序且篇章重复，字画舛脱，盖好事家所藏备种数者尔。"所言旧抄本庾信诗两卷疑即抄自《六朝诗集》本《庾开府集》，该本恰存在个别诗篇如《奉梨》诗的重复。至于"字画舛脱"，《六朝诗集》本如《和王少保遥伤周处士》"昔余任冠盖"句，各本"任"均作"仕"；《拟咏怀二十七首》其十八"漫漫疑行海"，"疑"为"拟（擬）"之讹等。朱序又云："因取是本为之校雠，本内《周圆丘》《方泽》《五帝》《宗庙》《大祫》《五声调曲》诸乐章，则考之《隋书·音乐志》、郭茂倩《乐府诗集》等书。五、七言诸诗则考之《艺文类聚》《初学记》《文苑英华》等书，凡增入诗十二首，非信诗删去者二首，窜正字三百四十有奇，其不可考者姑仍之，厘为六卷，可缮写。"推知该本以《六朝诗集》本为底本，又据它书参校补辑庾信诗篇而成。

《六朝诗集》本收诗一百六十九篇，其中《奉梨》重出实际一百六十八篇，与朱承爵本篇目相同。朱曰藩明确称"增入诗十二首"，经覈检，即卷二"乐府"《昭君怨》增益第一首，卷四增益《咏园花》一篇，卷五增益《庭前枯树》《镜》《捣衣》《对雨》《奉命使北初渡瓜步江》五篇，卷六增益《集池雁二首》《和迴文》《咏桂》《咏杏花》《秋夜望单飞雁》五篇，总为增益诗十一篇又一首，即朱曰藩本收诗一百七十九篇。至于序所称"删去者二首"，即《咏画屏风诗》二十五首，删去《昨夜》和《捣衣》两首。但《六朝诗集》本中的《望月》和《和裴仪同秋日》两篇则未载。有的诗篇刻有小注，如卷四《和颍公秋夜》篇题下小注称："《初学》作上官仪诗。"与序"考之《初学记》"之书恰相印证。朱曰藩本可谓收录庾信诗较为完备的本子，但也有学者称存在"校勘粗疏，篇目时见重出"的问题[①]。

三、庾信集的诗文合编本系统

　　大致明万历开始至天启、崇祯间，出现重编庾信诗文集的高潮，目的是重构庾信诗文合编的文本，而非仅局限于诗集。特别是在二十卷本庾信集难以进入广泛的流通领域的情况下（藏在内府，或秘为私人所藏），阅读、研究等各种需求促成重构诗文集是相当必要的。现存最早的一部合编本是汪士贤编本（以下简称"汪士贤本"），即《汉魏六朝二十一名家集》本，由汪氏刻在明万历、天启年间。此后的《汉魏诸名家集》本和《汉魏六朝诸家文集》本庾信集皆据自《二十一名家本》，而系于不同的丛编中，反映明中后期六朝人文集的受欢迎程度。汪士贤之后的张燮，在篇目的辑录上逾于汪本，但也不宜藉此而忽视汪本"导夫先路"的文献价值。万历、天启间屠隆也编刻有庾信集，在诸本中篇目中最多（存在误收非庾信之作）；且有屠氏本人的评点，有裨参考。

　　其一，汪士贤本。汪士贤编刻《汉魏六朝二十一名家集》本，卷端题"明新安汪士贤校"，无序跋。未检得汪士贤之前编庾信集（诗文合编）的记载，推断即出自汪氏编校。篇目同《诸名家集》本和《诸家文集》本，两本卷端均题有"明新安汪士贤校"字样，印证均以《二十一名家集》本为底本（《诸名家集》本系重印，《诸家文集》本则属重刻）。兹以《诸家文集》本为例（国家图书馆藏，编目书号259）。该本凡十二卷，行款版式为九行二十字，白口、左右双边，单白鱼尾。版心上镌"庾开府集"，中镌卷次和叶次。卷首有《庾开府集目录》。卷端题"庾开府集卷第一"，次行、第三行均低九格分别题"周新野庾信著""明新安汪士贤校"。

　　据目录，卷一收赋七篇，卷二至七收乐府、诗和乐歌一百八十篇（实际为一百七十九篇，《赋得集池雁》《咏雁》两篇即朱曰藩本中的《集池雁二首》一篇），卷八表八篇、文三篇和铭十篇，卷九至十碑十三篇，卷十一至十二墓志铭

---

① 许逸民：《庾子山集注》校点说明，第 5 页。

二十一篇、传一篇，总为二百四十三篇，去掉两篇非庾信之作的《彭城公夫人尔朱氏墓志铭》和《伯母东平郡夫人李氏墓志铭》，实际为二百四十一篇。

顺带一提《诸名家集》本，该本卷首有天启丙寅（1626）王元懋《庾开府集序》，云："近纵读汉魏梁宋诸集，至开府一编。"所读"汉魏梁宋诸集"即汪士贤编本《汉魏六朝二十一名家集》。另有内扉页，题"袁中郎先生订正"，则复经袁宏道校。

其二，张燮本。此本系《七十二家集》本（国家图书馆藏，编目书号A01785），行款版式为九行十八字，白口、左右双边，单黑鱼尾。版心上镌"庾开府集"，中镌卷次和叶次。卷端题"庾开府集卷之一"，次行、第三行均低八格分别题"周新野庾信子山著""明闽漳张燮绍和纂"。卷首有天启元年张燮《重纂庾开府集序》，次宇文逌《庾开府集序》《庾开府集目录》。据目录，该本卷一至二为赋，卷三至六为诗（共计一百八十篇，其中《赋得集池雁》《咏雁》两篇即朱曰藩本中的《集池雁二首》一篇，故实际为一百七十九篇，篇目同朱曰藩本），卷七为表，卷八收录启、书、移文、教和连珠诸体文章，卷九收录序、碑、铭、赞诸体文章，卷十至十二收录神道碑，卷十三收录神道碑和传体文章，卷十四至十六为墓志铭，总计收诗文二百七十六篇。

按张燮序云："旧刻开府集，亥豕特甚，诸体多阙，因为参错诸选本，细较之而补其未备，用成全豹。旧刻彭城夫人及伯母东平夫人二墓文，盖杨盈川笔也。庸人误收而浅人沿之，冒署子山名入选，大误观者，今为删去。"汪士贤编本恰有序所提及的《彭城公夫人尔朱氏墓志铭》和《伯母东平郡夫人李氏墓志铭》两篇，故"旧刻开府集"即指汪士贤本（尽管屠本亦收此两篇，但张燮本应该并未参据屠本，详下文所述）。卷末附录有"纠谬"，云："二作载《文苑英华》，列在庾信诸编之后，而不署姓名，世遂误沿为庾集。余初窃疑之，及阅彭城夫人祖父俱仕隋，伯母东平夫人称祖仕后周，父仕皇朝，则又属周以后人矣。然尚未知出阿谁手也。细阅伯母志后云'炯忝为太子司直，不获就展'，乃悟为初唐杨炯之作。"也可知张燮本乃据自汪士贤本，又校订且补辑庾信诗文而成。补辑情况如下：赋增益八篇，即《春赋》《七夕赋》《荡子赋》《象戏赋》《镜赋》《灯赋》《对烛赋》和《鸳鸯赋》；表增益四篇，即《贺传位皇太子表》《请功臣袭封表》《为杞公让宗师骠骑表》和《进象经赋表》；增益《温汤碑》一篇。另增设赞、启、书、教、连珠和序诸体文章二十二篇，总为增益三十五篇。在选文上，庾信"仕南"和"入北"的作品均收入集中。整理庾信集，应以张燮本为底本，取其诗文详备且考订精审。

其三，屠隆本。此本行款版式为九行二十字，白口、四周单边，单白鱼尾。版心上镌"庾子山集"，中镌卷次和所载篇目的文体名，下镌叶次。卷端题"庾子山集卷一"，次行低三格题"北周新野庾信著，明东海屠隆评"。该本收录庾信诗一百八十二篇（其中《赋得集池雁》《咏雁》两篇即朱曰藩本中的《集池雁二首》，实际为一百八十一篇），比朱曰藩本和张燮本增益两篇，即《赠周处士》和《寻周处士弘让》。另收录非庾信所作的两篇墓志铭，其余赋及各体文章篇目同张燮本。有学者认为屠本是在汪本的"基础之上增补而成的"①，从篇目情况而言符合实际，更重要的是需要梳理屠本和张燮本的关系。或称："即使屠本、张本不是嫡系相沿，也应有密切的关系。在张燮'参错诸选本'之际，也许屠本正是其中之一吧，与汪本也应有源流关系。"②从张燮本未收两首诗推测张本并未直接参据屠隆本，同样屠隆本照例误收墓志铭两篇，印证屠本也未参据张燮本。故屠本应该是在汪士贤本基础上独立成编，与张燮本并不存在相互参校辑补的关系。

综上，由于庾信经历"仕南"和"入北"两个阶段，诗文创作也相应地有所区别，故梳理庾信集要注重根据诗文收录情况界定集子的面貌。作为六朝旧集的宇文逌序二十卷本迄明尚存，诗文仅收"入北"时期的创作。而宋人以来的重编本则兼及南朝诗文。宇文逌序二十卷本乃庾信自编其集，并非出自宇文逌之编，宇文逌仅撰《集序》。至于《隋志》著录的二十一卷本，乃合目录一卷在内，并非收录南朝诗文而溢出一卷。庾信集分为诗集本和诗文合编本两种文本形态。诗集本包括明朱承爵本、《六朝诗集》本和朱曰藩本三种，前两种反映的是宋代的诗集文本面貌，朱曰藩本以《六朝诗集》本为底本又参校辑补庾信

---

① 王晓鹃：《庾子山集版本的整理与考订》，《西北师大学报》（社会科学版）2001 年第 2 期，第 14 页。

② 同上，第 15 页。

诗篇而成。庾信诗文合编本以明汪士贤本为最早，但存在误收庾信文入集的不足。此后的张燮本即据该本又辑补庾信诗文而成编，属最为完备精审的本子。而屠隆本是在汪士贤本基础上独立编本，与张燮本不存在版本链条上的相互承继关系。整理庾信集，应以张燮本为底本。

第八节　明刻四种单行本汉人集

今存两汉人集基本为明人辑本，包括明刻单行本和丛编本两种类型。《四库全书总目》云："自张燮辑《七十二家集》，而汉魏六朝之遗集汇于一编。溥以张氏书为根柢，而取冯氏（《古诗纪》）、梅氏（《文纪》）书中其人著作稍多者，排比而附益之，以成是集。卷帙既繁，不免务得贪多，失于断限，编录亦往往无法，考证亦往往未明。"[①]尽管明刻单行本汉人集由于原本亡佚甚久，也存在上述"编录无法""失于断限"的现象；但整体上选文相对较有尺度，且有特定的辑录和刊刻目的，研究汉人集（乃至六朝人集）应以单行本为主要对象。

现存明刻单行本汉人集约有四种，即《贾长沙集》《东方先生文集》《董仲舒集》和《扬子云集》。检史志目录、总集类书等文献，也保留有六朝或隋唐宋元时期汉人集的记载。藉此可还原当时传本的部分或片段式旧貌，诸如收录文章的篇目、集子的构成等，均与明刻单行本不尽相同。这也是明刻汉人集属明人重辑本必然带来的结果。于是呈现出不同时段的汉人集"文本"，为便于描述明本和原本之间的差异，姑将六朝隋唐时传本称为"古本"，保留的是六朝旧集的面貌，而将宋代传本称为"旧本"。原本包括六朝隋唐时古本及宋代"旧本"两种类型。宋代"旧本"由于多属宋人重编，不同于旧集之貌；但较明本又算是"近古"，且属明本的祖本，可谓承上启下的一个文本阶段。明本由于属今存所见之本，今所见汉魏六朝别集文字面貌基本定型于明代，可称之为"今本"。既包括明人重编的汉魏六朝人集，就文字面貌而言也包括"原本"的汉魏六朝人

---

① 永瑢等：《四库全书总目》，第 1723 页。

集在内。这样便可清晰地界定集子所处的文本时段，进而勾勒出其层层累积或改易的发展过程，不同时段（历史时期）编集子的观念也会得以揭橥。兹以贾谊、东方朔、董仲舒和扬雄四家集为例，通过论述集子的编撰和流传，揭示明本汉人集与"原本"即六朝"古本"旧集及宋代"旧本"重编集之间的关系。

一、贾谊集

现存贾谊集最早单行版本，为明成化十九年（1483）乔缙刻本，有两部。一部藏上海图书馆，有傅增湘跋；一部为原国立北平图书馆旧藏，现藏台北"故宫博物院"。其行款版式为九行十八字，黑口、四周双边，对黑鱼尾。卷端题"贾长沙集"，次行低一格题"贾谊新书卷之第几"。卷首有成化十九年乔缙《贾生才子传序》，云："缙与谊为乡人，恨生也晚，不得追逐后尘，企慕高风于千载之上。公余因取二家之《传》，并谊平时所为《论》《赋》，略加櫽栝，纂而为一，目曰《贾长沙集》。庶发潜德之幽光，复捐资绣梓以广其传，用僭一言序诸首。"次《贾长沙集／贾谊新书目录》，次《洛阳贾生传》。

按乔缙序称辑录贾谊赋和论两类作品，其中论作部分取名《贾谊新书》，两者合刻而系以总题名"贾长沙集"。王重民先生称："观其大题'贾长沙集'四字，皆是剜改补刻。疑原与他书合刻，或原在某丛刻中，其后板片散亡，仅存是书，遂改原来总题为'贾长沙集'，因印为此本耳。"[①]《新书》收文五十八篇，卷一至四为《事势》三十一篇，卷五至九为《连语》二十二篇，卷十为《杂事》五篇。其中《问孝》和《礼容语上》有目无辞，实际五十六篇。傅增湘称此本"颇罕见"[②]，在上图藏本跋中又称："宋刻世不可见，此明初所刻亦罕秘，若此虽与宋本同珍可也。"

乔缙将贾谊《新书》和赋均视为贾谊集。按《汉书·艺文志》"诸子略"著录《贾谊》五十八篇，与《汉书》本传所称"凡所著述五十八篇，掇其切

---

① 王重民：《中国善本书提要》，第 491 页。
② 傅增湘：《藏园订补郘亭知见传本书目》，第 931 页。

于世事者著于传云"相合。而《崇文总目》称:"本七十二篇,刘向删定为五十八篇"①,不知何据。又"诗赋略"著录贾谊赋七篇,今存五篇,即《惜誓》(《楚辞》)、《吊屈原赋》《鵩鸟赋》(两篇均载《史记》本传,《直斋书录解题》称《吊屈原赋》为"吊湘赋")、《旱云赋》和《簴赋》(两篇均载《古文苑》)。《贾谊》五十八篇即《新书》,汉代已经成书单行流传,不含赋作在内,两者有别。

至《隋志》著录《贾子》十卷、录一卷,合计十一卷;又小注称"《贾谊集》四卷"。推断南朝梁时有贾谊集单行本流传,为四卷本,这也是所知贾谊集称"集"的最早记录。按《文心雕龙·诠赋》云:"秦世不文,颇有杂赋。汉初词人,顺流而作,陆贾扣其端,贾谊振其绪","贾谊《鵩鸟》致辨于情理。"《哀吊》云:"贾谊浮湘,发愤吊屈,体同而事核,辞清而理哀,盖首出之作也。"《议对》云:"若贾谊之遍代诸生,可谓捷于议也。"又《才略》云:"贾谊才颖,陵轶飞兔,议惬而赋清,岂虚至哉!"推断刘勰即据梁本贾谊集而论,也可推知当时集子收文至少为赋和议两体。

《隋志》不著录贾谊集,推测梁四卷本贾谊集与《新书》合编,系于十卷本(另有录一卷)《贾子》内。至《旧唐志》著录《贾子》为九卷,另著录贾谊集二卷。或认为:"《旧唐书》作九卷,或系笔误。"②究其实,推测唐初将属于文学范畴的贾谊作品从《贾子》中辑出而单行本集,两者相合仍为《隋志》著录的十一卷本。北宋《新唐志》则题《贾谊新书》十卷本,亦另著录贾谊集二卷。又《崇文总目》著录《贾子》九卷本,云:"隋唐皆九卷,今别本或为十卷。"③另著录贾谊集二卷,推测所谓的十卷本或节录贾谊本传而成一卷,实则与九卷本为同书。南宋初以来贾谊集单行本不传。《郡斋读书志》著录《新书》十卷本,当即《崇文总目》和《新唐志》著录之本,不含两卷本贾谊集的作品,云:"谊著《事势》《连语》《杂事》凡五十八篇。考之《汉书》,谊之著述未尝散佚,然与班固所载

① 王尧臣:《崇文总目》,《宋元明清书目题跋丛刊》宋代卷第1册,北京:中华书局,2006年,第78页。
② 阎振益、钟夏:《新书校注》前言,北京:中华书局,2000年,第1-2页。
③ 王尧臣:《崇文总目》,第78页。

时时不同。固既云'掇其切于世者',容有润益刊削,无足怪也。"①《直斋书录解题》题《贾子》十一卷本,有论者认为:"《崇文总目》云隋、唐《志》皆九卷,《新唐书·艺文志》作十卷,此本作十一卷,疑误。"②实则此十一卷本含两卷本贾谊集在内。证以陈振孙云该本:"今书首载《过秦论》,末为《吊湘赋》,余皆录《汉书》语,且略节谊本传于第十一卷中。其非《汉书》所有者,辄浅驳不足观,决非谊本书也。"③其中收录的《吊湘赋》(即《吊屈原赋》)等作品,显系两卷本贾谊集的内容。又云节录贾谊本传为卷十一,佐证十卷本合传一卷的推测是成立的。综上九卷本、十卷本皆指《新书》同书,而十一卷本则合贾谊集二卷在内。自梁时《七录》至南宋《直斋书录解题》,贾谊集经历了由分至合的过程,南朝、唐北宋时期流传过单行的贾谊集。

由此反观乔缙刻《贾长沙集》,是将《新书》入集,既不合于《七录》《旧唐志》和《崇文总目》著录的贾谊集之体,也不合《隋志》《直斋书录解题》著录的以贾谊集入子书之体,均不符合原本之旧。

二、东方朔集

现存东方朔集最早单行版本,为明康丕显刻《东方先生文集》三卷(国家图书馆藏,编目书号 T00510)。其行款版式为九行十八字,白口、左右双边,单黑鱼尾。版心上镌"东方先生集",中镌卷次和叶次。卷端题"东方先生文集",次行、第三行均低五格分别题"汉大中大夫平原东方朔曼倩著""明嘏庵居士平原康福庆天祥校"。卷首有明吕兆禧《东方先生集序》,次康丕显《刻东方先生文集序》《东方先生集目录》。据目录,卷一为《七谏》《据地歌》《诫子诗》《柏梁诗》《应诏上书》《谏起上林苑》《谏止董偃入宣室》《临终谏天子》《劾董偃罪状》等二十五篇,附《逸句》一篇,合计收录二十六篇。卷二至三为《汉书》东方朔本传及历代诸家评赞及诗等。

---

① 晁公武:《郡斋读书志》,第424页。

② 陈振孙:《直斋书录解题》,第270页。

③ 同上,第270页。

按吕序云："因衰集遗文，置诸座右。"又《[天启] 海盐县图经》云："搜汇东方曼倩、潘黄门、梁简文帝、任彦升诸集行世。"康序云："惜夫世人不察，猥以吾丘寿王辈同类而共目之，甚有列之滑稽者矣。因刻其行事、文辞《九谏》等篇，汇为一帙，并班《传》行于世"，"前有史氏可凭，近有文集可凭也"。推断该集为吕兆禧辑录，由康丕显刻梓行世。审其刻风，似属明万历间所刻。该本虽属存世朔集最早之本，但出自明人辑本，故需略述此集之古本或旧本面貌。

东方朔的撰述，惟《汉书·艺文志》诸子略著录"东方朔二十篇"。然检本传云："朔上书陈农战强国之计，因自讼独不得大官，欲求试用。其言专商鞅、韩非之语也，指意放荡，颇复诙谐，辞数万言，终不见用。朔因著论，设客难己，用位卑以自慰谕……朔之文辞，此二篇最善。其余有《封泰山》《责和氏璧》及《皇太子生禖》《屏风》《殿上柏柱》《平乐观赋猎》，八言、七言上下，《从公孙弘借车》。凡向所录朔书具是矣，世所传他事皆非也。"①所称"上书陈农战强国之计"，当即《诸子略》著录者。"其余"作品如"八言、七言上下"，颜师古注引晋灼语云："八言、七言诗，各有上下篇"，属于诗作。又《汉书·枚皋传》称"武帝春秋二十九乃得皇子，群臣喜，故皋与东方朔作《皇太子生赋》及《立皇子禖祝》"，则《皇太子生禖》即《皇太子生赋》和《立皇子禖祝》，属于赋作和祝辞。本传之《平乐观赋猎》亦应属赋作。上述诗、赋作品均未见于《诗赋略》著录，恰如姚振宗所称"《汉志》所录多非其全"②。

颜师古注"向所录"为"刘向《别录》所载"，知"陈农战强国之计"及"其余"诸篇著录在《别录》中。据"世所传他事皆非也"，推知至少在西汉刘向时已存在托名东方朔的伪作。《别录》详录东方朔撰述的目的即存真以甄别伪作，《汉书·东方朔传赞》云："刘向言少时数问长老贤人通于事及朔时者，皆曰朔口谐倡辨，不能持论，喜为庸人诵说，故令后世多传闻者……而后世好事者因取奇言怪语附著之朔，故详录焉。"③颜师古注云："言此传所以详录朔之辞语者，为俗人多以奇异妄附于朔故耳。"《别录》所载东方朔作品较《汉志》为详备，清

---

① 班固：《汉书》，第 2863—2873 页。
② 姚振宗：《汉书艺文志拾补》例言，第 1435 页。
③ 班固：《汉书》，第 2873—2874 页。

人姚振宗据此而认为西汉已存在东方朔集的编本，云："按《传》言刘向所录，此又引其言，必是叙录中语，知是《集》为刘中垒所编辑，在《七略》之外者也。"①又云："然则《七略》《别录》载有《朔集》审矣，其文诸体皆有，明是后世别集之类，由是知别集之体亦始于向也。"②又云："录东方朔所作杂诗文，是别集之滥觞。"③《别录》详载东方朔篇章著述确有"集"之体，但它本身并非"集子"。《别录》的功能只是撮录篇目、叙其旨要，再者两汉时期恐怕尚不存在朔集之编，当编在魏晋或之后。

东方朔作品称"集"首见于《隋志》，题"汉太中大夫东方朔集二卷"。但疑南朝已有朔集流传，《文心雕龙·诠赋》云："秦世不文，颇有杂赋。汉初辞人，顺流而作。陆贾扣其端，贾谊振其绪，枚、马同其风，王、杨骋其势，皋、朔已下品物毕图。"刘勰似据朔集所载赋作而论。推测南朝传本东方朔集收有赋作，当必包括本传所载之赋，而今所见明本不载。两《唐志》著录卷第同《隋志》。唐李善注《文选》引《东方朔集》两条，如卷六《魏都赋》李善注云："东方朔集曰：文帝以道德为篱，以仁义为藩。"按明本《化民有道对》有"以道德为丽，以仁义为准"句，疑即李善所引，今本有脱文和异文。卷二十六《初发石首城》李善注云："东方朔集曰：朔对诏曰'穷天乃上，三山在海中，众仙所居。九嶷山在长沙零陵，舜帝所葬也。'"未能检得所引出处，疑为《十洲记》佚文，推测唐本东方朔集将本不属"集"体的《十洲记》亦收入集中。按《隋志》除著录两卷本朔集外，又著录《十洲记》一卷，两《唐志》均与之同。假定李善所据的朔集果真收入《十洲记》则应属三卷本，而非《旧唐志》著录的两卷本，或属别本集子。

北宋纂修《太平御览》卷四百五十九引有《东方朔集》，然卷首所附《经史图书纲目》及《崇文总目》均未见著录。引云："朔将仙，戒其子曰：明者处世，莫尚于中庸。优哉游哉，与道相从。首阳为拙，柱下为工。饱食安步，以仕代农。依隐玩世，诡时不逢。"不题篇名，明本题"诫子诗"，且有异文。如明本"莫尚于中庸"无"庸"字，"与"作"于"，"柱下"作"柳惠"。按《埤雅》卷

①　姚振宗：《汉书艺文志拾补》，第 1491 页。
②　姚振宗：《隋书经籍志考证》，第 5671 页。
③　姚振宗：《汉书艺文志拾补》，第 1497 页。

十四《释木》云："东方朔集曰：首阳为拙，柳下为工，一作柱下为工。"推知宋代所传朔集作"柱下"或"柳下"，不作明本之"柳惠"。宋张君房撰《云笈七签》卷二十六"十洲三岛"条，小注称"东方朔集"，则宋代所传朔集收录《十洲记》。该本与李善引据之本相合，推断唐宋时期确实流传有合本集与《十洲记》为一书的三卷本东方朔集。

总之，唐宋时期所传东方朔集有两卷本和三卷本之别，三卷本主要体现在集中收录一卷本《十洲记》。以《十洲记》入集并不合"集"之体，恰如《四库全书总目》所称："有伪妄无稽而滥收者，如东方朔集录《真仙通鉴》所载《与友人书》及《十洲记》、序之类是也。"[1] 今明本不收《十洲记》虽合"集"体，但已非唐宋时朔集旧貌，且存在文字上的脱佚或异文。

三、董仲舒集

现存董仲舒集最早单行版本，为明正德五年（1510）桂连西斋活字印本（以下简称"明桂连西斋活字本"），现藏台北"故宫博物院"；其次为明正德卢雍刻本（以下简称"明卢雍本"），原国立北平图书馆旧藏，现亦藏台北"故宫博物院"，均为一卷本。

明桂连西斋活字本，行款版式为十二行二十四字，白口、左右双边，单白鱼尾。版心中镌"董集"及叶次。卷端题"董仲舒集"，次行低十格题"汉胶西相广川董仲舒撰"。卷首有《董仲舒集叙》，次《董仲舒集目录》，目录末印"正德庚午桂连西斋印行"一行。据目录，此本收文九篇，其目为《贤良三策》《士不遇赋》《山川颂》《诣丞相公孙弘记室书》《高庙园灾对》《雨雪对》《郊祀对》《乞种麦限田章》和《粤有三仁对》（据《天禄琳琅书目后编》卷十八）。明卢雍本，行款版式为九行十八字，白口、左右双边，对黑鱼尾，版心中镌叶次。卷端题"董仲舒集"，次行低六格题"汉胶西相广川董仲舒撰"。卷首有李东阳《景州重建董子书院记》，次董仲舒传、《董仲舒集目录》。据目录，该本篇目同桂连西斋

---

① 永瑢等：《四库全书总目》，第1723页。

活字本，惟"雨雪对"作"雨雹对"。按《景州重建董子书院记》云："正德乙亥（1515）御史吴郡卢君雍按行至景……乃属河间知府陆君栋、知景州徐政俾经营之。始于首夏，甫阅月而成……又刻其遗书以惠学者。"知此本刻在正德间，刻年疑即正德十年（1515）。《四库全书总目》将该本列入存目，题"《董子文集》一卷"，云："自采录本传外，仅益以《西京杂记》《古文苑》所载数篇，不及张溥《百三家集》之完备。"①

桂连西斋活字本为明刻董仲舒集的祖本，《天禄琳琅书目后编》云："今行世二本，一董子文集乃正德乙亥巡按御史卢雍所辑，一张溥所裒《百三家集》之一，虽采录较多，俱不及此为旧本。"②明卢雍本即据该本而刻，而明汪士贤刻《汉魏六朝二十一名家集》本《董仲舒集》，则直接"即从此书"③。至于张溥本，凡七十条，有辑自《汉书·五行志》者属经说，"不当辑入本集"④。

桂连西斋活字本属明人重编本，兹略述董仲舒集的编撰及流传情况。《汉书》本传云："仲舒所著，皆明经术之意，及上疏条教，凡百二十三篇。而说《春秋》事得失，《闻举》……复数十篇，十余万言，皆传于后世。掇其切当世施朝廷者著于篇。"⑤按《汉书·艺文志》诸子略即著录《董仲舒》一百二十三篇，与本传相合。董仲舒集称"集"首见于《隋志》，题"汉胶西相董仲舒集一卷"，小注称"梁二卷"，推断南朝梁阮孝绪《七录》已著录董仲舒集。按《文献雕龙·议对》云："仲舒《对》《策》，祖述《春秋》。阴阳之化，究列代之变，烦而不恩者，事理明也。"当即据梁时传本董仲舒集所载《对》和《策》而论。至两《唐志》均著录为两卷本，而北宋以来的《崇文总目》《直斋书录解题》和《宋史·艺文志》均为一卷本。按《古文苑》卷十七载《董仲舒集叙》，疑目录和此《集叙》合为一卷，两卷本即含此一卷在内，实际正文即为《隋志》等著录的一卷本。据《文选》卷四十三《北山移文》李善注，唐本董仲舒集有七言《琴歌》两首，不见

---

① 永瑢等：《四库全书总目》，第1531页。
② 彭元瑞等：《天禄琳琅书目后编》，第429页。
③ 傅增湘：《藏园群书经眼录》，第817页。
④ 姚振宗：《汉书艺文志拾补》，第1489页。
⑤ 班固：《汉书》，第2525—2526页。

于今明刻本集中。

北宋所传董仲舒集，《崇文总目》著录一卷本，《直斋书录解题》云："案：宋玉而下五家（另四家为枚乘、董仲舒、刘向、扬雄）皆见唐以前《艺文志》，而《三朝志》俱不著录，《崇文总目》仅有《董集》一卷而已。盖古本多已不存，好事者于史传、类书中钞录，以备一家之作，充藏书之数而已。"① 推断此一卷本属北宋重编本。至南宋，《中兴馆阁书目》著录为一卷本，云："《士不遇赋》《答制策》《诣公孙弘记室》。其见于传记者有《救日食祝》《止雨书》《雨雹对》。"② 按《答制策》当即《贤良三策》，该本收文至少六篇，其中《救日食祝》《止雨书》两篇不见于今明本。《直斋书录解题》亦著录一卷本，云："汉胶西相广川董仲舒撰。案：隋、唐《志》皆二卷，今惟录本传中《三策》及《古文苑》所载《士不遇赋》《诣公孙弘记室书》二篇而已。其叙篇略载本传语，亦载《古文苑》。"③ "叙篇略载本传语"即《古文苑》所载的《董仲舒集叙》，《三策》即《贤良三策》，计收文三篇。陈振孙著录本未收《救日食祝》等篇，已非陈骙本之貌，更非《崇文总目》著录的北宋重编本之旧。

明《百川书志》亦著录《董仲舒集》一卷，云："今失原集。此盖好事者采诸总集而成以广藏书之目，凡十一篇。"④ 该本较陈振孙著录本增益八篇，疑与陈骙本为同书。而今明本较《百川书志》著录本又缺少两篇，当即《救日食祝》和《止雨书》，且失收唐本所载七言《琴歌》，较宋代旧本篇目也有差异，远非唐宋以来所传旧本之貌。

四、扬雄集

现存扬雄集最早单行版本，为明万历刻郑朴辑《扬子云集》六卷。其行款

---

① 陈振孙：《直斋书录解题》，第 461 页。

② 陈骙：《中兴馆阁书目》，赵士炜辑考，《宋元明清书目题跋丛刊》宋代卷第 1 册，北京：中华书局，2006 年，第 437 页。

③ 陈振孙：《直斋书录解题》，第 461 页。

④ 高儒：《百川书志》，第 773 页。

版式为九行十八字，白口、四周单边，无鱼尾。版心上镌"扬子云集"，中镌篇目及叶次。卷端题"扬子云集"，次行低十格题"遂州郑朴编辑"。卷首原有序，该本佚去。有《扬子云集目录》，卷一至三分别为《法言》《太玄经》和《方言》，卷四为书、文、解，卷五为赋、骚、颂，卷六为箴、诔、连珠、纪、记、琴清英颂，卷四至六计收文五十二篇。目录末注"阙《训纂》《家谍》《绣补灵节龙骨铭诗三章》《绵竹颂》《广骚》《畔牢愁》"。卷末有《扬子始末辨》，次《扬雄传》。

文渊阁《四库全书》本扬雄集卷首保留有万历乙未（1595）郑朴序，云："郑朴曰：呜呼！自莽大夫之言信，而子云罪案不可解矣。迩者解以泰和胡正甫，阐以秣陵焦弱侯。投阁之悲，美新之诟，一经湔被，便成名儒，此余汇集意也⋯⋯故子云之可传，不必以美新投阁淹也，而矧其诋焉者乎！"郑朴编本扬雄集虽称为"集"，实则辑录扬雄篇章著述，非尽"集"体所能涵盖。如《法言》《太玄经》属子类，《方言》则属经类等。其文献价值体现在属现存扬雄集最早的单行本，不同于明刻丛书本。但相较于旧本扬雄集，郑朴编本存在改易而非旧本之貌。

扬雄撰述著录在《汉书·艺文志》的《诸子略》和《诗赋略》。如《诗赋略》著录扬雄赋十二篇，小注称"入扬雄八篇"。王应麟云："盖《七略》所略止四赋也。"①按《汉书》扬雄本传录其《甘泉赋》《河东赋》《长杨赋》和《羽猎赋》，当即《七略》所载之四赋。姚振宗亦称："《七略》录扬雄四赋，班氏续入八篇为十二篇矣，其外又有《解嘲》《解难》《剧秦美新》等诸杂文，以是知《汉志》所录多非其全。"②推断至少在班固之时，尚不存在扬雄篇章著述的编定本。而张震泽先生认为："王逸之书录《楚辞》，有刘向，独不录扬雄（指《反离骚》），究其原因，最大的可能是那时已有扬雄集通行了。"③其实，两汉尚不存在扬雄集，其集子的编撰至早应在魏晋或之后。

扬雄集称为"集"且最早见于著录者为《隋志》，题五卷本。按《文心雕龙·诠赋》称扬雄赋作为"辞赋之英杰也。"似南朝梁时已流传有扬雄集，刘

---

① 王应麟：《汉书艺文志考证》，《二十五史补编》本，北京：中华书局，1965年，第1421页。
② 姚振宗：《汉书艺文志拾补》例言，第1435页。
③ 张震泽：《扬雄集校注》前言，第8页。

飑必读过集本赋作方可为此论。两《唐志》亦著录为五卷本，又著录《太玄经》十二卷和《法言》六卷，《新唐志》著录《别国方言》十三卷。推断五卷本扬雄集不含《太玄》《法言》和《方言》，颇合"集"之体。

唐李贤注《后汉书》、李善注《文选》及林宝《元和姓纂》均引及扬雄集，当即《旧唐志》著录之本。《后汉书·班固传》李贤注《东都赋》"于是百姓涤瑕盪秽而镜至清"句，云："瑕秽犹过恶也，《杨雄集》曰：'涤瑕荡秽。'"又《文选》卷一《东都赋》李善注云："扬雄集曰：涤瑕荡秽而犹若。"今检郑朴编本无此句，不知出于扬雄所撰何篇，疑已亡佚。又《文选》卷五十九《齐故安陆昭王碑文》李善注云："扬雄集上书曰：侯骑至甘泉，京师大骇。"按所引为扬雄《谏不受单于朝书》，在郑朴编本卷四，"侯骑至甘泉"作"侯骑至雍甘泉"。又《元和姓纂》卷五云："汉有林闾，善古学，扬雄师之，见雄集。"此为《答刘歆书》，亦在郑朴编本卷四。推知郑朴编本虽网罗扬雄群篇，恐尚存佚篇，文字也存在差异。

降至两宋，北宋纂修《太平御览》卷首所附《经史图书纲目》著录扬雄集，不题卷数，属北宋秘阁藏本。《太平御览》卷八百十一引扬雄集云："单于上书愿朝哀帝，以问公卿，公卿虚费府帑，可且勿许单于。使辞去未发，雄上书谏天子召还匈奴使者，更报单于书而许之，赐雄黄金十斤。"此即据秘阁藏本扬雄集。所引不见于郑朴编本，惟卷四《谏不受单于朝书》有"今单于上书求朝，国家不许而辞之"句，与之相关。按严可均《铁桥漫稿》云："唐已前旧集体例不与今同，如扬雄《上书谏勿许单于朝》，《御览》八百十一引雄集曰……诸引旧集此类甚多，今皆纂录。"推测所引为此文的小序。

南宋初晁公武《郡斋读书志》著录为三卷本，云："古无雄集，皇朝谭愈好雄文，患其散在诸篇籍，离而不属，因缀辑之，得四十余篇。"[1] 按谭愈，生平仕履不详，疑为北宋时人。该本比《唐志》著录本佚去二卷，《四库全书总目》称"已非旧本"，而姚振宗《隋书经籍志考证》云："案此三卷似五卷之写误。"限于材料阙佚，唐五卷本篇目不详，它与三卷本的关系遽难确定。《遂初堂书目》著录

---

[1]　晁公武：《郡斋读书志》，第827页。

扬雄集，不题卷数。《中兴馆阁书目》著录为六卷本，称收文"四十三篇。"又著录《二十四箴》一卷。《后村诗话》续集卷三云："《扬雄集》六卷四十三篇，《剧秦美新》之作在焉。"① 此即《中兴馆阁书目》著录本，虽溢出三卷，但篇目与晁公武本接近，应属同书。陈振孙《直斋书录解题》著录为五卷本，云："大抵皆录《汉书》及《古文苑》所载。案：宋玉而下五家（另四家为枚乘、董仲舒、刘向、扬雄）皆见唐以前《艺文志》，而《三朝志》俱不著录，《崇文总目》仅有《董集》一卷而已。盖古本多已不存，好事者于史传、类书中钞录，以备一家之作，充藏书之数而已。"知此五卷本虽卷第合于《隋志》和《唐志》，仍属北宋以来的重编本，古本扬雄集大概亡佚于唐末。疑此五卷本与《中兴馆阁书目》著录的六卷本属同本，即六卷本当含目录一卷在内。推断三卷本、六卷本和五卷本均为扬雄集同书，只是分卷不同。

值得注意的是《直斋书录解题》又著录《二十四箴》一卷，云："今广德军所刊本，校集中无《司空》《尚书》《博士》《太常》四箴。集中所有，皆据《古文苑》。而此四箴，或云崔骃，或云崔子玉，疑不能明也。"② 推断南宋所传扬雄集载二十篇《箴》，不含《司空》等四箴。《文献通考·经籍考》亦另著录《二十四箴》一卷。《宋史·艺文志》著录扬雄集六卷本，同样另外著录《二十四箴》二卷。《二十四箴》单行且单独著录的原因，即在于与扬雄集本之二十《箴》不同。

总之，宋元时期所传扬雄集的基本面貌为收文四十余篇，不含《太玄》《法言》和《方言》，及《司空》《尚书》《博士》《太常》四篇《箴》。而郑朴编本收文五十二篇，溢出十篇左右；且收录此四《箴》，显非宋元旧本之貌。

综上，今存四种明刻汉人集已非六朝古本和隋唐以来旧本面貌，既反映不同时段的文本在篇目、卷第和内容三方面的差异，也透露集子编撰观念的变化。比如贾谊集由分入合、合则再分和分而复合的现象，说明不同的历史时期存在不同的看待集子的角度。即或将文学（集部）范畴的作品视为独立于其他部类文献的存在，从而编"集"单行；或将该类作品统归入某人全部著述内，以子书

---

① 刘克庄：《后村诗话》，王秀梅点校，北京：中华书局，1983年，第111页。
② 陈振孙：《直斋书录解题》，第461页。

流传，反映了集和子两类著述的亲缘性，恰如程千帆先生所称："四部之书，经与史为近，子与集为近。"①明本将《新书》和赋作统归入《贾长沙集》，正是两者具备亲缘关系的实例，结果是造成不尽符合"集"体，但在分类上又只能归入集部别集类。这显然与"集"之称的笼统庞杂、不严谨性有关，即将某人之篇章著述汇为一编而总称为"集"，印证了四库馆臣"四部之书，别集最杂"的说法。此种子与集相互分合的现象可称为编集子的"分合性"。

　　东方朔集则透露或将子书入集（其他集子也存在经、史入集的现象），造成"集体不纯"，反映的也是子和集的亲缘性。而明本朔集摒弃《十洲记》，回归"集"的本体，此可称为编集子的"纯体性"。实际上，子（或经、史）和集分与合必然产生集体的纯与不纯。或分或合既是某一历史时期文学观念的反映，有时也是目录学体例影响的结果。编集子还存在"累积性"，即集子的篇目存在层层累积的特征，既与编集子的分合性有关，即将其他类别的篇章辑入本集。也与《四库总目》所称的"务得贪多"有关，即将托名、疑伪等作品悉数收入。上述两种累积性在明本中普遍存在，造成"经说而入之集""本系史类而入之集""本系子书而入之集""是非疑似而臆断者"入集、"伪妄无稽而滥收者"入集和"移甲入乙而不觉者"入集等现象②。

　　考察集子的上述"分合性""纯体性"和"累积性"，主要属基于目录学层面的文献研究范畴，同时也反映出文学观念的嬗变对于编集子的影响，因而对于文学史的研究亦不无裨益。

第九节　明刻四种丛编本汉人集

　　整理和研究汉魏六朝文人集，包括《汉魏六朝百三家集》在内的明人整理丛编本是基本的文献资料。尽管存在体例上的不完善之处，亦存在不宜入集

① 程千帆：《文论十笺》，第200页。
② 参见永瑢等：《四库全书总目》，第1723页。

的篇目，恰如《四库全书总目》所称："卷帙既繁，不免务得贪多，失于断限。编录亦往往无法，考证亦往往未明。"① 但辑录本博采搜逸，"唐以前作者遗篇，一一略见其梗概"②，筚路蓝缕之功值得称道。丛编本各集的构成主要包括已有的明刻单行本和重加辑编本两种，远非原本之貌。根据史志目录及总集、类书等文献可以部分地还原司马相如集、冯衍集、班固集和张衡集的旧貌，既可与丛编本集子相比照，也提示校勘整理汉魏六朝人集单纯依据丛编本是不够的。习惯认为各丛编本集子多属辗转相袭或捃拾遗逸而基本不具备校勘价值，而以司马相如集为例的校勘，表明选择丛编本作为参校本仍有其必要性，不宜一概而论。

一、司马相如集

现存《司马相如集》无单刻单行本，仅有辑录的丛编本，如明万历天启间新安汪氏刻《汉魏六朝二十一名家集》本（以下简称"二十一名家集本"）、明刻《汉魏六朝诸家文集》本（以下简称"诸家文集本"）、明翁少麓刻《汉魏诸名家集》本（以下简称"诸名家集本"）、明天启崇祯间刻《七十二家集》和明娄东张氏刻《汉魏六朝百三名家集》本（以下简称"百三名家集本"）等。傅增湘称"二十一名家集本"司马相如集"为自《史》《汉》诸书中辑出者"③，踪凡先生亦称相如集："大多是明代以后辑录的，远非旧帙。"④ 故明人辑录本司马相如集远非六朝古本甚至宋代旧本之貌。

各家所辑丛编本司马相如集也不尽一致。如"二十一名家集本"题《司马长卿集》，卷端题"明新安汪士贤校"。收"赋"六篇，即《子虚赋》《上林赋》《哀二世赋》《大人赋》《美人赋》和《长门赋》，"诗"一篇即《琴歌二首》，"书"两篇即《谏猎书》《遗言封禅事》，"檄"一篇即《谕巴蜀父老檄》，"难"一篇即

① 参见永瑢等：《四库全书总目》，第1723页。
② 同上。
③ 傅增湘：《藏园订补郘亭知见传本书目》，第932页。
④ 踪凡：《司马相如集版本叙录》，《古籍整理研究学刊》2011年第6期，第27页。

《与蜀父老诘难》，附《白头吟》。"诸家文集本""诸名家集本"同。《七十二家集》
本题《司马文园集》，增"书"两篇即《报卓文君书》、附《卓文君与相如书》，
又增《自序传》一篇。"百三名家集本"与"七十二家集本"同，惟不录《自序传》。

《自叙传》是否应视为司马相如作品而辑入本集，篇末附张燮考证云："刘子
玄《史通》云马卿为《自传》具在其集中，子长录为《列传》，班氏仍旧，曾无
改。寻固于马、扬传末皆云迁、雄自叙，至相如篇下独无此言，盖止凭太史之书，
未见文园之集耳！余谓此《传》果为马卿自作，安得有相如已死天子遣所忠索
书？又安知没后数岁上始祭后土及礼中岳事乎？"①认为《自叙传》出自司马相
如之手，且视为相如之作而载入集中皆不确。南宋王应麟即质疑称："《史通》云：
'司马相如始以《自叙》为传，然其所叙，但记自少及长，立身行事而已。'今
考之本传，未见其为《自叙》。又云：'相如《自叙》，记其客游临邛，以《春秋》
所讳，持为美谈。'恐未必然。意者《相如集》载本传，如贾谊《新书》末篇，
故以为《自叙》欤？"②此说的为卓见，编相如集者将《史记》或《汉书》本传
移入集中，即便不改题"自序传"也容易造成此乃相如自序的误解，进而认为
本传反据此自序而撰。要之，司马相如即未曾撰有《自序传》，也不应作为己作
而收入集子里。

除篇目不同外，五种辑本司马相如集在文字上也存在差异（以"二十一名
家集本"为底本，校以其他四种辑本），印证整理校勘司马相如作品有参考各丛
编本的必要性。异文如下：

《子虚赋》"其山则盘纡弟下"，诸家文集本亦作"下"，诸名家集本作
"郁"，七十二家集本、百三名家集本同。

"杂纤罗"，诸名家集本"纤"作"绒"，其他各本同二十一名家集本。

《上林赋》"君未睹夫巨丽也"，诸名家集本"未"作"永"，其他各本
同二十一名家集本。

① 参见明天启崇祯间刻《七十二家集》本《司马文园集》卷2，第18叶b、第19叶a。
② 王应麟：《困学纪闻》，第390页。

《哀二世赋》"基芜秽而不修兮"，诸家文集本亦作"基"，诸名家集本作"墓"，七十二家集本、百三名家集本同。

《遗书言封禅事》"亦各并时而荣"，诸名家集本"各"作"谷"，其他各本同二十一名家集本。

"而常为■首者"，诸家文集本亦作墨钉缺字，诸名家集本作"物"，七十二家集本、百三名家集本作"称"。

《与蜀父老诘难》"而勤思乎参天■地"，诸家文集本亦作墨钉缺字，诸名家集本作"贰"，七十二家集本、百三名家集本同。

"若枯旱之望雨"，诸名家本作"■"缺字，其他各本均同二十一名家集本。

司马相如的作品，《汉志》之《诗赋略》著录赋二十九篇，或认为："虽然远非完备，但也许是历史上规模最大的一次结集了，可惜这些作品在王莽之乱中被毁。此后相如作品仍主要以单篇的方式流传。"[1]司马相如集的编撰应在魏晋之后，按晋李充《翰林论》云："盟檄发于师旅，相如《喻蜀父老》可谓德音者矣。"郭绍虞先生据《隋志》小注称《翰林论》有五十四卷，而《玉海》卷六十二引《中兴书目》则谓《翰林论》二十八篇论为文体要"，称："大抵其为总集者，原名《翰林》，其评论者则称《翰林论》，亦犹《文章流别论》之于《文章流别集》，而后人混而称之耳。"[2]《翰林》乃是以当时所存的文人别集为基础，按照一定的文体标准选录作品而编成，推测魏晋之世已编有司马相如集。《喻蜀父老》未见《汉志》著录，当属辑自本传。至南朝梁刘勰《文心雕龙》之《颂赞》篇称"相如属笔，始赞荆轲"，《檄移篇》称"相如之《难蜀父老》，晓而喻博"，又《封禅篇》称"相如《封禅》，蔚为唱首尔"。此据当时相如集传本而论，《荆轲赞》《封禅文》已入本集，推断南朝本司马相如集盖合赋作、《诸子略》著录的《荆轲论》及本传所载诸篇而成。作品编明确称"集"首见于《隋志》，题"《汉文园令司马相如集》

①　踪凡:《司马相如集版本叙录》，第27页。
②　郭绍虞:《文章流别论与翰林论》，第148页。

一卷"。至两《唐志》著录为两卷本，严可均《铁桥漫稿序》称此属"六朝重辑"本，大致唐末散佚不传。《隋志》总集类小注尚著录有司马相如的单行赋作，如"杂赋注本三卷"条小注称"梁有郭璞注《子虚》《上林》赋一卷"，即南朝梁时流传之本。至《隋志》未著录，疑将此有注本《子虚》《上林》两赋编入本集中，不宜视为亡佚之证（《文选》李善注两赋均保留有郭璞注），恰如姚振宗所称："似以郭注为本，而别引他家及己说以附益之，实亡而未尽亡也。"[①]至两《唐志》总集类均著录《上林赋》一卷，当即郭璞注本，本集外复有赋作单行流传。

总之，南朝隋唐时期流传的司马相如作品，既有编本形态的作品集子，也有注本形态的单行赋作，《难蜀父老》等赋体之外的各体文章至迟在南朝梁时便已入集。

二、冯衍集

现存冯衍集，有《七十二家集》本和《百三名家集》本两种，均题"冯曲阳集"。《七十二家集》本卷首有乙丑（1625）张燮《冯曲阳集引》，次《冯曲阳集目录》。据目录，卷一收"赋""疏""奏记""笺"各一篇，即《显志赋》《自陈疏》《奏记邓禹》《与邓禹笺》；卷二收"书"八篇，即《与田邑书》、附《田邑报冯衍书》《说邓禹书》《与邓禹书》《与阴就书》《出狱后与阴就书》《与妇弟任武达书》《与宣孟书》；"论"一篇即《自论》，"铭"五篇即《刀阳铭》《刀阴铭》《杖铭》《杯铭》和《车铭》，附录。《百三名家集》本所收篇目同。

冯衍作品编称"集"首见于《隋志》，题"后汉司隶从事《冯衍集》五卷"。按《文心雕龙》之《铭箴》篇称"敬通杂器，准矱戒铭"，又《论说篇》称"敬通之说鲍邓，事缓而文繁"，疑南朝已有冯衍集编本流传，含有"铭""说"二体。两《唐志》著录同《隋志》，检《太平御览》所附《经史图书纲目》著录有《冯衍集》，知北宋时尚有是集流传，大致两宋之际散佚。

唐李贤注《后汉书》冯衍本传及李善注《文选》均引及本集，可据此窥见唐本冯衍集之貌。李贤注引本集包括下述三方面：

其一，以本传与《集》本互校文字异同并加以辨正。《后汉书·冯衍传》载《计说鲍永》（据严可均辑本题）一篇，李贤注篇中"饥者毛食，寒者裸跣"句，云："《衍集》毛字作无。"两种丛编本均作"毛"。又李贤注冯衍遗田邑《书》中"内无钩颈之祸，外无桃莱之利"之"莱"字，云《衍集》又作'菜'，或改作'乘'，展转乖僻为谬矣。"两种丛编本均作"莱"。又李贤注《显志赋》中"伏朱楼而四望兮，采三秀之华英"句，云："《东观记》及《衍集》，秀字作奇，英字作灵。按下云'食玉芝之茂英'，此若是'芝'，不宜重说，但不知三奇是何草也。范改'奇'为'秀'，恐失之矣。"按《东观记》即《东观汉记》，与《衍集》相同作"奇""灵"二字，则汉代古本如此，故李贤称范晔之改"恐失之"。两种丛编本均作"秀""英"。

其二，据《集》本篇目证史事，从而间接了解《冯衍集》的收文情况。注本传"后卫尉阴兴、新阳侯阴就以外戚贵显，深敬重衍，衍遂与之交结，由是为诸王所聘请"句，引《衍集》中的《与阴就书》；注本传"衍娶北地任氏女为妻，悍忌，不得畜媵妾，儿女常自操井臼，老竟逐之，遂埳壈于时"句，引《衍集》中的《与妇弟任武达书》。两《书》均见于今丛编本中。

其三，交代《集》本的篇目存佚情况。注本传"所著赋、诔、铭、说、《问交》《德诰》《慎情》、书记说、自序、官录说、策五十篇，肃宗甚重其文"句，云："《衍集》有《问交》一篇、《慎情》一篇"，"《衍集》见有二十八篇。"未提及《德诰》，推知李贤所据《冯衍集》已佚去此篇。按李善注《文选》时尚参据过《德诰》，注颜延之《皇太子释奠会作诗》即引《德诰》云："仲尼言语不习，则子贡侍。"李善注《文选》完成于唐高宗显庆三年（658），此后曾辅佐李贤至上元二年（675）立为皇太子。李贤为皇太子期间招集当时学者注释《后汉书》，李善不预其事。此距李善注《文选》不过三十年左右的时间，文献亡佚的速度于此可见一斑。故《旧唐志》与《隋志》虽同属五卷本，实则篇目有所散佚。

本传起"衍因以计说永曰"句，讫"伊望之策，何以加兹"句一段，两种丛编本均题《奏记邓禹》，而严可均辑本题《计说鲍永》。严可均云："案章怀注据《东观记》谓是谏邓禹之词，非说鲍永。今考建武初，衍未辟邓禹府，禹亦未至并州。至罢兵来降见黜之后，始诣邓禹耳。此当从范《书》作说鲍永为是。"①按《文献雕龙·论说》称"敬通之说鲍邓"，"鲍"即鲍永，则冯衍集中有说鲍永之篇。李贤注引《衍集》称"鲍永行将军事，安集并州，拥兵屯太原，与太原李仲房同心并力"，疑即此篇之佚文，篇题当从严可均辑本。

此外，《文选》卷三十六任彦升《宣德皇后令》李善注引冯衍集云："定国家之大业，成天地之元功。"两种丛编本载此句于《奏记邓禹》篇，均作"将定国家之大业，成天地之元功也"。又宋高似孙《纬略》"脂泽"条云："《冯衍集》衍与妇弟任武达书曰：惟一婢，武达所见，头无钗，泽面无脂粉。"两种丛编本均作"头无钗珥，面无脂泽"。

总之，唐本冯衍集与今丛编本不仅有文字之异（丛编本与史传相同，印证即自史传中辑出·），还透露唐初所传之本尚有《德诰》一篇。

三、班固集

现存班固集，有《七十二家集》本和《百三名家集》本两种，均题"班兰台集"。《七十二家集》本卷一至二收"赋"六篇即《两都赋》《幽通赋》《终南山赋》《览海赋》《游居赋》和《竹扇赋》，"诗"二篇即《郊祀灵芝歌》《咏史》，"表"一篇即《为第五伦荐谢夷吾表》，"奏记"一篇即《奏记东平王苍》，"笺"一篇即《与窦宪笺》四首，"书"一篇即《与弟超书》六首；卷三收"议""符命""设难"三种文体各一篇，即《匈奴和亲议》《典引》和《答宾戏》；卷四收"颂"三篇即《窦车骑北征颂》《东巡颂》《南巡颂》，"铭"三篇即《封燕然山铭》《高祖沛泗水亭碑铭》《十八侯铭》；"论"一篇即《难庄论》，"连珠"一篇即《拟连珠》五首，"文"一篇即《奕旨》，附录。《百三名家集》本增入《竹扇诗》《与陈文通书》《功德论》和《马仲都哀辞》四篇。

班固的作品，《后汉书》本传云："所著《典引》《宾戏》《应讥》、诗、赋、铭、诔、颂、书、文记、论议、六言，在者凡四十一篇。"至迟在南朝应已有班固集

---

① 严可均辑：《全后汉文》卷20，第581页。

编本，按《文心雕龙》之《诠赋》篇称"孟坚《两都》，明绚以雅赡"，《祝盟篇》称"班固之祀濛山，祈祷之诚敬也"，《铭箴篇》称"若班固燕然之勒，序亦盛矣"，又《杂文篇》称"班固《宾戏》，含懿采之华"，推知当时所传班固集收录赋、祝、铭、杂文诸体。作品编明确称"集"首见于《隋志》，题"后汉大将军护军司马《班固集》十七卷"。《隋志》总集类小注有"班固《典引》一卷，蔡邕注"，知南朝本班固集尚未编入蔡邕注本《典引》（本集所载当属白文无注本），而《答宾戏》则已入集。至《隋志》、两《唐志》均未著录蔡邕注本，疑该篇已编入隋唐时传本班固集中。降至宋代，《太平御览》和《一切经音义》均引及班固集，推知尚有传本，但自《崇文总目》至南宋公私书目均未见著录（《新唐志》著录抄自《旧唐志》，并非实有其书）。

唐李贤注《后汉书》班固本传、李善注《文选》均引及班固集，可窥见其唐本之貌。如李贤注"弘农功曹史殷肃"（载《说东平王苍奏记》）句，云："《固集》殷作段。"两种丛编本均作"殷"。李贤注"获白雉兮效素鸟"句云："《固集》此题篇云'白雉素鸟歌'，故兼言'效素鸟'。"两种丛编本均题《白雉诗》。李贤注《后汉书·蔡邕传》云："班固集云：司马迁著书成一家之言，至以身陷刑，故微文刺讥，贬损当世，非谊士也。"（载《典引》）两种丛编本均作"司马迁著书成一家言，扬名后世，至以身陷刑之故，反微文刺讥，贬损当世，非谊士也。"又《文选》卷四十二曹植《与杨德祖书》李善注引《班固集》云："击辕相杵，亦足乐也。"未知出自何篇。《史通·申左篇》有"而于固集复有难左氏、九条、三评等科"之句，此诸篇不详。降至宋代，《太平御览》卷四百七十九引《班固集》云："窦宪饷身所服物虎头绣盘囊一双，又遗身所服鞲三具，错镂铁一。"两种丛编本载此于《与窦宪笺》中，均作"固于张掖县受赐虎头绣鞶囊一双"。又《一切经音义》卷八十三引《班固集》云："碣，立石纪功也。"不详出自何篇。

班固作品中的赋作有单行者，如《幽通赋》等，均著录在总集类。《隋志》"杂赋注本三卷"条小注称"项氏注《幽通赋》"，项氏即项岱。《隋志》不著录，至《旧唐志》复著录项岱注本《幽通赋》一卷。姚振宗称："按班氏《幽通赋》亦在《汉书叙传》中，项氏所注本在此五卷（《旧唐志》著录《汉书叙传》五卷本）、八卷（《新唐志》著录《汉书叙传》八卷本）中，后人析出别行者也。"①除项岱注本外，两《唐志》著录曹大家（即班昭）注本《幽通赋》一卷。该注本在唐初似较流行，《史记·伯夷列传》张守节正义、《汉书·王贡两龚鲍传》颜师古注和《文选》李善注均有引。特别是李善注《文选》中的《幽通赋》引用达60处左右，引用项岱注仅10余处。又《隋志》著录李轨撰《二都赋音》一卷，姚振宗称："案李轨既为张平子撰《二京赋音》，此《二都赋音》岂为班孟坚《两都赋》而作欤？抑二京之误？"②未知是否果为班固《两都赋》之音注，俟考。

总之，唐本班固集在正文文字、篇题以及篇目等与今丛编本均不尽相同，且赋作如《幽通赋》等存在集本和单行注本两种流传形态。

四、张衡集

现存张衡集，有《七十二家集》本和《百三名家集》本两种，均题"张河间集"。《七十二家集》本卷首有张燮《张河间集引》，次《张河间集目录》。据目录，卷一至四收"赋"十三篇，即《西京赋》《东京赋》《南都赋》《周天大象赋》《温泉赋》《羽猎赋》《思玄赋》《归田赋》《观舞赋》《定情赋》《扇赋》《冢赋》《髑髅赋》，"乐府"二篇，即《怨篇》《同声歌》，"诗"一篇即《四愁诗》。卷五收"诰"一篇即《东巡诰》，"疏"六篇，即《大疫上疏》《陈事疏》《驳图谶疏》《请专事东观收检遗文疏》《求合正三史表》《日蚀上疏》，"书"两篇，即《与崔瑗书》《与特进书》，"七"体一篇即《七辩》，"设难"一篇即《应间》。卷六收"议"一篇即《历议》，"说"二篇即《浑仪》《灵宪》，"铭"一篇即《绶笥铭》，"诔"三篇即《大司农鲍德诔》《司徒吕公诔》《司空陈公诔》，附录。傅增湘曾经眼明写本张衡集，称该本为"张氏（燮）辑本之嚆矢"③。《百三名家集》本增入《论贡举疏》《论举孝廉疏》《水灾对策》《灵应》《南阳文学儒

① 姚振宗：《隋书经籍志考证》，第5236页。
② 同上，第5881页。
③ 傅增湘：《藏园订补郘亭知见传本书目》，第933页。

林书赞》五篇，所辑"以此（《七十二家集》本）为嚆矢也"①。

张衡的作品，《后汉书》本传称"所著诗、赋、铭、七言、《灵宪》《应间》《七辩》《巡诰》《悬图》凡三十二篇。"至迟在南朝作品已编为集子，按《文心雕龙》之《明诗》篇称张衡《怨篇》，《诠赋篇》称《二京》，《杂文篇》称《应间》《七辩》，当即据自张衡集。作品集称"集"首见于《隋志》著录，题"后汉河间相《张衡集》十一卷"，又小注称："梁十二卷，又一本十四卷。"知南朝梁流传有两种卷第的张衡集，即十二卷本和十四卷本。按《隋志》子部天文类著录《灵宪》一卷，则梁本张衡集乃合《隋志》著录的十一卷本和《灵宪》一卷本而成。唐初《灵宪》自本集中析出单行。至两《唐志》著录为十卷本，疑与《隋志》著录者仍属同本，盖不计目录一卷在内。南宋《遂初堂书目》著录，不题卷数。《宋史·艺文志》著录为六卷本，疑非唐代古本之貌，而属宋人重编本。傅增湘《藏园群书经眼录》《藏园订补郘亭知见传本书目》称有明写本张衡集，不知与此六卷本是何关系？还是又为明人的重辑本。

唐李贤注《后汉书》张衡本传引《张衡集》数处，刘知幾《史通·自叙》亦称"其后见张衡、范晔《集》，果以二史为非。"可略窥见唐本《张衡集》的旧貌，主要有下述两方面：

其一，篇目的散佚和题名的不同。注本传"（张衡）乃研覈阴阳，妙尽旋机之正，作浑天仪，著《灵宪》《算罔论》，言甚详明"句，云："《衡集》无《算罔论》，盖网络天地而算之，因名焉。"则当时所传张衡集已佚该篇。本传所称《悬图》，李贤注云："《衡集》作'玄图'，盖玄与悬通。"题名有异。两种丛编本即未收《算罔论》和《悬图》，已佚。

其二，文字的异同。本传载张衡《应间》及上疏，李贤作注时将其字句与张衡集互校，以明《传》文与《集》本文字的差异。如《应间》"美言以相剋"句，称"《衡集》作'美言以市'也"；两种丛编本均作"美言以相剋"。注"与之乎高睨而大谈"句，称"《衡集》作'矢谈'，矢亦直也，义亦通也"。两种丛编本均作"大谈"。注上疏中"且《河洛》《六艺》，篇录已定，后人皮傅，无所容篡"

---

① 傅增湘：《藏园群书经眼录》，第818页。

句，云："《衡集》上事云：'《河洛》五九，《六艺》四九，谓八十一篇也。'傅音附。臣贤案：《衡集》云：'后人皮傅，无所容审。'又扬雄《方言》曰：'秦、晋言非其事谓之皮傅。'谓不深得其情核，皮肤浅近，强相傅会也。后人不达皮肤之意，流俗本多作'颇传'者，误也。"南宋王楙《野客丛编》卷二十一"米比缪皮傅"条云："故《张衡集》云：后人皮傅，无所容篡。"亦作"皮傅"。今《七十二家集》本作"皮傅"，张溥本讹作"皮傳"。注"汤蠲体以祷祈兮"(《思玄赋》)句，称《衡集》祈字作祊。祊，祭也。"按《文选》(南宋尤袤刻本)作"祈"，李善注云："祈或为祊，非。"李善即据张衡集之异文而论，两种丛编本均作"祈"。

张衡赋有注本单行者，《隋志》小注称梁有李轨、綦毋邃撰《二京赋音》二卷，两《唐志》均著录綦毋邃《三京赋音》("三"疑为"二"之讹)一卷，姚振宗称："案此二卷者为李轨音一卷、綦毋邃音一卷合为一帙也。唐代惟存綦毋氏一家，故止一卷。"[①]又《隋志》"杂赋注本三卷"条小注称梁有"薛综注张衡《二京赋》二卷、晁矫注《二京赋》一卷、傅巽注《二京赋》二卷"，知南朝梁所传《二京赋》单行音注本有李轨等五家，姚振宗称："案李善注《文选》但称薛综"，"盖二家(指晁矫、傅巽)至隋唐时已无存矣。"[②]按《三国志·吴书·薛综传》称"定《五宗图述》《二京解》，皆传于世"，则吴、西晋时薛综注本《二京赋》即单行流传，南朝宋裴骃《史记集解》及《后汉书·礼仪志》刘昭注均有征引。

总之，唐本张衡集在正文文字、篇目等均与今丛编本有不同之处，且其作品在南朝隋唐时期的流传存在集本和单行赋注本两种形态。

综上，通过上述四家集的梳理，还原了其原本主要是唐本的旧貌。由于丛编本各家集基本属明人重编，必然与原本之间存在篇目内容、正文文字等方面的差异。揭示这种差异的目的，一方面是说宋代(含)之后绝大部分的汉魏六朝人集亡佚不传，明人辑编有其历史的原因；另一方面单纯依据丛编本进行集子的整理研究是不够的，还要适当爬梳有关集子的原始文本资料。比如同一篇

---

① 姚振宗：《隋书经籍志考证》，第5878页。
② 同上，第5879页。

作品如《思玄赋》，唐本张衡集所载便不同于《后汉书》本传和《文选》，说明作品的文本面貌因载体的不同而有所差异。此外，南朝隋唐时期还存在赋作注本的单行本，也透露了汉魏六朝人作品流传的特殊性，存在集本、作品单行本及附著在其他文献中三种形态。值得探讨的是此类单行赋注本，史志将其著录在"总集类"，而不合今之目录学"别集类"的体例。按《隋志》总集类小序云："是后文集总钞，作者继轨，属辞之士，以为覃奥，而取则焉。今次其前后，并解释评论，总于此篇。"照此理解，单行注本赋作属"解释"性的典籍，既不同于本集又无类可从，只好暂附属在"总集类"之后。但这些赋作多属他人注本，等于是原始文本附加了注家的文本，具备了两人（或以上）共同创作的属性，或亦职此之故而入"总集类"。

第十节　五种丛编本汉魏六朝人集的编刻

　　现存五种丛编本汉魏六朝人集（《七十二家集》尚含隋人集五种），是整理研究先唐文人别集的基本资料。相较而言，单刻本文集比丛编本更具校勘及文献价值，故文人集整理往往优先选择单刻本。而习惯将丛编本视为辗转相袭、捃摭遗逸，基本不作为底本甚至参校本使用。实则丛编本中各集的篇目（如有多寡、真伪之别）、文字面貌以及附录资料的处理方式（张燮本各集后有"附录"和"集评"）等均不尽相同。且以司马相如集的校勘为例，各丛编本之间也存在差异，丛编本仍有其参校的必要性，应引起学界的重视。新近王京州结撰《七十二家集题辞笺注》，抉微发凡，精审详尽，以《七十二家集》为例揭示了丛编本所具有的学术价值。受此启发，结合该著的研究，以编撰与刊刻为角度对五种丛编本汉魏六朝人集进行了梳理。

一、三种丛编汉魏六朝人集的版本关系

　　张燮《七十二家集·凡例》云："近所刻汉魏文集，各具一脔。"傅增湘认为

此"盖谓汪士贤之汉魏二十一家"①。张燮编《七十二家集》之前已存在三种明人所辑汉魏六朝人集的丛编本，即明万历、天启间新安汪氏（即汪士贤）编并刻《汉魏六朝二十一名家集》（以下简称"二十一名家集"本）一百二十三卷、明刻本《汉魏六朝诸家文集》（以下简称"诸家文集"本）二十二种一百二十九卷和明万历十一年（1583）翁少麓刻《汉魏诸名家集》（以下简称"诸名家集"本，该版本著录有误，下文有详述）二十一种一百二十四卷。经考察，"诸家文集"本除增益者外，基本据"二十一名家集"本旧板重印，而"诸名家集"本则以"二十一名家集"本为底本重新校刻而成。

其一，"二十一名家集"本。此本行款版式为九行二十字，白口、左右双边，单白鱼尾。卷首有《汉魏二十一名家集总目》，收录董仲舒至庾信凡二十一家集，《[民国]歙县志》称："汪士贤刻汉魏六朝名家集，部帙俱不少，颇见于藏家之目。"该丛编系明汪士贤辑编并刻梓于万历、天启间，刻地应在安徽。各集详目如下：

《董仲舒集》一卷，卷首有李东阳《董子书院记》，卷端题"明新安汪士贤校"。

《司马长卿集》一卷，卷端题"明新安汪士贤校"。

《东方先生集》一卷，卷首有吕兆禧《东方先生集序》，卷端题"明河东吕兆禧校"。

《扬子云集》三卷，卷端题"明新安汪士贤校"。

《蔡中郎集》八卷，卷首有乔世宁《蔡中郎集叙》等，卷端题"明新安汪士贤校"。

《曹子建集》十卷，卷首有李梦阳《曹子建集序》。

《嵇中散集》十卷，卷首有黄省曾《嵇中散集叙》，卷端题"明新安程荣校"。

《阮嗣宗集》二卷，卷首有陈德文《阮嗣宗集叙》，卷端题"明新安程

---

① 傅增湘：《双鉴楼藏书续记》，台北：广文书局影印《书目三编》本，1969年，第196页。

荣校"。

《陆士衡集》十卷,卷首有都穆序等,卷端题"明新安汪士贤校"。

《陆士龙文集》十卷,卷端题"明新安汪士贤校"。

《潘黄门集》六卷,卷端题"明河东吕兆禧校"。

《陶靖节集》十卷,卷十末题"万历丁亥(1587)休阳程氏梓",卷端题"明河东吕兆禧校"。

《谢康乐集》四卷,卷首有焦竑《谢康乐集题辞》,卷端题"明秣陵焦竑校"。

《谢惠连集》一卷,卷端题"明新安汪士贤校"。

《颜延之集》一卷,卷端题"明新安汪士贤校"。

《鲍明远集》十卷,卷首有朱应登序等。卷端题"明新安程荣校"。

《谢宣城集》五卷,卷首有梅鼎祚《谢宣城集序》等,卷端题"明新安汪士贤校"。

《任彦升集》六卷,卷末有吕兆禧《跋任彦升集后》,卷端题"明河东吕兆禧校"。

《江文通文集》十卷,卷端题"明新安汪士贤校"。

《陶贞白集》二卷,卷首有黄注《陶贞白集序》,卷端题"明吴郡黄省曾编""明新安汪士贤校"。

《庾开府集》十二卷,卷端题"明新安汪士贤校"。

据卷端所题,二十一家集出自汪士贤校定者有十二家、焦竑者一家、吕兆禧者四家、程荣者三家,不题校定者一家。故该丛编虽题汪士贤编,但也非尽出自他之手,《四库全书总目》即称:"中又有题吕兆禧、焦竑、程荣校者,则非士贤一人所手定也。"① 按《[康熙]徽州府志》称汪士贤乃汪文辉之子,婺源人,生平仕履不详。程荣,字伯仁,歙县人(据《四库全书总目》)。吕兆禧,《[天启]海盐县图经》称"字锡侯……所著《笔记》一卷",又胡震亨《潘黄门集叙》称"锡

---

① 永瑢等:《四库全书总目》,第1760页。

侯年甫二九，颇擅掷果之誉……未及痘发死"。其中程荣和汪士贤具有双重身份，既从事典籍的整理校定，也是开设书坊进行书籍刊刻、售卖射利的书商。关于"二十一名家集"的成书，王京州认为："汪士贤名义上虽任校勘之役，实际上主要是袭取现成。"① 有些集子的确据已有的明本略加整理校定后重刻，甚至可能直接拿来上版刊刻，虽题有校者实则纯属掩盖窃取行为。兹详列如下：

> 明正德卢雍刻本董仲舒集亦有《董子书院记》。
> 明康丕显刻本《东方先生文集》卷首亦有吕序。
> 蔡中郎集卷首序与明万历八年（1580）茅一相文霞阁刻本《汉蔡中郎集》同。
> 明天启元年（1621）凌性德刻朱墨套印本《曹子建集》亦有李梦阳序。
> 明万历十五年（1587）休阳程氏刻本《陶靖节集》即是丛编中陶集所题的"休阳程氏梓"。
> 明正德十四年陆元大刻《晋二俊文集》同丛编二陆集中的都穆序。

相应的丛编各集即均袭用上述诸本，其余如阮籍集袭用明嘉靖二十二年（1543）范钦、陈德文刻本，嵇康集袭用明嘉靖四年（1525）黄省曾南星精舍刻本，鲍照集袭用明正德五年（1510）朱应登刻本，谢灵运集袭用明万历十一年（1583）沈启原刻本，陶弘景集袭用明嘉靖三十一年（1552）萧斯馨刻本，谢朓集袭用明万历七年（1579）史元熙览翠亭刻本等，共计十三种，二十一家集中过半以上袭用明刻旧本。而出自汪士贤等手新辑编的大概为下述数种，即司马相如、潘岳、谢惠连、颜延之、任彦升等人的集子。其中司马相如集、潘岳集和任彦升集为吕兆禧校辑，按《[天启]海盐县图经》云："搜汇东方曼倩、潘黄门、梁简文帝、任彦升诸集行世。"又胡震亨《潘黄门集叙》称"有晋黄门郎潘岳集，旧传十卷，近稍亡逸，完帙罕睹。友人吕锡侯结契暇年，深相赏诵。凡散在四部者，悉加联缀，缉兹众斑，用窥全豹。虽复卷杀其四，而体制略备，

---

① 王京州：《七十二家集题辞笺注》前言，第6页。

亦既斐然。"只不过吕氏所辑东方朔集，由康丕显在二十一家集之前即刊刻单行（应在万历年间）。

其二，"诸家文集"本。此本行款版式为九行二十字或十八字，白口、左右双边，单黑鱼尾。收录自董仲舒至庾信凡二十二家集，相较于"二十一家集"本增入《总论》（见于陶渊明集）一卷和《梁昭明太子文集》五卷（卷端未题校者，题"大明辽国宝训堂重梓"，即袭用明辽国宝训堂刻本）。卷首有《汉魏六朝诸家文集／总目》。该丛编的刊刻时间，《四库全书总目》称："刊于万历中，在张溥《百三家集》之前，与张燮《七十二家集》互相出入。"①傅增湘《藏园订补郘亭知见传本书目》亦定为"明万历刻本"②。王鸣盛称有出自"金阊世裕堂梓行"者③，疑苏州世裕堂书坊即该丛编的刻梓印行者。《北京图书馆古籍善本书目》《中国古籍善本书目》均笼统著录为"明刻本"。它与"二十一名家集"的版本关系，傅增湘称："此书汪氏初本为二十一种，一百二十三卷，缺《昭明太子集》五卷及《注陶靖节集》前《总论》一卷。"④即将"诸家文集"视为汪士贤辑编"二十一名家集"的增补本。兹以两丛编比较：

第一，各集卷第、校者相同。"诸家文集"本不题编者，实则各集校者、卷第均与"二十一名家集"本同。推断"诸家文集"仍主要属汪士贤所编，如王鸣盛径称"若夫新安汪氏汇编《汉魏六朝二十二家集》（即此'诸家文集'）"⑤。

第二，正文文字相同。以此三丛编本中的《司马长卿集》校勘（以"二十一名家集"本为底本，同时校以张燮编《七十二家集》本和张溥编《百三名家集》本）为例，"诸家文集"本与"二十一名家集"本同，而与"诸名家集"本不同，例如：

　　《子虚赋》"其山则盤纡崛下"，诸名家集本"下"作"郁"，《七十二家集》

---

①　永瑢等：《四库全书总目》，第1760页。
②　傅增湘：《藏园订补郘亭知见传本书目》，第1561页。
③　王鸣盛：《蛾术编》，顾美华标校，上海：上海书店出版社，2012年，第209页。
④　傅增湘：《藏园订补郘亭知见传本书目》，第1561页。
⑤　王鸣盛：《蛾术编》，第209页。

本、《百三名家集》本同，诸家文集本同二十一名家集本。

《子虚赋》"杂纤罗"，诸名家集本"纤"作"绒"，诸家文集本、《七十二家集》本、《百三名家集》本同二十一名家集本。

《上林赋》"君未睹夫巨丽也"，诸名家集本"未"作"永"，诸家文集本、《七十二家集》本、《百三名家集》本同二十一名家集本。

《哀二世赋》"基芜秽而不修今"，诸名家集本"基"作"墓"，《七十二家集》本、《百三名家集》本同，诸家文集本同二十一名家集本。

《遗书言封禅事》"亦各并时而荣"，诸名家集本"各"作"谷"，诸家文集本、《七十二家集》本、《百三名家集》本同二十一名家集本。

《遗书言封禅事》"而常为■首者"，诸家文集本亦作墨钉缺字，诸名家集本作"物"，《七十二家集》本、《百三名家集》本作"称"。

《与蜀父老诘难》"而勤思乎参天■地"，诸家文集本亦作墨钉缺字，诸名家集本作"贰"，《七十二家集》本、《百三名家集》本同。

《与蜀父老诘难》"若枯旱之望雨"，诸名家集本作"■"缺字，诸家文集本、《七十二家集》本、《百三名家集》本同二十一名家集本。

《白头吟》小注"五解■右一曲，晋乐所奏"，诸家文集本亦作墨钉缺字，诸名家本作"〇"。《七十二家集》本在附录中，且无此小注；《百三名家集》本无此篇。

可见，"诸家文集"除增益《梁昭明太子文集》和《总论》外，其余二十一家集乃据"二十一名家集"本版片重印，故其版本可著录为"明万历天启间新安汪氏增刻本"。

其三，"诸名家集"本。此本行款版式为九行二十字，白口、左右双边，单白或单黑鱼尾。卷首有万历癸未（1583）焦竑《汉魏诸名家集序》，次葛寅亮序，云："余居恒嗜诸集，愿公同好，敢什袭之，皋同怀璧鸡林，速竣厥举。俾诸家眉宇髯髭，衣冠啸傲，怳然旦莫，毋虑我不见古也。"收录自董仲舒至任昉二十一家集，每种集子前有扉页，一般题"某某集，某某订正，南城翁少麓梓"，次序和目录。不题编者，但各集校者同"二十一名家集"本，亦属汪士贤编，如《八千卷楼书目》即著录为明汪士贤编刊本《汉魏名家集》。

该本有内扉页，题"汉魏名家，合诸名家订正，董仲舒……任彦升、白玉蟾（此为二十一种之外所附的一种），南城翁少麓梓行"。钤"南城书林翁少麓发行""重刻新板"两印。翁少麓生平仕履不详，也未署刻年。而《北京图书馆古籍善本书目》《中国古籍善本书目》均定为"明万历十一年（1583）翁少麓刻本"，所据当是万历癸未焦竑序。但焦序并未言及刻此编事，不宜将该序作年等同于刻年。所钤"重刻新板"一印为考察刊刻时间提供了线索，踪凡先生认为："全书封面正中刻'重刻新板汉魏名家'字样，可见国图所藏乃重刻（或重印）本。"[①] 既然是"重刻"就意味着有底本可据，从该丛编的行款版式、收集子的数目以及各集卷第校者与"二十一名家集"本基本相同，可以断定"二十一名家集"本即其底本。既称"新板"说明重加校刻，上述司马相如集的校勘表明，该丛编的确是在校订后重刻。包括改正误字，如《哀二世赋》"基芜秽而不修兮"，将"基"正为"墓"等；补充脱字，如《与蜀父老诘难》"而勤思乎参天■地"，补为"贰"字等。当然校刻的同时也产生了新的误字，如"纤"作"绒""未"作"永""各"作"谷"等。

总之，"诸名家集"定为明万历十一年所刻是不合适的，该编既以"二十一名家集"本为底本重刻，则刻在明天启年间应大致无误，故可著录为"明天启南城书林翁少麓刻本"。

二、张燮《七十二家集》的辑编与刊刻

明张燮编《七十二家集》凡三百四十六卷、附录七十二卷，收录自宋玉至隋薛道衡共七十二人的集子。其行款版式为九行十八字，小字双行同，白口、左右双边，单黑鱼尾，版心下镌刻工姓名和本版字数。卷首有张燮撰《凡例》十则，次《七十二家总目》。《北京图书馆古籍善本书目》《中国古籍善本书目》均将此本著录为"明天启、崇祯间刻本"。

---

① 踪凡：《司马相如集版本叙录》，第28页。

《凡例》详述辑编《七十二家集》的缘起、宗旨和体例等。张燮认为已有的汉魏六朝文人集存在遗漏，包括篇目失收和有些文人尚无集子行世两方面。《凡例》即称："先代鸿编，岁久彫耗。一家之言，传携者寡。近所刻汉魏文集，各具一斋。然挂漏特甚，即耳目数习惯者，尚多见遗，因为采取而补之。又念代兴作者，岂惟数公，不宜录此弃彼，乃推广他氏。自宋玉而下迄隋薛道衡，大地精华，先辈典刑，尽于此矣。"又《寄贺参知》云："孝穆世无专行，子山行者，许多缺漏，辄为补足之，是诸集之一班也。"在集子的收文方面严格去取，"集中所载，皆诗赋文章，若经翼史裁子书稗说，听其别为单行，不敢混收。盖四部元自分途，不宜以经史子而入集也……录其似集中体者。"如明成化十九年（1483）乔缙刻本《贾长沙集》以《新书》入集，而张燮《贾长沙集引》云："《新书》割裂封事，画陇分阡。他如封建、铸钱诸疏，薄有增益。别标名目，自属子部，今俱不采。"再如明正德五年（1510）桂连西斋活字印本和明正德卢雍刻本董仲舒集均收《越有三仁对》一篇，张燮称："董集旧本并载《三仁对》，则明是口语，不宜入集矣，今驳归《本传》。"集中诸文亦悉经校勘，"每参合数本而裁定之"。至于每集的体例，"首赋，次诗，次文，其同时赠答诸语即附于是篇之后"，并有附录和集评。

张燮编《七十二家集》主要有两种途径：

其一，依据旧本加以增删重编。此类集子注明"重纂"两字，有司马相如集、董仲舒集、东方朔集、扬雄集、蔡邕集、曹植集、阮籍集、嵇康集、陶渊明集、谢灵运集、谢惠连集、任昉集、沈约集、陶弘景集和庾信集十五种。除沈约集外均见于汪士贤编本中，但张燮并未直接袭用而是经过重新编定。按《重纂陈思王集序》云："《审举表》及《谏取诸国士息》等篇，旧集多遗，因增定陈王集。"《重纂庾开府集序》云："旧刻开府集，亥豕特甚，群制多阙。因为参错诸选本而校之，而补其未备，用成全豹。旧刻《彭城夫人》及《伯母东平郡夫人》二墓文，盖杨盈川笔也，痴人误收而文俪沿之，冒署子山名入选，大误观者，今为删去。"又《重纂任中丞集引》云："较世本微有增益云尔。"恰如王京州所称："张燮虽然继承了'丛编型总集'的形式，而实际上不仅在数量上远度越其上，体例趋于完善，即就这二十二家而论，张燮所辑亦自是后出转精，青出于蓝，不可同日而语。"① 有的集子虽未题"重纂",实亦属重编之本,如《昭明太子集序》云:"近世梓昭明集,既多混收,更饶漏目。余为驳出而增入之,羌得五卷。"又《诸葛丞相集序》云:"郭哲卿中丞在楚,尝刻公集,然多未备。余录其文笔存者,哀成二卷。"

其二,若无旧本可据,则加以新编。如《徐仆射集序》云:"明兴以来,世无孝穆集,余为采取合为一编,较史所载仅三之一耳!"

傅增湘云:"此编各家卷数有依旧本者,有就所葺重行叙次者。"② 卷数依旧本者如十卷本《陈思王集》,自宋至明刻曹植集基本皆为十卷本。又《梁昭明太子集》五卷,明嘉靖三十四年(1555)周满刻本和明辽国宝训堂刻本萧统集即均为五卷本。然以之与现存明刻相较,大部分卷第不同,可证大部分集子经过张燮重新编次,足见张燮用心之苦、用功之勤和用力之巨。张溥《汉魏六朝百名家集叙》云:"近见闽刻《七十二家集》,更服其搜揭苦心,有功作者。"又王鸣盛称:"张君好古,殊见搜罗苦心。"③

张燮完成《七十二家集》之编,可能至迟在天启二年(1622)。按《寄顾太初》云:"壬戌春,曳杖金陵……迩来觅得古人文笔,尚存一家言者,自宋玉而下,抵隋薛道衡,有集者补而足之,世无集行者汇而传之,计七十二家。"而傅增湘认为:"各集多自为序,其纪年自辛酉(1621)至辛未(1631),在天启、崇祯间,采辑之役已逾十载。"④ 有些序可能是刊刻时所写,不一定是集子编完之时。王京州称:"张燮《七十二家集》的编纂,很可能受到梅鼎祚、焦竑以及《汉魏诸名家集》的直接影响。"⑤ 又称:"既有文学复古的时代风气因素,又直接受到前辈学者及同类型著作的沾溉和影响"⑥ 其实围绕"二十一名家集"等三种丛编本的辑编,已形成一个以整理汉魏六朝人集为职事的群体,如焦竑、汪士贤、程荣、吕兆禧等,还有同时代的梅鼎祚、冯惟讷等人,都会影响到张燮。张燮自身也

① 王京州:《七十二家集题辞笺注》前言,第6—7页。
② 傅增湘:《双鉴楼藏书续记》,第197页。
③ 王鸣盛:《蛾术编》,第209页。
④ 傅增湘:《双鉴楼藏书续记》,第196页。
⑤ 王京州:《七十二家集题辞笺注》前言,第2页。
⑥ 同上,第7页。

有志于这一时段的文人集子的整理，且以此为毕生宏愿：

> 《答蔡仁夫》云："乃猛自出脱，呼幼儿检校残书，从造物乞作蠹鱼长，以此逃生。业从两京六朝诸有传播者，悉为汇次，衰作一家言。此书若成，亦是宇宙间一丽瞩，正恐造物还复妒也。"
>
> 《寄魏仲雪水部》云："仆弃鳞养角，自摈长霄。独有一种文心，未随韶华俱尽。数年觅得从古高坛遗制成帙者，起周汉，讫于隋代，计七十有二家。"
>
> 《寄张梦泽观察》云："近见汉魏六朝诸有集者，俱非全书，欲足而补之，稍正其亥豕。其未有集行，散见他刻者，间为衰合，成一家言。"
>
> 《答蔡敬夫》云："所幸幼儿年甫十三，嗜古颇复似父，日对楹与共雠校，夜则共被而眠，以此疗肌，以此辟寒，便亦以此卒岁，无他远想，愿从天公乞作白头翁耳。"

当然辑校整理工作是相当艰辛的，要尽力弥补辑录中可能存在的遗漏问题，《寄魏仲雪水部》即称："第私心尚虑采取未广，间成罅漏。"又《寄顾太初》云："明公向所刻金石目中，倘有遗文留箧，望一二录教，即剩语短章，不妨并采以遗来祀，亦一佳事也。"若辑得新的篇目便视为大快人心之事，《寄张梦泽观察》云："断碣荒碑，搜索殆遍，每得一篇，为耳目不甚经见，剧喜如获球琳。"《重纂东方大中集引》称："余于《拾遗记》得其宝甕一铭，政如觅碎金于沙际耳。"同时他也牵心《七十二家集》能否早日刻梓行世，以实现夙愿，《简李本宁大宗伯》云："比年来，纂得古人文笔尚存一家言者，自宋玉而下迄隋薛道衡，合七十二家。此书若行，亦是一快事！"

《七十二家集》的刊刻，张溥笼统称以"近见闽刻《七十二家集》"。实际各集刻地并不同，有金陵（今江苏南京）、福建建阳和龙溪（今福建漳州）三地，王鸣盛称之为"汇刻"，现存《七十二家集》印本应属三地所刻书版的汇印本。张燮《寄张梦泽》云："《七十二家集》，在吴刻北朝及陈、隋，在闽刻周、汉、魏。"又《寄魏仲雪水部》云："爱我者业已次第爱付杀青。""吴"即指金陵，"闽"指建阳。天启二年张燮来到金陵，在友人周仲先的资助下刻梓《陈后主集》至《薛司隶集》凡十六家。按《寄苏弘家》云："诸家集，周仲先业为发刻，北朝、陈、隋共十余家。"又《寄文文起》云："燮近纂《七十二家文集》，仲先为行其数种。"但张燮不愿过多扰烦周仲先，遂携书至建阳谋求续刻诸家集，《寄贺参知》云："有书数百卷，友人刻之金陵，自惟一生未尝以杖头累人，今累杀青，亦是一累。其未刻尚多，因携至建阳，自刻成之。"

张燮在建阳受益于南居益等人的资助，刻《宋大夫集》至《嵇中散集》凡二十家。但据《上南中丞书》云："《七十二家文集》已付县中誊写，俟其竣事，当效雠校。"《答吴兴高明府》云："比来曾纂六朝以上七十二家集，南中丞欲梓而行之。因过建溪，料理灾木，雠校既烦，遂成永驻。"又《寄蔡敬夫》云："顷南中丞遣人持刻资侯弟于此，欲为悉刻所未竟者。"推知最初的设想是将《七十二家集》悉数付梓，张燮也雇请刻工全力投入其中，《寄南中丞》云："梓人陆续至者二十许人，此曹事事费手，赖别驾整持之，差有头绪。燮又于麻沙自募十八人不隶书坊者，人殊朴茂，无费敲推。"但仍碍于刻书费用还是只刻了部分集子，《答南中丞》云："锲劂之役，过辱捐俸，何以自安？今意亦只刻汉魏为止，余且携归别图之，不宜重类钤阁也。"又《寄南中丞》云："燮初欲暂还漳水，安顿书簏"，"不妨先离建溪，若久累主人，非褚伯玉本色矣。"今检在建阳所刻宋玉集有如下刻工：付圣、陈聘、游选、章正、刘荣、郑和、朱齐、朱明、江荣、余高、陈弟、詹竹、余旺等，贾谊集有刘荣、郑和、张轩、吴德、朱齐、张杰、张轩、张鲁、邹才、梁元、余旺、余朝、詹竹、杨明、张弟等，司马相如集有江荣、吴德、陈英、黄恩、朱齐、余子朝、梁弼、王宇、陈今、陈五弟、杨明、叶华、刘汝等，此恰与张燮在建阳雇请刻工刻书相印证。

《七十二家集》之刻完成一半，其余三十六家集在张燮家乡龙溪刻梓。《寄南司空》云："其未刻一半，归当鬻境埆数顷，以供镌资，了次公案。"王京州据此称："余下的三十六家文集，资助刻印者未见其人，很可能是张燮以一人之资力印成的"①从张燮《寄阮集之》云："晋宋齐梁尚未就梓，空嗟翰墨劳生耳。"又《寄南司空》云："未刻诸集，今亦陆续付梓，但漳中刻工绝少，成事苦难。"

① 王京州：《七十二家集题辞笺注》前言，第8页。

大概颇费周折，主要是刻资拮据和刻工短缺问题。于是不得不求助于友人，《寄张梦泽》云："今余子尚闳箧中，明公倘有意乎？"最终梁集十八种率先刻完，晋、宋诸家集也即将付梓，《寄苏太傅》云："梁集十八种，奉呈邺架。晋宋诸人亦已次第就绪，差不甚多。"至崇祯元年，《寄南思受》称"七十二家梓完者已六十四"，尚余八家未刻。据《寄池直夫》云："齐集二种，附纳高坛。"即《谢宣城集》和《王宁朔集》两种，推测此时《七十二家集》已全部刻完，惜不详具体时间。崇祯十三年（1640）张燮病逝，为世人留下了凝结毕生心血、沾溉学人无尽的《七十二家集》。

三、张溥《百三名家集》与《七十二家集》的关系

张溥编《汉魏六朝百三名家集》凡一百十八卷，辑诸书所载诗文并及断篇逸句，人各为集，集各题词。其行款版式为九行十八字，小字双行同，白口、左右双边，单白鱼尾。卷首有张溥《汉魏六朝百名家集叙》，次《汉魏六朝一百三家集总目》。该本《中国古籍善本书目》著录为"明娄东张氏刻本"，《藏园订补郘亭知见传本书目》定为"明崇祯太仓张氏自刊本"。按张溥叙云："余少嗜秦汉文字，苦不能解。既略上口，遍求义类。断自唐前，目成掌录，编次为集，可得百四五十种"，"余自贾长沙以下迄隋薛河东，随手次第，先授剞劂凡百三家。卷帙重大，余谋踵行。"推知张溥辑得汉魏六朝人集达一百四五十种，先期刻梓一百零三家。其余诸家是否刻梓不详，亦未见有传本存世。

张溥本的编纂体例和所收诸家集均有所因袭张燮本，《四库全书总目》称："溥以张氏书为根柢，而取冯氏、梅氏书中其人著作稍多者，排比而附益之，而成是集。"[1] 如上述司马相如集的校勘，表明张溥本同张燮本，而与汪士贤所编三种丛编本不同。张溥甚至照抄张燮的案语，如《司马文园集》中《自叙传》后案语一段（"刘子玄《史通》云……非一人矣"），一字未改。张溥称其编纂体例，"别集之外，诸家著书非文体者概不编入"。实际并未做到，存在不宜入集而照

---

① 永瑢等：《四库全书总目》，第 1723 页。

收的现象，《四库全书总目》称："卷帙既繁，不免务得贪多，失于断限"，"有本系经说而入之集者，如《董仲舒集》录《春秋阴阳》《刘歆集》录《洪范五行传》之类是也；有本系史类而入之集者，如《褚少孙集》全录《补史记》《荀悦集》全录《汉纪》论之类是也；有本系子书而入之集者，如《诸葛亮集》录《心书》《萧子云集》录《净住子》是也。"①更有甚者滥收本集之外的著述，如《东方朔集》采录《十洲记》等。也还存在未加考辨而致疏漏谬误之处，《四库全书总目》称："有牴牾显然而不辨者，如《张衡集》录《周天大象赋》称魏武黄星之类是也；有是非疑似而臆断者，如《陈琳传》中有袁绍使掌书记一语，遂以《三国志》注绍册乌桓单于文录之琳集是也。"②又《烟屿楼读书志》云："张天如溥《百三名家集》，千古杰作也。惜搜罗未备，时多挂漏，又不能鉴别真伪。如《马季长集》收伪造《忠经》，《忠经》为宋海鹏作，明见《玉海》。后人妄题季长名，而且伪康成名以注之。天如不察，遽为收入。"

《百三名家集》所收文集的家数虽有增益，但编纂体例不及张燮严谨。傅增湘即云："张天如又因此书增益为百三家，然则继往开来，绍和之功，岂不伟哉！暇时余取二书并观之，天如所辑虽颇为宏富，而精审乃远不逮绍和。此编各家卷数有依旧本者，有就所葺重行叙次者。天如则少者一卷，多者二三卷，尽改旧观，一也。又此编附录后有遗事、集评、纠谬三门，详其人之身世、出处、文字源流，可供后人考订之资。天如则悉予刊落，使阅者茫无依据，二也。"③如《司马文园集》，张溥本附录仅《本传》一篇，远不及张燮本丰富。张燮本则附录本传（《史记》节略）、嵇康《司马相如传》、卓文君《长卿诔》、苏轼《梦作司马相如求画赞》、陈子良《祭司马相如文》、卓文君《白头吟》、鲍照至张燮有关司马相如诗咏十二篇，遗事和集评，颇具资料价值。尽管如此，张溥本的影响远逾张燮，王鸣盛云："藏板稍僻，播在中土者甚少。吾乡张溥天如所辑《百三家集》，有总序，又每集前皆有序，于协和所采皆有之。"④又傅增湘称："然自天

① 永瑢等：《四库全书总目》，第1723页。
② 同上。
③ 傅增湘：《双鉴楼藏书续记》，第197页。
④ 王鸣盛：《蛾术编》，第209页。

如之本盛行，而绍和所辑乃无人称道，及之收藏家至有不能举其名者。意其僻处海滨，声闻阒寂，锓版虽行，传播未广，不若天如之领袖社坛，广通声气，其著述可不胫而走也。"① 将其缘由归结为张燮书版偏在一隅和张溥身为复社领袖两点。审其刻书面貌，张溥本皆随文加以句读，故极便阅读而致流传颇广，此可能也是原因之一。

综上，汪士贤所编三种丛编本，以"二十一名家集"本为最早，在此基础上产生"诸家文集"本和"诸名家集"本两种丛编，各集校者、卷第等基本相同。"诸家文集"本增益《梁昭明太子文集》一种和陶渊明集中的《总论》一卷，其余与"二十一名家集"本相同，乃以"二十一名家集"为底本重印。"诸名家"本乃以"二十一名家集"本为底本重刻，非万历十二年刻本，而应定为"明天启南城书林翁少麓刻本"。重刻既更正了底本存在的误字和脱字等，但也新增了一些讹误。《七十二家集》的刊刻历经金陵、建阳和龙溪三地，主要通过据旧本重纂和新编集子两种途径而结撰完成。张溥本以张燮本为基础，如编纂体例、所收集子以及案语等均存在因袭，但影响远逾张燮本。张溥本随文附刻句读而便于阅读，是张溥本影响大的原因之一。从编本中的各集也存在差异，不宜以辗转相袭而笼统视之，仍不失其校勘及文献价值。

---

① 傅增湘:《双鉴楼藏书续记》，第 197 页。

第八章　结　论

　　汉魏六朝文学是中国文学史的一个具体时段，指两汉至六朝的文学创作，习惯上两汉文学又划入先秦文学时段而并称"先秦两汉文学"。也就是说两汉文学就其归属而言，存在两种划分法，除先秦两汉文学外，又归入六朝而并称"汉魏六朝文学"。本研究即以"汉魏六朝"时段为研究范围，关注、梳理并讨论此时段以别集为中心而集聚的文献史料的共存共生形态，准确地说是基于诗文（文学）载体即别集的综合研究。它不是文本批评的解读式研究，也非演绎文本自身内外意义的阐释式研究；而是一种立体研究，即将诗文赖以寄托的载体（别集）形态及自身的发展演变，还有促动、影响此演化过程的多重因素勾勒出来，从而绘制一种动态史图景。因此，所谓载体形态意义上的别集研究，表现在两方面，其一是与别集密切关联且不关涉思想内容和价值评判的客观文献；其二是承载诗文内容以"集"为名目的实物版本。这是全文展开研究的两个支点，也是集中描述与研究的对象。

　　研究汉魏六朝时期的文学，长期以来的主流形态是以诗文为研究内容，又呈现出思想内容与艺术分析并重的范式，也就是今之所见文学史的叙述模式。此种研究范式凸显诗文作品在解读层面的文学功能，强调诗文的客观态与研究者的主观态相互交融。传统的"兴观群怨"理念，便强调文学的思想、教育和社会功能，而不必拘泥于诗文自身的"本来原意"。无论是阅读还是研究文学，都会深受启迪和感化，与诗文作者一起喜怒哀乐，甚至跃出诗文作者构建的"意义场"，而获得此之外更多的衍生性"新意义场"。留存到今天诗文，很多是经典，经典的魅力是常读常新，"新"不一定全是诗文文本自身提供的，而是存在个体主观性的产物。设想如果不存在诗骚李杜，那将会是多么贫瘠的精神生活，而诗骚李杜所涵育激发的又远逾其自身本来的意义。

但作为学术研究是更为复杂的活动,存在代际性,"若无新变,不能代雄"。当一种范式趋于凝固,就要寻找新的研究方法,寻找新的突破。落实到汉魏六朝文学研究,由于知识化的成果已经积累到一定层次,诗文作品的解读已经趋于"固化"学术研究格局。似乎有些"话"都被前人说尽了而留给后人的"话"不多了的感觉。更有甚者,汉魏六朝文学面临另外一层尴尬,本身资料有限,出土文献资料也极为有限,在新资料层面的拓展也大大受限。形成了典型的瓶颈,下面是汉魏六朝时期的文献资料及由此衍生的各种成果,研究者面对它就像捆住脖子一样,想追求一种"新"的研究进而创造"新"的格局性成果而无能为力。要么小修小补,要么重复表达,要么新瓶装旧酒,要么自言其说无人听。当然这些表象或许有夸张之处,但该时段的研究者大概都想有突围的"冲动"。其实,把眼光适当转换,转向客观的文献研究,还是会找到新的天地。近年来,将文学文献冠于集部的框架内加以审视和研究渐成一种新的趋向,它的目的就是暂时挣脱传统的思想与艺术研究的"缰绳",更多地关注文学存在的文献形态和载体形态,以及建立在两者之上的诗文作品在流传过程中产生的变异、层累性以及文本多样化面貌的研究。

第一节 研究总结

本研究即基于上述理念,它以文献为基础,以材料的集合处理和细致分析为手段,同时适当结合宏观的思辨性,主要结出了下述两个主要研究成果:

一、关于汉魏六朝别集形成发展史的构建

在集部视野内看待文学作品,无疑会产生一系列的命题,当然这些命题也都或多或少地已有所探讨。但相较于根深叶茂的思想与艺术研究,显然此类探讨是相形见绌的,至少是不成体系的,存留很多缝隙可资深入弥补。首先面对

的第一个问题就是，我们读的诗文作品是如何保存的？两者之间是否存在关系？用集部的眼光视之，很容易回答，诗文作品就个体的作家而言，著录在集部之别集类，是保存在一种种的绝大多数称"集"的作品集里的。既然这种作品集如此重要，那么为文学作品编集子源自何时？作品集是如何编撰的？哪些作品可以进入作品集？哪些作品不宜进入作品集？其中的标准是什么？这种标准是如何确立的？自身又是如何演变的？毫无疑问，牵涉到方方面面的问题，它与传统视域中的文学研究有明显区别，似乎不属于文学研究，但又关系到文学研究。这种似是而非现象的产生，实际就是视角转换的结果，表明文学研究的眼光在转移。这是对于"集"自身的追问，但从作品集到目录学中确定为一个部类，专门收录即著录此类作品集，是有一个过程的，与作品集编撰的发展过程大致相适应。描述作品集在目录学作为类目之称确立的过程，实际同时也是作品集自身发展的过程！这也就是本研究中涉及的主要内容之一，即别集形成发展史的研究。

六朝时期，别集是如何形成并发展的，学界有所讨论。据说也是很耀眼且充满诱惑力的选题，但几乎都铩羽而归。原因是多方面的，如六朝史料不足，难以找到足够的材料支撑这种形成发展史的描述；如形成发展史就大的层面而言可能就是史志目录中所载的那么几句话，但进行深入的挖掘并阐述这几句话却难以展开；如限于查阅六朝别集实物版本条件的限制，无法对汉魏六朝别集的面貌有更多地认识和总结等。克服这些困难，还是先不急于从论点出发，而是放下论点，先从第一手的资料阅读与处理切入。怎么围绕此主题去读汉魏六朝时段的文献？该时段的文献包括两方面，即古人的撰述和民国以来的今人撰述，两者如何协调和互动，都要提前考虑和设计好！由此想到了《四库全书总目》，按照《总目》的著录将涉及此主题的古代典籍按照四部分类法列表，也就是需要阅读甚至有些是精读的典籍，逐一查核是否有今人点校整理本。在阅读过程中遵循古人编类书的方式，将大的主题析分为若干与之有所关联的分主题或点，遇到相关资料逐条系在这些分主题和点下，同时标明详细的页码（包括卷数）。大概读了接近三年，记录资料达十余万字，按照主题或点排比资料完成，接下来是集合分析的过程。其实资料一排比便"冒出"很多认识和想法，有些本身就可弥补旧说的不足或疏误。这是原始文献资料整理的结束，但还需要读自民国以来（《四库总目》未著录的乾隆之后的相关著述适当补充）的与主题相关的著述，此类著述基本是研究性著述，仍将相关研究性观点或涉及原始资料系到分主题或点下，会发现学人的观念对于已经整理的原始资料会起到"催化剂"的作用，是一种盘活，也是激活，获得分析、理解和使用文献资料的视角，可谓相互促动引发，一举两得。

这种进入研究之前的"前研究"方式，本质上是中立的性质，它不涉及价值评判，只是资料的钩稽。它也并不新鲜，实际上很多研究的取得都运用了此种方式，但对该方式有必要赋予更多方法论层面的意义和色彩。在汉魏六朝文学亟待突破瓶颈的背景下，研究的方式在悄然转向，它不再关注文献或文本自身基于研究者的介入，而发掘出诸如"说什么""想什么"以及"美不美"的传统话题。转而采取跳出藩篱，回到承载诗文的文献即文本自身，它的面貌如何？它是否产生过"整容"？导致"整容"的因素是什么？"整容"前后的面貌如何去追索？这对于研究的对象而言，则不再只关注它的内部，而是关注外部或者结合外部关注内部。所以在资料的搜集上，更多地走向了外延，而不再执着于诗文内部提供的内证，把精力更多地放在了外证上。以汉魏六朝的别集形成发展史为例，它不必要再去关注每种别集的思想内涵或艺术特色，作者借助诗文所要表达的思想倾向等等。而是将别集视为一个点，通过集合史料加以分析以描述别集自身的发展演变。而别集自身相较于它承载的思想及艺术等恰好是外部和内部的关系，关注别集自身的研究实际上是外部研究。在更多地交织性资料中看待"别集"，又构成了一种立体式研究。整个过程基本都不涉及价值倾向性的评判，这在资料处理上客观要求所谓的"前研究"方式。

汉魏六朝别集的形成发展史研究，主要想表达下述两点内容：

第一，在熟知的关键资料基础上，纵深挖掘，多点透视，以史的脉络思维加以建构。举个例子，作品编为作品集最早的明确记载是曹丕《与吴质书》中的"都为一集"，大家已经相当稔熟。这就是所谓的"熟知的关键资料"。但到此还未结束，它还能引发如下诸多思考性的问题：如果不考虑史料的亡佚，就拿现存的材料而言为何汉代没有出现同类的记载？汉代有集子存在吗？东汉存在的"集览"等少数几个例子能说明当时有集子之编吗? 需要在多大的程度上认识和把握此类例子?《后汉书》文苑传繁琐罗列作家的各种篇目,为何会如此? 最后又涉及如何看待《汉志》的"诗赋略"? 解决了这些问题,实际也就确立了汉魏六朝别集形成发展史的第一个阶段,即汉代是孕育阶段。

接下来,很自然就会想到魏晋应该是形成或确立的阶段,这是"史"的思维的惯性结果。那就要考察根据哪些材料可以界定魏晋的阶段属性? 既然是形成阶段,那么集子形成存在哪些路径? 当时集子编撰是如何考虑选文标准的? 这又跨入文学批评中的文体辨析的问题。还有集子既然形成确立了会产生哪些影响? 从大的范围而言,魏晋时期形成和确立别集的考察,与魏晋是文学的自觉时期、文学批评的勃兴时期以及目录学中四部的创立时期是相呼应的。如果不深入理解"别集"的形成过程,对上述三大传统习见的命题便不会有更全面的认识。

同样,南朝宋齐和梁陈分别界定为汉魏六朝别集形成发展史中的兴起和繁荣阶段,也要指出界定的依据,兴起表现在哪些方面等。特别是繁荣阶段,根据哪些材料作出如此界定,相较于之前各阶段的别集发展情形,繁荣阶段最凸显的特点有哪些等。这些问题都是展开来看,而不再是固有的片言只语式的论断,或者仅据《隋志》序的记载而略加引申,并不足以上升到"史"的描述高度。整体来看,南朝是别集最终确立地位的阶段,当然离不开汉至魏晋的前期铺垫。从而它所指涉的范围相对比较多面,如叙录类著述的大量涌现,集序撰写进入繁荣期,文笔之辨也影响到集子的编撰或者反过来促动两者之辨的更深入更细致,目录学体制也作出了相应地调整,编集子的方式、体例更趋完善成熟等。就北朝而言,同样是编集子的发展期,出现了"集录"的史学叙述方式,南北方的文集交流也盛行一时。把上述诸问题利用文献充分地展开,也就使得原本印象中比较干瘪、难于丰满的汉魏六朝别集形成发展史较为全面地呈现出来。

第二,根据汉魏六朝别集四个阶段构成的形成发展史,揭示它与魏晋至南朝的目录学体制之间的关系,具体而言是集部的关系,只不过当时基本称"丁部"。这个问题是很有意思的! 它再次体现了研究的客观性和物质性,前者指据材料而立论,描述别集与集部的互动关系;后者指抓住"集"之称自身发展的演变，把此称视为一个物质概念，围绕它自身的"物理变化"来管窥集部体制的变化。前者的例子，如编集子这种行为从更宏观的层面看到底有何影响？仅仅是从此之后作品不再单行了，而是有了集子这么简单吗？它对学术文化没有影响吗？事实上影响是巨大的，作品集的出现改变了士人的阅读习惯、思维模式，激发出一些新的学术运作。如魏晋时期出现以文体辨析为核心的文学批评，与编集子有着直接的关系，它要解决哪些作品可以编入集子的问题。四部发生在西晋时期也与编集子直接相关，作为四部之一的集部（当时称"丁部"）要解决集子在目录学中的地位，实际层面是解决秘阁藏书中的作品集如何分类的问题。

后者的例子如通过长时段态材料的分析，会发现"集"之称自身的语用范围是在变化的，主要体现在使用外延的变化。如曹魏、西晋时期"集"指具体的某一作家的作品集之称，东晋以来逐渐移用于数位作家的作品集的合称，至南朝宋又扩大至作品集这一类典籍的合称，梁代又扩大至与"子"合称，显然在使用上相当于一个部类之称了。但此时的集部仍称"丁部"，这是四分法的目录学体制。而在七分法的目录学体制中，则出现了称"集"的部类，即阮孝绪的"文集录"，具体到下面的类就更明确了，如"别集部""总集部"等。这是很了不起的变化，之前的目录学部类之称都没有这么叫的。那集中思考的问题就是，阮孝绪"破天荒"地如此称之，其内在的动力和原因究竟在哪里？实际上就是上述"集"之称语用演变的结果，是实际使用层面推动目录学层面作出改变，而一旦目录学作出改变则意味着别集地位在目录学中的最终确立。因为之前的集部著录作品集，却称以"丁部"等称，名不副实，阮孝绪的目录学体制第一次做到了名副其实。这对四部之一的集部称"集"部有着很大的影响。

汉魏六朝别集的形成发展史勾勒出来，它便升级为可供观赏的"图景"。尽管此幅"图景"是基于材料细致"缝制"出来的，很自然地也带有缝制者本人的色彩！不同的缝制者还会构建不同的"图景"出来，但相信此幅"图景"将会奠定今后研究的起点和基础。它所解决的问题，诸如编集子的源头，集子发展的阶段性、界定依据及与四部之集部的互动关系，集子的编撰方式、体例及与当时文学批评之间的密切关联，围绕集子而存在的诸多目录学体制性问题等，相信会加深对汉魏六朝文学史的理解，延伸了一些传统学术命题的触角。更为重要的，它把研究的眼光不再拘泥于诗文的批评和阐释研究，而是走向外围，更多地关注承载诗文内容的载体形态研究，并藉以讨论载体的相关性研究，以达到重新认识文学史的目的。

二、关于存世汉魏六朝别集成书层次的确定

研读汉魏六朝时期的诗文作品，心目中的权威依据文本是中华书局或者上海古籍出版社，也包括其他一些重要出版社出版的严肃的、严谨的点校本或校注整理本。这些文本都是经过"整理"的结果，尽管整理中基本都做到了有版本可据、有史料可凭和可信的求实态度，但真正纳入文献学的视野却存在着缺陷甚至不可靠。对于以诗文内容的批评阐释为旨归的研究，大可不必纠结这些问题，也没有必要越过这些公认的权威整理本另起炉灶，去做一套新的整理本。很大程度上这不是文学研究者的任务，当然不是说文学研究者不可以做整理，而是说文学研究者不做整理是符合学科约束的一种本分行为，它既不出格，也不会视为"不合要求"。

道理很简单，陶渊明的"悠然见南山"，更早的文献指向是"见"作"望"。两字当然有高下之别，有境界之别，但不都是"看"吗？它对理解陶渊明的思想能带来多大的影响和差异呢？难道因为此一字之别，陶渊明的思想定位和文学史地位就会改写吗？显然不会，这个例子表明文学研究者只要依据整理者的文本即可，因为整理者会将诗文文本牵涉到的异文，在可目及的范围内均会得以呈现。但对于文献整理者，它就要去纠结异文之别，去探索诗文的不同的版本载体中的文本差异，进而思考哪些文本面貌会更早期，会更符合诗文的原貌。或者更进一步说，充满进取心和不满足心的文献整理者，会对既有的所谓的权威整理本提出"质疑"，它整理的到位吗？是否整理到此结束了？事实上，整理的过程是不断持续的，是接力的过程，在理论层面会有更精准的整理本出现，以呈现或接近诗文的"原本"面貌。学界常用"劳苦功高""为别人做嫁衣"之类的话形容文献整理者，这固然是一种褒扬之辞，但多少含有整理者很"委屈"、很"吃亏"的意味，投入那么多却产出如此少，不成比例。其实，如同文学研

究者一样，这同样是文献整理者的本分，做不到这些它就会视为"不合要求"，而在学科的"同行圈"里遭到"剔除"。

言归正传，对于承载汉魏六朝诗文内容的别集，当下的状况是一些重要作家的都有了整理本，比如戴明扬的《嵇康集校注》等，很多即研读该时段诗文的权威依据本。本研究的主要内容不去评判此类整理本的优长得失，而是跳出整理本的范围，回到集子的本身。随之便会产生下述一系列的问题：汉魏六朝时期存世的重要作家的集子，是何时编辑成书的？如果是六朝时期已将集子编完，今天所见到的集子面貌是那个时期的面貌吗？如何判断"是"还是"不是"？如果不是，又该如何看待和把握它的文献价值和文本地位呢？概括起来这就是"成书层次"的问题。而在讨论该问题的过程中，又涉及集子的流传、存佚以及现存版本的调查等，以及在调查基础上的版本系统的梳理。在研究手段上要综合运动版本学、目录学和校勘学，的确比较费力，也比较复杂。它不直接介入集子的整理，但又是整理集子的基础。在不清楚某一作家集下述诸问题的情况下，如还存在哪些版本？何本为优？何本适合做底本？何本适合做校本？同样是校本，哪些适合参校？哪些适合通校？是不宜直接去做整理的。

毫无疑问，版本调查充当了考察汉魏六朝别集"成书层次"问题的先锋。通过调查，将某一作家集的存世版本收集起来还不是主要目的，但调查的过程是相当艰苦的。还好现在有《中国古籍善本书目》等古籍书目类著述，以及古籍数据检索系统，使得很容易把握现存汉魏六朝别集的版本情况。但还要看到原书，有些版本藏在外地，就比较麻烦，需要一定的人脉关系。所幸有国家图书馆丰厚的古籍资源，接近八成的版本都可以解决看原书的问题。接下来是考察版本的谱系，即自祖本到今本的传承系统。这里先交代一下"今本"的含义。"今本"从内容而言是今天见到的汉魏六朝别集的面貌；从版本而言是代表此面貌定型的版本是什么时期的，甚至细化到哪一个，以至于之后的本子都基本延续直至今天所呈现出的面貌。举例来说，今天大家普遍熟知的陶集面貌，除了"悠然见南山"外，还有"刑天舞干戚"。特别是后者，宋代统统作"形夭无千岁"，而普遍改作"刑天舞干戚"是在明代。依据是现存明本陶集统统作"刑天舞干戚"，元代以后的陶集本子也统统作"悠然见南山"。可以说明本陶集基本就是今本的面貌，它与现存最早的陶集版本即宋明州本在文字面貌上有一定的距离，但卷次、篇目内容是相同的，明本祖出宋明州本，只不过文字做了一些定型的工作，因为宋本里保存了不少的异文。那么，考察陶集的成书层次就要以宋明州本为对象，根据它的卷次、保留的序跋、版本特征、文本内证等综合分析，确定陶集成书在什么时期。

其他汉魏六朝别集有关"成书层次"的考察皆循次思路。经过一番抉幽阐微的分析，初步梳理出此时段的别集存在三种成书层次，即六朝旧集、宋人重编之集和明人重编之集。所谓"六朝旧集"指成书在六朝时期内，之后的陶集在内容编次上或一脉贯之，只是存在文字面貌的差异。或根据此内容又作了重新编排，而其依据的仍是祖本奠定的内容，当然文字面貌也存在差异。宋至明清的各种陶集只是该内容的不同传本而已。所谓"宋人重编之集"指集子在宋代已经不传了，通俗地讲就是没有这种"书"了。于是宋人又从文学总集、类书等典籍中将作家的诗文辑出来，编在一起，又重建了"书"的形态的集子。此类宋人重编本当然又具有了"祖本"的功能，后世的集子内容即自此而出，只是传本的不同。所谓"明人重编之集"即在明代，不管是六朝旧集还是宋人重编的集子均不存在。比如当时人要想读沈约集，很难找到此书读；可能一些私家藏书中会有，但不流通，不存在普遍用以阅读的本子。于是明人根据当时见到的总集等辑出诗文重编集子，刊刻流通，解决普遍阅读的问题。今天绝大多数的汉魏六朝别集都是明人的重编本，它收录的诗文都可以在其他典籍中找到，而且还会找到集子不收的篇目。因为既然是重编，就会难免遗漏，不可能将作家存世的诗文一网打尽。这是重编本在文本内容上的一个鲜明的特点，宋人重编本同样如此，比如曹植集、陆机集，仍可补辑不少的诗文。

界定好了此三种"成书层次"，也在版本调查的基础上将集子版本系统梳理清楚，即何者为祖本，何者为衍自祖本。接下来就是成书层次的判定，前文已言根据存世最早的版本即祖本为对象进行判定。这表面上是内容形成时段的判定，但又因为是以具体的某一版本为对象，必然牵涉到版本学的问题。近年来有学者（即复旦大学陈正宏先生）将版本学厘分为实物版本学和文本版本学，倒是对从版本入手讨论成书的层次很有启发性。前者注重版本自身的物质属性方面的特征，后者则注重文本内容方面的特征。以鲍照集为例，有一种版本是清初毛氏汲古阁影宋抄本，虽版本晚但却是影抄宋本，保留的是宋本的面貌，完全可以当作"宋本"使用。以实物版本的角度视之，它的卷首序与正文开始的卷一不另起叶，按照习见的古籍面貌，序和正文之间是区分的。这种现象是卷子本的特征，也就是说宋本鲍照集的底本是卷子本，不一定就是唐卷子，但此物质特征提示要充分注意和考虑它的底本来源的早期性。再从文本内容看，篇题下保留的小注，与唐李善注《文选》所引鲍照集基本相同，两者一结合，可印证此卷子本就内容而言反映的是唐本的面貌，从而基本确定鲍照集属六朝旧集。当然，可能经过了宋人的重新编排或调整，只是一个残本；但在宋代鲍照集这种"书"还是有的，而没有完全亡佚。

　　还有目录学和校勘学的手段。比如江淹集，现存最早的本子即明本基本都是十卷本，与《隋志》以来的著录相同，而《隋志》著录反映的是六朝旧集的面貌，提示江淹集单纯从卷第而言当属旧集。这首先就是基于目录学的考察，再运用其他证据综合判断。其中有一种明抄十卷本尤可值得注意，它抄自元刻本，而元刻本的底本应是宋本，可见在版本链条上也是十卷本的一脉相传。那么此链条上的十卷本肯定又出自唐十卷本，推断江淹集属六朝旧集。而对于重编本的判定，则更多地使用到校勘学的手段。因为既然是重编，肯定有出自《文选》者，事实上《文选》是重编辑录诗文主要依据的文本。以集子里同时载于《文选》的诗文两相比勘，如果基本重合，就应该马上考虑到是重编本的可能性。比如陆机集，有一种清影宋抄本，经考察当应抄在康熙之前的清初，完全可以当作"宋本"使用。经校勘它与明州本（以五臣本为底本，实际主要反映的就是五臣本的面貌）、五臣本极为相近。而集子里的《演连珠》正文恰好窜入"五臣本"三字，印证与五臣本在文本上的密切关系，当然是属于宋人重编本的实证。明人重编本的判定，相对比较容易一些，因为会有序跋加以说明。明人做事情不乐意"拾金不昧"，愿意名垂青史，所以序跋交代地都很清楚。重点是讨论明人重编依据了何种文本，倒是很有意思的。经考察，除依据《文选》等典籍外，明人辑编的一些文学总集反倒又成了辑录别集诗文的来源。比如沈约集的诗据自《诗纪》，而文则据自《文纪》。

汉魏六朝别集"成书层次"的考察，目的是摸清集子是什么时期成书的，是否反映旧集的面貌。这里需要交代的是，界定为六朝旧集不是意味着还保留着六朝时段的别集文字面貌，而只是说今本的内容及编次等是六朝时期奠定的，形成的，历代的版本只是该内容的具体传本，同样今本也只是它的一种传本。还需要交代的是，界定六朝旧集也并不意味着是作家集的原貌。因为具体到六朝时期内，作家的作品集之编本身又有一段传承的过程，如陆云为其兄陆机编的集子与南朝梁时《七录》著录的集子肯定有所不同。但对于今天的考察而言，笼统的六朝时期成书的集子肯定是做接近作品集原貌的，从此角度而称为"六朝旧集"。成书层次的确定使得对集子自身的文本地位和文献价值，能在多大程度上使用或看待其文本面貌以及篇目的可靠性等，都会有所助益。

在成书层次的考察中，有一环是作品集版本系统的梳理，通过校勘学的手段基本理清了某一版本在整个链条中的地位，它的优劣，即何种版本为佳。这实际上也为别集的整理打下了基础，研究汉魏六朝的诗文依据的主要还是明人的编本，有必要依据更好地版本重加整理，以呈现别集更多面、更原始的面貌，至少不是局限于明人整理本的一家之貌。这对推进诗文研究是有帮助的，还会以文献整理带动问题，催生一批新的学术命题的出现。既然要整理，就要涉及底本及校本的选择问题，本研究对这方面提供了一定的参考和导引作用。也就是说，本研究不仅是专门的学术研究，具有研究属性；还具有浓厚的工具书属性，为进入此领域的学人同道提供一定的"指南"价值。

第二节　瞻望未来的研究

从开始酝酿做以"汉魏六朝别集"为主题的研究，到现在初稿杀青，全稿接近四十万字。当然这些不重要，重要的是在阅读材料、提炼研究点和展开论证过程中产生的心得和想法。如今全稿完成，一些心得体会在研究总结中也基本都已说到，也为继续深入以汉魏六朝别集为核心并扩大至此时段集部文献的研究打下了一定的基础。博士阶段只是其中的一个插曲，它有时间的限制，必须在规定的时间内完成。而有兴趣做研究或选择了做研究作为一种生活方式，研究则是无止境的。瞻望未来，还可以从下述三方面继续前行，做更为充实而光辉的研究：

第一，汉魏六朝别集文本的经典化研究。这里的"经典化"指的是别集文本定型而成为普遍使用的今本面貌，与学界有关"经典"的研究还不尽相同。具体而言，本研究的"经典化"，讨论文本如何从多重的歧异性文本演化为统一性的文本，进而定型为普遍接受的文本。根据成书层次的梳理，对于六朝旧集而言，主要考察其文字面貌定型的动态化过程，比如陶集在宋代异文纷呈，元代渐趋一端，至明代基本定型为今本的面貌。将此过程中文字的变化勾勒出来，构建动态的陶集文本史无疑是很有意义的。它会告诉我们一时代有一时代之陶集，陶集的面貌（指文字层面的面貌）处于变动不居之中。这很大程度上属于文献学的工作，还原每一层的陶集文本，目的主要不是要为新的解读提供基础。因为异文对于"改写"陶渊明固有的文学史地位、思想及艺术的定性评价并不会产生任何明显的影响，尽管在个别枝节上或许会有新的看法。相较而言，六朝旧集的文本具有稳定性，主要表现在它的内容篇目是稳定的，不存在增益现象。以卷第为特征的编次也体现出一定的稳定性，即便卷次在后世传本中发生改易导致篇目有变化，但一般不会有旧集不载的新篇目出现。

而不管是宋人重编本还是明人重编本就不具备如此的稳定性了，根源就在于它的文本属"重编"。既然是重编就会存在篇目的遗漏甚至误入，导致后出的传本会在篇目上有相应的调整。当然文字面貌在不同的传本之间也存在差异，可以说重编本不管是文字层面还是以篇目内容、卷第篇次为主要表现的文本层面，均具有不稳定性。这种不稳定性也有一个定型的过程，一般在明代固定下来，而成为普遍使用或依据的文本面貌，定型也就意味着经典化文本的形成。明人重编本也基本在当朝即基本定型，张溥的《汉魏六朝百三名家集》尽管有不少的缺憾，但却是固定文本的主要"推手"。因为此后汉魏六朝别集的通行或者说是"流行"，主要是《百三名家集》的文本面貌。清人严可均的《全上古三代秦汉三国六朝文》又做了进一步的定型工作。由此重编本经历了重构、改写和定型乃至经典化的过程，把该过程结合校勘学、现代文本研究的理念描述出来，无疑极具有学术价值。它会传递这样一个基本的理念，研究汉魏六朝文学所依据的文本是"制造"出来的，我们只是基于该"制造"过程的某一片断进行了研究，得出了结论，是存在一定的局限性的。

由于汉魏六朝别集基于成书层次的文本特点，还想谈谈整理该时段别集在底本选择上的想法。底本是否以选作品集的存世最早版本为宜，恐怕并不适合汉魏六朝别集。还是应以选择某一通行版本为底本，在校勘记中按版本先后逐次排列异文，这是比较理想的整理。理由是既可明通行之文字面貌，又可知文字面貌的源流变化，一举两得。举个例子来说吧，还是陶集的"形夭无千岁"。如果选择宋本作底本，那么正文就得作"形夭无千岁"，既与普遍接受的文字面貌有异，还会带来不可避免的混乱。而只宜以某一通行本为底本，而将此呈现在校勘记中。重编的特点导致在底本的选择上是复杂的，比如有些作家集，存世各本的篇目都不足以呈现作家作品（存世的）全貌，即无法以具体的某一版本为工作底本，可能就得采取不主某本、综合各本的整理方式。构建一部作家集的文本经典化过程，实即校勘工作的全面展示，这为整理六朝别集在底本和校本选择上会带来诸多的借鉴。

第二，构建六朝"集部之学"的理论体系。这里有必要再次交代一下"集部之学"的意义指涉，以免引起歧解和误解。长期以来，文献在文学研究中的认识是工具性的、技术性，是为处理材料服务。而以文学框架内的文献研究为对象的工作者，似乎也欣然接受了这种角色安排，不太注重规律性的抽绎和理论性的建设。当然学界已有"文学文献学"的称呼，注意到了文献如何更具有学理性的问题。同样，本研究提出"集部之学"即意在多关注体系的构建，而不仅仅局限于碎片化、片段化和个案化的文献处理。而无意于去形成一门学科，只是在"学"的引领下多关注和摸索六朝集部的一些规律性的现象，并予以归纳和揭示。

研究汉魏六朝别集，围绕别集处理了该时段的大量资料，虽不能说是一网打尽，但主要的材料大致都囊括其中了。随之而来也产生了诸多基于材料实证的想法，很多想法也在研究中得到了解释和论证。但研究的脚步尚未停止，基础文献的清理要为理论体系的建设服务，也可以说是思辨层面的建设。即汉魏六朝别集的研究还需要继续向前再进一步，迈入学理性探讨和建设之中，赋予一定的体系意识。六朝"集部之学"的构建，首先是基于两个"先天优势"：六朝是集部形成创立的时期，不同于隋唐之后是集部目录学体系的完善发展时期，开创之功非六朝莫属，因此有很多学术命题值得讨论；同样汉魏六朝也是别集从孕育到最终发展定型的时期，奠定了隋唐之后别集的基础。

不妨即以别集为中心先行探索六朝"集部之学"的体系架构，既然是理论体系，就要界定它研究的基本范畴、对象、内容以及范围等。基本范畴和对象即"集"的生成演变，包括别集的界定、自身使用语境的演变及起源与形成发展史的过程等，内容可包括围绕别集而存在的诸多文学、历史学和文献学等问题。比如王筠提出的"家世集"，既是一个概念，也呈现当时高门士族的社会地位、文化优越感等历史学层面的问题。探讨编集子与彰显士族身份的互动关系，本身即已脱离单纯的文学研究范畴。再比如编集子与文学批评的关系，也还有继续拓展的空间。《诗品》《文心雕龙》可能并不一定意味着属于苦心孤诣的撰述，而是借用、化用或隐括别集之叙录、集序等的结果。围绕集子在目录学层面有一些术语，如裴松之注引的《嵇集目录》，何谓"目录"？北朝史书称作家有集之编习称"集录"，何谓"集录"？集部最初称"丁部"，至阮孝绪称"文集类"，自身演变的轨迹如何？阮孝绪将著录作家集的部类称为"别集部"，它的"别集"概念是如何确立的？等等，都有必要在理论架构的层面予以揭示。

当然，六朝"集部之学"还有另外一项主要内容，即根据现存汉魏六朝别集的成书层次，将汉魏六朝别集基于实物版本而展开的文本面貌的变动、文献价值的判定，以及重编工作与当时学术背景的关系等，值得做更多的理论提升和总结。比如宋代书目著录或现存宋人重编的汉魏六朝人别集，有一种形态是"诗（或含赋在内）集"本而非"诗文合编"本。此种编辑方式的背景如何，也是并不局限于文学研究的课题。六朝别集重编的文本属性，对于从事古籍整理有何指导作用，汉魏六朝别集的整理有何自身特色，也需要提炼和归纳，体现出构建理论以指导实践的理论色彩。

第三，汉魏六朝别集存世版本叙录的撰写。汉魏六朝别集相较于其他时段的别集处于边缘地位的表现之一，就是迄今为止尚未产生一部结合存世版本进行叙录撰写的工具书性质的著述。而唐代有万曼先生的《唐集叙录》，宋代有祝尚书先生的《宋人别集叙录》和《宋人总集叙录》，元明清也相应有别集或总集类的提要、叙录性著述。因此，在版本调查基础上做一部存世汉魏六朝别集版本的叙录著作是必要的，也会填补学术界的空白。当然，此项工作的开展会受到客观条件的限制，比如有些版本因藏在各地甚至国外而不容易看到。即便如此，至少要把可以掌握到的版本叙录先行做起。学术工作允许有难免的遗漏，但不允许有知难而退的缺漏。而本研究恰为叙录撰写工作奠定了坚实的基础，下一步需要拟定叙录撰写体例，即可开展起来。

　　总之，从研究到叙录再到理论体系层面的"集部之学"构建，既有材料的坚实，又具备理论的体系，汉魏六朝别集研究呈现出综合研究的气象。引而伸之，别集研究对先唐总集的研究也提供了诸多经验和借鉴，开启了在不远的将来从事汉魏六朝总集版本叙录与综合研究的大门。如此做下来，便可在整体上对汉魏六朝集部文献有所把握，过程之中会生发一系列的学术研究点。既突破了汉魏六朝文学研究的瓶颈而将之向纵深再推一步，又可提炼出新时期做文史学问的一种理念：以文献工作带动具体问题，学思并举，融合汉宋。前景是光明的，也是令人憧憬的；而路漫漫修远且艰难曲折，惟有不断求索力行之！

参考文献

（一）古籍文献

[1]《十三经注疏》，影印阮元刻本，中华书局1980年版。

[2] 皮锡瑞《经学历史》，周予同注释，中华书局2004年版。

[3] 司马迁《史记》，中华书局1959年版。

[4] 班固《汉书》，中华书局1962年版。

[5] 范晔《后汉书》，中华书局1965年版。

[6] 陈寿《三国志》，中华书局1982年版。

[7] 房玄龄等《晋书》，中华书局1974年版。

[8] 沈约《宋书》，中华书局1974年版。

[9] 萧子显《南齐书》，中华书局1972年版。

[10] 姚思廉《梁书》，中华书局1973年版。

[11] 姚思廉《陈书》，中华书局1972年版。

[12] 魏收《魏书》，中华书局1974年版。

[13] 李百药《北齐书》，中华书局1972年版。

[14] 令狐德棻等《周书》，中华书局1971年版。

[15] 李延寿《南史》，中华书局1975年版。

[16] 李延寿《北史》，中华书局1974年版。

[17] 魏徵等《隋书》，中华书局1973年版。

[18] 刘昫《旧唐书》，中华书局1975年版。

[19] 荀悦《汉纪》，张烈点校本，中华书局2002年版。

［20］袁宏《后汉纪》，张烈点校本，中华书局 2002 年版。

［21］常璩《华阳国志》，刘琳校注，巴蜀书社 1984 年版。

［22］许嵩《建康实录》，张忱石点校本，中华书局 1986 年版。

［23］刘知幾《史通》，浦起龙通释，吕思勉评，李永圻、张耕华导读整理，上海古籍出版社 2008 年版。

［24］刘知幾《史通》，姚松、朱恒夫全译，贵州人民出版社 1997 年版。

［25］杜佑《通典》，影印商务印书馆万有文库《十通》本，中华书局 1984 年版。

［26］林宝《元和姓纂》，岑仲勉校记，郁贤皓、陶敏整理，孙望审订，中华书局 1994 年版。

［27］程俱《麟台故事》，张富祥校证，中华书局 2000 年版。

［28］汤求《十六国春秋辑补》，《丛书集成初编》本，商务印书馆 1936 年版。

［29］王尧臣《崇文总目》，《宋元明清书目题跋丛刊》宋代卷第 1 册，中华书局 2006 年版。

［30］晁公武《郡斋读书志校证》，孙猛校证，上海古籍出版社 1990 年版。

［31］陈騤《中兴馆阁书目》，赵士炜辑考，《宋元明清书目题跋丛刊》宋代卷第 1 册，中华书局 2006 年版。

［32］陈振孙《直斋书录解题》，徐小蛮、顾美华点校本，上海古籍出版社 1987 年版。

［33］马端临《文献通考·经籍考》，《宋元明清书目题跋丛刊》本，中华书局 2006 年版。

［34］高儒《百川书志》，《宋元明清书目题跋丛刊》明代卷第 1 册，中华书局 2006 年版。

［35］都穆《南濠居士文跋》，《宋元明清书目题跋丛刊》明代卷第 3 册，中华书局 2006 年版。

［36］钱曾《钱遵王读书敏求记》，管庭芬、章钰校证，《宋元明清书目题跋丛刊》清代卷第 5 册，中华书局 2006 年版。

［37］毛扆《汲古阁珍藏秘本书目》，《宋元版书目题跋辑刊》第 1 册，北京

图书馆出版社 2003 年版。

　　［38］永瑢等《四库全书总目》，中华书局 1965 年版。

　　［39］永瑢等《四库全书简明目录》，傅卜棠点校，华东师范大学出版社
2012 年版。

　　［40］彭元瑞等《天禄琳琅书目后编》，《宋元明清书目题跋丛刊》清代卷第
11 册，中华书局 2006 年版。

　　［41］黄丕烈《荛圃藏书题识》，《宋元明清书目题跋丛刊》清代卷第 7 册，
中华书局 2006 年版。

　　［42］黄丕烈《百宋一廛书录》，《宋元明清书目题跋丛刊》清代卷第 7 册，
中华书局 2006 年版。

　　［43］顾广圻《思适斋书跋》，《宋元明清书目题跋丛刊》清代卷第 7 册，中
华书局 2006 年版。

　　［44］杨绍和《楹书隅录初编》，《宋元明清书目题跋丛刊》清代卷第 4 册，
中华书局 2006 年版。

　　［45］瞿镛《铁琴铜剑楼藏书目录》，《宋元明清书目题跋丛刊》清代卷第 4 册，
中华书局 2006 年版。

　　［46］丁丙《善本书室藏书志》，《宋元明清书目题跋丛刊》清代卷第 3 册，
中华书局 2006 年版。

　　［47］陆心源《仪顾堂题跋》，《宋元明清书目题跋丛刊》清代卷第 3 册，中
华书局 2006 年版。

　　［48］陆心源《仪顾堂续跋》，《宋元明清书目题跋丛刊》清代卷第 3 册，中
华书局 2006 年版。

　　［49］陆心源《皕宋楼藏书志》，宋元明清书目题跋丛刊本，清代卷第 2 册，
中华书局 2006 年版。

　　［50］吴士鉴《补晋书经籍志》，《二十五史补编》本，中华书局 1955 年版。

　　［51］姚振宗《汉书艺文志条理》，《二十五史补编》本，中华书局 1955 年版。

　　［52］姚振宗《汉书艺文志拾补》，《二十五史补编》本，中华书局 1955 年版。

　　［53］姚振宗《三国艺文志》，《二十五史补编》本，中华书局 1955 年版。

［54］姚振宗《隋书经籍志考证》，《二十五史补编》本，中华书局 1955 年版。

［55］欧阳修《集古录》，邓宝剑、王怡琳笺注，人民美术出版社 2010 年版。

［56］赵明诚《金石录》，刘晓东、崔燕南点校，齐鲁书社 2009 年版。

［57］刘肃《大唐新语》，许德楠、李鼎霞点校，中华书局 1984 年版。

［58］吴曾《能改斋漫录》，《丛书集成初编》本，中华书局 1985 年版。

［59］黄伯思《东观余论》，《丛书集成初编》本，中华书局 1985 年版。

［60］王楙《野客丛书》，王文锦点校，中华书局 1987 年版。

［61］朱翌《猗觉寮杂记》，载《全宋笔记》第 3 编第 10 册，大象出版社 2008 年版。

［62］赵与时《宾退录》，齐治平校点，上海古籍出版社 1983 年版。

［63］张淏《云谷杂记》，张宗祥校录，中华书局 1958 年版。

［64］王明清《挥麈录》，田松青校点，上海古籍出版社 2012 年版。

［65］王得臣《麈史》，俞宗宪、傅成校点，上海古籍出版社 2002 年版。

［66］姚宽《西溪丛语》，孔凡礼点校，中华书局 1993 年版。

［67］洪迈《容斋随笔》，孔凡礼点校，中华书局 2005 年版。

［68］胡仔《苕溪渔隐丛话》，廖德明校点，人民文学出版社 1962 年版。

［69］王应麟《困学纪闻》，阎若璩、何焯、全祖望注，栾保群、田松青校点，上海古籍出版社 2015 年版。

［70］胡应麟《少室山房笔丛》，中华书局 1958 年版。

［71］何焯《义门读书记》，崔高维点校，中华书局 1987 年版。

［72］王鸣盛《蛾术编》，顾美华标校，上海书店出版社 2012 年版。

［73］赵翼《陔余丛考》，栾保群、吕宗力校点，河北人民出版社 1990 年版。

［74］孙星衍《平津馆鉴藏书籍记》，焦桂美标点，上海古籍出版社 2008 年版。

［75］洪颐煊《读书丛录》，广文书局 1977 年版。

［76］钱泰吉《曝书杂记》，《丛书集成初编》本，中华书局 1985 年版。

［77］傅以礼《华延年室题跋》，主父志波标点，上海古籍出版社 2009 年版。

［78］虞世南《北堂书钞》，《续修四库全书》影印清光绪十四年（1888）孔

氏三十三万卷堂刻本，上海古籍出版社 2002 年版。

　　［79］虞世南《北堂书钞》，清华大学出版社 2003 年版。

　　［80］欧阳询《艺文类聚》，汪绍楹校，上海古籍出版社 1999 年版。

　　［81］徐坚等《初学记》，中华书局 2004 年版。

　　［82］高承撰、李果订《事物纪原》，金圆、许沛藻点校，中华书局 1989 年版。

　　［83］章学诚《文史通义》，叶瑛校注，中华书局 1985 年版。

　　［84］章学诚《校雠通义》（《附文史通义》后），叶瑛校注，靳斯点校，中华书局 1985 年版。

　　［85］章学诚《乙卯劄记》，冯惠民点校，中华书局 1986 年版。

　　［86］释僧祐《出三藏记集》，苏晋仁、萧錬子校点，中华书局 1995 年版。

　　［87］释道宣《广弘明集》，上海古籍出版社 1991 年版。

　　［88］晁说之《景迂生集》，影印清乾隆南昌彭氏知圣道斋抄本，《历代画家诗文集》第 35 种，台湾学生书局 1975 年版。

　　［89］阮阅《诗话总龟》，周本淳校点，人民文学出版社 1987 年版。

　　［90］刘克庄《后村诗话》，王秀梅点校，中华书局 1983 年版。

　　［91］胡应麟《诗薮》，上海古籍出版社 1979 年版。

　　［92］李梦阳《空同集》，影印《四库明人文集丛刊》本，上海古籍出版社 1991 年版。

　　［93］陈谟《海桑集》，台湾商务印书馆影印《文渊阁四库全书》本。

　　［94］焦竑《澹园集》，李剑雄点校本，中华书局 1995 年版。

　　［95］钱大昕《潜研堂文集》，《续修四库全书》影印清嘉庆十一年（1806）刻本，第 1438 册，上海古籍出版社 2002 年版。

　　［96］阮元《揅经室集》，邓经元点校，中华书局 1993 年版。

　　［97］严可均《全上古三代秦汉三国六朝文》，中华书局 1958 年版。

　　［98］姚鼐《古文辞类纂序目》，上海古籍出版社 1998 年版。

　　［99］陆心源《仪顾堂集》，王增清点校，浙江古籍出版社 2015 年版。

　　［100］萧统《文选》，影印清嘉庆十四年（1809）胡克家刻本，中华书局 1977 年版。

附近代以来校注汇编等整理的古籍文献：

［101］吴树平《东观汉记校注》，中州古籍出版社 1987 年版。

［102］陈桥驿《水经注校证》，中华书局 2007 年版。

［103］陈国庆《汉书艺文志注释汇编》，中华书局 1983 年版。

［104］武秀成、赵庶洋《玉海艺文校证》，凤凰出版社 2013 年版。

［105］阎振益、钟夏《新书校注》，中华书局 2000 年版。

［106］黄晖《论衡校释》，中华书局 1990 年版。

［107］张宗祥《论衡校注》，郑绍昌标点，上海古籍出版社 2010 年版。

［108］傅亚庶《孔丛子校释》，中华书局 2011 年版。

［109］汪继培《潜夫论笺》，彭铎校正，中华书局 1979 年版。

［110］王利器《颜氏家训集解》，新编诸子集成本，中华书局 1993 年版。

［111］王明《抱朴子内篇校释》，中华书局 1980 年版。

［112］杨明照《抱朴子外篇校笺》，中华书局 1997 年版。

［113］许逸民《金楼子校笺》，中华书局 2011 年版。

［114］汤用彤《高僧传校注》，中华书局 1992 年版。

［115］张震泽《扬雄集校注》，上海古籍出版社 1993 年版。

［116］邓安生《蔡邕集编年校注》，河北教育出版社 2002 年版。

［117］段熙仲、闻旭初编校《诸葛亮集》，中华书局 2014 年版。

［118］魏宏灿《曹丕集校注》，安徽大学出版社 2009 年版。

［119］赵幼文《曹植集校注》，人民文学出版社 1984 年版。

［120］陈伯君《阮籍集校注》，中华书局 2015 年版。

［121］戴明扬《嵇康集校注》，中华书局 2015 年版。

［122］金涛声《陆机集》，中华书局 1982 年版。

［123］刘运好《陆士衡文集校注》，凤凰出版社 2007 年版。

［124］刘运好《陆士龙文集校注》，凤凰出版社 2010 年版。

［125］张富春《支遁集校注》，巴蜀书社 2014 年版。

［126］孙钧锡《陶渊明集校注》，中州古籍出版社 1986 年版。

［127］钱仲联增补集说校《鲍参军集注》，上海古籍出版社 1980 年版。

［128］丁福林、丛玲玲《鲍氏集校注》，中华书局 2012 年版。

［129］俞绍初、张亚新《江淹集校注》，中州古籍出版社 1994 年版。

［130］俞绍初《昭明太子集校注》，中州古籍出版社 2001 年版。

［131］陈庆元《沈约集校笺》，浙江古籍出版社 1995 年版。

［132］许逸民《徐陵集校笺》，中华书局 2008 年版。

［133］范文澜《文心雕龙注》，人民文学出版社 1958 年版。

［134］曹旭《诗品集注》，上海古籍出版社 2011 年版。

［135］王京州《陶弘景集校注》，上海古籍出版社 2009 年版。

［136］王京州《七十二家集题辞笺注》，上海古籍出版社 2016 年版。

［137］周勋初纂辑《唐钞文选集注汇存》，上海古籍出版社 2000 年版。

［138］罗国威《日藏弘仁本文馆词林校证》，中华书局 2001 年版。

［139］殷孟伦《汉魏六朝百三家集题辞注》，中华书局 2007 年版。

［140］张玉范整理《木犀轩藏书题记及书录》，北京大学出版社 1985 年版。

［141］赵超《汉魏南北朝墓志汇编》，天津古籍出版社 1992 年版。

［142］罗新、叶炜《新出魏晋南北朝墓志疏证》，中华书局 2005 年版。

［143］陈引驰编校《刘师培中古文学论集》，中国社会科学出版社 1997 年版。

（二）现当代著述

［144］王文进《文禄堂访书记》，台湾广文书局印行《书目丛编》本，2012 年版。

［145］刘师培《中国中古文学史》，商务印书馆 2010 年版。

［146］刘师培《论文杂记》（附《中国中古文学史》内），商务印书馆 2010 年版。

［147］刘师培《左盦外集》，1934 年宁武南氏校印刘申叔遗书本。

［148］章炳麟《国故论衡》，商务印书馆 2010 年版。

［149］傅增湘《藏园群书题记》，上海古籍出版社 1989 年版。

［150］傅增湘《藏园群书经眼录》，中华书局 2009 年版。

［151］傅增湘《藏园订补郘亭知见传本书目》，中华书局 2009 年版。

［152］傅增湘《双鉴楼藏书续记》，台北广文书局影印《书目三编》本，1969 年版。

［153］黄侃《文心雕龙札记》，岳麓书社 2013 年版。

［154］张元济《涵芬楼烬余书录》，载《张元济古籍书目序跋汇编》，商务印书馆 2003 年版。

［155］余嘉锡《目录学发微》，中华书局 2009 年版。

［156］余嘉锡《古书通例》，中华书局 2009 年版。

［157］余嘉锡《四库提要辨证》，中华书局 1980 年版。

［158］姚名达《中国目录学史》，上海古籍出版社 2002 年版。

［159］钱穆《现代中国学术论衡》，三联书店 2001 年版。

［160］钱穆《国史大纲》，商务印书馆 1996 年版。

［161］黄节《谢康乐诗注》，人民文学出版社 2008 年版。

［162］郭绍虞《中国文学批评史》，上海古籍出版社 1979 年版。

［163］郭绍虞《中国文学批评史》，商务印书馆 2010 年版。

［164］郭绍虞《中国文学批评史》，百花文艺出版社 2008 年版。

［165］郭绍虞《照隅室古典文学论集》，上海古籍出版社 1983 年版。

［166］逯钦立《先秦汉魏晋南北朝诗》，中华书局 1983 年版。

［167］逯钦立《汉魏六朝文学论集》，吴云整理，陕西人民出版社 1984 年版。

［168］王重民《中国目录学史论丛》，中华书局 1984 年版。

［169］王重民《中国善本书提要》，上海古籍出版社 1983 年版。

［170］刘永济《十四朝文学要略》，中华书局 2010 年版。

［171］王瑶《中古文学史论》，北京大学出版社 1986 年版。

［172］程千帆《文论十笺》，载《程千帆全集》第 6 卷，河北教育出版社 2000 年版。

［173］王运熙、杨明《中国文学批评通史》，上海古籍出版社 1996 年版。

［174］王运熙、顾易生主编《中国文学批评史》（上册），上海古籍出版社 2002 年版。

［175］张政烺《文史丛考》，中华书局 2012 年版。

［176］曹道衡《兰陵萧氏与南朝文学》，中华书局 2004 年版。

［177］张可礼《中国古代文学史料学》，凤凰出版社 2011 年版。

［178］曾枣庄《集部要籍概述》，江苏教育出版社 2007 年版。

［179］孙明君《两晋士族文学研究》，中华书局 2010 年版。

［180］詹福瑞《论经典》，人民文学出版社 2015 年版。

［181］刘跃进《中古文学文献学》，江苏古籍出版社 1997 年版。

［182］曹道衡、刘跃进《南北朝文学编年史》，人民文学出版社 2000 年版。

［183］傅刚《文选版本研究》，北京大学出版社 2000 年版。

［184］邓小军《诗史释证》，中华书局 2004 年版。

［185］郭英德《中国古代文体学论稿》，北京大学出版社 2005 年版。

［186］沈津《书城抴翠录》，上海社会科学院出版社 1996 年版。

［187］陈先行《打开金匮石室之门：古籍善本》，上海文艺出版社 2003 年版。

［188］张作耀《曹操评传》，南京大学出版社 2001 年版。

［189］刘晶雯整理《朱自清中国文学批评研究讲义》，天津古籍出版社 2004
年版。

［190］高路明《古籍目录与中国古代学术研究》，江苏古籍出版社 1997 年版。

［191］木斋《古诗十九首与建安诗歌研究》，人民出版社 2009 年版。

［192］丁延峰《海源阁藏书研究》，商务印书馆 2012 年版。

［193］张建伟、李卫锋《阮籍研究》，三晋出版社 2012 年版。

［194］北京图书馆编《中国版刻图录》，文物出版社 1961 年版。

［195］上海图书馆编《上海图书馆藏宋本图录》，上海古籍出版社 2010 年版。

（三）期刊论文

［195］鲁迅《嵇康集考》，载《历史研究》1954 年第 2 期。

［196］饶宗颐《从对立角度谈魏晋南北朝文学发展的路向》，载香港中文大
学中国语言文学系主编《魏晋南北朝文学论集》，台北文史哲出版社 1994 年版。

［197］叶渭清《嵇康集校记》，载南江涛主编《文选学研究》下，国家图书
馆出版社 2010 年版。

［198］唐长孺《论南朝文学的北传》，载《唐长孺社会文化史论丛》，武汉大学出版 2001 年版。

［199］黄永年《曹子建集二题》，载《陕西师大学报》（哲学社会科学版）1992 年第 1 期。

［200］徐有富《先唐别集考述》，载《文学遗产》2003 年第 4 期。

［201］钱志熙《早期诗文集形成问题新探—兼论其与公谦集、清谈集之关系》，载《齐鲁学刊》2008 年第 1 期。

［202］孙明君《谢灵运〈拟魏太子邺中集诗八首〉中的邺下之游》，载《陕西师范大学学报》（哲学社会科学版）2006 年第 1 期。

［203］邓仕樑《论谢灵运〈拟魏太子邺中集诗〉》，载香港中文大学中国语言文学系主编《魏晋南北朝文学论集》，台北文史哲出版社 1994 年版。

［204］朱晓海《读〈文选〉之〈与朝歌令吴质书〉等三篇书后》，载《广西师范大学学报》（哲学社会科学版）2004 年第 1 期。

［205］吴光兴《以集名书与汉晋时期文集体例之建构》，载《文学遗产》2016 年第 1 期。

［206］吴光兴《荀勖文章叙录·诸家文章志考》，载莫砺锋编《周勋初先生八十寿辰纪念文集》，中华书局 2008 年版。

［207］朱迎平《汉魏六朝文集的演进和流传》，载《古典文学与文献论集》，上海财经大学出版社 1998 年版。

［208］李大明《别集缘起与文人专集编辑新探》，载《重庆师院学报》（哲社版）1996 年第 1 期。

［209］易健贤《曹丕年谱》，载《贵州教育学院学报》1998 年第 2 期。

［210］李伯勋《陈寿编诸葛亮集二三考》，载《成都大学学报》（社科版）1995 年第 3 期。

［211］颜庆余《鲍照集版本考》，载《图书馆杂志》2012 年第 5 期。

［212］颜庆余《邺中集小考》，载《古典文学知识》2009 年第 5 期。

［213］颜庆余《阮籍诗流传考》，载《图书馆杂志》2012 年第 7 期。

［214］温志拔《论魏晋南北朝的文集编纂及其与文论的关系》，载《龙岩学

院学报》2005 年第 4 期。

［215］高华平《繁钦〈与魏文帝笺〉的写作时间及相关问题》，载《古典文献研究》第 12 辑，凤凰出版社 2009 年版。

［216］陈治国《宋以前曹植集编撰状况考略》，载《湖北成人教育学院学报》2003 年第 2 期。

［217］［日本］阿部顺子《谢朓集版本渊源述》，载《古籍整理研究学刊》2000 年第 1 期。

［218］［韩国］朴现圭《曹植集的编纂与四种宋本之分析》，载《文献》1995 年第 2 期。

［219］陶敏《柳宗元〈龙城录〉真伪新考》，载《文学遗产》2005 年第 4 期。

［220］陈杏珍《宋刻陶渊明集两种》，载《文献》1987 年第 4 期。

［221］薛洪勋《龙城录考辨》，载《社会科学战线》2005 年第 5 期。

［222］杨明《论〈陆士衡文集〉之〈宛委别藏〉本》，载《中华文史论丛》2012 年第 1 期。

［223］崔富章《嵇康的生平事迹及嵇康集的传播源流》，载《浙江大学学报》（人文社会科学版）1999 年第 4 期。

［224］朱大渭《魏晋南北朝文化的基本特征》，载文史哲编辑部编《门阀、庄园与政治：中古社会变迁研究》，商务印书馆 2011 年版。

［225］刘运好《台湾藏吴氏丛书堂抄本〈陆士龙文集〉叙录》，载《南京师范大学文学院学报》2014 年第 3 期。

［226］丁延峰《残宋本吴仁杰〈陶靖节先生年谱〉考述》，载《图书馆工作与研究》2009 年第 12 期。

［227］丁延峰《汲古阁毛氏影宋抄本鲍氏集及其价值》，载《图书馆理论与实践》2010 年第 6 期。

［228］张根云《蔡邕集版本源流考论》，载《长春教育学院学报》2014 年第 2 期。

［229］杨晓斌《逸集·别集辨析》，载《图书馆杂志》2007 年第 4 期。

［230］踪凡《司马相如集版本叙录》，载《古籍整理研究学刊》2011 年第 6 期。

［231］吴怿《宋本三谢诗考》，载《文献》2006 年第 3 期。

［232］张富春《宋本三谢诗文选学价值考论》，载《中州学刊》2007 年第 2 期。

［233］郑虹霓《江淹文集版本源流考》，载《古籍整理研究学刊》2007 年第 6 期。

［234］田美春《江淹后集亡佚南宋说献疑》，载《文教资料》1995 年第 3 期。

［235］陈祥谦《六朝文章志与别集之叙录》，载《图书情报工作》2011 年第 10 期。

［236］王京州《支遁集版本叙录》，载《古籍整理研究学刊》2014 年第 3 期。

［237］王京州《宋本陶弘景集源流考》，载《古籍整理研究学刊》2006 年第 3 期。

［238］俞士玲《陆云〈登遐颂〉考释》，载《古籍整理研究学刊》2005 年第 4 期。

［239］吴冠文《诗论黄省曾刻〈谢灵运诗集〉的意义与作用》，载《深圳大学学报》（人文社会科学版）2007 年第 5 期。

［240］袁子微《支遁集六种版本考述》，载《广西师范大学学报》（哲学社会科学版）2013 年第 6 期。

［241］彭婷婷《昭明太子集版本源流考》，载《中华文化论坛》2014 年第 8 期。

［242］何跞《嵇康集黄刻本及据黄钞刻本考》，载《图书馆学刊》2014 年第 8 期。

［243］王晓鹂《庾子山集版本的整理与考订》，载《西北师大学报》（社会科学版）2001 年第 2 期。

［244］马楠《隋书经籍志著录撰人衔名来源考述》，载《清华大学学报》（哲学社会科学版）2017 年第 6 期。

［245］葛志伟《四部释义：对古籍整理中一个常见错误的辨正》，载《新世纪图书馆》2014 年第 4 期。

［246］张黎明《庾信集版本考订》，载《北京科技大学学报》（社会科学版）2005 年第 3 期。

［247］刘明《略谈黄丕烈旧藏宋刊〈陶渊明集〉版本》，载《文津学志》第 6 辑，国家图书馆出版社 2013 年版。

后 记

这是我攻读博士学位的"答卷",也算是人生中的第一部著述,无论水平如何都应该祝贺自己。一者顺利获得博士学位,至少在求学的路途上不再留有遗憾;二者对自己痴迷学问十余年也终于有个交代,总得拿出点还勉强像样的东西告慰曾经苦涩的年华。当然这只是开始,以后的路途还很漫长,规划好自己成为最重要的一件事情。

本来打算写一篇长长的后记,但又不免惶恐起来。记得曾经有位老师给他得意弟子的中篇小说写序,有这样一句话说,很抱歉序写得比较简短,等弟子把小说写大了序也会写大。我的后记也是如此,等我把学问做大了,拿出了更有水准的成果,后记再跟着写大吧。如果扪心自问做完博士论文有何体会,那就是做学问是一件很艰苦的事情,特别对于出身农村的我,有着彻骨的体会。很庆幸自己没有辜负青春时光,不管多么坎坷,一路坚持了下来。

十一回家,父亲送我一枚纯铜质镇纸,知道我喜欢读书用得着。我倒是把它看作了"寓言",人近不惑之年,应该沉得下来,放得下来。我也确实读懂了很多,内心变得踏实自足,每当看到书桌上静默的镇纸便会立刻心神向寂。

我在亚特兰大编中文古籍时,同在一个办公室的编目好友美国人 Nelson 告诉我,他编的这些泛黄的覆盖着积年尘土的书籍,如果能够有一部被读者从图书馆里借出来阅读,他就心满意足了。我也是如此,如果小著存藏在图书馆的书库里,能够有一位读者觉得有用借出来看,我也会由衷的怡然自乐。言归正传,感谢我的导师孙明君老师的关心和指导!感谢所有给我鼓励和帮助的师友!

感谢国家图书馆出版社的支持！也将我的这部处女作献给我的妻子和可爱的女儿！是为后记。

刘明

2018 年 11 月 16 日写毕于京西寓室